Yr Widdfa
Caer Myrddin
Caer Legionis
Caer Landein
(Londinium)
MOR HAFREN
Caer Melyn
Ynys Avallach
Caer Cam
Tintagel
LLYONESSE
ÄRMELKANAL
GALLIA

Stephen Lawhead
Pendragon

Stephen Lawhead

Pendragon

Artus auf dem Weg zum heiligen Gral

Roman

Aus dem Englischen
von Frieder Peterssen

PIPER
MÜNCHEN ZÜRICH

Die Originalausgabe erschien 1994 unter dem Titel »Pendragon« bei Avon Books/William Morrow and Company in New York.

ISBN 3-492-03880-8

Gesetzt aus der Garamond-Antiqua
Satz: Uhl+Massopust, Aalen
Druck und Bindung: Clausen & Bosse, Leck
Printed in Germany

Für Bruce

Prolog

Was es nach all den Jahren von Artus noch zu erzählen gibt? Ihr kennt die Umstände seiner Geburt und wohl auch zum Teil die seines Endes. Kennt seine Schlachten und Siege – zumindest jene, von welchen die Sagenerzähler künden. Und Aneirins Buch steht jedem offen, der es lesen möchte. Der arme Aneirin, wie hart er an seinem düsteren Buch arbeitete! Doch selbst Aneirin gewann nur einen höchst flüchtigen Blick auf den Mann, dem er Ehre erweisen wollte. Und stürzte dadurch letztlich ins Elend.

Gleich hellem Sonnenschein auf einer klaren Wasserfläche verdunkelte Artus' Ruhm, sein Dasein selbst, mehr, als er enthüllte. So bekommt ihr Geschichten zu hören und glaubt den Mann zu kennen. Ihr erfahrt einen Teil und meint, alles zu wissen. Ihr hört eine von tausend Vermutungen, die trübsinnige, freudlose Träumer spinnen, und denkt, die Wahrheit in Händen zu halten.

Aber wißt ihr von Artus' größter Leistung im Leben? Wißt ihr von seinem härtesten Kampf, als er allein auf dem Schlachtfeld war und ganz Britannien auf dem Spiele stand? Wißt ihr, wie er sich mühte, das Sommerreich vor seinem ärgsten Feinde zu retten? Nein?

Nun, das erstaunt mich nicht. In diesem unter einem Unstern stehenden Zeitalter ist vieles vergessen, das man besser im Gedächtnis behielte. Stets geben die Menschen das Beste an ihrem Geburtsrecht für den geringen Trost des Augenblicks dahin; die Schätze vergangener Zeiten werden billig verschleudert, ihre Reichtümer mit Füßen getreten. Leider ist dies der Lauf der Welt. Und im Zusammenhang mit Artus bleibt vieles, was man wissen sollte, geheim. Denn Artus selbst lebte in jenen friedlosen Anfangsjahren im Geheimen.

Doch ich, Myrddin Emrys, kenne sämtliche vergessene und verborgene Abenteuer, weil ich von Beginn an bei ihm war. Und auch an seinem schwärzesten Tage stand ich neben ihm. An einem Tag wie keinem anderen in der langen Geschichte unseres Volkes – einem Tag voll Arglist und Schrecken, aber ach, auch höchsten Ruhmes! Ja, höchsten Ruhmes! Denn an diesem Tag errang Artus den Namen, den er vor allen anderen schätzte: Pendragon.

Dieses Abenteuer ist des Erzählens wert. Verloren und vergessen mag es sein, aber wenn ihr ein solches Abenteuer hören wollt, wenn ihr das Maß eines Mannes erfahren wollt, der dieses klägliche Zeitalter überdauern wird, dann lauscht mir. Lauscht mir und merkt auf! Denn ich spreche die Wahrheit: Ihr kennt Artus nicht, solange ihr nicht den Vergessenen Krieg kennt.

Erstes Buch

Verborgenes Wissen

I

Es heißt, Merlin sei ein Zauberer, ein Hexer, ein Druide mit finsterem Leumund. Wenn ich es wäre, würde ich bessere Menschen herbeizaubern als jene, die jetzt über diese Insel herrschen! Ich würde jene zurückholen, deren Namen allein mächtige Zauber sind: Kei, Bedwyr, Pelleas, Gwalchavad, Llenlleawg, Gwalcmai, Bors, Rhys, Cador und andere: Gwenhwyvar, Charis, Ygerna. Menschen, die diesen meerumtosten Felsen zur Insel der Mächtigen machten.

Ich bedarf keiner Seherkugel, keines schwarzen Eichenwassers noch feuriger Glut, um sie wahrzunehmen. Sie sind stets bei mir. Sie sind nicht tot – sie schlafen nur. Hört mich! Ich brauche ihre Namen bloß laut auszusprechen, und schon erwachen sie und stehen auf. Großes Licht, wie lange muß ich noch warten?

Allein erklimme ich die grünen Hügel der Glasinsel und trage einen anderen Namen. Ach, ich besitze so viele Namen: Myrddin Emrys bei den Kymren, und Merlin Embries bei den Menschen im Süden. Für die Latein Sprechenden bin ich Merlinus Ambrosius, Merlin der Unsterbliche. Die kleinen, dunkelhäutigen Hügelmenschen des öden Nordens nennen mich Kenti-Gern. Doch der Name, den ich nun trage, entspringt meiner eigenen Wahl, ein schlichter Name ohne jegliche Bedeutung. So bewahre und schütze ich meine Macht. Und so soll es auch sein. Eines Tages werden die Schlafenden erwachen und die Hüter ihres Schlafes namhaft werden. Und an diesem Tag wird der Pendragon seinen vor langem aufgegebenen Thron zurückfordern. Amen!

Oh, ich bin ungeduldig! Das ist der Fluch meines Stammes. Aber die Zeit läßt sich nicht vorantreiben. Ich muß mich mit der mir übertragenen Aufgabe begnügen: Artus' Anspruch aufrechtzuerhalten, bis er wiederkehrt, um ihn abermals geltend zu machen. Glaubt mir, in den heutigen Zeiten voller Toren und Dieben ist dies kein leichter Auftrag.

Aber das war es noch nie. Schon von Anfang an bedurfte es meines ganzen Geschicks, um den Anspruch auf Britanniens Szepter demjenigen zu erhalten, dessen Hand es führen sollte. In jenen frühen Jahren war es nämlich kein Leichtes, auch nur die kleine *Hand* zu erhalten. Die kleinmütigen Könige hätten den Knaben bei lebendigem Leibe gebraten und ihn auf einer Platte auftragen lassen, hätten sie von seinem Dasein gewußt.

Warum? So dürft ihr fragen, denn die Angelegenheit wurde mit der Zeit verworren. Hört mich also an, wenn ihr es wissen wollt: Artus war Aurelius' Sohn und Uthers Neffe; seine Mutter Ygerna war beiden Männern angetraut. Und obwohl in Britannien noch nicht die Übung galt, das Königtum vom Vater auf den Sohn zu vererben, wie es bei den Sachsen Brauch war, so waren doch immer mehr Menschen dazu übergegangen, ihre Herren aus dem Hause früherer Könige zu wählen, seien es die Söhne oder die Neffen. Dies taten sie vor allem, wenn ihr Herr beliebt gewesen war, er eine glückliche Führung bewiesen und das Kriegsglück auf seiner Seite gestanden hatte. So hatten Aurelius und Uther dem Säugling ein gewaltiges Erbe hinterlassen. Denn nie wurde ein Herrscher mehr geliebt als Aurelius, und nie hatte einer größeren Erfolg auf dem Schlachtfeld als Uther.

Darum bedurfte Artus schon als Säugling des Schutzes vor den machtgierigen Hunden, die in ihm eine Bedrohung ihrer Herrschaftsgelüste sahen. Damals wußte ich noch nicht, daß Artus zum Pendragon werden würde. In den Legenden der Menschen soll ich es von Anbeginn gewußt haben. Aber nein, ich verstand nicht ganz zu deuten, was mir offenbart worden war. Das können wir Menschen nur selten, wie ich finde. Meine eigenen Taten und Handlungen beschäftigten mich mehr als sein junges Leben. So war es eben.

Dennoch erinnere ich mich an die ersten schwachen Schimmer des künftigen Glanzes. Obwohl es noch lange dauern sollte, bis sein Ruhm erstrahlte, flammte dieser schließlich so hell, daß er, so glaube ich, immer leuchten wird.

Lauscht mir nun:

Die Edlen Britanniens waren nach dem Tode Uther Pendragons zur Ratsversammlung nach Londinium einberufen worden, um zu beschließen, wer Hochkönig werden sollte. Nicht wenige gedachten, diesen Platz einzunehmen. Als sich herausstellte, daß eine Einigung nicht zu erzielen war und die meisten eine zischende Kröte wie Dunaut oder eine Viper wie Morcant nicht auf dem Thron sehen wollten, stieß ich Britanniens Schwert in den Schlußstein des unvollendeten Türbogens, der im Kirchhof lag.

»Ihr verlangt nach einem Zeichen«, schrie ich wutgrollend. »Da habt ihr es: Wer das Schwert aus diesem Stein zu ziehen vermag, soll der geborene König aller Briten sein. Bis zu jenem Tag wird das Land solche Wirrsal erleiden, wie sie auf der Insel der Mächtigen bis zum heutigen Tag nicht gekannt ward, und Britannien keinen König haben.«

Dann eilten Pelleas und ich angewidert aus der Stadt. Ich konnte die hinterlistigen Ränke der Unterkönige nicht mehr ertragen. Darum verließ ich die Versammlung und ritt in höchster Hast zu Artus. Gewiß, mein Streben hatte etwas Dringliches. Aber selbst da begriff ich noch nicht ganz, was mich antrieb. Ich hielt Artus nicht für den künftigen König, sondern nur für einen schutzbedürftigen Säugling – um so mehr, als die Nachfolge des Hochkönigs ungeklärt geblieben war. Dennoch spürte ich das fast überwältigende Verlangen, das Kind zu sehen. Der *Awen* des Barden lag auf mir, und ich mußte ihm folgen, wohin er mich führte.

Später ja: Nach angemessener Zeit stellte das Verständnis sich ein. Aber als ich an jenem Tag den treuen Pelleas bat, die Pferde zu satteln, sagte ich bloß: »Komm, Pelleas, ich möchte das Kind sehen.«

Und so flohen wir aus Londinium, als würden wir von all jenen erzürnten Herren verfolgt, die wir verlassen hatten. Erst auf der Straße nach Caer Myrddin begann ich mich zu fragen, ob hinter unserer Hast nicht mehr steckte als der schlichte Wunsch, Artus zu sehen.

Fürwahr, etwas in mir hatte sich verändert. Vielleicht lag es an der Anstrengung, die es bedeutete, mit den Unterkönigen zu streiten. Oder vielleicht passierte es, als ich Britanniens Schwert mit dem Stein vermählte. Wie dem auch sei, eines weiß ich gewiß: Der Merlin, der so hoffnungsfroh und erwartungsvoll in Londinium eingeritten war, war ein anderer gewesen als der Merlin, der nun aus der Stadt hinausritt. Tief in meiner Seele spürte ich, daß mein Leben eine unerwartete Wendung genommen hatte und ich mich nun für einen weitaus tückischeren Kampf wappnen mußte, als ich je einen erlebt hatte.

Alea jacta est, sagte der alte Cäsar, ein Mann, der von der Macht und ihren Auswüchsen wohl einiges verstand. Zum Guten oder Schlechten – der Würfel war gefallen. Nun denn!

Londinium und das Gekläff der kleinmütigen Könige hinter uns lassend, ritten Pelleas und ich schnurstracks nach Caer Myrddin. Die Reise verlief angenehm; die Straße war gut, wir begegneten keinen Hindernissen. Es versteht sich, daß unsere Ankunft an jenem windigen Wintermorgen eine Überraschung war. Herr Tewdrig, der den Knaben auf meine Bitte hin treu gehütet hatte, befand sich noch auf der Ratsversammlung der Könige. Wir wurden also nicht erwartet.

Als wir die Festung erreichten, bot sich uns das Schauspiel des jungen Artus mit den beiden fauchenden Katzen. Ich erblickte den Knaben, wie er in seinen beiden Fäusten je eine junge Katze hielt, und das dünkte mich ein Vorzeichen: »Sieh den Bären von Britannien!« verkündete ich, den pummeligen Knaben betrachtend. »Wie eigenwillig, schau nur. Doch er muß erzogen werden wie jedes Tierjunge. Da liegt viel Arbeit vor uns, Pelleas.«

Als wir absaßen, liefen uns Tewdrigs Leute zur Begrüßung entgegen. Caer Myrddin – in alten Zeiten Maridunum geheißen – schien vor Wohlstand zu bersten, und es freute mich, meine frühere Heimat so erblüht zu sehen. Durch den Willkommenslärm drang mir das Klirren eines Eisenhammers ans Ohr. Ich machte eine Bemerkung darüber.

»Herr Tewdrig hat einen Schmied gefunden«, erklärte einer der Männer und nahm mir die Zügel aus der Hand. »Und wir müssen den ganzen Tag für ihn springen.«

»Besser als vor den Seewölfen davonzulaufen!« meinte ein anderer.

Ihre Worte im Ohr, starrte ich den Knaben Artus an und lauschte dem Klang frisch geschmiedeten Stahls in der Luft. Mit meinen goldenen Augen spähte ich durch den dünnen Schleier dieser Welt in die Anderswelt und erblickte dort den Schatten eines Mannes, gerade und hoch gewachsen, ein kräftiger Mann, geboren, um als König über die Erde zu schreiten. Fürwahr, das war meine erste Ahnung von Artus' Zukunft. Das dürft ihr mir glauben!

Sofort fing ich mich wieder und wandte mich zur Begrüßung an Llawr Eilerw, den Feldherrn und Ratgeber Herrn Tewdrigs, der in dessen Abwesenheit die Feste befehligte.

»Willkommen, Myrddin Emrys! Willkommen, Pelleas!« Llawr faßte uns zum Empfang bei den Armen. »Wie schön, euch beide zu sehen!«

Genau in diesem Augenblick vernahmen wir einen spitzen Schrei und drehten uns um. Vor Artus stand eine junge Frau und schalt ihn. Sie schlug ihm auf die Hände, damit er die Katzen losließ. Das Kind brüllte los – vor Wut, nicht vor Schmerzen – und ließ sie fahren. Die Frau beugte sich zu dem Knaben und hob ihn hoch, bemerkte, daß wir sie beobachteten, errötete und wandte sich rasch ab.

»Hat man ihr die Sorge für den Knaben anvertraut?« erkundigte ich mich.

»So ist es, Herr Emrys.«

»Was ist aus Enid geworden, der Frau, die ich hierhergebracht hatte?«

Llawr sah mich ehrlich erstaunt an. »Das ist Enid – eben jene, die du hierherbrachtest. Es gab nie eine andere.«

»Wunderlich«, räumte ich höchst überrascht ein. »Ich hätte sie nicht wiedererkannt. Sie hat sich sehr zu ihrem Vorteil verändert.«

»Ich lasse sie rufen, wenn du es wünschst.«

»Vielleicht später«, entgegnete ich. »Es hat keine Eile.«

»Natürlich«, sagte Llawr, »vergebt mir. Ihr seid heute weit geritten und durstig. Laßt uns gemeinsam den Willkommenstrunk heben.«

Das Bier war dunkel, schaumig und gut. Tewdrigs Saal war warm. Der Krug ging mehrmals herum, und wir plauderten müßig mit Llawr und einigen der Männer, die sich zu uns gesellt hatten. Freilich fragte uns keiner geradeheraus, warum wir gekommen waren; das war undenkbar, obschon sie wußten, daß wir die Ratsversammlung besucht hatten und vor Neugierde fast platzen mußten: *Wer ist Hochkönig geworden? Wen hat man gewählt? Wie war es?* Trotzdem überließen sie es ehrerbietig uns, zu bestimmen, wann wir darauf zu sprechen kommen wollten.

»Es war das ganze Jahr lang ruhig hier«, sagte Llawr, »und da nun Winter ist, brauchen wir uns keine Sorgen mehr zu machen. Mit dem Schnee werden die Seewölfe in ihrer Heimat bleiben.«

»Fürwahr!« rief der Mann, der neben ihm saß. »Wir hatten bereits mehr Schnee als im vergangenen Jahr. Dem Vieh behagt das allerdings gar nicht. Es hat es bei diesem Wetter nicht leicht.«

»Aber es ist gut für die Saaten«, warf ein anderer ein.

»Wenn die nächste Ernte so reichlich ausfällt wie die letzte«, merkte Llawr an, »bleibt uns Korn zum Handeln übrig – trotz unserer neuen Speicher.«

»Die sind mir aufgefallen«, sagte ich. »Vier neue Kornspeicher. Wozu? Wird das Dorf so groß?«

»Es wird größer, wohl wahr«, sagte einer der Männer namens Ruel. »Aber Herr Tewdrig will mehr Getreide einlagern. ›Je mehr wir jetzt zurücklegen‹, sagt er, ›um so weniger fehlt uns später.‹ Das lehrt er uns.«

»Und ich pflichte ihm bei«, sagte Llawr scharf. »Die Zeiten sind unsicher genug. Wir können nicht mehr nur von einer Ernte zur nächsten leben und uns damit begnügen. Wir müssen für die Zukunft vorsorgen.«

»Das ist nicht unklug«, sagte ich. »In diesen schlimmen Zeiten würde nur ein Narr darauf vertrauen, daß sich die Gewinne der Vergangenheit so fortsetzen.«

Argwöhnisch blickten die Männer mich an. Llawr zwang sich zu einem Lächeln und versuchte die Stimmung aufzuheitern: »Schlimme Zeiten? So übel, Emrys, ist es um die Dinge doch gar nicht bestellt. Die Sachsen sind abgezogen, und die Iren haben das ganze Jahr über nicht geplündert. Wir leben in Frieden und Fülle – wenn das so weitergeht, werden wir noch weichlich und träge.« Die anderen nickten beifällig zu den Worten ihres Führers.

»Genießt Frieden und Fülle, meine Freunde. Es ist zum letzten Mal in eurem Leben so.«

Das Lächeln wich aus Llawrs Gesicht. Die anderen schauten entgeistert. Mit den Jahren hatte ich diese Wirkung auf die Menschen immer häufiger.

Aber die Kymren können nie längere Zeit niedergeschlagen bleiben. Bald hellte sich die Stimmung wieder auf, und auch ich wurde fröhlicher, als das Gespräch sich anderen Angelegenheiten zuwandte. Als das Bier geleert war, verabschiedeten sich alle bis auf Llawr von uns.

»Wäre Herr Tewdrig hier«, sagte er, »würde er sicherlich ein Festmahl für euch anrichten lassen. Aber«, er breitete in einer hilflosen Geste die Hände aus, »ich weiß nicht, wann er wiederkehren wird.«

Auf diese Weise versuchte Llawr Eilerw das Gespräch auf den Grund für unseren Besuch zu lenken. Da wir nun allein waren, wollte ich ihm gern entgegenkommen: »Ich glaube, dein Herr wird uns bald folgen. Wie du erraten haben wirst, verließen wir die Versammlung vor den übrigen.«

Llawr nickte bloß mitfühlend – als wüßte er um die Widerborstigkeit der Könige, und das tat er wohl.

»Ich kann es dir ebensogut erzählen«, fuhr ich fort, »da du es ohnehin bald erfahren wirst und die Sache ja kein Geheimnis ist: Es wird keinen neuen Hochkönig geben. Die Versammlung konnte sich nicht einigen. Niemand wurde gewählt.«

»Das habe ich befürchtet«, seufzte Llawr. »Schlimme Zeiten, sagtest du. Wie wahr! Du hattest recht.« Er sann einen Moment nach und fragte dann: »Was geschieht jetzt?«

»Das bleibt abzuwarten«, entgegnete ich.

Llawr hätte fragen können: *Hast du in die Zukunft gesehen?* Sollte ihm die Frage durch den Kopf gegangen sein, hielt er sich jedenfalls zurück: »Nun gut«, sagte er stur, »wir haben so lange ohne Hochkönig gelebt und werden es weiterhin. Dann leben wir eben wieder wie zuvor.«

Dazu schüttelte ich sanft den Kopf. »Nichts«, flüsterte ich und sah an Llawr vorbei zur Tür hinaus, als würde ich der Zukunft gerade ins Herz blicken, »nichts wird mehr so sein wie zuvor.«

An jenem Abend nahmen wir ein schlichtes Mahl ein und legten uns früh schlafen. Nach dem Frühstück am nächsten Morgen ließ ich Enid zu mir rufen. Wir erwarteten sie in Tewdrigs Gemach und unterhielten uns dabei leise. »Gut, daß wir hierhergekommen sind, Pelleas«, sagte ich. »Heute morgen bin ich zufrieden. Das war ich schon lange nicht mehr.«

»Das höre ich gern«, erwiderte Pelleas und meinte, daß es ihm ähnlich ergehe.

Binnen kurzem erschien die junge Enid. Sie hatte Artus mitgebracht und stand schüchtern auf der Schwelle. Sie hielt das Kind dicht bei sich, als fürchtete sie, wir würden ihr den Knaben wegnehmen.

»Tritt näher, Enid«, lockte ich sie sanft. »Laßt euch beide ansehen.«

Scheu wie ein Reh trat sie vor, aber nicht mehr als zwei, drei Schritte. Ich lächelte und winkte ihr. Ich kann auf diese Weise sehr beredt sein, wenn ich möchte: Schließlich bin ich vom

Feenvolk. Enid erwiderte mein Lächeln, und ich sah, wie ihre Schultern sich leicht entspannten.

»Als ich dich gestern sah, erkannte ich dich nicht. Du bist eine sehr hübsche junge Frau geworden, Enid«, schmeichelte ich ihr. Schüchtern zog sie den Kopf ein. »Und es freut mich zu sehen, daß du gut für den Knaben sorgst.«

Sie nickte, hob jedoch nicht den Blick.

»Was würdest du sagen, wenn er dich verlassen müßte?«

Enids Kopf fuhr hoch, und ihre Augen sprühten Funken. »Nein! Das dürft ihr nicht! Er gehört hierher.« Sie zog das Kind fester an sich. Artus wand sich in ihrer Umarmung. »Ich bin ... hier ist er zu Hause. Anderswo wäre er nicht glücklich.«

»Liebst du das Kind denn so sehr?«

»Hier ist er zu Hause«, beharrte Enid, als würde ihr dies am meisten am Herzen liegen. »Ihr dürft ihn nicht wegbringen.«

»Er hat Feinde, Enid«, erklärte ich freundlich. »Oder wird bald welche haben – sobald sie sich an ihn erinnern. Und dazu werden sie nun nicht mehr lange brauchen. Hier wird er nicht mehr sicher sein. Die Schlaueren von ihnen werden nach mir suchen und ihn zu finden hoffen.«

Enid senkte den Kopf und sagte nichts. Sie drückte Artus' Wange an ihre eigene. Das Kind ließ sein Händchen in ihrem braunen Haar baumeln.

»Ich habe dich nicht hierhergebeten, um dich zu erschrekken«, sagte ich und stand auf. »Ich wollte mich nur nach dem Kind erkundigen.« Ich trat zu ihr. Der Knabe streckte eine Hand nach mir aus und faßte ein Stück meines Umhangs. »Nimm bitte Platz. Wir wollen jetzt nicht mehr von Abschied reden.«

Gemeinsam setzten wir uns, und Enid stellte Artus zwischen ihre Füße. Das Kind tappte zu Pelleas und sah zu ihm auf. Pelleas lächelte, streckte die Hand aus, um die des Knaben zu nehmen, dachte sich aber, einer plötzlichen Eingebung folgend, eine Probe aus. Er ließ Artus in jedes Händchen zwei seiner Finger nehmen und hob seine Hände dann an, so daß Artus'

Füße in der Luft baumelten. Dem Kind gefiel das Spiel, und es quietschte vor Vergnügen.

Pelleas hielt den Jungen über dem Boden und ließ ihn sanft hin und her pendeln. Artus ließ nicht los, sondern fing zu lachen an. Pelleas schaukelte ihn schneller, und Artus kicherte. Immer schneller und schneller, und Artus brüllte vor Entzükken. Mit Absicht riß Pelleas eine Hand los. Der Knabe hielt sich um so fester mit der anderen und lachte um so heftiger. Obgleich wir ihn am Vortag mit den Katzen gesehen hatten und eigentlich darauf hätten gefaßt sein müssen, überraschte der Griff des Kleinen mich doch. In diesen dicken Fingerchen steckte beträchtliche Kraft.

Schließlich stellte Pelleas Artus auf den Boden – wogegen dieser lautstark Einspruch erhob: Das Kind wollte das Spiel wiederholen! Ich kniete mich vor den Knaben, nahm eine winzige Hand in meine, bog sie auf und schaute hinein wie in eine Seherkugel.

»Diese Hand ist dazu geschaffen, ein Schwert zu halten«, murmelte Pelleas.

Ich schaute lange in das breite, unschuldige Gesicht des Kindes und in seine fröhlichen blauen Augen; dann wandte ich mich wieder dem Gespräch mit Enid zu.

Das war alles. Nur ein winziger Augenblick, doch von da an bezeichnete Pelleas Artus nie mehr als »das Kind«, sondern benützte seinen richtigen Namen, in welcher Form auch immer.

»Ich will die Sache mit Tewdrig besprechen, wenn er kommt«, fuhr ich fort. »Inzwischen, Enid, brauchst du dir deshalb keine Sorgen zu machen. Vielleicht täusche ich mich. Wer weiß? Im Augenblick besteht keine Gefahr.« Ich lächelte sie beruhigend an. »Du kannst jetzt gehen, Enid.«

Die junge Frau stand auf, hob Artus hoch, der sich an ihre Knie klammerte, und ging zur Tür. »Enid«, sagte ich, stand auf und machte einen Schritt auf sie zu, während sie halb umgewandt in der Tür stand. »Von mir brauchst du nichts zu fürchten. Ich werde dir Artus nicht wegnehmen. Und ich werde auch nicht zulassen, daß einem von euch beiden ein Leid geschieht.«

Enid senkte feierlich zustimmend den Kopf und hastete dann davon. »Ich hoffe, Tewdrig kommt bald wieder«, sagte Pelleas. »Er wird uns, glaube ich, einiges zu berichten haben.«

»Du bist neugierig darauf, was sich nach unserem Aufbruch in der Versammlung zugetragen hat«, versetzte ich.

»Fürwahr, das bin ich«, gestand er lächelnd. »Aber meine Neugierde ist alles andere als müßig, Emrys.«

»Habe ich das behauptet?«

Nun, wir brauchten nicht lang zu warten. Schon am folgenden Tag traf Tewdrig ein. Er freute sich, daß wir ihn erwarteten, und verschwendete keinen Augenblick, seine Ratgeber in sein Gemach zu rufen. »Ich wünsche meine Räte und meinen Becher. Ich bin von einem Ende der Insel zum anderen geritten und habe Durst.« Er bat mich, ihm zu folgen, und ging geradewegs in sein Gemach am anderen Ende des Saales.

Meurig, der zusammen mit seinem Vater in Londinium gewesen war, ließ Bier bringen. Der junge Mann schimpfte: »Man hätte glauben können, sein Saal steht in Flammen! Wir saßen schon vor Sonnenaufgang im Sattel, Myrddin. Seitdem habe ich den ganzen Tag nichts gegessen.«

Genau in diesem Moment ertönte Tewdrigs Stimme hinter dem Vorhang am Ende des Saals: »Meurig! Ich warte!«

Der junge Mann seufzte wieder und machte sich eilends auf den Weg. »Um das Bier kümmert sich Pelleas«, sagte ich zu ihm und schickte meinen Gefährten mit einem Wink meiner Augen weg. »Gehen wir zu Herrn Tewdrig.«

»Das kann ich dir sagen, Myrddin, diesmal hast du kräftig ins Wespennest gestochen«, sagte Tewdrig, als er mich sah. »Coledac war so wütend, daß er kein Wort herausbrachte. Dunauts Gesicht wurde schwarz vor Galle, und Morcant – nun, bei der alten Schlange habe ich gedacht, er schwillt, bis er platzt.« Er lachte freudlos. »Was hätte ich darum gegeben, das zu erleben.«

»Ich habe noch nie soviel Zorn gesehen, der sich nicht mit dem

Schwert Luft gemacht hätte.« Meurig knetete sich mit der Hand den Nacken. »Aber du warst ja fort, Myrddin. Was hätten sie da tun sollen?«

»Wahrhaftig«, sprach Tewdrig feierlich, »wenn du nicht aufgebrochen wärest, würdest du jetzt nicht mehr leben. Das schwöre ich bei Dafyds Altar: Dein Kopf würde über den Toren Londiniums hängen. Darauf hätte Dunaut bestanden.«

»Wissen sie, wohin ich geritten bin?«

Tewdrig schüttelte den Kopf. »Ich wüßte nicht, woher. Ich habe es selber nicht gewußt.«

»Dann haben wir noch Zeit«, meinte ich mehr zu mir selbst, denn gerade tauchte Pelleas mit Bechern und Krügen auf.

Meurig klatschte in die Hände. »Ach, endlich Bier. Schön! Schenk die Becher voll, und zwar so lange, bis ich halt rufe!«

»Zeit wofür?« fragte Tewdrig, als die Becher herumgingen.

»Um zu verschwinden.«

Tewdrig musterte mich neugierig. »Ein kluger Plan, kein Zweifel. Wo willst du hin?«

»Nach Goddeu in Celyddon. Bei Custennin ist Artus sicherer aufgehoben.«

»Aha«, sagte Tewdrig bedächtig. »Du glaubst immer noch, daß der Knabe eine Gefahr für sich selbst ist.«

»Was hat Custennin zu bieten, das wir nicht haben?« verlangte Meurig zu wissen und wischte sich den Schaum vom Schnurrbart. »Sollen sie kommen. Wenn es auf der gesamten Insel der Mächtigen einen sicheren Ort gibt, dann heißt er Caer Myrddin. Wir können unsere Leute schützen.«

»Nein«, versetzte ich. »So geht es nicht.«

»Wann willst du aufbrechen?« fragte Tewdrig.

»Bald. Je nachdem, was sich auf der Versammlung zugetragen hat«, erwiderte ich.

Tewdrig hob seinen Becher und starrte mich ungläubig an. »Puh!« schnaubte er. »Das weißt du so gut wie ich.«

»Was ich sagen will«, erklärte ich, »ist folgendes: Werden sie die Herausforderung mit dem Schwert annehmen?«

»Nun, das war schwierig. Du hast uns die Sache nicht leicht gemacht.« Der Anführer fuhr sich mit einer Hand durchs Haar. »Aber zum Schluß einigten wir uns darauf, auf deine Herausforderung einzugehen.« Tewdrig schüttelte langsam den Kopf. »Ach, das war gerissen, Myrddin. Ich glaube, Dunaut und Morcant und die anderen gedachten, das Schwert durch Gewalt allein zu erringen. Die Narren hätten wissen müssen, daß es nicht so leicht gehen würde.«

Tewdrig nahm einen tiefen Schluck aus seinem Becher. Als er ihn wieder sinken ließ, sagte er lachend: »Du hättest sie sehen sollen! Eher entwurzeln sie den hohen Yr Widdfa, als daß sie das Schwert bewegen. Es steckt fest – und ich weiß, wovon ich rede: Ich habe es versucht. Zweimal!«

Meurig lächelte reumütig und sagte: »Ich gestehe, daß ich es ebenfalls versucht habe, Myrddin. Aber wäre ich der Riese Ricca persönlich gewesen, es hätte sich nicht bewegen lassen.«

»Du hast gesagt, sie würden die Prüfung gelten lassen – bist du dir sicher?«

»Was sonst sollen sie tun?« entgegnete Tewdrig. »Erst hofften sie, einer von ihnen würde das Schwert gewinnen, und die Sache würde sich ein für allemal erledigen. Bis sie ihres Fehlers gewahr wurden, war es zu spät: Wir hatten alle gelobt, die Entscheidung mit dem Schwert anzuerkennen. Keiner von ihnen ahnte, daß es so schwierig werden würde, sonst hätten sie ihren Eid nicht geleistet. Jetzt einen Rückzieher zu machen hätte das Eingeständnis der Niederlage bedeutet. Männer wie Dunaut würden lieber sterben, als dir recht zu geben, Myrddin. So steht die Sache.«

»Als keiner es errang«, schob Meurig ein, »erklärte Bischof Urbanus, daß sich die Herren an Weihnachten wieder einfinden sollten, um ihr Glück aufs neue zu versuchen.«

Das sah Urbanus ähnlich: eifrig hinter jedem Krümel her, den die Könige ihm hinwarfen. Nun, wenn sie dadurch wieder in den Schoß der Kirche zurückkehrten, warum nicht. Ich wollte nichts mehr mit ihnen zu tun haben. Ich sah jetzt einen anderen Weg vor mir und wurde neugierig, wohin er führen würde.

»Und werden sie kommen?« fragte Pelleas.

Tewdrig zuckte die Achseln. »Wer kann das sagen? Es ist noch lange hin bis zur nächsten Wintersonnwende. Da kann viel geschehen. Vielleicht vergessen sie das Schwert im Stein ganz und gar.« Er lachte wieder scharf. »Aber beim Gott, der mich erschaffen hat, Myrddin Emrys, dich werden sie nicht vergessen!«

II

Wie es das Schicksal wollte, verbrachten wir den ganzen Frühling bei Tewdrig und wären länger geblieben, wäre nicht Bleddyn ap Cynfal aus Caer Tryfan im Norden zu Besuch gekommen. Die Fürsten von Rheged unterhielten zum gegenseitigen Schutz enge Verbindungen zu den Fürsten von Dyfed im Süden. Tewdrig und Bleddyn waren Verwandte und besuchten einander häufig, um Handel zu treiben und sich über politische Fragen auszutauschen.

Ich kannte Bleddyn nicht, aber er mich. »Sei gegrüßt, Herr Emrys«, sagte er. Er erwies mir die Ehre, aus Achtung vor mir mit dem Handrücken seine Stirn zu berühren. »Schon lange möchte ich deine Bekanntschaft schließen. In der Tat, ich hoffe, dir eines Tages Gastfreundschaft an meinem Herd gewähren zu dürfen.«

»Dein Angebot ist sehr freundlich, Herr Bleddyn«, erwiderte ich. »Sei gewiß, wann immer ich eines Freundes im Norden bedarf, werde ich mich an dich wenden.«

»Wir sind Verwandte und im gleichen Maße Freunde«, sagte Tewdrig. »Vertraue Bleddyn, wie du mir vertraust.«

Bleddyn nahm Tewdrigs Lob ehrerbietig an. »Es könnte sein, Herr Emrys, daß du eines Freundes im Norden früher bedarfst, als du ahnst.«

Ich vernahm die leise Warnung in seinen Worten: »Wie das?«

»Es heißt, Dunaut und Morcant drehen jeden Stein um, weil sie Uthers Bastard suchen. Sie behaupten, den Knaben zu suchen, um ihn vor Schaden zu bewahren. Doch wer das glaubt, ist noch törichter als Urbanus.«

»So fängt es endlich an. Sie haben länger gebraucht, sich an Artus zu erinnern, als ich erwartete.«

»Dabei fällt mir ein«, sagte Bleddyn, »Uthers Gattin ist vor kurzem mit einer Tochter niedergekommen. Zweifellos wollten sie nur wissen, wo sie zuerst zuschlagen sollten. Natürlich ist es mir persönlich gleich. Aber wenn das Kind von Uther ist, dann wäre es eine Schande, wenn einer von beiden den Knaben in seine Hände bekäme. Er würde wohl nicht lang ihr Pflegekind bleiben. Weniger lang, als dir oder dem Knaben lieb sein könnte.«

In jenen Tagen beobachteten noch viele Adelshäuser die Sitte, ihre Kinder geschätzten Verwandten zur Erziehung zu übergeben. Dieser Brauch hatte vielerlei Vorteile; der größte davon war, daß die Verwandtschaftsbande gestärkt wurden und wuchsen. So hatte Bleddyn seinen kleinen Sohn Bedwyr, einen vier oder fünf Sommer alten Knaben zu diesem Zweck mit nach Caer Myrddin gebracht.

Sorgsam erwog ich seine Worte, doch ehe ich etwas erwidern konnte, sagte er: »Komm mit uns, Herr Emrys, wenn wir nach Hause zurückkehren. Du bist bei uns willkommen.«

»Ich habe mich schon lange nicht mehr im Norden aufgehalten«, antwortete ich ihm und entschloß mich sogleich. »Na schön, wir kommen mit dir. Soll uns Morcant dort finden, wenn er kann.«

So ritten, als Bleddyn seinen Rückweg nach Caer Tryfan antrat, vier weitere Personen mit ihm: Pelleas, Enid, Artus und ich. Wir schlugen unterwegs unser Lager auf und mieden, so gut es ging, den Umgang mit jenen, durch deren Gebiet wir zogen, vor allem die Festungen der Fürsten und Führer. Wir hätten gewiß auf Wärme und Willkommen treffen können, aber es war am besten, wenn niemand erfuhr, daß ich durchs Land reiste.

Caer Tryfan stellte sich als der geeignete Ort für uns heraus. Hätte ich jedes Tal im Norden abgesucht, ich hätte keinen besseren finden können: von hohen Felsklippen bewacht, geschützt sowohl vor den rauhen Nordwinden wie auch den spähenden Augen der stolzen Fürsten des Südens. Bleddyn nahm uns freundlich auf und erwies sich als freigebiger Herr eines offenen, hochherzigen Volkes.

Wir richteten uns bei ihm ein. Herbst, Winter, Frühling, Sommer ... die Jahreszeiten vergingen ereignislos. Enid kümmerte sich weiterhin um Artus und schien sich in ihrer neuen Heimat wohl zu fühlen; nach einiger Zeit heiratete sie sogar und gründete ihre eigene Familie. Artus wuchs gesund und munter heran und wurde immer kräftiger. Zwei Jahre später kehrte Bleddyns jüngster Sohn wieder und fand in dem kleinen Artus einen bereitwilligen Freund. Bedwyr, ein schlanker, anmutiger Knabe, so dunkel, wie Artus blond war, nahm, der kühne Schatten zu Artus' heller Sonne, den künftigen Pendragon unter seine Fittiche.

Die beiden wurden zu Busenfreunden, die unzertrennlich waren: goldener Met und dunkler Wein in denselben Becher gegossen, wie es heißt. Es war eine reine Freude, sie spielen zu sehen. Der Eifer, mit dem sie sich mühten, war keineswegs geringer, nur weil ihre Schwerter aus Holz waren. Ach, sie waren so feurig und wild wie Bergkatzen. Tag für Tag kamen sie auf Ruhmeswolken von ihrer Waffenlehre zurück.

Wegen der Freundschaft der Knaben schob Bleddyn den Zeitpunkt hinaus, an dem er Bedwyr das zweite Mal zur Erziehung in ein anderes Haus geben wollte. Aber ewig konnte er damit nicht warten. Früher oder später mußten Bedwyr und Artus getrennt werden. Wegen Artus fürchtete ich den Tag. Dann nahmen wir gleich nach der Erntezeit in Artus' siebtem Lebensjahr die Knaben mit zur Versammlung der Krieger.

Einmal im Jahr versammelten die Fürsten des Nordens ihre Kriegerscharen ein paar Tage lang, um zu schmausen und Waffenspiele abzuhalten. Es war natürlich nur ein freundschaftlicher Wettkampf, dabei aber von beträchtlichem Nutzen, weil die jüngeren Männer dadurch die Gelegenheit erhielten, ihre Geschicklichkeit an erfahreneren Kriegern zu messen, ihr Stehvermögen zu erproben, bevor sie in eine richtige Schlacht zogen – auch wenn es nicht immer ohne Schmerzen abging. Aber lieber eine Schramme von einem Freund denn ein Aderlaß von der Hand eines Feindes. Und die Sachsen waren nicht gerade dafür bekannt, daß sie abließen, wenn man rief: »Ich ergebe mich!«

Nun, Bedwyr und Artus hatten von der Versammlung gehört

und fingen an, mir damit in den Ohren zu liegen. »Bitte, laß uns mitkommen, Emrys«, bettelte Bedwyr. »Wir stehen auch nicht im Weg. Du wirst gar nicht merken, daß wir da sind, und sonst auch niemand. Sag ja, Myrddin.«

Die Versammlung war für Männer, die bereits zu einer Kriegerschar gehörten. Knaben waren in der Regel nicht zugelassen, und die beiden wußten das. Ich war schon drauf und dran, deswegen den beiden die Bitte abzuschlagen.

»Es würde uns guttun, mitzukommen«, beharrte Artus voll Ernst. »Es würde uns bei unserer Ausbildung helfen.«

Gegen diese Logik konnte ich nichts einwenden. Es war keineswegs falsch gedacht. Trotzdem widersprach es der Tradition, und ich hatte meine Zweifel. »Ich werde mit Bleddyn darüber reden«, beschied ich die beiden. »Wenn ihr versprecht, seiner Entscheidung Folge zu leisten.«

Bedwyrs Gesicht trübte sich ein. »Dann müssen wir *noch* ein Jahr hierbleiben. Mein Vater läßt uns nie hingehen.«

»Noch ein Jahr?« fragte ich. »Ich kann mich nicht erinnern, daß ihr letztes Jahr darum gebeten habt.«

Der kleine Prinz zuckte die Achseln. »Ich wollte fragen, aber Artus war dagegen. Er sagte, daß wir noch zu jung wären und es uns nicht guttäte, hinzugehen. Darum haben wir erst dieses Jahr gefragt.«

Ich wandte mich an Artus: »Du hast das ganze Jahr gewartet«?

Er nickte. »Das schien mir besser.«

Am selben Abend trat ich bei Bleddyn für sie ein. »Wenn sie so denken, zeigen sie Vernunft, und das sollte belohnt werden. Zweifellos würden sie viel lernen. Ich finde, wir sollten sie mitkommen lassen.«

Bleddyn dachte einen Moment darüber nach und fragte: »Angenommen, ich würde es erlauben, was sollten sie auf der Versammlung tun?«

»Das weiß ich ehrlich gesagt nicht.« Ich lachte. »Aber ich glaube, es würde ihnen nicht allzuviel ausmachen, nur dabeizustehen und zuzusehen. Und Artus hat recht: Es würde ihnen bei ihrer Ausbildung helfen.«

»Nächstes Jahr vielleicht; dann sind sie möglicherweise soweit«, räumte Bleddyn ein. »Aber jetzt sind sie noch zu jung.«

»Das habe ich ihnen auch gesagt, aber Bedwyr hat mir ja mitgeteilt, daß sie schon ein Jahr abgewartet haben.«

Überrascht zog Bleddyn die Brauen hoch, so daß ich ihn schnell aufklärte. »Es ist wahr. Sie wollten schon letztes Jahr hingehen, aber Artus war der Meinung, daß sie größere Aussichten auf Erfolg hätten, wenn sie erst dieses Jahr darum bäten, da sie ein wenig älter wären. Also haben sie gewartet.«

»Bemerkenswert«, grübelte Bleddyn. »Soviel Geduld und Voraussicht ist bei so jungen Knaben wahrhaftig selten. Du hast recht, Myrddin, sie sollen dafür belohnt werden. Na schön, ich erlaube es. Aber du und Pelleas werdet euch um sie kümmern müssen, damit sie keinen Ärger anstellen. Ich habe Geschäfte mit den Fürsten des Nordens zu führen.«

So wurden Pelleas und ich bei der Kriegerversammlung zu Hütern zweier junger Knaben auf zottigen Ponys.

Bleddyns Kriegerschar, die größte der nördlichen Klans, zählte über hundert Mann, aber die fünf Fürsten, die Bleddyn Treue schuldeten, konnten sich fast ebenso großer Heere rühmen. So war die Versammlung von Celyddon mit mehreren hundert Teilnehmern keineswegs unbedeutend. In späteren Jahren sollte das Schauspiel dieser Versammlungen ganze Siedlungen, Klans und Fürstentümer anziehen. Aber diesmal war es allein Edlen und ihren Kriegern vorbehalten – und zwei jungen Möchtegernkriegern, die vom König die Erlaubnis zur Teilnahme erhalten hatten.

Im Wald von Celyddon selbst gab es keine Lichtung, die geräumig genug gewesen wäre, einer einigermaßen großen Versammlung Platz zu bieten. Nördlich des Waldes jedoch, wo dieser wieder in höher gelegene, windzerzauste Moore überging, fanden sich viele breite Täler, die sich für eine derartige Unternehmung gut eigneten.

An einem klaren Herbsttag, kurz nachdem die Ernte eingebracht und für den Winter eingelagert war, hieß Bleddyn seine Krieger aufsitzen, und wir brachen zu den Hügeln auf. Zwei Tage lang ritten wir durch den Wald und jagten unterwegs das Wild von Celyddon.

Die Krieger waren hochgemut. Gutgelaunt wurde viel gebalgt und gescherzt. Der Forst hallte vom Klang des Lachens und Singens wider. Abends schichteten die Männer hohe Feuer auf und verlangten lärmend nach einem Lied von Tapferkeit. Ich bat Pelleas um meine Harfe und sang für die Menge. Bedwyr und Artus saßen natürlich in vorderster Reihe, mit leuchtenden Augen und aufmerksam bis zum letzten, leise ausklingenden Ton.

Am Morgen des fünften Tages gelangten wir ans Ende des Waldes und trafen in der Abenddämmerung an der Versammlungsstätte ein: ein breites Tal, in dem sich zwei Flüsse trafen. Die Sonne war bereits hinter der hohen Hügelkuppe untergegangen, aber der Himmel wurde von einem sanften goldenen Licht erhellt, wie es dem nördlichen Hügelland eigen ist.

In dieses honiggelbe Licht getaucht, zogen wir auf einem langen Bergrücken dahin und hielten dann an, um ins Tal hinabzublicken. Drei oder vier Kriegerscharen waren bereits da, und der Rauch der Kochstellen hing silbern in der reglosen Abendluft.

Beim Anblick der Feuer unter uns, die funkelten wie Sternschnuppen, verschlug es den Knaben den Atem. »Ich hätte nie gedacht, daß es so viele werden«, sagte Bedwyr. »Das müssen zehntausend sein!«

»Gar so viele nicht«, beruhigte ich ihn. »Aber es sind mehr als seit langem.«

»Warum?« fragte Artus.

»Weil die Fürsten ihre Heere jedes Jahr vergrößern. Wir brauchen mehr Krieger, um gegen die Sachsen zu kämpfen.«

»Dann ist es ja gut, daß Bedwyr und ich mitgekommen sind«, erwiderte er nachdenklich.

Bedwyr trieb sein Pony an und ritt voraus zu den ersten

Kriegern, die auf dem Weg ins Tal hinunter waren. »Artus!« rief Bedwyr. »Komm schon! Mach schnell!«

Die beiden Knaben spornten ihre Ponys zu beachtlicher Geschwindigkeit an und preschten den Hügel hinab, johlend wie die *Bhean Sidhe*. »Hoffentlich haben wir da keinen Fehler gemacht«, sagte Pelleas, als er die beiden Jungen davonstieben sah. Bis Pelleas und ich sie wieder einholten, saßen sie an einem Feuer und lauschten einem Harfner, der von der Schlacht der Bäume sang. Da sie nicht zu bewegen gewesen wären, ehe das Lied zu Ende war, ließen wir uns mit untergeschlagenen Beinen am Boden nieder, um auf sie zu warten.

Der Harfner gehörte zum Haushalt eines von Bleddyns Verwandten, einem Mann mit römischem Namen: Ectorius. Diesem Mann eignete das Land ein Stück nördlich und östlich von Celyddon am Meer, ein schwer zu haltendes Gebiet, da die Sachsen und ihre Verbündeten, die Friesen, Angeln, Jüten und andere, oft versuchten, an einer der unzähligen, namenlosen felsigen Buchten, Einschnitte und Fjorde zu landen.

Er war kräftig und hatte einen feuerroten Bart und gekräuseltes, kupferfarbenes Haar, das er im Nacken zusammengebunden trug. Er war zwar nicht groß, stand aber auf stämmigen Beinen, so dick wie Eichenstümpfe, und hatte angeblich einmal ein Faß zertrümmert, indem er es in seinen drallen Armen zerdrückte. Gaben seine Kraftproben schon Anlaß zu Erzählungen, so war sein Geschick im Umgang mit Waffen legendär. Mit einem raschen Schwerthieb vermochte er den violetten Teil einer Distelblüte abzuschlagen, aber ebenso leicht einen Mann entzweizuhauen.

Ectorius war so frohsinnig, wie er furchtlos war. Nie konnte jemand lachen, ohne daß Ectorius nicht noch lauter und länger gelacht hätte. Und keiner erfreute sich mehr an einem schönen Lied, Bier oder Braten. Sein Geschmack war zwar nicht besonders wählerisch, ließ aber dafür soviel wie möglich gelten.

Kein Harfner, wie mittelmäßig er auch sein mochte, wurde je von Ectorius' Herd gewiesen. Solange der Arme ein Lied bis zum Schluß herunterleiern konnte, war sein Gönner selig. Folglich war seine Großmut gegenüber Barden wohlbekannt, und ihm mangelte selten an abendlicher Unterhaltung. Die besseren Barden rissen sich um eine Gelegenheit, vor ihm singen zu dürfen.

Also hatte Ectorius' Feuer die Knaben angelockt. Sie waren willkommen geheißen worden und wurden nicht unnötig an ihre Jugend erinnert.

Der Harfner kannte sein Lied und sang voll Inbrunst, wenn auch mit auffallend tonloser Stimme. Doch das schien niemanden zu stören, am allerwenigsten Artus und Bedwyr, deren Gesichter im Feuerschein vor Freude glühten.

Als das Lied schließlich endete, brach Jubel aus. Der Harfner nahm den Beifall entgegen und verneigte sich bescheiden vor seinen Zuhörern. Ectorius bahnte sich einen Weg nach vorn, klopfte dem Sänger auf die Schulter und lobte ihn laut. »Gut gemacht, Tegfan. Die Schlacht der Bäume. – Herrlich!«

Dann fiel des Fürsten Blick auf die Knaben, als wir aufstanden, um uns zu unserem Lager zu begeben. »Oho!« rief er. »Halt, Männer! Was haben wir denn hier?«

»Fürst Ectorius«, sagte ich, »gestatte, daß ich dir König Bleddyns Sohn Bedwyr und seinen Schwertbruder Artus vorstelle.«

Artus und Bedwyr grüßten beide den Herrn, indem sie nach dem alten Brauch zur Ehrerbietung vor dem Fürsten einen Handrücken an die Stirn legten.

Freudestrahlend legte er jedem Knaben eine fleischige Hand auf die Schulter und drückte sie. »Beherzte Burschen! Ich grüße euch. Möge es euch wohlergehen, solange ihr unter uns weilt.«

Bedwyr und Artus wechselten heimlich einen Blick, und Artus sprach auf: »Wir sollen nicht teilnehmen, Herr Ectorius.«

»Wir gelten als zu jung, um unser Geschick unter Beweis zu stellen«, erklärte Bedwyr und warf mir einen finsteren Blick zu, als wäre ich die Ursache all seiner weltlichen Probleme.

»So, tatsächlich?« entgegnete Ectorius und strahlte noch mehr. »Dann müssen wir das vielleicht ändern. Kommt morgen zu mir, und ich werde sehen, was sich tun läßt.«

Die Knaben dankten ihm und stoben davon, bereit, nun schlafen zu gehen, um am nächsten Morgen desto früher zu erwachen. Kurz bevor den Jungen die Augen zufielen, dankten sie mir dafür, daß sie an der Versammlung teilnehmen durften.

»Ich bin froh, daß wir hier sind«, sagte Bedwyr, glücklich gähnend. »An diese Versammlung wird man noch lange denken. Du wirst schon sehen, Artos.«

»Ich bin mir sicher, daß wir sie nie vergessen werden«, versicherte Artus ihm feierlich.

Und ganz gewiß tat er dies nie.

III

In den folgenden Tagen bekam ich Bleddyn überhaupt nicht zu Gesicht. Mit den anderen Fürsten der Versammlung ging er seinen politischen Geschäften nach, und ich kümmerte mich um meine Angelegenheiten. Als ich sah, daß niemand auf Artus achtete – er war für die Führer des Nordens einfach irgendein Knabe –, überließ ich die beiden Kinder Pelleas' Obhut und ritt allein in die Berge. Dort suchte ich diejenigen auf, deren Augen schärfer waren als meine eigenen und deren Rat einzuholen wohl der Mühe lohnte. Für jeden anderen wäre es völlig unmöglich gewesen, mich kostete es immerhin mehrere Tage, um auch nur die geringste Spur von den Dunklingen aufzuspüren.

Während ich auf den leeren, windgepeitschten Hügeln nach den Fährten suchte, die, wie ich wußte, da waren, stieß ich in der Abenddämmerung des zweiten Tages auf einen kaum merklichen Pfad. Dort schlug ich ein Lager auf, um ihn nicht wieder aus den Augen zu verlieren, und folgte am nächsten Tag dem fast unsichtbaren Weg entlang der Hügelkämme bis zu einer Siedlung der Hügelmenschen: die flachen Buckel der erdbedeckten Behausungen, die Raths heißen, schmiegten sich in die verborgene Falte eines abgeschiedenen Tals. Aber diese Siedlung lag verlassen. Die Raths waren leer.

Der Tag ging schon beinahe zur Neige, darum errichtete ich ein Lager. Ich pflockte mein Pferd vor einer der Behausungen an und ging auf der Suche nach Wasser zum nahegelegenen Bach im Talgrund. Ich trank ausgiebig, füllte meinen Wasserschlauch auf und kehrte zum Lager zurück. Dort entdeckte ich, daß mein Roß von sieben winzigen Menschen auf zottigen Ponys umringt war. Ich hatte sie weder kommen hören noch sehen. Sie hätten ebensogut den Heidekrautsträuchern um uns herum entsprossen sein können. Pfeil und Bogen in den Händen, tiefes Mißtrauen in ihren dunklen Augen, betrachteten sie mich kalt.

Ich hob meine Hände zum Gruß: »Sámhneach, bráthari«, rief ich ihnen in ihrer Sprache zu. »Frieden, Brüder.« Ich legte meine Finger an das verblaßte blaue Fhain-Mal. »Amsaradh Fhain«, sagte ich zu ihnen. »Falken-Fhain.«

Verwundert starrten sie mich und dann einander an. Wer war dieser fremde Großmensch, der ihre Sprache beherrschte und vorgab, ein Klanmitglied zu sein? Einer der Männer, der nicht größer war als ein Knabe von zwölf Sommern, glitt von seinem Pony und ging auf mich zu. »Vrandubh Fhain«, sagte er, sein Fhain-Mal berührend. »Raben-Fhain.«

»Lugh-sun sei dir gewogen«, sagte ich zu ihm. »Ich bin Myrddin.«

Da riß er die Augen weit auf und drehte sich zu seinen Brüdern um. »Ken-ti-Gern!« rief er. »Ken-ti-Gern ist hier!«

Darauf sprangen die Männer von ihren Ponys, und aus den Raths strömten Frauen und Kinder. Im Nu war ich von Hügelmenschen umgeben, und alle streckten sie ihre Hände aus, um mich zu berühren und zu tätscheln.

Die Klanführerin tauchte auf, eine junge Frau, gekleidet in weiches Hirschleder, Rabenfedern im fest geflochtenen schwarzen Haar. »Sei gegrüßt, Ken-ti-Gern«, sagte sie erfreut lächelnd. Schön und weiß hoben sich ihre Zähne von ihrer braunen Haut ab. »Ich, Rina, heiße dich willkommen. Setze dich zu uns«, lud sie mich ein. »Teile heute abend das Fleisch mit uns.«

»Ich setze mich zu euch, Rina«, erwiderte ich. »Ich werde das Fleisch mit euch teilen.«

Unter großem Tamtam wurde ich zur größten der drei Behausungen geleitet. Darin saß an einem Torffeuer eine alte Frau mit langem weißem Haar und einem Gesicht, das so verrunzelt war, daß ich mich wunderte, daß sie aus den Falten heraus noch etwas sah. Aber sie neigte den Kopf und betrachtete mich, als ich vor ihr niederkniete, mit klaren schwarzen Augen.

»Ken-ti-Gern ist da, um das Fleisch mit uns zu teilen«, sagte

Rina zu der Frau, die schweigend nickte – als hätte sie gewußt, daß ich eines Tages an ihrem Herd erscheinen würde.

»Sei gegrüßt, Gern-y-fhain. Lugh-sun sei dir gewogen«, sprach ich zu ihr und griff in den Beutel an meinem Gürtel. Ich holte ein goldenes Armband heraus, das ich für alle Fälle mitgebracht hatte. »Nimm dies, Gern-y-fhain. Möge es dir viel einbringen.«

Die Weise Frau lächelte wie eine Königin und nahm das Geschenk mit einem bedächtigen Neigen ihres Kopfes an. Dann wandte ich mich an die neben mir stehende Rina und holte einen kleinen Bronzedolch mit Hirschhorngriff heraus. »Nimm dies, Rina«, sagte ich. »Möge es dir nutzen.«

Rinas Finger schlossen sich um den Dolch, und sie reckte ihn vor ihre funkelnden Augen, deutlich überwältigt von ihrem Glück. In Wahrheit war er nichts Besonderes, ein wenig Bronze und Bein. Ein Stahlmesser hätte ihr viel mehr gedient, aber die Pyrtanen fürchten sich vor Eisen und mißtrauen Stahl; diese Metalle rosten, was in ihren Augen auf Krankheit und Verfall hinweist.

Gern-y-fhain klatschte zweimal scharf in die Hände, und eine der Frauen brachte eine Schale mit einer stinkenden, schäumenden Flüssigkeit. Die Weise Frau trank daraus und reichte die Schale an mich weiter. Ich nahm sie in die Hände und tat einen tiefen Schluck, schmeckte die bittersüße Schärfe von Heidebier. Der Geschmack trieb mir Tränen in die Augen, als die Erinnerung mich durchströmte. Ich erinnerte mich an das letzte Mal, als ich das gute, zu Kopf steigende Gebräu genossen hatte: in der Nacht, bevor ich vom Falken-Fhain Abschied nahm.

Ich trank, als würde ich von meinem früheren Leben kosten, schluckte die gehaltvolle Erinnerung und gab die Schale nur widerstrebend an Rina weiter. Als das Ritual mit der Willkommensschale nach altem Brauch befolgt worden war, schoben sich die Klanmitglieder, die sich am Eingang gedrängt hatten, in den Rath. Kleine, braune Kinder, geschmeidig wie Rehe, tauchten in unserer Mitte auf. Junge Frauen, die winzige Säuglinge mit krausen Locken wiegten, krochen herein und ließen sich hinter der Weisen Frau des Klans nieder. Dadurch, so begriff ich, wurde mir ein Blick auf den Schatz der Fhain gewährt – auf ihren *Eurn*, ihren Kinderreichtum, eine große Ehre für einen Fremden von den Großmenschen.

Die Männer begannen unser Mahl zu bereiten und schnitten Fleischstreifen aus der Flanke eines kleinen Hirsches. Die Streifen wurden um Holzstöcke gewickelt, die Stöcke in die Erde um das Torffeuer gesteckt und ab und zu gedreht. Während das Fleisch briet, fingen wir an, über das Jahr zu reden.

Der Winter sei naß gewesen, aber nicht zu kalt, sagten sie. Und der Frühling ebenso. Der Sommer sei trockner und wärmer gewesen, und die Schafe hätten gut Fett angesetzt. Der Raben-Fhain habe die Kriegerversammlung erwartet und wisse, wie viele teilnähmen und woher sie kämen. Die Hügelmenschen schienen sich an der Anwesenheit der Krieger nicht zu stören. »Die plündern nicht, wie die Sächsen«, erklärte Rina.

»Die Langmesser stehlen unsere Schafe und töten unsere Kinder«, fügte Gern-y-fhain bitter hinzu. »Bald werden unsere Eltern uns heimrufen.«

»Hast du die Langmesser gesehen?« fragte ich.

Die Weise Frau machte eine leise Kopfbewegung. »Dieses Jahr nicht«, sagte sie. »Aber sie kommen bald wieder.«

Einer der Männer meldete sich zu Wort: »Wir haben Piktenschiffe Richtung Norden und Osten übers Meer eilen sehen. Der *Cran Tara* ist ausgerufen, und die Sächsen werden kommen.«

Das sagte er ohne Bitterkeit oder Groll, trotzdem spürte ich den Kummer, der auf seinen Worten lastete. Die Dunklinge sahen, wie sich ihre Welt vor ihren Augen veränderte, dahinschwand. Sie glaubten jedoch, daß ihre Eltern – die Erdgöttin und ihr Gemahl Lugh-sun – sie in ihre eigentliche Heimat rufen würden: ein Paradies im Westmeer. Schließlich waren sie ja die Erstgeborenen des Kinderschatzes ihrer Mutter. Sie nahmen in ihrem großen, liebenden Herzen einen besonderen Platz ein. Und sie hatte ihnen weit, weit weg von den teuflischen Großmenschen eine Heimat bereitet. Sie sehnten sich nach jenem Tag, der angesichts der stets zunehmenden Übergriffe auf sie nicht mehr fern sein würde.

Ich lauschte der Aufzählung ihrer Schwierigkeiten und wünschte, ihnen auf irgendeine Weise helfen zu können. Aber das einzige, was ihnen genützt hätte, wäre eine lange Zeitspanne von Frieden und Sicherheit im Land gewesen, und ihnen diese zu verschaffen stand nicht in meiner Macht.

Während meiner Abwesenheit wachte Pelleas über Artus und Bedwyr. Die zwei begierigen Knaben standen früh auf und widerstanden dem Schlaf so lange wie nur irgend möglich, um ihre Anwesenheit auf der Versammlung gänzlich auszunutzen: Wolfsjunge, die so viel vom Kriegerleben in sich hineinschlingen wollten, wie sie mit ihren Kiefern packen konnten.

Mit großem Eifer und Begeisterung beobachteten sie die Kraft- und Geschicklichkeitswettbewerbe – meist in Begleitung von Herrn Ectorius, der sie als Fürsten und Schwertbrüder willkommen hieß. Ihre hohen Jauchzer waren sogar noch über Ectorius' Beifallsbrüllen zu vernehmen, sobald jemand einen geschickten Schlag führte oder ein schönes Manöver vollbrachte. Sie ließen keine Gelegenheit aus, den Kämpfen zuzusehen, und wenn es keine gab, übten sie sich in ihren eigenen und ahmten alles nach, was sie gesehen hatten.

Das Wetter blieb die ganze Zeit schön, und als die Versammlung sich ihrem Ende näherte, kehrte ich ins Lager zurück und hielt mich in der Nähe der Jungen auf, allerdings ohne daß sie mich bemerkten.

»Was ist dir, Herr? Bist du in Sorge?« fragte Pelleas mich einmal, als er mich allein antraf. Die Knaben beobachteten einen Wettbewerb, bei dem es galt, vom Rücken eines galoppierenden Pferdes aus mit dem Speer größtmögliche Treffsicherheit unter Beweis zu stellen.

Ich wandte den Blick nicht von dem Schauspiel vor mir. »Nein«, erwiderte ich kopfschüttelnd, »ich bin nicht in Sorge. Ich wünschte nur, die beiden könnten zusammenbleiben.« Ich deutete auf die beiden Knaben auf der anderen Seite des Weges.

»Das wäre gut für sie«, pflichtete Pelleas mir bei. »Sie sind einander sehr zugetan.«

»Aber es soll nicht sein.«

»Nein?«

»Nein. Sobald die Versammlung vorüber ist, wird Bedwyr nach Ennion in Rheged reisen, und wir müssen nach Caer Tryfan zurück.«

»Vielleicht würde Artus lieber Ectorius begleiten«, meinte Pelleas beiläufig. Ich merkte aber, daß er darüber nachgedacht hatte.

»Das ließe sich machen«, meinte ich. Bleddyn würde keine Einwände haben, dachte ich, und nach allem, was ich von Ectorius gesehen hatte, würde Artus an seinem Herd willkommen sein.

»Aber das ist nicht der Grund, aus dem du die vergangenen Tage dem Lager fernbliebst«, sagte Pelleas mit geduldiger Miene.

»Da hast du recht, Pelleas. Die Pikten und Skoten haben den *Cran Tara* ausgerufen – den Kriegsschrei. Im Frühjahr werden sie in ihren Lagern Krieger zusammenziehen und sich dann zum Plündern nach Süden wenden.«

»Hast du das in der Zukunft gesehen?«

»Die Erstgeborenen Kinder haben es gesehen.« Ich erzählte ihm, daß ich in den vergangenen Tagen auf der Suche nach den Dunklingen durch die Berge gewandert war. »Ich hatte gehofft, diesen Sommer hier oben ein paar von ihnen zu finden, und hatte Erfolg. Das heißt, sie ließen sich von mir finden.«

»Der Falken-Fhain?«

»Nein, ein anderer. Der Raben-Fhain. Aber sie erkannten mein Fhain-Mal.« Ich berührte die kleine blaue Spirale an meiner Wange – das Andenken an meine Zeit bei den Hügelmenschen – und mußte lächeln. »Sie kannten mich, Pelleas, sie erinnerten sich. Ken-ti-Gern, so heiße ich nun bei ihnen. Es bedeutet Weiser Führer der Großmenschen.«

»Haben sie dir vom *Cran Tara* berichtet? Ist ein Irrtum ausgeschlossen?«

»Ihre *Gern*, die Weise Frau des Klans, sagte mir: ›Wir haben Schiffe nach Ierneland im Osten und Sächsenland im Westen fliegen sehen – fliegen wie Seemöwen, wie Rauch, der über dem großen Wasser zerstiebt. Wir haben die in den Wind gesprochenen Bluteide vernommen. Wir haben die Sonne schwarz im Norden aufgehen sehen.‹ Ich hielt inne. »Ja, ein Irrtum ist ausgeschlossen.«

»Aber, Herr«, sagte Pelleas, »ich verstehe nicht, warum dies die Jungen hindern sollte, zusammenzubleiben.«

»Was sie zu lernen haben, lernen sie am besten allein«, erklärte ich. »Gemeinsam würden sie einander nur im Weg stehen. Ihre Freundschaft ist etwas Erhabenes und Heiliges und muß sorgsam bewahrt werden. Britannien wird die daraus erwachsende Stärke in den kommenden Jahren nötig haben.«

Dies nahm Pelleas hin. Er war meine Erklärungen gewöhnt. »Soll ich es ihnen beibringen?«

»Danke, Pelleas, das brauchst du nicht. Ich sage es ihnen.« Ich wandte mich zum Gehen. »Aber das kann bis morgen warten, glaube ich. Komm, wir müssen zu Bleddyn und seinen Führern und mit ihnen reden. Sie warten.«

Bleddyn empfing uns in seinem Zelt und bot uns Wein und Gerstenbrötchen an. Nachdem wir einige Bemerkungen zur Kriegerversammlung gemacht hatten, stellte Bleddyn uns einem der Fürsten vor, einem Edlen namens Hywel, der nach unserer Begrüßung sagte: »Ich habe eine Meldung, die für dich vielleicht von Wert ist.«

»Dann gehört dir meine ungeteilte Aufmerksamkeit«, erwiderte ich und setzte mich nieder.

Hywel beugte sich vor: »Wir haben Barbarenlager entdeckt – in Druim und entlang der Küste von Cait. Fünf an der Zahl, manche groß genug, um dreihundert Mann zu fassen. Wir fanden sie verlassen vor, wenn auch erst seit kurzem. Sie scheinen zu Beginn des Sommers genutzt worden zu sein.«

»Der *Cran Tara*«, sagte ich, zur Bestätigung der Worte der Gern-y-fhain nickend.

»Das weißt du bereits?« wunderte Bleddyn sich.

»Nur daß der Ruf ergangen ist. Es bleibt abzuwarten, ob er beantwortet wird.«

Hywel sah mich einen Augenblick an. »Ich dachte, dir dienen zu können, aber du scheinst besser unterrichtet als ich.«

»Du kannst noch etwas tun, wenn du möchtest.«

»Du brauchst es nur zu sagen, Herr Emrys.«

»Stelle im Frühling Wachen auf und sende Meldung nach Caer Edyn, wenn der *Cran Tara* befolgt wird.«

»Es soll geschehen, Herr Emrys.«

»Warum Caer Edyn?« fragte Bleddyn, als wir wieder allein waren.

»Weil ich dort sein werde«, erwiderte ich und erklärte dem überraschten Bleddyn: »Die Zeit für Bedwyrs Erziehung in fremdem Hause ist gekommen, und Artus bedarf ihrer auch. Ich kann deine Großzügigkeit nicht hoch genug loben, dir niemals für alles danken, was du für Artus getan hast.«

»Ich habe vor, die Erziehung des Jungen zu übernehmen«, wandte Bleddyn ein.

»Und er wäre in guten Händen, daran habe ich keinen Zweifel«, entgegnete ich. »Die letzten Jahre waren gut für ihn, aber wir dürfen nicht bequem werden. Ich glaube, es ist Zeit weiterzuziehen.«

Das verstand Bleddyn, war aber dennoch betrübt darüber. »Mein Verlust ist Ectors Gewinn«, sagte er. »Diesen Tag habe ich gefürchtet. Ich hatte gehofft, er ließe sich noch ein wenig hinauszögern.«

»Ich wünschte, es könnte so sein«, erwiderte ich. »Aber die Welt wird nicht warten. Wir müssen mit ihr gehen, sonst bleiben wir zurück.«

»Es tut mir leid, euch gehen zu sehen.« Der König blickte mich traurig an.

»Du kennst den Weg nach Caer Edyn«, tröstete ich ihn. »Du brauchst nur dein Pferd zu satteln, und schon bist du dort. Obschon es am besten wäre, du würdest vergessen, jemals von Artus gehört zu haben – wenigstens eine Weile lang.«

Am nächsten Tag, dem Schlußtag der Versammlung, suchte ich in der Abenddämmerung unser Zelt auf, wo die Knaben an einem Feuerchen, das Pelleas geschürt hatte, ihr Mahl einnahmen. Artus begrüßte mich herzlich, und als ich mich neben ihnen niedergelassen hatte, sprach er: »Du hast dich so rar gemacht wie ein weißer Rabe, Myrddin. Und du hast die meisten Wettkämpfe versäumt. Ich habe nach dir Ausschau gehalten. Wo warst du?«

Ich legte Artus meinen Arm um die Schulter. »Ich habe mich hier und da umgesehen und mich über den Zustand der Insel der Mächtigen unterrichtet. Speere, Schwerter und Reiterkunststücke habe ich im Leben genug gesehen.«

»Genug?« wunderte Bedwyr sich. »Du reitest nie mit den Kriegern, Myrddin.«

Bedächtig schüttelte ich den Kopf. »Da hast du recht. Ich bin seit vielen Jahren nicht mehr mit der Kriegerschar geritten. Aber einst tat ich es.«

Bedwyrs erstaunter Blick entging mir nicht. »Ist das so schwer zu glauben?« versetzte ich. »Dann will ich dir etwas noch Unglaublicheres sagen: Einst *führte* ich die Kriegerschar von Dyfed.«

»Tatsächlich?« Vor Verblüffung blieb Bedwyr die Luft weg.

»Ich glaube ihm«, sagte Artus stur.

»Nun, ich bin nicht hier, um über *meine* Zeit als Krieger zu reden, sondern über eure.« Die Jungen beugten sich gespannt vor. »Morgen geht die Versammlung zu Ende, und alle kehren nach Hause zurück – alle außer uns vieren.«

Das war eine Neuigkeit. Die Knaben sahen einander aufgeregt an, dann zu Pelleas. Was war das? Was hatte es zu bedeuten?

»Ein Prinz muß zur Erziehung ins Haus eines fremden Königs.« Das stellte ich ganz nüchtern fest. »Stimmt das?«

»Stimmt«, erwiderte Bedwyr und nickte kräftig.

»Seit unvordenklichen Zeiten haben verwandte Fürsten gegenseitig ihre Nachkommen erzogen. Und so sollte es auch sein. Ihr zwei habt das Alter dafür erreicht. Darum haben wir alles für euch geregelt.«

Die anfängliche Aufregung, welche diese Ankündigung auslöste, wich bald, als ihnen deren ganze Bedeutung aufging. Bedwyr verlieh seiner Befürchtung Ausdruck: »Wir werden nicht zusammenbleiben, nicht wahr?«

Wieder schüttelte ich bedächtig den Kopf. »Nein. Das wäre nicht gut.«

Wie rasch die Stimmung der Jugend sich ändert. Finstere Düsternis legte sich über die Knaben. Es war, als müßten sie sich entscheiden, wer von beiden in sächsische Sklaverei verkauft werden solle.

Obwohl es mir weh tat, ließ ich sie eine Zeitlang in ihrer Betrübnis, ehe ich ihnen Trost bot.

Freundlich fuhr ich dann fort: »Jeder von euch wird ein großer Fürst werden. Das sehe ich voraus. Und ihr werdet eure Tage gemeinsam enden. Auch das sehe ich.

Darum faßt euch ein Herz. Widmet euch den Aufgaben, die euch bevorstehen, und die Zeit wird rascher verstreichen. Bald werdet ihr zusammen reiten: als wahre Kampfgefährten. Und die Welt wird erzittern, wenn ihr vorüberzieht.«

Das freute sie mächtig. Artus sprang auf und reckte, da er kein Schwert hatte, seine Faust empor: »Heil dir, Bruder! Ziehen wir frohgemut zu unserem neuen Zuhause, denn es ist zu unserem Besten.«

Bedwyr, der ebenfalls aufgestanden war, schlug in dieselbe Kerbe. »Und vergiß nicht«, fuhr Artus fort: »Wir werden uns auf der Kriegerversammlung im nächsten Jahr wiedersehen!«

»Und im Jahr darauf!« rief Bedwyr. Jetzt waren sie nicht bloß erfreut, sondern geradezu entzückt. »Heil, Artus!« riefen sie lautstark, die Fäuste gereckt. »Heil, Bedwyr!«

Ich erhob mich. »Gut gebrüllt«, sagte ich. »Kommt jedes Jahr bei der Kriegerversammlung zum Reiten und Feiern zusammen – bis zu dem Tage, an dem ihr nicht mehr getrennt sein werdet.«

Als den Knaben am nächsten Morgen die Vorkehrungen offiziell mitgeteilt wurden, nahmen sie die Entscheidung der Erwachsenen mit Anstand hin. Während das Lager abgebrochen wurde und die ersten Scharen nach Hause aufbrachen, steckten die Jungen noch beieinander, schworen sich immer wieder ihre Freundschaft, bis Bedwyr zum Abschied gerufen wurde.

»Ich muß gehen«, sagte Bedwyr mit leise zitternder Stimme. »Ich werde dich vermissen, Artos.«

»Und ich dich auch, Bedwyr.«

»Fürst Ectorius hat eine tüchtige Kriegerschar. Dort wird es dir gut ergehen.«

»Und Fürst Ennions Kriegerschar steht keiner anderen nach. Achte darauf, soviel wie möglich zu lernen.« Artus klopfte Bedwyr auf die Schulter.

Bedwyrs Unterlippe bebte, und er schlang seine Arme um Artus. Die beiden Jungen umarmten einander kurz und wahrten dann wieder ihre Würde: »Lebe wohl, Artos«, sagte Bedwyr schniefend.

»Lebe wohl, Bruder«, erwiderte Artus. »Bis zum nächsten Jahr!«

»Bis zum nächsten Jahr!«

Kurz darauf setzte sich Ennion in Marsch. Artus ritt auf den Hügelkamm, um ihnen nachzusehen. Nach einer Weile gesellte ich mich zu ihm und traf ihn noch immer spähend an, obwohl Ennion und seine Krieger samt Bedwyr längst verschwunden waren.

»Es ist Zeit, Artus. Herr Ectorius verabschiedet sich.« Er gab keine Antwort. »Das Jahr geht schnell vorbei«, sagte ich, weil ich sein Schweigen mißdeutete. »Du triffst Bedwyr wieder, ehe du dich versiehst.«

Er drehte sich zu mir um, die blauen Augen feierlich und tief. »Bis eben war mir nicht klar, daß du und Pelleas ebenfalls gehen würdet. Ich dachte, wir würden immer zusammen sein...«

»Aber das werden wir«, entgegnete ich. »Wenigstens die meiste Zeit.«

Bei meinen Worten wurde er fröhlicher. »Wirklich, Myrddin? Ist das dein Ernst? Was ist mit Pelleas? Ist er auch dabei?«

»Natürlich.«

Plötzlich wurde Artus nachdenklich. »Du hast gesagt, wir würden Fürsten werden. Hast du auch das ernst gemeint?«

Hinter seinen Worten lauerte die Ungewißheit über seine Herkunft: Er kannte seinen Vater nicht.

»Du bist jetzt schon lange bei Myrddin, Junge. Habe ich jemals etwas Falsches prophezeit oder mit derlei Dingen Spaß getrieben?«

Meine Antwort entzückte ihn. Strahlend klatsche er seinem Pony mit den Zügeln auf den Widerrist und ritt den Hügel hinab, begierig, sein neues Leben in Ectorius' Festung am Meer zu beginnen.

Ich ritt langsamer zurück und schämte mich, seiner unschuldigen Frage ausgewichen zu sein. Als ich die Worte gesagt hatte, schienen sie wahr. Warum zögerte ich dann jetzt? Warum erzählte ich ihm nicht von meinen Träumen hinsichtlich seiner Zukunft? Warum beschwor ich das Bild nicht vor seinen Augen und ließ ihn nicht selbst die Aussichten wahrnehmen, die er hatte?

Die Versuchung war groß, doch nein. Nein. Die Zeit war noch nicht reif. Er war noch zu jung – zu jung, eine solche Last zu schultern. Sobald er sie aufgenommen hätte, würde er sie bis ins Grab tragen müssen. Sollte er noch eine Weile lang unbeschwert leben.

IV

Caer Edyn stand auf einem Felsen mit Blick über eine weite Wasserfläche namens Muir Guidan, eine nach Osten offene Bucht, die aufs Sachsenmeer hinausging. Fürst Ectorius herrschte mit fester Hand über sein Reich. Gerecht, großmütig, gleichermaßen bereit zum Kämpfen wie zum Schmausen, entstammte Ectorius einer langen Reihe römischer Offiziere – meist Zenturionen, mit einem oder zwei Tribunen darunter –, die in den Garnisonen der Ostküste gedient hatten.

Ectorius setzte die Aufgabe seiner Vorfahren fort: Er hielt auf dem Meer Ausschau nach den dunklen, dolchförmigen Rümpfen feindlicher Schiffe.

Seine Burg war jedoch die eines Königs, nicht die eines Legaten; und sein Dienst galt auf Lebenszeit, nicht nur zwanzig Jahre wie im römischen Heer. Und statt des Mithras der Legionäre betete er den Gott der britischen Christen an. Von diesen kleinen Unterschieden abgesehen, ähnelte sein Leben stark dem seiner römischen Ahnen.

Seine steingemauerte Festung lag drei Tagesritte vom Ort der Kriegerversammlung entfernt. Der Weg durch die Eildon-Hügel Richtung Nordosten bis zum Meer war angenehm. Artus blieb die ganze Zeit in meiner Nähe; nicht aus Furcht, glaube ich; er schien einfach für vertraute Gesellschaft dankbar. Wir redeten über alles, was wir auf der Versammlung gesehen hatten: die Krieger, ihr Geschick im Umgang mit den verschiedenen Waffen, die Unterschiede im Kampfstil.

Artus hatte ein Auge für Feinheiten, eine Eigenschaft, die man ihm später nur selten zuschrieb. Aber er konnte den Unterschied zwischen dem runden und dem eckigen Biß eines Pferdes daran erkennen, wie ein Tier sich bewegte, wenn der Reiter es auf dem Feld lenkte. Und er erkannte, aus welchem Holz ein Speerschaft geschnitzt war, wenn er hörte, wie er beim Auftreffen auf einen Schild klang.

Mit Artus zu reden war ganz anders, als mit anderen Knaben seines Alters zu sprechen. Mit acht Jahren hatte er sich bereits ein großes, brauchbares Wissen auf vielen Gebieten erworben. Er konnte lesen und gutes Latein schreiben; er sprach es so fließend, daß ihn noch der anspruchsvollste Kirchenmann verstand.

Auch in Wald und Feld wußte er Bescheid: Er kannte die verschiedenen Bäume und Sträucher sowie ihren Nutzen, die richtigen Kräuter für einfache Arzneien und Heiltrünke, die eßbaren Wildpflanzen und die Stellen, an denen sie wuchsen, alle Tiere und Vögel samt ihren Gewohnheiten ... und vieles andere mehr.

Dafür war ich verantwortlich, ja. Von den ersten Tagen an hatten Pelleas und ich den Knaben in allen möglichen Dingen unterwiesen, seinen Geist mit den Wundern der ihn umgebenden Welt angefüllt. Und Artus, der kleine Artus, nahm dies auf, wie er immer alles aufnahm: mit fiebernder Leidenschaft und Entschlossenheit.

Darin verriet sich seine Herkunft. Er hatte ganz und gar Aurelius' Eifer und Feuer geerbt, dazu Ygernas rasche Auffassungsgabe. Auch ein üppiger Teil von Uthers unverzagtem Standvermögen eignete ihm; manchmal zeigte sich dieses als Beherztheit und manchmal als Starrköpfigkeit.

Daneben besaß er Aurelius' neugierige Unschuld in der Schlacht: die furchtlose Selbstvergessenheit, die ihn dazu brachte, das Unmögliche in Angriff zu nehmen und zu erreichen. Das sollte sich natürlich erst später bemerkbar machen. Doch schon in seiner Kindheit legte er eine gewisse Unbekümmertheit an den Tag, wenn es um seine persönliche Sicherheit ging. Ich erkannte sie wohl und wußte um ihren Ursprung, denn ich war neben Aurelius geritten.

Bei jedem anderen hätte man sie für Nachlässigkeit gehalten.

Oder eher noch für Torheit. Aber das war sie nie. Artus hatte schlichtweg keine Angst. Wagemut, Kühnheit, Tapferkeit, Mut – mit solchen Eigenschaften überwindet man Furcht.

Aber was ist, wenn keine Furcht da ist?

Wie ich sagte, unterhielten wir uns über die Kriegerversammlung und das kommende Jahr. Ich merkte, daß Artus entschlossen war, das Beste aus seinem notwendigen Exil zu machen. Er mochte Ectorius und achtete ihn als Herrscher und Krieger. Er war begierig, sich die Fähigkeiten zu erwerben, die Ectorius ihn lehren konnte.

Am dritten Tag erreichten wir bei Einbruch der Dämmerung Caer Edyn. Wir näherten uns von Westen durch ein breites, gewundenes Tal, an dessen Ende wir den Aufstieg zur Felsenburg begannen. Sie stand auf einem riesengroßen, nackten Gesteinsblock und bot einen Blick auf den größten Teil der sehr viel tiefer gelegenen Bucht.

Steinwälle mit Holzpalisaden darauf, umgeben von einem breiten, tiefen Graben, zeugten davon, daß Caer Edyn über die Maßen Sachsenangriffen ausgesetzt gewesen war – und sie überstanden hatte.

Im goldenen Licht des feurig flammenden Sonnenuntergangs glänzten Stein und Holz wie Bronze: solide, unüberwindlich. Und obschon das Land um die Festung herum recht lieblich wirkte, da es im Schutz der hohen Meeresklippen lag, wußte ich, daß das Klima in den Nordreichen hart und erbarmungslos sein konnte.

Kreisende Seevögel und die unbeeinträchtigte Sicht auf das weite, leere Meer ließen Caer Edyn einsam wirken. Das spürte auch Artus, der sich in sich zurückzog, als wir den schmalen Felspfad zur Festung erklommen. Doch jegliche Trübsal verflog, sobald wir den Gipfel erreichten.

»Myrddin!« Artus winkte mich zu sich. »Schau!«

Ich ritt zu ihm, und wir betrachteten die sich dahinschlängelnde Wasserfläche, die das Muir Guidan bildete. Jenseits der Bucht reichten bewaldete Hügel steil und düster bis ans Ufer.

Zum Norden hin konnten wir den Rauch einer kleinen Küstensiedlung in die Luft steigen sehen.

»Peanfahel«, erklärte uns einer der Krieger. Er hatte neben uns angehalten, um die Aussicht zu genießen. »Und dahinter«, sagte er gen Nordwesten zeigend, »liegt Manau Gododdin. Dort wollen sich die Sachsen immer niederlassen. In Gododdin haben wir schon oft gekämpft und werden es wieder tun.«

Der Mann setzte seinen Weg zum Caer fort. Andere Krieger eilten vorüber. »Was hältst du von deinem neuen Zuhause, Artus?« fragte ich.

»Es ist mir, glaube ich, recht. Es ist offener als Caer Tryfan, mehr wie Caer Myrddin.« Er drehte sich im Sattel, um mir ins Gesicht zu sehen. »Und hier bin ich nicht so weit weg von Bedwyr. Vielleicht können wir einander ab und zu besuchen.«

»Vielleicht«, räumte ich ein. »Aber nach Rheged zu reisen ist noch immer schwierig.«

»Nun ja, irgendwann ... vielleicht ...« Er blickte auf die Bucht hinaus und zu den dunklen Hügeln auf der gegenüberliegenden Seite, als würde er die Orkaden betrachten und sich überlegen, wie er dorthin gelangen könnte. Mit einemmal zog er die Zügel an, trieb sein Pony an, und wir ritten weiter zur Burg.

Als wir in den gepflasterten Hof kamen, erwartete Ectorius uns bereits. »Willkommen, Freunde!« rief er schallend. »Willkommen in Caer Edyn, dem letzten Vorposten des Imperiums!«

So begann unser langer Aufenthalt im Norden.

Am ersten Abend in Caer Edyn vermißte Artus Bedwyr sehr. Seit Jahren waren sie nicht voneinander getrennt gewesen. Er schlief schlecht und wachte früh auf. Er begab sich in den Stall, um nach seinem Pony zu sehen. Zufrieden, daß alles in Ordnung war, kehrte er zurück und begab sich langsamen Schrittes in den Saal, wo Ectorius mit einer Überraschung aufwartete.

»Mein Sohn Caius!« verkündete Fürst Ectorius mit unverhohlenem Stolz und stellte einen stämmigen, drallen Jungen vor, der ein paar Jahre älter als Artus war. Der Junge zog ein finsteres

Gesicht, weil er nicht wußte, ob er uns trauen durfte. »Das ist Artus«, erklärte Ectorius seinem Sohn. »Er lebt von nun an bei uns. Heiße ihn willkommen, mein Sohn!«

»W-w-w-willkommen, A-artus«, murmelte Caius. Dann drehte er sich um und humpelte, sein rechtes Bein nachziehend, rasch davon.

»Der Bursche ist als Säugling vom Pferd gestürzt und hat sich das Bein gebrochen«, erläuterte Ectorius freundlich. »Der Knochen ist schlecht zusammengewachsen. Seitdem hinkt Caius.« Das Stottern erwähnte der Vater nicht, ein Leiden, das sich nur bemerkbar machte, wenn Caius aufgeregt, enttäuscht oder wie jetzt ängstlich war.

Natürlich hoffte Ectorius auf ein gedeihliches Miteinander der Jungen. »Der Bursche ist hier einsam«, erklärte er. »Sie werden sich schon mögen, glaube ich. Bestimmt.«

Auch ich fragte mich, wie Artus mit dem mürrischen Caius auskommen würde. Aber da keine Macht der Welt zwei Jungen, die keine Freunde sein wollen, zu Freunden machen kann, ließ ich die Sache auf sich beruhen.

Wie der Zufall es wollte, war sie rasch entschieden. Denn noch am gleichen Tag brachte Artus den ungesprächigen Caius dazu, ihm ein wenig die Umgebung der Burg zu zeigen.

Sie ritten zu der kleinen Küstensiedlung Peanfahel, und auf dem Weg erfuhr Artus etwas Bemerkenswertes über seinen widerborstigen Freund: Der Bursche konnte reiten wie ein junger Gott oder wie die *Bhean Sidhe* aus den hohlen Hügeln, deren Pferde von den Rössern der Unsterblichen auf der Glasinsel im Westmeer abstammten.

Caius hatte sein Gebrechen mehr als ausgeglichen, indem er gelernt hatte, so geschickt und anmutig zu reiten, daß er ein völlig anderer Mensch wurde, sobald er im Sattel saß – eines jener Wesen halb Pferd, halb Mensch aus den lateinischen Schriften. Welches Pferd ihm auch unterkam, er konnte ihm Wunderdinge entlocken; noch die jämmerlichste Mähre gab mehr als ihr Bestes, wenn Caius aufsaß.

Da der Tag warm war, machten die beiden in dem Weiler Halt, um ihre Pferde an der Furt oberhalb des Ufers zu tränken. Ein paar Dorfkinder spielten in der Nähe, und als die Knaben angeritten kamen, umringten sie sie und bemerkten folglich Caius' verkrüppeltes Bein.

Mehr war nicht nötig. Sofort setzte ein Höhnen und Johlen ein. »Krüppel! Krüppel!« riefen die Gören, seinen schleppenden Gang nachahmend. Sie lachten laut, und Caius ließ den Kopf hängen.

Entsetzt sah Artus eine Weile zu. Solch berechnete Grausamkeit hatte er noch nie erlebt. Das Gejohle war schon schlimm genug, aber als die älteren Knaben anfingen, Caius mit Steinen zu bewerfen, kam Artus zu dem Schluß, das gehe zu weit.

Er ballte die Fäuste, stieß einen wilden Schrei aus, rannte mit gesenktem Kopf auf den größten Rüpel los und stieß ihm voll in den Magen. Der erschrockene Junge fiel auf den Rücken, zappelte mit den Beinen, während Artus ihm auf der Brust saß. Die drei Jahre, die der Bösewicht älter war, glich Artus durch seine Größe aus.

Es gab eine kurze Balgerei: der ältere Junge wurde ohnmächtig. Da ihm die Luft aus den Lungen gepreßt worden war und er mit Artus auf seiner Brust keine holen konnte, verlor er einen Moment das Bewußtsein.

Das Höhnen hörte auf. Verwundert sahen die Kinder zu. Glühend vor Wut, stand Artus auf und verlangte zu wissen, ob jemand etwas zu sagen habe. Keiner. Der Schurke kam zu sich und rannte weg. Die übrigen zerstreuten sich flugs. Caius und Artus saßen wieder auf und ritten weiter am Ufer entlang.

Bis sie wieder in den Caer zurückkamen, waren sie die besten Freunde, und Artus hatte Caius' Namen eine keltische Form gegeben. Von nun an hieß er Kei.

Ich vermute, da Artus Keis Leistung als Reiter bewunderte, kam es ihm nie in den Sinn, sich über die Art, wie er ging oder sprach, lustig zu machen – etwas, das zu viele andere sehr wohl taten, und zwar mit entmutigender Regelmäßigkeit.

Doch Artus nie. Und dadurch verdiente Artus sich Keis immerwährende Treue und Hingabe.

Kei – Gott segne ihn! Der Mann mit dem flammend roten Haar und dem feurigen Temperament, dessen blaue Augen sich so schnell verdüstern konnten wie der Sommerhimmel über Caer Edyn durch die wilde Wut eines Gewitters, dessen seltenes Lächeln das kälteste Herz erwärmen konnte, dessen metallene Stimme wie ein Jagdhorn durch die Täler trug und eines Tages die Männer auf dem Schlachtfeld anspornte ... Kei der Unverzagte, Kei der Hartnäckige, der sich immer weiter mühte, wenn ein anderer den Kampf schon längst verloren gegeben hätte.

Wir verbrachten die ersten schönen Tage also damit, Caer Edyn und die Umgebung zu erkunden. Artus machte ein Spiel daraus: Er prüfte, wie weit er sich außer Sichtweite des Felsens begeben konnte, ehe er versuchte, den Rückweg zu finden. Manchmal ritten Pelleas und ich mit ihm, häufiger Kei.

Es war, das merkte er schnell, eine merkwürdige Gegend voller Überraschungen. Die erste war, daß in den schmalen, zerklüfteten Tälern, die die rauhen Berge säumten, so viele Menschen lebten. Es gab Hunderte dieser Täler und in jedem eine kleine Festung oder Siedlung. Bald erwarteten wir sie schon: ein paar Hütten aus Gras und Stein, an Bächen entlanggestreckte Roggen-, Gersten- und Haferfelder, ein Rinder- und Schafpferch, der runde Buckel eines steinernen Kornspeichers, ein, zwei Öfen, die mit Holz oder beißendem Torf brannten. Über das ganze Land verstreut gab es kleine Menschenansammlungen, getrennt von den hohen, kahlen Hügeln.

Auch Wald war reichlich vorhanden, und es ließ sich gut jagen: Wildschweine und Bären, Hirsche und Rehe, Wildschafe und Hasen sowie allerlei Geflügelarten, von denen einige wie das Moorhuhn im Süden unbekannt waren. Es gab Adler und Falken in Fülle und in Bach, See und Meer eine Unzahl verschiedener Fische.

Kurzum, bald betrachtete Artus Caer Edyn und seine Umgebung als eine Art Paradies und weniger als einen Ort des Exils, wie er zunächst befürchtet hatte. Die Burg wäre geradezu vollkommen gewesen, hätte es nicht den unsäglichen Winter gegeben.

Aber wir überstanden ihn und genossen den kurzen, herrlichen Frühling. Alles in allem war Caer Edyn ein großartiges Zuhause für einen Jungen. Auf mein Betreiben suchte Ectorius nach einem Lehrer für Artus und Kei; er fand ihn in einem der Brüder aus der neuerrichteten Abtei in Abercurnig. So wurden das Lateinische wie auch Lesen und Schreiben unter dem nachsichtigen Blick von Melumpus wiederaufgenommen.

Daneben fing Ectorius an, Artus in der Kunst des Herrschens zu unterweisen: Er lehrte ihn alles Notwendige, um ein Königreich zu erhalten und Menschen richtig zu führen. Die Waffenausbildung ging weiter und wurde mit dem wachsenden Können der Jungen immer anspruchsvoller.

So fand das Leben zu einem bequemen Hin und Her zwischen Lernen und Muße, Arbeit und Spiel. Die Jahreszeiten zogen ins Land, und Artus sehnte sich nicht länger nach Bedwyr. Eifrig, ja sogar begeistert machte er sich an seine Aufgaben und wurde ein kundiger Gelehrter.

Für ihn muß es wohl eine schöne Zeit gewesen sein. Ich aber war unzufrieden. Die Gedanken an den *Cran Tara* nagten an mir, und ich vermochte sie nicht abzuschütteln. Als der Winter hereinbrach, fühlte ich mich auf dem Felsen von Caer Edyn in der Falle sitzen. Draußen in der Welt, so stellte ich mir vor, ereigneten sich Dinge – Dinge, von denen ich nichts erfuhr. Nach Jahren der Betriebsamkeit rieb meine erzwungene Abgeschiedenheit mich nun auf. Tag für Tag ging ich mit mir zu Rate. Und an den kalten, grauen Nachmittagen mit Wind und Regen schritt ich im Saal vor dem Herd auf und ab, während meine Laune, fürchte ich, so freudlos war wie das Wetter.

Schließlich bildete ich mir ein, daß die Unterkönige, angeführt von Dunaut und Morcant, unser Versteck entdeckt und sich bereits gegen uns in Marsch gesetzt hätten. Obgleich ich wußte, daß Ector vor jedem Feind, der sich an den Grenzen seines

Reiches bewegte, mit Sicherheit gewarnt würde, machte ich mir deshalb Sorgen, und die Furcht ringelte sich – grundlos, aber dennoch mächtig – um mein Herz.

Pelleas beobachtete mich und war beunruhigt. »Meister, was ist dir?« fragte er schließlich, weil er meine heftige Unrast nicht länger ertragen konnte. »Willst du dich mir nicht offenbaren?«

»Ich ersticke hier, Pelleas«, antwortete ich ohne Umschweife.

»Aber Ectorius ist ein höchst großzügiger Fürst, er –«

»Das meine ich nicht«, fauchte ich. »Ich bin in Sorge und finde keinen Frieden. Ich fürchte, Pelleas, es war ein Fehler, hierherzukommen.«

Er zweifelte nicht an meinen Worten, verstand sie aber auch nicht. »Wir haben keinerlei Kunde von Wirren im Süden. Ich hätte gedacht, das freut dich.«

»Weit gefehlt!« rief ich. »Es macht mich nur mißtrauisch. Täusche dich nicht: Dunaut und seinesgleichen kommen nie zur Ruhe. Selbst jetzt schmieden sie Ränke, wie sie den Thron rauben können – das spüre ich.« Ich klopfte mir mit der Faust an die Brust. »Ich spüre es, und Furcht erfüllt mich.«

Das Feuer flackerte auf, weil der Wind unter der Tür durchbrauste. Ein Jagdhund neben dem Herd hob den Kopf und blickte sich langsam um; dann legte er seine Schnauze wieder auf seine dicken Pfoten.

Ein unbedeutender Zufall. Ich glaube nicht an Vorzeichen. Trotzdem spürte ich, wie es mir eiskalt den Rücken hinunterlief, und es hatte den Anschein, als würde das Licht im Saal schwächer.

»Was hast du vor?« fragte Pelleas nach einer Pause.

Lange herrschte Schweigen. Der Wind stöhnte, und das Feuer knisterte, aber das seltsame Gefühl kehrte nicht wieder. Wie eine Welle, die sich an einem Felsen bricht, hatte es sich wieder zurückgezogen.

Als ich nicht antwortete, sagte Pelleas: »Was fürchtest du: Daß die kleinmütigen Könige uns hier aufspüren oder daß sie gar keine Lust mehr zum Suchen haben?«

Ins Feuer starrend, sah ich, wie Flammen ihre Formen wechselten, aneinanderstießen, und hatte das Gefühl, daß sich Kräfte zusammenbrauten, sich irgendwo eine Macht aufbaute, die ich finden mußte, um sie in die richtige Bahn zu lenken. »Beides, Pelleas. Und ich kann nicht sagen, was mich mehr beunruhigt.«

Er hatte eine einfache Lösung: »Dann müssen wir in den Süden reisen und sehen, wie die Dinge stehen. Ich werde Pferde und Vorräte bereitmachen. Bei Tagesanbruch ziehen wir los.«

Bedächtig schüttelte ich den Kopf und zwang mich zu einem Lächeln: »Wie gut du mich kennst, Pelleas. Aber ich will alleine gehen. Dein Platz ist hier. Artus braucht dich.«

»Weit weniger, als er dich braucht«, versetzte er trocken. »Ectorius ist sehr fähig und geschickt. Er wird seinen Pflichten gegenüber Artus ehrenhaft nachkommen – ob wir hier sind oder nicht.«

Fürwahr, ich legte keinen großen Wert darauf, den Winter allein in der Wildnis zu verbringen, darum gab ich klein bei. »Du sollst deinen Willen haben, Pelleas. Wir gehen! Und möge Gott mit uns sein!«

V

Wir verließen Caer Edyn, sobald Pelleas sämtliche Vorbereitungen getroffen hatte. Ector riet uns, zu bleiben, bis die Pfade getaut hätten, aber der Frühling kommt im Norden immer spät, und ich wagte nicht zu warten, bis Schnee- und Regenfälle aufgehört hatten. Artus bat uns, mitkommen zu dürfen, und war enttäuscht, daß er dableiben mußte.

Der Tag unserer Abreise brach kalt und grau an, und das Wetter wurde nicht besser. Am Abend errichteten wir im Windschatten eines Hügels ein Lager, standen früh auf und setzten unseren Weg fort. Der Himmel klarte nicht auf, und der Wind wurde beißend, aber es fiel kein Schnee, so daß wir weiterreiten konnten – durch die gewundenen Täler und über die glatten, kalten Hügel. Es ging langsamer, als mir lieb war.

Die Vorsicht verlangte Verschwiegenheit. Artus' Sicherheit hing davon ab, daß es mir gelang, seine Herkunft und seinen Aufenthalt im Verborgenen zu halten. Die Heimlichkeit war mein stärkster Verbündeter, aber da wir nicht alle Siedlungen und Weiler meiden konnten noch jeden Reisenden, machte ich mich so weit wie möglich unsichtbar. So nahm ich meine Angewohnheit an, verkleidet durchs Land zu reisen, um mich leichter zwischen den Menschen bewegen zu können: bald als Greis, bald als junger Mann, einmal als Hirte, dann als Bettler oder Einsiedler.

Ich machte mir Demut zu eigen und trug sie als meinen Mantel. Unter den ahnungslosen Menschen hielt ich mich an die schlichten Dinge des Lebens und konnte so unerkannt und unbemerkt durch die Insel der Mächtigen ziehen. Denn die Menschen achten nur selten auf das Schlichte um sie herum; und worauf sie nicht achten, das halten sie nicht auf. Auf diese Weise ritten wir durch die Nordlande und hinein in die Südlande unterhalb des Limes, wo wir eine alte Römerstraße gleich südlich von Caer Lial einschlugen. Die Straße war noch immer in gutem Zustand, und Pelleas staunte darob. »Warum wunderst du dich?« fragte ich ihn. »Dachtest du, die Pflastersteine würden mit den Legionären verschwinden? Oder der Kaiser würde seine Straße zusammenrollen und mit zurück nach Rom tragen?«

»Sieh nur!« rief Pelleas und wies mit der Hand auf die viel beanspruchte Straße, die sich schmal und gerade vor uns erstreckte: »Unser Pfad ist glatt; der Weg durch die Wildnis liegt klar zutage.« Ich lächelte ob seiner Anspielung. »Das kommt uns vollkommen zupaß, Emrys. Wir werden schneller vorankommen, ohne bemerkt zu werden.«

Es stimmte: Die mit Steinen gepflasterte Straße war eben und in gutem Zustand wie immer; und obwohl Sträucher, kleine Bäume und Gestrüpp aller Art sich so dicht herandrängten, daß sie den Blicken fast entzogen war, hatte das Buschwerk sie nicht zerstört. Und wenn andere Menschen seit langem die alten Straßen aufgegeben hatten und offeneren Pfaden den Vorzug gaben, ermöglichte der dicht wuchernde Bewuchs es uns, daß wir uns um so freier bewegten. Wir konnten reisen, ohne gesehen zu werden – hier und da auftauchen, wenn wir es wollten oder mußten, dann wieder verschwinden ... um andernorts wieder zum Vorschein zu kommen.

Ich mußte Pelleas recht geben, die alte Römerstraße schien uns wie vom Himmel gesandt, und ich pries das Große Licht dafür. Schon häufig ist mir aufgefallen, daß sich, wenn man einen Weg braucht, auch einer findet. Ob dieses Umstandes sollte man sich nicht wundern, aber ihn genausowenig außer acht lassen.

Nun, wir reisten um so unbeschwerter, auch wenn das hieß, daß wir zumeist der Gesellschaft anderer Menschen entraten mußten, da wir uns von Siedlungen und Häusern fernhielten, einsam unser Lager aufschlugen, des Nachts unter bloßem Himmel schliefen. Gelegentlich begaben wir uns in eine Siedlung am Wegesrand, um uns mit Vorräten einzudecken. Überall lauschte ich auf das, was die Leute erzählten, erwog ihre Worte sorgfältig und suchte in allem Gehörten nach einem Hinweis auf die von mir befürchteten Wirren.

Bis wir die Südlande erreichten, zeigte wärmeres Wetter ein frühes Ende des Winters an, und schon bald seufzte eine milde Brise durch frisch knospende Bäume. Rasch sprossen Blüten, deren süßer, schwüler Duft auf den Lüften trieb. Das Wasser stand hoch; Flüsse, Seen und Bäche waren zum Überlaufen voll. Nach einer kurzen Weile erstrahlten die Hügelflanken in grellen Farben: gelb, rot und blau. Die Sonne stand am scheckigen, wolkengefleckten Himmel, und der Mond zog seine helle Bahn durch sternenerfüllte Nächte.

Über das Land schien sich Friede gelegt zu haben, aber das tröstete mich nicht. Ja, je weiter wir nach Süden ritten, um so größer wurde meine Besorgnis.

»Mir ist immer noch nicht wohl bei der Sache, Pelleas«, gestand ich eines Nachts am Feuer. »Mir behagt nicht, was ich hier spüre.«

»Das überrascht mich nicht«, erwiderte er. »Andernfalls wären wir nicht so weit geritten. Vielleicht heißt das, daß wir uns dem Ende unserer Suche nähern.«

»Vielleicht«, räumte ich ein. »Morcants Lande liegen nicht weit von hier. Ich würde meine Harfe darum geben, zu erfahren, was er im Schilde führt.«

»In der Nähe gibt es bestimmt eine Siedlung. Vielleicht kann man uns dort etwas sagen.«

Am folgenden Tag ritten wir auf das nächste Dorf zu und fanden ein gar nicht so kleines zu beiden Seiten einer Furt über einen reißenden Strom. Die beiden Hälften waren durch einen schlammigen Pfad miteinander verbunden, die Häuser bestanden aus Lehm und Zweigen und waren mit Riet gedeckt, schlecht gebaut. Aber die beiden großen Viehpferche kündeten von einem gewissen Wohlstand.

Als Wanderpriester verkleidet – angetan mit einem langen, formlosen Gewand aus ungefärbter Wolle, das Pelleas unterwegs in einem Kloster für mich gekauft hatte, mit zerzaustem Haar, dreck- und rußverschmiertem Gesicht – betrachtete ich den Ort von einem Hügel aus. »Das Dorf ist richtig; die Leute hier handeln mit Vieh. Sie werden wissen, was hier in der Gegend geschieht.«

Als wir uns dem Weiler näherten, stellten sich mir die Nakkenhaare auf. Ich beugte mich zu Pelleas, um ihm von meiner Ahnung zu berichten, aber er gebot mir mit der Hand Schweigen und zügelte sein Pferd. Er stellte sich im Sattel auf und rief mit lauter Stimme: »Ist hier jemand?«

Wir warteten. Aus den Behausungen drang kein Laut. Gleich rief Pelleas noch einmal: »Wir warten und werden bleiben, bis wir unsere Pferde getränkt haben.«

Ich stellte mir tückisches Geflüster hinter den Lehmwänden um uns vor: rasches, scharfes Gewisper, das Messern gleich auf unsere Rücken geschleudert wurde.

»Vielleicht sollten wir woanders hin«, meinte Pelleas leise.

»Nein«, entgegnete ich fest. »Wir sind mit guten Absichten hierhergekommen und lassen uns nicht abweisen.«

Wir warteten. Die Pferde schnoben und scharrten ungeduldig im Boden.

Schließlich, als ich schon fast gedacht hätte, wir müßten doch weiterziehen, tauchte ein stiernackiger Mann mit einem Eichenknüppel auf. Er trat aus dem mittleren Haus, richtete sich auf und schritt großtuerisch auf uns zu.

»Zum Gruß«, sagte er eher drohend als zum Willkommen. »Wir sehen nicht viele eurer Art in dieser Gegend. Zu reisen ist heutzutage schwierig.«

»Da stimme ich dir zu«, erwiderte ich. »Wären wir nicht in großer Not, würden wir dich nicht um deine Gastfreundschaft bitten.«

»Gastfreundschaft?« Das Wort bedeutete ihm offenbar nichts. Mißtrauisch verengten sich seine Augen unter den schweren Lidern.

Pelleas tat so, als würde er die Grobheit des Mannes nicht

bemerken und schwang sich aus dem Sattel. »Wir bitten um ein wenig Wasser für die Tiere und uns. Dann reiten wir weiter.«

Der Mann wurde wütend. »Mehr als Wasser bekommt ihr nicht, merkt euch das.«

»Gottes kostbares Geschenk – mehr verlangen wir nicht«, versetzte ich hochmütig lächelnd.

»Hm.« Der Mann drehte sich jäh um. »Hier entlang.« Pelleas warf mir einen finsteren Blick zu und trottete ihm nach. Ich faßte die Zügel und führte die Pferde. Wir wurden zu einem Steintrog geführt, den ein Rinnsal speiste, das über eine alte Lehmleitung von einem Bergquell abgezweigt worden war.

Pelleas trank zuerst, seine Hände als Schale benutzend. Als er fertig war, bückte ich mich und trank. »Gott segne dich«, sagte ich, während ich meine Hände an meinem Gewand abtrocknete. »Dank sei dir für deine Freundlichkeit.«

Der Mann knurrte und klopfte sich mit der Keule gegen sein Bein.

»Wir waren im Norden«, sagte ich, während Pelleas die Pferde tränkte. »Wem gehört das Land hier?«

»König Madoc«, fauchte der Mann.

»Und ist er ein guter König?«

»Manche würden wohl so sagen – andere wiederum nicht.«

»Und was würdest du sagen?«

Der Unhold vor uns spuckte aus, und ich dachte, er würde mir keine Antwort geben. Aber er nahm nur Anlauf für seine Geschichte. »Ich sage, Madoc ist ein Narr und ein Feigling!«

»Derjenige, der seinen Nächsten einen Narren heißt, setzt sich Gottes Zorn aus«, rief ich ihm ins Gedächtnis. »Gewiß hast du einen triftigen Grund für dein hartes Urteil.«

»Einen triftigen Grund, fürwahr«, schnob der Mann. »Ich nenne den einen Narren, der sich sein Land von einem anderen rauben läßt und keinen Finger rührt, um den Dieb zu halten! Ich nenne den einen Feigling, der daneben steht und zusieht, wie sein Sohn abgeschlachtet wird und keinen Blutzoll fordert.«

»Das ist eine ernste Sache. Das Land geraubt, ein Prinz getötet: Wer hat das alles getan?«

Ob meiner Unkenntnis verzog der Mann angewidert das Gesicht. »Wer schon?« höhnte er. »Morcant der Belgenkönig natürlich! Vor zwei Sommern fing es an, und seitdem heißt es, jede Siedlung verteidige sich selbst, denn von Madoc können wir keinen Schutz erwarten.«

Traurig schüttelte ich den Kopf. »Das zu hören bekümmert mich.«

»Pah!« bellte der Mann verächtlich. »Möge dein Kummer dich schützen! Ich habe vor, zu verteidigen, was mir gehört.« Seine Lippen verzerrten sich zu einer häßlichen Fratze. »Ihr habt euer Wasser bekommen, packt euch nun von hier. Wir haben keine Verwendung für Priester.«

»Ich könnte einen Segen erteilen –«

Zur Antwort reckte er seinen Knüppel.

»Vielleicht doch nicht.« Ich zuckte die Achseln und nahm die Zügel aus Pelleas' Hand. Wir saßen auf und ritten den gleichen Weg zurück. Sobald wir außer Sichtweite waren, hielten wir an, um über das zu reden, was wir erfahren hatten.

»Morcant bekriegt also seine Bruderkönige«, grübelte ich. »Zu welchem Zweck? Ein wenig Land, ein wenig Beute? Es gibt keinen Sinn.«

»Willst du Madoc aufsuchen?«

»Nein, ich kann dort nichts ausrichten. Morcant hat seine Nachbarn mit Krieg überzogen, und ich möchte wissen, warum. Da ich heute Priester bin, werden wir etwas Priesterliches tun und Rat bei einer höheren Macht suchen.«

Die Belgen sind ein alter Stamm, die ihren Sitz in Caer Uintan haben. Der Friedensschluß mit Rom ermöglichte es ihnen, sich in der Gegend niederzulassen. Das alte Caer Uintan gedieh und wuchs im Dienst der Legionen. Aber die Legionen waren längst fort, und die Stadt schrumpfte wieder zusammen – wie ein überreifer Apfel, der verschrumpelt, wo er hingefallen ist.

Gleich Londinium im Südosten hatte Caer Uintan eine Stadtmauer aus Stein. Doch war der Wall hier niemals so hoch wie in Londinium, weil er nie so dringend gebraucht wurde und eher an die Stärke der Belgen erinnerte als wirklich zur Verteidigung diente.

Darum waren Pelleas und ich erstaunt, als wir in der Dämmerung der Stadt ansichtig wurden: Die Mauer um Caer Uintan war wahrhaftig angewachsen. Und unterhalb war ein tiefer Graben ausgehoben worden, um sie noch höher zu machen. Die Stadt Caer Uintan war jetzt eine Festung.

Die Tore waren bereits zur Nacht geschlossen und verriegelt, obwohl der Himmel noch hell war. Wir machten auf dem schmalen Damm vor den Toren Halt und riefen die Torhüter an. Sie ließen uns erst warten und antworteten dann grob.

Die griesgrämigen Torhüter wollten uns nur ungern einlassen, aber da ich behauptete, Geschäfte mit der Kirche zu regeln zu haben – der Kirche, die Aurelius für die Stadt errichtet hatte –, öffneten sie murrend und fluchend die Tore und ließen uns ein, um nicht bei Bischof Uflwys in Ungnade zu fallen, dessen scharfer Witz und noch schärfere Zunge in der Gegend berüchtigt waren.

»Reiten wir sogleich zur Kirche?« fragte Pelleas, sobald wir durch das Tor waren. Die Straßen der Stadt wurden von Schatten und dem Rauch der Herde verdüstert, die hinter dem dicken Glas schmaler Fenster zu glimmen begannen. Caer Uintan war noch immer eine reiche Stadt. Diejenigen Bewohner, die sich ein Leben im alten römischen Stil leisten konnten, lebten gut.

»Ja, ich möchte mit dem Bischof reden«, antwortete ich. »Uflwys hat uns vielleicht etwas zu sagen.«

Bischof Uflwys war ein großer, strenger, tiefsinniger Mann mit schwer errungenen Überzeugungen. Es hieß, daß diejenigen, die zu Uflwys kamen, um Gottes Vergebung für ihre Sünden und Vergehen zu erlangen, ihn stets sehr nachdenklich, aber mit vergebenen Sünden verließen. Als Bischof fürchtete er weder die Könige auf Erden noch die Dämonen der Hölle und behandelte alle Menschen gleich, das heißt: ohne viel Federlesens.

Er war nach Caer Uintan gekommen, um beim Bau der Kirche mitzuwirken, und war geblieben, um sie mit starker Hand zu führen. Die Kirche stand wie ihr Führer abseits von der Welt, schmucklos, und kündete von einem festen, unerschütterlichen Glauben. Ich war neugierig, was er über Morcant zu berichten hatte.

Der Bischof empfing uns herzlich. Er bewahrte anscheinend immer noch ein wenig Achtung vor mir, denn er hatte Aurelius geliebt. Ja, Uflwys schien aufrichtig erfreut, uns zu sehen. »Merlinus! Lieber Bruder, du bist kaum wiederzuerkennen!« Er stand auf, als wir angemeldet wurden, und kam mit ausgestreckten Armen auf uns zu. Ich näherte mich ihm und faßte seine Arme zum alten keltischen Gruß. »Kommt, kommt, setzt euch zu mir. Habt ihr Hunger? Wir wollen essen. Ich habe mich oft gefragt, wohin du verschwunden warst. Gott segne deinen Anblick! Warum bist du wie ein Bettler gekleidet?«

»Ich bin froh, dich zu sehen, Uflwys. Ehrlich gesagt hatte ich nicht vor, hierherzukommen. Aber da ich dich nun sehe, glaube ich, meine Schritte waren von Anfang an hierher gerichtet.«

»Wohin der Herr uns führt, dahin müssen seine Diener ihm folgen, wie? Und so, wie du aussiehst, würde ich sagen, es war eine schöne Hetze. Was hast du vor, Merlinus?« Uflwys zeigte auf meine Kleidung. »Du willst doch nicht etwa die heiligen Gelübde ablegen?«

Ehe ich etwas erklären konnte, hielt Uflwys seine Hände hoch. »Nein, sag noch nichts. Erst wollen wir essen. Ihr seid beide müde von eurer Reise. Brechen wir gemeinsam das Brot. Zum Reden haben wir anschließend genug Zeit.«

Bischof Uflwys' Tafel war so karg wie der Bischof selbst. Es gab schlichte, aber schmackhafte Kost: Brot, Bier, Fleisch, Käse. Pelleas setzte sich zu uns an den Tisch, und wir wurden von zwei jungen Mönchen aus dem nahegelegenen Kloster bedient. Unser Tischgespräch drehte sich um die üblichen Reisebeobachtungen: Wetter, Ackerbau, Handel, unterwegs aufgelesene Neuigkeiten. Als wir fertig waren, erhob der Bischof sich von seinem Platz.

»Wir trinken ein wenig Met in meinem Gemach«, beschied er die Mönche. »Bringt einen Krug und Becher.«

Wir ließen uns in Uflwys' kahlem Gemach nieder, einer gekalkten Zelle mit einem schmalen, unverglasten Fenster, einem Boden aus festgetretener Erde und einem kurzen Bord, auf dem der Sack sauberen Strohs lag, der sein Bett war. Aber er war es gewohnt, in seiner Zelle Besucher zu empfangen, und ihnen zu Ehren hatte er vier große, schöne Stühle und einen kleinen Herd.

Kaum saßen wir, traten die Mönche ein. Einer von ihnen trug ein hölzernes Tablett mit Bechern und einem Krug darauf, der andere ein dreibeiniges Tischchen als Unterlage dafür. Beides wurde neben Bischof Uflwys' Stuhl gestellt, und nachdem die Mönche den Met eingeschenkt und das Feuer geschürt hatten, verließen sie uns ohne ein Wort.

Uflwys reichte die Becher herum und sagte: »Gott schenke euch Gesundheit!« Wir schlürften das süße, nach Heide duftende Naß und schwiegen eine Weile. »Nun denn, meine Freunde. Erzählt mir, was mir heute abend die Freude eurer Gesellschaft verschafft.«

Ich stellte meinen Becher ab und beugte mich vor. »Wir haben gehört, daß Morcant einen Krieg gegen seinen Nachbarn Madoc entfacht. Ich möchte gern wissen, was du mir zum Stand der Dinge sagen kannst.«

Das Gesicht des frommen Mannes wurde ernst und streng. »Morcant im Krieg? Ihr müßt mir glauben, wenn ich euch sage, daß ich davon nichts hörte, bis du dieses häßliche Wort aussprachst.« Er ließ seinen Blick zwischen mir und Pelleas wandern. »Nichts.«

»Dann will ich dir das Wenige erzählen, das ich weiß«, erwiderte ich. Ich berichtete, was Pelleas und ich erfahren hatten, und erklärte, wie wir zu diesen Auskünften gekommen waren.

Uflwys stand auf und ging fahrig vor dem Feuer auf und ab. »Ja«, sagte er, als ich fertig war, »ich bin sicher, daß das, was du sagst, der Wahrheit entspricht, denn es erklärt vieles. Morcant hat sich offenbar angestrengt, die Sache vor mir geheimzuhalten, aber das ist jetzt vorbei.« Er wandte sich plötzlich zur Tür. »Kommt, wir wollen dem bösen König seine Sünden vorhalten. Ich werde nicht schlafen, bis ich ihm das Verbrechen vorgeworfen habe. Er darf nicht glauben, daß die Kirche seiner Untat gegenüber gleichgültig bleibt.«

VI

Unter den Römern eine bedeutende Stadt, war Venta Belgarum schon vor deren Ankunft die Burg der Belgenfürsten gewesen. Morcant erinnerte jedermann daran, daß seine Familie sich einer langen und einträglichen Zusammenarbeit mit dem Kaiser rühmen konnte und daß die Belgenfürsten auf ihre Vergangenheit stolz waren. Obwohl Forum und Basilika jetzt für Privatzwecke in Anspruch genommen wurden, hielt König Morcant sie würdig instand. Ja, bei allem Gerede von Britannien gab er sich noch immer wie ein Provinzstatthalter.

Die Tore waren zur Nacht geschlossen und verriegelt, aber Morcant empfing uns. Bischof Uflwys war in Caer Uintan eine zu bedeutende Gestalt, als daß er ihm hätte von obenhin oder mit Schimpf begegnen können. Ich bezweifle, daß ich ebenso willkommen gewesen wäre. Immerhin wurden wir zu einem Gemach geführt, an dessen Wänden Webteppiche hingen und das von Binsenfackeln erhellt wurde.

»Ein wenig spät für einen Priester, nicht wahr?« sagte Morcant, als wäre es ganz selbstverständlich für ihn, den Bischof mitten in der Nacht zu empfangen. »Ich dachte, ein Mönch steht mit der Sonne auf und geht mit ihr schlafen.«

»Da unser Herr Jesus Christus nie ruht noch rastet, müssen auch seine Diener bereitstehen, wenn es erforderlich wird«, entgegnete der Bischof, »ob bei Tag oder Nacht.«

»Und Merlin –«, sagte Morcant und ließ sich herab, mich wahrzunehmen. Obwohl ich mein Priestergewand abgelegt hatte, war ich noch immer schlicht gekleidet. »Was für eine Überraschung, dich zu sehen. Ich hatte dich für tot gehalten.«

Das war zweifellos seine teuerste Hoffnung. »Herr Morcant«, erwiderte ich kühl, »du kannst doch unmöglich glauben, daß ich

Britannien ohne Lebewohl verlassen würde. Wenn ich abtrete, wird die ganze Welt es erfahren.«

Ich antwortete ihm recht obenhin; aber auf meinen Worten lag ein geheimnisvoller Schatten, und ihnen folgte verlegenes Schweigen.

»Nun«, sagte Morcant nach einer Weile, listig und zufrieden lächelnd, »wenigstens können wir deine Gesellschaft noch eine ganze Zeitlang genießen. Wollt ihr einen Schluck Wein mit mir trinken? Oder verlangt die Stimme des Herrn eher nüchterne Aufmerksamkeit?« Der König faltete die Hände und machte keinerlei Anstalten, Wein bringen zu lassen. Vielmehr kehrte er, abwechselnd jeden von uns musternd, zu seinem Stuhl zurück und wartete dort, was als nächstes geschehen würde.

Bischof Uflwys packte den Stier bei den Hörnern. »Spare dir die Erfrischungen«, sagte er barsch. »Der gute Wein wäre heute nacht nur verschwendet. Merlinus hat mich davon in Kenntnis gesetzt, daß du Krieg führst. Was ist daran wahr?«

Morcant blickte uns unschuldig an. Ja, er hatte sein Mienenspiel sorgsam geprobt. »Krieg?« sagte er, als würde er ein unvertrautes Wort aussprechen. »Hier muß ein Irrtum vorliegen. Ich weiß von keinem Krieg. Wir leben doch in Frieden. Die sächsischen Teufel sind –«

»Spare dir das Gerede von den Sachsen«, fauchte Uflwys. »In den Weilern der Umgebung geht das Gerücht, daß du König Madoc angegriffen, ihm einen Teil seines Landes weggenommen und seinen Sohn getötet hast. Ist das wahr?«

Morcant täuschte eine bestürzte Miene vor: »Hat Madoc dich dazu angestiftet?« Er seufzte und schlug in offener Entrüstung mit den Armen auf seine Stuhllehnen. »Warum sagt er derlei gegen mich?«

Doch so leicht ließ Bischof Uflwys sich nicht abspeisen: »Ich frage dich noch einmal und verlange eine Antwort, Morcant. Ist diese Beschuldigung wahr? Und ich möchte dir raten, gut zu überlegen, ehe du antwortest, denn mit einer Lüge bringst du deine Seele in Gefahr.«

Wenn Morcant dies beunruhigt haben sollte, so zeigte er es nicht. Er verlieh seinem Gesicht einen ernsten, gekränkten Ausdruck. »Du kannst doch nicht glauben, daß ich derlei tun würde.«

»Das ist das Problem, Morcant: Ich glaube es«, beharrte Uflwys. »Und ich warte darauf, daß du das Gegenteil beweist.«

Als Morcant spürte, in welch aussichtsloser Lage er war, ging er zum Angriff über. »Du!« Er sprang von seinem Stuhl auf und streckte mir einen Finger entgegen. »Das ist dein Werk! Du hast Madoc angestiftet, diese Gerüchte gegen mich zu streuen!«

Ich aber antwortete ihm fest: »Nein, Morcant. Das habe ich nicht.«

»Dann sind dies Madocs Machenschaften«, erwiderte Morcant bockig. »Jetzt ist mir die Sache klar.«

»Du hast die Anschuldigung nicht widerlegt, Morcant«, erklärte der Bischof und erhob sich. »Ich fasse dein Schweigen als Eingeständnis deiner Schuld auf. Ich will nicht länger hierbleiben, damit du deiner Seele nicht noch mehr Gewalt antun mußt.« Er trat zur Tür, wo er innehielt und sich umwandte. »Ich werde für dich beten, du falscher Fürst, auf daß du rasch wieder zu Sinnen kommst und bereust, bevor es zu spät ist.«

Morcant machte keine Anstalten, ihn aufzuhalten, sondern stand unverrückbar und mit kämpferischer Miene da. Der gute Bischof hatte ihn in der Schlinge, und er konnte nichts anderes tun, als sich zu winden und den Knoten damit nur noch fester zu ziehen.

Pelleas und ich folgten Uflwys aus dem Palast und über den Hof. »Ich hatte mir mehr von ihm erhofft«, seufzte der Bischof.

»Aber überrascht bist du nicht?«

»Nein, dafür kenne ich Morcant zu gut. Überrascht bin ich nicht. Trotzdem hoffe ich noch immer aufs beste. Wie ich sagte: Sein Schweigen überführt ihn. Er ist schuldig.« Uflwys blieb stehen und fragte mich: »Was sollen wir nun tun?«

»Das wird sich weisen. Wenn Madoc die Kränkung schweigend erduldet, hat die Sache damit vielleicht ein Ende. Wenn nicht...« Ich blickte zum pechschwarzen Nachthimmel auf. »Dann wird der Krieg weitergehen, und andere werden mit hineingezogen werden. Was, vermute ich, in Morcants Absicht liegt.«

Wir begaben uns zurück zur Kirche, setzten das Gespräch aber erst am nächsten Morgen fort, als wir uns von Bischof Uflwys verabschiedeten: »Wirst du versuchen, die Ausweitung des Krieges zu verhindern?« fragte Uflwys hoffnungsvoll.

»Ja. Sie müssen erkennen, daß nur die Sachsen gewinnen können, wenn wir anfangen, untereinander zu kämpfen: Die Barbaren halten sich heraus und sehen zu, während wir einander metzeln, und stürmen dann herbei, um die Reste kleinzumachen.«

»Dann empfehle ich dich deiner Aufgabe«, sagte Bischof Uflwys. »Ich will hier tun, was ich vermag, und werde um eine rasche, zufriedenstellende Lösung beten.« Er hob seine rechte Hand zum Segen: »Geht mit Gott, meine Freunde, und möge die Gnade des Herrn allzeit mit euch sein.«

Westlich von Caer Uintan besteht das Land nur aus breiten Hügeln und versteckten Tälern. Der Wald ist weniger dicht, die Siedlungen sind zahlreicher und wohlhabender als im Norden. Die Sommerlande liegen wieder westlich davon, und nur ein klein wenig weiter stößt man auf Ynys Witrin, wie die Glasinsel früher genannt wurde, die jetzt Ynys Avallach heißt: die Heimstatt Avallachs, des Fischerkönigs, und seiner Tochter Charis, meiner Mutter.

Taliesins Stamm war zwar aus den Sommerlanden verschwunden, wie das Gebiet zwischen den Belgen und Ynys Avallach genannt wurde, dafür herrschte über das Reich ein Mann namens Bedegran. In jungen Jahren hatte Bedegran an Aurelius' Seite gefochten und war mir als gerechter, aufrichtiger Fürst in Erinnerung.

Am folgenden Tag erreichten wir Bedegrans Festung in Sorvym. Sein Reich war groß und öffnete sich durch den Fluß Afen zum Meer – weshalb die Seewölfe hier oft anzulanden versuchten. Darum wußte er, welchen Wert Wachsamkeit besaß.

Als wir ankamen, war Bedegran mit einem Teil seiner Kriegerschar unterwegs. Sein Hausmeier hieß uns jedoch willkommen und bat uns bis zur Rückkehr seines Herrn zu bleiben. Da Ynys Avallach so nah war, hätte ich mich fast entschlossen, weiterzureisen, ließ mich aber aufs Warten ein, weil ich erfahren wollte, ob Bedegran etwas wußte.

Inzwischen wurden wir verköstigt, und ich schlief ein wenig. Pelleas verbrachte die Zeit mit Bedegrans Hausmeier, der ihm erzählte, was sein Herr später bestätigte: Morcant habe ihr Gebiet eine Zeitlang bedroht und einen Krieg mit ihnen anzuzetteln versucht.

Bisher waren es nur Nadelstiche gewesen: ein paar Stück geraubtes Vieh, zertrampelte Felder und ähnliches. Bedegran war es bis jetzt gelungen, kühlen Kopf zu bewahren und eine offene Auseinandersetzung zu vermeiden, auf die Morcant, so schätzte ich, es abgesehen hatte.

Doch konnte dieser prekäre Friede nicht mehr lange aufrechterhalten werden, denn als Bedegran gegen Abend zurückkehrte, trug er seinen Zorn wie eine brennende Fackel vor sich her.

»Ich kann euch sagen, Morcants Kränkungen habe ich jetzt lang genug ertragen!« klagte er, als er in sein Gemach stürmte. »Ich habe Blutvergießen und Kampf vermieden, indem ich mich blind stellte. Aber wenn er anfängt, mein Volk aus den Dörfern zu vertreiben, kann ich nicht mehr wegsehen!«

Er hörte einen Moment lang auf zu toben und bemerkte uns. »Seid gegrüßt, Merlin Embries und Pelleas. Willkommen hier. Es freut mich, euch wiederzusehen. Verzeiht mir meinen Wutausbruch. Ich wußte nicht, daß ich Gäste habe.«

Ich wischte seine Entschuldigung beiseite. »Wir wissen von Morcants Verrat«, erwiderte ich. »Dein Zorn ist gerecht.«

»Er will Krieg«, erklärte Bedegran ohne Umschweife. »Ich habe die Sache lange hinausgezögert, aber zum Friedenhalten braucht es zwei. Wenn es Krieg heißt, werde ich kämpfen – so ungern ich dies sage.« Er begann, vor uns auf- und abzugehen. »Aber diese – diese Unverfrorenheit! Merlin, ich kann mich nicht heraushalten. Mein Volk bedarf des Schutzes. Versuche nicht, mir etwas anderes einzureden.«

»Schütze es, wie du es für richtig hältst«, entgegnete ich. »Ich habe dir keine Lehren zu erteilen.«

»Hört, hört! Solche Lehren lasse ich mir gefallen. Du bist derjenige, auf den ich vor allen anderen hören würde.« Zum ersten Mal seit seinem Auftritt lächelte Bedegran. »Nun? Ich höre. Sprich.«

»Ich habe nicht viel zu sagen. Trotzdem will ich dir berichten, was ich weiß: Morcant unternimmt Raubzüge nach Dobunien. Er habe einen Teil von Madocs Land an sich gerissen, Madocs Sohn getötet, heißt es. Doch bisher hat Madoc ihm den Kampf verweigert.«

»Madoc wird alt. Er weiß, daß er gegen Morcant nicht siegen kann. Vor allem, weil Dunaut ihn von der anderen Flanke her bedrängt. Ach! Schlimmer als Schlangen sind die beiden – daran besteht kein Zweifel.«

»Stecken sie denn unter einer Decke?«

Bedegran schüttelte den Kopf und antwortete: »Wenn ja, so habe ich noch nichts davon gehört. Aber von Madoc wußte ich bisher auch nichts.« Er hielt inne. »Um seinen Sohn tut es mir leid.«

»Ja, ein schlimmer Verlust«, grübelte ich und hatte das Gefühl, als erscheine die Gestalt eines jungen Mannes vor mir, der eine Hand ausstreckte und mich um Hilfe bat. Aber es war nicht Madocs Sohn; der Knabe war jünger, höchstens in Artus' Alter. »Der Sohn ... der Sohn ... an den Sohn hatte ich nicht gedacht ...«

Bedegran zog die Brauen hoch: »Merlin?«

»Hat Morcant einen Sohn?«

»Jawohl«, erwiderte Bedegran. »Ein junger Bursche. Er heißt, glaube ich, Cerdic. Ja, Cerdic. Warum?«

Da dämmerte es mir. Mir wurde klar, warum Madoc die Blutschuld auflaufen ließ. Wie dumm von mir! Morcant entledigte sich eifrig seiner Rivalen und bereitete seinem Sohn die Bahn. Wenigstens war Artus außer Reichweite im sicheren Norden. Es war richtig gewesen, ihn wegzubringen.

Danach redeten wir über andere Dinge, und bald war es Zeit zum Abendessen. Beim Fleisch fragte Bedegran: »Was wirst du unternehmen, Merlin Embries?«

»Was ich kann. Jetzt habe ich erst einmal vor, zu verhindern, daß der Süden im Krieg versinkt. Habe ich dein Wort, daß du Frieden hältst?«

»Das hast du, Merlin«, erwiderte Bedegran, fügte aber hinzu: »Sorge nur dafür, daß Morcant und die Viper Dunaut auf ihrem Gebiet bleiben, und alles ist gut.«

Später, als wir allein in unserem Gemach waren, sagte ich zu Pelleas: »Es ist so schlimm, wie ich befürchtete. Glücklicherweise sind wir jedoch nicht zu spät gekommen. Die Sache hängt jetzt allein von mir ab, Pelleas. Wer sonst kann sich ungestraft von König zu König begeben? Ich allein stehe zwischen Britannien und der Katastrophe.«

Ach, ich war trunken davon! Dennoch glaubte ich, was ich sagte, wie ich auch glaubte, daß sich zwischen diesen kläffenden Kötern, die sich Adlige nannten, Frieden stiften ließe. Ich schlief in jener Nacht gut und ritt am nächsten Tag voll Zuversicht und hochmögender Absichten los, um Britannien davor zu bewahren, daß es in einem Krieg versank, der am Ende nur den Sachsen genützt hätte.

Schmollend, ängstlich und über den Verlust seines Sohnes in tiefem Kummer, empfing Madoc uns so höflich, wie er unter diesen Umständen konnte. Er litt, und ich hoffte, ihm ein wenig Trost spenden zu können.

»Nun?« fragte er, als wir einander geziemend begrüßt hatten. »Was wünscht der erhabene Ambrosius von Britannien von diesem Greis?«

Da er bereit war, ohne Umschweife zu reden, fiel meine Antwort entsprechend aus: »Lasse dich nicht von Morcant in einen Krieg verwickeln.«

Jäh riß er das Kinn hoch. »In einen Krieg verwickeln? Ich habe nicht die geringste Absicht, mit ihm Krieg zu führen, aber wenn du glaubst, du kannst mich davon abbringen, den Blutzoll einzufordern, den er mir schuldet, dann spare dir deine Worte. Ich will meine Vergeltung.«

Wie begonnen, fuhr ich fort: »Genau damit rechnet Morcant. Er wartet nur darauf, daß du ihm Anlaß genug zum offenen Losschlagen gibst.«

»Was kümmert's dich, großer Ambrosius? Wie?« knurrte der alternde König. »Warum sollte diese Sache deine Sorge sein?«

»Britanniens Sicherheit ist die Sorge aller rechtschaffenen Menschen. Ich will tun, was ich kann, um den Frieden zu bewahren.«

»Dann pack dich zur Sachsenbrut!« rief er. »Predige ihnen Frieden. Laß mich in Ruhe!«

Es war nicht mit ihm zu reden, darum verabschiedete ich mich mit den Worten: »Du kannst gegen Morcant nicht siegen; und Dunaut steckt vermutlich mit ihm unter einer Decke. Rechne nicht auf Bedegrans Beistand. Mit ihm habe ich bereits gesprochen, und er wird dich nicht unterstützen!«

»Ich brauche niemandes Hilfe! Hörst du?«

Als nächstes ritten Pelleas und ich zu Dunaut, um ihm sein Doppelspiel vorzuhalten. Gleich Morcant bot er uns ein herzliches, wenn auch falsches Willkommen. Er saß auf seinem breiten Stuhl und lächelte wie ein Kater, der Milch stibitzt, antwortete aber ernsthaft auf keine meiner Fragen. Schließlich riß mir die Geduld, und ich forderte ihn offen heraus: »Leugne, daß du mit Morcant im Bunde stehst«, warf ich hin. »Leugne, daß du gegen deine Nachbarkönige Krieg im Schilde führst!«

Der verschlagene Dunaut spitzte die Lippen und gab sich zerstreut: »Ich verstehe nicht, was du meinst, Merlin«, antwortete er. »Die ganzen Jahre haben wir dein absurdes Bemühen unterstützt. Jetzt noch steckt Britanniens Schwert in dem Stein und wartet darauf, daß einer es für sich fordert. Gibst du dich damit zufrieden? Nein! Du wirfst uns Kriegsgelüste vor! Du schwirrst hierhin und dorthin, um Argwohn und Ärger zu säen.« Er hielt inne, anscheinend gekränkt und betrübt. »Gehe auf deine Glasinsel zurück, gehe zurück nach Celyddon, oder wohin sonst es dir behagt. Wir brauchen dich hier nicht, du Mauschler!«

Mehr konnte ich ihm nicht entlocken, darum schüttelte ich den Staub von meinen Füßen und ließ die Viper in ihrem Nest. Morcant und Dunaut strebten nach Krieg, das stand fest. Blind vor Ehrgeiz und dumm vor Habgier verschworen sie sich zu Britanniens Untergang.

Gott helfe uns! Mit den Unterkönigen ist es immer dasselbe! Sobald die Sachsen ihnen eine Verschnaufpause gönnen, fangen sie an, einander in Stücke zu hacken. Wie hoffnungslos!

»Es bekümmert mich, Pelleas, mir ist weh ums Herz«, sagte ich zu meinem Gefährten, sobald wir fort waren. Wir ritten weiter und erwogen die Sache still bei uns.

»Was ist mit Tewdrig?« fragte Pelleas nach einer Weile. »Gewiß kann er es mit Morcant und seinesgleichen aufnehmen. Vielleicht«, meinte er, »solltest du Tewdrig die Sache ein für allemal klären lassen?«

Ich überlegte es mir, aber nur einen Augenblick lang. »Nein, das käme uns zu teuer zu stehen. Wir sind nicht stark genug, um uns untereinander zu bekriegen und gleichzeitig den Sachsen zu wehren.« Soviel war mir klar. Weniger deutlich war, wie der Frieden denjenigen aufzunötigen war, die ihn nicht von sich aus wünschten. »Wir müssen sie zur Einsicht bringen, Pelleas.«

Nun, wir verbrachten den ganzen Sommer mit dem verzweifelten Versuch, die kleinmütigen Fürsten des Südens davon zu überzeugen, daß die Auseinandersetzungen unter ihnen Britannien schwächten und uns alle dem Untergang weihten. »Wie lange, glaubt ihr wohl, werden die Sachsen warten, bis sie das Land besetzen, das ihr schutzlos laßt? Wie lange, glaubt ihr wohl, werden sie sich mit den Fürsten im Norden abmühen, wenn ein geschwächter Süden sie geradezu einlädt?«

Meine Fragen blieben wie meine Anschuldigungen unbeachtet und unerwidert. Ich sprach die Wahrheit und wurde mit Lügen entlohnt. Ich überredete und schmeichelte, ich drohte und redete gut zu, ich bat und bettelte, versuchte es gütlich und warnend. Morganwg zeigte mir die kalte Schulter, Coledac wurde hochmütig, und die anderen ... Madoc, Ogrvan, Rhain, Owen Vinddu und alle übrigen taten unschuldig oder gleichgültig und hegten in ihren Herzen Verrat. Alle meine Bemühungen verliefen im Sande.

Müden Körpers und Geistes wandte ich mich schließlich nach Ynys Avallach. Zu lange schon hatte ich mich nicht mehr in jenem gesegneten Reich aufgehalten. Ich sehnte mich danach, Avallach und Charis wiederzusehen, und hoffte bei ihnen Trost und Mitfühlen zu finden. In Wahrheit bedurfte ich dringend eines Balsams, um meinen unruhigen Geist zu heilen.

Des Fischerkönigs Schloß stand unverändert wie je. Der grüne Burgberg erhob sich aus dem stillen See, sein Bild spiegelte sich in dem ruhigen Gewässer. Apfelbäume zierten die steilen Hänge, die bis zu den hohen, anmutigen Mauern anstiegen. Frieden und Ruhe schmückten die Insel wie der Dunst über dem von Schilf umgebenen See und atmeten eine heitere Luft, so sanft wie das Licht über ihren schattigen Pfaden. Die im Westen stehende Sonne fiel auf die emporstrebenden Wälle und Türme, so daß der blasse Stein errötete wie feuriges Gold. Dieser Schein erfüllte sogar die Luft derart, daß sie auf der Haut zu prickeln schien – lebendiges Licht, das alle niederen Dinge feiner und reiner werden ließ.

Königlich und dunkel, mit gekräuseltem und geöltem Bart, hieß Avallach Pelleas und mich erfreut willkommen und machte viel Aufhebens um uns. Charis, die Dame vom See, strahlte hell aus Liebe zu mir; ihre grünen Augen leuchteten, und ihr goldenes Haar funkelte, als sie mich Arm in Arm zwischen den Apfelbäumen durchführte, die sie so sorgfältig hegte. Wir schlenderten durch die schattigen Haine oder ruderten des Abends mit dem Boot auf den glasklaren See; mit dem Lied der Nachtigall im Abendwind gingen wir schlafen.

Trotz allem mangelte es mir an Appetit und Schlaf. Sogar das Angeln mit dem Fischerkönig unterhalb des Tors brachte mir keine Ruhe. Und Charis konnte mir meine Last ebenfalls nicht leichter machen. Meine Mutter, deren Mitgefühl keine Grenzen kannte, tröstete mich, so gut sie konnte. Aber ich blieb untröstlich. In Wahrheit bedurfte ich nicht der Hilfe, sondern einer Vision. Und daran fehlte es mir.

Ich frage dich, o Seele der Weisheit, sage mir, wenn du kannst: Was kann man gegen eine fehlende Vision tun?

Tag um Tag erlahmte mein Geist mehr. Ich hatte das Gefühl, als würde ich von innen heraus erstarren, als würde mein Herz in mir versteinern. Ich spürte, wie meine Seele schwer und taub wurde wie ein abgestorbenes Fingerglied. Auch Charis merkte das. Wie hätte ich es auch vor derjenigen verbergen können, die mich besser kannte als jeder andere?

Eines Abends saß ich bei Tisch und hatte den Teller vor mir nicht angerührt. Ich lauschte Charis, die mir die guten Werke der frommen Brüder aus dem nahegelegenen Kloster schilderte; es sollte, erzählte sie mir, ein Hospiz eingerichtet werden. »Das ist geradezu passend«, sagte sie. »Taliesin sah im Sommerreich einen Ort, aus dem Krankheit und Gebrechen für immer verbannt sein sollten. Und viele kommen hierher, weil sie Hilfe gegen ihre Beschwerden suchen. Der Abt hat Mönche aus Gallien und von andernorts hergeholt – Männer, die viel von der Heilkunst und Arzneien verstehen.«

Ich hörte nur halb hin. »Ja, natürlich.«

Sie hielt inne und legte mir ihre Hand auf den Arm: »Was hast du, Merlin?«

»Nichts.« Ich seufzte. Ich versuchte zu lächeln, doch selbst das war mir zu anstrengend. »Es tut mir leid. Das Kloster? Du sagtest gerade –«

»Nur daß die Heilkunst hier aufblüht«, erwiderte sie rasch. »Aber jetzt reden wir von dir. Du bist offenbar unglücklich. Ich glaube, es war ein Fehler, hierherzukommen.«

»Ein Aufenthalt im Sommerreich ist nie ein Fehler«, entgegnete ich. »Ich bin schlicht erschöpft. Gott weiß, ich habe Grund dazu, ich bin den ganzen Sommer durchs Land geritten.«

Sie beugte sich vor und nahm mich bei der Hand. »Vielleicht wirst du anderswo gebraucht«, fuhr sie, meinen Einwand beiseite wischend, fort.

»Ich werde überhaupt nicht gebraucht!« rief ich und bedauerte es sogleich. »Es tut mir leid, Mutter. Vergib mir.«

Sie drückte mir die Hand fester. »Artus braucht dich«, sagte sie einfach. »Gehe nach Celyddon zurück. Wenn alles, was du sagst, zutrifft, liegt dort die Zukunft.«

»Wenn die Fürsten im Süden ihre Kriegsspiele nicht lassen, gibt es keine Zukunft«, beharrte ich düster. Ich hielt inne und entsann mich Uthers feurigen Temperaments. »Wir brauchen einen neuen Pendragon.«

»Geh nur, mein Falke«, sagte sie. »Komm wieder, wenn du ihn gefunden hast.«

In jener Nacht schlief ich schlecht und erwachte ruhelos noch vor Morgengrauen. »Mach die Pferde bereit, Pelleas«, befahl ich knapp. »Wir brechen auf, sobald wir gefrühstückt haben.«

»Reisen wir nach Londinium?«

»Nein, wir sind fertig hier. Der Süden muß sich allein verteidigen. Wir reiten nach Hause.«

VII

Der Weg nach Caer Edyn ist weit und die Zeit lang, um über die Torheit selbstgefälliger Menschen nachzudenken. Die Verzweiflung drückte mich an ihre knochige Brust; Kümmernis nistete sich in meiner Seele ein. Die Straße führte uns erst nach Osten und wandte sich dann nach Norden, unweit der früheren Küstengebiete der Kantier. Diese Gegend im Südosten heißt Sachsenküste. Den Namen gaben ihr die Römer, weil sie dort eine Verteidigungslinie aus Leuchttürmen und Vorposten gegen die wilden Angreifer vom Meer aufgebaut hatten. An der Südostküste zwischen Wash und Themse hatte ein Stamm von Seewölfen unter einem Feldherrn namens Aelle mehrere der verlassenen Kastelle in Besitz genommen.

Genau entlang dieses Küstenstriches hatte Vortigern die Sachsen Hengist und Horsa mit ihren Stämmen angesiedelt, weil er vergebens hoffte, damit dem unablässigen Rauben ein Ende zu bereiten, an dem Britannien verblutete. Und von dieser Küste aus ergoß die Flut der Barbaren sich ins angrenzende Land, bis Aurelius ihr Einhalt gebot, sie besiegte und vertrieb.

Jetzt waren sie wieder da und nahmen das Land abermals in Besitz, das Hengist einst überrannt hatte – die Sachsenküste: Der Name würde ihr bleiben, wenn auch aus einem anderen Grund. Anders als ihre Vorfahren hatten diese Eindringlinge die Absicht, dazubleiben.

Daran mußte ich denken, als plötzlich der *Awen* über mich kam. Ich zügelte mein Pferd und wandte es, um einen Blick zurück auf das Land zu werfen, das hinter uns abfiel. Ich sah das Land wie in Nebeldunst verblassen, und da ging mir auf, daß trotz all meiner Anstrengung das Dunkel den Süden bereits erobert hatte. Jetzt würden finstere Zeiten anbrechen. Das erkannte ich in aller Deutlichkeit: Der hungrigen Seewölfe ungeachtet, die sich an seinen Grenzen drängten, würde Morcant auf seinem törichten Krieg beharren. Madoc, Bedegran und andere würden gezwungen sein, ihre Heere zu vergrößern, und es würde zu viel sinnlosem Blutvergießen kommen.

Ich hatte nach einer Vision gerufen, jetzt hatte ich eine. Ach, sie war düster fürwahr. Großes Licht, sei deinem Diener gnädig!

Ich wandte mich von den grausigen Aussichten ab und ritt auf dem von Gestrüpp überwucherten Weg voran, als würde ich mich auf den wirren Pfaden der Zukunft bewegen. In dem, was ich sah, steckte nur geringe Hoffnung, geringer Trost angesichts des sich zusammenballenden Dunkels. Die Finsternis muß ihre Zeiten haben, und das Land muß ihre Mühsal erdulden. So ist der Lauf der Welt!

Nachdem Pelleas und ich den Süden endlich hinter uns gelassen hatten, eilten wir durch lange, breite Ebenen, die schließlich in tiefe grüne Täler mit kühlen Bächen und wilde, windzerzauste Höhen übergingen. Die Welt wird kälter, dachte ich, und das war keine reine Spekulation, denn mehrmals erwachten wir des Nachts mit Schnee, und es war noch nicht einmal Samhain gewesen.

Am Ende gelangten wir müde und mutlos zu Ectors Felsen. Die Vergeblichkeit unserer langen Reise klebte an uns wie unsere durchnäßte Kleidung an unseren Körpern. Ectorius, der gemeinsam mit Kei und Artus sein Land abgeritten hatte, begegnete uns kurz vor Caer Edyn.

Artus stieß einen lauten Freudenschrei aus und sprengte zu mir: »Myrddin! Pelleas! Ihr seid wieder da.« Er sprang von seinem Pferd und rannte herbei. »Ich dachte schon, ihr kämet nie wieder. Wie froh ich bin, euch zu sehen. Ich habe euch so vermißt.«

Ehe ich antworten konnte, war Ectorius herangeritten und rief: »Heil, Emrys! Heil, Pelleas! Hättet ihr uns benachrichtigt, wir wären euch entgegengeritten. Willkommen!«

»Heil, Ector! Ich grüße dich«, erwiderte ich. Mein Blick fiel auf den jungen Artus, der am Kopf meines Pferdes stand. Er hüpfte auf der Stelle, erst auf einem Fuß, dann auf dem anderen, und hielt die Zügel unserer Rösser. »Ich habe dich vermißt, mein Junge«, sagte ich.

»Stehen die Dinge gut im Süden?« fragte Ector.

»Der Süden ist verloren«, antwortete ich. »Die Torheit herrscht. Den ganzen Tag widmen sich die kleinmütigen Könige Verrat und Krieg. Was sie nicht zerstören, stehlen bereitwillig die Sachsen.«

Ectorius, auf dessen Lippen noch immer ein Lächeln spielte, schaute zwischen mir und Pelleas hin und her, als könnte er uns kaum glauben. Tatsächlich hatte es zu regnen aufgehört, die Sonne schien hell, und hoffnungslose Worte wirkten machtlos dagegen. Er blinzelte zum strahlenden Himmel empor. Mit einem sanften Achselzucken sagte er: »Nun, ihr habt eine lange, anstrengende Reise hinter euch. Das steht fest. Vielleicht seid ihr anderer Stimmung, sobald ihr den Straßenstaub aus der Kehle gespült habt. Kommt, daran soll es nicht fehlen.«

Er machte kehrt und rief Kei und Artus zu: »Was? Lungert ihr noch immer hier, ihr jungen Faulpelze? In den Sattel mit euch und bringt die Nachrichten nach Hause. Unsere Freunde sind wiedergekehrt; wir müssen ihre Heimkunft feiern. Sagt der Küche, das Beste zu bereiten, was wir bieten können. Ectorius verlangt ein Festmahl, sagt das. Geschwind! Fort mit euch!«

Artus saß im Sattel und war auf und davon, bevor Fürst Ectorius geendigt hatte. Und er wartete am Tor, als wir zur Festung kamen. Er lachte und rief uns: »Myrddin! Pelleas! Hier bin ich!«

Allein die Begeisterung zu sehen, die im Gesicht des Knaben brannte, brachte mich zum Lachen – und gelacht hatte ich schon sehr lange nicht mehr. Auf diese Weise gelang Artus allein dadurch, daß er Artus war, eine bemerkenswerte Leistung, aber eine, von der niemals in den Sälen der Könige gesungen wurde: Er heiterte Britanniens Seele auf, eine Leistung, die so viel wert war wie jede andere, welche die Barden in Liedern preisen. Mir genügte es, daß er mich an jenem Tag aufmunterte.

Das soll nicht heißen, daß die Schwierigkeiten, die ich spürte, nur eingebildet waren oder ich grundlos litt. Die Dunkelheit war nur zu wirklich und so bedrängend, wie ich sie empfand. Schließlich war sie mir bestens vertraut und ihre Ursache mir genauestens bekannt.

An jenem Tag der Heimkehr indes stimmte der junge Artus allein unsere Seelen unendlich fröhlich.

»Es war ein Fehler, von ihm zu gehen, Pelleas«, gestand ich. »Mit all unserem Umherwandern haben wir nichts erreicht. Statt dessen habe ich die Dinge durch mein unbedachtes Eingreifen wohl nur verschlimmert.« Ich hielt inne und beobachtete, wie Artus zu uns rannte.

»Myrddin! Pelleas! Ihr seid fast ein Jahr fortgewesen! Wie ich euch vermißt habe. Wollt ihr sehen, wie ich den Speer schleudern kann?« Er hatte den ganzen langen Sommer damit zugebracht, sich im Speerwurf zu vervollkommnen und war stolz auf sein wachsendes Können.

Rasch saß ich ab. »Auch ich habe dich vermißt, Artus«, sagte ich und zog ihn an mich.

»Es ist das Glück auf Erden, dich zu sehen, Myrddin! Ich bin so froh, daß du wieder da bist!« Er schlang die Arme um mich.

»Und dich zu sehen, Artus, ist die reine Freude«, flüsterte ich. »Es tut mir leid, daß ich so lange weggewesen bin. Es war nicht anders zu machen.«

»Du hast Lugnasadh versäumt«, sagte Artus und machte sich los. »Aber ihr kommt gerade rechtzeitig zur Herbstjagd! Ich hatte schon Angst, sie würde euch entgehen. Herr Ector sagt, daß Kei und ich dieses Jahr mitdürfen. Ich will neben dir reiten, Myrddin, damit du mir zusehen kannst. Es kommen auch ein paar von den Fürsten des Nordens, und Herr Ector hat gesagt, daß wir –«

»Still, Artus! Was ist mit der Kriegerversammlung?« fragte ich. Hatten wir die auch versäumt?

Artus' flüchtiges Stirnrunzeln verriet die Antwort: »Es gab dieses Jahr keine. Wegen irgendwelcher Unruhen sagte Custennin, sie könne nicht stattfinden.«

»Ach«, sagte ich nickend. »Das ist ja schade.«

»Aber«, fuhr Artus fort, und seine Miene hellte sich sogleich auf, »Ectorius sagt, daß die Versammlung nächstes Jahr um so größer wird – zweimal so groß! Da lohnt sich das Warten.« Er machte kehrt und sprang davon. »Kommt, ich will euch zeigen, wie gut ich den Speer schleudern kann. Ich habe den ganzen Sommer geübt.«

Im Nu war er fort.

»Und?« fragte ich Pelleas. »Anscheinend müssen wir uns einen Wurfwettbewerb ansehen. Ectorius' gutes Bier muß wohl noch ein wenig warten. Das hier ist wichtiger. Melde dem Herrn unser Bedauern. Sage ihm, daß etwas Wichtiges dazwischengekommen sei und wir ihn aufsuchen, sobald wir können.«

Pelleas beeilte sich zu tun, was ich ihn gebeten hatte, und als er wiederkam, traf er Artus und mich auf dem Feld hinter dem Knabenhaus an. Dort sahen wir Artus zu, wie er sein beträchtliches Können zur Schau stellte und immer wieder ins Ziel traf, was um so bemerkenswerter war, als er die lange, für Krieger gemachte Lanze warf und nicht die kürzere, welche die Knaben zum Üben benutzten.

Der ausklingende Tag warf lange Schatten auf das Feld, und Artus schleuderte unermüdlich seinen Speer und holte ihn sich wieder, das Gesicht gerötet vom Stolz auf seine neuerworbene Geschicklichkeit. Wir beklatschten seinen Erfolg und lobten seine Leistung, während die flammende Sonne hinter uns versank.

»Gut gemacht, Junge«, sagte ich schließlich und hakte ihn unter. Wir machten uns zum Saal auf, wo der Festschmaus bereitet wurde. »Du wirfst meisterlich.«

»Findest du? Ich kann noch besser werden, das weiß ich.«

»Das glaube ich dir.« Ich blieb stehen und legte ihm beide

Hände auf die Schultern. »Ich werde dich zum König machen, Artus.«

Der Junge erwiderte das Versprechen mit einem Achselzucken. »Das hast du schon gesagt. Ich will einfach gegen die Sachsen kämpfen!«

»Du wirst gegen sie kämpfen, mein Sohn«, versicherte ich ihm. »Du wirst ein Krieger werden – der größte, den die Welt jemals gesehen hat! Und vieles andere mehr.«

Über diese Prophezeiung war Artus glücklich. Aber genauso hätte er sich über einen neuen Speer oder ein eigenes Schwert gefreut. Er eilte davon, um seinen Speer in die Rüstkammer zu bringen, und kam kurz danach wieder.

Ich sah ihm nach und wartete auf ihn. »Sieh ihn dir an, Pelleas. Er weiß nichts von den Mächten, die gegen uns stehen. Und wenn er davon wüßte, würde es ihn wohl ebensowenig beeindrucken wie der Staub unter seinen Füßen.«

Es ist etwas Merkwürdiges und schwer Verständliches, aber ich glaube inzwischen, daß ich scheitern *mußte*, begreifen mußte, daß meine sämtlichen Bemühungen, Frieden zu stiften, vergebens waren, ehe ich die Wirklichkeit erkennen konnte, die so kühn wie das Leben selbst vor mir stand. Um die Erlösung begrüßen zu können, muß man erst die völlige Ausweglosigkeit des Scheiterns annehmen. Denn wie kann ein Mensch nach Rettung suchen, wenn er nicht weiß, daß er wahrhaft verloren ist? Sie lag vor mir – lag die ganze Zeit vor mir! –, aber ich vermochte sie nicht zu sehen. Jetzt erkannte ich sie in ihrem Wesen, in der Gegenwart und der Zukunft. Ja! Dieses Augenblicks entsinne ich mich wohl. Fürwahr, jener goldene Nachmittag mit dem überglücklichen Artus an meiner Seite bleibt einer der herrlichsten Augenblicke in meinem Gedächtnis. Denn in jener kurzen Zeitspanne erfaßte ich, wie das Heil aussehen würde. Großes Licht, allein der Gedanke, daß ich es hätte versäumen können!

Traurigerweise währte die Herrlichkeit nicht lange. Als wir uns zu Ectorius gesellten, erwarteten uns schlimme Neuigkeiten.

Stirnrunzelnd blickte er auf, als wir in sein Zimmer traten. Er saß auf seinem Lieblingsplatz – ein Stuhl, der aus dem mit Eberhauern verschränkten Geweih eines Rothirschs bestand. »Da seid ihr ja!« fauchte er und hielt uns eine Pergamentrolle entgegen, sobald wir vor ihm standen. »Lies das vor!« Er redete, als wäre das, was dort geschrieben stand, allein mein Werk.

Ich nahm die Rolle entgegen, öffnete sie und überflog die krakelige Schrift langsam, ehe ich das Pergament Pelleas reichte. Er las es rasch und gab es Ectorius zurück.

»Das«, knurrte dieser, »hat auf mich gewartet, als ich zurückkam – von Lot. Im Norden sind Sachsenhorden aufgetaucht. Sie haben ihre Frauen und Kinder dabei.« Jedes Wort war von Schrecken schwer. »Sie lassen sich nieder. Die Pikten haben sie freudig begrüßt. Lot glaubt, daß sie ein Bündnis schmieden, und genau danach sieht es aus.«

»Wo ist der Mann, der dir den Brief brachte?« fragte ich.

»Fort«, antwortete Ectorius. »Er und seine Begleiter ruhten sich nur einen Tag aus, ehe sie wieder aufbrachen. Wir haben sie so knapp verpaßt.« Er hielt Daumen und Zeigefinger hoch, um anzuzeigen, wie knapp.

»Im Norden lassen sich also Sachsen nieder«, hub ich düster an. »Also fängt das wieder an. Die Wirren, die wir fürchteten, sind da.«

Ectorius, der sich Trost von mir erwartet hatte, versuchte, den Schlag nun selbst zu mildern. »Nun, es könnte schlimmer stehen. Ein paar Siedler. Das ist alles. Bestimmt werden sie keinen Schaden –«, legte er halbherzig los.

Ich fiel ihm ins Wort: »Es sind nicht nur ein paar Siedler, das weißt du genau!«

Ectors Miene verfinsterte sich. Seine Kiefer mahlten bedrohlich, aber er bezähmte sich.

»Denke nur! Wie im Norden, so im Süden: Die ersten der mächtigen Wellen, die von nun an über diese Insel hinwegspülen werden, haben sich an unserer Küste gebrochen und mit ihnen die ersten großen Feldherrn, die nun Anspruch auf Britannien erheben werden.«

»Du bist wahnsinnig, daß du so sprichst!« Ectorius sprang von seinem Stuhl auf. »Das kannst du nicht wissen.«

»Doch, Ector. Die Sachsenküste ist gefallen. Die Barbaren errichten jetzt gerade Festungen, in denen sie ihre Krieger sammeln können und von denen aus sie sich wie die Pest übers Land legen werden, um alles zu verwüsten. Und dann«, fuhr ich finster fort, »wenn sie genug geraubt haben, um davon leben zu können, werden sie versuchen, ganz Britannien unter ihre heidnische Herrschaft zu zwingen.«

Der arme Ectorius, dessen schlimmste Befürchtungen bestätigt waren, starrte das Pergament einen Moment lang böse an und warf es dann zu Boden.

»Du machst einem nicht viel Mut«, meinte er schroff. »Nun, mein eigenes Herz hatte mir bereits ähnliches gesagt. Obwohl ich gehofft hatte, Aurelius und Uther hätten ihnen den Schneid abgekauft.«

»Das hatten sie, aber nur ein Tor würde glauben, das könnte für immer so bleiben. So haben wir einige Jahre lang ein gewisses Maß an Frieden genossen. Doch wenn wir großes Glück haben, begnügen sie sich vielleicht damit, erst einmal ihre Siedlungen zu errichten, ehe sie mit ihren Raubzügen anfangen.«

»Sollen sie anfangen, wann sie wollen«, verkündete Herr Ectorius. »Bei dem Gott, der mich erschaffen hat, Emrys, ich habe vor, mich zu verteidigen. Ich lasse mich nicht von meinem Land vertreiben.«

»Kühn gesprochen«, erwiderte ich. »Aber Stärke allein wird diesmal nicht obsiegen.«

»Was dann? Was können wir tun?«

»Beten, guter Ector«, entgegnete ich leise. »Beten, daß Gott uns beistehe. Beten um die Kraft des Rechts und den Mut der Gerechtigkeit. Denn ich sage dir frank und frei: Ohne sie werden wir Britannien nicht einen Tag länger halten, als sie es uns zugestehen.«

Mit grimmiger Miene schüttelte Ectorius bedächtig den Kopf, während ihm die Wahrheit meiner Worte dämmerte. »Das ist ein bitterer Kelch, Emrys. Das kann ich sagen, und es macht mir gar keine Freude.«

»Dann schöpfe Hoffnung, mein Freund. Denn es gibt einen unter deiner Obhut, der schon jetzt alles besitzt, wessen es in Zeiten der Mühsal bedarf. Einer, dessen Leben auf dieser Welt zu keinem anderen Zweck entfacht wurde.«

Ectorius starrte mich an: »Er ist noch ein Knabe.«

»Heute habe ich die Zukunft geschaut, Ector«, versicherte ich ihm. »Und sie leuchtete aus dem frohen Willkommen im Antlitz dieses Knaben.«

VIII

Die folgenden Tage galten den herbstlichen Jagdvorbereitungen. Die Pferde wurden neu beschlagen, die Speere geschärft, die Hunde gestriegelt. Jedermann in der Festung war geschäftig. Vom frühen Morgen bis spät in die Nacht hallte Caer Edyn von Rufen, Liedern und Gelächter wider. Es war eine Art Feststimmung – allerdings eine mit einem äußerst ernsten Zweck: Wir jagten für die Räucherkammer und die Wintertafel. Wir brauchten das Fleisch, um durch die kalten Tage und Nächte vor uns zu kommen.

Jede Einzelheit wurde mit höchster Sorgfalt beachtet, denn eine verdorbene Jagd bedeutet einen Winter mit Schmalhans als Küchenmeister. Jenseits des Limes kann das tödlich enden.

Am Morgen der Jagd stand Artus vor Tagesanbruch auf und sorgte dafür, daß auch Pelleas und ich wach wurden. Wir wuschen und kleideten uns. Dann eilten wir in den Saal, wo einige von Ectors Gästen bereits versammelt waren und darauf warteten, daß das Mahl aufgetragen würde. An diesem Morgen sollten wir warmen Schweinefleischeintopf zum Frühstück bekommen, dazu schwarzes Gerstenbrot und Bier, denn wir würden den ganzen Tag im Sattel verbringen.

Artus rührte kaum einen Bissen an. Immer wieder sprang er von seinem Platz auf der Bank neben mir auf und wollte zu seinem Pferd, seinem Zaumzeug oder seinen Speeren laufen.

»Iß, Junge«, sagte Pelleas eines ums andere Mal. »Du bekommst bis heute abend nichts mehr.«

»Ich kann nichts essen«, jammerte Artus. »Ich muß nach meinem Pferd sehen.«

»Dein Pferd kann warten. Iß jetzt, was vor dir steht.«

»Schau! Da ist Kei! Ich muß mit ihm reden!« Schon war er auf und fort, ehe einer von uns ihn aufhalten konnte.

»Laß ihn ziehen, Pelleas«, riet ich. »Du versuchst die Flut mit einem Besen aufzuhalten.«

Nach dem Mahl versammelten wir uns im Vorhof, wo die Pferde für uns bereitstanden. Der Tag war grau und kühl angebrochen, der Nebel dicht und feucht – ein rauher Vorgeschmack auf den langen, öden Winter, der vor uns lag. Die Hundeführer – sechs Männer, jeder mit vier Hunden, die an den Leinen zerrten – versuchten, die Tiere zurückzuhalten und sie daran zu hindern, daß sie sich ineinander verhedderten. Der Hof stank nach nassen Hunden und Pferden. Alles brodelte in einem herrlichen, einträchtigen Durcheinander, die Aufregung wurde gesteigert durch die gespannte Erwartung.

Die Pferden stampften und schnoben ungeduldig, als die Jäger ihre Speere in die Halterungen steckten. Die jüngeren Knaben rannten hierhin und dorthin, neckten die Hunde und brachten sie zum Bellen. Und die Frauen, die ihre Gatten und Geliebten verabschiedeten, foppten die Mannsbilder mit gutmütigen Spötteleien: Sie sollten den größten Eber oder Hirsch nach Hause bringen, oder wenigstens einen Hasen für den Topf.

Pelleas und ich sollten mit Ectorius reiten, und wir fanden ihn am Tor, wo er mit seinem Oberhundeführer redete, ein kahlköpfiger Haudegen namens Ruddlyn, der, so hieß es, einen Hirsch wittern konnte, bevor dieser ihn witterte – und das sollte etwas heißen, denn sogar ich konnte den Mann recht deutlich riechen. Der Jäger trug ein grobes Lederwams, aus dem zwei nackte, behaarte Arme ragten; seine Beine waren so stämmig wie Baumstrünke und steckten in hohen Fellstiefeln. Ruddlyn und Ectorius redeten über das Wetter.

»Nein, nein«, sagte Ruddlyn gerade, »dieser *Liath* löst sich bald auf. Das ist gar nichts. Achte nicht darauf. Die Strecken im Tal sind klar, bis wir hinkommen. Der Nebel hält nicht vor, das sage ich dir.«

»Dann stoße ins Horn, Mann«, befahl Ectorius ihm, sofort entschlossen. »Es wäre eine Sünde, die Hunde noch länger zurückzuhalten.«

»Jawohl«, sagte Ruddlyn zustimmend, stapfte davon und löste das Horn von seinem Hals.

Unsere Pferde standen vor uns, also saßen wir auf. Strahlend, mit vom Regen nassen Gesicht, begrüßte Ectorius die begierigen Jäger: »Meine Freunde! Es soll ein herrlicher Tag werden. Wir hatten einen schönen Sommer, darum sind die Strecken voller Wild. Der Tag liegt vor euch. Ich wünsche euch eine gute Jagd.«

Genau in diesem Augenblick stieß der Jäger ins Horn – ein langer, tiefer, klagender Ton, den die Hunde mit freudigem Bellen begrüßten. Das Tor flog auf, und alle stoben wir ins Freie.

Fürst Ectorius' Jagdstrecken lagen unweit von Caer Edyn im Nordwesten, denn dort reichte der Wald nah an die Burg. Vom Tal des Flusses Carun aus folgten die Strecken dem Strom eine Zeitlang in den Wald, ehe sie sich teilten.

Zur Rechten stiegen die Pfade Richtung Osten langsam und mühelos in die Hügel und Felsen oberhalb des Fiorthe und des Muir Guidan an; die Pfade zur Linken bogen gen Westen und führten steil auf einen jähen, trügerischen Felsgrat, an dem die rauhe und einsame Gegend namens Manau Gododdin begann.

Das tief zerklüftete Land stand dicht voll Eichen und Eschen, das Unterholz bestand aus Dornengestrüpp. Das höher gelegene Gelände und die Hügelkuppen waren mit Ginster und Heidekraut bewachsen, die sich ans nackte Gestein klammerten – eine unwirtliche Gegend. Aber die Jagd war unvergleichlich.

Am Beginn der Strecke wurde das erste Rudel losgelassen, und die bellenden Hunde stoben hechelnd davon, die Witterung juckte ihnen schon in der Nase; die erste Gruppe Jäger eilte ihnen nach.

»Laßt sie laufen! Laßt sie laufen!« rief Ectorius. »Myrddin! Pelleas! Haltet euch an Ruddlyn, er findet für uns eine seltene Trophäe. Ihr habt mein Wort darauf.«

Wir ritten weiter, während das Tal vom Lärm der Hunde und Jäger widerhallte. Kei und Artus überholten uns, johlten wie die *Bhean Sidhe*, als sie sich kopfüber in den Carun stürzten und in den Wald galoppierten.

»So bin ich früher auch geritten«, meinte Ectorius lachend und kopfschüttelnd, »aber wenn du ein-, zweimal eine leere Tafel gesehen hast, lernst du deine hochfliegende Laune zu zügeln. Oh«, gluckste er wieder, »aber ein Spaß war es schon.«

Genau in dem Moment kam Ruddlyn daher, saß ab, packte die Leinen der fünf Hunde, die er bei sich hatte – große schwarze Untiere mit vierschrötigen Schnauzen –, wickelte sich die Leinen um die Hand und sagte: »Ich habe ein Stück weiter einen gut gewachsenen Hirsch gesehen. Es würde sich lohnen, die Hunde für ihn aufzusparen.«

Damit lief er los, rannte neben den Hunden her, und seine stämmigen Beine trugen ihn mit erstaunlicher Geschwindigkeit über die überwucherten Pfade. Merkwürdigerweise japsten die Hunde nicht, sondern trotteten steif mit gesenkten Köpfen und aufgerichteten Schwänzen.

Ectorius bemerkte meinen erstaunten Blick und erklärte: »Er hat sie aufs Stillsein abgerichtet. Sie schlagen nie an, bevor ein Tier in Sicht ist. So kommen wir viel näher heran.« Er trieb sein Pferd an und folgte dem Jäger und den Hunden.

Pelleas tat es ihm gleich, und dann kam ich, dicht über Nacken und Schultern unserer Rösser gebeugt, um niedrigen Ästen auszuweichen. Der Pfad war dunkel und feucht; durch die reglose Luft waberte Nebel. Nach und nach verhallte der Lärm der übrigen Jagdpartien, vom dichten Forst gedämpft und geschluckt.

Ruddlyn, der sich so geschwind wie seine Hunde bewegte, verschwand bald in der Finsternis des trüben, tunnelähnlichen Pfades vor uns. Wir ritten ihm nach, bahnten uns einen Weg durch den stark riechenden Farn, der an uns klebte, als wollte er uns zurückhalten. Im Nu waren unsere Pferde schweißgebadet und unsere Kleidung durchnäßt.

Der Pfad führte immer nach links, und rasch begriff ich, daß wir einer der westlichen Strecken in die felsigen Hügel von Manau Gododdin folgten. Weiter ging die Jagd, die Hufe unserer Pferde klangen in der schweren, feuchten Luft gedämpft.

Auf einer Lichtung holten wir Ruddlyn ein. Er hatte angehalten und wartete auf uns. Kaum außer Atem, stand er da, die Hunde im Kreis um sich, und schaute zu den niedrig ziehenden, bleiernen Wolken auf. »Es wird aufklaren«, verkündete er.

»Was hast du gefunden?« fragte Ectorius. »Den Hirschen?«

»Jawohl.«

»Werden wir ihn bald sehen?«

»Recht bald, Herr.«

Damit wandte er sich um und schritt wieder davon. Der Boden, bemerkte ich, stieg allmählich an, und nach kurzem wurde der Wald lichter. Wir kamen in höheres Gelände; der Pfad wurde holperiger.

Wir ritten nicht schnell, aber ich ließ den Blick nicht vom Boden, um jegliches Hindernis wahrzunehmen. Auf der Jagd können sogar geringe Gefahren – ein spitzer Stein, ein abgebrochener Ast, ein Loch im Boden – zu einem Unheil führen, wenn man sie übersieht.

Ich war vom Rhythmus Ruddlyns unermüdlicher Schritte eingelullt, als plötzliches, scharfes Hundegebell mich aufschreckte. Ich riß den Kopf hoch und erblickte unmittelbar vor mir Ruddlyn, der ins Gebüsch zeigte, während die Hunde an den Leinen rissen und ihre Schnauzen himmelwärts reckten.

Ich schaute, wohin er deutete, und sah den rötlichen Fleck, den der fliehende Hirsch bildete. Einen Augenblick später waren die Hunde los und rasten ihm nach, Ruddlyn mit ihnen.

»Heiho!« rief Ectorius. »Gott segne uns, uns steht ein Kampf bevor! Habt ihr ihn gesehen?«

»Ein fürstliches Tier«, rief Pelleas und riß an den Zügeln. Sein Pferd sprang den Hunden nach.

Ich setzte hinterher, erfreut über die Jagd , den feuchten Wind in meinem Gesicht, das fröhliche Hundegebell im Ohr. Der Wald wurde lichter. Die Bäume sausten vorbei. Das Pferd und ich bewegten uns als Einheit, sprangen über gefällte Baumstämme und Felsen, flitzten durch den Farn.

Immer wieder tauchte vor mir einer der anderen auf – bald

Pelleas, bald Ectorius –, während der Wald als grauer, fleckiger Nebel vorüberbrauste. Der Pfad stieg nun jäher an. Überall lagen Steine und bemooste Brocken. Wir flogen geradezu über sie hinweg, immer höher hinan.

Mit einemmal standen wir im Freien; der Wald lag hinter uns. Vor uns stiegen die steilen Hänge des Felsgrats an. Im nämlichen Augenblick rissen die Wolken auf, und mitten in einem einzelnen Strahl schimmernden Lichts stand, uns unbefangen betrachtend, ein herrlicher Hirsch – ein Riese, vielleicht der größte, den ich je gesehen habe. Ein Dutzend oder gar mehr Enden an seinem Geweih, mit dicker, dunkler Mähne über dem Widerrist, die Flanken fest und die Hinterkeulen von kräftiger Muskulatur – ein wahrer Herr des Waldes.

Ectorius stieß einen Schrei aus. Pelleas grüßte die Kreatur mit einem bewundernden Ausruf. Die Hunde heulten mit erneuerter Kraft, als sie ihre Beute so nah sahen. Ruddlyn hob das Horn an seine Lippen und blies einen langen, ansteigenden Ton.

Der Hirsch drehte seinen Kopf, zog die Beine an und sprang davon, flog so leicht über den Hang wie ein Wolkenschatten. Die Hunde spurteten dem herrlichen Tier mit flach angelegten Ohren nach, ihr Führer gleich hinter ihnen.

Wir galoppierten geradewegs den Hang hinan. Als wir den Grat erreichten, entdeckte ich, daß er nur der Vorsprung eines höheren Berges war, der noch düster im Nebel lag. Der Hirsch bog zur Seite und sprang behende die breite, grasbewachsene Hügelkuppe entlang, die ihrerseits im Westen zum eigentlichen Bergkamm anstieg.

Als ich mein Roß wendete, um den anderen zu folgen, bemerkte ich am Waldrand unter uns eine Bewegung. Ich warf einen Blick zurück zum tiefer gelegenen Teil des Hügels, von wo wir gerade gekommen waren. Zwei Reiter und ein Hund hatten den Wald verlassen und stürmten mit aller Macht den Hang herauf. Ich brauchte kein zweites Mal hinzusehen. Ich wußte, es waren Artus und Kei mit einem einzelnen Hund zwischen sich. Ich wartete, damit sie zu uns aufschließen konnten.

»Er gehört uns!« rief Artus, als er mich einholte.

»Wir haben ihn zuerst gesehen!« unterrichtete mich Kei. »Wir waren ihm auf der Spur, seit wir die Furt durchritten hatten.«

Beide Jungen starrten mich an, als hätte ich mich verschworen, ihre Männlichkeit zu rauben. Der Hund umkreiste uns, kläffend, ungeduldig, die Witterung des Hirsches kräftig und schwer in seinen Nüstern.

»Ruhig Blut, Brüder«, sagte ich. »Gewiß habt ihr seine Witterung irgendwo da unten gekreuzt. Aber es hat den Anschein, als hätten wir ihn zuerst gesehen.«

»Wie ungerecht!« johlte Kei. »Er gehört uns!«

»Was das angeht«, wies ich ihn zurecht, »so gehört die Trophäe dem Mann, der das Tier erlegt. Und diese Trophäe entkommt uns mit Leichtigkeit, während wir hier stehen und einander anfauchen.«

»Fürwahr!« schrie Artus und wirbelte im Sattel herum, um sich die Fährte vor uns anzusehen. Seine Augen folgten der Hügelkuppe und wanderten dann zu dem mit Geröll übersäten Abhang auf der Rechten. »Da lang!« rief er, sein Pferd frisch antreibend.

Kei warf mir einen drohenden Blick zu und setzte Artus nach.

»Das ist die falsche Richtung!« rief ich ihnen nach, aber sie waren bereits außer Hörweite. Ich sah ihnen eine Weile hinterher und machte mich dann daran, Pelleas und Ectorius einzuholen.

Ich fand sie ein Stück weiter in einer geschützten Mulde voller Ginster und Dornen. Ruddlyn konnte ich nicht sehen, obwohl ich die Hunde in der Nähe bellen hörte. »Das Tier ist wie vom Erdboden verschluckt«, erklärte Ectorius, als ich mein Pferd zügelte. »Ich habe einen Moment nicht hingesehen, und schon war es weg.«

»Die Hunde werden die Witterung wieder aufnehmen«, warf Pelleas ein. »Der Hirsch kann nicht weit sein.«

»Nein, wir können ihn nicht verloren haben«, meinte Ectorius. »Wir erlegen ihn.«

»Nicht, wenn Artus und Kei ihren Kopf durchsetzen.«

»Wie das?« fragte Ectorius überrascht.

»Ich habe sie unten auf der Fährte getroffen. Sie haben dem Hirschen ebenfalls nachgespürt. Sie behaupten, ihn zuerst gesehen zu haben.«

Ectorius lachte kopfschüttelnd. »Gott schütze sie, den ganzen Wald zum Jagen, und sie treffen auf unser Tier. Na, sie werden es erlegen müssen, wenn sie es beanspruchen wollen.«

»Das habe ich ihnen auch gesagt«, versetzte ich.

»Wo sind sie hin?« fragte Pelleas, mir über die Schulter blikkend.

»Artus hat sie über den Hang nach oben geführt.«

»Da ist alles Geröll und Gestrüpp«, bemerkte Ectorius. »Da oben gibt es überhaupt keine Deckung. Das sollten die Halunken eigentlich wissen.«

Das breite Gesicht schweißgebadet, kehrte Ruddlyn auf der Strecke zurück. Er hatte die Hunde wieder angeleint, und sie rissen an den kurzen Riemen. »Da drüben ist der Hirsch nicht«, keuchte er und zeigte auf die mit Ginster überwucherte Mulde, »auch wenn er es war. Sein Geruch ist überall, wir konnten keine eindeutige Fährte finden.«

»Er muß an der Biegung den Pfad verlassen haben«, sagte Ectorius.

»Ja, das könnte wohl sein«, pflichtete der Jäger ihm bei. »Eine durchtriebene Kreatur. Wir müssen zurück, denn von hier kommen wir nicht weiter.«

Wir ritten den Pfad entlang zurück und hielten die Hunde kurz, bis sie frische Witterung aufnahmen. Und an der Stelle, die Ectorius gemeint hatte, trafen wir wieder auf die Fährte des Hirschen. Die Hunde fingen zu heulen an und strebten auf die Fährte zu. Ruddlyn konnte sie kaum davon abhalten, die steilen Hügelflanken hochzuklettern.

»Ist das der Weg, den Artus und Kei genommen haben?« fragte Ectorius.

»Ja«, entgegnete ich, »aber ich habe sie dort hinten getroffen, wo es nicht so steil ist.«

»Das macht also drei durchtriebene Kreaturen«, meinte Pelleas.

»Es sieht so aus, als müßten wir den Burschen folgen«, antwortete Ectorius. »Gott weiß, daß wir hier nicht hochkommen. Wir würden uns dabei nur die Knochen brechen.«

»Zeige uns die Stelle«, rief Ruddlyn, der schon ein Stück den Pfad hinunterging. Ich wendete mein Pferd und ritt zu der Stelle, wo ich Artus und Kei zuletzt gesehen hatte.

»Hier haben sie mit dem Aufstieg begonnen!« rief ich und begann, mein Roß wendend, es ihnen nachzutun. Es war schwer, hügelan zu reiten, und sobald wir auf dem Grat waren, wurde es nicht einfacher. Es war, wie Ectorius gesagt hatte, alles Felsen und Dornengestrüpp. Die kahlen Steinschroffen des Felskamms dräuten über uns, überall lag loses Geröll herum und erschwerte das Reiten. Ich saß ab und wartete auf die anderen.

»Von hier aus werden wir zu Fuß weitergehen müssen«, stellte Ectorius fest und schwang sich aus dem Sattel. »Wir dürfen die Pferde nicht in Gefahr bringen.«

»Welche Richtung sie wohl eingeschlagen haben?« fragte Pelleas. Er ließ seinen Blick über die hohen Felsspitzen schweifen, die von den Nebelschwaden um sie herum ganz schwarz und glänzend naß waren. Von den Jungen war keine Spur zu sehen.

In diesem Augenblick schlug einer der Hunde an und riß an seiner Leine, die Hinterbeine angespannt, die Schnauze auf die Fährte gesenkt. »Hier entlang!« rief Ruddlyn. Mit einem schrillen Pfiff sammelte er die Hunde vor sich, und sie trotteten wieder los.

Wir nahmen jeder die beiden Speere aus den Halterungen hinter unseren Sätteln und hasteten hinterher. Das Gelände war wahrhaftig schwierig, der Gesteinschutt von Nebel und Regen glitschig. Ich klemmte mir die Speere unter den Arm und lief, so rasch ich konnte, über den trügerischen Boden.

Die Hunde führten uns in einen schmalen Hohlweg, der zwischen zwei Gesteinsbuckeln entlangführte, die mißgestalteten Säulen glichen. Der Durchgang weitete sich zu einer schmalen Schlucht, die am anderen Ende bis zum Bergkamm anstieg. Dorthin sah ich und erblickte, den geröllbedeckten Hang emporgaloppierend, Kei und Artus, dazu den Hirschen in rasender Flucht vor ihnen. Gleich erreichte der Hirsch den Kamm und verschwand darüber hinweg aus meinem Blick.

Ectorius und Ruddlyn sahen sie im gleichen Moment. Ectorius rief den Jungen zu, sie sollten auf uns warten, aber sie waren zu weit entfernt und konnten ihn nicht hören. »Die jungen Narren bringen sich ums Leben!« schalt Ectorius. »Und die Pferde dazu!«

Wir konnten nichts anderes tun, als so flink wie möglich weiterzueilen. Der Hang am Ende der Schlucht war viel steiler, als er aus der Ferne aussah. Zu Fuß hinanzuklettern war schon schwierig genug. Ich weiß nicht, wie Artus und Kei es im Reiten schafften.

Der von Osten nach Westen verlaufende Felskamm bildete einen natürlichen Damm oberhalb der zu beiden Seiten abfallenden Hänge. Der tiefer gelegene Wald hinter uns wirkte wie ein dunkler, zerzauster Pelz, aus dem in einiger Entfernung Caer Edyn ragte.

Hier oben war der Nebel dicht, die Wolken waren schwerer. Auf meiner Stirn bildeten sich Wassertropfen und rannen mir den Hals hinab. Trotz der eiskalten Höhenluft schwitzte ich, und meine Kleidung war triefnaß; bloß meine Füße blieben trocken.

Die Hunde führten uns auf dem Felskamm gen Osten, und wir folgten ihnen, allmählich langsamer, denn Erschöpfung begann sich unserer zu bemächtigen. Sogar Ruddlyns rasche Schritte wurden gemächlicher, obschon er erbarmungslos vorantrieb.

Der Bergkamm schlängelte sich dahin, uneben und waghalsig, so lebensgefährlich, wie ein Weg nur sein kann. Wir rannten. Der Pfad unter unseren Füßen stieg leicht an, und vor uns dräute ein nackter Granitblock, der sich wie ein zersplittertes Haupt reckte und uns die Bahn versperrte. Rechts erhob sich ein Steinvorhang voller Risse und Sprünge; links ging es jäh zu einer zerborstenen Felsplatte hinab. Unmittelbar vor uns befanden sich Artus, Kei und der Hirsch.

Mir bot sich folgendes Bild: Artus sitzt angespannt im Sattel, hält den Kopf gesenkt, die Schultern sitzen eckig auf einem kerzengeraden Rückgrat. Den Speer umklammert er mit der Rechten. Wie gut kenne ich die Kraft, die in diesem Griff steckt! Kei befindet sich ein paar Schritt neben ihm mit eingelegtem Speer. Beide sehen den schwer atmenden Hirschen an.

Was für ein Prachtkerl! Er ist noch größer, als ich zuerst dachte – so groß wie ein ausgewachsenes Pferd. In die Enge getrieben, hat er sich seinen Verfolgern schließlich gestellt, blickt sie geradewegs an, mit hoch erhobenem Haupt, pochenden, feuchten Flanken. Aus seinem Maul rinnt mit Blut gesprenkelter Schaum. Sein Geweih breitet sich aus wie das Geäst einer sturmerprobten Eiche – mindestens achtzehn Enden.

Ach, was für eine Trophäe!

Keis schwarzer Jagdhund zieht wild bellend Kreise. Er nutzt eine Schwachstelle und greift an. Der Hirsch fährt herum und senkt das Haupt. Der Hund kläfft und versucht, wegzuspringen, wird aber vom Geweih erfaßt, aufgespießt und mühelos weggeschleudert; er verendet auf den Felsen.

Da laufen wir vor. Wir rücken näher, doch Ruddlyn hält uns zurück. »Halt!« ruft er. »Laßt die Hunde ihre Arbeit tun!«

Er glaubt, daß die Sache zu gefährlich ist. Wenn wir losstürmen, könnte der Hirsch angreifen und einen der Jungen töten. Statt dessen will Ruddlyn die Hunde loslassen, damit sie den Hirsch einkreisen, ihm zusetzen und zur Erschöpfung bringen.

Wenn sie das Tier dann ermüdet haben und seine Kampfkraft erlahmt ist, werden wir mit unseren Speeren kommen, um es zu erlegen. Das ist grausam, ja. Aber so geht man bei einem in die Enge getriebenen Tier vor. Jede andere Methode ist lebensgefährlich.

Sobald die Hunde losgelassen sind, fliegen sie mit keuchendem Kläffen davon.

Indes, der Hirsch ist ein alter Kämpe. Die listige Kreatur wartet nicht ab, bis die Hunde sie bedrängen. Der Hirsch senkt das Haupt und greift an!

Ich sehe den Kopf niedergehen ... die Füße fest aufgesetzt ... die Schultern durchgedrückt ... die Flanken angespannt ... die Hinterbacken sinkend, als die Hinterläufe zu mahlen beginnen und das Tier nach vorn katapultieren.

Die tödlichen Schaufeln zerreißen die Luft und stoßen auf Artus zu.

Kei schreit.

Und Artus...

Artus wiegt den Speer. Er hält ihn jetzt wie ein zerbrechliches Schilfrohr. Seine Augen blicken hart geradeaus. Er ist so unnachgiebig wie der auf ihn zurasende Tod.

Sein Roß indes ist es nicht. Das Tier scheut und macht im letzten Augenblick kehrt. Artus reißt die Zügel fest herum, um das Tier zu halten, aber es ist zu spät.

Der Hirsch fährt mit dem Kopf nach unten, die Spitzen seines Gehörns scharren über den Boden und ... empor! ... Empor wie ein Sachsenschwert, tief in den Unterleib des Pferdes hinein.

Das verletzte Tier schreit vor Schrecken und Todesahnung auf. Der Hirsch schüttelt sein Haupt. Sein Gestänge hängt fest. Das Pferd wirbelt umher, um sich auf den Beinen zu halten. Artus' Knie ist an die Flanke seines Rosses geheftet. Er kann nicht aus dem Sattel springen.

Überall ist Blut.

Die Hunde rasen los, um dem Hirschen den Garaus zu machen, aber sie sind zu weit weg. Sie werden es nicht rechtzeitig schaffen.

Das Pferd stürzt. Es überschlägt sich, die Augen weit aufgerissen, die Nüstern aufgeblasen, zappelt es mit den Beinen und peitscht mit den Hufen wild durch die Luft. Ach, Artus! Artus steckt fest. Man muß ihm helfen.

Der Hirsch reißt sich los. Er weicht zurück, seine Vorderhufe wirbeln durch die Luft. Sein Kopf saust nieder, um seine tödlichen Stacheln in den am Boden verzweifelnden Feind zu bohren.

Artus' Speer ist unter der Flanke des Pferdes eingeklemmt.

Ich renne zu ihm. Ich ringe um Atem. Ich schreie auf, weil ich nicht schnell genug laufen kann, um ihn zu retten.

Der Hirsch steht drohend über Artus ... scheint dort zu schweben.

Der Hirsch springt.

Der Himmel reißt weit auf, und plötzlich ergießt sich als glänzender Strom Sonnenschein über den Pfad. Das Licht blendet. Ich blinzle.

Ich schaue wieder hin, um Artus' Körper auf das Gehörn des Hirschen aufgespießt zu sehen...

Doch nein: Sein Arm fliegt hoch. Er hat ein Messer. Der Sonnenschein trifft auf die Klinge, und sie flammt wie ein Feuerbrand in seiner Hand. Der Hirsch reißt den Kopf zur Seite und stößt sein Geweih in die Hinterbacken des hilflosen Pferdes.

Artus holt mit dem Arm aus und zielt auf die Kehle des Hirschen. Er reicht nicht heran. Der Schlag geht fehl und trifft das Tier an der Schulter, während dieses sich tiefer in die Wunde des schwach um sich schlagenden Rosses bohrt.

Der Hirsch macht sich los, um zum Todesstoß auszuholen. Kei schleudert seinen Speer, aber er zielt zu kurz, und die Waffe gleitet am Rumpf des Wilds ab.

Artus windet sich am Boden und befreit sich von seinem ohnmächtigen Pferd. Wir brüllen jetzt, um den Hirschen abzulenken. Wir schreien, daß uns fast die Lungen platzen. Die ersten Hunde erreichen den Hirschen.

Der Hirsch wendet sich den Hunden zu und vertreibt sie. Artus rappelt sich auf die Knie, Keis Speer in der Hand. Der Hirsch geht auf Artus los.

Ich sehe sie: Hirsch und Junge, die einander auf einer Entfernung von wenigen Schritt anstarren; zwischen ihnen liegt ein kurzer Speerwurf, mehr nicht. Die Hunde beißen sich an den Flanken des Tieres fest. Der Hirsch dreht sich, packt einen von ihnen und schleudert ihn fort. Dann sammelt er sich zum letzten Angriff.

Artus wappnet sich. Sein Speer zittert nicht.

Verzweifelt wirft Ectorius einen seiner Speere. Er reicht viel zu kurz, die Eisenspitze schlägt Funken, als sie über die Steine schlittert. Er legt den zweiten ein. Wir sind fast in Reichweite.

Die Hunde umringen den Hirschen, aber der Herr des Waldes hat Artus fest im Blick.

»Lauf!« schreit Pelleas. »Artus! Lauf!«

Der Hirsch zieht die Beine an und geht zum Angriff über, die kräftigen Hinterläufe mahlen, treiben ihn auf Artus zu.

»Lauf!« rufen wir. Aber es ist zu spät. Der Hirsch stürmt bereits wieder geradewegs auf Artus los. Der Junge kann nicht davonlaufen, andernfalls wird er auf die Schaufeln gepfählt.

Artus hält den Boden, er duckt sich furchtlos, wurfbereit.

Rasch kommt der Hirsch heran – er ist so geschwind!

Jetzt! Ich werfe meinen Speer mit aller Kraft und sehe ihn nutzlos unter den Beinen des heranbrausenden Hirschen durchrutschen. Ectorius hebt seinen einen verbliebenen Speer.

In diesem Augenblick hebt der Hirsch einfach die Hufe und gleitet mühelos über den geduckten Artus hinweg. Er springt zum Rand des Abgrunds. Schon setzt Artus dem Tier nach.

Am Rande der Schlucht hält der Herr des Waldes inne, setzt zum Sprung an und hebt ab. Was für ein Wunder! Er springt über den Felsen, und wir hetzen alle zu der Stelle, denn wir glauben, das stolze Tier zerschlagen zu sehen, als es tödlich auf den Steinen unterhalb aufprallt.

Als wir zu Artus rennen, schaut er uns mit weit aufgerissenen Augen an. Er deutet mit dem Finger hinter sich, und ich blicke in die angezeigte Richtung.

Ich sehe den Hirschen: Er rutscht, springt, läuft, rast den Hang hinab bis zur tiefer gelegenen Felsplatte. Das Tier trifft auf der Platte auf, rappelt sich auf die Beine und trottet dann hocherhobenen Hauptes in Sicherheit davon, ohne auch nur einmal zurückzusehen. Es ist frei.

Da dämmert uns allmählich, was geschehen ist.

»Artus, bist du verletzt?« frage ich, packe den Jungen an den Schultern und schaue ihm fest in die Augen.

Artus verneint. Er ist eher enttäuscht als erschrocken. »Ich hätte ihn fassen können«, sagt er. »Ich war bereit.«

»Sohn, er hätte dich umgebracht«, sagt Ectorius mit leiser, ehrfurchtsvoller Stimme. »Es ist ein wahres Wunder, daß du am Leben bist.« Erstaunt ob Artus' unerschütterlichen Mutes schüttelt er den Kopf.

Kei runzelt die Stirn. Er ist wütend, daß der Hirsch entkommen konnte. »Die Hunde haben alles verdorben. Wir hatten ihn.«

Ruddlyn hat die Hunde gesammelt und eilt zu uns. »Er hatte euch, junger Bock!« schnaubt der Jäger, seine Verachtung für Keis Behauptung zeigend. »Etwas anderes darfst du nicht glauben. Der König dieses Tales war euch von Anfang an überlegen. Es ist ein Wunder, daß ihr beide noch unter den Lebenden weilt.«

Da senkt Artus den Kopf. Weint er?

Nein. Als er aufschaut, sind seine Augen trocken und klar. »Es tut mir leid, Herr Ectorius. Ich habe das Pferd verloren, daß du mir geschenkt hast.«

»Gräme dich nicht wegen des Pferdes, Bursche. Es ist nur ein Pferd, Gott schütze dich.« Wieder schüttelt Ectorius den Kopf.

»Das nächste Mal mache ich es besser«, gelobt Artus. Mit seiner stahlharten Stimme ließe sich hartes Leder schneiden.

»Das wirst du«, verspreche ich ihm. »Aber heute nicht mehr. Für dich ist die Jagd vorbei.«

Artus will etwas einwenden, aber davon mag ich nichts hören. »Kehre in den Caer zurück und denke über das Geschenk nach, daß dir heute zuteil geworden ist. Geh jetzt – und nimm Kei mit.«

Das paßt ihnen gar nicht, aber sie tun, wie ihnen geheißen

ward. Sie steigen auf Keis Pferd und reiten davon. Während Ruddlyn die beiden toten Hunde begräbt, nehmen wir den Sattel von Artus' totem Roß und kehren, das Zaumzeug schleppend, zu unseren Pferden zurück. Keiner sagt ein Wort. Sogar die Hunde sind still.

Keiner von uns, nicht einmal Ruddlyn, weiß, was er von dem Erlebten halten soll. Schweigen scheint das Beste zu sein, darum zügeln wir unsere Zungen. Aber unsere Seelen sind verwundert. Zweifellos haben wir ein Mirakel erlebt – vielleicht sogar ein großes Zeichen.

Was es bedeutete, sollte sich mit der Zeit erweisen. Damals wußte ich nicht, was es zu sagen hatte, doch jetzt ist es mir klar. Es war Gottes segnender Fingerzeig, daß Artus zum Herrschen geboren war, und ein Vorzeichen der kommenden Prüfungen. Denn eines Tages sollte ich erleben, wie der nämliche junge Mann genauso verzweifelt einem großen, fürchterlichen Feind gegenüberstand, der raschen, sicheren Tod säte. Und an jenem Tag sollte Artus unsterblich werden.

Zweites Buch

Der Schwarze Eber

I

Die Tage werden weniger; sie verfliegen im Nu. Seht nur, wie geschwind sie vergehen! Aber es verstreicht nicht ein Tag, an dem ich mir nicht ins Gedächtnis riefe, welche Freude es war, Artus ap Aurelius zum König zu machen. Und weil er tatsächlich Aurelius' Sohn war – trotz allem, was dumme Verleumder sagen mögen –, trachtete ich danach, ihm eine ähnliche Krönung zuteil werden zu lassen wie seinem Vater.

Ihr werdet es mir gewiß nachsehen, wenn ich nichts von den langwierigen Mühsalen berichte, die uns bestimmte Fürsten und Fürstlein des Südens aufnötigten, und auch nichts von den darauffolgenden wüsten Schlachten gegen die Sachsen. Über diese im Krieg vergeudeten Jahre wurde schon mehr als genug geschrieben – noch die kleinsten Kinder kennen die Geschichten auswendig. Ich will nur festhalten: Nach sieben Jahren ununterbrochenen Streitens brach Artus am Hügel von Baedun der Barbarenstreitmacht das Rückgrat – in einer gräßlichen Schlacht, die drei Tage dauerte und Tausende das Leben kostete. Und danach war Artus immer noch nicht König!

Ich war dabei, jawohl. Ich sah alles und sah dennoch nichts, denn seit meiner Begegnung mit Morgian war ich blind. Ihr werdet euch wohl erinnern, daß ich die Streitmacht kurz vor Baedun verlassen hatte und nach Süden gezogen war, entschlossen, ein für allemal die Macht der Königin der Lüfte und der Finsternis zu brechen. Die schreckliche Morgian begann damals auf Artus' Heldentaten aufmerksam zu werden, und ich durfte nicht beiseite stehen und zusehen, wie sie ihre bösen Ränke gegen Britanniens künftigen Hochkönig schmiedete.

Ich ritt allein, ohne jemandem etwas zu sagen. Unglücklicherweise folgte Pelleas mir und ging zugrunde. Möge der Spendergott Pelleas Gnade erweisen, denn er kehrte nie wieder. Ich weiß, daß Morgian ihn tötete. Auch mir hätte sie beinahe den Garaus gemacht. Bedwyr und Gwalcmai fanden mich in Llyonesse und brachten mich zurück: blind, aber ungeschlagen, hatte ich Artus den Weg zur Herrschaft gebahnt. Denn der Tag war nicht mehr weit.

Nach dem Blutbad von Baedun, dessen Notwendigkeit und Durchführung gleichermaßen fürchterlich waren, zogen wir uns in das nahegelegene Kloster Mailros zurück, um zur Ruhe zu kommen und Dank für den uns gewährten Sieg abzustatten. Das Kloster war zwar kaum mehr als eine Ruine, doch waren wieder fromme Brüder da und hatten begonnen, es instand zu setzen. Da es so nahe bei Baedun lag, ja der blutdurchtränkte Zwillingshügel gar in Sichtweite lag, wollte Artus dort seine Dankgebete sprechen.

Wir verweilten zwei Tage und setzten, nachdem wir unsere Wunden versorgt hatten, unseren Weg durch das Twide-Tal nach Caer Edyn fort, wo Herr Ectorius, dessen großes Herz vor Stolz schier platzte, ein Festgelage ausrichtete, wie es nur wenigen Menschen zu erleben vergönnt ist. Drei Tage und Nächte lang saßen wir um die Tafel, labten uns an Speise und Trank und erquickten unsere kampfversehrten Herzen und Seelen in der Gesellschaft wahrer Männer.

Der gute Ector, der letzte seines edlen Stamms, geizte nicht mit dem Besten, was er aufbieten konnte. Gutes Brot und Braten nahmen kein Ende; Bier und reicher Honigmet flossen in Strömen; kaum war eine Schale leer, stand schon die nächste da, gefüllt an der riesigen Bierwanne, die Ector in seinem Saal aufgestellt hatte. Weißer Schaum und funkelndes Gold füllten die Becher und Schalen der britischen Fürsten! Köstlich wie der Kuß einer jungen Maid, köstlich wie der Frieden zwischen Edlen!

»Eines verstehe ich nicht, Myrddin«, flüsterte Ector, als er mich am Abend des dritten Tages beiseite zog. »Die Bierfässer werden nicht leer.«

»Tatsächlich? An mangelndem Zuspruch liegt es nicht, das kann ich dir versichern«, erwiderte ich.

»Aber das sage ich ja«, beharrte er.

»Du sagst gar nichts, mein Freund«, schalt ich freundlich. »Drücke dich klar aus.«

»Das Bier müßte inzwischen ausgegangen sein. Ich hatte gar nicht soviel auf Lager.«

»Du mußt dich getäuscht haben. Zum Glück, muß ich sagen.«

»Aber das Bier wird nicht weniger«, redete er fort. »Und sooft ich danach schicke, bleibt das Faß voll.«

»Nun, vielleicht sind die Diener bei all dem Trubel ein wenig durcheinander. Oder vielleicht haben wir nicht soviel getrunken, wie du glaubst.«

»Kenne ich mein eigenes Brauhaus nicht?« versetzte Ector. »Sieh dir die Fässer an, weiser Emrys, und wiederhole dann, daß ich mich täusche.«

»Du mußt nachsehen, Ector«, erwiderte ich und faßte an die Binde über meinen Augen. »Sage mir, was du siehst.«

»Oh, ich wollte nicht –«, stotterte er. »Du weißt schon, was ich meine.«

»Ruhig Blut, Ector«, besänftigte ich ihn. »Ich glaube dir.«

»Ah, ich weiß schon! Ich werde es Dyfrig sagen – ihm wird etwas einfallen.«

»Ja«, stimmte ich bei, »schicke nach dem guten Bischof. Er wird für mich sehen.«

Sogleich begab Ectorius sich fort. Das Gelage ging inzwischen ungetrübt weiter. Die Becher machten unablässig die Runde. Bald schimmerte der Boden der Wanne abermals durch, und man rief nach den Schankburschen, um sie aufzufüllen. Diesmal begleitete ich sie. »Führe mich ins Bierhaus«, befahl ich dem ältesten von ihnen und legte ihm meine Hand auf die Schulter.

Er geleitete mich aus dem Saal über den Vorhof in eines der gedrungenen Außengebäude von Ectors Festung. Darin standen drei Eichenfässer – zwei für Bier und eines für Met. »Hole den Braumeister«, bat ich meinen Führer, während die übrigen

Jungen sich daran machten, ihre Eimer zu füllen. »Ich möchte ihn hier sprechen.«

Ich begab mich zum nächsten Faß, legte meine Hand darauf und betastete die Holzdauben; ich klopfte mit den Knöcheln dagegen, und hörte das schaumige Schwappen, als die Jungen ihre Eimer hineintauchten. So breit wie ein Wagenrad und fast mannshoch, paßte eine ganze Menge hinein. Zwei solche Fässer, wie Ector sie besaß, mochten ein Gelage wie unseres einen Tag und eine Nacht beliefern – vielleicht sogar zwei –, aber niemals drei Tage und drei Nächte.

»Wieviel ist noch in dem Faß?« fragte ich den erstbesten Jungen.

»Es ist fast voll, Emrys«, antwortete er.

»Und das andere? Ist es leer oder voll?«

»Es ist voll, Herr«, erwiderte er.

»Wann hast du zum letzten Mal etwas daraus genommen?«

Der Bursche – der Stimme nach mochte er zehn oder zwölf Sommer zählen – zögerte: »Herr?«

»Die Frage ist doch nicht schwer, Junge«, sagte ich. »Wann hast du zum letzten Mal etwas aus dem zweiten Faß genommen?«

»Wir haben es gar nicht angerührt, Herr«, antwortete er. »Wir dürfen uns nur von dem hier bedienen.«

»Das stimmt«, bestätigte eine erwachsene Stimme in der Tür hinter mir. »Weiser Emrys«, sagte der Mann, »ich bin Dervag, Herrn Ectors Braumeister. Ist das Bier nicht in Ordnung?«

»Ich erinnere mich an dich, Dervag. Dein Bier ist hervorragend, keine Sorge«, beruhigte ich ihn. »Dennoch fließt es verdächtig reichlich. Das hat meine Aufmerksamkeit erregt.«

»Mein Herr hat drei Fässer«, erläuterte Dervag und stellte sich neben mich. »Diese drei: zwei mit Bier und eines mit Met. Die Jungen nehmen sich aus dem einen Faß, und erst wenn es leer ist, dürfen sie das zweite öffnen.«

»Dann sieh doch einmal für mich nach, ob alles seine rechte Ordnung hat.«

Der liebenswürdige Mann trat auf den Stein neben dem Faß. »Es ist noch zu mehr als zwei Dritteln voll«, erklärte er, allmählich verwirrt. Er lief zum zweiten Faß. Ich hörte, wie er den Holzdeckel hob und rasch wieder fallen ließ.

»Das andere Faß wurde nicht angerührt.« Der Braumeister nahm einen argwöhnischen und leicht vorwurfsvollen Tonfall an. »Was geht hier vor sich?«

»Eine gute Frage, Dervag«, erwiderte ich. »Wie kann es geschehen, daß die Männer drei Tage und Nächte lang schmausen und das Faß sich ebensowenig leert wie der See dort? Das beantworte mir, wenn du kannst.«

»Aber das kann ich nicht, Herr Emrys. Seit der Rückkehr des Heeres war ich Tag und Nacht im Brauhaus, um für Nachschub zu sorgen, sollten diese Fässer leer werden. Ich dachte, der Junge hole mich, um das zweite Faß zu öffnen. Aber das –«, er mühte sich, die Sache zu verstehen, »aber dazu wird es kaum kommen.«

»Unsinn!« rief der Geistliche, der gerade mit Ector eintrat.

Dyfrig, der Bischof von Mailros, war zwar ein großherziger, fröhlicher Mensch, hatte jedoch einen klaren, aufgeweckten Verstand, der jedem Gelehrten zur Ehre gereicht hätte. Er ging zu dem Faß, spähte hinein und sagte, daß er es für voll halte.

»Doch diese Beobachtung allein beweist noch gar nichts«, stellte er fest.

»Aber wir haben drei Tage lang genau von diesem Faß getrunken«, betonte Ector. »Und es ist noch genauso voll wie am Anfang.«

»Das mag so sein«, räumte Dyfrig ein, »aber ich habe es nicht mit eigenen Augen gesehen.« Er wandte sich an die Jungen, die mit ihren Eimern und Kübeln neben uns standen, und befahl: »Füllt eure Gefäße.«

Dervag selbst machte zwei Eimer voll, und als sämtliche Behältnisse gefüllt waren, stieg der Bischof wieder auf den Steintritt. »Ihr könnt alle sehen«, verkündete er, daß seine Stimme im Inneren des Fasses widerhallte, »daß ich in das Faß greife und meinen Daumen in das Wachs drücke. Ich habe oberhalb des verbliebenen Bieres eine Linie gezogen.«

Er drehte sich um und trat herunter. »Also, meine Freunde, wir werden aufpassen. Und wenn die Kübel zum dritten Mal gefüllt wurden, werde ich wieder hineinschauen.«

»Geht, Burschen«, sagte Ector, »tut eure Arbeit.«

Dervag, Ector, Dyfrig und ich warteten im Brauhaus und unterhielten uns. Nach einer Weile kamen die Schankburschen zurück, füllten ihre Eimer auf, und wir warteten aufs neue. Inzwischen befahl Ectorius, Fackeln zu entzünden, weil es allmählich zu düster wurde, um noch richtig sehen zu können. Wir redeten über das Festgelage und den glänzenden Sieg bei Baedun.

Kurz darauf kehrten die Jungen wieder, und wie zuvor füllte Dervag ihre Kübel zum dritten Mal aus dem Faß. »Siehst du jetzt nach, Dyfrig?« fragte Ector.

Dyfrig stieg auf den Stein. »Reicht mir eine Fackel.«

Kurzes Schweigen ... und dann ein lautes Atemholen: »Meiner Treu!«

»Siehst du deine Markierung?« fragte Dervag.

»Ich sehe sie nicht«, erwiderte der Bischof rasch, »weil die Flüssigkeit nämlich jetzt höher steht als in dem Moment, als ich sie anbrachte.«

»Laß mich sehen.« Ich hörte es rascheln, als der Braumeister sich neben den Bischof stellte und in seiner Aufregung fast von dem Stein gestoßen hätte. »Es ist, wie er sagt«, bestätigte Dervag. »Bringt die Kannen!«

Die Jungen eilten zu ihm, und die Kannen wurden aufs neue gefüllt. Dann schauten die beiden wieder nach. »Ich sehe die Markierung!« rief der Brauer. »Da ist sie!«

Bischof Dyfrig stieg die Stufe hinunter und stellte sich wieder zu uns. »Es ist ein Wunder«, sagte er. »Ich glaube es.«

»Was hat es zu bedeuten?« Ectorius wollte eine Erklärung.

»Freue dich, Ectorius!« entgegnete der Bischof ihm. »Denn so, wie unser Herr Jesus an der Hochzeit Wasser in Wein verwandelte und aus fünf Laiben Brot und zwei Fischen einen Festschmaus für fünftausend bereitete, so hat der Segen Christi deinem Gelage ein seltenes, kostbares Geschenk zuteil werden lassen. Freue dich! Kommt, wir müssen die frohe Botschaft kundtun.«

Und das tat er. Die Kunde von diesem Wunder verbreitete sich allerorten. Mit der Zeit wurde es als eines der Drei Wundersamen Zechgelage auf der Insel der Mächtigen bekannt und nahm seinen Rang neben Brans Unerschöpflichem Teller und Gwyddnos Zauberkrug ein.

Aber als in jener Nacht der gute Bischof den versammelten Kriegern berichtet hatte, wovon er selbst Zeuge geworden war, saßen die Versammelten schweigend da und dachten über das Wunder nach – doch nur einen Augenblick lang. Denn da sprang Bors auf. Er stellte sich auf einen Tisch inmitten der Runde und sprach mit ausgebreiteten Armen:

»Brüder«! rief er mit hallender Stimme. »Habt ihr noch einen Zweifel, was wir tun müssen?«

»Sag es uns!« rief einer; es mochte Gwalchavad gewesen sein.

»Hier sitzt Artus!« Er wies mit der Hand auf den verwirrten Artus. »Der siegreiche Feldherr, der Krieger und Eroberer, den die Menschen bejubeln und der Große Gott schützt. Es ist an der Zeit, daß wir unseren Herzog von Britannien zum König machen!«

Die Krieger lobten dies. »Gut gebrüllt«, riefen einige. »So sei es!«

Die Arme in die Seiten gestemmt, stachelte Bors sie auf: »Warum sitzt ihr dann noch hier? Auf mit euch! Auf die Beine, Brüder, ich sage euch: Es soll keine Nacht mehr verstreichen, bevor ich den Königstorques um Artus' Hals prangen sehe!«

Nach diesen Worten sprangen die um Artus Sitzenden auf und rissen ihn von seinem Sitz hoch. Sie stemmten ihn auf ihre Schultern und trugen ihn aus dem Saal. »Ich glaube, sie meinen es ernst«, bemerkte Dyfrig. »Kann man sie irgendwie aufhalten?«

Ector lachte. »Wenn das gesamte Sachsenheer nichts gegen sie auszurichten vermochte«, sagte er, »kann wohl nichts auf dieser Welt sie mehr aufhalten.«

»Jetzt stellt sich die Frage, Dyfrig«, sprach ich. »Wirst du Artus zum König machen oder ich?«

»Wenn du gestattest, Merlinus«, antwortete der Bischof. »Ich will mich der Aufgabe gerne annehmen, ja mit Freuden.«

»Dann kommt!« sagte Ectorius. »Wir stehen hier und schwatzen. Am Ende sind wir gar nicht dabei.«

Aus dem Saal hinaus, durch den Hof, von der Felsenburg hinab und durch das Tal trug Britanniens Heer Artus. Die Krieger brachten ihn zum *Cathir Righ*, auch Mons Agned genannt, denn eine Reihe von Herrschern hatte auf diesem throngestaltigen Gipfel die Königswürde empfangen.

Und dort wurde Artus in der kühlen blauen Dämmerung eines langen Sommertages mit einigen versprengten Sternen am hohen hellen Nordhimmel zum König. Die Krieger setzten Artus auf den großen Felsenthron und versammelten sich um ihn. Bors trat vor und zog das Schwert aus der Scheide an seiner Hüfte und legte die Klinge Artus zu Füßen. »Wie ich dir mein Schwert übergebe, so überantworte ich dir mein Leben und begebe mich unter deine Herrschaft.« Mit diesen Worten warf er sich mit dem Gesicht nach unten auf den Boden, worauf Artus seinen Fuß auf Bors' Nacken setzte. Dann bat er Bors aufzustehen. Nun kam Cador und legte sich auf den Boden zu Artus' Füßen. Als nächster war Owein an der Reihe, dann Maelgwn, Idris und Ector: Alle streckten sie sich auf der Erde aus und beugten ihren Nacken vor Artus im Angesicht des Heeres und ihrer Sippe. Habt ihr dergleichen niemals erlebt, so kann ich euch sagen, es ist ein beeindruckender Anblick, wenn stolze Fürsten sich vor einem vom Himmel gesegneten König erniedrigen.

Die Kymbrogen, meine Herzensgefährten, traten vor Artus, legten ihre Speere ab, knieten nieder und streckten die Hände aus, um seine Füße zu berühren. Kei, Bedwyr, Rhys, Bors,

Gwalchavad, Llenlleawg und alle übrigen folgten. Alle gelobten Artus Treue, versprachen ihm ihr Leben und anerkannten ihn als König.

Als alles nach guter Sitte vollbracht war, trat ich vor den Bären von Britannien. »Steh auf, Artus!« verkündete ich und hielt meinen Ebereschenstab über ihn. »Im Beisein aller, die dir Treue gelobten, Fürsten wie Sippen, erkläre ich dich zum König von ganz Britannien!«

Die Krieger feierten dies mit Jubelrufen und wildem Beifallsgeschrei. Ach, es tat gut, ihre starken Stimmen durchs Land hallen zu hören, auf daß die Insel der Mächtigen von ihrem frohen und freudigen Klang erfüllt ward. Als die Begeisterung ein wenig nachgelassen hatte, sagte ich: »Lob und Preis dem hohen König im Himmel, der uns einen König als Pendragon geschenkt hat! Alle Engel und Heiligen seien Zeugen: Heute wird Artus ap Aurelius zum König aller Briten!«

Ich wandte mich zu den versammelten Kriegern um, hob den Ebereschenstab und sprach mit der gebieterischen Stimme des Barden: »Kniet nieder vor ihm, Kymbrogen! Landsleute, streckt eure Hände aus und schwört eurem Herrn und König auf Erden bindende Treueide – so wie ihr Leben und Ehre dem Gott der ganzen Schöpfung gelobt!«

Wie ein Mann knieten sie nieder und versprachen Artus Treue. Anschließend wandte ich mich wieder zu Artus um: »Du hast gehört, Artus, daß deine Kampfgefährten dir ihr Leben gelobten. Bist du gewillt, ihre Eide anzunehmen?«

»Ich nehme die mir geschworenen Eide an«, erwiderte er.

Nach dieser Bestätigung winkte ich den wartenden Dyfrig herbei. »Komm her, Freund, weihe diesen Herrn für seine heilige Pflicht und mache ihn wahrhaftig zum König.«

Der Bischof von Mailros trat neben den Felsenthron. In seinen Händen hielt er einen Torques aus Gold, den er hochhob, und trug Artus mit lauttönender Stimme auf: »Erkläre am heutigen Tage vor deinem Volke, daß du Gott dienen wirst.«

Und Artus sprach: »Ich werde Jesus Christus dienen, ich

werde Gottvater dienen. Ich werde dem Heiligen Geiste dienen. Ich werde der Heiligen Dreifaltigkeit dienen.«

Darauf fragte Dyfrig: »Und wirst du das Recht achten, Gerechtigkeit üben und Gnade walten lassen?«

»Mit dem Segen Christi werde ich das Recht achten, Gerechtigkeit üben und Gnade walten lassen.«

»Und wirst du dieses Reich im wahren Glauben an Christus führen, solange du lebst?«

»Bis ans Ende meiner Kraft und bis zu meinem letzten Atemzug werde ich dieses Reich im wahren Glauben an Christus führen.«

»Dann«, erklärte Bischof Dyfrig, »erhebe ich dich kraft der Dreifaltigkeit, Artus ap Aurelius. Heil, Artus, Schützer von Britannien!«

»Heil, Artus!« rief das Heer zur Erwiderung, daß die Stimmen im Dämmerlicht widerhallten. »Heil, Schützer und Pendragon von Britannien!«

Ich glaubte, der Bischof würde Artus den Königstorques um den Hals legen, doch statt dessen reichte er ihn mir. Ich spürte die kühle, feste Schwere des goldenen Kleinods in meinen Händen und trat abermals neben den Steinsitz. Mit Artus' unauffälliger Hilfe fand ich die richtige Stelle. Ich bog die Enden des Torques auf und legte ihn um seinen Hals; unter meinen Fingern spürte ich warm sein Blut pochen.

Dann drückte ich das weiche, gelbe Metall zusammen und schloß damit den Ring. Ich trat zurück und überließ Artus dem lauten Beifall der Fürsten und Krieger. Die lange Dämmerung war einem klaren Abendschein gewichen, und das frohe Geschrei erschütterte die Hügel, als Artus die ihm lange verwehrte Herrschaft unter dem Sommerfirmament aufnahm.

II

Hatten die Krieger zuvor gejubelt, so brachen sie nun in Begeisterungsstürme aus. Sie umhalsten ihren neuen König so heftig, daß ich schon fürchtete, er werde ihren Beifall nicht überleben. Sie packten ihn und hoben ihn auf ihre Schultern. Hoch und immer höher! Sie trugen ihn hinab ins Tal und sangen ohne Unterlaß. Als wir wieder in Caer Edyn waren, machte Artus seinen Fürsten und Kriegern Geschenke: goldene und silberne Ringe und Fibeln, Messer und Schwerter, Becher, Schalen, Armbänder und Edelsteine.

Zu Dyfrig sagte er: »Ich würde dir meine Ausrufung zum König mit Geschenken vergelten, aber goldene Ringe oder silberne Becher würdest du wohl nicht schätzen. Besser gefallen würde dir sicher ein festes Dach über dem verfallenen Kloster.«

»Gott segne dich, Artus«, entgegnete der Bischof. »Goldene Ringe nützen einem Mönch wenig – vor allem wenn es stürmt und regnet.«

»Darum gebe ich dir alles wieder, was Pikten und Sachsen geraubt haben. Und ich bitte dich, von der Kriegsbeute zu nehmen, was du brauchst, um deine Abtei wiederaufzubauen – und zwar nicht nur das Kloster Mailros, sondern die Kirche in Abercurnig dazu. Denn es stürmt und regnet in Abercurnig sicher so wie überall.«

»In Christi Namen, ich nehme dein Geschenk an, Artus«, erwiderte der Bischof erfreut.

»Dann möchte ich dich um ein Gegengeschenk bitten«, fuhr der frischgebackene König fort.

»Nenne es, Herr«, sprach Dyfrig großzügig, »wenn es in meiner Macht steht, will ich es dir gewähren.«

»Ich möchte dich bitten, soviel von der Kriegsbeute zu nehmen, wie du brauchst, um in Baedun eine Kapelle zu errichten.«

»Eine Kapelle?« staunte Dyfrig. »Aber wir haben doch in der Nähe ein ganzes Kloster. Was willst du mit einer Kapelle?«

»Ich möchte, daß die Mönche von Mailros dort Psalmen singen und für unsere Brüder beten, die jetzt an den Hängen Baeduns ruhen. Ich möchte, daß unablässig für Britannien gebetet werde.«

Dieses Verlangen entzückte den Bischof. »So soll es geschehen, Herr«, erwiderte er. »Sollen dort Tag und Nacht Psalmen und Lieder gesungen werden, ohne Unterlaß, bis der Herr Jesus Christus wiederkehrt.«

Doch Artus ließ seiner Ehre damit nicht Genüge sein. Am folgenden Tag ritt er in aller Frühe hinaus zu den Dörfern in der Umgebung von Caer Edyn, um den Witwen Geschenke zu bringen – den Frauen der Männer, die bei der Verteidigung ihrer Familien getötet worden oder in der Schlacht gegen die Seewölfe gefallen waren. Er gab ihnen Gold und Silber aus seiner Beutetruhe, dazu Schafe und Rinder, damit sie neben ihrem Gram nicht noch Not leiden mußten.

Erst danach kehrte Artus nach Caer Edyn zurück, um seine neugewonnene Königswürde zu feiern. Ich überließ ihn eine Weile lang seiner Freude, und als ich den richtigen Moment für gekommen hielt, raffte ich meinen Umhang zusammen, nahm meinen Stab und tastete mich zur Mitte des Saales. Nach Art eines Druidenbarden ging ich dorthin, wo er mit Kei und Bedwyr, Bors und Cador und allen Kymbrogen an der Tafel saß.

»Pendragon von Britannien!« rief ich laut.

Einige der Zuschauer meinten, ich würde ein Lied zum Besten geben. »Der Emrys will singen!« sprachen sie untereinander und brachten ihre Unterhaltungen zum Verstummen, um mir zu lauschen. Rasch wurde es im Saal still.

Ich hatte jedoch kein Lied im Sinn, sondern eine Aufforderung: »Möge dein Ruhm deinen Namen überdauern, der nie vergehen wird! Es ist weiß Gott recht, daß du die Früchte deiner Mühen genießt. Aber ich wäre ein nachlässiger und törichter Ratgeber, würde ich dich nicht warnen, daß es im Süden dieser

Insel Menschen gibt, die von Baedun noch nicht gehört haben und von deiner Ausrufung zum König nichts wissen.«

Dies vernahm Artus mit erstaunter Belustigung. »Nur ruhig, Myrddin.« Er lachte. »Ich habe meinen Torques gerade erst empfangen. Die Kunde wird sich früh genug verbreiten.«

Mit dieser Antwort hatte ich gerechnet: »Ich mag jetzt vielleicht blind sein, aber ich war es nicht immer, und ich glaube, daß die Menschen ihren Augen eher trauen als ihren Ohren.« Diese Bemerkung stieß auf einhelligen Beifall.

»So ist es! So ist es! Höre auf ihn, Bär«, sagte Bedwyr. Kei, Cador und andere klopften zustimmend auf den Tisch.

»Es heißt wohl so«, räumte Artus ein und wurde ein wenig argwöhnisch. »Was willst du damit sagen?«

Ich zeigte mit der Hand auf die im Saale Versammelten. »Glücklich die Menschen des Nordens«, entgegnete ich ihm, »denn sie sind neben dir in der Schlacht geritten und kennen deinen Ruhm bis ins kleinste. Doch ich bin überzeugt, daß die Menschen im Süden sich nicht von den Gerüchten gewinnen lassen, die sie nach und nach erreichen.«

»Daran kann ich nicht viel ändern«, meinte Artus. »Ein Mann kann nur einmal zum König ausgerufen werden.«

»Hier irrst du dich, mein König«, erwiderte ich ohne Umschweife. »Du bist nun Pendragon von Britannien – und du befiehlst, was zu geschehen hat.«

»Aber ich habe die Königswürde bereits hier angenommen«, sagte er. »Wozu muß ich es ein zweites Mal tun?«

»Wozu brauchst du zwei Augen, wenn du mit einem deutlich sehen kannst?« versetzte ich. »Wozu brauchst du zwei Hände, wenn du mit einer Hand das Schwert halten kannst? Wozu brauchst du zwei Ohren –«

»Genug!« rief Artus. »Ich verstehe.«

»Aber das ist nicht genug«, fuhr ich fort. »Das versuche ich dir ja zu erklären.«

»Dann erkläre mir, was geschehen muß, damit du zufrieden bist, und ich will dafür sorgen, daß es sofort geschieht.«

»Gut gesprochen, Bär!« johlte Kei, und viele lachten mit ihm.

»Höre auf deinen weisen Barden«, sagte Bedwyr. »Myrddin spricht die schlichte Wahrheit.«

»Nun gut«, gab Artus nach. »Was soll ich tun?«

»Schicke die Drachenschar aus, um die Fürsten des Südens nach Londinium zu rufen, wo sie deiner Krönung beiwohnen sollen. Erst dann werden sie dir widerspruchslos glauben und folgen.«

Das leuchtete Artus ein. »Wie stets ist dein Rat weise, Myrddin«, rief er aus. »Denn ich werde der König über alle oder keinen sein. Ziehen wir nach Caer Londinium zur Krönung. Norden und Süden sind schon zu lange getrennt. In mir sollen sie vereint werden.«

Fürwahr, der Süden hatte Artus immer Schwierigkeiten bereitet. Jene stolzen Fürstlein konnten sich nicht vorstellen, daß jenseits ihrer engen Grenzen etwas Wichtiges geschah. Die Edlen der Westreiche, Männer wie Tewdrig und Meurig, wußten es freilich besser; sie begriffen den Wert des Nordens und seine lebenswichtige strategische Bedeutung. Doch schon seit Römerzeiten blickten die meisten Fürsten des Südens auf den Norden herab und achteten die Menschen dort gering. Darum war Artus nur dem Namen nach Hochkönig, solange er seinen Anspruch nicht im Süden durchsetzte.

So löblich und notwendig seine Ausrufung zum König in Caer Edyn gewesen war, so sehr war es seine Krönung in Londinium. Dort war sein Vater gekrönt worden. Und so sollte er meinen Plänen nach König werden: mit dem gleichen Zeremoniell wie Aurelius.

Denn die Menschen waren in Verwirrung geraten. Viele entsannen sich nicht einmal mehr des Aurelius. Seine Herrschaft hatte leider viel zu kurz gedauert! Mehr von ihnen erinnerten sich an Uther und hielten Artus für Uthers Bastard. Darum war mir daran gelegen, Artus' wahre Abstammung bekanntzumachen und seinen echten Adel zu beweisen.

Ich will Uther nicht herabsetzen. Gott bewahre ihn, er war

genau der König, den wir damals brauchten, und besser, als wir ihn verdient hatten. Dennoch reichte er an seinen Bruder nicht heran. Aus diesem Grunde kam es mir darauf an, Artus im Lichte seines Vaters erstrahlen zu lassen – besonders vor den Fürsten des Südens. Artus hatte zur Genüge unter Beweis gestellt, daß er den Mut und die Klugheit seines Onkels besaß; wenn er sich auf das Herrschen so gut verstand wie sein Vater, mochte Britannien der Finsternis, welche die Welt zu schlucken drohte, vielleicht entgehen.

Das dachte und glaubte ich. Wenn ihr an Weisheit Großen hoch droben von eurer sicheren Warte aus anderer Ansicht seid, dann blickt euch um: Was von dem, was ihr jetzt seht, würde es ohne Artus noch geben? Darüber grübelt nach!

Also ritten wir am folgenden Tag zu den Anlegestellen am Muir Guidan, um an Bord zu gehen und die Küste entlang gen Süden und dann die Themse hinauf nach Londinium zu segeln. Wie sein Vater vor ihm fand Artus nur wenig Gefallen an dem Wirrwarr aus Behausungen und Gäßchen dieser hochgerühmten *Civitas*. Bei seinem ersten Besuch – als er Britanniens Schwert errungen hatte – sagte er mir, die Stadt komme ihm vor wie ein Haufen Unrat auf einem trügerischen Sumpfgelände. An dem Gestank, der mir die Nase füllte, erkannte ich, daß sich nicht viel gebessert hatte. Ach, es standen zwar noch ein paar prächtige Bauwerke: eine Basilika, der Palast des Statthalters, ein Teil der Stadtmauer und ähnliches. Ehrlich gesagt war jedoch nur die Kirche des Ortes würdig.

Und Urbanus' Kirche war unser Ziel. Die Boten, die vorausgeeilt waren, um die Siedlungen entlang des Weges zu benachrichtigen, erwarteten uns. Erwartet wurden wir auch von Aelle, dem Feldherrn der an der Sachsenküste lebenden Südsachsen, der Artus die Treue gehalten hatte. Bei diesem *Bretwalda* befand sich sein ganzes Gefolge von Leibwächtern mit Frauen und Kindern. Ich glaube, sie hätten am liebsten ihr Vieh mitgebracht, so begierig waren sie, dem neuen britischen König Ehre zu bezeugen und ihre Treueide zu erneuern.

Darin erwiesen sich die groben Barbaren edler als viele, die sich für die höchsten unserer eigensinnigen Inselbrut hielten. Artus seinerseits begrüßte den Feldherrn der Sachsen wie einen seiner Kymbrogen und machte Aelle und seinen Führern Geschenke, die sie schätzten: Pferde, Hunde und Gegenstände aus gelbem Gold.

Dann nahmen wir Aufstellung und zogen durch die Tore in die dicht gepackten Straßen der verfallenen Festungsstadt. Unsere Ankunft fand beträchtliche Aufmerksamkeit. Sobald das Volk von Caer Londinium einen Blick auf den jungen König und die von ihm unterworfenen Fürsten vor ihm getan hatte, begriff es, daß in seiner Mitte ein Mann von Bedeutung erschienen war. Aber wer war er?

Wer war dieser dreiste junge Mann? Allein, wie er sich kleidete! Wie sein Gefolge aussah! Das waren doch gewiß keine anständigen Menschen. War er Pikte? Sachse vielleicht? Eher der Narr eines Adeligen aus dem Norden, der seine bäuerliche Eitelkeit in der Hauptstadt ausführte.

Sich am Wegrand drängend rief das bunte Volk von Londinium von den Dächern: »Für wen hältst du dich, Fremder? Bist du der Kaiser Maximus? Glaubst du, du bist in Rom?«

Einige verlachten ihn; andere johlten laut und nannten ihn hochtrabend und töricht, beschimpften ihn in einem halben Dutzend Sprachen.

»Sie sind Narren«, grollte Cador. »Höre nicht auf sie.«

»Ich sehe, daß Londinium mich nicht lieben gelernt hat«, erwiderte Artus betrübt.

»Und ich es auch nicht«, versetzte Bedwyr. »Geh zur Krönung, Bär, und laß uns aus diesem elenden Misthaufen verschwinden.«

»Wie lange, glaubst du, würden ihre kostbaren Mauern noch stehen, wenn du nicht wärest, Artos? Laß die Barbaren hier einfallen, und Schluß damit.«

So bahnten wir uns einen unangenehmen Weg durch den Lärm und den Gestank der Stadt. Die Boten hatten ihre Aufgabe erfüllt und die Fürsten des Südens sowie Erzbischof Urbanus von Artus' bevorstehender Ankunft und Krönung benachrichtigt. Sowohl Paulus, der sich als Statthalter von Londinium ausgab, als auch sein Legat erwarteten uns auf den Stufen des Palastes.

Ich war dem Statthalter schon früher begegnet: ein krummbeiniger Genußmensch mit breitem, selbstzufriedenem Lächeln und Schweinsäuglein, hinter denen ränkesüchtige, abwegige Gedanken zuckten. Paulus, wie er hieß, war ein verschlagener, aalglatter Gegner und über Artus' Eintreffen keineswegs erfreut. Es gab keinen Willkommenstrunk, noch lud uns der wohlbeleibte Statthalter in sein Haus ein, damit wir uns von der Reise erfrischen konnten.

»Sei gegrüßt, Artorius«, scharwenzelte er. Der unangenehme Klang seiner Stimme brachte sein rundes, fleischiges Gesicht vor mein geistiges Auge. »Im Namen der Bürger dieser großen *Civitas* heiße ich dich willkommen. Es ist mir eine besondere Ehre, endlich den berühmten *Dux Britanniarum* kennenzulernen.«

»Artus ist Hochkönig und Pendragon«, verbesserte der Legat ihn sanft. »Auch ich heiße dich willkommen, Artorius. Willkommen auch, Merlinus. Eure Fahrt war hoffentlich angenehm?«

»Artorius Rex also?« staunte Paulus, vorgeblich überrascht. »Dann ist die Ehre noch größer. Ich hoffe, ich darf dir einige der schönen Töchter der Stadt vorstellen. Wir haben viele Frauen, die dem berühmten Nordländer gerne begegnen würden.«

An mich gewandt, sagte Paulus: »Merlinus? Doch nicht der Merlinus Ambrosius, von dem so viele Geschichten im Umlauf sind und der so wenig bekannt ist?« Offenkundig erinnerte er sich nicht an mich.

»Der nämliche«, antwortete ich. Bedwyr, Kei und Cador sahen das Ganze mit an – jeder hundertmal soviel wert wie einer von Londiniums selbstgefälligen Bürgern. Aber Statthalter Paulus ließ sich nicht herab, ihnen Beachtung zu schenken.

»Ich bin entzückt«, sagte er. »Wann soll also euer Zeremoniell stattfinden?«

»Am kommenden Samstag«, sagte der Legat rasch. »Merlinus, seitdem ich deine Nachricht erhielt, war ich äußerst emsig. Ich habe mit den Kirchenleuten gesprochen, die mir versicherten, daß alles gemäß deinen Anweisungen vorbereitet sein wird.«

»Bestens«, säuselte Paulus. »Anscheinend bedürft ihr nicht der Hilfe des Statthalters.« Er war so sehr darauf bedacht, sich fern der Feierlichkeiten zu halten, daß ich glaubte, er habe Angst, sich daran zu verbrennen.

»Nein«, erwiderte Artus mit harter Stimme. »Anscheinend bedarf ich der Hilfe des Statthalters nicht. Aber ich danke dir für deinen guten Willen.«

»Nun ja...« Paulus zögerte und versuchte, den ungewöhnlichen Mann vor sich einzuschätzen. »Wenn dir meine Hilfe doch willkommen sein sollte, würde es mich natürlich freuen, dir beizustehen, wo ich kann.«

»Ich danke dir nochmals«, sagte Artus, »aber ich wüßte nicht, wie du mir nützen könntest. Ich werde jedoch daran denken.«

Oh, Artus war Statthalter Paulus durchaus gewachsen und ließ sich nicht hinters Licht führen. Der Legat, dem Paulus' Patzer offenbar peinlich war, schützte Pflichten vor und bat, sich zurückziehen zu dürfen. »Wenn du es wünschst, werde ich unsere Gäste zur Kirche geleiten«, erbot er sich, »und sie der Sorge des Erzbischofs anvertrauen.«

»Wir werden unseren Weg zur Kirche wohl allein finden«, warf ich ein. So blind ich auch war, wäre ich lieber allein durch die Straßen gestolpert als mit der Kröte von Paulus.

»Natürlich, natürlich, wie ihr meint«, sagte der Statthalter. »Aber komme heute abend wieder, Artorius, und bringe einen oder zwei Begleiter mit. Wir wollen zusammen speisen. Ich habe vorzüglichen Wein aus Südgallien. Den mußt du mit mir trinken.«

Nachdem Artus vage versprochen hatte, sich die Einladung zu überlegen, verabschiedeten wir uns und ritten zur Kirche.

»Der Mann ist eine giftige Eidechse, Artos«, schimpfte Bedwyr erbost. »Und von seinem gallischen Wein würde ich nicht einen Tropfen trinken, wenn ich du wäre – nicht einmal, wenn ich vor Durst umkäme.«

»Nur Geduld«, riet Artus. »Wir tun dem Gesetz Genüge, deshalb sind wir hier. Das ist alles.«

»Dem Gesetz?« fragte Kei. »Welchem Gesetz?«

»Dem Gesetz des großen Cäsar«, ließ Artus sie wissen. »Er stellte es auf, als er zum ersten Mal seinen Fuß auf den Boden von Ynys Prydein setzte.«

»Ja?« fragte Bedwyr. »Und wie lautet es?«

»Jeder Herrscher muß Londinium erobern, wenn er Britannien halten will«, erklärte der König. Ich freute mich, daß meine Gedanken bei ihm widerhallten.

»Von einem solchen Gesetz ist mir nichts bekannt«, schalt Cador. »Was ist so großartig an diesem Kuhstall?«

Gwalchavad, der unserer Unterhaltung aufmerksam gefolgt war, fügte hinzu: »Londinium stinkt nach Schmutzwasser und Urin. Und dem Augenschein nach ähneln die Leute hier eher Barbaren als Briten.«

»Still, Brüder! Wir bleiben hier keinen Augenblick länger als erforderlich«, versicherte Artus ihnen. »Sobald ich meine Mission erledigt habe, ziehen wir nach Caer Melyn.« Er hielt an und lächelte in sich hinein. »Habt ihr gesehen, wie erleichtert Paulus war, als wir seine Einladung ablehnten? Vielleicht sollten wir doch bei ihm speisen. Da müßte die alte Kröte sich winden.«

»Ja, das sollten wir«, drängte Cador. »Und bringen wir sämtliche Kymbrogen mit, damit sie seinen kostbaren Wein bis zur Neige leeren.«

So redeten sie, bis wir die Kirche erreichten, wo uns Erzbischof Urbanus und Uflwys, der Bischof von Londinium, begrüßten. »Heil, Artus! Heil, Merlinus! Seid gegrüßt, liebe Freunde. Im Namen unseres Herrn Jesus Christus, seid willkommen«, sagte Urbanus. »Möge Gottes heiliger Segen auf euch ruhen.«

»Wie ist es euch ergangen?« fragte Uflwys. »Wenn ihr Hunger habt, es gibt Brot und Bier.«

»Für den Hochkönig von Britannien haben wir Besseres, Uflwys«, sagte der Erzbischof. »Ihr werdet merken, daß wir nicht geruht noch gerastet haben, seit wir von eurem Kommen erfuhren.«

Artus dankte dem Erzbischof und erwiderte Uflwys, daß die Kymbrogen schon für uns sorgen würden. »Wir sind es gewohnt, uns selbst um alles zu kümmern«, sagte er.

»Solange du in Londinium bist«, entgegnete Urbanus, »mußt du uns gestatten, daß wir für dich sorgen. Nach allem, was du für Dyfrig in Mailros getan hast, ist es das Mindeste, was wir dir Gutes tun können.«

Damit verriet der Erzbischof sich. Er litt an der gleichen Blindheit wie die Fürsten des Südens. Das Kymbrogenheer unter Artus' Führung hatte zu einem schrecklichen Preis Britannien vor seiner tödlichsten Gefahr errettet, und Urbanus sah einzig, daß eine unbedeutende Abtei im Norden ein neues Dach und einen Altar bekommen sollte. Ach, diese hochfahrenden Patrizier aus dem Süden sind ein unwissendes Pack.

Trotzdem hielten wir uns im Bereich der Kirche auf, und in den folgenden Tagen brummte es dort wie sommers in einem Bienenstock. Reiter kamen und gingen mit Botschaften von Fürsten und Adeligen und an diese. Noch bevor wir in die Stadt gekommen waren, hatte ich nach Dyfed im Westen geschickt, weil ich gerne wollte, daß Bischof Teilo und der weise Dubricius die Krönung zelebrieren sollten.

Denn trotz des offenbaren Segens von Erzbischof Urbanus wußte ich, daß er nicht der richtige war, um die Herrschaft über Britannien zu verleihen. Das war keine Frage der Achtung vor Artus; er ehrte ihn auf seine Weise. Vielmehr hatte Urbanus zu lange in der Stadt gelebt; auch er hatte an der Tafel reicher und mächtiger Männer gespeist. Ihre Gedanken waren zu seinen geworden – und nicht andersherum. Kurzum, der Erzbischof legte größeren Wert auf die Freundschaft und gute Meinung von

Männern wie Paulus als auf die Gottes. Das ist die traurige Wahrheit.

Das Sommerreich erforderte reine Herzen und Hände zu seiner Leitung. In Artus hatte es seinen Herrscher gefunden; und mit Artus' Königtum wurde ein neues Zeitalter eingeläutet. Ich wollte nicht einen liebedienerischen Speichellecker wie Urbanus zum Geburtshelfer einer so bedeutsamen Ära werden lassen. Darum schickte ich nach jenen, die mir als fromme Männer bekannt waren, rein und unverdorben in ihrem Glauben und eifrig auf dessen Bewahrung bedacht.

Als Urbanus vernahm, was ich getan hatte, betrachtete er es als Kränkung. Aber ich sagte zu ihm: »Da Artus ein Mann des Westens und des Nordens ist und dorthin zurückkehren wird, um seine Herrschaft zu festigen, wirst du wohl zustimmen, daß es nur recht und billig ist, daß diejenigen, die unter ihm dienen müssen, ihm auch die Herrschaft übertragen.«

»Ach ja, freilich«, erwiderte Urbanus, obwohl er gleichzeitig überlegte, wie groß die Kränkung für ihn war. »Wenn du es so siehst, dann pflichte ich dir bei, Merlinus. Ich lasse die Sache ganz in deiner und Gottes Hand.«

Innerhalb weniger Tage trafen die ersten Gäste in Londinium ein. Anfangs spärlich, schwollen sie rasch zu einer Flut an. Sie kamen aus den Drei Schönen Reichen Llogres, Prydein und Celyddon, auch aus Gwynedd, Rheged und Dyfed, Mon, Ierne und Dal Riata, aus Derei und Bernicien.

Aclle und seine Sippe waren bereits da, aber durch sie fühlten sich auch andere Sachsenfürsten zum Erscheinen bemüßigt: Kynric, Kymen und Kissa mit ihren Leibwachen samt Familien. Ban von Benowyc in Armorica, der Artus unterstützte wie schon zuvor Aurelius, kam mit zwei Schiffen voll Edlen und Bediensteten. Meurig ap Tewdrig, König von Dyfed, Idris, der Herr über die Briganten, Kunomor von Celyddon, Brastias, der Herr der Belgen, und der Dubunenherrscher Ulfias, König Fergus von Ierne, der Artus tributpflichtig war, hörten den Ruf und folgten ihm.

Jeder dieser Fürsten brachte dem neuen Hochkönig Geschenke mit. Die Drachenschar, die kymbrogische Elitetruppe, hatte den Auftrag, den Tribut einzusammeln und zu bewachen, der wie ein reicher Strom in die Kirche floß: goldene und silberne Gegenstände aller Art, Kannen, Schalen, Armbänder und Fibeln, von denen viele mit Edelsteinen eingelegt waren; Schwerter, Speere, Schilde und Messer, daneben einige Truhen und Stühle aus geschnitztem Holz, beinerne Bogen und Pfeile mit Silberspitzen, sowohl Met und Bier als auch Korn und Räucherfleisch, ganze Schweine-, Rinder- und Wildhälften und -keulen. Außerdem Pferde und Jagdhunde sonder Zahl ... Geschenke von Königen, um die Lehnsbande zu besiegeln.

Und als endlich der Tag kam, an dem sich jeder zur Krönung in der Kirche einfand, gab es unter deren heiligem Dach nicht genug Platz für alle. Der Hof vor der Kirche war fast genauso überfüllt wie das Innere des Heiligtums, und dennoch gab es Menschen, die mit den Einwohnern Londiniums auf der Straße bleiben mußten, die am Ende doch von diesem nördlichen Emporkömmling beeindruckt waren und seiner Krönung, wenn schon nicht aus Ehrerbietung, so aus Neugier beiwohnen wollten. Trotzdem blieben viele, die zum Gaffen gekommen waren, am Ende aus Achtung vor dem neuen Hochkönig da.

Und so geschah es: Wir erhoben uns am vereinbarten Tage vor Sonnenaufgang, um zu beten und zu frühstücken. Dann nahm ich meinen Ebereschenstab, legte Bedwyr die Hand auf die Schulter, damit er mich geleitete, und führte Artus, der zwischen Kei und Cador ging, über den dicht gepackten Kirchhof in das Gotteshaus. Unmittelbar hinter Artus ging der junge Illtyd, Dubricius' Gehilfe, mit einem goldenen Diadem in Händen. Bischof Teilo und Dubricius folgten in ihren langen Priestergewändern, jeder ein heiliges Buch an die Brust gedrückt.

Die Kirche war natürlich bereits überfüllt, und bei unserem Erscheinen hielt die Menge den Atem an: Artus, angetan wie ein keltischer Fürst, wirkte wie ein aus dem seltsamen, wechselnden Licht des Westens oder den Zaubernebeln des Nordens heraufbeschworenes Wesen. Er trug ein weißes Gewand und eine grüne Hose mit einem Gürtel aus einander überlappenden Scheiben feinsten Rotgolds. Sein goldener Torques glänzte an seinem Hals, und über seinen Schultern lag ein schöner roter Umhang.

Ohne nach links oder rechts zu sehen, schritt er unter den Gesängen der versammelten Mönche zum Altar. *»Gloria! Gloria! Gloria in excelsis Deo!«* sangen sie und erfüllten das Kirchenschiff mit Lobpreis für den Herrn des Himmels, während Artus vor dem Altar kniete. Dubricius und Teilo stellten sich vor ihn und legten ihm jeweils die Rechte auf eine Schulter.

Ich hob die Hände empor und rief, daß meine Stimme laut erscholl: »Großmächtiger Himmelskönig, Herr der Höhen, Schöpfer, Erlöser, Menschenfreund, wir beten dich an und ehren dich!«

Wie ein Barde aus alter Zeit wandte ich mich den vier Himmelsrichtungen zu und sprach das Gebet, das der gesegnete Dafyd für Aurelius zu dessen Krönung gesprochen hatte:

Sonnenlicht,
Mondesglanz,
Feuerschein.
Hurtiger Blitz,
Flinker Wind,
Tiefes Meer,
Unbeugsame Erde,
Fester Fels,
Legt Zeugnis ab:
Wir beten heute für Artus, unseren König;
Daß Gottes Kraft ihn stärke,
Gottes Auge ihn leite,
Gottes Ohr ihm lausche,
Gottes Zunge an seiner Statt spreche,
Gottes Hand ihn bewahre,
Gottes Schild ihn beschütze,
Gottes Heer ihn errette,

Vor den Listen der Teufel,
Vor der Versuchung der Laster,
Vor jedem, der ihm Böses will.
Wir rufen alle Mächte zwischen ihm und diesen Übeln an;
Gegen jede grausame Macht, die sich ihm widersetzt,
Gegen Einflüsterungen falscher Druiden,
Gegen die schwarzen Künste der Barbaren,
Gegen die Ränke von Götzenverehrern,
Gegen schwache und starke Zaubersprüche,
Gegen alles Übel, das Körper und Seele verdirbt.
Jesus sei mit ihm, vor ihm, hinter ihm,
Jesus sei in ihm, unter ihm, über ihm,
Jesus sei zu seiner Rechten und zu seiner Linken,
Jesus sei da, wenn er schläft und wenn er wacht,
Jesus sei im Herzen aller, die an ihn denken,
Jesus sei im Munde aller, die von ihm sprechen,
Jesus sei in den Augen aller, die ihn sehen.
Wir erheben ihn heute, durch eine starke Macht,
Die Anrufung der Dreieinigkeit,
Durch den Glauben an Gott,
Durch das Zeugnis des Heiligen Geistes,
Durch das Vertrauen auf Christus,
Den Schöpfer aller Schöpfung.
So sei es.

Dann trat ich wieder vor Artus und sagte: »Neige dein Haupt vor dem Herrn der Welt und gelobe dem Hochkönig, dem du dienen wirst, Treue.«

Artus warf sich mit dem Gesicht nach unten vor dem Altar auf den Boden, streckte zu beiden Seiten die Arme aus, wie es ein geschlagener Feldherr vor dem Sieger tut. Teilo und Dubricius nahmen links und rechts Aufstellung, Illtyd oberhalb von Artus' Kopf.

Dubricius, zu Artus' Rechter, sprach: »Mit dieser Hand wirst du Britanniens Schwert schwingen. Wie lautet dein Eid?«

Ohne das Gesicht zu heben, erwiderte Artus: »Mit dieser Hand werde ich Britanniens Schwert in Gerechtigkeit und Aufrichtigkeit schwingen. Bei der Macht Gottes und durch seinen Willen werde ich es führen, um die Ungerechtigkeit zu besiegen und diejenigen zu strafen, die Schaden anrichten. Ich werde diese Hand benutzen, gehorsam meinem Herrn, der mich gebraucht, daß ich sein Werk auf dieser Welt verrichte.«

Teilo, zu Artus' Linker, sprach: »Mit dieser Hand wirst du Britanniens Schild halten. Wie lautet dein Eid?«

»Mit dieser Hand werde ich fest Britanniens Schild halten, voll Hoffnung und Mitleid. Bei der Macht Gottes und durch seinen Willen werde ich das Volk schützen, das mit mir glaubt und Jesus als seinen Herrn anerkennt. Ich werde diese Hand benutzen, gehorsam meinem Herrn, der mich gebraucht, daß ich sein Werk auf dieser Welt verrichte.«

Illtyd, der neben Artus' Kopf stand, sprach: »Auf deiner Stirn wirst du Britanniens Krone tragen. Wie lautet dein Eid?«

»Auf meiner Stirn werde ich Britanniens Krone tragen in Ehre und Demut. Bei der Macht Gottes und durch seinen Willen werde ich das Reich durch alle Fährnisse führen, die mich ereilen, voll Mut, Würde und des Glaubens an Christus, der mich leiten wird.«

Darauf erwiderten die drei Priester: »Erhebe dich im Glauben, Artus ap Aurelius, nimm Christus zu deinem Herrn und Erlöser und achte ihn vor allen irdischen Fürsten.«

Artus stand auf, und Illtyd setzte ihm den schlanken Goldreif aufs Haupt. Dubricius drehte sich zum Altar um, ergriff Caliburnus – das ist Caledvwlch oder Schneidestahl, Artus' großes Kampfschwert – und legte es in des Königs rechte Hand. Teilo nahm Prydwen, Artus' großen runden Kampfschild, der frisch gekalkt und mit dem Kreuz Jesu bemalt worden war, und reichte ihn Artus.

Ich trat zu ihm, ertastete die Fibel und löste den Mantel von Artus' Schultern. Teilo und Dubricius brachten einen schönen neuen Umhang in kaiserlichem Purpur, der in Gold gefaßt war.

Mit einer großen silbernen Hirschkopffibel befestigten die gesegneten Priester ihn um Artus' Schultern.

Abermals hob ich meinen Stab und rief: »Geh hin, Artus, zu aller Rechtschaffenheit und allen guten Werken, herrsche gerecht und lebe ehrenhaft, sei deinem Volk ein strahlendes Licht und ein sicherer Führer durch alle Fährnisse, welche diese Welt ereilen mögen.«

Schild und Schwert in Händen, den neuen Purpurumhang über den Schultern, drehte Artus sich um und betrachtete die ihm untertanen Fürsten.

»Volk von Britannien«, rief ich, »hier ist dein Hochkönig! Ich trage dir auf, ihn zu ehren, ihm zu dienen, ihm zu folgen und ihm dein Leben zum Pfand zu geben, wie er sein Leben dem hohen Himmelskönig zum Pfand gegeben hat.«

Als hätten sie auf diese Worte gewartet, flogen die großen Kirchentore mit lautem Knall auf. Kei und Cador, die ein Stück weit vom Altar standen, riefen den Kymbrogen etwas zu. Die Menge kreischte vor Entsetzen und Verwirrung. Ich hörte Stahl klirren, als Waffen gezogen wurden.

»Rühre dich nicht vom Fleck, Myrddin!« rief Artus und stob davon.

»Was ist los, Artus?« fragte ich. »Was geht vor?«

Da schrie Dubricius: »Haltet ein, Männer! An diesem heiligen Tag soll kein Blut vergossen werden. Steckt eure Waffen weg!«

Ich hörte Schritte auf dem Steinboden, als die Eindringlinge näher kamen. Fest umklammerte ich meinen Ebereschenstab: »Bedwyr!« rief Artus. »Bleibe bei Myrddin!«

Im nächsten Augenblick spürte ich Bedwyrs Hand fest auf meinem Arm. Er zog mich zur Seite. »Tritt zurück, Myrddin!« sagte Bedwyr. »Ich werde dich beschützen.«

»Wer ist das, Bedwyr? Kennen wir die Leute?«

»Ich habe sie noch nie gesehen«, erwiderte Bedwyr angespannt. »Es sind zwölf. Sie tragen Speere und –« Er hielt verwundert inne: »Diese Fremden sehen alle aus wie Llenlleawg! Und dann –« Wieder hielt er inne.

»Was? Sage es mir, Bedwyr. Was siehst du?«

»Ich kann nicht glauben, was ich sehe.«

»Ich auch nicht, wenn du es mir nicht sagst. Ich bin blind, Bedwyr«, erinnerte ich ihn verzweifelt.

»Jungfrauen, Emrys«, erwiderte er. »Zwölf, nein sechzehn, glaube ich, alle tragen weiße Überwürfe und ... was ist das? Jede Jungfrau hält eine weiße Taube in Händen. Sie kommen hinter den Kriegern in die Kirche und auf den Altar zu. Sie nähern sich uns, Myrddin.«

Abermals verstummte er, und ich hörte das laute Knallen von Speerenden auf dem Boden. Einen Moment lang herrschte Stille, und dann ging ein Raunen durch die Menge. Ich wußte, noch jemand hatte die Kirche betreten.

»Bedwyr!« fuhr ich ihn an. »Was geschieht? Sage es mir, Mann!«

»Es ist Gwenhwyvar«, antwortete er verzückt. »Ich glaube, sie will Artus ihre Ehre erweisen.

Der törichte Mensch! dachte ich und erriet endlich, was Jungfrauen und Tauben zu bedeuten hatten. »Ehre erweisen!« fauchte ich. »Bedwyr, sie ist hier, um seine Hand einzufordern!«

III

Ach, Gwenhwyvar, weiße Göttin aus DeDannans rätselhaftem Stamm, wie sehr ich dir an jenem Tage grollte, und wie sehr ich dich fürchtete. Vielleicht waren mein Unmut und mein Schrecken verzeihlich. Teuerste Dame, ich kannte dich nicht.

Laß mich an dieser Stelle sagen, daß du mir meine Vorbehalte nie mit Trotz vergaltest und mich nie fürchtetest, obschon ich dir zu beidem Anlaß gab. In den folgenden Jahren bewiesest du deinen Adel tausende Male. Gwenhwyvar, du warst stets eine Königin.

Ich sah Artus als Herrn des Sommerreichs, und dieses Bild stellte alles andere in den Schatten. Du aber sahst Artus als Mann; das hatte er nötig, und du wußtest es. Gwenhwyvar, was die Klugheit deines Geschlechts betrifft, warst du eine echte Druidin. Und mehr! Es erfüllte mein Herz mit Freude, als ich sah, wie Artus und du in Ehre und Tapferkeit zusammenwuchst. Ich zweifle nicht, daß Gott selbst dich für Artus schuf.

Laß mich fürderhin sagen, daß du nie die Verleumdungen verdientest, die deinem Namen angedichtet wurden. Es ist von jeher die Art von Kleingeistern, Riesen auf ihre Stufe herabzuziehen. Da Tugend ihnen fremd ist, können sie solchen Edelmut nicht ertragen. Darum nagen sie an ihr wie Käfer an den Wurzeln einer Eiche, bis die mächtige Königin des Waldes fällt. Gott weiß, sie bekommen ihren Lohn dafür.

Dennoch war ich dir an deinem Hochzeitstag nicht freundlich gesonnen. Denn da Artus König aller Briten war, beabsichtigte ich, ihn einer Britin zu vermählen. Als Klügste deines Geschlechts wußtest du es besser. Artus war wie das Sommerreich größer als Britannien allein. Das lehrtest du mich, Gwenhwyvar, auch wenn ich lange brauchte, es zu begreifen.

Nach Bedwyrs Beschreibung verneigte die irische Königin sich tief vor Artus und legte ihren weißen Speer schräg auf den Boden. Dann trat sie zurück und drückte Artus die weiße Taube, die sie hielt, in die Hände. Darauf nahm sie Caledvwlch von Artus' Seite, hob die nackte Schneide an ihre Lippen, küßte das Querstück des Knaufs und wiegte Britanniens Schwert an ihrem Busen.

»Schwerter und Tauben, Bedwyr!«, sagte ich. »Denke nur, was das bedeutet!«

»Bin ich Barde?« knurrte Bedwyr. »Erkläre es mir, Myrddin.«

»Es bedeutet, daß sie ihn zum Gemahl fordert«, erwiderte ich. »Nimmt Artus die Taube an?«

»Das tut er«, antwortete Bedwyr. »Er hält sie in seiner Hand.«

»Dann ist er mit der Vermählung einverstanden«, erläuterte ich und erkannte, daß der Tag ruiniert war. Die Sache war geschehen, ehe ich hatte einschreiten können.

Fürwahr, ich hätte wissen sollen, daß es dafür bereits an dem Tag zu spät war, als Fergus die Schätze seines Stammes Artus zum Tribut brachte und seine Tochter sowie seinen besten Krieger unter Artus' Obhut stellte. Indem dieser Fergus' Tribut annahm, erklärte er sich auch insgeheim mit der Vermählung einverstanden.

Von dem Augenblick an, da Gwenhwyvar Artus zum ersten Mal sah, erwählte sie ihn sich zum Gatten. So ist es die Art der Prinzessinnen von Ierne. Denn die Herrschaft über die irische Insel wird durch die weibliche Linie vererbt. Das heißt, ein Mann empfängt seine Königswürde über seine Gemahlin. Bei Dannas Kindern bekommen Könige zwar ihr Recht, aber die Königin ist für immer Königin.

Und Artus, dem diese Zusammenhänge unbekannt waren, beklagte sich nicht. Warum sollte er? Sie war wunderschön: Ihr rabenschwarzes Haar war zu Hunderten von kleinen Zöpfen geflochten, deren jeder mit einem Goldfaden zusammengehalten wurde und die so angeordnet waren, daß sie ihr gleichmäßig über Nacken und Schultern fielen – tiefdunkle Jade über milchweißer

Haut. Ihre Augen waren grau wie Bergnebel, ihre Stirn war hoch und glatt, und ihre Lippen waren kirschrot.

Man vergesse nie, daß sie eine Kriegerkönigin war. Sie trug einen Speer, ein Schwert und einen Rundschild aus Bronze. Ihre anmutige Gestalt rüstete sie in ein silbernes Kettenhemd, dessen Maschen so winzig und hell waren, daß sie sich wie Wasser kräuselten, sobald sie sich rührte. Und Llwch Llenlleawg, der Held und Feldherr, diente Artus aufs beste und nahm zu Recht einen Platz unter den Kymbrogen ein. Aber in erster Linie war der hünenhafte Ire der Wächter der Königin.

Britanniens Könige und Fürsten hätten zwar niemals einen Hochkönig geduldet, dessen Frau nicht britischer Herkunft war. Doch die listige und fintenreiche Gwenhwyvar hatte bereits obsiegt. Ehe jemand merkte, daß man den Kampf eingeläutet hatte, war er bereits vorüber. Sie wartete einfach ab, bis Artus die Königswürde beansprucht hatte; dann forderte sie ihn ein. Sie wartete allerdings keinen Augenblick länger als nötig, damit keine Rivalin auch nur die geringste Gelegenheit bekam. Der Tag, als Artus zum zweiten Mal gekrönt wurde, war gleichzeitig sein Hochzeitstag.

Wir blieben insgesamt sechs Tage lang in Londinium und bewirteten die Fürsten, die gekommen waren, um dem neuen Hochkönig Ehre und Tribut zu zollen. Das Fest wurde zugleich Artus' und Gwenhwyvars Hochzeitsschmaus, und keiner genoß die Feier mehr als Fergus von Ierne, Gwenhwyvars Vater. Ich habe wohl nie einen glücklicheren Mann erlebt.

Artus war so froh, wie es sich ziemte. Er bewunderte Gwenhwyvar ob ihrer Kühnheit und erstarrte – wie fast alle Menschen – vor Ehrfurcht ob ihrer Schönheit. Doch er liebte sie nicht. Zumindest noch nicht. Das würde mit der Zeit kommen; sie würden zu einer Liebe finden, welche die Barden tausend Jahre lang besingen sollten. Aber wie es so oft bei zwei eigenwilligen Gatten ist, rieben sie sich die ersten Ehetage aneinander.

Als der letzte Fürst nach Hause zurückgekehrt war, brachen

auch wir auf: die Kymbrogen mit Cador und Bors nach Caer Melyn, und wir übrigen – Kei, Bedwyr, Llenlleawg, Artus und ich – mit Gwenhwyvar nach Ierne. Die Fahrt war kurz, und das Wetter blieb schön.

Ich hatte Ierne als grünen Edelstein in einem silbernen Meer in Erinnerung. Die Insel gleicht einer flachen Schale und kennt keine rauhen Berge wie Prydein. Die Hügel von Ierne sind sanft und bewaldet und die wenigen Gipfel nicht hoch. Die Ebenen sind weit, das Korn wächst auf ihnen in Hülle und Fülle. Wenn die eifersüchtigen Könige der Insel einmal aufhörten, einander gegenseitig abzuschlachten, würde ihnen aus dem Korn vielleicht genug Wohlstand erwachsen, um den Handel aus dem Osten anzuziehen und ihr Reich aufzubauen.

Es ist leider ein feuchtes Land, das fast ständig von Himmel und Meer überflutet wird. Doch ist der Regen sanft und füllt die Flüsse und Bäche mit Süßwasser. Das Bier der Iren ist überraschend gut, obwohl sie es aus geröstetem Korn brauen – noch ein Geheimnis dieses verblüffenden Volkes.

Wir segelten in eine Bucht an der Nordostküste. Ich hörte einen lauten Freudenschrei, und Kei, der neben mir an der Reling stand, sagte: »Das ist Fergus, Gott segne ihn. Er watet uns zum Willkommen entgegen.« Und schon hörte ich jemanden durchs Wasser platschen.

Fergus rief etwas, das ich nicht verstand, und einen Augenblick später ertönte vom Strand her ein merkwürdiges, schrilles Jaulen. »Was geht da vor, Kei?«

»Das sind, glaube ich, Fergus' Barden. Er hat sein Gefolge bei sich, und die Barden bereiten uns eine Art Musik mit Schweineblasen.« Er hielt inne. »Höchst sonderbar.«

Dieses Instrument war mir schon früher begegnet. Es besteht aus einer seltsamen Zusammenstellung von Pfeifen, die in den Händen der Musiker eine löbliche Vielfalt von Tönen erzeugen, bald säuselnd, bald klagend, bald gellend wie ein Schrei, bald tief wie ein Seufzer. Zusammen mit der Harfe, welche die Iren oft dazu spielen, ergibt dieses Pfeifen eine höchst angenehme Musik. Und die Stimmen von Irlands Barden sind fast so gut wie die der Kymbrogen.

Viele aus der Gelehrten Bruderschaft behaupten, daß die Menschen von der Grünen Insel und von Prydeins schwarzen Hügeln Brüder gewesen seien, ehe Manawyddans Wasser sie trennte. Vielleicht trifft das ja zu. Die Menschen in Ierne sind größtenteils dunkelhaarig wie die Kymren in den Bergen, und sie sind schlagfertig und ebenso bereit zum Scherzen wie zum Streiten. Gleich den Kelten in alter Zeit sind sie in jeder Hinsicht großzügig, vor allem beim Singen und Schmausen. Sie tanzen gern und fühlen sich schlecht behandelt, wenn man sie nicht springen läßt, sobald ihre *Filidhs* mit Harfe und Dudelsack aufspielen.

Fergus war Herr über ein kleines Reich an der Nordküste von Dal Riata. Seine Hauptfestung hieß nach einem seiner edlen Verwandten Muirbolc. Saal und Burg waren, wie Kei mir beschrieb, nach alter Weise gebaut: eine Anzahl von Rundbauten – als Wohnstätten, Kornspeicher, Werkstätten, Kochhütten – stand um eine große Halle aus Holz mit einem spitzgiebligen Rietdach. Um das Ganze zog sich ein Erdwall mit einem Palisadenzaun aus zugespitzten Pfählen darauf. Jenseits dieses Walls lagen Äcker, Viehpferche und Wald.

In der Halle, die dem König als Wohnstatt und Versammlungsort für sein ganzes Volk diente, flackerte der Herd Tag und Nacht. An den Wänden beiderseits des Herdes waren Verschläge aus Weidenruten errichtet, in die sich die Menschen zurückziehen konnten, um zu ruhen oder ungestörter zu sein, und oberhalb des Herdes stand ein riesengroßer Tisch, die Tafel des Königs, die an beiden Enden an den das Dach tragenden Bäumen befestigt war.

Fergus geleitete uns zu seiner Burg und stellte sich vor das Tor. »Willkommen in Fergus' Behausung, Freunde. Tretet ein und laßt es euch wohl sein. Mögen eure Sorgen sein wie der Morgendunst, der sich beim ersten Sonnenstrahl verflüchtigt. Kommt, laßt uns essen und trinken und die Vereinigung unserer edlen Stämme feierlich begehen.«

Er schätzte die Vermählung seiner Tochter hoch und betrachtete Artus als Verwandten und treuesten Freund. Niemals habe ich erlebt, daß sich ein Fürst so um seine Gäste bemühte wie Fergus mac Guillomar. Seine gute Laune brach nie ein, und seine Freigebigkeit strömte wie die Wasser des silberhellen Siannon. Fergus' Vermögen war zwar gering, mehrte sich aber, seitdem er mit Artus im Bunde stand. Er besaß eine Herde schöner Pferde und züchtete auserlesene Hunde. Er machte uns allen Geschenke, und Artus gab er zum Andenken ein Hundejunges, das zum Kampf und zur Jagd abgerichtet werden sollte.

Auch Fergus' Tochter war bemüht, unsere Gunst zu erlangen. Gwenhwyvar hatte Artus nach Muirbolc geführt, um ihm ihre Mitgift zu überreichen, und diese war eine höchst ungewöhnliche Gabe. Doch ehe ich davon berichte, muß ich erst das Wunder erzählen, das geschah, als wir in Eire weilten.

In der Gegend gab es einige Priester, die Fergus beständig zu überzeugen suchten, ihnen Land zu überlassen, auf dem sie eine Kirche und Gemeinschaft für sich errichten konnten. Sie wollten zwar auch, daß der König sich den *Christianogi* anschließe, hätten sich aber mit dem Land begnügt.

Fergus traute ihnen nicht. Er hatte sich in den Kopf gesetzt, daß ein König, sobald er vor dem Herrn Jesus Christus das Knie beugte, seiner Manneskraft verlustig ginge. Da Fergus schöne Frauen um sich scharte, die es in seinem Reich in Fülle gab, war es ihm kaum möglich, einen Glauben gutzuheißen, der seine Lust bedrohte.

»Das ist alles Unsinn«, klärte ich ihn auf, sobald ich die Ursache seines Widerwillens herausgefunden hatte. »Haben die Priester nicht Gattinnen wie alle anderen Männer auch? Sie haben welche – und bekommen von ihnen Kinder geschenkt. Ihr Glaube schadet ihrer Manneskraft nicht im geringsten, weiß Gott. Du bist einer Lüge aufgesessen, Fergus.«

»Ach, diesen Priestern fehlt gewiß gar nichts. Ich bin ihnen nicht feindlich gesonnen«, sagte er unbekümmert. »Aber warum das Unheil herausfordern? Ich bin glücklich – um so mehr, als meine Tochter jetzt mit dem Hochkönig von Britannien vermählt ist.«

»Aber Artus ist ja selbst ein Anhänger Christi«, ließ Bedwyr ihn wissen. »Der Glaube hat ihm seine Manneskraft nicht geraubt. Sieh dir die beiden an, wie sie sich in ihrer Ecke aneinanderschmiegen und aus demselben Becher trinken. Frage Artus, ob der Glaube ihm etwas von seiner Mannbarkeit genommen hat. Oder besser noch: Frage Gwenhwyvar, sie wird es dir sagen.«

»Es ist nun einmal die Art der Briten«, räumte der Irenkönig ein, »seltsame Götter zu verehren und noch seltsamere Glaubensbräuche zu pflegen. Das wissen wir alle. Aber unsere Art ist es nicht.«

»Es ist die Art vieler deiner Verwandten, Fergus«, versetzte ich. »Viele, die zuvor Crom Cruach anhingen, stehen jetzt zu Christus. Ich frage dich noch einmal: Was schadet es?«

»Nun«, sagte Fergus, »sie haben sich daran gewöhnt, nehme ich an, und es schadet ihnen nicht. Aber ich bin nicht daran gewöhnt, und mir wird es, fürchte ich, Unheil bringen.«

Nichts, was wir sagten, konnte ihn überzeugen. Doch ein paar Tage später kam eine Schar Mönche an und suchte den König zu sprechen. Wie stets hieß Fergus sie willkommen und schenkte ihnen Speise und Trank – denn Gold mochten sie nicht annehmen. Neugierig begab ich mich in den Saal, um ihnen zu lauschen.

Der Führer dieser Schar von Wandermönchen hieß Ciaran. Er war zwar noch jung, aber bereits stark im Glauben und sehr weise. Da er Griechisch und Latein beherrschte und sich klar und deutlich ausdrücken konnte, genoß er einen so guten Ruf, daß viele Brüder, Iren wie Briten, sich in seinen Dienst gestellt hatten und ihm bei seiner Tätigkeit unter den heidnischen Klans von Eire halfen.

»Uns ist zu Ohren gekommen, daß der große Kriegsherr der Briten hier ist«, sprach Ciaran. »Wir sind hier, um ihm die Ehre zu erweisen.«

Das beeindruckte Artus und freute ihn. Er hatte nicht geahnt, daß sein Name außerhalb Britanniens bekannt war.

»Ihr seid an meinem Herde willkommen,« erwiderte Fergus dem Priester. »Um Artus' willen begrüße ich euch herzlich.«

»Möge der Himmelskönig dich segnen, Fergus«, entgegnete Ciaran. »Und möge der hohe König da droben den Hochkönig auf Erden schützen. Ich grüße dich, Artus ap Aurelius.«

Artus dankte dem Priester für den Segen, worauf Ciaran sich an mich wandte. »Und du bist sicher der Weise Emrys, über den so viele wundersame Dinge erzählt werden.«

»Ich bin Myrddin«, antwortete ich schlicht. »Und ich stehe dir zu Diensten, Bruderpriester.«

»Ich danke dir, Weiser Emrys«, erwiderte er. »Heute jedoch will ich euch dienen.« Er trat näher. »Wir haben gehört, daß du blind bist, und nun sehe ich selbst, daß es wahr ist.«

»Es ist nur eine unbedeutende Einschränkung«, entgegnete ich. »Ich bin zufrieden.«

»Ein Mann deiner Größe würde jedes Leiden mit Würde tragen, das erwarte ich nicht anders«, bemerkte Ciaran, und seine Begleiter murmelten beifällig. »Vielleicht ist es so, wie unser Herr Jesus gesagt hat: ›Dieses Kümmernis trat ein, damit die Herrlichkeit des Vaters sich weise.‹ Wenn es so ist, dann bin ich vielleicht das Werkzeug, um diesen Beweis zu erbringen. Gestattest du?«

Im Saal war es totenstill, weil alle hören wollten, was ich antworten würde. Der tollkühne Priester erbot sich, mich zu heilen. Nun, was hätte ich schon sagen können? Ich hatte Fergus von der Macht des Wiederauferstandenen erzählt. Hätte ich Ciarans freundliche Herausforderung zurückgewiesen, dann hätte ich mich Lügen gestraft. Wäre ich andererseits auf sein Angebot eingegangen und er gescheitert, dann hätte ich mich als Narr erwiesen.

Lieber ein Narr als ein Lügner, dachte ich und erwiderte: »Ich bin zwar zufrieden, doch wenn meine Heilung dem Herrn der Welt dient, so stehe ich bereit.«

»So sei es.«

Ciaran trat zu mir, entfernte die Binde und hielt seine Hände vor mein Gesicht. Ich spürte ihre Hitze auf meiner Haut, als hätte ich mein Gesicht der Sonne entgegengestreckt.

»Schöpfergott«, sprach der Priester, »ich rufe deinen göttlichen Odem an, auf daß deinem Namen Ehre widerfahre und du deine Macht vor diesen Ungläubigen zeigest.«

Damit berührte Ciaran meine Augen, und die Hitze seiner Hände entströmte seinen Fingerspitzen. Ich hatte ein Gefühl, als würden meine Augen in glühendem, weißem Licht gebadet. Es war ein wenig unangenehm – leicht schmerzhaft, aber insgesamt eher überraschend –, und ich zuckte zurück. Doch Ciaran hielt mich fest, seine Finger drückten auf meine Augen. Die unnatürliche Hitze nahm zu und brannte sich in mich.

Es fühlte sich an, als würden mein Augen lichterloh in Flammen stehen. Ich preßte sie zu und biß die Zähne zusammen, um nicht laut aufzuschreien. Ciaran nahm seine Hände weg und sagte: »Öffne die Augen!«

Ich blinzelte, bis die Tränen verschwanden, und erblickte eine Menschenmenge, die mich baß erstaunt angaffte; die Gesichter leuchteten wie kleine, umnebelte Sonnen. Artus betrachtete mich verwundert. »Myrddin? Ist alles in Ordnung?« fragte er. »Kannst du mich sehen?«

Dieses frohe Ereignis löste in Fergus' Haushalt eine ungeheuere Bewegung aus; tagelang war von nichts anderem die Rede. Sogar Bedwyr und Kei, die, seit sie mich kannten, schon eine Menge Wunder erlebt hatten, gestanden ihre Verblüffung ein. Blindheit ist ein mühseliges Gebrechen, und ich war sehr erleichtert, davon befreit zu sein. Ich fühlte mich plötzlich leichter, als hätte ich eine schwere, drückende Last abgeschüttelt. Der glänzende Nebel verschwand nach und nach, und ich konnte wieder scharf sehen. Mir ging das Herz über.

»Was wäre geschehen, wenn du nicht geheilt worden wärest?« fragte Bedwyr mich später. »Wenn der Priester gescheitert wäre?«

»Meine einzige Sorge war«, erwiderte ich, »was Zweifler wie Fergus denken würden, wenn ich ablehnte. Da ich ohnehin nichts für meine Heilung tun konnte, willigte ich ein.«

»Aber hattest du Zweifel?« beharrte er. Er wollte mich nicht kränken, sondern es einfach wissen.

Hatte ich welche? Nein. »Höre, Bedwyr«, entgegnete ich. »Ich glaubte, daß der, der meine Augen erschuf, auch mein Augenlicht würde wiederherstellen können. Das ist ja schließlich auch nicht schwieriger, als Ectors Bierfässer gefüllt zu halten, oder? Ein Wunder ist ein Wunder. Dennoch habe ich lang genug in der Obhut des höchsten Königs gelebt, um zu wissen, daß die Frage, ob ich blind wie ein Maulwurf bin oder Adleraugen habe, so unerheblich ist, daß jeder Gedanke daran Verschwendung ist, von echten Sorgen ganz zu schweigen.«

In Wahrheit war ich höchst dankbar, wieder sehen zu können. Doch damit die Menschen nicht dachten, ich würde danach trachten, was ich vom Spendergott bekommen könnte, behielt ich meine Freude für mich. Fergus jedoch war über diesen Machtbeweis sehr aufgeregt. Er nahm es als bedeutungsvolles Zeichen, daß dieses Wunder unter seinem Dach stattgehabt hatte.

Er sprang von seinem Stuhl auf und packte Ciaran an den Armen. »Erde und Himmel seien Zeugen, du bist ein heiliger Mann, und der Gott, dem du dienst, ist ein bemerkenswerter Gott. Von Stund' an sollst du von mir bekommen, was du verlangst, und sei es die Hälfte meines Königreichs.«

»Fergus mac Guillomar mac Eirc«, erwiderte Ciaran, »ich werde nichts von dir annehmen, es sei denn, du gibst es aus ganzem Herzen.«

»Sage mir, was ich tun muß«, entgegnete Fergus, »und sei gewiß: Noch ehe die Sonne untergeht, soll es geschehen.«

»Nur eines«, sprach der Priester. »Gelobe dem Hochkönig im Himmel Treue und erkenne ihn als deinen Herrn an.«

Und noch am selben Tage schwor Fergus dem Wahren Gott bei seinem Leben den Glauben und seine gesamte Sippe mit ihm.

Sie nahmen ihren neuen Glauben demütig und voller Eifer an. Fergus erlaubte den frommen Brüdern, sich in seinem Reich niederzulassen. Außerdem trug er ihnen auf, seinen Haushalt zu unterweisen.

Die Barden des Königs waren ob dieser Entwicklung alles andere als froh. Sie murrten gegen den neuen Bund des Königs. Aber als ich erzählte, was Taliesin Hafgan über den Glauben an Christus gesagt hatte, ließen sie sich überzeugen. »Es muß nicht euer Ende sein«, versicherte ich ihnen. »Wenn ihr, die ihr in allen Dingen nach der Wahrheit sucht, eine höhere Wahrheit annehmen wollt, werdet ihr entdecken, daß euer Ansehen nicht sinken, sondern steigen wird. Im Westen bricht ein neuer Tag an; die alten Sitten vergehen, das müßt ihr wissen. Wer sein Knie nicht vor Christus beugt, wird erleben, daß an seine Stelle ein anderer tritt.«

Gwenhwyvar, die während ihres Aufenthalts in Ynys Avallach von Charis im Glauben unterwiesen worden war, pries den Mut ihres Vaters. Fergus umarmte seine Tochter. »Es ist kein Mut, mein Herz«, sagte er. »Es ist einfach Klugheit. Denn würde ich nicht anerkennen, was ich heute gesehen habe, wäre ich blinder, als Myrddin es jemals war.«

»Ich wünschte, auch mehr britische Könige würden solcher Klugheit pflegen«, sagte Artus.

Alles in allem verbrachten wir bei Fergus und seinem Volke eine schöne Zeit. Gewiß hätten wir eine ganze Weile bei ihnen bleiben können, aber nach und nach richtete Artus den Blick immer häufiger übers Meer nach Britannien. Ich wußte, daß er an die Kymbrogen dachte und der Tag der Abreise nicht mehr fern war. Eines Abends saßen wir mit den langen Fleischspießen in der Hand am Herd und pickten unter Bardengesängen zarte Stückchen saftigen Schweinefleisches aus dem Kessel. Da erschien Gwenhwyvar mit einem Bündel in den Armen. Es war in weiches Leder gewickelt und wurde von Schnüren zusammengehalten. Sie trug es wie ein Kind, und ich hielt es erst für eines.

»Mein Gatte«, sagte sie, das Bündel wiegend, »aus Anlaß

unserer Vermählung möchte ich dir ein Geschenk machen.« Sie trat zu ihm. Artus legte seinen Spieß beiseite und stand auf. Er sah sie fest an und bannte sie mit seinem Blick, als würde er sie in den Armen halten.

Gwenhwyvar streckte ihm das Lederbündel hin, legte es auf seine Hände und entknotete die Schnüre. Die Lederlagen öffneten sich, bis eine Pergamentrolle zum Vorschein kam. Gehört hatte ich von solchen schon; sie waren üblich gewesen, als die Adler über Britannien herrschten. Aber gesehen hatte ich noch keine.

Artus betrachtete das Ding erfreut und verwirrt zugleich. Es war alles andere als das, was er erwartet hatte, so daß er nicht wußte, was er damit anfangen sollte. Fragend sah er seine Frau an und schwieg klugerweise. Bedwyr und Kei wechselten verdutzte Blicke, und Fergus strahlte vor Stolz.

Gwenhwyvar nahm die Rolle in die Hand und breitete sie vorsichtig aus. An der Art, wie sie sie berührte – sanft und äußerst ehrfürchtig –, erkannte ich, daß sie uralt und in den Augen der Iren unermeßlich wertvoll war. Das weckte meine Neugier. Konnte Geschriebenes so kostbar sein?

Sie legte die Rolle vor Artus hin, er beugte den Kopf darüber. Aufmerksam beobachtete ich sein Gesicht, doch seine Verwirrung wich nicht, sondern wurde eher noch größer. Ja, je länger er das Pergament betrachtete, desto überraschter wirkte er.

Gwenhwyvar beobachtete ihn gespannt und wissend zugleich. Ihre grauen Augen waren wachsam, ihre dunklen Brauen leicht hochgezogen, und so wartete sie seine Reaktion ab, um ihn daran zu messen. War er des Geschenkes würdig? War Artus der Mann, für den sie ihn hielt? Hatte sie das Geschenk ihres Lebens einem Manne anvertraut, der seinen Wert zu schätzen wußte?

Und Artus, Gott segne ihn, merkte, daß er eine entscheidende Probe zu bestehen hatte. Er musterte die Rolle eine Weile lang, hob dann den Kopf, lächelte zuversichtlich und rief: »Komm her, Myrddin, und sieh nur! Sieh, was meine Königin mir geschenkt hat!«

Das war eine schlaue Bemerkung. Gwenhwyvar war sehr erfreut, denn sie hörte aus ihr heraus, was sie hatte hören wollen. Und als Artus ihre Reaktion auf seine Worte sah, strahlte er vor Vergnügen, denn er hatte sich listig geschlagen. Fergus lächelte froh, weil er wußte, daß der Schatz seines Stammes einen würdigen Beschützer gefunden hatte. Nur ich saß jetzt in der Falle, denn Artus hatte geschickt mir die Last auf die Schultern gelegt; an mir lag es nun, das Geschenk zu loben und mich über seinen Wert zu äußern.

Ich zauderte, Neugier und Widerwille kämpften in mir. Ich brauchte Artus' Aufforderung nicht Folge zu leisten und konnte damit seine Unkenntnis zur Schau stellen. Aber ebensogut konnte ich ihm zur Hilfe eilen. Artus wartete. Die Neugier gewann die Oberhand, ich erhob mich und ging zu Artus und Gwenhwyvar, die gemeinsam die Rolle hielten.

Sie drehten sie in meine Richtung. Ich warf einen Blick auf das fahle Pergament und erwartete dort eine Zeichnung oder irgendwelche Worte zu sehen. Eine Zeichnung gab es wohl und auch Worte – aber das Ganze sah völlig anders aus, als ich es mir vorgestellt hatte.

IV

Jetzt verstand ich Artus' Unbehagen und wußte, warum er mich gerufen hatte. Ich starrte auf die dargebotene Rolle und die seltsamen Zeichen darauf. Ich öffnete den Mund, um etwas zu sagen, überlegte es mir anders und betrachtete die Rolle eine Weile länger.

Es waren mehrere lange Spalten mit Worten in einer Sprache zu sehen, die ich nicht kannte: weder Latein noch Griechisch, die ich, wenn es sein muß, lesen kann. Und es gab eine Zeichnung, ja nicht nur eine, sondern mehrere: eine große, umgeben von drei kleineren. Die Zeichnungen waren fast ebenso unentschlüsselbar wie die Worte, denn sie bildeten ein merkwürdiges Ding in Gestalt eines Bienenstocks ab, das auf einem niederen Haufen dünner Scheiben ruhte und vor einem blauen Hintergrund schwebte – Wasser vielleicht. Aber ein Boot war es nicht, denn es gab einen Eingang oder zumindest ein Loch in der Seite, durch das Wasser eingedrungen wäre. Die kleineren Zeichnungen bildeten das gleiche Ding oder ähnliche von verschiedenen Seiten ab. Der Gegenstand war mit keinen Bemerkungen versehen, so daß ich keinen Hinweis darauf hatte, wozu er diente.

Ich wußte, daß Gwenhwyvar mein Lob erwartete: »Das«, hub ich großartig an, »ist äußerst bemerkenswert! Ich sehe, daß ihr es lange in eurem Klan gehütet habt.«

»Die Pergamentrolle vor deinen Augen wurde von Anbeginn bis heute weitergereicht«, erklärte Gwenhwyvar. »Brigid, die Königin der Tuatha DeDannan, soll sie nach Eire gebracht haben.«

»Das will ich glauben«, entgegnete ich. »Und kannst du die Worte, die hier geschrieben stehen, noch lesen?« Ich deutete auf die von zarter Hand gemalten Zeichen.

Gwenhwyvars Gesicht verdüsterte sich ein wenig. »Leider

nicht. Diese Fertigkeit hat unser Klan vor langer Zeit verlernt – falls er sie besessen hat«, erwiderte sie. »Ich hatte gehofft, daß du, Weiser Emrys, sie mir vorlesen würdest.«

»Ich wünschte, ich vermöchte es«, sprach ich. »Aber das Lesen von Handschriften ist mir unvertraut, und ich würde sicher nicht weit kommen.« Dann hatte ich plötzlich eine Eingebung: »Doch vielleicht kennt ja der Priester Ciaran diese Schrift und kann uns sagen, was sie zu bedeuten hat. Wenn du einverstanden bist, bringen wir sie morgen zu ihm.«

»Dein Rat ist klug«, entgegnete Gwenhwyvar. »Doch lasse Ciaran hierherrufen. Unser Schatz darf nicht durch das Land getragen werden, als wäre er nicht viel wert.« Fergus pflichtete seiner Tochter bei und sandte im Morgengrauen einen Boten aus, der Ciaran nach Muirbolc bringen sollte, damit er sich die Rolle ansehe.

»Wofür hältst du das Ding, Myrddin?« fragte mich Artus am nächsten Morgen, während wir auf den Mönch warteten. Wir saßen auf den Felsen am Meer. Der Tag war klar, und das Meer brandete ruhig an den steinigen Strand unter uns.

»Es sieht aus wie eine Art Behausung«, antwortete ich. »Mehr vermag ich nicht zu sagen.«

Er schwieg, lauschte den Seevögeln und ließ sich die warme Sonne aufs Gesicht scheinen. »Man könnte sich an die Insel gewöhnen«, murmelte er nach einer Weile.

Da kamen Kei und Bedwyr, die sich allmählich nach der Heimat sehnten. Sie ließen sich neben uns nieder. »Wir dachten, ihr würdet die Schiffe bereitmachen. Wir wollten nicht hier vergessen werden.«

»Artus sagte gerade, er wolle gar nicht von hier fortfahren«, berichtete ich ihnen.

»Nicht nach Britannien zurückkehren!« rief Kei. »Artos, nimm dich in acht. Wenn wir ihr Gepfeife noch länger ertragen müssen, werden wir sicherlich verrückt!«

»Nur ruhig, Bruder«, besänftigte Artus ihn. »Myrddin beliebt zu scherzen. Wir fahren morgen, wie vereinbart. Das Schiff wird bereits klargemacht.« Er schlug die Augen auf und deutete zum Strand hinab, wo in einiger Entfernung unser Boot an Land gezogen wurde. Ein paar von Fergus' Leuten und unser eigener Steuermann schüttelten die Segel auf.

»Wir wollten dir nur sagen, daß Ciaran da ist«, teilte Bedwyr uns mit. »Fergus erwartet dich und Myrddin.«

Artus sprang auf. »Dann gehen wir zu ihm. Ich will wenigstens dieses eine Rätsel lösen, ehe wir von hier abreisen.«

Ciaran begrüßte uns erfreut. »Ihr werdet morgen gutes Wetter für eure Fahrt haben«, sagte er. »Ich werde euch verabschieden.«

»Ach, sprich nicht von Abschied«, rief Fergus. »Ihr nehmt mein Herz mit euch, wenn ihr hier weggeht.«

»Du hast immer einen Platz bei mir«, tröstete Artus ihn. »Komm uns besuchen, wann du magst.«

Gwenhwyvar kam mit der Rolle und öffnete sie. Der Priester war neugierig, sie zu sehen, und erklärte ihren Wert für unschätzbar. »Ich habe dergleichen schon einmal gesehen«, sagte er, den Kopf über die feine Schrift gebeugt. »Als ich Schüler beim heiligen Thomas von Narbonne war, begleitete ich ihn auf einer Reise nach Konstantinopel. Die Priester dieser großen Stadt bewahren das Wissen der Welt auf Rollen dieser Art auf. Die ältesten von ihnen stammen angeblich aus Alexandria und Karthago.«

Fergus lächelte, mit dem Urteil hochzufrieden. »Kannst du uns die Zeichen erklären?« fragte er.

Ciaran beugte seinen Kopf noch tiefer, biß sich auf die Lippe und sagte dann: »Nein, das kann ich nicht. Es ist weder Griechisch noch Latein noch sonst eine Sprache, die ich beherrsche. Aber«, fuhr er fort, während seine Miene sich aufhellte, »das tut nicht viel, denn ich kenne das Ding, welches hier abgebildet ist.«

»Dann erkläre es uns!« drängte Artus.

»Es nennt sich *Martyrion*«, erläuterte Ciaran. »Es gibt viele Arten davon, und dieses –« Unserer Verwirrung gewahr werdend, hielt er inne.

»Bitte, Ciaran«, sagte ich, »unsere Kenntnisse in diesen Dingen sind nicht so groß wie deine. Ist dieses *Martyrion* ein Bauwerk zur Erinnerung an hochgerühmte Tote?«

»Ein Ehrentempel«, setzte Gwenhwyvar hinzu. »So nannten die Alten es.«

»Ja! Ja, freilich!« bestätigte Ciaran eifrig. »Vergebt mir meine Hochfahrenheit. Was ihr hier seht«, er fuhr mit der Fingerspitze vorsichtig über das gemalte Bild, »ist in der Tat ein Ehrentempel – nach Art einer *Rotunda*, so genannt, weil er rund ist. Und er steht auf vielen Tafeln, *mensae* geheißen.« Er fuhr über die Steinplatten, die das Fundament und die Eingangsstufen bildeten.

»Kennt man ein solches Bauwerk in Rom?« fragte Artus. Kei und Bedwyr schienen immer noch verwirrt.

»Nicht einmal Rom kann sich solcher Bauten rühmen«, erwiderte Ciaran. »Wie man sie errichtet, ist dort nicht mehr bekannt. Und in der Stadt Konstantins steht nur ein einziges Monument dieser Art, und das ist ein Wunder. Das weiß ich, weil ich es gesehen habe.«

»Kann man diesen Ehrentempel anhand der Zeichnung bauen?« fragte Artus und wandte seinen Blick mir zu.

»Gut möglich«, entgegnete ich vorsichtig. »Wenn man die Zeichnung als Vorlage nimmt.«

»Das ist ja der Zweck des Pergaments!« rief Ciaran. »Es soll den Erbauer leiten. Seht ihr?« Er deutete auf eine Reihe von Zahlen in einer Spalte der Handschrift. »Das sind die Maße und Verhältnisse, nach denen der Erbauer vorgehen muß, wenn er das Werk in Angriff nimmt. Dieses *Martyrion* sollte gebaut werden.«

»Dann wird es gebaut werden«, verkündete Artus. »Ich werde diese Tafelrunde zum Andenken an die Kymbrogen errichten, die bei Baedun fielen. Und sie werden einen Ehrentempel besitzen, dessen sich nicht einmal Rom rühmen kann.«

An jenem Abend tranken wir das gute Bier des Königs und gelobten, einander oft zu besuchen. Artus hatte in Fergus einen lustigen Gesellen gefunden, einen König, dessen Treue ihm kraft gegenseitiger Hochachtung sicher und durch die Bande der Ehe bekräftigt worden war. Gott weiß, die Fürsten Britanniens hatten Artus schon genug Kopfschmerzen und Ärger bereitet. In Ierne konnte er den kleinmütigen Königen und dem Lärm ihrer dauernden Forderungen entgehen.

So stachen wir am nächsten Morgen in See, durch die Ruhe frisch gestärkt, aber ein wenig wehmütig. Fergus versprach, Artus in Caer Lial aufzusuchen, wo wir gemeinsam Weihnachten feiern wollten. Artus und Gwenhwyvar stellten sich an die Reling und sahen zu, wie die grünen Ufer der Insel im Dunst über dem Meer verschwanden. Sie wirkten wie Verbannte, die man den unsteten Wellen ausgeliefert hatte.

Wir segelten die Nordküste entlang, wollten der Meerenge folgen und nach Rheged übersetzen, wo sie am schmalsten ist. Und als das Schiff das Land ganz hinter sich gelassen hatte und auf offenem Meer war, erblickten wir die schwarzen Segel fremder Schiffe. Sie befanden sich noch ein Stück entfernt gen Süden, kamen aber rasch näher.

»Ich zähle sieben Stück«, sagte Bedwyr, die funkelnde See absuchend. Der Tag war klar, und die Sonne schien hell aufs Wasser, so daß es blendete. »Nein – zehn.«

»Wer sie wohl sind?« überlegte Artus laut. »Erkennst du sie, Kei?«

»Die Pikten und einige andere wie Jüten und Dänen haben blaue Segel«, erwiderte Kei mit zusammengekniffenen Augen. »Einen Stamm mit schwarzen kenne ich nicht.«

Artus dachte einen Moment nach und sagte dann: »Ich will sie sehen. Wir müssen näher heran.« Er drehte sich um und rief dem Steuermann einen Befehl zu, der das Schiff gehorsam auf neuen Kurs drehte.

Wir schauten, am Bug stehend, die Augen mit den Händen vor dem weißen Glast abgeschirmt. »Jetzt zähle ich dreizehn«, sagte Bedwyr kurz darauf.

»Die Schiffe sind groß«, stellte Kei fest. »So große haben wir gar nicht. Wer mögen sie sein?«

Weitere Segel tauchten auf. »Zwanzig«, teilte Bedwyr uns mit, der sich anstrengte, sie zu zählen. »Ja, zwanzig, Myrddin, und sie kommen auf –«

»Ich sehe sie«, erinnerte ich ihn und starrte die schwarzen Schiffe an, die übers Wasser folgten. »Und was ich sehe, gefällt mir nicht.«

»Ich sehe niemanden an Bord«, stellte Gwenhwyvar fest. »Sie verstecken sich vor uns. Warum nur?«

Als wir uns näherten, kamen noch mehr Schiffe in Sicht. »Achtundzwanzig!« rief Bedwyr. »Nein ... dreißig!«

»Artus, wer außer dem Kaiser kann über eine solche Flotte gebieten?« fragte Kei.

»Rom vielleicht. Obschon die Römer wahrscheinlich nur ungern eine solche Flotte in nördliche Gewässer entsenden würden.«

Wir ließen das nächste Schiff bis in Speerwurfweite kommen und nahmen dann längsseits zu ihm Kurs. Von der Reling hingen riesige, mit Leder bespannte Rundschilde, darüber erhob sich eine Reihe Ruder, zehn auf jeder Seite, und zwischen den Schilden ragten Speere hervor. Lange schmale Planken bildeten ein schmales Dach über den Ruderbänken und zugleich ein Podest für die Krieger. Auf dem viereckigen schwarzen Segel befand sich in weißer Farbe ein grob gezeichnetes Tier. »Was ist das?« fragte Kei blinzelnd. »Ein Bär?«

»Nein«, erwiderte ich, »kein Bär – ein Schwein. Es ist ein Eber.«

Die beiden Schiffe hielten eine Zeitlang nebeneinander Kurs, und dann schwenkte das schwarze Schiff plötzlich zu uns um. Im gleichen Augenblick sprangen sonderbare Krieger auf das Podest – kräftige Männer mit breiten Schultern, schwarzem Haar und blasser Haut. Sie kreischten, johlten und schwangen ihre Speere.

»Sie greifen an!« rief Bedwyr, nach Speer und Schild greifend.

Einen Augenblick später sausten die ersten feindlichen Speere durch die Luft. Alle reichten zu kurz, außer zwei, von denen einer am Rumpf abprallte und der andere auf die Reling schlug. Llenlleawg sprang zur Reling und fing den Speer auf, ehe er ins Meer fallen konnte. Es war ein dickes, grobes Ding aus abgeschabtem Holz, mit einem schweren Eisenkopf, das sich nicht schön schleudern ließ.

Gwenhwyvar packte ihren Schild, und Kei tat es ihr nach. Nur Artus rührte sich nicht. Er stand da und starrte das fremde Gefährt an, während alle um ihn herum sich wappneten. Der feindliche Kiel schnitt durch die Wellen und kam immer näher. Speere flogen, beschrieben einen Bogen und fielen herab. Diesmal reichten die meisten weiter. Ein paar trafen den Rumpf, und einer verfing sich im Segel.

»Artus«, sagte ich, »willst du gegen sie kämpfen?«

Er gab keine Antwort, sondern starrte mit vor dem Meeresglast zusammengekniffenen Augen weiter auf das sich nähernde Schiff. Bedwyr hielt ihm Prydwen hin und drängte ihn, danach zu greifen. Aber Artus regte sich nicht.

»Was sollen wir tun, Bär?« Da Bedwyr keine Antwort bekam, schaute er mich an.

»Artus?« fragte ich.

Endlich drehte Artus sich um und rief dem Steuermann zu: »Abdrehen! Zurück nach Ierne! Rasch! Wir müssen Fergus warnen!«

Unser Boot steuerte von dem feindlichen Schiff weg. Die Feinde setzten uns nach, aber unser kleineres, leichteres Gefährt gewann immer größeren Abstand. Bald waren wir nicht mehr in Wurfweite, und da die Feinde sahen, daß sie uns nicht einholen konnten, ließen sie sich zurückfallen und nahmen ihren ursprünglichen Kurs wieder auf.

Wir rauschten vor dem Wind dahin auf die irische Küste zu. »Schneller!« brüllte Artus. Obschon wir längst vor dem Feind an Land gehen würden, galt es keinen Augenblick zu verlieren.

Bald dräuten die Küstenhügel vor uns, und wir kamen in Sichtweite der Bucht, von der wir aufgebrochen waren. »Sattelt die Pferde«, befahl Artus.

»Bringen wir sie erst an Land«, wandte Bedwyr ein.

»Nein, sofort.« Artus wandte sich an den Steuermann: »Barinthus, du kennst die Bucht! Setze das Schiff auf Grund!«

Kei, Bedwyr und Llenlleawg sattelten die Pferde und waren reitfertig, als wir in die Bucht kamen. Barinthus holte die Segel nicht ein, sondern steuerte das Schiff geradewegs aufs Land zu. Ich sah zu, wie die Küste immer näher rauschte und wappnete mich für den Aufprall. Anders Artus: Als der Kiel in den harten Kies fuhr, schwang er sich in den Sattel.

Mit einem ungeheueren Knirschen bohrten wir uns in den Kies. Das Ruder zersplitterte, und der Mast riß sich los. Noch als das Beben verebbte, trieb Artus sein Roß an. »Hü! Hü!« schrie er.

Das Pferd hob die Vorderhufe und sprang über Bord, so daß es bis zu den Sprunggelenken im Meerwasser stand. Noch ein Satz, und Artus raste klappernd über den Strand davon. Gwenhwyvar folgte Artus' Beispiel, dicht hinter ihr kam Llenlleawg, der noch immer den Feindesspeer umklammerte.

»Seht nur«, schimpfte Kei kopfschüttelnd. »Sie brechen sich das Genick, wenn sie so reiten. Wenigstens auf die Pferde sollten sie achtgeben, wenn schon nicht auf sich selbst.«

Vom Sattel herunter erwiderte Bedwyr: »Sag das dem Feldherrn der Barbaren, wenn sein Speer dir in den Hintern sticht.« Er trieb sein Pferd und setzte mit einem Schrei über Bord. »Hü! Ho!«

Kei folgte ihm, und ich packte die Zügel. Als ich mich hinaufschwang, rief ich dem Steuermann zu: »Ich warte auf dich, Barinthus.«

»Nein, Herr, warte nicht auf mich«, erwiderte der Seemann, während er dabei war, den gelockerten Mast wieder zu verankern. »Ich bin hier bald fertig und komme dann nach.«

»Nun gut, vertäue das Boot, aber trödle nicht.« Ich drängte mein Roß über Bord. Das Pferd scheute und sprang dann los, so daß Meerwasser über mir zusammenschlug. Und dann fegte ich über den Strand. Kei hatte den Klippenpfad erreicht, der zu Fergus' Festung führte, und Bedwyr mühte sich bereits den

Steilhang hinan. Artus und die anderen waren schon nicht mehr zu sehen.

Als ich den Pfad erreichte, drehte ich mich um und blickte zurück. Noch war die Bucht leer. Die Feinde waren uns nicht ans Ufer gefolgt; da wir ihnen entwischt waren, warteten sie vermutlich mit der Landung, bis sie stark genug an Zahl waren.

Bis ich Muirbolc erreichte, war bereits Alarm geschlagen worden. Alle rannten herum: die Männer, um die Festung zu sichern, Frauen und Kinder, um sich zu verstecken, die Krieger zu ihren Waffen, die Hirten, um ihr Vieh zusammenzutreiben und in den Schutz des Caers zu schaffen.

Fergus und sein Hauptmann standen in der Hofmitte, Gwenhwyvar und Artus vor ihnen. Gwenhwyvar sagte gerade: »Höre auf ihn, Vater. Es sind zu viele. Wir können hier nicht gegen sie kämpfen.«

»Zehn Schilde auf jeder Seite, das heißt wenigstens zwanzig Krieger auf jedem Schiff, vielleicht auch mehr«, sagte Artus ohne Umschweife. »Und es sind dreißig Schiffe, vielleicht auch mehr. Wenn sie hier landen, dann sitzen sie noch vor Sonnenuntergang in deinem Saal.«

»Unsere einzige Hoffnung besteht darin, aus dem Caer zu fliehen und die Klans aufzubieten«, drängte Gwenhwyvar. »So haben wir wenigstens eine Chance. Wir kennen das Land, sie aber nicht. Wir werden Conaire und die Männer von Uladh um Hilfe bitten. Wenn sie von der Gefahr hören, werden sie uns nicht abweisen.«

Stirnrunzelnd zupfte Fergus sich am Kinn, während er sich die Sache überlegte. »Fergus«, sagte Artus sanft, »wir können zwar Muirbolc nicht retten, aber sehr wohl unser Leben. Wenn wir hierbleiben, verlieren wir beides.«

»Nun gut«, stimmte Fergus widerwillig zu. »Es soll geschehen, was du sagst.« Er wandte sich an seinen Hauptmann und schickte den Mann mit einem Befehl davon: »Wir müssen Vorräte mitnehmen«, sagte der König wieder zu uns gewandt. »Das wird dauern.«

»Wir haben keine Zeit«, sagte Artus. »Wir müssen sofort aufbrechen.«

»Es ist schon schlimm genug, daß ich meine Festung aufgeben muß«, erwiderte Fergus. »Du kannst mich bei lebendigem Leib häuten, wenn ich dazu noch den Schatz meines Klans aufgeben soll.«

Artus gab nach: »Dann beeile dich. Ich werde mit Kei und Bedwyr zur Klippe reiten, um zu sehen, wo die Feinde landen.«

»Ich komme mit euch«, sagte Gwenhwyvar.

»Bleibe hier«, erwiderte Artus. »Wir sind bald wieder da.«

Gwenhwyvar wollte etwas einwenden, überlegte es sich aber anders und schwieg still. Zu mir sagte Artus: »Du kommst mit mir, Myrddin.«

Bedwyr, Kei und ich ritten mit Artus aus und trafen Barinthus, der gerade durchs Tor kam. »Sie sind uns nicht gefolgt, Herr«, sagte er. »Ich habe abgewartet, aber sie sind nicht in die Bucht gefahren.«

»Bleibe hier und halte Wache«, befahl Artus ihm. »Alarmiere Fergus, wenn du etwas bemerkst. Wir reiten zur Klippe.«

Wir galoppierten den Küstenweg entlang und suchten das Meer unter uns nach einer Spur der schwarzen Schiffe ab. Aber wir sahen nichts, bis wir die hohen Felsen der Klippe erreichten. Und als wir den Gipfel erklommen hatten und sich im Nordwesten das weite Meer vor uns ausdehnte, sank uns der Mut.

Denn auf dem Wasser wogten die ganze Nordküste entlang Schiffe: Vierzig oder mehr schwarze Segel ballten sich wie Aasvögel auf einer Glasebene.

V

»Gott steh uns bei«, sagte Bedwyr, als er die feindliche Flotte gewahrte.

»Sie wollen dort drüben landen«, stellte Artus fest und deutete auf eine Bucht ein Stück die Küste hinauf. »Vermutlich sind sie zu Fuß – Pferde habe ich nicht gesehen. Da werden sie einige Zeit brauchen, um landein zu marschieren.« Er blickte zum Himmel empor. »Die Sonne geht unter, ehe sie auf Raubzug gehen können.«

»Dann bleibt uns wenigstens eine Nacht zur Vorbereitung«, sagte Kei.

»Nur diese eine Nacht«, bestätigte Artus. Er wandte sein Pferd und ritt den Pfad hinunter zurück. Kei folgte ihm, Bedwyr und ich aber verweilten noch einen Moment, um die feindlichen Schiffe zu betrachten.

»Das müssen mindestens tausend Krieger sein«, grübelte Bedwyr. »Ich frage mich, wie viele diese Könige von Uladh aufbieten können?«

»Das werden wir, fürchte ich, bald erfahren«, erwiderte ich.

Eilends kehrten wir nach Muirbolc zurück. Dort hatten die Leute begonnen, den Caer zu verlassen; die ersten Scharen verschwanden bereits im Wald. Fergus stand am Tor, während sein Volk an ihm vorüberging, und trieb alle zu Tapferkeit und Eile an. Artus, Gwenhwyvar, Llenlleawg standen da und berieten sich. Kei war nirgends zu sehen.

Artus hob den Kopf und winkte uns zu sich. Als wir ihn erreichten, sagte er: »Bedwyr, du und Kei, ihr bleibt und steht Fergus und seinen Hauptleuten bei. Gwenhwyvar, Llenlleawg und ich werden die Fürsten von Uladh benachrichtigen.«

»Jemand sollte Ciaran und seine Mönchsbrüder warnen«, warf ich ein. »Ich reite zu ihnen.«

»Falls wir Schwierigkeiten mit den Fürsten bekommen, hätte ich dich gern bei mir«, beharrte Artus.

»Die frommen Brüder sind nicht weit«, sagte Gwenhwyvar. »Wir können unterwegs bei ihnen vorbeireiten.«

»So sei es.« Zu Bedwyr sagte Artus: »Wenn Kei von der Bucht zurückkommt, dann berichte ihm, was wir verabredet haben.«

»Wenn alles gut geht«, fügte Gwenhwyvar hinzu, »sollten wir vor Sonnenaufgang mit Hilfe zurück sein.«

Wir saßen wieder auf und verabschiedeten uns von Fergus. Llenlleawg führte uns an. Wir kamen durch einen Forst und überquerten einen Bach, erreichten dann eine weite, leicht ansteigende Aue, wo wir uns nach Süden wandten, und gelangten nach einem kurzen Ritt zu einer einfachen Siedlung, kaum mehr als ein Feldlager. Dort hatten die Mönche sich niedergelassen.

Ciaran begrüßte uns und bot uns Speise und Trank an. »Gott segne euch«, sagte er. »Es wäre uns eine Ehre, wenn ihr zum Essen bei uns bliebet.«

»Nichts würden wir lieber tun«, erwiderte Gwenhwyvar. »Aber wir dürfen nicht verweilen. Wir wollten euch warnen. Es ziehen dunkle Wolken auf. Wir haben Plünderer gesehen. Sie landen gerade an der Nordküste unweit von hier.«

»Plünderer.« Der Priester sprach das Wort aus, zeigte aber keine Furcht. »Wer sind sie? Wißt ihr das?«

»Sie gehören einem Stamm an, der mir noch nie begegnet ist«, teilte Artus ihm mit. »Aber eines kann ich dir sagen: Ihre Flotte ist so groß wie die des Kaisers, und ihre Schiffe und Segel sind schwarz.«

»Wandalen«, sagte Ciaran.

»Kennst du sie?« fragte ich.

»Ich weiß von keiner anderen Barbarenstreitmacht mit eigener Flotte«, entgegnete der Priester. »In Konstantinopel sind sie berüchtigt. Dort hörte ich von ihnen und ihren schwarz getakelten Schiffen.«

»Und hörtest du auch, wie man sie besiegt?« erkundigte sich Artus.

Ciaran schüttelte bedächtig den Kopf. »Leider nein. Eigentlich hörte ich, daß sie unbesiegbar seien. Von allen Barbaren sollen die Wandalen die wildesten und grausamsten sein. Sie töten zum Vergnügen und besitzen keine Achtung vor dem Leben – weder vor dem eigenen noch dem der anderen. Nichts ist ihnen heilig außer ihrer eigenen Tapferkeit, und sie leben allein, um mit ihren Speerspitzen zu töten und Beute zu machen.« Der Priester hielt inne und überlegte sich die Wirkung seiner Worte. »Ich würde lügen, wenn ich euch sagte, jemand könne gegen sie bestehen. Die Wandalen werden von allen, die sie kennen, gefürchtet. Sogar die Goten nehmen bei ihrem Anblick Reißaus.« Ciaran schwieg wieder und sagte dann: »Weiteres weiß ich nicht. Ich wünschte, ich könnte euch mehr sagen.«

»Und gerne würde ich mehr hören, aber schon für das Wenige bin ich dankbar«, erwiderte Artus. »Fergus und sein Volk verlassen den Caer. Wenn ihr gleich aufbrecht, könnt ihr euch ihrem Versteck anschließen.«

»Wir rufen die Könige zusammen«, sagte Gwenhwyvar. »Wir reiten zuerst zu Conaire in Rath Mor.«

»Gott sei mit euch, meine Freunde«, sprach Ciaran. Er hob die Hände und segnete uns mit einem Gebet. Dann ritten wir rasch weiter.

Die Festung von Conaire Crobh Rua, das heißt: Rothand, ähnelte stark derjenigen des Fergus, nur daß sie größer war und an ihrem Eingang ein hoher Pfeiler mit Oghamschrift stand. Dementsprechend war auch seine Kriegerschar größer, nämlich fünfmal so stark wie die von Fergus; dazu unterstützten ihn vier tributpflichtige Könige. Jeder dieser Unterkönige unterhielt auf eigene Kosten Krieger, die Conaire notfalls anfordern konnte.

Er würde uns ein mächtiger Verbündeter sein. Infolgedessen war es von entscheidender Bedeutung für Iernes Überleben, ihn zu gewinnen.

Gwenhwyvar begriff diese Notwendigkeit und wußte, wie schrecklich dringend und geschwind ein Heer ausgehoben werden mußte. Als wir Rath Mor erreichten und das Tor offen stand, ritt sie in den Caer, ohne auf die Rufe der nachlässigen Torhüter zu warten.

Sie begab sich geradewegs zur Halle und rief: »Conaire! Komm heraus, Conaire! Wir haben zu reden, du und ich!«

Die Leute hörten das und eilten zu uns. Die Tür zum Saal bestand aus einer schlichten Ochsenhaut, auf die eine rote Hand gemalt war. Hinter der Haut tauchte das Haupt eines Mannes auf, der erklärte: »Der König hört nur auf seine eigenen Befehle.«

»Dann sage deinem König, daß er ein Narr ist, wenn er in seiner Halle schläft, während sein Reich überfallen wird«, fauchte sie und zog die dunklen Brauen zusammen. Sofort verschwand der Kopf wieder. »Hast du das gehört, Conaire?«

Einen Augenblick später flog die Ochsenhaut zur Seite, und ein großgewachsener Mann mit blondem Haar und rotbraunem Bart stolzierte heraus. Der ansehnliche, stattliche Mann verschränkte die Arme vor der Brust. »Ach, Gwenhwyvar«, sagte er, als er sie gewahrte, »ich hätte mir denken können, daß du die Ursache dieses Lärmens bist.« Er warf einen raschen Blick auf die Begleiter der Königin. »Ich dachte, du bist in Ynys Prydein. Bist du gekommen, um mich zu heiraten?«

Gwenhwyvar schenkte ihm ein verächtliches Lächeln. »Conaire Crobh Rua, dich werde ich nie heiraten. Der Mann hier neben mir ist mein Gatte –«

»Dann kannst du nichts sagen, was meine Aufmerksamkeit erheischt.« Der König der Uladh wollte zurück in seinen Saal.

»Mein Gatte«, fuhr Gwenhwyvar fort, »Artus, der Hochkönig der Briten.«

Conaire blieb stehen und drehte sich um. »Wahrhaftig?« Er musterte Artus von Kopf bis Fuß. Und als hätte er nichts gesehen, was ihn beeindrucken könnte, tat er Artus mit höhnischem Grinsen ab. »Ich wußte nicht, daß die Briten schon wieder einen neuen König haben«, sagte er. »Nachdem ich ihn gesehen habe, frage ich mich, warum sie sich überhaupt die Mühe gemacht haben.«

Artus blickte den Irenfürsten kühl, aber ohne Zorn an. Er sagte nichts. Gwenhwyvar jedoch erstarrte in ihrem Sattel; ihr Gesicht wurde puterrot vor Wut. Doch eine Antwort auf seine Kränkung bekam Conaire von dem schweigsamen Llenlleawg.

»Deine Dummheit wird nur noch von deinem Dünkel übertroffen, Conaire«, sagte er. »Heute abend mußt du dich entscheiden, ob du leben oder sterben willst.«

Der Irenfürst warf Llenlleawg einen tödlichen Blick zu. »Anscheinend«, sagte er mit vor Abscheu angespannter Stimme, »habe ich diese Entscheidung nicht alleine zu treffen.«

»Nicht Llenlleawgs Speer wird deinen Körper den Atem aushauchen lassen«, sprach Gwenhwyvar. »Während wir hier Kränkungen austauschen, stehen die Plünderer vor der Tür. Wir haben eine Nacht, um unsere Verteidigung aufzubauen, andernfalls ist unser Reich gewißlich verloren.«

Conaires Blick wanderte langsam von Llenlleawg zu Gwenhwyvar. »Was für Plünderer?« fragte er lahm.

»Sie gehören zu einem Stamm namens Wandalen«, berichtete Gwenhwyvar ihm. »Und sie sind in großer Zahl gekommen, um Ierne auszurauben.«

Der Irenkönig richtete sich zu seiner vollen Größe auf. »Diese Gefahr kann nicht groß sein, sonst hätte ich davon gehört. Dennoch überrascht es mich, daß Fergus euch geschickt hat, um mich um Hilfe zu bitten – kaum gibt es eine Spur von Ärger, schon bettelt er um meinen Schutz. Sagt ihm, ich werde mir die Sache überlegen und ihm antworten, wann es mir beliebt.«

Er wollte uns entlassen und sich abwenden.

»Halt!« brüllte ich. Mit meiner gebieterischen Bardenstimme hielt ich ihn auf und sagte: »Höre mich an, Herr Conaire. Ich habe schon viele König erlebt: Manche waren Toren, andere hochmütig. Aber wenige waren beides und überlebten ihre Unbedachtheit.«

Nach diesen Worten schäumte der König. Seine Augen funkelten vor Zorn. Aber ich ließ ihm keine Gelegenheit zu sprechen.

»Wisse also: Wir sind hierhergekommen, um dich zu warnen

und deine Hilfe zu erbitten. Du weißt nichts von der Streitmacht, die gegen uns steht. Ich sage dir die Wahrheit: Wenn wir nicht zusammenhalten, sobald die Schlacht beginnt, überlebt keiner von uns das Gemetzel.«

Conaire runzelte die Stirn. Er wand sich geradezu unter meinem Befehlston, aber meine Stimme hielt ihn in Bann. »So und nicht anders wird es sein. Wenn du an meinen Worten zweifelst, dann reite doch mit uns zur Küste und überzeuge dich selbst, daß das, was du hörtest, nicht bloß eine Einbildung der Verzagten ist.«

Der Irenfürst sah mich mit Mörderblick an, erwiderte indes kein Wort.

»Nun?« fragte Gwenhwyvar. »Was sagst du, Conaire?«

Er wandte sich an einen der Umstehenden. »Bringt mir mein Pferd«, bellte er zornig. Zu Gwenhwyvar sagte er: »Ich werde mit euch reiten und mir die Sache selbst ansehen. Wenn es so ist, wie ihr sagt, werde ich euch schützen.« Er gestattete sich ein verschlagenes, höhnisches Lächeln. »Aber wenn es anders ist, müßt ihr mir übergeben, was ich von euch verlange.«

Bei diesen Worten starrte Conaire Gwenhwyvar an, und es war nicht schwer zu erraten, was er im Sinne hatte. Artus' Antlitz verdüsterte sich bei dieser gedankenlosen Herausforderung. Darob konnte ich ihm nicht gram sein. Ich an Artus' Stelle hätte den Iren mit einem Schlag vom Scheitel bis zur Sohle entzweigehauen. Aber Gwenhwyvar griff ein. »Stelle keine Forderungen, die du selbst nicht gern erfüllen würdest, Conaire.«

Ohne ein Wort machte Conaire auf der Stelle kehrt und verschwand im Saal. Gwenhwyvar gestattete sich ein selbstzufriedenes Lächeln. »Nun«, sagte sie, »das ging besser, als ich gehofft hatte.«

»Ist dieser Rothand immer so freundlich?« fragte Artus.

»Er wollte mich von jeher als Braut heimführen«, antwortete Gwenhwyvar. »Er hat natürlich eine Gattin und zwei Kebsweiber dazu. Doch versucht er, ein König zu werden wie Rory und

Conor mac Nessa. Darum hat er stets danach getrachtet, daß ich in eine Heirat mit ihm einwillige.«

»Wenn sein Mut nur halb so groß ist wie seine Eitelkeit«, stellte Artus fest, »dann werden die Wandalen mit ihren schwarzen Segeln bald übers Meer fliehen, so geschwind der Wind sie tragen kann.«

»Wenn die Zeit reif ist für die Speere«, warf Llenlleawg ein, »wird er dich nicht enttäuschen. Ein Barde macht mit seiner Harfe keine süßere Musik.«

»Das will ich sehen«, versetzte Artus.

Da tauchte Conaire wieder auf, stieg sogleich auf sein Pferd und führte uns aus dem Caer über einen ausgetretenen Pfad in den Wald. Schließlich gelangten wir zu einer niedrigen, baumlosen Anhöhe, die in einer Reihe abfallender Hügel auslief. Diese endeten in schroffen Klippen, die einen Ausblick auf die Nordwestküste boten.

Noch bevor wir zu den Klippen kamen, konnten wir die dicht gedrängten schwarzen Segel auf dem Meer sehen. Viele Schiffe lagen bereits vor Anker, und mit jeder Welle kamen weitere dazu. Aber wir sahen keinen Menschen am Ufer, und an Bord war nicht ein Pferd auszumachen.

»Vierzig Schiffe«, bemerkte Bedwyr. »Es sind nicht mehr geworden. Das heißt, sie sind alle da.«

»Es sei denn, dies ist nur die Vorhut, um das Land auszukundschaften«, meinte Kei. Bei diesem beunruhigenden Gedanken versanken beide in Schweigen.

Der Irenkönig starrte das Schauspiel vor uns lange an. »Einen so kühnen Eindringling habe ich noch nie gesehen«, sagte er schließlich. »Solche Frechheit verdient eine schwere Strafe, und ich habe vor, meinen Teil beizutragen.«

»Gut gesagt, Conaire«, entgegnete Artus ihm. »Gemeinsam werden wir die Barbaren ins Meer treiben.

Die im Westen untergehende Sonne im Blick, wandte Conaire sich zu Artus um und blickte ihm geradewegs ins Gesicht. »Herr, ich bin ein aufbrausender und jähzorniger Mann, wie du erlebt hast«, sagte er. »Ich sprach vorhin, ohne recht nachzudenken, und meine Worte waren unwürdig. Und jetzt tun sie mir leid. Denn ich glaube, du bist ein wahrer König, und es ziemt sich nicht für zwei so edle Verbündete, mit einem Zwist untereinander in die Schlacht zu ziehen.«

»Da gebe ich dir recht«, erwiderte Artus freundlich. »Es wird uns wohl Mühe genug kosten, die Wandalenhorde zu bekämpfen, ohne daß wir uns noch mit schwerem Gram gegeneinander abplagen.«

Darauf streckte der Hochkönig von Britannien dem Irenkönig den Arm entgegen. Conaire faßte ihn, und die beiden umarmten sich wie Verwandte. Ihr Hader war vergessen.

Indes war Conaire noch nicht fertig. Nun wandte er sich Gwenhwyvar zu und sagte: »Herrin, du weißt, ich habe stets die höchste Achtung vor dir gehegt. Darum bedauerte ich es, daß du Eirinn verließest, um dir einen Gatten von britischem Geblüt zu nehmen. Und obschon ich den Verlust davon habe, verstehe ich deine Wahl und muß sie in meinem Herzen sogar billigen. Du hast eine löbliche Entscheidung getroffen und einen Mann gefunden, der deiner vor allen anderen würdig ist. Herrin, ich preise dich. Und ich biete dir meinen Arm, wie ich dir gern mein Leben geboten hätte.«

»Deinen Arm will ich annehmen«, antwortete Gwenhwyvar und beugte sich zu ihm. »Doch deine Wange will ich ebenso.« Sie faßte ihn am Arm, zog ihn zu sich, setzte ihre Lippen auf seine Wange und küßte ihn.

Der Irenkönig lächelte breit, hob die Zügel und trieb sein Pferd an.

Wir rasten nach Rath Mor und hatten beinahe den schützenden Wald erreicht, als mit plötzlichem Geschrei eine feindliche Bande aus den Bäumen hervorbrach.

Im Nu sahen wir uns fünfzig Kriegern gegenüber – große Männer, wild, mit gnadenlosen Augen, die pechschwarz in ihren hohlen Gesichtern funkelten. Wachsam schritten sie auf uns zu. Sie trugen keine Schwerter, sondern nur die dicken, schwarzen

Speere und die schweren Holzschilde, die wir auf den Schiffen gesehen hatten. Sie zauderten nur kurz, dann stieß der feindliche Hauptmann einen Schrei aus, und sie stürmten mit eingelegten Speeren kreischend auf uns los.

VI

Artus trieb sein Roß an, um dem Angriff zuvorzukommen. »Mir nach!« schrie er und hielt seinen Schild hoch, während er auf die Feinde zubrauste.

Llenlleawg reagierte als erster auf Artus' Ruf. Er preschte an mir vorbei und ging unmittelbar hinter Artus links von ihm in Stellung, so daß die Barbaren von dieser ungedeckten Seite nicht an den König herankamen.

Plötzlich war Conaire neben mir und hielt mir seinen Speer hin. »Du hast keinen Speer«, sagte er. »Nimm meinen.«

»Behalte ihn«, erwiderte ich. »Mir ist das Schwert lieber.«

Gwenhwyvar trieb ihr Pferd an, löste ihren Schild von der Schulter und zog im vollen Galopp ihr Schwert. »Ach, mein Herz geht über«, sagte Conaire, ihr nachblickend, »ist das nicht ein reizender Anblick?«

»Komm, Ire«, rief ich. »Sie lassen uns hinter sich!«

Artus erreichte die Linie des Gegners und stob durch sie hindurch, daß die Feinde sich in sämtliche Richtungen zerstreuten. Llenlleawg, der gleich hinter ihm kam, ließ ihnen keine Gelegenheit, sich neu zu ordnen. Er ritt drei oder vier Flüchtende nieder und schlitzte zwei weitere auf. In der Linie klaffte eine breite Lücke, durch die Gwenhwyvar, ohne auf Widerstand zu treffen, reiten konnte. Sie erreichte den Waldrand und wendete dann, um die sich neu ordnende Schar abermals anzugreifen.

Ich sah, wo sie zuschlagen wollte und lenkte mein Pferd dorthin, um ihr beizustehen. Zu meiner Rechten stieß Conaire einen wilden, fröhlichen Schrei aus und ritt geradewegs auf die Mitte der Linie zu, den Speer hocherhoben, den Schild ausgestellt, die Zügel lose. Ein Blick auf uns drei, die wir heranstürmten, und die Fremden stolperten, die Münder zu unverständlichen Schreien aufgesperrt, die Schilder hochgerissen, zum schützenden Wald.

Artus und Llenlleawg schnitten ihnen jedoch von hinten den Weg ab. Die Wandalenschar wurde fast entzweigerissen: Diejenigen, die dem Wald am nächsten waren, entkamen, aber die übrigen fanden sich auf allen Seiten von fünf herangaloppierenden Reitern angegriffen. Die ins Wanken geratene Schlachtreihe brach vollends zusammen und verwirrte sich zu einem Knäuel, den Gwenhwyvar und ich zuerst erreichten. Wir stachen aufs Geratewohl hinein, Conaire haute von der Seite auf die Krieger ein, Artus und Llenlleawg von hinten.

Sie fielen um wie die Fliegen. Ratlos, vor Wut und Panik kreischend, warfen sie sich uns mit ihren kurzen, unbeholfenen Speeren verzweifelt entgegen, und wir ritten sie nieder. Das weiche grüne Gras färbte sich in der untergehenden Sonne hellrot, die Schatten wurden lang.

Die Feinde flohen den Kampfplatz, ließen ihre Toten und Verwundeten zurück und verschwanden in der Deckung des Waldes. Llenlleawg hätte sie verfolgt, aber Artus rief ihn zurück.

»Krieger!« johlte Conaire spöttisch. »So hoffnungslose Krieger habe ich noch nie gesehen. Wenn sie nichts Besseres zu bieten haben, dann gebt mir eine Schar von Knaben mit scharfen Stöcken, und ich erobere die Welt!«

»Das waren nur Späher«, erwiderte Artus. »Unsere Pferde haben sie erschreckt.«

»Aber sie haben uns angegriffen!« wandte Conaire ein. »Sie wollten kämpfen. Fünfzig gegen fünf! Und wir haben sie in die Flucht geschlagen, ohne einen Tropfen Schweiß zu vergießen!«

»Artus hat recht«, warf ich ein. »Sie haben nur die Gegend ausgekundschaftet, und wir haben sie überrascht. Und nachdem wir ihnen gezeigt haben, welcher Menschenschlag hier wohnt, sollten wir nicht erwarten, daß sie den gleichen Fehler noch einmal begehen.«

»Pah!« knurrte Conaire. »Was kümmert's mich, wie du es

nennst? Wir haben die diebischen Barbaren geschlagen. Sollen sie es wieder versuchen, und wir werden sie ebenso empfangen.«

Ernst schüttelte Artus den Kopf. »Heute haben uns Schnelligkeit und Mut gerettet, Conaire. Wir sollten uns glücklich schätzen, daß wir mit dem Leben davongekommen sind.« Er schwang sich aus dem Sattel und ging zu den am Boden verstreuten Kriegern. Er beugte sich kurz über zwei oder drei von ihnen und rief dann: »Der hier lebt noch.«

»Das bringe ich gleich in Ordnung«, entgegnete Conaire, flink vom Pferd springend.

»Nein«, sprach Artus und hielt ihn zurück. »Nehmen wir ihn mit in den Caer und sehen, was wir von ihm erfahren können.«

Conaire runzelte die Stirn. »Wir bekommen nichts aus ihm heraus. Bringen wir ihn gleich um und sparen wir uns die Mühe, ihn mitzuschleppen.«

Ich pflichtete Artus zwar bei, vermutete jedoch sehr, daß Conaire recht hatte. Ich warf einen Blick auf die Züge des Fremden: hohe Wangenknochen und schmale, fast schräg stehende Augen über einer langen dünnen Nase, eine Hautfarbe wie altes Elfenbein – er schien aus einer anderen Welt zu kommen. Rasch schloß ich, daß wir von dem Verwundeten nichts Wesentliches in Erfahrung bringen würden. Trotzdem hoben wir den Bewußtlosen auf und legten den Körper über Llenlleawgs Sattel. Der irische Held teilte sich das Pferd mit Gwenhwyvar, und wir ritten eilends zurück nach Rath Mor, wo Conaire seine Druiden zusammenrief. Er unterrichtete sie über die Gefahr und schickte dann Boten aus, um seine Fürsten und Hauptleute zu alarmieren. Der Barbar wurde in eines der Rundhäuser gebracht und dort bewacht.

»Ich habe auch Fergus benachrichtigen lassen, daß er hierherkommen soll«, erklärte Conaire. »Er und seine Leute sind hier in der Festung sicherer, als wenn sie im Wald herumlaufen, wo sie den Barbaren schutzlos ausgeliefert sind.«

»Ich danke dir, Conaire«, sagte Gwenhwyvar. »Deine Fürsorge soll nicht vergessen werden.«

»Ich tue es dir zuliebe, Herrin«, antwortete er. »Und für deinen Gatten. Ich sage dir, er gefällt mir, und ich möchte mich in seinen Augen als würdig erweisen.«

»Das hast du bereits getan«, beschied Artus ihm, und das freute Conaire ungemein.

»Dann tretet in meinen Saal«, sagte der Ire. »Wir wollen gemeinsam die Becher heben und reichlich trinken. Meine Bierbrauer sind Meister ihrer Kunst, und heute abend ist womöglich die letzte Gelegenheit für uns, ihr Können zu genießen. Komm, Artus! Komm, Gwenhwyvar! Kommt, Myrddin Emrys und Llenlleawg! Trinken wir auf die Gesundheit der Feinde unserer Feinde!«

Artus machte zwei Schritte auf die Halle zu und blieb dann stehen. »Nichts würde ich lieber tun, als mit dir zu trinken, Conaire«, sagte er. »Ich glaube, der Feind wird heute nacht nicht feiern. Darum schlage ich vor, daß wir uns um die Verteidigung des Volkes kümmern.«

Das Gesicht des Irenkönigs verdüsterte sich. »Wir haben alles getan, was wir konnten«, sagte er steif. »Was sollen wir noch anstellen?«

»Die Feinde müssen ihr Heer erst noch aufstellen. Darum ist jetzt der beste Augenblick zum Angreifen.«

»Aber es wird dunkel werden, bis wir unser eigenes Heer zusammengezogen haben«, bemerkte Conaire.

»Um so besser«, erwiderte Artus grinsend, »soll die Dunkelheit unsere Zahl verbergen, und greifen wir sie an, bevor sie uns angreifen! Komm, Conaire, wir tragen die Schlacht zu ihnen an den Strand, noch während sie landen.«

Conaire zauderte. Er war solchem Taktieren nicht gewogen und mißtraute ihm. Artus verstand sein Widerstreben. Conaires Kriegserfahrungen stammten aus einer vergangenen Zeit, als die Könige sich am Morgen zum Gefecht einfanden, anschließend ruhten und sich erfrischten, um am Abend wieder aufeinanderzustoßen, und sich, wenn es dunkel wurde, in ihre Festungen zurückzogen.

Artus, der in einer erbarmungslosen Notlage und mit der Schläue der Verzweiflung groß geworden war, hatte sich eine scharfe und tödliche Verschlagenheit zu eigen gemacht. Er ließ sich nicht auf eine Schlacht ein, ohne sich vorher über die weitere Kriegsführung Gedanken zu machen. Ich habe nicht einmal erlebt, daß er ins Feld zog, ohne an den nächsten Tag zu denken. Und dies steckte auch jetzt hinter seinem Vorschlag: Alles, womit wir dem Feind in dieser Nacht zusetzen konnten, würde uns beim nächsten Mal zum Vorteil gereichen. Wir würden jeden Trumpf gebrauchen, den wir in die Hand bekommen konnten.

Ich glaube, der Irenkönig spürte, wie klug Artus' Rat war, selbst wenn er die Gründe dafür nicht ganz nachvollziehen konnte. Dabei nötigte Artus ihn aber nicht; er hofierte ihn und überredete ihn mit schmeichelnden Worten.

»Ach, der Himmel ist klar, der Mond wird hell scheinen. Es ist eine herrliche Nacht für einen Ritt am Meer entlang. Gwenhwyvar hat mir von der Schönheit der irischen Küste erzählt. Die würde ich gern bei Mondschein erleben. Was hältst du davon, Conaire?« fragte Artus. »Begleitest du uns?«

»Beim Haupte meines Vaters, Herr Artus«, erwiderte Conaire, »du bist ein echter Mann. Nun gut, da wir bald aufbrechen, laß uns einen Becher heben, bis unsere Kampfgefährten eintreffen.«

Da trat Gwenhwyvar zwischen die beiden Männer, faßte sie an den Armen und drehte sie zum Saal. »Gut gesprochen, Conaire. Wir trinken auf die Freundschaft unter Königen. Und dann zeigen wir diesem Briten die Schönheiten unserer lieblichen Gestade bei Mondschein.«

Bis zum Sonnenuntergang waren die ersten von Conaires Kriegern da. Unter Conaires Beifall stolzierten die Hauptleute lautstark in den Saal. Er drückte ihnen Becher in die Hand, trank mit ihnen und machte viel Aufhebens um unser erstes Scharmützel gegen die Wandalen. Fergus und seine Leute kamen als letzte, bei ihnen waren Kei und Bedwyr. Artus erläuterte rasch, was er gesehen hatte, und beschrieb die Begegnung mit den Feinden.

»Wo ist dieser gefangene Wandale?« fragte Bedwyr, als er die Geschichte gehört hatte. »Vielleicht sollten wir sehen, ob er bei Laune ist, mit uns zu reden.

Da Conaire mit seinen Hauptleuten beschäftigt war, verließen Artus, Kei, Bedwyr und ich den Saal und begaben uns zu dem Rundhaus, wo der Barbar bewacht wurde. Er lag am Lehmboden auf der Seite. Hände und Füße hatte man ihm mit einem Strick aus geflochtenem Leder gefesselt. Als wir eintraten, setzte er sich auf und blickte uns trotzig an. Der Mann, der ihn bewachte, grüßte uns und sagte: »Er hat keinen Laut von sich gegeben, seit er wach ist. Er sitzt bloß da und glotzt wie eine Eidechse, die zuviel Sonne abbekommen hat.«

»Jetzt hüten wir ihn«, sagte Artus. »Du kannst zu deinen Leuten in den Saal.«

Der Krieger machte sich freudig auf den Weg, und wir betrachteten den Gefangenen eine Weile lang. Er war groß, fast so groß wie Artus, und hatte kräftige Gliedmaßen. Arme und Beine waren in gleichmäßigen Abständen mit kleinen Narben bedeckt. Haar und Augen waren schwarz, und er trug weder Bart noch Schnurrbart – ja, abgesehen von seinem Kopf, war sein ganzes Körperhaar entfernt worden. Mit seinen schmalen, leicht schräg stehenden Augen beobachtete er uns mürrisch, aber teilnahmslos. Artus nickte Bedwyr zu, der daraufhin vortrat und sagte: »Wer bist du, Wandale? Wie heißt du?«

Der Gefangene biß sich nur auf die Lippen.

»Antworte, und dir soll nichts geschehen«, sagte Bedwyr ganz langsam. »Hörst du mich?«

Der Barbar machte keine Anstalten, etwas zu sagen, und ließ nicht im geringsten erkennen, ob er Bedwyr verstanden hatte.

»So geht das nicht«, grummelte Kei. Er trat vor den Gefangenen, deutete sich mit dem Daumen auf die Brust und sagte: »Kei. Ich ... Kei.« Er zeigte mit dem Finger auf die Brust des Barbaren. »Du?« fragte er, und zu meiner Überraschung antwortete der Barbar.

»Hussa!« knurrte er leise. »Hussa segros.«

»Seht ihr?« triumphierte Kei und drehte sich zu uns um. »So –« In diesem Moment aber warf sich der Gefangene nach vorn und rollte in Keis Knie, so daß dieser zu Boden fiel. Bedwyr, der am nächsten stand, sprang Kei bei und riß den Barbaren weg, während Kei sich losstrampelte.

Bedwyr half Kei hoch, der Barbar kroch weg. »Das war töricht«, sagte Kei. »So ein Fehler passiert mir nicht noch einmal.«

»Was macht er da?« fragte Artus und schob sich an ihnen vorbei. Er eilte zu dem Gefangenen und rollte ihn auf den Rücken: Der Barbar umklammerte mit beiden Händen Keis Dolch. Er grinste böse und spuckte Artus ins Gesicht.

»Du dreckiger –«, schrie Kei, sich auf ihn stürzend.

Doch ehe Kei ihn packen konnte, drehte der Gefangene das Messer um, und stieß sich die Klinge in den Bauch. Durch den plötzlichen Schock quollen ihm die Augen aus dem Kopf. Und dann drückte er mit vor Anstrengung zitternden Händen und Armen die Klinge zwischen seinen Rippen hindurch in sein Herz empor.

Das Lächeln des Wilden erstarrte. Ein Zittern ging durch seinen Leib, er fiel auf den Rücken, und plötzlich sprudelte Blut aus seinem Mund. Seine Beine zuckten, dann lag er still.

»Nun«, meinte Bedwyr, »von dem erfahren wir nichts mehr.«

»Wenigstens wissen wir, wie er hieß«, sagte Kei, nach der Stelle an seinem Gürtel tastend. »Warum mußte er ausgerechnet mein Messer nehmen?«

»Wie er wohl wirklich hieß?« überlegte ich und betrachtete den Leichnam. »Das möchte ich wissen.«

Wir kehrten in den Saal zurück und berichteten Conaire, was geschehen war. »So ist es am besten«, urteilte der Ire. »Es hätte ihm bei uns ohnehin nicht gefallen.«

Am nachtblauen Firmament glommen die ersten Sterne, als wir von Rath Mor ausritten, um das feindliche Lager am Strand anzugreifen.

Im hellen Schein des Halbmondes legten wir uns flach auf den Bauch und spähten zur finsteren Küste hinab. Das sanfte Branden der See klang wie der Atem eines riesenhaften Tieres, und die am Ufer aufgeschichteten Feuer funkelten und glänzten als schimmernde Linie vor dem dunstigen Horizont. Dort, wo die feindlichen Schiffe vor Anker lagen, leuchteten weitere Lichter übers Wasser.

»Es sind nicht mehr als vierzig geworden«, sagte Bedwyr, »und nur die Hälfte von ihnen ist an Land gegangen. Das ist gut.«

»Ja, das ist sehr gut«, stimmte Conaire zu.

»Ich schätze, es sind zwischen vierhundert und sechshundert Mann«, fuhr Bedwyr fort. »Jedenfalls unter tausend.«

»Und genauso viele kommen noch nach«, versetzte Artus.

»Warum sie wohl hier sind?« überlegte Kei.

»Sei froh, daß sie hier sind«, entgegnete ich.

»Froh!« maulte Bedwyr. »Was du so redest, Myrddin.«

»Wäre es dir lieber, sie wären in Britannien?« fragte ich.

Bedwyr blickte mich einen Moment lang an. »Daran habe ich nicht gedacht.«

Conaire richtete sich auf. »Ich habe genug gesehen. Fangen wir an.«

»Wir greifen das erste Lager an«, sagte Artus, auf die nächstgelegenen Feuerstellen deutend. »Und du, Conaire, schlägst weiter südlich los – dort.« Er zeigte auf den folgenden Haufen von Feuern an der Küste. »Stifte soviel Verwirrung wie möglich und ziehe dich dann zurück«, riet Artus. »Dann sammeln wir uns wieder und schlagen abermals los – und zwar wieder ein Stück weiter südlich.«

Fergus saß an der Spitze seiner Krieger zu Roß und hielt die Zügel unserer Pferde. »Eine gute Nacht für ein Gefecht«, sagte er und atmete tief durch. »Ich wünschte, ich könnte mit euch reiten.«

»Dazu wirst du die nächsten Tage noch ausreichend Gelegenheit bekommen«, erwiderte Artus.

Die Krieger aus Uladh zählten dreihundertdreißig Mann, einschließlich ihrer fünf Fürsten, und waren alle beritten. Einhundertfünfzig Krieger wurden Artus unterstellt, die gleiche Anzahl Conaire. Eine kleine Schar sollte zurückbleiben und die Nachhut bilden, um zu verhindern, daß der Feind uns einkreiste; diese Aufgabe war Fergus, Gwenhwyvar und mir zugefallen.

Die beiden Trupps brachen auf und führten ihre Pferde leise den Klippenpfad hinunter zum Strand. Dort wollten sie wieder aufsitzen und in Angriffstellung gehen. Sobald sie den Strand erreicht und sich in Bewegung gesetzt hätten, sollten wir ihnen folgen und den Rückzug decken. Artus war entschlossen, dem Feind keine Gelegenheit zum Alarmschlagen zu lassen, daher sollten Conaire und er willkürlich und ohne Vorwarnung zuschlagen.

Als der letzte Krieger den Klippenpfad verlassen hatte, setzten wir nach. Der Weg war zwar steil und holperig, wir konnten ihn aber beim Mondschein gut sehen und gelangten mühelos nach unten. Die anderen waren längst verschwunden, bis wir den Strand erreichten. Ich staunte, daß so viele Krieger so rasch und ruhig mit der Dunkelheit verschmelzen und verschwinden konnten. Wir saßen auf und postierten am Klippenpfad die erste Wache und eine zweite ein Stück weiter die Küste entlang.

Dann warteten wir, die Waffen in der Hand, ab. Ich konnte die feindlichen Lagerfeuer sehen, die sich in einiger Entfernung erstreckten. Das nächste lag nur ein paar tausend Schritt von uns entfernt. Daher konnte ich in der Dunkelheit zwar keinen Wandalen sehen, aber ihre Stimmen hören. Das Geräusch wurde vom Seewind landein getragen – eine rauhe, abgehackte Sprache mit barschem Klang. Darüber hinaus vernahm ich das Klappern und Klirren des Lagerlebens.

Mit einemmal ertönte vom Strand herauf ein Ruf, der mittendrin abriß. Im Nu war das Lager der Eindringlinge in Aufruhr. Schreie hallten von den Klippen wider. Ich sah die Schatten von

Pferden auf die Feuer zustürmen, dazu das flinke, blitzende Gleißen auf- und niedergehender Waffen. Die Dunkelheit selbst schien zu wirbeln und wabern.

So jählings, wie der Angriff begonnen hatte, war er vorüber. Fast noch bevor die Feinde zu den Waffen greifen konnten, hatten die Unseren zugeschlagen und waren wieder verschwunden. Und ehe das nächste Lager merkte, was geschehen war, fand es sich ebenfalls einem Angriff ausgesetzt. Auf diese Weise bewegte der Anschlag sich die Küste entlang von uns fort, und wir verloren unsere Krieger nach und nach außer Sichtweite – obschon das Durcheinander, das sie hervorbrachten, noch anhielt, nachdem sie weg waren.

Wir schauten und warteten weiter. Die Nacht verstrich für uns voll Anspannung, aber tatenlos. Gwenhwyvar saß ab und ging ein Stück am Strand entlang. Ich gesellte mich zu ihr. Schweigend liefen wir ein wenig, mit Auge und Ohr in die Dunkelheit spähend. »Sorge dich nicht um ihn«, sagte ich. »Ihm wird nichts passieren.«

»Mich um Artus sorgen?« schniefte sie. »Ich wünschte, ich wäre bei ihm.«

Der Himmel graute im Osten, als von der Klippe oben ein Ruf ertönte. Wir drehten uns um und sahen eine dunkle Gestalt auf uns zueilen. »Herr Fergus«, sagte der zu uns rennende Mann, »Conaire ist zurück. Er wartet auf dich.«

»Und Artus?« fragte Gwenhwyvar, doch ein Körnchen Unruhe verratend.

»Er ist noch nicht wieder da«, antwortete der Bote.

»Geh du, Myrddin«, sagte Fergus, »ich warte hier auf Artus.«

Gwenhwyvar und ich ließen Fergus zurück und kletterten die Klippe hinauf. Oben warteten Conaire und seine Krieger, von ihren nächtlichen Taten erschöpft und zerschunden, aber jubelnd.

»Ich bedaure es, daß ihr nicht bei uns wart«, sagte der Feldherr. »Wenn ihr die Geschichte hört, wird euch reuen, daß ihr die Sache versäumt habt. Ach, es war ein herrliches Gefecht, das sage ich euch.«

Seine Hauptleute stimmten ihm lautstark zu. »Die Feinde rennen beim Anblick eines Pferdes gleich davon!« meinten einige. »Und ihre Anführer haben sie nicht im Griff«, fügten andere hinzu. »Sie verstehen es kaum, ihre eigenen Waffen zu gebrauchen!«

Die Iren waren hellauf begeistert, wie leicht sie den zahlenmäßig stärkeren Feind überwunden hatten. Daran erkannte ich Artus' geniale Strategie: Er hatte sich diesen Plan nicht nur ausgedacht, um den Feinden zuzusetzen, sondern auch um den Iren Kampfgeist einzuflößen. Sie gewannen Zutrauen in ihre Fähigkeit, die Eindringlinge mit geringer Gefahr für sich selbst angreifen und in die Flucht schlagen zu können. So würden die Iren sich beim nächsten Zusammenstoß für überlegen halten, gleich, wie viele feindliche Krieger ihnen gegenüberstanden.

Über der Klippe im Osten tauchte eine blaßweiße Sonne auf, als Artus endlich wiederkam. Wie Conaire hatte er keinen größeren Verlust als den einer schlaflosen Nacht erlitten. Anders als Conaire war er indes nicht zum Jubeln aufgelegt. Er behielt seinen Kummer jedoch für sich, bis er in Rath Mor mit mir allein war.

»Was macht dir Sorgen, Artus?« fragte ich. Da er auf dem Rückweg nicht zum Reden geneigt zu sein schien, hatte ich gewartet, bis Gwenhwyvar zu Bett gegangen war, ehe ich ihn ohne Umschweife ansprach.

»Diese Wandalen behagen mir nicht«, sagte er düster.

»Conaire ist hocherfreut über sie«, meinte ich. Wir saßen am hinteren Ende der Hütte, die der Irenkönig uns als Quartier zugewiesen hatte; Gwenhwyvar ruhte auf der Schlafstatt hinter der Lehmwand.

»Ja, schon«, räumte Artus ein, »indes haben die Iren wenig Erfahrung mit Barbaren. Sie denken, nur weil die Feinde sich vor unseren Pferden fürchten, sind sie leicht zu schlagen.«

»Was meinst du?«

»Ich glaube, die Wilden warten auf ihren Anführer. Er muß erst an Land kommen; dann geht die Sache richtig los.«

»Aha. Aber warum sollte er damit warten?«

Artus zuckte ratlos die Achseln. »Wer weiß, warum die Barbaren dies oder jenes tun? Sie sind unberechenbar.«

»Das ist wahr.« Ich hielt inne und stellte dann die Frage, die mich am meisten drängte. »Können die Iren sie besiegen?«

Der Hochkönig von Britannien überlegte lange, ehe er antwortete. »Nein«, sagte er schließlich kopfschüttelnd. »Sie sind zwar geschickte Reiter und Krieger, aber ihr Mut ist zerbrechlich, und sie verzweifeln leicht. Außerdem sind sie launisch und widerborstig, Myrddin, das schwöre ich. Du sagst ihnen etwas, und sie tun genau das Gegenteil.« Er schwieg. »Aber das ist noch nicht das Schlimmste.«

»Was dann?«

»Wir können die Eindringlinge nicht ohne die Hilfe der britischen Könige vertreiben«, antwortete er niedergeschlagen.

Ich führte seinen Gedanken zu Ende: »Und die britischen Könige werden niemals ihr Leben und ihr Land aufs Spiel setzen, um den Iren zu helfen.«

»Lieber hacken sie sich ihren Schwertarm ab, als daß sie Ierne verteidigen«, schimpfte er. »Und wie lange, glaubst du, werden die Barbaren sich mit diesem Stück Gras und Felsen begnügen, wenn Britannien reif zur Ernte steht? Sogar die Iren geben sich nicht damit zufrieden, einander gegenseitig auszuplündern, sondern kommen übers Meer an unsere lieblichen Gestade, wenn sie leichte Beute suchen.«

Er hatte die Lage richtig erkannt, und das sagte ich ihm.

»Jawohl«, meinte er grimmig, »wenn die Barbaren hier mit dem Plündern fertig sind, dann werden sie ihren gierigen Blick auf Ynys Prydein werfen. Bete, daß es anders kommt, Myrddin. Wir haben gerade erst die Sachsen abgewehrt – noch einen Krieg kann Britannien nicht überstehen.«

VII

»Launisch und widerborstig!« schrie Gwenhwyvar. »Leicht verzweifelt!« Sie stürmte herein und pflanzte sich vor uns auf, die Fäuste in die Hüften gestemmt.

»Gwenhwyvar«, sagte Artus leicht erschrocken. »Ich dachte, du schläfst.«

»Hört mir einmal beide zu«, schalt sie. »Ich sage euch, was mich bedrückt, ja? Ihr hochnäsigen Briten glaubt, ihr seid die einzigen Menschen, die einen Speer schleudern können.«

»Beruhige dich. Ich wollte nicht –«, hub Artus an.

»Ihr glaubt, ihr seid die einzigen Menschen auf Gottes weiter Erde, die wissen, wie man Land und Leute vor feindlichen Eindringlingen verteidigt! Ihr glaubt –«

»Genug, Frau!« rief Artus und stand auf. »Es tut mir leid! Ich wollte nicht, daß du das mit anhörst.«

»Leid!« fauchte Gwenhwyvar. Sie kam näher. »Leid, daß ich dein ehrenrühriges Gerede hörte, oder leid, was du gesagt hast?«

»Was ich denke, denke ich«, erwiderte Artus, allmählich erzürnt. »Daran kann ich nichts ändern.«

»Was weißt du schon, du grober Klotz?« Gwenhwyvar ging ganz nah an sein Gesicht, obwohl sie sich dazu auf die Zehenspitzen stellen mußte.

Artus schob sein Kinn gefährlich weit vor. »Ich weiß, was ich mit eigenen Augen sehe.«

»Dann bist du wohl blind?« zeterte Gwenhwyvar. »Denn in Wirklichkeit weißt du nichts über die Menschen von Ierne. Du weißt nichts von unserem Mut. Du weißt nichts –«

Von ihrem Zorn hingerissen, beugte sie sich zu weit vor und kippte. Mit rotem Gesicht und wütend streckte Artus, ohne zu überlegen, die Hand aus und stützte sie.

Flink wie eine Peitsche zischte Gwenhwyvar: »Nimm deine Hand von mir weg, Brite!« Sie legte ihm beide Hände auf die Brust und schubste ihn zurück. Artus fiel auf seinen Hintern, und schnurstracks stürmte Gwenhwyvar triumphierend aus dem Haus.

Einen Moment saß Artus verdutzt da. »Hast du das gesehen, Myrddin? Hast du gesehen, was sie getan hat?« Er schüttelte langsam den Kopf. »Es ist genauso, wie ich dir sagte. Sie sind ein widerborstiges Volk und aufbrausend. Und daran ist nicht zu rütteln.«

Ich streckte ihm die Hand entgegen, um ihm aufzuhelfen. »Was willst du jetzt anfangen?« fragte ich, ohne auf den Zank einzugehen.

»Wir müssen sofort nach Britannien zurück«, sagte er, sich hochrappelnd. »Wir müssen die Unterstützung der britischen Könige gewinnen und sie dazu überreden, daß sie uns Krieger anvertrauen.«

»Da ist es leichter, die Eindringlinge zu überreden, daß sie ihre Schiffe wenden und fortsegeln«, erwiderte ich.

»Du kennst sie nur zu gut«, pflichtete Artus mir verdrießlich bei. »Doch eine andere Hoffnung sehe ich für Ierne nicht. Und auch für Britannien nicht. Denn wenn wir die Wandalen hier schlagen können, dann bleibt Britannien verschont.«

Da ließ ich Artus ruhen und suchte mir einen Ort, wo ich mit meinen Gedanken allein sein konnte. Ich fand eine geschützte Nische im Wall, hüllte mich in meinen Umhang und ließ mich nieder, um über die Größe unseres Unheils nachzusinnen.

Ach, es war ein Unglück, das wußte ich. Britannien war frisch geeint, das Bündnis noch lose. Es würde mit der Zeit fester werden, wenn es die Gelegenheit dazu bekäme. Aber die britischen Könige hatten bei Baedun hohe Verluste erlitten und brauchten Zeit, um ihre Wunden verheilen zu lassen und ihre Heere neu aufzubauen. Sogar die Fürsten, die am treuesten zu Artus standen, würden einem Krieg in Muir Eireann die kalte Schulter zeigen. Die Iren waren den Briten mit ihren dauernden

Raubzügen lange Zeit in den Rücken gefallen. Nur wenige Briten würden die Klugheit von Artus' Aufruf erkennen – geschweige denn begreifen –, und keiner würde ihn begrüßen.

Zumindest würden sie sich sträuben. Ich fürchtete sogar, sie würden sich gegen ihn wenden. Und sollte es zum Äußersten kommen, würde das empfindliche Bündnis zerbrechen. Unser schwer errungener Friede wäre dann nur noch Erinnerung, und das Sommerreich in den Anfängen verblüht. Meine einzige Sorge hatte viele Jahre allein dem Bemühen gegolten, dieses Reich aus der Taufe zu heben, und das letzte, was ich wünschte, war, diese lange, beschwerliche Arbeit, die auch viele Menschenleben gekostet hatte, zunichte gemacht zu sehen. Großes Licht, ich wollte alles tun, alles, um dies zu verhindern.

Ich dachte lange und angestrengt nach und wurde aus meinen Überlegungen schließlich durch das Schlagen des Alarms gerissen. Conaire hatte wie die Häuptlinge der Alten an einem Pfosten vor seinem Saal ein Stück Eisen hängen. Im Notfall wurde mit einem Hammer darauf gehauen, und die Leute kamen herbeigerannt.

Ich schüttelte mich, stand auf und ging zwischen den hastenden Menschen aus Uladh zur Halle. Ich sah Kei mit seinem leicht erkennbaren Humpeln über den Hof eilen und rief ihn an. Er kam zu mir, und wir gingen gemeinsam zum Ort der Versammlung.

Dort stand Conaire mit dem Hammer in der Hand und grimmiger Miene. »Der Feind naht!« verkündete er und fing an, die Verteidigung Rath Mors zu ordnen.

»Wo ist Artus bloß?« fragte Kei, die Menge absuchend.

»Er schläft vermutlich. Wecke ihn lieber.« Kei stürmte davon. Die Krieger bewaffneten sich bereits in Windeseile und nahmen ihre Verteidigungsstellungen auf dem Wall ein.

Jetzt tauchten Bedwyr und Llenlleawg auf. »Was ist denn los?« fragte Bedwyr gähnend.

»Wir werden angegriffen«, antwortete ich. »Die Rache für unseren Überfall gestern nacht, nehme ich an.«

»Wo ist Artus?«

»Kei weckt ihn gerade.«

»Ist er nicht von selbst munter geworden?« wunderte Bedwyr sich.

Rasch blickte ich ihm ins Gesicht und folgte dann seinen Augen. Ich sah Artus aus der Rundhütte kommen und seinen Gürtel zuschnallen. Und dann wurde mir klar, was Bedwyr gesehen hatte: Gwenhwyvar kam mit gerötetem Gesicht hinter Artus' drein, das Haar zerzaust und die Schnüre ihres Gewands gelöst.

»Doch, doch«, antwortete ich. »Er war wohl schon recht munter.«

Llenlleawg lächelte, und Bedwyr meinte trocken: »Die Barbaren werden den Tag bereuen, an dem sie den Bären von Britannien aus seiner Höhle gerufen haben.«

Artus stellte sich zu uns und erkundigte sich ungerührt nach dem Vormarsch des Feindes. »Wie viele sind es?« fragte er.

»Das hat Conaire nicht gesagt«, teilte Bedwyr ihm mit.

Artus nickte Llenlleawg zu, der sofort lospreschte. Da wurde mir bewußt, daß Artus sich immer stärker auf den Irenkämpen stützte. Zwar vernachlässigte er Kei und Bedwyr nicht, doch schloß er nun Llenlleawg in sein Vertrauen mit ein. Hatte er zuvor zwei enge Freunde gehabt, so waren es jetzt drei. Ich fragte mich, wo Gwenhwyvar ihren Platz in diesem Kleeblatt finden würde.

Nach allem, was ich in der Hütte erlebt hatte, wußte ich, daß Gwenhwyvar sehr wohl selbst für sich eintreten konnte. Ich bezweifelte nicht, daß sie sich genau den Platz schaffen würde, den sie wollte. Sie kam zu uns und stellte sich neben Artus. »Wie viele sind es?« fragte sie.

»Ich habe Llenlleawg zum Schätzen geschickt«, antwortete Artus. Keiner von beiden ließ eine Spur von Gereiztheit oder Zorn erkennen. Wie ein Sommergewitter über Loch Erne war alles spurlos verweht, so daß der Himmel klarer war und die Sonne wärmer als vor Regen und Sturm.

Conaire rief seine Barden und Hauptleute zu sich und bahnte sich einen Weg in den Saal. Der Irenkönig war höchst erzürnt, daß die Barbaren vor seinen Toren aufziehen wollten. »Sie sind uns vom Strand her gefolgt«, rief er, als wir in den Saal traten. Er drohte Artus wütend mit der Faust und hatte die Hochstimmung der vorigen Nacht über dem Ärger des neuen Tages vergessen. »Das wäre nie geschehen, hättest du sie nicht angegriffen. Sie wollen es uns heimzahlen.«

Ob dieser Anschuldigung ergrimmte Artus. »Das war zu erwarten«, erwiderte er kühl. »Oder glaubst du vielleicht, sie würden dich nicht angreifen, wenn du sie dein Land besetzen ließest?«

Diese Entgegnung machte Conaire noch zorniger. »Es ist deine Schuld. Ich hätte es besser wissen müssen, als auf einen britischen Tyrannen zu hören. Beim Haupte meines Vaters, noch einmal lasse ich mich nicht übertölpeln.«

»Conaire Rothand!« Der laute Schrei kam von Gwenhwyvar. »Was du hier tust, ist niederträchtig! Höre auf damit! Du bereitest dir Schande, und das will ich mir nicht anhören!«

Fergus sprang seiner Tochter bei. »Wäre Artus nicht gewesen, hätte der Feind uns längst überwältigt. Die Briten haben schon länger mit den Barbaren zu tun. Hören wir auf sie, sage ich.« Er wandte sich an Artus. »Sage uns, was deiner Meinung nach geschehen sollte.«

Ich glaube, Conaire war im Grunde erleichtert, daß man ihm die Entscheidung aus der Hand nahm. Im tiefsten Inneren war er Artus insgeheim für dessen überlegene Kampftaktik dankbar. Doch damit seine Barden und Anführer ihm dies nicht als Schwäche auslegten, meinte er, gegen Artus poltern zu müssen. Darum war alles nur zur Schau und die Wut dahinter nicht echt.

Artus ließ sich kein zweites Mal bitten. Er stand auf. »Ich sage, wir rücken unverzüglich gegen sie vor. Wir dürfen nicht zulassen, daß sie sich vor den Wällen einnisten, andernfalls sitzen wir in der Falle.«

Conaire richtete sich auf. »Genau das wollte ich auch vorschlagen. Gut, daß der britische Feldherr mit mir übereinstimmt.« Zu seinen Anführern sagte er: »Wir sammeln uns wie zuvor. Diejenigen, die gestern auf Artus' Befehl hörten, tun dies wieder. Die übrigen folgen mir.«

Er drehte sich wieder um und sah uns gebieterisch an. »Wenn ihr fertig seid, Briten«, sagte er, als wären wir bockige Kinder. »Der Feind wartet.«

Gwenhwyvar warf ihm einen Mörderblick zu. »Dieser Prahlhans«, sagte sie. »Hält er sich vielleicht für den Kaiser von Rom?« Zu ihrem Gatten sprach sie: »Artus, ich sage, wir sollten ihn den Wandalen überlassen.«

»Fürwahr«, erwiderte Artus und sah den Irenfürsten nach, die lärmend aus dem Saal zogen. Als sie draußen waren, gingen wir hinterher.

Im Hof waren die Stallburschen bereits dabei, die Pferde zu satteln, und die Krieger zurrten ihre Harnische und Schwerter fest, während die übrigen verzweifelt ihren Aufgaben nacheilten. Gwenhwyvar holte ihre Waffen und machte sich kampfbereit. Artus stand an der Tür zum Saal und betrachtete den Tumult eine Weile lang. Dann sagte er: »Wenn wir diesen Tag überleben, Myrddin, das schwöre ich, werde ich diesen Iren Ordnung beibringen.«

Der Radau legte sich jedoch rasch, und wir waren bald bereit. Jetzt mußte nur noch Llenlleawg zurückkommen und uns die Stärke des Feindes melden. Wir warteten immer banger und besorgter. »Dem ist etwas zugestoßen«, grummelte Kei und stieß das Ende seines Speers in den Boden.

»Llenlleawg doch nicht«, entgegnete Bedwyr. »Der ist glatt wie ein Aal und rutscht jedem Feind durchs Netz.«

Also warteten wir weiter. Bald wollte Kei Llenlleawg nachreiten und selbst sehen, was geschehen war. Davon riet Artus ab. »Er kennt die Schlupfwinkel in diesem Land. Er kommt zurück, sobald er kann.«

»Ja, freilich«, pflichtete Kei ihm bei. »Ich weiß ja. Aber mir wäre wohler, wenn ich Stärke und Stellung des Feindes kennte.«

»Mir auch, Kei«, sagte Bedwyr. »Aber vertraue darauf, daß Llencelyn uns rechtzeitig Meldung bringt.«

Über diesen Spitznamen lachte Kei laut, und Artus gluckste.

»Llencelyn?« fragte ich. »Warum nennt ihr ihn so?« Es war ein Wortspiel mit der Bezeichnung für Sturm auf den Namen des Irenkämpen. Ich durchschaute es natürlich als solches, war aber neugierig, welchen Grund Bedwyr dafür hatte. Das hieß nämlich, daß sie den Iren in die enge Gemeinschaft aufgenommen hatten, die sonst nur Artus' Kymbrogen vorbehalten war.

»Nun«, erwiderte er achselzuckend, »du hast ihn doch erlebt, Emrys. Wir wissen alle, daß er kämpft wie ein Wirbelwind.«

»Fürwahr«, stimmte Kei zu, »er ist ein wahrer Sturmwind.«

Da kam Gwenhwyvar zu uns, voll spitzer Stacheln und scharfer Kanten. Ihr Kettenhemd schimmerte wie nasse Haut, und der Kopf ihres Speeres glänzte. Sie trug einen Lederkilt und hohe Lederstiefel. Ihr Haar war fest im Nacken zusammengefaßt; und gleich den Kriegerköniginnen ihres Volkes hatte sie Gesicht und Waffen mit hellblauem Waid bemalt: Spiralen, Streifen, Sonnen und Schlangen. Sie wirkte wild und schön, ein fast tödlicher Anblick.

So hatte ich sie noch nie gesehen, und ich gab meiner Überraschung Ausdruck. Sie nahm mein Erstaunen als Schmeichelei. »Du hast mich noch nie eine Kriegerschar gegen den Feind führen sehen«, erwiderte sie. »Aber du hast Glück, Myrddin Emrys, denn dieses Versäumnis kannst du bald nachholen.«

»Herrin«, sagte Bedwyr, »ich schätze mich glücklich, daß ich nicht das Schwert gegen dich ziehen muß, und ich kann die armen Pechvögel, die es tun müssen, nur bedauern.«

Artus, dem das Aussehen seiner Frau großes Vergnügen bereitete, lächelte und zupfte sich am Kinn. Er nahm mit dem Finger ein wenig Waid und tupfte es sich aufs Gesicht: zwei Streifen ganz oben auf seine Wangen, gleich unter dem rechten und linken Auge.

»Darf ich«, sagte Gwenhwyvar und nahm etwas von der Farbe an ihrem Arm. Sie legte die Fingerspitzen auf seine Stirn und zog zwei senkrechte Linien mitten auf seine Stirn. Im Nu wurde der Bär von Britannien zu einem Keltenkönig gleich denen, die vor Zeiten den römischen Adlern gegenübergestanden hatten.

»Wie sehe ich aus?« fragte er.

Kei und Bedwyr waren von der Veränderung ebenso angetan wie ich und verlangten genau solche Zeichen. »Ich lasse uns allen Waidfarbe bereiten«, sagte Gwenhwyvar zu ihnen, als sie ihre Gesichter beschmierten. »Von jetzt an begrüßen wir die Feinde in Blau.«

Vom Podest über dem Tor ertönte ein Schrei. »Da kommt ein Reiter!«

»Das ist Llenlleawg«, sagte Artus und lief zum Tor, während die Wächter eilends den Reiter hereinließen. Hufschlag drang an unsere Ohren, und einen Augenblick später preschte Llenlleawg durch den Spalt in den Hof. Er ließ sich von seinem Roß gleiten, achtete erst gar nicht auf Conaire und die irischen Anführer, die ihn riefen, sondern ging geradewegs zu Artus.

»Sie wollen mit dir reden«, berichtete er.

»Tatsächlich?« staunte Artus. »Wann und wo?«

»Auf der Ebene«, antwortete Llenlleawg. »Sofort.«

»Wie viele sind es?«

»Zwölfhundert mindestens, vielleicht mehr.« Während die anderen diese Meldung erst einmal verdauen mußten, fügte er hinzu: »Sie sind jetzt, glaube ich, alle an Land.«

»Gott steh uns bei«, murmelte Bedwyr leise. »Zwölfhundert zu drei.«

»Das ist bestimmt ein Hinterhalt«, erklärte Kei.

Da kam Conaire her, erzürnt, daß er zu Artus laufen mußte, um zu erfahren, was Llenlleawg herausgefunden hatte. »Soll ich um Brosamen von deinem Tisch bitten?« fragte er. »Hätte einer die Güte, mir zu sagen, was hier vor sich geht?«

»Sie wollen mit uns reden«, erwiderte Artus schlicht.

»Ja, auf jeden Fall«, fauchte Conaire, »reden wir mit ihnen. Unsere Speere sollen unsere Zungen sein und unsere Schwerter Zähne. Wir werden sie hervorragend unterhalten.«

»Sie sagen, wenn wir nicht mit ihnen reden«, fuhr Llenlleawg fort, »werden sie uns ausrauben und alles verbrennen. Dann wollen sie die Asche ins Meer streuen, so daß nicht einmal diese übrigbleibt.«

»Wenn sie so verhandeln, dann reden wir in den Wind«, versetzte Kei.

»Wer hat dir das alles gesagt?« fragte ich Llenlleawg. »Wie hast du diese Botschaft erhalten?«

Die Miene des schlanken Iren fiel in sich zusammen, er errötete vor Scham. Er holte tief Luft und gestand: »Ich wurde gefangengenommen, Emrys.«

»Wie konnte das passieren?« wunderte sich Fergus.

»Es war ganz allein meine Schuld. Ich sah die Feinde auf der Ebene versammelt stehen und gedachte, nah heranzureiten.« Er hielt inne. »Dann geriet ich in einen Trupp feindlicher Hauptleute, die dem Heer als Späher vorausgeschickt worden waren. Sie lagen im Wald, und ich sah sie erst, als es zu spät war.«

»Warum hast du dich nicht gewehrt, Mann?« fragte Fergus.

»So ein Kampf wäre mir gerade recht gewesen!« erklärte Conaire.

»Laßt ihn reden!« rief Artus, der wütend wurde.

»Sie umzingelten mich«, sagte Llenlleawg, »und noch ehe ich mein Schwert ziehen konnte, rief mir schon einer von ihnen etwas in meiner Sprache zu. Ich sollte mein Leben und das meiner Leute retten, indem ich unserem Anführer eine Botschaft überbrächte.«

»Das war richtig von dir«, beruhigte ihn Artus. »Hoffen wir, daß damit viele Leben gerettet werden.«

»Das ist eine feige List«, verkündete Conaire. »Sie können uns nichts zu sagen haben, das uns kümmern würde.«

»Wohl nicht«, räumte Artus klug ein. »Trotzdem werden wir sie uns anhören.«

»Anhören? Sie sollen uns anhören! Ich werde ihnen etwas zum Kauen geben«, prahlte Conaire. Er war darüber empört, daß die Wendung der Dinge ihn aus dem Spiel warf.

»Sie wollen Artus alleine sprechen«, ließ Llenlleawg ihn wissen. »Sie möchten mit dem König sprechen, der den nächtlichen Überfall anordnete.«

Fergus schüttelte den Kopf. »Das ist gewiß eine Finte«, warnte er. »Rache für den Angriff letzte Nacht.«

Kei pflichtete ihm bei: » Höre auf ihn, Artos. Fergus könnte recht haben. Wir dürfen dich nicht allein zu ihnen lassen.«

Artus entschloß sich sofort. »Na schön. Dann gehen wir eben gemeinsam. Myrddin und ich reiten voraus, um mit ihnen zu reden.«

Wir hießen das Heer aufsitzen und ritten zur weiten Grasebene südlich der Festung, wo die Wandalenhorde wartete, wie Llenlleawg berichtet hatte. Der Boden fiel gen Westen leicht ab und war durch Erd- und Felsbuckel rauh und holperig. Mitten durch die Ebene schlängelte sich ein krummer, kleiner Bach und teilte sie von Norden nach Süden. Wir ritten bis an die Ebene heran und blieben stehen, um uns einen Überblick über das Schlachtfeld zu verschaffen.

»Erde und Himmel seien Zeugen!« rief Bedwyr erschrocken aus, als er die Masse der Feinde sah. »Nur zwölfhundert? Das sind mindestens doppelt so viele, falls ich jemals ein Schwert gezogen habe!«

Die westliche Hälfte der Ebene wimmelte vor Barbaren, die sich um die unterschiedlichsten Feldzeichen ballten: Einige waren aus Haut, andere aus Tuch oder Metall, aber alle trugen sie das Bild eines schwarzen Ebers. Das waren, schloß ich, ihre verschiedenen Klans. Wie die Sachsen zogen die Wandalen im Verband ihrer Verwandten in die Schlacht, unter Führung ihres Stammeshäuptlings.

Langsam ritten wir auf der Ebene weiter. Als wir uns näherten, löste sich ein Haufen Barbaren von der Masse in der Mitte, überquerte den Bach und marschierte uns entgegen. Einer der Anführer trug ein Feldzeichen – Kopf und Fell eines großen schwarzen Ebers auf einer Stange. Das Ebermaul stand offen, die geschwungenen gelben Hauer lagen bloß.

Wir näherten uns einander auf hundert Schritt, dann blieb die Abordnung der Barbaren stehen. »Das ist weit genug«, sagte Artus. »Bleibt hier.« Das Heer hielt an, dann ritten Artus und ich zu den Wandalenführern.

Wie die übrigen, die wir schon gesehen hatten, waren sie kräftig und muskulös; sie trugen den schweren Holzschild und den kurzen schwarzen Speer. Nackt bis zur Hüfte, hatten sie entweder Lederstrümpfe oder grobgewebte Stoffhosen an. Ihre Haut hatte die Farbe hellen Honigs oder alten Pergaments; und bis auf einen hatten sie schwarzes Haar und trugen es in langen, dicken Zöpfen. Manche hatten dünne Schnauzbärte über den breiten Mündern, die meisten jedoch nicht. Keiner trug einen Vollbart. Ihre Augen waren merkwürdig: Verschlagen und schmal zogen sie sich in ihren breiten, rohen Gesichtern schräg nach oben; mit scharfem, wachsamem Blick saßen sie tief unter den schweren Brauen. Und durch einen dicken Streifen schwarzer Farbe über den breiten Wangen wirkten sie noch geheimnisvoller.

Bei ihnen stand ein großer, schlaksiger Mann; seine Haut war milchweiß und sein Haar flachsfarben. Um seinen Hals trug er einen breiten Eisenring und um die Handgelenke ein wenig schmalere. Über seinen Bauch und seine Brust zogen sich noch ganz hell gezackte Narben, die von bösen Peitschenhieben herrührten.

Dieser Mann redete uns in unserer Sprache an. »Im Namen Amilcars, des Kriegskönigs der Wandalenstämme, grüßen wir euch«, sagte er. »Vor euch seht ihr Amilcars Heer; ihm verdankt ihr es, daß ihr heute noch lebt.«

Zur Erwiderung sprach Artus: »Ich habe nicht die Gewohnheit, diejenigen zu grüßen, die mich oder meine Schutzbefohlenen mit Krieg bedrohen.«

Der große Mann antwortete mit sanftem Gleichmut: »Ich verstehe, Herr.« Dann berührte er sein Halseisen und fuhr fort: »Ich muß oft Dinge ertragen, die andere als kränkend empfinden.«

»Da du ein Sklave bist, nehme ich an, daß die Worte, die du

sprichst, nicht deine eigenen sind. Darum bin ich dir nicht feindlich gesonnen.« Der Sklave sagte nichts, sondern neigte nur leicht den Kopf, womit er anzeigte, daß Artus seine Lage richtig erkannt hatte. »Wie heißt du, mein Freund?«

»Ich heiße Hergest«, antwortete er. »Ich bin zwar ein Sklave, aber durchaus gebildet.«

»Da du Latein sprichst«, sagte Artus, »bist du auch ein frommer Mann?«

»Ich bin keinem König verpflichtet außer unserem Herrn Jesus Christus im Himmel«, erwiderte Hergest stolz. »Früher war ich Priester. Die Barbaren brannten unsere Kirche nieder und töteten unseren Bischof mitsamt vielen Mönchen. Wir übrigen wurden Sklaven. Ich habe als einziger überlebt.«

Daraufhin hob der Sklave seine Hände, als würde er uns die Barbaren vorstellen. Statt dessen sagte er: »Ihr könnt frei sprechen. Sie verstehen nur ihre eigene Sprache.«

»Bist du schon lange bei ihnen?« fragte ich.

»Ich wurde vor drei Jahren gefangengenommen«, antwortete Hergest.

»Du mußt deinen Wert für sie schon oft unter Beweis gestellt haben«, bemerkte ich.

»In der Tat«, erwiderte der Sklave. »Ich muß ihn jeden Tag aufs neue beweisen, denn ich weiß, daß ich nicht einen Atemzug länger leben werde, als ich ihnen nützlich bin.«

Einer der breitschultrigen Barbaren wurde ungeduldig und grunzte etwas, worauf Hergest ihm in seiner Sprache antwortete. »Ida sagt, daß ihr absteigen müßt, wenn ihr mit ihm reden wollt.« Hergest hielt inne und gestattete sich ein leises Lächeln. »Sie haben große Angst vor Pferden.«

»Sage ihm«, entgegnete Artus ruhig, dem Roß den Nacken tätschelnd, »daß ich absteigen werde, aber nur, wenn ich mit jemandem von meinem Rang sprechen kann.«

»Artus!« flüsterte ich. »Nimm dich in acht.«

Der Sklave zuckte zusammen. »Artus?« fragte er überrascht. »Du bist Artorius, genannt der Bär von Britannien?«

»Unter diesem Namen kennt man mich«, erwiderte Artus; mit einem Fingerzeig auf den glotzenden Barbaren fuhr er fort: »Jetzt teile ihnen mit, was ich sagte!«

Hergest wiederholte Artus' Weigerung abzusitzen, und zu meiner Überraschung nickte der Barbar einfach und nahm die Lage friedlich hin. Er und einige andere fingen an, die Sache untereinander zu besprechen. Einer von ihnen, anscheinend der jüngste, redete ernsthaft auf Hergest ein, der auf Artus zeigte und bedeutungsvoll sagte: »Artorius Rex! Imperator!« Der Ida geheißene Anführer warf einen zweifelnden Blick auf Artus, wandte sich dann jäh ab und ging über die Ebene zur wartenden Horde zurück.

»Das hast du gut gemacht, Herr«, teilte Hergest uns froh mit. »Sie wollten sich nur vergewissern, daß du würdig bist, mit ihrem eigenen Führer zu verhandeln. Mercia«, er zeigte mit dem Kinn auf den jungen Anführer, »glaubt, daß du keinen hohen Rang haben kannst, weil du so jung bist wie er. Ich habe ihm versichert, daß du noch bedeutender bist als der Kaiser von Rom.«

Artus lächelte. »Meinetwegen hättest du dir deine Begeisterung sparen können. Dennoch werde ich versuchen, dich nicht als Lügner dastehen zu lassen.«

Der Barbarenhauptmann erreichte das Heer. Dort sprach er mit jemandem, drehte sich um und deutete auf uns. Einen Augenblick später löste sich ein Mann aus der Masse und ging auf uns zu. Der erste Hauptmann lief mit zwei Feldzeichenträgern links und rechts von sich hinter ihm her.

Dieser Mann war noch größer als die ihn umgebenden – ein Kämpe von beeindruckender Statur mit breiten, schweren Schultern, einem mächtigen Rücken und muskulösen Gliedmaßen. Wie die Männer um ihn beobachtete er uns mit flinken, klugen, dunklen Augen, die leicht schräg über seinen hohen Wangenknochen standen. Diese wurden von einem breiten Band schwarzer Farbe fast völlig verdeckt. Über seinen fleischigen Lippen wuchs ein dicker Schnurrbart, und über eine Schulter hing ihm ein langer schwarzer Doppelzopf. In der Rechten trug er einen schlanken Eisenstab, an dessen Spitze ein Eber aus getriebenem Gold saß.

Als er kam, machten ihm die übrigen Barbaren Platz und schlugen sich ein jeder mit der flachen Hand auf die Brust, als er vorüberging. Der Wandalenführer blieb vor uns stehen. Daraufhin saß Artus ab.

Hergest, der zwischen beiden stand, sagte etwas in der kehligen Sprache der Wandalen, dann wandte er sich an Artus: »Herr Artus, der Mann vor dir ist Amilcar, der Kriegskönig der Hussa, Rögat und Wandalen.«

Der Barbarenkönig reckte seinen Eisenstab und legte die linke Hand auf den goldenen Eber. Er brummelte Hergest etwas zu, ließ den Blick aber nicht von Artus.

»Da du Bär von Britannien genannt wirst«, erläuterte der Sklave, »wünscht der mächtige Amilcar, daß du ihn bei dem Namen nennst, den seine Feinde zu fürchten gelernt haben.«

»Und der lautet?« fragte Artus.

»Twrch Terwyth«, antwortete Hergest. »Schwarzer Eber der Wandalen.«

VIII

»Warum bist du hier?« fragte Artus mit ruhiger, fester Stimme und ebensolchem Blick.

Der Sklave Hergest übersetzte Artus' Worte dem Wandalenkönig, der ungerührt blieb. »Trwch läßt dich wissen«, sprach der Sklave, »daß er von den Taten des Britischen Bären gehört und befohlen hat, daß dein Reich dieses Mal nicht zerstört werden soll. Denn auch der Schwarze Eber ist ein mächtiger Feldherr, und es ist eine traurige Verschwendung, wenn zwei solche Kämpen streiten.«

Amilcar sagte noch etwas, und Hergest fuhr fort: »Trwch bittet dich, zur Kenntnis zu nehmen, wie erfreut er war, als er hörte, daß der Bär von Britannien hier ist.«

»Das kann ich mir nur schwer vorstellen«, erwiderte Artus freundlich. »Sage Trwch Trwyth, daß ich immer noch hören möchte, warum er Land besetzt hat, das anderen gehört.«

»Er hat hier nur sein Lager aufgeschlagen – das ist alles.«

»Gedenkt er zu bleiben?«

Hergest fragte den Barbarenfeldherrn und erwiderte: »Trwch sagt, daß er gedenkt, das Land auszurauben, bis er genug Schätze hat, um seinen Weg fortzusetzen.«

»Hat sein Weg ein Ziel?« fragte ich den gebildeten Sklaven.

»Wir sind aus Karthago gekommen«, erklärte Hergest. »Der Kaiser des großen Konstantinopel sandte Soldaten, um den Eber und sein Volk aus dem Land zu verbannen, in dem es seit vielen Generationen lebte. Darum suchen sie jetzt eine neue Heimat. Sie mußten jedoch in aller Hast aufbrechen und konnten nichts mitnehmen; daher brauchen sie Schätze, um ihre Suche fortzusetzen.«

»Ich verstehe«, erwiderte Artus. »Und erwartet er, daß man ihm diese Schätze gibt?«

Der Eberkönig und sein Sklave besprachen sich einen Augenblick, dann antwortete Hergest: »Trwch sagt, daß er zu Ehren deines berühmten Namens und in Anbetracht der großen Wertschätzung, die er für dich hegt, dich nicht töten und diese schwach verteidigte Insel nicht brandschatzen wird – eine Tat, die er leicht vollbringen könnte, da die ungeheuere Anzahl von Kriegern, die du hier vor dir siehst, nur den kleinsten Teil seines Heeres bildet und weitere schon hierher unterwegs sind. Trwch sagt, daß er dir hiermit ein sehr großes Geschenk anbietet. Als Gegenleistung für seine Freundlichkeit erwartet er ein Geschenk von ebensolchem Wert. Denn er hat geschworen, Eiru und die Insel der Briten zu zerstören, solltest du seinem Wunsche nicht nachkommen.«

Artus starrte den massigen Kriegsherrn erbarmungslos an. »Was wünscht er?«

Hergest wandte sich an Amilcar und gab Artus' Frage weiter. Der Barbar antwortete mit einem Knurren.

»Alles«, berichtete Hergest. »Er sagt, du mußt ihm alles geben.«

Zu Artus' ewigem Lobpreis sei gesagt, daß er die Gier des Wandalenkönigs auf keinerlei Weise unterstützte und ihm auch keine Hoffnungen machte, daß sie belohnt werden würde. Aber er forderte den Barbaren auch nicht blindlings mit einer Ablehnung heraus. Er blickte zum Himmel empor, als würde er über die unsteten Wolken nachdenken.

»Wie du weißt, unterstehen diese Gebiete hier nicht meiner Macht«, erwiderte er schließlich. »Ich könnte dir nicht ein Sandkorn und nicht einen Grashalm geben, geschweige denn etwas anderes. Ich weiß, daß ein Mann von deiner Stellung das verstehen wird.«

Er wartete, bis seine Worte dem Eberkönig übersetzt worden waren. Als Hergest sich wieder an ihn wandte, sagte Artus: »Darum will ich deine Forderung denen überbringen, die über dieses Reich gebieten – obschon ich nicht glaube, daß sie ihr nachkommen werden.«

Da Artus seine Antwort selbstbewußt und würdevoll erteilte, mußte der Eberkönig einwilligen. »Überbringe den Herrschern dieses Reiches meine Forderung«, räumte er durch Hergest ein. »Wenn ich meine Antwort nicht habe, sobald die Sonne über dem Schlachtfeld steht, werde ich angreifen und euch alle töten wie Hunde.«

»Nun«, meinte ich, als wir langsam zu unserem wartenden Heere zurückritten, »wenigstens haben wir ein bißchen Zeit gewonnen. Nutzen wir sie klug.«

»Ob er wohl die Wahrheit sprach?« fragte Artus. »Sind wirklich noch mehr seiner Krieger hierher unterwegs?«

»Das ist schwer zu beurteilen«, erwiderte ich. »Wir werden es wohl sehen.«

Ich erwartete, daß Conaire und die Irenfürsten das Verlangen des Wandalen mit der verdienten Verachtung strafen würden, und wurde nicht enttäuscht.

»Alles?« johlte Conaire. »Ich sage, sie sollen nicht einmal soviel wie den Atem in unserer Nase haben, wenn wir mit ihnen fertig sind. Ziehen wir sofort in die Schlacht. Sie bekommen aus meiner Hand nichts als meine scharfe Speerspitze.«

»Die wirst du ihm nicht geben«, sagte Artus. »Die hat der Feind uns gegeben.«

»Er hat uns nichts gegeben außer einen unverschämten Überfall! Müssen wir uns auch noch die Kränkung seiner lächerlichen Forderungen gefallen lassen?« Conaire starrte Artus und mich an.

»Nun, der Wandalenführer hat uns heute den Sieg geschenkt«, erwiderte Artus. »Denn er hat uns zu bestimmen erlaubt, wie die Schlacht verlaufen soll. Und ich sage euch, das ist die geringe Kränkung wert.«

Wir begannen zu besprechen, wie wir die Zeit, die uns gewährt worden war, am besten nutzen sollten. Conaire wurde davon ganz ungeduldig. »Das gibt keinen Sinn«, klagte er. »Wir haben Pferde und sie nicht. Ich sage, greifen wir an und reiten sie nieder, wenn sie fliehen. Wir wissen alle, daß sie vor unseren Pferden nicht standhalten.«

Bedwyr wies ihn zurecht: »Bei aller Achtung, Herr Conaire, es sind ihrer zu viele. Sobald wir einen Teil von ihnen angriffen, würden die übrigen uns rasch umzingeln. Es steht vier zu eins gegen uns, vergiß das nicht. Wir würden uns bald nicht mehr rühren können, ob mit Pferden oder ohne.«

»Dann bilden wir eine Linie«, schlug Conaire vor. »Wir stürmen auf sie los und treiben sie mit unseren Speerspitzen zum Meer zurück.«

»Nein, Herr«, erwiderte Kei. »Unsere Streitmacht wäre nicht tief genug gestaffelt; wir könnten keine so breite Linie aufrechterhalten. Sie bräuchten nur an einer oder zwei Stellen einzubrechen, und wir wären getrennt. Und dann könnten sie uns leicht überwältigen.«

»Was also?« fragte der Irenkönig, dessen dünner Geduldsfaden endlich riß.

»Wie du ganz richtig sagst, fürchten sie nichts mehr als unsere Pferde«, sprach Artus. »Wenn wir uns an das halten, was ich vorgebe, wird diese Furcht zu einer Waffe werden, die wir gegen sie schwingen können.«

Sogleich begann Artus, die Schlacht anzuordnen. In voller Sichtweite des Feindes legten wir unseren Plan zurecht, während der Schwarze Eber zusah und wartete und die Sonne immer höher stieg und immer heißer brannte. Als Artus fertig war, sagte er: »Ich werde jetzt mit Trwch Trwyth sprechen. Während wir verhandeln, werdet ihr eure Truppen in Stellung bringen.«

»Aber sie werden uns sehen«, wandte Fergus ein. »Wäre es nicht besser, sie zu überraschen?«

»Ein andermal vielleicht«, erwiderte Artus. »Heute möchte ich, daß sie über ihre Lage nachdenken und in dunkle Ahnungen stürzen.«

Artus und ich kehrten zu dem wartenden Wandalen zurück. Amilcar, der nicht erfreut darüber war, daß er warten mußte, während wir uns ausführlich berieten, blickte uns finster entgegen. Artus saß nicht ab, sondern sprach ihn vom Sattel aus an, so daß der Eberkönig in die Sonne blinzeln mußte.

Er knurrte uns etwas zu, und Hergest sagte: »Amilcar will deine Antwort wissen.«

»Die Fürsten von Ierne sagen, daß du von ihnen nichts bekommst als die scharfen Spitzen ihrer Speere«, erwiderte Artus.

Darüber lächelte Hergest und überbrachte Artus' Worte seinem Herrn, der nun noch mürrischer blickte. »Dann werdet ihr alle getötet«, sagte der Wandalenkönig durch seinen Sklaven. »Eure Siedlungen und Festungen werden niedergebrannt und eure Frauen und Kinder niedergemetzelt. Eure Schätze werden fortgetragen werden, ebenso euer Korn und Vieh. Wenn wir fertig sind, wird nicht einmal mehr euer Name übrig sein.«

Als Hergest geendet hatte, fügte der Wandalenfürst hinzu: »Ich weiß, daß dies nicht dein Volk ist. Und obschon du mein Geschenk abgelehnt hast, will ich dir meine Hand entgegenstrecken, Bär von Britannien. Schließe dich mir an, du mitsamt deinen Männern. Zwei so mächtige Feldherrn können vereint große Beute gewinnen.«

»Krieg bedeutet mir nicht viel und Beute noch weniger. Darum muß ich dein Angebot ausschlagen«, antwortete Artus. »Doch um derentwillen, die dich als ihren Herrn anerkennen, will ich dir ein Gegengeschenk anbieten: Nimm deine Männer und gehe mit ihnen wieder an Bord. Verlaßt diese Insel, wie ihr sie vorgefunden habt, und nehmt nichts mit außer den Sand an den Sohlen eurer Füße.«

»Wenn ich das tue, was bekomme ich dann?«

»Wenn du tust, was ich sage, bekommst du den Segen des Bären von Britannien. Außerdem werde ich die Priester meines Reiches bitten, daß sie dem Himmelskönig, der mein Herr ist, herzliche Gebete schicken, er solle dir alle Verbrechen vergeben, die du auf dem Weg hierher begingst.«

Bei diesem Vorschlag zuckte Amilcar zurück. »Kann ich meine Schatztruhe mit diesen Gebeten füllen?« höhnte er. »Wer ist denn dein Herr, daß ich ihm Beachtung schenken sollte? Dein Angebot ist nichts als Spott und verdient nichts als Verachtung.«

»Das sagst du«, antwortete Artus gleichmütig. »Trotzdem ziehe ich es nicht zurück.«

In diesem Augenblick knurrten die Wandalenhauptleute, die bei Trwch waren, diesem etwas zu und lenkten seine Aufmerksamkeit auf die Bewegungen unserer Truppen. Der Eberkönig sah, daß sich unsere Streitmacht dreiteilte – eine Hauptabteilung mit zwei schmaleren Flügeln rechts und links. Diese rückten vor, während der Mittelteil sich zurückzog, so daß er weit hinter den schützenden Flügeln stand.

Amilcar bellte seinen Hauptleuten eine Reihe von Befehlen und Fragen zu. Sie antworteten mit Achselzucken und besorgten Blicken. Daraufhin wandte er sich an Artus. »Was soll das?« fragte er durch Hergest. »Warum stellt ihr euch so zur Schlacht auf?«

»Damit du besser verstehst«, erwiderte Artus, »daß wir unser Land und Volk zu verteidigen beabsichtigen. Wenn du uns ausrauben willst, muß du zum Tod bereit sein.« Die letzten Worte sprach er mit der kalten Gewißheit des Grabes.

Die Miene des Wandalenkönigs verdüsterte sich. Er kniff die Augen zusammen. Dann betrachtete er wieder die merkwürdige Schlachtaufstellung. Er sagte ein paar Worte zu Hergest, wandte sich dann ab und lief zu seiner wartenden Horde zurück. »Herr Trwch sagt, daß er genug geredet hat. Von heute an ist er allen Bitten gegenüber taub. Erwartet keine Gnade – es wird keine geben.«

Wir saßen auf unseren Pferden und sahen den Wandalenführern nach, wie sie sich zurückzogen. Artus wartete, bis sie den Bach und ihre Truppen fast erreicht hatten, dann spornte er sein Pferd an und raste auf sie zu. Sie drehten sich nach dem Hufschlag um, sahen das Pferd auf sich zudonnern und liefen auseinander. Artus drehte im letzten Moment ab und entriß dem erstaunten Wandalen, der eines der Eberkopffeldzeichen hielt, dieses aus der Hand.

Keiner der Feinde wußte, was geschehen war, bis Artus schon wieder davongaloppierte. Er ritt außer Wurfweite ihrer Speere, hielt an und hob das Feldzeichen in die Höhe. »Hier ist euer Gott!« rief er ihnen zu. Dann senkte er die Standarte ganz langsam, damit alle es genau sehen konnten und an seiner Absicht kein Zweifel bestand, und rammte sie mit dem Kopf in den Boden.

Die Wandalen nahmen diese Lästerung alles andere als ruhig hin. Als der Eberkopf die Erde berührte, entrang sich ihnen ein wütender Schrei. Aber Artus achtete ihrer nicht, sondern wandte sich gelassen ab und ritt zu unseren wartenden Kriegern zurück. Die Eberkopfstandarte ließ er im Schmutz hinter sich. Da brüllten die Feinde noch lauter.

»Das hast du gut gemacht!« rief Fergus, als wir zu den anderen kamen.

»Juhu!« jubelte Conaire. »Bei Lughs rechter Hand, du bist ein Schurke, Herr Artus!« Er zeigte mit seinem Speer auf das Wandalenheer. »Hör nur! Wie wütend sie auf dich sind!«

»Hältst du es denn für klug, sie so herauszufordern?« fragte Gwenhwyvar erstaunt.

»Die Gefahr ist es wert«, antwortete Artus. »Wie sonst könnte ich sicherstellen, daß sie in die Mitte strömen?«

»Es ist eine gute List«, lobte ich ihn. »Hoffen wir, daß sie verfängt.«

Die erbosten Feinde warteten nicht, noch mehr entwürdigt zu werden. Sie stießen einen gellenden Schrei aus und stürmten durch den Bach platschend vor. Sie kamen als gnadenlose, rücksichtslose Horde gerannt.

Ich war schon seit langer Zeit nicht mehr in die Schlacht geritten. Zwar hatte ich gelobt, nie wieder zu kämpfen, aber ich spürte das Schwertheft in meiner Hand, und die altvertraute Erregung durchbebte mich. Nun, es würde nicht schaden, heute zu kämpfen, dachte ich. Außerdem wurde jede Schneide unbedingt gebraucht. So fand ich mich, ohne mir über die Folgen Gedanken zu machen, in vorderster Front wieder.

Als ich die Feinde näherrücken sah, schlug mein Herz schneller. Ich hörte, wie ihre Füße auf der Erde einen dumpfen Rhythmus schlugen und sah die Sonne hart auf Speerschaft und Schildrand funkeln. Ich blickte die Reihe unserer Krieger entlang, unserer flinken *Ala.* Die Pferde scharrten im Boden und warfen ihre Köpfe hin und her, denn das Donnergeschrei der Feinde machte sie unruhig.

Zur Rechten ritt Kei an der Spitze seines fünfzig Mann starken Flügels. Auf der anderen, der linken Seite, wartete Bedwyr mit seinen fünfzig. Beide Flügel schwenkten nach innen, um die Feinde in die Mitte zu treiben. Diese rannten kreischend über den holperigen Boden auf uns zu.

Gwenhwyvar zu meiner Rechten sah an mir vorbei. »Ich habe noch nie an Artus' Seite gefochten«, sagte sie. »Ist er so gewitzt, wie es heißt?«

»Die Gerüchte künden noch nicht einmal die halbe Wahrheit, Herrin«, erwiderte ich. »Ich habe neben Aurelius und Uther gestritten, und das waren Krieger, neben denen andere vor Neid erblaßten. Aber Artus überstrahlt seine Väter auf dem Kampfplatz bei weitem.«

Sie lächelte vor Bewunderung. »Ja, das hörte ich.«

»Der Kriegsgott schuf Artus für sich allein«, erzählte ich ihr. »Wenn er in die Schlacht reitet, dann ist das ein Gebet.«

»Und wenn er kämpft?« fragt Gwenhwyvar, über das Lob für ihren Gemahl entzückt.

»Herrin, wenn Artus kämpft, dann ist es ein Preislied an den Gott, der ihn erschaffen hat. Beobachte ihn nur. Du wirst etwas Seltenes und Heiliges erleben.«

Conaire, der auf der anderen Seite von Gwenhwyvar ritt, lauschte unserem Gespräch und wandte sich mir zu. »Wenn er so ein wilder Krieger ist«, schalt er, »warum sitzen wir dann hier und warten, daß die Feinde uns überrennen? Ein wahrer Krieger würde ihren Angriff abfangen.«

»Wenn du an ihm zweifelst«, versetzte ich, »dann geselle dich doch zu den besiegten Sachsen, die glaubten, etwas vom Krieg zu verstehen. Geselle dich zu den Angeln und Jüten, den Friesen und Pikten, die den Bären von Britannien unterschätzten. Sprich mit ihnen von deiner überlegenen Klugheit – falls du jemanden findest, der dich anhören mag.«

Immer näher rückte der Feind. Nur ein paar hundert Schritt trennten uns jetzt noch. Ich konnte die Gesichter erkennen, unter wehenden schwarzen Haaren, mit zu wildem Geheul aufgerissenen Mündern.

»Wie lange müssen wir warten?« fragte Conaire lauthals. Einige der Iren murmelten beifällig. »Schlagen wir zu!«

»Halt!« widersprach Artus. »Halt, Leute! Laßt sie kommen. Laßt sie kommen.«

Llenlleawg, der in der vordersten Reihe zu Artus' Rechter ritt, drehte sich im Sattel nach Conaire um. »Halte deinen Mund!« zischte er. »Du erschreckst die Pferde.«

Fergus, links neben Artus, lachte, und der Irenkönig gab entrüstet schnaubend klein bei.

Die Feinde erwarteten freilich, daß wir sie angriffen. Sie waren darauf vorbereitet. Aber sie waren nicht darauf gefaßt, daß wir stehenblieben und warteten. Je näher sie kamen, um so mehr Zeit hatten sie, darüber nachzudenken, was mit ihnen geschehen würde, und um so größer wurde ihre Angst.

»Halt!« rief Artus. »Rührt euch nicht von der Stelle!«

Die Wandalen erreichten unsere vorgeschobenen Flügel. Wie Artus geahnt hatte, wußten sie nicht, was sie mit diesen anfangen sollten, und ließen sie in ihrer Gier, in die Mitte zu kommen, außer acht.

Ich konnte fast sehen, was sie dachten, denn es war an ihren Gesichtern abzulesen. Jetzt greift der Bär von Britannien bestimmt an – und dann stürmen wir auf ihn ein und reißen ihn nieder. Aber nein. Er wartet. Warum zaudert er? Fürchtet er uns?

Sie brausten an den Flügeln vorbei und brandeten wie eine Welle heran. Näher und immer näher. Ich konnte den Schweiß auf ihren Schultern und Armen sehen. Ich konnte die Sonne in ihren schwarzen Augen funkeln sehen.

Ich fühlte, wie sich mein Inneres vor eiskalter Furcht

krümmte. Hatte Artus die Lage falsch beurteilt? Großes Licht, es waren so viele!

Und dann...

Artus reckt sein Schwert. Caldevwlch gleißt in seiner emporgestreckten Hand. Er beugt sich im Sattel vor.

Noch immer zögert er.

Die Wandalen sind wachsam. Sogar in ihrer kampfbegierigen Hast schauen sie sich um. Sie wissen, daß er angreifen muß. Sie wappnen sich für den Befehl, aber dieser kommt nicht. Sie brausen rasch heran, aber der Befehl kommt nicht.

Warum zaudert er? Warum zagt er?

Ich kann den Zweifel in ihren Augen sehen. Sie haben uns fast erreicht, aber Artus hat sich nicht gerührt. Das Schwert schwebt in der Luft, aber es fällt nicht. Warum bloß zaudert er?

Die Feinde schwanken. Alle Augen sind jetzt auf Artus gerichtet. Eine leichte Veränderung des Schritts, ein kleines Stolpern. Ihr Gang ist jetzt unsicher. Der Zweifel hat sie gepackt. Sie wanken.

Darauf hat Artus nur gewartet.

Caldevwlch fällt. Wie Feuer vom Himmel fällt.

In der vordersten Reihe der Feinde macht sich Verzagtheit breit und setzt sich nach hinten fort.

Das Signal ist erteilt, und die Feinde wappnen sich für den Zusammenprall. Indessen, wir greifen nicht an. Wir bewegen uns nicht auf sie zu. Verwirrung. Bestürzung. Das Signal ist erteilt, aber es erfolgt kein Angriff. Was ist los? Was hat das zu bedeuten?

Ja, die Falle ist zugeschnappt! Sie sehen es nicht. Ihr Schicksal ereilt sie, und sie wissen es nicht.

Kei stößt von rechts herein. Bedwyr stürmt auf der Linken heran. Die beiden Flügel sind jetzt wie Kiefer mit Zähnen aus Stahl und schnappen zu. Die überrumpelten Barbaren machen kehrt, um die unerwartete Attacke abzuwehren, und werden sofort getrennt. Die eine Hälfte wendet sich nach links, die andere nach rechts.

Die Mitte ist entblößt.

Diesmal gibt es kein Zaudern. Caldevwlch blitzt auf und fährt im selben Augenblick nieder. Und dann fegen wir los, mitten hinein in den ungeschützten weichen Leib des Feindes.

Die Hufe der Pferde bohren sich tief in die Erde, so daß Brocken in die Luft spritzen. Wir schreien. Die Wandalenhorde hört das Gebrüll unserer Krieger. Es ist der alte Kampfschrei der Kelten: ein Schrei voll Trotz und Hohn. Er ist eine starke Waffe.

Und wir rasen auf sie zu. Ich spüre den Wind auf meinem Gesicht. Ich kann riechen, wie die Feinde Angst ausströmen. Ich kann das Blut in ihrem Hals pochen sehen, als sie rückwärts stolpern.

Die Mitte bricht zusammen. Die heranwogende Wandalenwelle prallt zurück. Diejenigen, die hinterherkommen, drängen, noch während die vorderste Reihe einklappt, nach vorn.

Das Pferd gleitet unter mir dahin. Es schaukelt leicht, und ich bin Teil seines Wippens. Ich sehe, wie ein Barbar sich umdreht, um sich mir zu stellen. Ein schwarzer Speer geht hoch. Das Schwert in meiner Hand saust nieder, und ich spüre den nachlassenden Widerstand, als der Leichnam vor mir zusammensackt.

Da erscheint wieder ein Feind. Er macht einen Satz nach vorn und stößt seinen Speer nach oben. Meine Schneide sirrt, und der Mann taumelt davon und hält sich den Kopf. Ich höre seinen Schrei, und plötzlich wird das Lärmen des wilden Durcheinanders um mich herum langsamer, wird allmählich zur schieren Bewegung, matt, teilnahmslos, lahm. Mein Blick wird scharf und bohrend, als der Schlacht-*Awen* mich packt.

Ich schaue mich um und sehe das Schlachtfeld vor mir, die Feinde bewegen sich wie betäubt. Ihre Hände teilen träge, kraftlose Schläge aus. Die Speerspitzen fahren behutsam durch die Luft. Die Gesichter der Wandalen sind starr, ihre Augen glasig, stier. Ihre Münder klaffen, die Zähne sind gebleckt, die Zungen baumeln.

Der Schlachtlärm pocht in meinem Schädel. Es ist das Rauschen meines Blutes in den Ohren. Ich werfe mich in das Getümmel und spüre die Hitze kämpfender Leiber. Mein Arm fällt in regelmäßigem Rhythmus. Meine funkelnde Schneide pfeift eine unirdische Weise. Ich habe den Übelkeit erregend süßen Geruch von Blut in der Nase. Nach langer Abwesenheit bin ich wieder Myrddin der Kriegerkönig.

IX

Ich mahle wie ein vom Sturm getriebenes Schiff durch die Flut. Vor mir tauchen Feinde auf, eine massige Woge von Kriegern, die sich am scharfen Bug meiner Schneide bricht. Mit tödlicher, unbarmherziger Schärfe haue ich um mich, der Tod kommt so rasch wie mein unerschütterliches Schwert. Vor meinen Augen verdichtet sich rot und heiß Blutdunst. Ich pflüge weiter, ohne der Sturmwellen des Feindes zu achten.

Sie steigen hoch und höher und fallen tief und tiefer. Der Tod recht sie zu Haufen zuckender Körper vor meinem hoch ausschreitenden Roß. Die Speere der Feinde suchen mich; ich brauche nur ihren Zielwinkel abzuschätzen, um die schwachen Spieße wegzustoßen. Jedem Streich folgt eine gemächliche Betrachtung, bei der mein Verstand jede Bewegung nachvollzieht, und dann die nächste und übernächste. Keine überflüssige Anstrengung, keine sinnlose Bemühung. Ich tötete wieder und immer wieder.

Falls der Tod jemals ein menschliches Antlitz hatte, so ist es heute meines.

Die vorderen Reihen der Barbaren können uns nicht standhalten, aber zurückweichen können sie auch nicht – sie werden von hinten zu sehr geschoben, um davonlaufen zu können. Da Kei und Bedwyr von den Flanken in die Mitte hereindrängen und die Mitte zwischen den heranbrausenden Pferden und den von hinten nachstoßenden Truppen eingezwängt ist, muß sich der Feind unseren grausamen Schnitterschwertern stellen.

Schließlich verlangsamt der Sturm sich, die Brandung gerät ins Stocken, und die Flut beginnt zu verebben. Als die vorderen Reihen merken, daß die Mauer hinter ihnen nachgibt, weichen sie zurück. Die Schlachtlinie bricht auf; die Eindringlinge machen kehrt und fliehen vom Feld, ihre Toten und Verwundeten auf dem Boden zurücklassend.

Kreischend rennen sie davon und schreien ihre Furcht und Verzweiflung zum Himmel empor. In schändlicher Auflösung ergreifen sie die Flucht und verschwenden keinen Gedanken an ihre verletzten Gefährten. Sie lassen einfach alles liegen und stehen.

Jubelnd und triumphierend setze ich ihnen nach. Mein Siegeslied schallt über die Ebene. Die Feinde weichen mir aus, stolpern in ihrer Hast, um sich zu retten. Ich presche immer weiter voran und sporne mein Pferd an.

Und plötzlich ist Artus neben mir, seine Hand auf meinem Schwertarm. »Ruhig! Myrddin! Halt, es ist vorbei. Die Schlacht ist aus.«

Auf seine Berührung hin kam ich wieder zu mir. Der Schlachtenfuror wich von mir. Ich fühlte mich mit einemmal schwach, ausgelaugt, hohlbrüstig. Mein Kopf pochte, und dann vernahm ich einen Laut wie das Echo eines ungeheuren Schreis, der im Himmel oder vielleicht in den Reichen jenseits dieser Welt verhallte.

»Myrddin?« Artus starrte mich an, aus seinen eisblauen Augen sprachen Besorgnis und Neugier zugleich.

»Achte meiner nicht. Mir geht es gut.«

»Bleibe hier«, befahl er. »Die Verfolgung bringt uns aus dem Tritt. Ich muß die Krieger zurückrufen.«

»Geh nur«, erwiderte ich. »Ich bleibe zurück.«

Unsere Truppen setzten dem Feind bis zum Bach nach. Doch dort brach Artus die Verfolgung ab, damit der Feind sich nicht neu ordnen und uns einkreisen konnte. Danach kehrte er auf das blutgetränkte Schlachtfeld zurück, um sich um die verwundeten und sterbenden Barbaren zu kümmern.

»Was sollen wir mit ihnen tun, Bär?« fragte Bedwyr. Er hatte mehrere Kratzer und blutende Wunden, war aber im großen und ganzen unversehrt.

Artus blickte auf das leichenübersäte Feld. Krähen und andere Aasvögel sammelten sich bereits, ihre heiseren Schreie versprachen ein grausiges Mahl.

»Artos?« fragte Bedwyr wieder. »Was soll mit den Verwundeten geschehen?«

»Macht ihnen den Garaus!«

»Sie töten?« Erstaunt blickte Kei auf.

»Bei der Liebe Jesu Christi, Artus«, hub Bedwyr an. »Wir können doch nicht –«

»Tut es!« fauchte Artus und wandte sich ab.

Kei und Bedwyr blickten einander mit erzürntem Widerwillen an. Conaire bewahrte sie davor, Artus' Befehl ausführen zu müssen. »Ich übernehme das gern«, sprang er in die Bresche. Er rief seine Anführer zusammen, und gemeinsam gingen sie zwischen den Gefallenen herum. Hier ein scharfer Hieb mit der Schneide, dort ein kurzer Schlag, und bald senkte sich Stille über das Feld.

»Das ist wahrhaftig etwas Grauenhaftes«, bemerkte Kei bitter, während er sich mit dem Ärmel Blut und Schweiß aus dem Gesicht wischte.

»Ihre Leute würden es genauso machen«, gemahnte ich ihn. »Und sie erwarten es nicht anders. Besser ein schnelles, schmerzloses Ende als ein endloser Todeskampf.«

Bedwyr warf mir einen mißbilligenden Blick zu und stolzierte davon.

Rasch lasen wir unsere eigenen Verwundeten auf – unsere Verluste waren ungewöhnlich gering – und kehrten in Conaires Festung zurück. Mein Kopf schmerzte noch immer vom Pochen des Schlachtenfurors, und bei jedem Ruckeln des Pferdes durchzuckte es mich. Gwenhwyvars Stimme riß mich aus meiner Geistesabwesenheit.

»Hast du ihn gesehen?« sagte sie leise.

»Wen?« fragte ich, ohne den Kopf zu heben.

»Es war genau, wie du sagtest«, erwiderte sie. »Aber ich hätte nie gedacht, daß es so … so großartig sein würde.«

Ich wandte den Kopf und verzog das Gesicht vor Schmerzen.

Gwenhwyvar schaute nicht mich an, sondern den ein Stück entfernten Artus. Ihre Haut glühte von der Anstrengung, ihre Augen leuchteten.

»Nein, ich habe ihn nicht gesehen«, antwortete ich ihr schlicht.

Ihre Lippen verzogen sich zu einem schwachen Lächeln, und sie sagte: »Jetzt erstaunt es mich nicht mehr, daß die Männer ihm so bereitwillig folgen. Er ist ein Wunder, Myrddin. Er muß mit einem Schlag immer gleich drei getötet haben. Dergleichen habe ich noch nie erlebt. Wie er sich in der Schlacht bewegt – als würde er Tanzschritte machen.«

»Ach, ja. Den Tanz kennt er gut.«

»Und Caldevwlch«, fuhr sie fort. »Das Schwert ist, glaube ich, noch ebenso scharf wie zu Beginn der Schlacht. Meine Schneide ist verschrammt und verbogen wie ein Stock, aber seine ist noch frisch. Wie geht das zu?«

»Die Waffe heißt nicht grundlos Caldevwlch«, erwiderte ich. Endlich sah sie mich an, aber nur um zu schauen, ob ich mich über sie lustig machte. Dann wandte sie ihren Blick wieder Artus zu und wiederholte leise den Namen des Schwertes. »Es bedeutet Schneidestahl«, fügte ich hinzu. »Er erhielt es aus der Hand der Dame vom See zum Geschenk.«

»Von Charis?« fragte sie.

»Ganz recht«, entgegnete ich. »Meine Mutter schenkte ihm das Schwert, aber die Art, wie er es führt, seine unheimliche Geschicklichkeit – die verdankt er nur sich selbst.«

»Ich habe Llenlleawg kämpfen sehen«, überlegte Gwenhwyvar. »Wenn der Schlachtenfuror ihn packt, kann ihm niemand widerstehen.«

»Das weiß ich wohl«, erwiderte ich und erinnerte mich der außergewöhnlichen Fähigkeit des Iren, sich in einen kämpfenden Wirbelwind zu verwandeln.

»Der Schlachtenfuror ergreift ihn, und Llenlleawg verliert die Beherrschung über sich«, sprach sie weiter. »Aber bei Artus muß es wohl etwas anderes sein: Er findet sich.«

Ich lobte ihren Scharfsinn. »Eine höchst gescheite Beobachtung, Herrin. Fürwahr, Artus zeigt in der Schlacht, wer er ist.«

Daraufhin schwieg sie still, aber die Liebe und Bewunderung in ihrem Blick wuchsen noch. So sind die Frauen manchmal, wenn der Mann, den sie so gut kennen, sie überrascht: Sie freuen sich über ihre Entdeckung und hegen sie. Gwenhwyvar hütete die ihre wie einen Schatz.

Wir ruhten uns den Tag über aus und überließen uns der Fürsorge derjenigen, die in Rath Mor zurückgeblieben waren. Wir stärkten uns, schliefen ein wenig und erhoben uns dann am Abend, um den uns gewährten Sieg zu feiern. Inzwischen waren die Männer durstig und hungrig und wollten ihre Taten in Lobliedern gepriesen hören. Wir aßen und tranken und lauschten Conaires Barden, welche die Leistungen der Krieger verherrlichten und allen mit hochtönenden Worten Anerkennung zollten. Kei, Bedwyr und Artus wurden natürlich auch genannt. Aber unter den Fürsten leuchtete Conaire wie eine Sonne neben weniger hellen Gestirnen, auch wenn sein Anteil an der Schlacht eigentlich sehr gering gewesen war.

Das wurmte die Briten. »Sollen wir hier sitzen und uns den ungehobelten Krach anhören?« schalt Kei. Der dritte Barde hatte gerade mit einer langwierigen Schilderung der Schlacht begonnen, bei der die Iren deutlich herausgestellt wurden und die Briten gar nicht vorkamen. »Sie erzählen alles ganz falsch, Myrddin.«

»Sie preisen bloß ihren König«, erwiderte ich. »Er sorgt für ihren Unterhalt.«

»Aber sie preisen ihn zu sehr«, warf Bedwyr ein. »Und das ist nicht recht.«

»Sie stehlen dem Hochkönig den verdienten Ruhm und verteilen ihn auf Conaire und seine Brut«, klagte Llenlleawg. »Unternimm etwas, Herr Emrys.«

»Was soll ich tun? Es ist Conaires Recht. Sie sind schließlich seine Barden, und das hier ist seine Burg.«

Da ließen die drei locker, bewahrten aber ein bekümmertes

und gereiztes Schweigen. Daher überraschte es mich nicht sonderlich, daß, nachdem der Barde sein Loblied geendet hatte, ein Schrei ertönte. Das war Kei.

»Freunde!« rief er und sprang auf. »Wir haben den Gesang der irischen Barden so lange ertragen, wie wir nur konnten. Aber ihr müßtet uns Briten für ein geiziges und habgieriges Volk halten, wenn wir euch nicht sagten, daß unter diesem Dach einer sitzt, dessen Sangesgabe als einer der größten Schätze von Ynys Prydein gilt.« Er drehte sich um und deutete mit der Hand auf mich. »Und dieser Mann ist Myrddin ap Taliesin, der Oberbarde von Britannien.«

»Tatsächlich?« staunte Conaire lauthals. Die Schmeicheleien und Trünke waren ihm zu Kopf gestiegen, und davon wurde er wunderbarerweise großzügig. »Dann wollen wir den Schatz teilen, den ihr gehortet habt. Singe für uns, Barde von Britannien! Singe!«

Alle begannen, auf den Tisch zu klopfen und nach einem Lied zu rufen. Bedwyr stand auf, borgte sich beim nächstbesten Barden eine Harfe und brachte sie mir. »Zeig's ihnen«, flüsterte er mir zu, als er mir die Harfe in die Hand drückte. »Zeige ihnen, was ein echter Barde leisten kann.«

Ich betrachtete das Instrument und überlegte, was ich singen könnte. Ich warf einen Blick auf die prahlerische Menge, die mit roten Gesichtern laut die Becher scheppern ließ. Eine so seltene Gabe sollte nicht an Unwürdige vergeudet werden, dachte ich und gab Bedwyr die Harfe zurück.

»Danke«, sagte ich zu ihm, »aber heute abend ist die Reihe zu singen nicht an mir. Diese Feier gehört Conaire, und es wäre nicht recht von mir, würde ich den Ruhm schmälern, den er errungen hat.«

Bedwyr machte eine verdrießliche Miene. »Zu Recht verdient? Bist du wahnsinnig, Myrddin? Wenn, dann haben wir Ruhm errungen, nicht Conaire.« Er hielt mir die Harfe noch einmal hin, aber ich lehnte ab. »Himmel und Erde, Myrddin, du bist ein halsstarriger Mann.«

»Ein andermal«, besänftigte ich ihn. »Wir bekommen unsere Nacht noch. Laß es für heute gut sein.«

Als Bedwyr sah, daß er mich nicht überreden konnte, gab er nach und reichte das Instrument achselzuckend seinem Besitzer. Kei blickte mich höchst vorwurfsvoll an, aber ich achtete seiner nicht. Da klar war, daß ich nicht singen würde, und auch sonst niemand sang, war die Feier zu Ende, und die Männer begaben sich allmählich zu ihren Schlafstellen.

Kurz vor Tagesanbruch schickte Artus Kei und Bedwyr mit einem kleinen Trupp zur Küste, um die Bewegungen des Wandalenheeres zu beobachten. Wir hatten gut geschlafen und begaben uns zum Frühstück. Ich bemerkte die hochfahrende Zuversicht von Conaires Kriegern – sie prahlten und lachten laut, während sie ihre Schneiden wetzten und ihre Gurte ausbesserten. Ich wies Artus darauf hin. »Kaum haben sie einen leichten Sieg errungen, schon glauben sie, sie hätten die Welt erobert.«

Er lächelte grimmig. »Sie meinen, es geht immer so leicht. Indessen wollen wir sie nicht entmutigen. Sie werden die Wahrheit früh genug erfahren.«

Doch als Bedwyr und Kei zurückkehrten, meldeten sie: »Der Eber und seine Ferkel ziehen ab.«

»Wirklich?« wunderte sich Conaire.

»So ist es, Herr«, erwiderte Kei. »Die meisten Schiffe sind schon weg.«

»Wahrhaftig«, fügte Bedwyr hinzu, »es sind nur noch ein paar da, und auch die segeln in diesem Augenblick aus der Bucht.«

»Dann ist es, wie ich mir dachte!« krähte Conaire. »Sie suchten nur nach leichter Beute. Als sie merkten, daß wir kampfbereit waren, da zogen sie es vor, ihre Suche an einer anderen Küste fortzusetzen.«

Gwenhwyvar, die sich neben Artus gestellt hatte, fragte diesen: »Was, meinst du, hat dies zu bedeuten?«

Er schüttelte leise den Kopf. »Das kann ich erst sagen, wenn ich mich selbst umgesehen habe.«

Sobald die Pferde bereit waren, ritten wir zu den Kliffen, von denen man die Bucht überblicken konnte, und schauten auf die ruhige, strahlende See hinaus, die mit den schwarzen Segeln der abfahrenden Wandalenschiffe gesprenkelt war. Das letzte von ihnen hatte gerade erst die Bucht verlassen und folgte den übrigen auf demselben Weg, auf dem sie gekommen waren.

»Seht ihr!« rief der Irenkönig triumphierend – als würde dieser Anblick ihm auf irgendeine Weise recht geben. »Die Begrüßung, die ihnen an Conaire Rothands Herd zuteil wurde, werden sie so schnell nicht vergessen.«

»Ich sehe sie zwar fahren«, entgegnete Fergus nachdenklich, »aber ich frage mich, wohin.«

»Das möchte ich auch gern wissen«, sagte Artus. »Und ich werde es herausbekommen.« Er drehte sich rasch um und rief Llenlleawg zu sich. Sie unterhielten sich leise. Der Irenkämpe nickte einmal, stieg auf sein Pferd und ritt davon.

Wir kehrten nach Rath Mor zurück und verbrachten den Tag mit Ausruhen und Warten. Ich schlief ein wenig während der Mittagshitze und wachte auf, als Wolken und ein frischer Wind vom Meer her aufzogen. Der Caer lag still, als ich mich zur Halle begab.

Bedwyr rief mich an, sobald ich den Hof betrat. »Myrddin!« Er stand von der Bank vor dem Saal auf und kam zu mir. »Ich habe auf dich gewartet. Artus hat mich gebeten, dich zu ihm zu bringen, sobald du wach bist.«

»Ist Llenlleawg zurück?«

»Nein«, erwiderte er, »und deshalb will Artus dich wohl sehen.«

Ich wollte in den Saal gehen, aber Bedwyr faßte mich am Arm. »Da drin ist Conaire, und der hat zuviel getrunken. Kei hält bei ihm Wache. Der Bär ist in seiner Hütte.«

Rasch liefen wir zur Hütte von Artus und Gwenhwyvar. Bedwyr bückte sich und schob sich an der Ochsenhaut vorbei, die den Eingang verdeckte. »Bär, ich habe dir –«, hub er an, verstummte dann plötzlich und kam schnell rückwärts wieder heraus.

Ich hörte Gwenhwyvar lachen und Artus herausrufen: »Schon gut, Bruder, wir haben keine Geheimnisse.«

Bedwyr warf mir einen Blick zu und murmelte: »Jetzt nicht mehr.«

»Kommt herein«, drängte Gwenhwyvar. »Kommt beide herein. Es ist schon gut.« Das Lachen in ihrer Stimme erinnerte mich an meine eigene Ganieda, und diese Erinnerung bohrte sich mir wie ein Pfeil ins Herz. Ganieda, Herzallerliebste, eines Tages werden wir wieder vereint sein.

Bedwyr und ich traten in die Hütte. Gwenhwyvar band sich gerade ihre Schnüre und ordnete ihre Gewänder; ihr Haar war zerzaust, und sie lächelte herzlich. Artus lag ausgestreckt da. Er stützte sich auf seinen Ellbogen und bot uns Plätze auf dem mit Häuten bedeckten Boden an. »Du hättest mir ja sagen können, daß ich ein wenig warten solle«, sagte Bedwyr leicht errötend.

»Und du hättest dein Kommen ankündigen können«, erwiderte Artus lachend.

»Lieber Bedwyr«, sagte Gwenhwyvar sanft, »es ist nichts Unrechtes geschehen und also auch niemandem etwas vorzuwerfen. Nur ruhig.«

»Ist Llenlleawg noch nicht zurück?« fragte Artus.

»Nein.« Bedwyr schüttelte leicht den Kopf.

»Es ist, wie ich fürchtete.«

»Dann kennst du ihn schlecht«, hub Gwenhwyvar an. »Er –«

Artus ließ sie nicht ausreden. »Nicht Llenlleawgs Wohlergehen macht mir Sorgen. Ich weiß genau, daß er allen Schwierigkeiten, die ihm begegnen könnten, sehr wohl gewachsen ist. Aber wenn die Eindringlinge einfach fortgesegelt wären, dann wäre er längst wieder hier. Ich halte es für wahrscheinlich, daß die Barbarenhorde ein Stück weiter südlich wieder an Land gegangen ist. Und wenn Amilcar zu Recht geprahlt hat, daß noch weitere Schiffe unterwegs sind –« Er sprach den beunruhigenden Gedanken nicht ganz aus.

An Kriegsklugheit war Artus keiner überlegen. Vermutlich hatte er recht. Ich hätte ihn fragen können, wie er zu dieser

Schlußfolgerung gekommen war, aber ich nahm sie einfach an und sagte: »Was schlägst du vor?«

»Conaire muß sofort nach Süden reiten, um die Verteidigung aufzunehmen. Ich kehre nach Britannien zurück, um ein Heer auszuheben.«

»Werden sie sich zum Kampf bereit erklären?« fragte Bedwyr.

»Ihnen bleibt keine Wahl« entgegnete Artus ohne Umschweife. »Wie lang wird die Insel der Mächtigen sicher sein, wenn der tobende Eber schon in Muir Eiru steht?«

»Ich gebe dir recht, Bär. Alle Heiligen seien Zeugen, deine Worte sind die Weisheit selbst«, stimmte Bedwyr zu. »Aber Weisheit ist bei den stiernackigen Briten eine seltene Tugend, wie du wohl weißt. Es mag sein, daß es anderer Dinge bedarf, um sie überzeugen.«

Ich pflichtete Bedwyr bei, aber Artus blieb zuversichtlich, daß er die Fürsten Britanniens überreden und sie für den Feldzug gewinnen können würde.

»Das Schiff muß gerüstet werden«, sagte ich.

»Ich habe bereits Barinthus mit einigen von Fergus' Männern vorausgeschickt«, erwiderte Artus. »Bedwyr, hole Kei.«

Bedwyr stand auf und blieb an der Tür stehen: »Was ist mit Conaire?«

»Ich werde Conaire sagen, was er tun muß«, antwortete Artus.

»Überlasse das mir«, erbot sich Gwenhwyvar. »Du darfst nicht warten, sonst steht die Flut gegen dich. Geh gleich. Ich werde Conaire alles erklären.« Sie sah die Frage in Artus' Augen und fuhr fort: »Verschwende keinen Gedanken an mich, mein Lieber. Ich komme zurecht. Außerdem ist Llenlleawg bald wieder hier.«

Artus erhob sich. Die Sache war beschlossen, und er wollte möglichst schnell fort. »Nun gut.«

Wir warteten im Hof, bis unsere Pferde bereit waren. Fergus und Kei kamen aus dem Saal. »Verschwinden wir lieber«, sagte

Kei. »Diesen Conaire juckt es nach Streit, und ich fürchte, wir bekommen welchen, bevor der Tag vorüber ist.«

»Geht nur«, sagte Fergus. »Überlaßt Conaire mir. Ich kenne ihn und sehe zu, daß er keinen Schaden anrichtet.«

»Ich überlasse ihn also dir«, sagte Artus und schwang sich aufs Pferd. »Tu, was du tun mußt, aber sei bereit, nach Süden zu reiten, sobald Llenlleawg wiederkommt. Ich werde Männer und Nachschub schicken, sobald ich Caer Melyn erreiche.«

»Lebewohl, mein Lieber«, sagte Gwenhwyvar.

Artus beugte sich hinab und umarmte sie rasch, dann ritten wir aus Rath Mor und eilten zum Strand. Das Schiff erwartete uns, denn die Ebbe hatte bereits eingesetzt. Ohne einen Moment zu verlieren, führten wir die Pferde an Bord, machten die Leinen los und stießen ab. Sobald wir in der Bucht waren, hißte Barinthus das Segel, und das Schiff eilte gen Britannien.

X

Bei Tagesanbruch fuhren wir ins Mor Hafren ein, und die Hügel um Caer Melyn kamen in Sicht. Zwei Tage und Nächte lang hatten Barinthus und seine Mannschaft den launischen, widerspenstigen Winden die Strecke abgerungen, und wir erreichten den Weg zu Artus' südlicher Festung, als die Sonne am Horizont mit rotgolden flammendem Schein aufging. Wir saßen auf und flogen durch die schattigen Täler, die durch den tiefhängenden Nebel blau schimmerten. Als wir Caer Melyn erreichten, spürte ich die Hitze des Tages kommen.

Und noch etwas spürte ich: eine stechende Ahnung, scharf und rasch. Meine Sinne prickelten.

Bei unserer Ankunft gingen die Tore weit auf, doch während die anderen unter dem Jubel ihrer Kampfgefährten in den Hof trabten, hielt ich vor der Festung einen Moment inne. Die Luft hatte etwas Zähes, erstickend Regloses, das mir mehr zu sein schien als nur der Vorbote eines schwülen Sommertages. Es war, als würde etwas Riesenhaftes, Erdrückendes auf uns zurollen, das, zwar noch unsichtbar, aber nicht mehr weit, die Luft um sich herum verdichtete. Ich spürte dieses geheimnisvolle Vordringen wie eine lautlose Gewitterwand über dem Land aufziehen. Aber Wolken waren keine da: Nichts war zu sehen.

Und trotz der fröhlichen Begrüßung durch die Kymbrogen blieb mein Herz schwer von diesem rätselhaften Gefühl der Bedrückung.

Artus vergeudete keinen Augenblick. Noch während er sich wusch und frisch ankleidete, rief er seinen Hauptleuten Befehle zu. Er schickte Reiter in die umliegenden Reiche aus, um die am nächsten wohnenden Fürsten zum Rat einzuberufen, und beorderte Botenschiffe nach Norden. Sie standen unter der Leitung

Gwalchavads, der stets gerne übers Meer pflügte, und brachen unverzüglich auf. Ehe die Willkommensworte verklungen waren, hatten sie ihre Segel schon gehißt. Dann gab Artus den Kymbrogen Anweisung, die restliche Flotte seeklar zu machen. Es galt Proviant zu verladen, Waffen herbeizuschaffen, die Pferde von den Weiden zu holen, denn wieder einmal rüstete der *Dux Britanniarum* zur Schlacht.

Ich beteiligte mich an den Vorbereitungen kaum. Ich hatte meinen Platz neben Artus in der Ratsversammlung, und für diese wappnete ich mich durch das beste Mittel, das ich gegenüber den Edlen des Südens kannte: ich betete. Artus glaubte, die Kriegerscharen würden seinem Aufruf Folge leisten; aber ich wußte, daß eine höfliche Bitte nicht reichen würde, um die britischen Könige zu einem Krieg auf irischem Boden zu bewegen.

Das versuchte ich Artus natürlich klarzumachen. Aber er wollte nichts davon hören. »Und ich sage dir, Myrddin, es heißt entweder den Eber in Ierne bekämpfen oder hier. Blutvergießen ist unvermeidlich, das leugne ich nicht; aber zumindest können wir unser Land vor Zerstörung bewahren.«

»Das sehe ich ein. Die Fürsten Britanniens werden aber triftigere Gründe hören wollen«, beharrte ich, »um Seite an Seite mit denen zu kämpfen, die ihnen jahrelang solches Weh zugefügt haben.«

»Das ist vorbei und vergessen.«

»Wir sind ein nachtragendes Volk, Artus«, fuhr ich fort. »Wir haben ein langes Gedächtnis. Oder hast du das vergessen?«

Über meinen armseligen Scherz lächelte er nicht. »Sie werden auf mich hören«, bekräftigte er. Seine Zuversicht duldete keinen Widerspruch.

»Ja, zuhören werden sie dir. Sie werden sich hinsetzen und über die Sache palavern, bis die Hähne krähen, aber werden sie zur Tat schreiten? Werden sie auch nur mit der Wimper zucken, um dir bei einer Angelegenheit zu helfen, die noch der allerletzte von ihnen als Zwist unter Barbaren auffassen wird? Eher werden die meisten die Sache für eine Strafe Gottes halten, weil die Iren so lange geraubt und Krieg geführt haben.«

Es war klar, daß Artus nichts davon hören wollte, also ließ ich es sein. Ich entschuldigte mich und überließ ihn seinen Plänen. Als ich aus dem Saal trat, wäre ich beinahe mit Artus' Burschen Rhys zusammengeprallt, der mit einem Auftrag davoneilte. »Ach, Rhys! Da bist du ja. Ich habe dich gesucht.«

»Ich grüße dich, Emrys«, erwiderte er rasch. »Stimmt es, daß wir den Iren bei der Eberjagd beistehen?«

»Ja«, antwortete ich und erklärte ihm, daß es sich um einen menschlichen Eber handelte. »Wo ist Bors?« fragte ich dann.

»Vor zwei Tagen kam Nachricht von Ban«, entgegnete Rhys. »Bors wurde nach Hause gerufen.«

»Schwierigkeiten?«

»Ich vermute. Aber Bors hat sich nicht dazu geäußert. Er sagte nur, er würde zurückkehren, sobald er die Angelegenheiten seines Bruders geregelt habe.«

»Hast du das Artus erzählt?«

»Nein«, antwortete er. »Ich laufe seit eurer Ankunft hin und her, darum –«

»Also, dann sage es ihm jetzt.« Rhys blickte an mir vorbei in den Saal. »Ja, sofort. Wir sprechen uns später wieder.«

Sobald er weg war, schlang ich mir meine Harfe um und ging aus dem Caer zu dem Flüßchen namens Taff hinunter, um mir dort ein schattiges Plätzchen zum Nachdenken zu suchen.

Im grünen Schilf des tiefen Talgrundes setzte ich mich auf einen moosbedeckten Stein und lauschte dem Wasser, das an den steil abfallenden Ufern entlangrauschte. In der reglosen Luft summten Bienen und Fliegen, und auf dem Wasser drehten sich in winzigen Kreisen Käfer. Dort, inmitten der alten Elemente Dunkelheit, Erde und Wasser, warf ich meine Gedankennetze weit aus. »Kommt zu mir!« flüsterte ich in die Luft. »Kommt zu Myrddin. Erleuchtet mich ... erleuchtet mich.«

Ich saß über den geschwungenen Rand meiner Harfe gebeugt da, als könnte ich die Erkenntnisse, nach denen ich suchte, mit den Fingerspitzen von den mit Liedern beladenen Saiten pflükken. Die Harfe gab zwar ihre quicklebendige Weise von sich, erleuchtete mich jedoch nicht. Nach einer Weile legte ich das Instrument beiseite und nahm statt ihrer meinen Stab auf.

Der war, überlegte ich, ein ehrwürdiges Stück Eberesche, das starke Holz vom Gebrauch geglättet. Bedwyr hatte mir den Stock nach meiner Auseinandersetzung mit Morgian geschnitzt. Der Gedanke an sie durchzuckte mich flüchtig – als würde der Schatten einer kreisenden Krähe auf mein Gesicht fallen.

Ich schob die verhaßte Erinnerung jedoch von mir und empfand nach und nach den Frieden des Tales, der mich mit tiefer, stiller Wärme umfing. Vor meinem geistigen Auge erblickte ich die Berge Celyddons im dunklen Gewand ihrer würzig duftenden Kiefern und dahinter die öde, stürmische Heide, wo die Hügelmenschen leben. Ich sah die Mitglieder meiner angenommenen Familie, des Falken-Fhains. Ich sah Gern-y-fhain, die weise Frau der Hügel, meine zweite Mutter, die mich den Gebrauch von Kräften lehrte, die selbst die Druiden vergessen haben – falls sie sie jemals kannten.

Mit der Erinnerung an diese Dinge ließ ich meine Gedanken nach Belieben schweifen. Ich hörte das Strömen des Flusses, das sanfte Platschen des Wassers und das trockene Ziepen des Grases, wenn eine Maus oder ein Vogel darüber liefen. Ich hörte das Girren eines Moorhuhns und das Brummen einer Fliege. Diese Geräusche verebbten langsam. In den Vordergrund drängten sich allmählich Worte aus einer anderen Zeit und einem fernen Raum.

Tot? ... Tot ... Was meinst du nur? Wie kann das sein? ... Nein! Nein! Die verängstigte Stimme verklang in einem erstickten Schrei und wurde von einer anderen ersetzt: *Ich brenne ... Ich kann nichts sehen ... Lege dich nieder, Garr. Ich helfe dir. Versuche nicht zu stehen ...* Ich hörte eine Kinderstimme schreien: *Wach auf, Nanna. Wach auf!* Das Stimmchen verlor sich in Schluchzern und vermischte sich mit weiteren Schreien, die zu solchem Jammern und Kreischen anschwollen, daß ich ihren

Kummer als Totenklage erkannte. Meine Seele dauerte es vor Mitleid. Tränen traten mir in die Augen. Und doch gab es keinen Hinweis, was da geschah und wo.

Großes Licht, Tröster aller Trauernden und Schwerbeladenen, erhalte jene, die deiner Stärke in Zeiten der Mühsal bedürfen. Tu dies um deines gesegneten Sohnes willen. Amen.

Ich betete und schwieg eine Weile. Aber die Stimmen kehrten nicht wieder, und ich wußte, sie würden ausbleiben. Schon in der Vergangenheit hatte ich bisweilen Stimmen vernommen; und wie damals kam es mir auch jetzt nicht in den Sinn, an ihrem Wahrheitsgehalt zu zweifeln. Daß ich dazu imstande war, überraschte mich nicht. Es bestätigte nur den zweifelhaften Segen des *Awen*.

Dreifach gesegnet ist der Emrys von Britannien! Der Segen meiner Mutter Volk verleiht mir ein langes Leben, der Segen meines Vaters sang mir den Lebenshauch ein und erweckte den *Awen*, und der Segen Jesu rief mich dazu auf, ihm im Reich von dieser Welt zu dienen.

Aber ich bin ein sehr träger Diener, sehe schlecht und begreife nur langsam, ziehe meine warme, dunkle Unwissenheit dem kalten Licht des Wissens vor. Wenn die Menschen in künftigen Zeiten von Myrddin Emrys reden – falls sie sich überhaupt meiner entsinnen sollten –, werden sie mich als blinden Bettler bezeichnen, als Narren an Königshöfen, als den Toren, dessen Unkenntnis nur noch von seinem Stolz übertroffen wurde. Ich bin der Gaben, die mir geschenkt wurden, nicht würdig, und ich bin den Aufgaben, die jene Gaben fordern, nicht gewachsen.

Hoher König im Himmel, verzeihe mir. Es gibt keine Wahrheit, es sei denn die von dir erleuchtete, Großes Licht. Ich sehe zwar, bin aber dennoch blind. Herr Jesus Christus, erbarme dich meiner.

So strömte der Fluß dahin und so auch meine Gedanken. Der Verstand eines Menschen ist ein merkwürdiges Ding. Da ich nach Wissen strebte, stand mir meine Unkenntnis vor Augen.

Ich mußte meine Armseligkeit eingestehen und mich statt dessen auf Erbarmen berufen.

Als ich in die Festung zurückkehrte, war der erste Fürst bereits mit seinen Kriegern eingetroffen. Ulfias, dessen Gebiet am nächsten lag, befand sich bei Artus im Saal. Sie saßen zusammen an der Tafel, dazu Kei, Bedwyr und Cador. Da ich eintrat, hob Ulfias mit grimmiger, zweifelnder Miene den Kopf, stand jedoch nicht auf. Artus blickte kurz hoch, für mein Kommen dankbar. »Ach, Myrddin, sehr gut. Ich wollte dich schon von den Hunden aufspüren lassen.« Zu Rhys, der in der Nähe herumwerkelte, sagte er: »Fülle den Becher.« Als Rhys einen Krug gebracht hatte, fuhr der Hochkönig fort: »Ich habe Ulfias gerade vom Überfall der Wandalen auf Ierne erzählt.«

Nachdem ich den schwankenden Fürsten gemustert hatte, blickte ich ihm gerade ins Auge und fragte: »Und wirst du deinen König unterstützen?«

Der junge Herr schluckte. »Eine heikle Angelegenheit, fürwahr«, stotterte er. »Ich möchte erst hören, was die anderen Fürsten dazu sagen.«

»Kannst du dich nicht allein entschließen?«

Meine Frage beschämte ihn. Er verzog tatsächlich das Gesicht. »Herr Emrys«, sagte er verwirrt, »soll die Sache nicht im Rat entschieden werden? Was der Rat beschließt, werde ich auch tun. Darauf gebe ich mein Wort.«

»Pah! Dein Wort ist ein armselig' Ding«, schalt ich. »Was geschieht, wenn der Rat beschließt, seinen Hintern zu entblößen und sich auf den Misthaufen zu hocken? Wirst du das auch tun?«

»Behüte«, warnte Bedwyr leise. »Du gehst zu weit.«

Kei und Cador lachten jedoch, und Artus sprach: »Keine Bange, Ulfias. So weit dürfte es nicht kommen. Falls doch, wirst du die Gesellschaft deiner Gefährten sicher genießen.«

Ach, Artus war schlau. Er tat meine Bemerkung zwar leichthin ab, ließ Ulfias aber trotzdem keinen würdigen Ausweg. Der

Dubunenfürst war in seiner eigenen Unentschlossenheit gefangen. Entweder mußte er es dabei bewenden und sich verspotten lassen oder sich aus ihr lösen.

»Komm, Ulfias«, drängte Cador freundlich, »stehen wir unserem König bei, wie wir es geschworen haben. Und wer weiß? Womöglich gefällt Ierne uns ja sogar.«

Ulfias schob seinen Stolz beiseite und sagte: »Nun gut. Wenn die Frauen dort alle so schön sind wie Gwenhwyvar, nehme ich dort vielleicht sogar eine Braut.«

»Das würde mich gar nicht wundern«, erklärte Kei feierlich. »Ich habe die Dubunen gesehen, und du könntest es schlimmer erwischen, als dir eine irische Braut zu erwählen – wenn du eine findest, die dich haben will.«

Ulfias lächelte unsicher. Diese Stichelei war leichter zu ertragen als mein Spott und ihm lieber. Also war ein weiterer Fürst auf unserer Seite. Cadors Treue stand außer Frage. Ja, er hätte Artus niemals gestattet, ihn um etwas zu bitten, das er nur zu gerne aus freien Stücken gab. Cador, der Caer Melyn in der Abwesenheit seines Herrn gehalten hatte, schickte sofort nach Artus' Rückkunft Boten zu seinen Hauptleuten aus.

Die anderen, auf die wir unter Umständen zählen konnten, das heißt: Idris, Cadwallo, Cunomor und die Fürsten des Nordens, würden erst in ein paar Tagen benachrichtigt sein. Meurig jedoch kam gegen Abend, Brastias am folgenden Morgen. Bei Brastias befand sich ein mit ihm verwandter junger Edler namens Gerontius, den der ältere zum Hauptmann heranzog.

Mittags trafen Ogryvan von Dolgellau und sein Nachbar Owein ein. Sie brachten ihre Söhne Vrandub und Owein Odiaeth mit, die während der Friedenszeit, die der Niederlage der Sachsen folgte, mit den Heeren ihrer Väter betraut worden waren.

Artus hieß die Adligen willkommen und lud sie zu Speise und Trank ein. Kaum saßen sie, kam auch Urien Rheged mit seinem Trupp, und bald quoll der Caer von Kriegern über.

»Wir brechen gleich auf«, beschloß Artus.

»Was ist mit den übrigen Fürsten?« erkundigte sich Bedwyr.
»Sie kommen in ein, zwei Tagen. Du wirst sie brauchen.«

»Ich darf nicht länger warten. Jeder Tag, den wir zaudern, bedeutet einen Tag mehr zum Plündern für Trwch Trwyth.« Damit lud Artus die Fürsten mit ihren Kriegern in seinen Saal ein und eröffnete die Ratsversammlung, noch während die Becher gereicht wurden.

»Für eure rasche Antwort auf meinen Ruf bin ich euch dankbar«, erklärte der Hochkönig, vor ihnen an der Tafel stehend. »Seid sicher, daß ich euch nicht zu kommen gebeten hätte, wäre die Sache nicht brandeilig. Ich will euch nichts verschweigen. Der Grund für meinen Aufruf ist folgender: Die Barbarenhorde eines gewissen Trwch Trwyth ist in Ierne eingedrungen, und ich fürchte, die Insel ist verloren, wenn wir ihr nicht zu Hilfe eilen.«

»Kein großer Verlust, wie mir scheint«, bemerkte Brastias säuerlich.

Rasch antwortete Cador auf diese Frechheit. »Brastias, du redest wie einer, der noch nie eine Küste gegen plündernde Seewölfe verteidigen mußte.«

»Was haben uns die Iren je gegeben außer einer Speerspitze, sobald wir so töricht waren, ihnen den Rücken zu kehren?« fragte Brastias. »Helfen wir lieber den Barbaren, sage ich, und machen mit den Iren ein für allemal Schluß.«

»Ich meinerseits«, warf Ogryvan ein und stellte seinen Becher ab, »könnte Brastias zustimmen, denn ich habe schon viel an die irischen Räuber verloren.« Er sah Artus an. »Aber trotzdem werde ich dem König beistehen, wenn meine eigene Küste dadurch sicherer wird.«

»Wacker gesprochen, Fürst Ogryvan«, lobte Artus ihn. »Denn dies ist der Preis, den ich für Britanniens Hilfe verlangen werde. Nach dem zu urteilen, was ich vom Schwarzen Eber gesehen habe, werden die Könige von Ierne diesen Preis mit Freuden zahlen.« Dann berichtete er ihnen von unserem Treffen mit den Wandalen und warnte: »Wisset also: Amilcar hat gelobt, Britannien ebenso zu zerstören wie Ierne. Wenn wir ihm nicht dort Einhalt gebieten, werden wir erleben, wie er unsere Häuser verbrennt und unsere Angehörigen meuchelt.«

Nachdenklich saßen die Fürsten da. Artus hatte ihnen die Sache ohne Umschweife dargelegt. Was würden sie tun?

Meurig ergriff als erster das Wort: »Dein Bericht ist höchst bekümmerlich. Und er kommt auch nicht gerade günstig.« Er streckte den Arm aus. »Wir haben eben erst die Sachsen geschlagen. Unsere Vorräte gehen zur Neige, und unsere Krieger könnten weiß Gott ein Jahr Ruhe vertragen.«

»Schwierigkeiten kennen keine Ruhe, Bruder«, hub der alte Ogryvan an. Er blickte auf und in die Runde. »Ich stehe zu dir, Artus«, sagte er. »Meine Krieger gehören dir.«

Auch der neben Ogryvan sitzende Owein versprach seine Mithilfe. »Unsere Söhne müssen an unserer Statt herrschen«, sagte er. »Sollen sie wie einst wir neben unserem Feldherrn streiten und den wahren Preis des Friedens erfahren.«

»Ihr werdet eure Entscheidung nicht bereuen«, erwiderte Artus ihnen und wandte sich abermals an Meurig. »Du hast deine Bruderfürsten gehört. Was sagst du?«

»Die Fürsten von Dyfed haben ihrem Feldherrn in der Schlacht von jeher beigestanden.« Meurig warf einen Seitenblick auf Brastias. »Wir werden unseren Hochkönig bis zum letzten Mann unterstützen.«

Dieser stille Vorwurf behagte Brastias gar nicht. Er starrte den Tisch entlang. Die Überlegungen hatten eindeutig einen für ihn unerwarteten Verlauf genommen. Er wollte nicht weniger dienstbar erscheinen als die anderen Fürsten, indessen Artus auch nicht beistehen.

»Also, Brastias«, fragte der Hochkönig. »Was gedenkst du zu tun?«

»Wenn sie es für richtig halten, dir für den Frieden Hilfe zu bringen«, erwiderte er steif, »dann will ich nicht beiseite stehen. Aber sollte dieses Unternehmen scheitern, dann werde ich dich verantwortlich machen.«

Das war Brastias, wie er leibte und lebte: Er verteilte bereits

Schuldzuweisungen, ohne auch nur aufgesessen zu sein oder das Schwert gezückt zu haben. Artus ließ ihm die Bemerkung durchgehen und wandte sich an Ulfias. »Du hast die anderen gehört. Nimmst du dein Wort zurück oder hältst du es?«

Gut gemacht, Artus, dachte ich, als er den schwankenden Fürsten vor den anderen zu einer Willensbekundung zwang. Er sollte seinen Platz haben, aber zur rechten Zeit auch dort stehen. Ulfias schien in sich zusammenzusinken. »Ich werde mein Wort halten«, sagte er kaum vernehmlich mit kurzem Aufblicken.

Von den versammelten Fürsten mußte nur Urien Rheged sich noch erklären. Aller Augen richteten sich auf ihn. »Komm, Urien«, drängte Ogryvan, »lasse uns deinen Schwur hören.«

Über Urien wußte ich von allen Anwesenden am wenigsten. Er war ein ungeschlachter junger Mann, grobknochig und kräftig, mit wildem, langem schwarzem Haar gleich einer Löwenmähne. Die wachsamen Augen und der nachdenkliche Mund verliehen ihm ein verschlagenes, fast abartiges Aussehen. Ich hatte gehört, daß er als einer von Ennions Verwandten Herr über Rheged geworden war. Der hochgeschätzte Ennion war bei Baedun verwundet worden und einen oder zwei Tage später verschieden. Auch Urien kämpfte wohl in jener Schlacht, genau weiß ich es nicht mehr.

Er hatte nun also den Platz seines Verwandten inne, und ich fragte mich, was für ein Mann er war. Jung, das war klar, vielleicht sogar jünger, als er aussah, verbarg er sein Alter hinter der Art Ernsthaftigkeit, die älteren Männern oft eigen ist. Er war wortkarg und wirkte dadurch weise; beim Antworten ließ er sich Zeit und gab sich so den Anschein von Nachdenklichkeit.

Schließlich sagte er: »Ich persönlich habe das Kriegführen satt. Sollen jetzt einmal die Iren das Feuer spüren. Wir haben es lang genug erlitten.« Das sagte er sehr müde, als hätte er die Brunst von mehr Schlachten ertragen, als sich nennen ließen. »Aber wenn es meine Brüder richtig dünkt, den Feldzug mitzumachen, bin auch ich bereit.« Er hielt abermals inne und blickte sich um, ob alle Augen auf ihn gerichtet waren. Dann stemmte er sich auf seine Fäuste und verkündete: »Urien von Rheged wird seinen Teil beitragen.«

Er war mit dem Herzen nicht dabei, aber die Ehre verpflichtete ihn, einen ihm verhaßten Weg einzuschlagen – zumindest versuchte er diesen Eindruck zu vermitteln. Und einige, merkte ich, ließen sich davon überzeugen.

Artus schlug mit der flachen Hand auf die Tafel. »Gut!« rief er mit schallender Stimme. »Dann ist es abgemacht. Wir segeln nach Ierne, sobald Vorräte und Krieger bereit sind.«

Im Nu verwandelte sich der Frieden in der Festung in das gezielte Durcheinander eines Heeres kurz vor dem Aufbruch. Rhys widmete sich mit einem kleinen Trupp unter seiner Leitung den ganzen Tag bis spät in die Nacht hinein der aufreibenden Tätigkeit, die Wagen zu beladen und Waffen sowie Vorräte vom Caer zum Strand hinunterzuschaffen. Bedwyr kam zu mir. »Wir haben zuwenig Nahrungsmittel«, verkündete er rundheraus, »und von allem übrigen ist auch nicht genug da. Es ist genau so, wie Meurig sagt: Wir brauchen ein Jahr Frieden, um unsere Lager und Kornspeicher aufzufüllen. Ich sehe nicht, wie wir ohne Grundlage kämpfen sollen.«

»Weiß Artus schon Bescheid?«

»Gott schütze ihn«, erwiderte Bedwyr und schüttelte den Kopf. »Solange er noch einen Tropfen in seinem Becher hat, glaubt er, es reiche für alle und für immer.«

Das traf zu. Artus, der nie etwas nur für sich besessen hatte, achtete auf das Auf und Ab des Besitzes ebensowenig wie auf Ebbe und Flut. »Überlasse die Sache mir«, sagte ich. »Ich setze Artus davon in Kenntnis.«

Doch erst am nächsten Tag, als die letzten Krieger an Bord gingen und die ersten Schiffe bereits Kurs auf tiefere Gewässer nahmen, fand ich Gelegenheit, mit Artus unter vier Augen zu sprechen. »Die Ratsversammlung ist glattgegangen«, sagte er, erfreut, wieder losziehen zu können.

»Tatsächlich? Mir fiel auf, daß du ihnen nicht gesagt hast, wie viele Wandalen gegen uns stehen. Die Herren werden es sich möglicherweise anders überlegen, wenn sie die Größe des Barbarenheeres sehen.« Artus wischte meine Befürchtungen mit einem Kopfschütteln beiseite. Darum wandte ich mich meiner vordringlichsten Sorge zu: »Bedwyr sagte mir, wir hätten nicht genug Vorräte, um das Heer zu unterhalten.«

»Nein?« Er blickte mich kurz an, um zu schauen, wie ernst das Problem war. »Nun, wir kratzen alles zusammen, was wir hier haben, und bekommen, was wir sonst noch benötigen, in Ierne«, schloß er schlicht. »Die irischen Könige werden uns schon nicht verhungern lassen.«

Das war oberflächlich betrachtet die folgerichtige Lösung. Und wir hatten ohnehin keine andere Wahl. »Na schön«, erwiderte ich, »aber wir müssen Conaire davon unterrichten, sobald wir ankommen. Er braucht womöglich Zeit, um ausreichend Tribut einzutreiben.«

Die Rückfahrt verging entsetzlich langsam. Die Sommerwinde können immer wechselhaft sein, aber nun waren es bloß Brisen, Seufzer, welche die Segel einen Augenblick blähten und dann gleich erstarben. Den ganzen Tag lang drängte Artus seinen wackeren Steuermann zur Eile und bekam jedesmal im gleichen trockenen, unnachgiebigen Ton zu hören, daß er sich mit dem bißchen Geschwindigkeit zufriedengeben müsse, es sei denn, er könne Wind aus einer ruhigen See und einem wolkenlosen Himmel wringen.

Bei dieser Gelegenheit wechselten wir uns alle an den Rudern ab. Ganze drei Tage später fuhren wir durch die Meerenge und umrundeten die Nordspitze Iernes. Wieder einen halben Tag danach erreichten wir die Bucht, aus der die feindliche Flotte geflohen war. Natürlich waren dort keine Schiffe zu sehen, darum fuhren wir die Küste entlang weiter Richtung Süden und suchten die zahllosen namenlosen Einbuchtungen nach den schwarzen Schiffen ab.

Endlich, endlich kam die Wandalenflotte in Sicht: zusammengezogen inmitten einer geschützten Bucht an der Westküste. Artus, der vor Ungeduld fast außer sich war, befahl den Schiffen anzulanden, und zwar ein Stück weiter nördlich, wo die Feinde uns nicht sehen konnten. Kaum waren Männer, Pferde und Vorräte am Strand, stachen die Schiffe wieder in See: Es waren zu viele Briten, als daß wir alle hätten auf einmal übersetzen können. Also mußten die Schiffe eine zweite Reise unternehmen, um die übrigen Männer und die zusätzlichen Vorräte zu holen, sofern Rhys welche hatte auftreiben können.

Sobald sein Pferd festen Boden unter den Füßen hatte, saß Artus im Sattel und führte das Heer landein. »Weißt du, wohin du ziehst, Bär?« fragte Bedwyr, als wir die Klippen überwunden hatten und ins waldige Tiefland hinabzureiten begannen.

Diese Frage hielt Artus für töricht: »Ich folge natürlich dem Schwarzen Eber.«

»Sollten wir uns nicht lieber erst nach Gwenhwyvar und Fergus umsehen?«

Artus machte sich nicht einmal die Mühe, sich zum Antworten umzudrehen. »Der Schwarze Eber ist jetzt an Land, und wo er ist, dort finden sich auch die Verteidiger.«

Und wir fanden sie: Das irische Heer – mit Artus' Gemahlin darunter – befand sich am Ende eines langen, flachen Tales mit dem Rücken zu einem Steilhang und auf den drei übrigen Seiten von einer kreischenden Barbarenhorde eingekreist.

XI

»Muß ich denn überall gleichzeitig sein?« Artus' kaltblaue Augen funkelten vor Zorn, als er seinen Blick über das Schlachtfeld schweifen ließ, wo die Iren um ihr Leben fochten. »Bei der Hand, die mich erschuf, dafür wird mir jemand geradestehen.«

Klirrend zog er Caldevwlch aus der Scheide an seiner Seite. Er reckte das mächtige Schwert, richtete sich im Sattel auf, drehte sich nach hinten um und stieß einen hallenden Schrei aus: »Für Christus und Ruhm!«

Im Nu donnerte die Drachenschar los zum Angriff. Unser Heer war dreigeteilt. Artus führte die Kymbrogen, Bedwyr die Scharen der westlichen Könige und Kei diejenigen aus dem Süden. Als Cador ins Horn stieß, stoben wir alle wie ein Mann hinab und trennten unsere Flügel erst im letzten Moment, damit der Feind nicht vorhersehen konnte, wo wir zuschlagen würden.

Erkühnt von ihrem Anfangserfolg und in der Hoffnung auf einen leichten Sieg über die schlecht gewappneten Iren, hatten die Wandalen keine Nachhut aufgestellt. Artus, der darauf bedacht war, die Feinde abzulenken – und sie ließen sich so leicht ablenken! –, fuhr mit dem größten Tumult auf sie hernieder, den er aufzubringen vermochte. Die Barbaren hörten den Lärm, drehten sich um und verloren jegliche Hoffnung auf den Sieg. Ein Blick auf Trupp über Trupp gegen sie heranbrausender, britischer Reiterkrieger, und sie fielen völliger Bestürzung anheim. Die Schlacht wandte sich plötzlich von vorn nach hinten: Die vorderen Reihen der Wandalen mitsamt den Anführern wurden vom Druck ihrer eigenen Leute eingezwängt; und diejenigen in den hinteren Reihen sahen sich, leichter bewaffnet, einer wütenden Attacke gegenüber, ohne daß sie jemanden gehabt hätten, der sie führte.

Mit Schwert und Speer stechend und hauend, stießen wir erbarmungslos in die feindlichen Reihen. Die Kymbrogen erhoben ihr Kriegsgeschrei und machten so viel Radau wie möglich, um ihr Kommen anzuzeigen und den Schwarzen Eber abzulenken.

Ich sah die angstvollen Mienen ihrer breiten Gesichter, als sie sich stolpernd umwandten, die Waffen schlaff in Händen, und bekam Mitleid mit ihnen. Sie waren so schlecht vorbereitet. Dennoch wußte ich, daß sie uns allesamt ohne Reue getötet hätten. Schweren Herzens schlug ich zu. Alle teilten wir tödliche Hiebe aus und ritten sie nieder. Das Gebrüll jener verängstigten, sterbenden Barbaren war gräßlich anzuhören.

Vor mir tauchte ein Wandalenhauptmann auf. Er zog seinen großen Schild zurück, schwang ihn herum und versuchte, Kopf und Nacken meines Rosses mit dem Rand zu treffen. Ich zog die Zügel fest an, so daß das Tier sich aufbäumte. Das Pferd war gut auf den Kampf eingeübt. Ein Huf schlug aus und traf den Barbaren am Kinn. Sein Kopf fiel mit einem Knacken nach hinten, und er sank unter der weiterbrandenden Welle der Schlacht wie ein Stein zu Boden.

Ich spürte eine Hand auf meinem Schwertarm, blickte nach unten und sah einen Krieger, der sich an mir festklammerte und verzweifelt nach einem besseren Halt grapschte. Ich warf die Zügel zur Seite. Das Pferd sprengte davon, der sich festhaltende Krieger wurde hochgerissen, flog durch die Luft und landete hart auf dem Rücken. Er wollte sich aufrappeln, konnte es aber nicht, sondern fiel ohnmächtig nach hinten.

Die Wucht unseres Angriffs trug uns tief in die Masse der Wandalen. Umgeben von angstvollen, fassungslosen Feinden, fuhren wir noch weiter zwischen sie und hieben uns unseren Weg frei. Vor unseren Augen stieg Blutdunst auf. Die übelriechende Süße warmer Eingeweide drang auf uns ein.

Ich ließ meinem Pferd seinen Kopf, prügelte mich, meinen flachen Schild vor mir, einfach durch das feindliche Heer und ließ, wo die Gelegenheit sich bot, meine Schneide niedersausen.

Das Töten war leicht – ruhmreich war es nicht, doch das ist es nie.

Wenn zwei geschickte Krieger aufeinandertreffen und allein die Tapferkeit über das Schicksal entscheidet, hat der Kampf etwas Ehrenhaftes. Die Wandalen waren alles andere als geschickt, versuchten diesen Mangel aber durch ihre überlegene Zahl auszugleichen. Diese Taktik hatte in den von Mauern umgebenen Städten des Ostens und gegenüber schwächeren Verteidigern womöglich gefruchtet. Aber es brauchte mehr als eine zahlenmäßige Überlegenheit, um die kampftüchtigen Kymbrogen zu überwinden.

Da Trwch keinesfalls einen Gegenangriff aufbauen konnte, war er auf den einzig möglichen Ausweg angewiesen: die Flucht. Dementsprechend zerstreuten die Wandalen sich in sämtliche Richtungen, als wir in den weichen Unterleib des Schwarzen Ebers stießen. Das Gefecht war kurz und heftig und jagte die Feinde wutheulend wieder ins Tal hinab. Wir setzten ihnen nach, soweit wir es wagten, aber Artus achtete darauf, ihnen nicht zu weit zu folgen, damit wir nicht in einen Hinterhalt gerieten.

Während Meurig und Cador Wache hielten, falls der Feind zurückkommen sollte, befreiten die Kymbrogen die Iren. Die Vorsehung hatte uns eindeutig gerade im rechten Augenblick hergeführt: Die Iren waren erschöpft; sie schwankten auf ihren Beinen und konnten kaum mehr die Arme heben. Die meisten ihrer Pferde waren tot und auch viele Krieger.

Gwenhwyvar stand in vorderster Reihe, ihr Schild war zerhauen, ihr Gewand schmutzig und blutbespritzt. Neben ihr umklammerte Llenlleawg – mit wildem Blick und schäumendem Mund – die Reste eines zersplitterten Speeres, der an beiden Enden blutig war.

»Sei gegrüßt, mein Gemahl«, sagte Gwenhwyvar, als wir zu ihr ritten. Sie reckte einen Arm und wischte sich mit ihrem Ärmel Schmutz und Staub von der Stirn. »Ich wünschte, wir könnten dir ein schöneres Willkommen bereiten.«

»Herrin«, sagte Artus sanft, »daß du noch lebst, ist mir Willkommen genug. Bist du verletzt?«

»Nein«, erwiderte Gwenhwyvar und schüttelte den Kopf; ihre Stimme klang vor Enttäuschung und Demütigung hohl. »Es tut mir nur leid, daß du uns retten mußtest.«

»Bestimmt nicht einmal halb so leid, wie wenn ich euch nicht gerettet hätte«, entgegnete Artus. »Wie konnte das geschehen?« Er sah sich um, während die Erleichterung rasch seinem Zorn Platz machte. »Wo sind die übrigen irischen Fürsten?« verlangte er zu wissen.

Die Frage war angebracht. Ich sah nur die Verteidiger, die wir zurückgelassen hatten, und zwar viel weniger als vorher. Wo waren die übrigen, die Conaire auszuheben versprochen hatte?

»Es gibt sie nicht«, rief Fergus ergrimmt. Er schlurfte zu uns und lehnte sich schwer atmend auf seinen Speer. »Es gibt keine, weil Conaire nicht darum bitten wollte.«

Kei war entgeistert. »Bei der Liebe Gottes, Mann, warum nicht?«

»Conaire gedachte, die Wandalen ohne Hilfe zu besiegen«, erklärte Gwenhwyvar und schüttelte sich unwillkürlich vor Abscheu.

»So hätte er den Ruhm mit niemandem zu teilen brauchen«, fuhr Fergus erbittert fort. »Schon gar nicht mit den Briten.«

Artus wandte sich zu Conaire um, der mit mürrischem Gesicht ein Stück entfernt stand. »Ist das wahr?« fragte der Bär von Britannien.

Der Irenkönig richtete sich auf. »Ich leugne es nicht«, grollte er. »Und ich hätte sie auch besiegt, wenn meine eigenen Hauptleute mich nicht verraten hätten!«

»Verraten! Verraten?« schrie Fergus. »Klug waren sie. Wir wurden auf der Stelle umgehauen wie Feuerholz.«

»Ich zählte auf deinen Angriff«, versetzte Conaire. »Dein gedankenloser Rückzug hat uns die Schlacht gekostet.«

»Es hieß Rückzug oder Tod!« beharrte Fergus.

»Haltet den Mund!« fauchte Gwenhwyvar finster. »Beide!«

»Vielleicht ist dir entgangen, wie viele Wandalen gegen uns standen!« schimpfte Fergus. »Vielleicht hast du gedacht, der Schwarze Eber würde den Schwanz einziehen und weglaufen, wenn der mächtige Conaire Crobh Rua erscheint!«

Conaire lief puterrot an und schrie: »Du hast den Schwanz eingezogen und bist weggelaufen!«

»Mallacht Dé air!« Fergus spuckte auf den Boden.

»Ruhe!« donnerte Artus. Die beiden zischten und gaben nach. »Niemals«, sagte Artus absichtlich leise, damit nur die beiden Anführer ihn hören konnten, »niemals dürft ihr euch vor den Männern entwürdigen, die euch in die Schlacht folgen sollen. Wir besprechen die Sache unter uns. Ich rate euch, eure Verwundeten aufzusammeln und in eure Festung zurückzukehren, ehe die Wandalen frischen Mut schöpfen.«

Conaire machte auf dem Absatz kehrt und stakste davon. Fergus blickte ihm böse nach und ging dann weg. »Es tut mir leid, Artus«, sagte Gwenhwyvar. »Es geschah gegen meinen Willen, ich wollte nicht mitmachen bei diesem –«

»Unheil.« Artus lieferte ihr den Ausdruck.

Gwenhwyvars Augen funkelten vor Zorn, aber sie schluckte, senkte den Kopf und nahm sein Urteil hin. »Ich gebe mir selbst die Schuld«, kam sie ihm entgegen, jämmerlich beschämt. »Ich hätte die Sache verhindern sollen.«

»Irgend jemand hätte sie verhindern sollen«, sagte Artus knapp. »Der Verlust dieser Krieger wird uns noch reuen.« Er ließ seinen Blick über das Gemetzel schweifen, den Mund fest zusammengepreßt. »Eine schreckliche Verschwendung – vor allem so sinnlos.« Er wandte sich wieder seiner Gemahlin zu und fragte: »An was hast du gerade gedacht?«

Gwenhwyvar hob den Kopf. Tränen standen ihr in den Augen. »Es tut mir leid, Herr«, wisperte sie.

Erst jetzt gab Artus nach. Er wandte sich von ihr ab und befahl den Kymbrogen, die Gefallenen zu begraben und die Verwundeten wegzubringen. Ich trat zu Gwenhwyvar. »Er ist wütend auf Conaire und –« hub ich an.

»Nein«, hielt sie mich zurück und wischte sich die Tränen mit den Handrücken ab. Sie holte tief Luft, faßte sich und wandte sich der dringendsten Aufgabe zu. Sie hob ihr Schwert auf und fragte: »Hat er immer recht?«

Ich schenkte ihr ein Lächeln. »Nein«, erwiderte ich sanft. »Er hat nur so selten unrecht.«

Der Caer war eine verlassene alte Hügelfeste, die Conaire in einem lange in Vergessenheit geratenen Gebiet entdeckt hatte. Felsig und hügelig mit einer dünnen Schicht unfruchtbaren Bodens, war diese Gegend seit langem nicht mehr von einem irischen Fürsten beansprucht worden. Es gab nur wenige Dörfer, und die waren klein. Um so besser für den Schwarzen Eber: Die Festung bot ihm einen sicheren Hafen, von dem aus er die reicheren Gebiete im Norden überfallen konnte. Und damit hatte er begonnen, denn daß Conaire da war, nahm er nicht ernst.

In unserer Abwesenheit hatte der Wandalenfeldherr erfolgreich Vieh davongetrieben und die nahegelegenen Weiler geplündert. Ferner hatte er die Burgen dreier Adliger zerstört. Die meisten Iren waren nach Norden und Osten geflohen, um dem Unheil aus dem Weg zu gehen. Das war an sich schon ein Fehler, denn hätten sie sich nach Süden gewandt, wären vielleicht die dortigen Fürsten auf den Eindringling aufmerksam geworden. Aber so lag nun der größte Teil von zwolfhundert Wandalenkriegern zwischen uns und dem geraden Weg nach Süden und schnitt uns von jeglicher Verbindung und Unterstützung ab.

Die altersschwache Feste war nicht groß genug, um die gesamte britische Streitmacht aufzunehmen. Darum waren wir gezwungen, draußen unterhalb der Erdwälle Lager aufzuschlagen. Während die Herren von Ynys Prydein sich um das Wohl ihrer Männer kümmerten, beriet Artus sich mit Fergus und Conaire in der verfallenen Scheune, die nun als Halle diente. Das Rietdach war größtenteils weggeweht, eine Wand war stellenweise eingestürzt, aber der Herd war heil und Tisch und Bänke annehmbar.

Also saßen wir über unseren Bechern im Saal und lauschten Fergus' Bericht über alles, was seit unserem letzten Beisammensein geschehen war. In dem Maße, wie Fergus den Stand der Dinge schilderte, verfinsterte sich Artus' Gesicht und verhärteten sich seine Züge. Nach Conaires katastrophaler Niederlage war Artus nicht in der Laune, unseren Kampf anders als im düstersten Licht zu sehen. Der Bär von Britannien zog ein mürrisches Gesicht und vernahm die Zeitungen in grimmigem, gespanntem Schweigen.

Conaire hingegen war zur Abwechslung zerknirscht. Er trug seinen Kummer wie eine zertrümmerte Krone; sein Rücken beugte sich unter der Last der Schande, und sein Kopf hing in Einklang mit seinen Schultern nach unten. Er hatte seit seiner Rückkehr vom Schlachtfeld kein Wort geäußert.

»Morgen«, sagte Artus mit beherrschtem und ruhigem Zorn, »versuchen wir, den Eindringling unten im Tal aufzuhalten und ihn daran zu hindern, neue Raubüberfälle zu unternehmen oder weiter ins Landesinnere vorzudringen. Und du, Conaire Crobh Rua, nimmst drei deiner besten Männer und reitest los, um die Fürsten im Süden zur Hilfe aufzustacheln.«

Der Irenkönig nickte trübsinnig, erwiderte aber nichts.

»Gehe jetzt«, befahl Artus. »Mehr gibt es nicht zu sagen.«

Conaire erhob sich und ging, ohne nach links oder rechts zu blicken, aus dem zerfallenen Saal.

»Du hast ihn zerschmettert, Bär«, sagte Bedwyr, sobald Conaire fort war.

»Der wird sich erholen«, brummte Artus. »Und das läßt sich von vielen der Männer, die ihm ihr Leben anvertrauten, nicht sagen.«

»Lieber das Schulterklopfen eines Freundes«, sagte Fergus, »als der Schwerthieb eines Feindes.«

Artus blickte Fergus kalt an. »Und du«, sagte er mit höchster Anspannung, »reitest zu den Siedlungen in der Nähe – falls von ihnen noch etwas übrig ist – und hebst Vorräte für uns aus. Wir konnten nur so viel mitnehmen, wie wir zu tragen vermochten, und haben nicht genug zu essen und zu trinken zum Überleben.«

»Es soll geschehen.« Fergus stand auf und ging zur Tür. Dort hielt er kurz inne und sagte: »Ich war noch nie so froh, einen Mann mit einem Schwert in der Hand zu sehen wie heute dich, Artus ap Aurelius. Ich danke dir.« Er bückte sich durch die Tür und verschwand.

»Mein Vater hat recht«, murmelte Gwenhwyvar. »Ohne dich wären wir jetzt alle tot.«

»Gott mußt du danken«, entgegnete Artus ihr. »Wenn der Wind gegen uns geweht oder ein Sturm die See aufgepeitscht hätte, oder wenn ich lieber die Nacht in meinem Bett als im Rumpf eines Schiffes verbracht hätte…« Er schaute seine Gemahlin an und überlegte, welche Folgen das gehabt hätte. »Ich danke Gott, daß du lebst«, sagte er. »Du hast wirklich Glück gehabt.«

Gwenhwyvar beugte sich zu ihm, nahm seine Schwerthand und drückte sie an ihre Lippen. »Das weiß ich nur zu gut, mein Gemahl«, flüsterte sie. »Nur zu gut.«

Gerade in diesem Moment kamen die britischen Fürsten, die inzwischen ihre Männer untergebracht hatten, in den Saal. Gwenhwyvar küßte Artus rasch, stand auf und ging hinaus. Ich bemerkte, daß ihre Finger kurz auf seiner Schulter verweilten, als sie hinter ihm vorbeiging.

Cador setzte sich neben Artus. »Du hast uns nicht gesagt, daß der Barbaren so viele sind«, schalt er.

»Wenn ich es euch gesagt hätte«, erwiderte Artus schlicht, »wäret ihr vielleicht lieber zu Hause geblieben.«

»Dann hätte ich wenigstens ein Bett.« Cador fuhr sich mit der Hand durchs Haar und rieb sich das Gesicht. »Diese Wandalen sehen wahrhaftig merkwürdig aus.«

Einer von Fergus' Leuten erschien mit weiteren Bechern und Krügen voll Bier. Er begann, die Becher einzuschenken und sie unter den sich setzenden Herren zu verteilen. »Wo wohl ihre Heimat liegt?« fragte Meurig.

Artus forderte mich mit einem Wink zum Antworten auf. »Sie kommen aus Karthago, wo sie viele Jahre lebten«, erklärte ich. »Der Ostkaiser hat sie von dort vertrieben, und darum suchen sie jetzt eine neue Heimat und plündern unterwegs.«

»Weißt du das gewiß?« wollte Owein wissen.

»Sie haben einen Sklaven dabei, einen Priester namens Hergest, der unsere Sprache beherrscht«, antwortete Artus. »Er hat uns das bißchen erzählt, was wir wissen.«

»Aber wer sind sie?« fragte Ogryvan. »Und wer ist ihr König?«

»Sie sind ein nördlicher Stamm«, erwiderte ich, »und stehen unter der Führung eines Mannes namens Amilcar, der sich Twrch Trwyth nennt, der Schwarze Eber der Hussa, Rögat und Wandalen. Er ist ein habsüchtiger Fürst, dessen Raffgier nur noch von seiner Eitelkeit übertroffen wird.«

Darüber unterhielten wir uns eine Weile, und dann wandte sich das Gespräch der mangelnden irischen Beteiligung zu. Die britischen Könige griffen diesen Umstand aufs schärfste an und ließen ihrer Meinung freien Lauf. Sie schimpften über die Niederlage auf dem Schlachtfeld.

»Ein wenig mehr Hilfe von den Iren hätte ich begrüßt«, meinte Ogryvan vorsichtig.

»Hilfe?« höhnte Brastias. »Sogar mein Vieh kann sich besser wehren. Ist ihnen der Schutz ihres Landes gleichgültig?«

»Halt ein, Brastias«, warnte Bedwyr. »Sie wissen um ihren Fehler. Artus hat sie sich vorgenommen. Zu der Sache ist nichts mehr zu sagen.«

Die Herren starrten unbehaglich in ihre Becher, aber erst als das Wildbret erschien und die Männer zu essen begannen, ließ ihre Gereiztheit nach. Trotzdem war es kein guter Anfang. Die Fürsten vertrauten Artus zwar und waren es im Augenblick zufrieden, dieses Vertrauen auf die Iren auszudehnen. Doch wie lange?

Diese Frage beunruhigte mich. Ich nahm die Sache in die Hand, überließ die Herren ihrem Mahl und begab mich auf die Suche nach Conaire. Ich fand ihn mit dreien seiner Hauptleute an einem Feuerchen sitzen. Ich wartete nicht, bis sie mich begrüßten. »Darf ich mich zu euch setzen?« fragte ich.

Conaire blickte auf, und ich sah aufrichtige Überraschung in seiner Miene. »Nimm Platz«, sagte er. »Du bist hier willkommen, Barde.«

Dann schaute er wieder ins Feuer. Ich kam zu dem Schluß, daß ein klarer Schlußstrich das beste wäre. »Artus ist dir nicht böse gesonnen, Conaire«, sagte ich. »Aber wir können die Eindringlinge nicht aus dem Land jagen, wenn uns die Südiren nicht helfen. Das mußt du jetzt einsehen.«

Conaire nickte finster.

»Ich weiß, was geschah«, fuhr ich fort, um ihn aus der Reserve zu locken. »Du sahst, wie leicht Artus den ersten Angriff zurückschlug, und dachtest, du könntest es genauso.«

»So war es«, erwiderte Conaire, ins Feuer starrend.

»Nun, das ist keine Schande«, sagte ich. »Einige der besten Krieger der Welt haben es versucht.«

»Wirklich?« fragte Conaire, hoffnungsfroh aufblickend.

»Wirklich«, antwortete ich feierlich. »Die Grabhügel sind voller Sachsenfeldherrn, die dachten, sie könnten es mit Artus aufnehmen.«

Jetzt hatte ich den Irenkönig, und er runzelte die Stirn. »Ist er denn ein Gott, daß er in der Schlacht nie einen Fehler begeht?«

»Nein, Artus ist ein Mensch«, versicherte ich ihm, »aber er ist anders als die übrigen Menschen, wenn es in den Kampf geht. Kriegsfinten sind Met und Bier für ihn, Conaire. Sein Geschick gleicht dem Können eines Barden, und –«

»Ein Schlachtenbarde.« Conaire schnob leicht höhnisch.

Ich hielt inne und hielt meinen Ärger zurück. »Spotte meiner nur, Conaire, das stört mich nicht. Aber die Männer, die heute unter deinem Befehl starben, hatten etwas Besseres verdient.«

»Als ob ich das nicht wüßte!« jammerte er. »Ich sitze hier mit dem Kopf in den Händen und denke an nichts anderes.«

»Dann überlege dir unterdessen auch folgendes: Du magst die Briten womöglich nicht –«

»Das ist wahr«, murmelte einer der irischen Hauptleute.

»Trotzdem«, fuhr ich fort, »hat Artus viel aufs Spiel gesetzt, um diese Briten hierherzuführen. Ich sage nicht, daß euch das behagen muß, aber zumindest solltet ihr dankbar sein.«

Conaire zuckte die Achseln, sagte aber nichts. Sein freches Schweigen erzürnte mich. »Denk nach!« donnerte ich. »Was ist einfacher: ein Heer auszuheben und in ein fremdes Land zu segeln, um einen fürchterlichen Feind zu stellen, oder sicher im eigenen Reich zu bleiben und die Früchte seiner Herrschaft zu genießen?« Die vier starrten mich dümmlich an. »Antwortet mir, wenn ihr könnt.« Meine Worte troffen vor Verachtung.

»Du machst zuviel Aufhebens um die ganze Sache«, beharrte Conaire lahm.

»Ach, ja?« sagte ich trotzig. »Wenn die Angelegenheit so belanglos ist, dann sagt mir eins: Wer von euch würde für ihn das Gleiche tun?«

Conaires Blick wanderte armselig von einem der Häuptlinge zum nächsten und dann wieder zurück zum Feuer. Keiner von ihnen gab eine Antwort.

Plötzlich hatte ich den unangebrachten Stolz und die Eigensucht des Irenfürsten satt und wollte nichts mehr mit ihnen zu tun haben. Ich stand sofort auf, bat ihn, über meine Worte nachzudenken und entfernte mich aus jener elenden Gesellschaft.

Großes Licht, sie sind nur Kinder! Hauche ihnen den Odem der Weisheit ein, stärke ihre Herzen und Seelen, denn in der wütenden Hitze der Schlacht brauchen wir keine Kinder, sondern Männer!

XII

Am nächsten Tag trafen wir unweit eines Sees in einem schmalen Tal auf Amilcar. Der Feind bewies eine unerhörte Tücke. Anstatt uns einfach durch seine zahlenmäßige Überlegenheit zu erdrücken, spaltete er das Hauptheer in drei Teile und versuchte, die britische Verteidigung auseinanderzureißen. Er ging jedoch schwerfällig vor, so daß Artus der Falle leicht ausweichen konnte. Der Angriff, der durch die jähen Talhänge eingeschränkt war, brach rasch zusammen, und der Eindringling zog sich mit großer Hast zurück. Damit legte er neugewonnene Einsicht an den Tag.

»Der Schwarze Eber wird klug«, bemerkte Kei, als er die Wandalenkrieger aus dem Tal strömen sah.

»Sie lernen Achtung vor uns«, meinte Bedwyr.

Llenlleawg, der zugehört hatte, sagte: »Sie lernen Kriegslist. Es wird nicht lange dauern, und sie haben ihre Furcht vor unseren Pferden überwunden.«

»Betet, daß dies nicht geschieht«, versetzte Artus. »Unsere Schiffe kommen bald, und wenn es Conaire gelingt, im Süden Unterstützung zu gewinnen, ist unsere Streitmacht vielleicht groß genug, um den Eber und seine Ferkel zu schlagen oder aufs Meer zurückzutreiben.«

Unsere Schiffe trafen noch am selben Tag ein. Sie brachten die übrigen Männer und Pferde, aber nur einen Bruchteil der Vorräte, die wir brauchten. »Es tut mir leid, Herr«, entschuldigte sich Rhys, als wir den spärlichen Haufen Proviant betrachteten, der auf dem Kies lag. Die Männer wateten durch das seichte Wasser ans Ufer, Pferde an den Zügeln führend oder Waffen schleppend. »Ich schwöre, daß ich nicht mehr zusammenbringen konnte. Wenn ich mehr Zeit gehabt hätte …« Er hielt inne. »Es tut mir leid.«

»Was wirfst du dir vor?« fragte Artus. »Du hast getan, was du konntest. Gräme dich nicht, Rhys.«

»Aber es ist schändlich wenig für Männer, die kämpfen müssen.«

»Fürwahr«, gab der König ihm recht, fügte aber hinzu: »Trotzdem könnte es reichen – falls der Feldzug kurz wird.«

»O ja«, sagte Rhys und betrachtete zweifelnd den dürftigen Haufen, »wenn wir den Zwist morgen oder übermorgen beenden. So lange reichen die Vorräte auf jeden Fall.«

Wir fochten zwar weder am nächsten Tag gegen Trwch noch am übernächsten, behielten ihn jedoch scharf im Auge. Artus stellte im weiten Kreis um das Wandalenlager Späher auf und hielt sie dazu an, ihm die geringste Bewegung zu melden, ob Tag oder Nacht. Außerdem sollten sie Wild für die hungrigen Krieger erlegen. Und als der Schwarze Eber sich auch am dritten Tag der offenen Feldschlacht verweigerte, wurde Artus mißtrauisch.

»Warum wartet er?« fragte er sich. »Was heckt er aus? Er muß doch wissen, daß unsere Zahl stärker wird, je länger er zaudert.«

Und tatsächlich traf am folgenden Tag Conaire mit fünf irischen Königen und deren Heeren ein: alles in allem über neunhundert Mann, von denen allerdings nur die Hälfte beritten war. Artus war über die Unterstützung der südlichen Fürsten hocherfreut. Unglücklicherweise schienen sie mit leeren Händen gekommen zu sein, weil sie glaubten, Nahrung und Vorräte würden von den Briten gestellt.

»Ich muß dich loben, Conaire«, begrüßte Artus den Iren laut, so daß seine Landsleute es hörten. »Du hast unsere Streitmacht kräftig verstärkt. Ich zweifle nicht, daß wir mit dieser zusätzlichen Unterstützung den Feind bald aus eurem Land vertreiben.«

»Und das am besten bald«, fügte Gwenhwyvar hinzu. »Wir haben nur noch einen Tag Nahrung für unsere Krieger, und nicht einmal das, wenn wir mit allen teilen müssen.«

Conaire runzelte besorgt die Stirn, das dankbare Lächeln wich von seinen Lippen. »Wirklich?« Anklagend wandte er sich an Artus. »Ich dachte, du wolltest Nahrungsvorräte mitbringen?«

»Ich habe alles gebracht, was ich beschaffen konnte«, erwiderte Artus. »Der Friede in Ynys Prydein ist noch jung. Wir hatten einen langen Krieg, und die Lagerhäuser und Kornspeicher sind noch leer.«

»Außerdem«, fuhr Gwenhwyvar streng fort, »ist das nicht der Kampf der Briten. Erwartest du von ihnen vielleicht, daß sie nicht nur für uns kämpfen, sondern uns auch noch ernähren?« Sie warf ihm einen höhnischen Blick zu. »Sieh an, Conaire Geizkragen, du mußt deine wurmstichigen Schatzspeicher öffnen und dich von einem Teil deines Reichtums trennen.«

Conaire verdrehte die Augen und blies die Backen auf. »Der Reichtum von Uladh geht dich nichts an, Frau!« fauchte er. »Gibt es denn kein Wild auf den Hügeln, keine Fische in den Seen?«

»Wenn wir fischen«, erwiderte Gwenhwyvar und zog ihre schönen Brauen drohend hoch, »können wir nicht kämpfen. Oder hast du vor, die Wandalen zu erschrecken, indem du ihnen Fischnetze vor die Nase hältst?« Sie wirbelte gebieterisch davon und ließ Conaire keine Gelegenheit zu einer Antwort.

»Oje! Sie ist ein scharfzüngiges Schreckgespenst«, schimpfte der Ire. »Wenn sie nicht auch Königin wäre –« Er warf einen Blick auf Artus und dachte den Satz nicht zu Ende. Da sich jetzt die Fürsten aus dem Süden näherten, richtete Conaire sich auf und warf sich in die Brust.

»Es ist die schlichte Wahrheit«, sprach ich. »Wir brauchen dringend Nahrungsmittel. Und da wir uns in deinem Reich befinden, Conaire, müssen wir uns deswegen an dich wenden.«

Conaire, der noch unter Gwenhwyvars Prügeln litt, wollte in den wachsamen Augen der Edlen aus Connacht und Meath nicht knausrig erscheinen. Er richtete sich zu seiner ganzen Größe auf. »Keine Sorge«, sagte er großzügig. »Wartet nur, was ich tun werde. Es herrscht kein Mangel, wo Conaire Rothand in der Nähe ist.«

»Ich überlasse die Sache ganz dir«, versetzte Artus. Er wandte sich an die irischen Fürsten, begrüßte sie und stellte uns ihnen vor: »Ich bin Artus, der König der Briten, und der Mann neben mir ist Myrddin Emrys, der Oberbarde von Lloegres, Prydein und Celyddon.«

»Fürwahr«, erwiderte einer der Könige, »die Namen Artus und Emrys sind bei uns nicht unbekannt. Ich bin Aedd vom Klan Ui Neill, ein Verwandter von Fergus. Es ist mir ein Vergnügen, dich begrüßen zu dürfen, Artus, König der Briten. Meine Männer und ich stehen dir zu Diensten und zu Befehl.« Darauf neigte er den Kopf leicht zur Ehrerbietung.

Zu mir gewandt, sagte er: »Bei dir liegt gewiß ein Irrtum vor. Denn du kannst nicht der hochberühmte Emrys sein, von dem soviel erzählt wird. Verzeihe mir meine Offenheit, aber ich dachte, deine Jahre seien längst abgelaufen. Und vor mir sehe ich einen jungen Mann, dem gerade der erste Bart zu sprießen beginnt.«

Aedd sprach mit solch schlichter Anmut und Freundlichkeit, daß er Artus und mich gleich für sich einnahm. »Lasse dich nicht vom Schein trügen, Herr Aedd. Der alte Mann aus den Sagen und ich sind ein und derselbe.«

Aedd verbarg sein Erstaunen nicht. »Dann ist es also wahr! Du bist ein echter Prinz aus der Anderswelt!«

»Mein Volk altert nicht so rasch wie andere, das kann ich nicht leugnen. Aber solange wir leben, wandeln wir auf dieser Welt und in keiner anderen«, entgegnete ich. »Im Namen des einen, der uns alle erschuf, ich grüße dich mit Freuden.«

Jetzt drängten die übrigen vier heran, begierig, unsere Bekanntschaft zu schließen. Aedd übernahm zu Conaires Ärger die Vorstellung der Fürsten: Diarmait, Eogan vom Klan Ui-Maine, Illan und Laigin. Alle vier waren sie starke, junge Männer, selbstsicher, von sich und ihren Kriegern überzeugt. Jeder von ihnen stellte eine gewisse Wohlhabenheit zur Schau: Sie trugen helle, bunte Umhänge – rotblau gestreift, ginstergelb und smaragdgrün. Jeder hatte als Torques ein breites Goldband aus ineinander verschlungenen Reifen um den Hals, und davon hätte zusammen mit den Ringen und Armbändern der Haushalt eines

Statthalters leben können. Ihre Stiefel und Gürtel waren aus gutem Leder und die Schwerter an ihren Seiten aus schönem Stahl, lang und scharf.

Die fünf zeigten ihr Selbstbewußtsein so sicher wie ihren Reichtum. Das war gut so, und ich nahm ihnen ihr Selbstvertrauen nicht übel. Conaire indessen war im höchsten Maße von sich überzeugt und verfehlte zugleich jämmerlich jegliche Wirkung. Nun, dachte ich, wenn Prahlerei allein etwas gegen die Wandalenhorde auszurichten vermochte, würden wir nicht Hand an unsere Schwerter zu legen brauchen.

Jeder der irischen Führer ließ Artus den Vortritt, anerkannte seinen Ruhm und unterstellte sich seinem Befehl. Aedd und Laigin, dunkelhaarige, stattliche Männer, schienen es mit Artus' Unterstützung besonders ernst zu meinen. Das erfreute Artus und trug ihnen seinen Dank ein. Auch Conaire entging es nicht. Während sich Artus und seine irischen Brüder bald gut verstanden, wurde Conaire immer einsilbiger und zurückhaltender.

An jenem Abend speisten wir gemeinsam, Briten und Iren, Edle und einfaches Volk. Und obschon das Mahl alles andere als üppig war, wurde es im Glanz der frisch entfachten Freundschaft zu einem Freudenfest. Die Irenkönige setzten den Briten unaufhörlich mit Fragen nach Jagd- und Reitabenteuern zu, nach gewonnenen und verlorenen Schlachten, nach der Herrschaftskunst und Verwandtschaftsverhältnissen. Sie zeigten sich über alles, was sie erfuhren, entzückt. Die Briten ihrerseits waren angesichts ihrer irischen Gefährten angenehm überrascht.

Die meisten Briten hatten uralte Vorurteile, wenn nicht Feindschaft gegen die Iren gehegt. Wie ich schon sagte, hatten sie selbst oder ihre Väter zu oft gegen irische Räuber gekämpft, um eine gute Meinung von ihnen zu haben. Und Conaires armseliges Verhalten und schlechte Manieren hatten sie auch nicht bekehrt. Nur Artus zuliebe waren sie gekommen und nicht aus Gutmütigkeit den Bewohnern Iernes gegenüber. Doch als die britischen Fürsten jetzt Seite an Seite mit ihnen an der verwitterten Tafel unter dem löchrigen Dach und den Sternen am sommerlichen Firmament saßen, waren sie wie zuvor Artus so erstaunt, daß sie den Irenfürsten eine aufrichtige Freundschaft entgegenbrachten.

Und es lag nicht am Trinken, daß sie so empfanden: Wir hatten nämlich gerade genug, um an einem Willkommenstrunk zu nippen, dann war der Biervorrat zu Ende. Es lag eher am angeborenen Zauber der Kinder DeDannans. Sie sind ein gewinnendes Volk, weiß Gott, und ihre anmutigen Schmeichelworte entzückten und betörten. Gleich ihrer Musik – die sie wie fast alles andere vor Urzeiten aus Ynys Prydein stahlen – tanzen und wirbeln ihre Worte in verwickelten Mustern daher und berauschen sowohl Ohr als auch Seele.

»Wie sie reden! Als wären sie Engel, fürwahr«, lachte Kei, vollkommen hingerissen von der Leichtigkeit ihrer Sprechweise.

»Sie spinnen feines Garn«, pflichtete Bedwyr bei, »du darfst es dir nur nicht über die Augen ziehen lassen, Kei.« Es widerstrebte ihm, sich aus vollem Herzen auf sie einzulassen. Da Bedwyr an Britanniens Westküste aufgewachsen war, wurde die Bannkraft der Iren durch viel vergossenes Blut aufgewogen.

Laigin, der Bedwyr gegenüber saß, hörte die Bemerkung. »Schäme dich«, sagte er, breit und gemütlich lächelnd, »willst du mein Herz verwunden, daß du so sprichst?«

»Mir wird bang um dich, mein Freund«, antwortete Bedwyr schlagfertig, »wenn dein Herz sich so leicht verwunden läßt. Das Leben muß für dich ein ständiges Weh sein.«

Laigin lachte. »Du gefällst mir, Bedwyr. Und hätte ich noch einen Tropfen in meinem Becher, ich würde ihn auf das Wohl von Britanniens Strahlendem Rächer trinken.« Er hob seinen Becher trotzdem und schwenkte ihn in beiden Händen. »Auf den edelsten Krieger, der jemals ein Schwert zückte oder einen Speer einlegte.«

Bedwyr stützte seine Ellbogen auf den Tisch und ließ sich von Laigins Schmeichelei einlullen. »Du brauchst anscheinend nichts in deinem Becher«, erwiderte er, »da Worte allein dich schon aufmuntern.«

»Er ist wirklich betrunken«, meinte Kei trocken, »wenn er dich für den edelsten Krieger unter diesem Dach hält.«

»Wieder bin ich getroffen«, erklärte Laigin und legte eine Hand aufs Herz.

»Nun«, sagte Bedwyr, »ich denke, dagegen müssen wir ein Heilmittel finden.«

Gierig lehnte Laigin sich vor, außerstande, seinen Eifer noch länger im Zaum zu halten. Ich erkannte, daß wir zum Kern seines Anliegens gekommen waren und wie geschickt er die Unterhaltung auf seinen Wunsch gelenkt hatte.

»Gewähre mir die Ehre, morgen in der Schlacht an deiner Seite zu reiten«, sagte der junge Mann, sein fürstliches Auftreten vergessend. Er wirkte wie ein Knabe, der nach dem Einverständnis seines Vaters lechzt.

»Wenn dir das ein Trost ist«, hub Bedwyr an.

»Es würde mich mächtig anspornen«, warf Laigin rasch ein.

»Dann sei es.« Bedwyr hob zustimmend seine Hand. »Wenn du die Schneide nur halb so sicher schwingst, wie du deinen Witz gebrauchst, dann werden wir die am meisten gefürchteten Krieger auf dem Schlachtfeld sein.«

Kei schnaubte leise, um zu zeigen, was er von dieser Vorstellung hielt. Da meldete sich Aedd, der zwei Plätze weiter saß, zu Wort. Er war der Unterhaltung genau gefolgt und hatte jedes Wort gehört. »Sollen sie sich mit ihrer jämmerlichen Einbildung trösten, Bruder Kei«, sagte er. »Achte ihrer nicht. Aber erlaube mir, neben dir zu reiten, und wir zeigen ihnen allen, was Männer leisten können, die das scharfe Ende eines Speeres kennen.«

»Gut gesprochen, mein irischer Freund!« versetzte Kei, mit der flachen Hand auf den Tisch schlagend. »Möge der Feind sich in acht nehmen!«

»Und der Freund ebenfalls«, sagte Bedwyr.

Dann stritten sie sich freundschaftlich darüber, wem es am folgenden Tag in der Schlacht am besten ergehen würde, und eine Prahlerei folgte der nächsten. Ich blickte an ihnen vorbei die Tafel entlang und sah, daß die übrigen britischen und irischen

Edlen sich ebenso angenehm unterhielten, während Artus und Gwenhwyvar der liebenswürdigen Versammlung vorstanden und unauffällig diese neu geborene Eintracht anspornten, auf daß sie sich vertiefte und gedieh.

Großes Licht, möge die Brüderlichkeit blühen! Sende deinen sanftesten Geist, um die Verletzungen und Kränkungen vergangener Tage zu heilen.

Als wir uns schließlich von der Tafel erhoben und uns zur Ruhe begaben, schien es, als hätten wir Verwandte gefunden, die uns enger verbunden waren als die Blutsverwandten in der Heimat. Einer unter den Anwesenden jedoch, Conaire nämlich, war am Ende nicht besser gelaunt als am Anfang des Mahls. Die Schlange der Eifersucht hatte bereits an ihm zu nagen begonnen.

Da die Krieger nun alle versammelt und bereit waren und die Nahrungsmittelvorräte knapp wurden, warteten wir nicht darauf, daß der Schwarze Eber von neuem angriff, sondern trugen die Schlacht zu ihm. Wir waren zwar zahlenmäßig noch immer schmerzlich unterlegen, aber Artus beschloß, das meiste aus der Angst und der Verwirrung, die unsere Rösser stifteten, zu machen und schlug wieder einen nächtlichen Überfall vor.

Den ganzen Tag lang bezogen wir anhand der Meldungen unserer Späher in den niederen Hügeln um das Wandalenlager Stellung. Langsam wie eine große, stelzende Raubkatze sammelten wir uns heimlich, still und leise zur Attacke. Als die Sonne am Horizont unterging, waren wir zum Losschlagen bereit.

Endlich wurde es dunkel, aber sogar als der Mantel der Nacht über dem Tal lag, blieb der Himmel hell. Artus hockte im düsteren Schatten einer Ulme am Rand des Hügels und rupfte müßig Gras aus dem Boden, während er die feindlichen Lagerfeuer beobachtete. Ich kauerte mich neben ihn. Über die Hügelkuppen um das gesamte Lager verteilt, im Dämmerlicht unsichtbar, warteten unsere Krieger auf Artus' Zeichen.

Die Nacht war still. Wir konnten die Geräusche des Lagers unter uns hören, als die Wandalen ihr Abendmahl bereiteten: das

Klappern und Klirren von Kochgeschirr, das Gemurmel der Stimmen um die Feuer ... die gewöhnlichen Laute des täglichen Lebens, an sich unschuldig. Was die Wandalen auch sonst sein mochten, sie waren Menschen, die uns auf ihre Art eher glichen, als daß sie sich von uns unterschieden.

»Ich habe mir diese Lage nicht ausgesucht«, murmelte Artus nach einer Weile. Seine Gedanken ähnelten meinen.

»Amilcar sehr wohl«, gemahnte ich ihn. »Du hast ihm die Wahl gelassen.«

»Wirklich?« Er spie den Grashalm aus, auf dem er gekaut hatte.

Nach einiger Zeit ging der Mond auf und goß einen sanften silbernen Schein über das Tal. Als das Land ohne die Sonne allmählich auskühlte, kroch ein kalter Schauer in die Luft. Hinter uns wurden unsere Krieger kampfbegierig und schlachtbereit, unruhig; die Notwendigkeit, reglos und aufmerksam zu wachen, zehrte an ihnen.

Trotzdem wartete Artus.

Der Mond zog seine langsame, majestätische Bahn durch das Himmelsrund, und nach und nach erstarben die Geräusche im Lager der Feinde. Der in der Nacht scharfsichtige Artus hockte stumm und still da wie ein Berg. Ich spürte jedoch seine innere Unruhe, oder vielleicht bildete ich sie mir nur ein. So oder so hatte ich das Gefühl, daß er mit sich im Widerstreit lag und die Klugheit des von ihm eingeschlagenen Kurses in Frage stellte. Und darum zauderte er.

Da ich das rastlose Aufsteigen von Sorge bemerkte, sagte ich mild: »Der Schlachtplan ist richtig. Nur das Warten läßt dich an ihm zweifeln.«

Er wandte mir sein Gesicht zu. Hart und hell glänzten seine Augen im Mondlicht. »Ich zweifle doch gar nicht daran.«

»Warum zögerst du dann?«

»Wenn ich zögere«, erwiderte er, »dann nicht, weil ich Zweifel habe. Sondern weil ich Gewißheit besitze. Der Überfall, den wir beabsichtigen, wird zum Erfolg führen.« Er blickte wieder ins Tal, spähte angestrengt in die Dunkelheit, wie ein Seemann, der eine unbekannte Tiefe zu ergründen versucht.

»Das scheint mir ein sonderbarer Grund zur Besorgnis«, meinte ich, denn ich wollte ihn irgendwie trösten.

»Ich will dir die Wahrheit gestehen, Myrddin«, sagte er, und obwohl er leise sprach, hörte ich den schneidenden Ton in seiner Stimme. »Ich fürchte diesen Sieg, denn ich kann nicht darüber hinaus sehen.« Er hielt inne, und ich dachte schon, er wolle nichts mehr hinzufügen. Doch nach einem Augenblick sagte er: »Jede Tat zeitigt eine Unzahl von Folgen, und jede Auseinandersetzung hat zwei mögliche Ausgänge. Bevor ich das Schwert zum Kampf zücke, versuche ich stets, vorauszuschauen, um zu erkennen, welcher Ausgang der vernünftigere ist, und diesen suche ich dann der Schlacht zu geben, sofern ich kann.« Er hielt abermals inne, und ich wartete, bis er wieder von selbst weitersprach. »Heute nacht«, fuhr er schließlich fort, »heute nacht schaue ich zwar, kann aber nicht sehen, wohin die beiden Ausgänge führen.«

»Und das macht dir Angst?«

»Ja, das macht mir Angst.«

»Dann bin ich sehr getröstet«, bekannte ich.

»Wahrhaftig?« Er blickte mich wieder scharf an.

»Ja, wahrhaftig«, versetzte ich, »denn das heißt, daß du letztlich doch aus Fleisch und Blut bist, Artus ap Aurelius. Einige unter uns wollten schon das Gegenteil vermuten.«

Ich sah seine Zähne im Dunkeln weiß aufblitzen, als er lächelte. Unvermittelt stand er auf und streckte mir die Hand entgegen, um mir hochzuhelfen. »Dann komm, du widerwärtiger Barde«, sagte er. »Es ist an der Zeit, herauszufinden, welche Richtung wir einschlagen sollen. Und hoffe auf Gott, daß er uns unterwegs begegnet.«

Drittes Buch

Der Vergessene Krieg

I

Alle, die ihr nun auf das Land blickt und eure unheiligen Klagen anhebt, sagt mir: Wo wart ihr, als der Schwarze Eber unsere geweihte Erde mit seinen Hauern aufwühlte und mit seinem gottlosen Grunzen die Hügel von Ynys Prydein erschütterte?

Sagt es mir! Ihr, die ihr von den erhabenen Zinnen eures überlegenen Verstandes euren Blick über alles schweifen laßt, was sich in der Welt zuträgt, und euer Urteil darüber fällt, sagt mir, daß ihr das Unglück ahntet, das über uns kam. Ich fordere euch auf: Lehrt mich, ihr Weisen, wie man es hätte hindern können!

O ihr Klugen, die ihr euch eures großen Verstandes so gewiß seid, sagt mir, wenn ihr auf das Unheil schaut, das Trwch Trwyth anrichtete: Saht ihr auch den Gelben Verheerer voraus?

Wo wart ihr, als der schreckliche Komet über die Insel der Mächtigen zog und Lloegres mit seinem Schweif geißelte? Ich will es euch sagen: Ihr segeltet davon nach Armorica!

Wer überließ eure Heimat den Barbaren? Wer ließ eure Küsten unbewehrt? Wer wandte sich ab von Britannien am Tag der Gefahr und des Entsetzens? Artus nicht. Artus niemals.

Warum klagt ihr? Warum schmäht ihr ihn jetzt? Ich verlange eine Antwort! Sagt mir: Warum bekümmert ihr den Himmel mit euren lästigen Behauptungen?

Das Kritteln der Heuchler ist wie das Miauen kranker Katzen. Es bedeutet nichts, sondern zeugt nur von einer kleinmütigen, engherzigen Haltung, krank vor Trotz und faulig vor Eifersucht. Die Willensschwachen schimpfen stets auf jene, die, wenn es zum Streite geht, Unerschrockenheit im Herzen haben und die eigene Sicherheit über Bord werfen. Die Angst ist des Menschen erster und letzter Gegner. Hört mich also an, denn wahrlich, ich sage euch: Überwindet die Furcht, und Lohn ist euch gewiß.

In jener Nacht, als Artus auf den schattigen Pfaden des Krieges nach Licht Ausschau hielt, fand er nur Furcht. Aber dennoch stellte er, weil er ja Artus war, diese hintan und schritt statt dessen im festen Glauben voran. Darum wird ihm alles, was danach folgte, als Tüchtigkeit anerkannt werden. Dergleichen werden verzagte Menschen nie begreifen.

Wir obsiegten in jener Nacht zwar, aber unser Sieg streute die Saat für eine bittere Ernte. Wir errangen Freiheit für Eire, doch zu einem hohen Preis für Ynys Prydein. Denn diese Freiheit bedeutete für Britannien gräßliche Mühsal.

Auf Artus' Befehl blies Rhys einen kurzen, durchdringenden Ton auf dem Horn, der über das gesamte Tal verteilt ganze sieben Male erwidert wurde. Beim zweiten Erschallen des Horns spornten wir unsere Pferde an. Wie der Blitz von einem wolkenlosen Himmel fuhren wir darnieder.

Wir preschten in das schlafende Feldlager. Die Wandalen, die an ständigen Krieg gewöhnt waren, überwanden ihren Schrekken und antworteten rasch. Sie sprangen aus ihren runden Zelten, rannten kreischend zu den Waffen und stürzten sich im Nu in die Schlacht. Da zeigte sich abermals Artus' Genie.

Denn da er an so vielen Stellen gleichzeitig angreifen ließ, zwang er den Feind, sich zu zerstreuen, so daß er in Verteidigungshaltung verharren mußte. Und obzwar jeder unserer Trupps klein war, durfte das an Köpfen stärkere Barbarenheer keinen von ihnen außer acht lassen, denn jegliche Fahrlässigkeit fand ihre strenge Strafe. Der Schwarze Eber und seine Hauptleute konnten ihre Abwehr nicht zusammenziehen und so den Vorteil ihrer überlegenen Zahl nicht gegen uns zum Einsatz bringen. Die flinken, beweglichen Angreifer schlugen zu, zogen sich zurück und stürmten immer wieder aufs neue heran.

Bei Tag hätte diese Taktik nicht verfangen. Aber für einen nächtlichen Überfall eignete sie sich hervorragend, weil die

Dunkelheit die übliche Verwirrung und das Durcheinander des Kampfes zu einer Stärke an sich steigert. Artus spielte mit dieser Stärke, benutzte sie wie eine Waffe. Die von einem echten Barden geschlagene Harfe klingt dumpf und steif, verglichen mit dem Lied einer Waffe in Artus' Hand. Und mich berauschte seine Weise.

In vorderster Front ritt ich zu seiner Linken, dazu auf seiner Rechten Llenlleawg und Gwenhwyvar, hinter uns Cador und Meurig mit ihren Heeren. Ab und an erhaschte ich einen Blick auf andere Kriegerscharen, die entlang der Schlachtlinie auftauchten und wieder verschwanden. Zu Artus' Schlachtplan gehörte, daß wir uns auf keinerlei Zweikämpfe einließen, sondern jeweils nur kurz zuschlugen und uns wieder aus dem Staub machten, ehe der Feind uns einschließen konnte, was stets sein oberstes Ziel war.

Der Hochkönig suchte das auf- und abwogende Getümmel unablässig nach dem Feldzeichen des Schwarzen Ebers ab, denn wenn er zufällig auf Trwch Trwyth treffen sollte, wünschte er mit ihm unbedingt die Klingen zu kreuzen. Wie es das Kampfglück wollte, bekam Artus die Gelegenheit dazu. Bei einer unserer geschwinden Attacken sah ich nämlich die Eberstandarte vor uns aufblitzen und hörte im selben Moment einen mächtigen Schlachtruf: Artus stob an mir vorbei zu ihr hin. Ich trieb mein Roß an, um mit ihm Schritt zu halten. Ich sah Llenlleawgs Schwert im Feuerschein gleißen, als er sich Hieb um Hieb an Artus' Seite hielt.

Die beiden stießen in die mahlende Masse vor uns. Ich wandte mich nach rechts und erkannte, daß Gwenhwyvar Mühe hatte, zu folgen. »Herrin!« rief ich. »Hier lang!«

Sofort war sie neben mir, so daß wir gemeinsam in die vor Speeren starrende Feindesmauer hackten. Ich hieb mit meinem Schwert um mich, mein Arm ging auf und nieder, der flinke Stahl bahnte sich einen gräßlichen Weg durch das zähe Wogen. Urplötzlich teilte sich die Menge, und ich erblickte vor mir den hünenhaften Wandalenhäuptling, umgeben von seiner Leibwache, und auch Artus hoch auf seinem scheuenden Roß, Caldevwlch rotwirbelnd gereckt.

Wütend, die Augen zu haßerfüllten Schlitzen verkniffen, stellte Trwch Trwyth sich Artus' Angriff. Er sprang nach vorn und schleuderte seinen Speer, um Artus' Kehle aufzuschlitzen.

Artus indessen war flink. Seine Schneide fuhr empor. Die Waffe des Schwarzen Ebers zersplitterte, und die Speerspitze flog davon. Waffenlos wich Amilcar zurück und suchte Schutz hinter seinem erhobenen Schild. Krachend versetzte Artus dem Schild einen markerschütternden Schlag. Dann wieder einen und noch einen.

Der Wandalenhäuptling wankte rückwärts. Ich sah ihn stolpern, während seine Leibwache nach vorn drängte und ihn wieder umschirmte. Dann wurde er von der Schlachtwelle davongetragen. Die Gegner schwärmten heran, da mußten wir die Attacke entweder abbrechen oder uns niederreißen lassen. Uns blieb keine Wahl, als erst einmal abzulassen.

Außer Wurfweite ihrer Speere stellten wir uns wieder auf. »Ich hatte ihn!« rief Artus enttäuscht. »Saht ihr es? Ich hatte ihn!«

»Ich sah es«, entgegnete Gwenhwyvar. »Du hast ihn verletzt, Artus. Er ging zu Boden.«

»Ja, er ging zu Boden«, bestätigte Llenlleawg. »Doch verletzt ist er, glaube ich, nicht.«

»Ich war so nahe dran!« rief Artus und klopfte sich auf den Schenkel, daß der Schild an seinem Arm rappelte. »Ich hatte ihn im Griff!«

»Er wird dir nicht mehr lang entkommen«, tröstete Gwenhwyvar. »Nur wenige bekommen den Biß des Bären von Britannien zu spüren und überleben es.«

Cador zügelte sein Pferd neben uns. »Schade. Du wirst noch einmal die Gelegenheit bekommen, Artos.«

»Sollte das der Fall sein«, erwiderte Artus, auf das Gewühl blickend, »dann in einer anderen Schlacht. Diese hier ist vorbei.«

»Vorbei?« wandte Cador ein. »Artos, wir fangen doch gerade erst an, unsere Spuren zu hinterlassen.«

»Und der Feind hat angefangen, seiner Verwirrung Herr zu werden.« Der Hochkönig deutete mit dem Schwert. »Bald wird Trwch merken, daß er uns zurückwerfen kann. Ich möchte ihm diese Erkenntnis lieber vorenthalten.«

Wir blickten die Schlachtlinie entlang und sahen, daß die Wandalen allerorten zum Angriff übergingen. Endlich erkühnt, schlugen sie zurück. Die Schlacht wandte sich. Es war an der Zeit, den Rückzug anzutreten.

»Rhys!« rief Artus. »Ans Horn! Blase zum Rückzug!«

Mit dem Klang des Jagdhorns im Ohr flohen wir also die Schlacht und stürmten wieder die langen Hänge hinauf zurück in die Dunkelheit. Oben hielten wir an, um einen Blick auf unser Werk zu werfen. Das Feindeslager war in Aufruhr: Zelte brannten, Männer brüllten und weinten, rannten hin und her. Im Umkreis jedoch lagen die stillen Toten dicht gedrängt am Boden.

»Ein Sieg«, murmelte Artus. »Da schwillt einem vor Stolz das Herz, nicht wahr?«

»Amilcar wird begreifen, daß er nicht ans Ziel gelangen kann«, erwiderte ich. »Vielleicht hast du heute nacht vielen Menschen das Leben gerettet.«

»Bete zu Gott, daß du recht behältst, Myrddin«, sprach der König. Dann wandte er sein Roß und ritt den Hügel hinab aus dem Tal.

Wir kehrten nicht zu der verlassenen Festung zurück, sondern lagerten uns an einem Bach unweit des Schlachtfeldes. Im Morgengrauen weckte uns einer der Späher, die Artus in der Nähe der feindlichen Stellungen postiert hatte.

»Die Barbaren brechen ihr Lager ab, Herr«, meldete der Reiter. »Sie scheinen abzuziehen.«

»Führe mich hin«, befahl Artus. Er rief Cador und mich hinzu, als Geste der Versöhnung auch Conaire. Gerade, als die Sonne im Osten hervorlugen wollte, gelangten wir zum Hügelkamm oberhalb des Wandalenlagers.

Wir schauten ins Tal, gegen die rot aufgehende Sonne, und beobachteten, wie eine Reihe von Kriegern sich aus der Menge löste und im Gänsemarsch am Bach entlang gen Westen zog. Bald hatte sich das gesamte Heer in Bewegung gesetzt und strömte wie ein dunkler Fluß Richtung Meer.

»Sie ziehen ab!« meinte Cador. »Du hast gesiegt, Artos! Du hast sie geschlagen.«

Artus legte den Kopf schräg und blickte lang der zurückweichenden Flut nach. Als er sich schließlich abwandte, sagte er nur: »Folgt ihnen!«

Dann kehrte er mit mir zu unseren Kriegern zurück. Cador, Conaire und den Späher ließen wir zur Beobachtung der Feinde da. Die Fürsten und Edlen erwarteten uns, und Artus befriedigte ihre Neugier mit den Worten: »Der Feind verläßt anscheinend das Tal. Ich habe Cador und Conaire mit der Ausspähung seiner Ziele beauftragt und sie um Meldung gebeten.«

Also richteten wir uns aufs Warten ein, und der Tag verstrich. Die Männer kümmerten sich um ihre Waffen und pflegten ihre Wunden, für die Ruhe dankbar. Als der halbe Vormittag vorüber war, traf unter großem Beifall Fergus mit dringend notwendigem Nachschub ein – einschließlich einer kleinen Herde Viehs. Er befahl seinen Männern, die Nahrungsmittel zu verteilen und kam zu uns. Bei ihm befand sich der Priester Ciaran.

»Was höre ich da?« fragte Fergus, vor Aufregung fast stolpernd. »Der Feind ist in die Flucht geschlagen? So geht das Gerücht. Ist es wahr?«

»Es scheint so«, teilte Gwenhwyvar ihm mit. Sie stand auf und begrüßte ihren Vater mit einem Kuß. »Der Schwarze Eber hat das Tal verlassen – Conaire und Cador folgen ihm, um zu sehen, wohin er sich wendet.«

»Und da komme ich mit genug Korn und Fleisch, um uns den ganzen Sommer durchzubringen«, jammerte Fergus zum Spaß. »Was soll ich jetzt damit anfangen?«

»Das Essen ist uns trotzdem willkommen«, erwiderte Kei. »Warten macht hungrig. Ich komme fast um.«

»Kein Wort weiter, mein Freund«, erklärte Fergus. Er wandte sich um und rief eine Reihe von Befehlen, woraufhin Männer mit Laiben frisch gebackenen Brotes, Brocken kalten Bratens und Schläuchen voller Bier angerannt kamen. Der Irenkönig hatte das Brot wahrscheinlich aus den Öfen gerissen und das Fleisch von den Spießen und dazu noch die letzten Krümel unter den Tischen derjenigen aufgeklaubt, die ihm Unterstützung gewährten.

»Ach, sie haben uns gerne geholfen«, erzählte er, als Bedwyr eine Bemerkung über diese ungewöhnliche Freigebigkeit machte. »Sobald ich ihr Mitleid nur zur Genüge geweckt hatte, konnten sie mir gar nicht genug schenken. Sie seien gesegnet.«

»Fergus mac Guillomar!« rief Gwenhwyvar. »Du hast Conaires Dörfer geplündert?«

»Ts!« schniefte Fergus. »Du kränkst mich, Tochter! Habe ich schon einmal einen Bissen gestohlen? Noch nie.« Er blickte in die Runde, und da er nur wenige fand, die ihm glaubten, suchte er bei Ciaran Beistand: »Sag es ihnen, Priester, du warst dabei.«

»Es ist wahr«, bestätigte Ciaran. »Sie halfen uns alle freiwillig. Aber bis heute begreife ich nicht, warum diejenigen, die sich anfangs am meisten sträubten, am Ende am meisten gaben.«

Fergus grinste. »Ach, das liegt an meinem gewinnenden Wesen. Ich bin der Meinung, sobald ein Mensch so recht verstanden hat, was man von ihm verlangt, erfüllt er dies nur zu gern.«

»Und bewaffnete Krieger auf der Schwelle der Hütten hatten wohl gar nichts damit zu tun«, meinte Gwenhwyvar.

»Tochter, Tochter«, schalt Fergus. »Erwartest du denn, daß ich schutzlos durchs Land ziehe? Was du so redest. Ich ritt mit stämmigen Kriegern durchs Land, das gebe ich anstandslos zu. Wie sonst hätte ich die Wandalen abwehren und die meinem Caer anvertrauten Vorräte wegschaffen sollen?«

Alle lachten, von Fergus' Erklärung belustigt. »Freund Fergus«, sagte Artus. »Gleich, wie du an Fleisch und Bier gekommen bist, es ist uns höchst willkommen. Ich danke dir und lobe deine Emsigkeit.«

»Zu gütig von dir, mich so zu preisen«, versetzte der Irenkönig. »Trotzdem wäre ich gestern nacht lieber hier bei dir gewesen. Ich habe, glaube ich, ein gutes Gefecht versäumt. Das hätte ich zu gern erlebt.«

»Nun, ich war dabei«, sagte Kei zu ihm, wischte sich den Mund am Ärmel ab und hob den Becher in seiner Hand. »Und wahrlich, ich sage dir: Der Schaum in diesem Becher ist meinen Augen viel lieber als das, was ich gestern nacht sah.«

Der Tag wurde warm – wieder hatten wir heißes, wolkenloses Wetter –, und nach dem Mahl legten sich die Männer schlafen, wo immer Bäume und Büsche ihnen Schatten boten. So verbrachten wir die Zeit und warteten darauf, daß Cador und Conaire zurückkamen und uns die Meldung vom Rückzug der Wandalen brachten.

Doch erst in der Abenddämmerung des folgenden Tages erreichte uns die erwünschte Botschaft. Hungrig und durstig tauchten die beiden Fürsten und der Späher im roten Schein der untergehenden Sonne auf; sie waren weit und schnell geritten, um uns mitzuteilen, daß die Barbarenhorde an Bord gegangen und fortgesegelt war.

II

»Sie wissen, daß sie uns nicht widerstehen können«, prahlte Conaire. »Wir haben sie verjagt.« Die Edlen neigten Conaires Meinung zu. Die meisten von ihnen sahen im Aufbruch der Barbaren ein günstiges Vorzeichen. Doch Artus wußte es besser.

»Der Schwarze Eber hat den Kampf nicht aufgegeben«, erklärte der Hochkönig den Umstehenden. »Er sucht nur woanders nach leichterer Beute.«

»Was kümmert's uns?« versetzte Brastias. »Er hat Ierne verlassen, alles andere zählt nicht.«

»Wirklich?« fragte Artus den ungehobelten Fürsten. »Amilcar ist schon einmal abgesegelt – und ein Stück weiter wieder gelandet.« Er wandte sich an die Irenführer. »Ihr kennt eure Insel am besten«, hub er an. »Daher müßt ihr das Gestade abreiten, um zu schauen, wohin der Schwarze Eber zielt.«

»Das wird dauern«, warnte Conaire. »Die Küste hat mehr Schlupfwinkel, als Sterne am Himmel stehen.«

»Dann müßt ihr euch beeilen«, erwiderte Artus. Nach kurzer Besprechung wurde beschlossen, daß jeder König sechs Männer nehmen und jeweils ein anderes Stück des Meeresufers absuchen sollte, um so den ganzen Umkreis der Insel abzudecken. Danach würden sie mit ihren Berichten wiederkehren. Inzwischen würde Artus mit seinen Schiffen auf See Ausschau halten: Einige sollten nach Norden um die Inselspitze und dann wieder gen Süden durch die Meerenge segeln, andere an der Westküste entlang, dann gen Osten und wieder nach Norden.

»Das ist kein besonders feiner Plan«, meinte Artus, als der erste Spähtrupp das Lager verließ. Er hielt inne und blickte, die Brauen hochziehend, den Reitern nach. »Gott weiß, ein anderer kommt mir nicht in den Sinn.«

»Es geht nur so«, erwiderte Bedwyr. »Du hast den vorsichtigsten Kurs eingeschlagen, und mehr läßt sich nicht tun, bis die Kundschafter zurück sind. Mach dir keine weiteren Gedanken, Bär.«

Aber dazu war Artus nicht in der Lage. Die Tage vergingen, und wenn man wartet, kriechen sie mit einschläfernder Langsamkeit dahin. Nach sechs Tagen stellte Artus auf den Hügeln Wächter auf, die sämtliche vier Himmelsrichtungen im Blick haben sollten, und befahl ihnen, Meldung zu machen, sobald sie jemanden wiederkehren sähen.

Während das übrige Lager sich ruhig dem Warten hingab, durchkämmte der Hochkönig die Umgebung – ein höchst rastloser Bär. Er aß wenig und schlief fast gar nicht. So wurde er jeden Tag reizbarer. Gwenhwyvar und Bedwyr versuchten, ihn zu besänftigen, und als ihre sämtlichen Tricks fehlschlugen, wandten sie sich an mich.

»Das tut ihm bestimmt nicht gut«, sagte die Königin. »Ich habe Angst um ihn, Myrddin. Du mußt etwas unternehmen.«

»Was soll ich denn unternehmen, was ihr nicht tun könntet?«

»Rede mit ihm«, meinte Bedwyr. »Auf dich hört er immer.«

»Und was soll ich ihm sagen?« versetzte ich. »Soll ich sagen: Sorge dich nicht, Artus, es wird alles gut? Er hat recht, daß er sich Sorgen macht. Amilcar hat uns in eine gefährliche Lage gebracht, und das weiß Artus. Denk einmal nach, Bedwyr: Wir können hier nicht weg, sofern wir nicht wissen, wohin der Eber gezogen ist. Inzwischen können die Barbaren überall ungehindert zuschlagen.«

»Das weiß ich«, sagte Bedwyr kalt. »Ich meine nur, es tut Artus nicht gut, daß er sich darob grämt.«

»Er ist König! Und es ist seine Pflicht, sich zu grämen«, erwiderte er. »Sonst wäre er nicht Artus.«

Bedwyr verdrehte die Augen. »Barden!«

»Bitte«, warf Gwenhwyvar ein, »es nützt nichts, daß wir uns streiten. Wenn wir Artus schon nicht beruhigen können, dürfen wir ihm wenigstens nicht noch mehr Sorgen bereiten.«

Am Abend des neunten Tages kamen zwei Reiter unter Fergus' Befehl zurück, um zu melden, daß die Nordwestküste von Malain Bhig bis Beann Ceann abgesucht worden sei. »Nirgendwo feindliche Schiffe in Sicht«, berichtete der Späher. »Herr Fergus setzt die Suche im Norden bis Dun Sgeir fort.«

Vier Tage später kamen zwei Kundschafter von der Ostküste. »Wir sind nach Süden bis Loch Laern geritten«, meldeten sie, »und haben nichts gesehen außer deinen eigenen Schiffen, die durch die Meerenge fuhren, Herr. Der Steuermann sagte, er habe ebenfalls keine Spur von den Wandalen gefunden.«

Weitere sieben Tage später kam folgende Kunde: keine feindlichen Schiffe an der Westküste von Dun Iolar bis zur Bucht von Gaillimh. Danach trafen die Meldungen rascher ein, nämlich im Abstand von ein, zwei Tagen. Alle besagten dasselbe: keine feindlichen Schiffe; die Wandalen waren nirgends zu sichten. Wenn jemand geglaubt hatte, dies würde Artus aufheitern, hatte er sich getäuscht. Trotz der Ermunterungen seiner Fürsten erschreckten diese Berichte ihn zutiefst – als würde jede Fehlmeldung einen schrecklichen Verdacht bestätigen.

Die einzige abweichende Auskunft brachte der letzte Trupp unter Laigin, dessen Späher die weit entfernten und dünn besiedelten fingerdünnen Halbinseln an der Südküste abgesucht hatten. »Es waren, glaube ich, Schiffe dort; aber wir sahen sie nicht«, erzählte Laigin. »Die Bewohner von Ban Traigh behaupten, es habe Schiffe gegeben, jedoch ohne daß die Eindringlinge angegriffen hätten.«

»Wann?« wollte Artus wissen.

»Da liegt das Problem«, antwortete der Irenfürst. »Anscheinend waren sie dort, als der Schwarze Eber hier kämpfte.«

»Das kann nicht sein«, meinte einer der Briten, es war wohl Brastias. »Sie täuschen sich. Es muß vor der Schlacht gewesen sein ...«

»Oder eher danach«, warf Owein ein.

»Wo liegt der Unterschied?« fragte Urien. »Sie sind fort, und das zählt.«

Artus starrte den Mann an, brachte aber keine Erwiderung auf so viel Torheit zustande. Er hüllte sich in sein bedrückendes Schweigen und stakste davon. Er ließ sich auch zu keiner weiteren Äußerung herab, bis zwei Tage später seine Schiffe zurückkehrten. Barinthus, der das Unternehmen geleitet hatte, trat vor seinen König und lieferte den abschließenden Bericht: »Wir haben die Insel ganz umsegelt und in keinem Schlupfwinkel sämtlicher Himmelsrichtungen Rumpf oder Segel entdeckt. Die schwarzen Schiffe haben diese Gewässer verlassen!«

»Verkünde es laut!« rief Conaire, sich in den Mittelpunkt schiebend. »Der Feind ist geschlagen! Welchen Beweises bedarf es noch? Wir haben gesiegt!«

Begierig, seinen Dank darzubringen, setzte Fergus hinzu: »Heil, Artus! Ierne ist frei! Die Barbaren sind besiegt!«

Daraufhin stieß das gesamte Lager einen wilden, bewegenden Jubelschrei aus. Auf der Stelle begann die lange verweigerte Feier. Die Irenkönige trugen ihren Barden auf, Siegeslieder zu verfassen, und das Bier floß in Strömen. Lagerfeuer wurden aufgeschichtet und ein paar Stück wohlgemästetes Vieh geschlachtet und auf Bratspießen über den Flammen geröstet. Das lange, sorgenvolle Warten war vorüber: Ierne war frei, der Sieg vollständig.

Nach den vielen Tagen der Untätigkeit griffen die Fürsten und Krieger nach dieser Gelegenheit, ihrer Anspannung im Schmausen Luft zu machen. Es war, als hätte das gesamte Lager bis dahin den Atem angehalten und nun zu seiner großen Erleichterung entdeckt, daß es wieder schnaufen konnte. Während das Fleisch briet und das Bier aus den Schläuchen in die Krüge und dann in die Becher spritzte, fingen die Barden an, ihre Lieder vorzutragen, die Tugenden der versammelten Heere und einzelner verdienter Helden zu rühmen. Von ihrem Spiel waren alle gerührt und feuerten die Sänger zu immer größeren Leistungen an. Nach jedem Vortrag belohnten die Krieger die Dichter mit lärmendem Beifall. Die besten Werke wurden auch durch Gaben ausgezeichnet: Die jeweiligen Herren bedachten ihre Sangesfürsten mit Schmuckstücken aus Silber und Gold und spornten die Barden so zu noch geschickteren Wortkünsten und Preisliedern an.

Aber ach, Artus hielt sich fern und betrachtete das Feiern mit kaltem Blick. Gwenhwyvar, die ihre Besorgnis so viele Tage lang tapfer ertragen hatte, konnte nicht mehr an sich halten und warf ihm seine Düsternis vor. »Bei deinem mürrischen Gesicht«, schalt sie, »könnte sogar Honig sauer werden. Ierne hat den Eindringling vertrieben. Bessere Zeitungen konnten uns nicht zuteil werden.«

Er wandte sein verdrießliches Gesicht der Gattin zu. »Das«, erwiderte er knapp, »ist die schlechteste Kunde von allen. Meine schlimmsten Befürchtungen sind eingetroffen.« Er zeigte mit der Hand auf die ausgelassenen Krieger. »Die Rettung Eirus ist Ynys Prydeins Untergang!«

Damit stürmte er in die Mitte der Versammlung, entriß Rhys das Jagdhorn, setzte es an seine Lippen und blies laut hinein. Die Menge, die eine Lobrede und Geschenke erwartete, wurde still und drängte sich dicht heran, um dem Hochkönig zu lauschen. Als Artus sicher war, daß alle ihn hören konnten, sprach er: »Für Ierne ist der Sieg zwar errungen, aber ihr müßt eure Feier allein fortsetzen. Denn ich muß unverzüglich nach Britannien zurückkehren.« Dann befahl er den Briten, die Abreise vorzubereiten.

»Nein, Artus. Nein!« rief Fergus. »Du hast um unsretwillen viel erlitten. Darum mußt du bleiben, dich ausruhen und dich drei Tage lang von uns feiern lassen. Das ist wenig, verglichen mit der Mühsal, die du uns zuliebe auf dich nahmst.«

»Ich danke dir und meine Fürsten ebenfalls«, erwiderte Artus. »Wenn Gott will, sehen wir uns wieder und setzen unser Fest in besseren Zeiten fort. Ich fürchte, wir verweilen schon zu lange hier.«

»Wenigstens noch einen Tag«, beharrte Fergus. »Du mußt uns gestatten, daß wir dich für den Sieg, den du uns geschenkt hast, ehren. Denn ich schwöre bei allem, was mir teuer ist, ohne dich würde hier heute kein Mensch in Freiheit atmen.«

Conaire, der in der Nähe stand, vernahm dies und verzog angewidert das Gesicht: »Herr Artus hat gesprochen, Fergus. Es ziemt sich nicht, so erhabene Männer von ihren großen Taten abzuhalten.«

Ein paar der umstehenden Britenkönige hörten diese Bemerkung und erzürnten sich darob. Urien sprang mit geballten Fäusten auf. »Irischer Schweinehund!« knurrte er leise.

Gerontius wollte eingreifen. Brastias hielt ihn mit dem Arm zurück. »Ruhig Blut, Bruder.«

Owein, der Artus am nächsten war, stand auf. »Herr Artus«, rief er laut. »Wir haben so lange gewartet. Ein Tag mehr wird nicht viel ändern. Ob beim Fechten oder Feiern, diese irischen Könige sollen erfahren, daß die Briten immer in vorderster Front stehen«, schloß er, Conaire kühl anstarrend.

Die übrigen Briten pflichteten Owein rasch bei und wiesen so Conaires Unhöflichkeit zurück. Aber Artus ließ sich nicht umstimmen.

»Wir dürfen keinen Augenblick länger säumen«, sagte er. »Sammelt eure Leute, Owein, du mitsamt den anderen Fürsten, und begebt euch an Bord. Wir segeln sogleich nach Ynys Prydein.«

Sämtliche Krieger und die meisten Fürsten grollten ob dieser Entscheidung des Hochkönigs. Nur diejenigen, die Artus am besten kannten, nahmen seinen Befehl hin, selbst wenn sie ihn nicht begriffen. Allein Kei, Bedwyr, Cador und ich glaubten, daß er klug handelte. Die übrigen hielten sein Verhalten für überstürzt, ungeschliffen und unbedacht.

Trotzdem waren die Schiffe bald voll, und die mühselige Prozedur, Britanniens Heer überzusetzen, begann aufs neue. Wie bei der Hinfahrt lieh uns der Wind seine Hilfe nicht; dem halfen wir dadurch ab, daß wir uns in die Ruder legten – was die meisten Krieger als besonders harte und hassenswerte Strafe empfanden. Wenn die Kymbrogen von ihrer Anstrengung ruhten, dösten oder plauderten sie und füllten so den langen Sommertag aus. Während die Sonne langsam ihre Bahn am leeren

Himmel zog, stand ich am Bug, lauschte den Gesprächen um mich und dem mählichen, gleichmäßigen Platschen der Ruder und betrachtete den Hitzeglast, der über dem flachen Horizont waberte. Heiß spürte ich die Sonne auf meinem Haupt; sie traf mich ganz besonders stark. Und da überlegte ich, wann es zum letzten Mal geregnet hatte. Wie lange schon hatte ich keinen grauen Himmel voller Wolken mehr gesehen und keinen kühlen Nordwind mehr auf meinem Gesicht gespürt?

Diese Fragen beschäftigten mich eine Weile. In Gedanken versunken hörte ich es plötzlich rufen: »Uns bleibt keine Wahl. Brennt es nieder. Brennt es auf den Grund.«

Diese merkwürdige Stimme erschreckte mich. Ich drehte mich um und wollte schauen, wer gesprochen hatte, aber alles war wie zuvor: Die Männer lagen in den unterschiedlichsten Stellungen da und schliefen, keiner achtete besonders auf mich. Ich brauchte einen Augenblick, um zu begreifen, daß ich die Stimme nicht gehört hatte, nicht mit dem Ohr zumindest. Die Stimme hatte mich erreicht, wie es mir bisweilen geschieht.

Ich bemühte mich, mehr zu hören, aber sie war bereits verklungen. »Keine Wahl«, flüsterte ich vor mich hin. Ich wiederholte das Vernommene: »Brennt es nieder.«

Was hatte das zu bedeuten?

Es folgte ein weiterer heißer Tag und dann noch einer. Wir erblickten die zerklüftete Westküste Britanniens im Dämmerlicht, aber es war schon dunkel, als wir ins Mor Hafren einfuhren, und die Ebbe stand gegen uns. Um nicht mitten in der Nacht an der Felsküste landen zu müssen, warf unsere kleine Flotte bis zum Gezeitenwechsel Anker. Dann wollten wir uns auf dem Mündungskanal bis zur Anlegestelle unterhalb von Caer Legionis begeben.

Erst bei Tagesanbruch konnten wir weiterfahren. Da wir uns auf dem Führungsschiff befanden, witterten wir als erste den Rauch in der Morgenluft und sahen als erste den dunklen, häßlichen Qualm am östlichen Himmel. Ach weh! Wir gewahrten auch als erste den Anblick, den unser Volk in seiner langen

Geschichte am meisten fürchtete: die schwarze Masse der zahllosen feindlichen Schiffsrümpfe.

Die verhaßten Kiele hatten sich fest in den Strand gebohrt, und die Schiffe – unzählige in allen Formen und Größen, daß sie einem Kaiser genügt hätten! –, Hunderte von Schiffen, waren Bordkante um Bordkante aneinandergebunden und in Brand gesetzt worden. Die Segel und Rümpfe mußten tagelang gelodert haben: Noch jetzt wogte der Qualm der schwelenden Masten und Kiele gen Himmel.

Ach, es waren so viele! Reihen um Reihen feindlicher Schiffe – viel mehr, als wir in Ierne gezählt hatten. Und alle waren sie im Wasser den Flammen übergeben worden. Entsetzt und fassungslos betrachteten wir das gräßliche Bild und spürten bis ins Mark, was es bedeutete:

Der Schwarze Eber wütete auf der Insel der Mächtigen. Und – Herr Jesus Christus, sei uns gnädig – er gedachte zu bleiben!

III

Voll kalter Wut befahl Artus Barinthus, weiter oben in der Mündung zu landen, und sandte Bedwyr, Llenlleawg und die Kymbrogen als Kundschafter voraus. Als seine Hauptleute von Bord gingen, stand er schon bis zu den Knien im Wasser. Die letzten Schiffe hatten sich der Küste noch nicht einmal genähert, als die ersten Abteilungen bereits bewaffnet, aufgesessen und davongeritten waren.

Die Wandalen hatten am Talgrund eine breite Spur hinterlassen; das Gras war von Tausenden schlurfender Füße in den Boden getrampelt.

Diese Spur führte geradewegs nach Caer Legionis. Die Stadt als solche war in den Tagen von Macsen Wledig aufgegeben worden, als die Legionen abmarschierten; die Menschen hatten sich in die umliegenden Hügel zurückgezogen und dort eine Feste errichtet; sie hatten sich ihrer früheren, sichereren Bräuche besonnen.

Wir umritten die verlassene Stadt und hielten auf Artus' Festung Caer Melyn zu. Als wir näher kamen, begegnete uns Bedwyr mit zwei Spähern. »Sie haben unsere Festung geplündert«, meldete er, »und sie niederzubrennen versucht. Aber das Feuer fing nicht. Das Tor ist zerstört.«

»Und die Bewohner?«

»Tot«, erwiderte Bedwyr. »Sie sind alle tot.«

Als Artus nicht antwortete, fuhr Bedwyr fort: »Sie nahmen, was sie tragen konnten, und zogen weiter. Soll ich Llenlleawg und die übrigen vorausschicken, um zu sehen, wohin sie gegangen sind?«

Noch immer gab Artus keine Antwort. Er schien durch Bedwyr hindurch auf die Hügel hinter diesem zu blicken.

»Artos?« sagte Gwenhwyvar. Sie wußte die Stimmungen ihres Gemahls immer sicherer einzuschätzen und zu deuten. »Woran denkst du?«

Ohne ein Wort hob er die Zügel an und ritt zum Caer weiter. Hätte der Schwarze Eber die Festung vernichten wollen, wäre kein einziges Stück Holz stehengeblieben. So jedoch wirkte sie mit Ausnahme des zertrümmerten Tores unversehrt – lautlos, aber unbeschädigt. Erst als wir einritten, sahen wir die rußgeschwärzten Wände und witterten den Todesgeruch. Einige Kymbrogen hatten sich bereits an die traurige Aufgabe gemacht, die Toten wegzuschleppen, um sie am Hang unterhalb der Holzpalisaden zu begraben.

Wir schlossen uns dieser herzzerreißenden Mühsal an, versammelten uns dann im Dämmerschein auf dem Hügel, um für unsere gefallenen Brüder zu beten, und übergaben sie ihren Gräbern. Erst als der grüne Rasen den letzten Leichnam bedeckte, trat Artus in die Halle.

»Sie waren nachlässig«, bemerkte Kei. »Und in Eile.«

»Woher weißt du das?« fragte Urien. Seit den letzten Tagen in Ierne hatte er angefangen, Artus auf Schritt und Tritt zu folgen und sich bei seinen engsten Vertrauten einzuschmeicheln. Wenn seine Anwesenheit auffiel, dann ließ sich keiner etwas anmerken.

»Wenn Trwch Trwyth den Caer hätte zerstören wollen«, erwiderte Kei knapp, »dann würde er jetzt in Schutt und Asche liegen.«

Über seine Unfähigkeit, das Offensichtliche zu erkennen, beschämt, zog Urien sich zurück und sagte nichts mehr.

»Zum Glück haben wir noch das gesamte Heer«, sagte Bedwyr. »Diese große Horde zu Fuß –«

»Auf unseren Pferden können wir sie leicht einholen«, unterbrach ihn Kei, seinen Satz beendend. »Sie können noch nicht weit sein.«

»Aber das Heer ist kleiner, als es in Ierne war«, gab Cador zu bedenken. »Ohne die Unterstützung der Irenfürsten wird es uns, fürchte ich, schlechter ergehen.«

»Gwalchavad dürfte die Fürsten des Nordens inzwischen von unserer Bitte verständigt haben«, erinnerte Bedwyr ihn. »Idris, Cunomor und Cadwallo werden bald eintreffen.«

Cador nickte, behielt seine ernste Miene jedoch bei. »Wir brauchen Verstärkung«, sagte er kurz darauf. »Sogar mit den Kriegerscharen aus dem Norden steht es zehn oder zwanzig Wandalen gegen jeden kampffähigen Briten.«

»Bors und Ector müßten jeden Tag kommen«, fügte Kei an. »Sie werden wohl um die sechshundert Mann mitbringen.«

Jetzt wurde gerechnet; Kriegerscharen wurden gemessen und gewogen. Im günstigsten Fall durften wir auf viertausend Mann zählen, vielleicht ein paar mehr, wahrscheinlich aber viel weniger. Dem Mangel an Kampfkraft galt jedoch nicht unsere Hauptsorge. Die vielen Männer brauchten nämlich auch zu essen, wenn sie kämpfen sollten. So wandte sich das Gespräch bald dem Dauerproblem der Versorgung und Vorräte zu. Krieger brauchen einen beständigen, ununterbrochenen Nachschub an Nahrungsmitteln und Waffen. Wir hatten von beidem nicht genug, um einen langwierigen Feldzug durchzustehen.

»Wir müssen in die Dörfer um Unterstützung schicken«, sagte Cador düster. »Und das wird Krieger vom Kampf abziehen.«

»Wenn wir sie nicht aussenden«, erwiderte Gwenhwyvar, »dann kostet uns das noch mehr Menschenleben. Es geht nicht anders.«

»Es geht doch anders«, sagte Artus ruhig und fand endlich wieder Worte. »Wir werden den Schatz Britanniens dazu benutzen, um in Londinium Korn und Vieh zu kaufen.« Zu Cador sprach er: »Diese Aufgabe übertrage ich dir. Nimm alles, was wir von den Sachsenkriegen noch haben, und gehe damit auf die Märkte.«

Erstaunt schüttelte Bedwyr den Kopf. »Bär, Gott segne dich, wir wurden geplündert! Amilcar hat alles!«

»Alles?« fragte Artus überrascht. Er hatte einfach nicht daran gedacht.

»Nun ja, wohl nicht alles«, räumte Bedwyr ein. »Ein bißchen ist uns geblieben: das, was unter der Erde versteckt war, und das bißchen, was wir in Ierne dabei hatten.«

»Ist das genug? Ist ein bißchen genug?«

»Vielleicht«, entgegnete Bedwyr zweifelnd. »Mehr wäre besser.«

»Artos«, sagte Gwenhwyvar, »was uns fehlt, kann die Kirche beitragen. Die Gotteshäuser haben Gold und Silber in Fülle. Wende dich an sie. Sie sollen uns jetzt helfen, nachdem wir ihnen so oft beigestanden haben.«

»Obacht«, warnte ich. »Fromme Männer von ihren irdischen Gütern zu trennen, bleibt nicht folgenlos.«

»Höre auf deine Königin«, drängte Bedwyr. »Was soll ihnen das ganze Gold und Silber nützen, wenn die Barbaren kommen und es forttragen? Dann verlieren sie ihre Schätze und ihr Leben. Aber wenn sie das Gold uns geben, bleibt ihnen vielleicht wenigstens das Leben.«

»So sei es«, sprach Artus, der genug gehört hatte. Zu Cador sagte er: »Suche unterwegs die Kirchen auf und sieh, was du bekommen kannst. Sage ihnen, Artus brauche es. Wenn du nach Londinium kommst, achte darauf, gut zu feilschen – unser Überleben hängt von dir ab.«

Cador nahm seinen Auftrag nur widerwillig an. »Wie du wünschst, Herr. Ich reite morgen bei Tagesanbruch los.«

Artus stand auf. »Ich begebe mich jetzt in mein Gemach, sofern noch etwas davon übrig ist. Sobald die Fürsten sich um ihre Leute gekümmert haben, sollen sie mich dort aufsuchen.«

So stieg eine betrübte Mondsichel auf und schien auf den zerstörten Caer, als die Fürsten Britanniens sich zusammensetzten, um die Verteidigung der Insel zu überdenken. Da die Briten schon einen Vorgeschmack auf die Kampfweise der Wandalen erhalten hatten, waren sie alle für einen sofortigen Angriff. »Sollen sie die Schneiden unserer Schwerter zu spüren bekommen«, meinte Ogryvan. »Sie beben vor Angst, wenn sie unserer Rösser ansichtig werden. Wir können sie einholen und niederreiten.«

»Er hat recht. Eine kühne Attacke treibt sie gleich zu ihren Schiffen zurück«, setzte Brastias hinzu. »Sie sind feige, und wir haben sie schnell erledigt.«

Meurig meldete sich zu Wort. »Je früher wir sie in die Auseinandersetzung verwickeln, um so früher werden wir sie los. Wir müssen auf der Stelle losreiten.«

»Und dann brauchen wir die Vorräte gar nicht, die zu kaufen dich notwendig dünkt«, warf Urien hoffnungsvoll ein. »Wir können die Sache vor der Ernte abschließen.«

Jäh wischte der Hochkönig alle derartigen Gedanken beiseite. Er erhob sich mit geballten Fäusten: »Hat euch der Anblick der lodernden Schiffe nichts gelehrt?« rief er. Die Edlen sahen einander wachsam an. Als keiner sich zu antworten traute, sagte Artus: »Hört mich an: Es wird nicht so werden wie in Ierne. Der Eber hat es sich anders überlegt. Er weiß genau, was ihn hier erwartet und kommt trotzdem hierher. Ich sage euch die Wahrheit: In Amilcar ist uns ein neuer, gefährlicherer Feind erwachsen.«

»Wie dies, Herr?« fragte Brastias. »Er trampelt alles nieder, er brandschatzt, er läuft weg. Er ist noch immer der gleiche rücksichtslose Feind. Vielleicht hältst du Achtlosigkeit fälschlich für Schläue, aber ich weiß sie wohl einzuschätzen, wenn sie mir begegnet.«

Gerontius wollte dieser Rede Nachdruck verleihen, aber Artus schnitt ihm mit einer heftigen Handbewegung das Wort ab. »Bin ich von Narren umgeben?« rief er mit vor Zorn gespannter Stimme. »Stämme und Sippen! Die Schiffe verbrannt! Denkt doch nur!« Er starrte die Tafel entlang, in seiner Wut bedrohlich. Als er weitersprach, war seine Stimme nur noch ein atemloses Flüstern. »Der Schwarze Eber wird sich nicht mehr allein mit Plünderungen begnügen. Er will sich hier niederlassen.«

Ehe die Edlen eine Erwiderung aussprechen konnten, fuhr Artus fort: »Das gesamte Reich liegt schutzlos – und das weiß Trwch Trwyth. Er läuft vor uns davon und verwüstet unterwegs das Land.« Endlich fanden die Worte des Hochkönigs Gehör. Die Fürsten hielten den Mund und lauschten ihm. »Erst jetzt zeigt der Feind allmählich sein wahres Gesicht, und diesen Anblick fürchte ich.«

Nachdem Artus seinen Standpunkt dargelegt hatte, schloß er schlicht mit den Worten: »Geht zu euren Kriegern. Sagt ihnen, wir nehmen die Verfolgung auf. Im Morgengrauen brechen wir auf.«

Während die Feldherrn ihre Vorbereitungen trafen, saß ich allein im leeren Saal und überlegte mir, was die geänderten Pläne des Schwarzen Ebers zu bedeuten hatten. Artus hatte die Lage richtig erkannt: Erzürnt oder zumindest enttäuscht über Artus' Gegenwehr bei der Plünderung Irlands, hatte sich der Schwarze Eber schlicht und einfach grüneren Weidegründen zugewandt. Was gab es für einen besseren Ort als das schutzlose Britannien? Da das Heer von Ynys Prydein in Ierne war, konnte der Wandalenhäuptling hier nach Herzenslust auf Raub gehen und große Beute zusammentragen, ehe er gestellt wurde.

Artus hatte diese Zeichen gewiß richtig gedeutet. Trotzdem nagten Bedenken an mir. Amilcar wußte – und zwar ganz ohne jeden Zweifel –, daß die britischen Fürsten bald eintreffen würden, um seinem Brandschatzen ein Ende zu bereiten. Warum sollte er, da er Artus bereits gegenübergestanden und jedesmal eine Niederlage erlitten hatte, abermals den Bären von Britannien in Händel verstricken?

Warum – und diese Frage war wichtiger – suchte er sich, wenn er sich niederlassen wollte, ausgerechnet Britannien aus? Fürchtete er Artus nicht? Glaubte der Schwarze Eber, er werde nicht gestellt und erlegt werden?

Etwas trieb Amilcar auf diesen fast aussichtslosen Weg. War es Verzweiflung? Rache? Vielleicht beides, aber mir schien auch eine gute Portion verschlagenen Trotzes dahinterzustecken. Wie war dieser einzuschätzen?

Ich legte mich zu einem unruhigen Schlaf nieder und wurde wenig später von Rhys geweckt. Ich verzichtete auf das Frühstück und spazierte auf den Wällen von Caer Melyn entlang, bis es Zeit zum Aufbruch war. Ich beobachtete, wie der Himmel im Osten heller wurde. Ganz fern im Süden zogen weiße Wolken die Küste entlang, aber sie verflogen, noch während ich zusah, und mit ihnen jede Aussicht auf Regen. Der vor uns liegende Tag würde genauso werden wie der gerade vergangene: sengend heiß.

Ich wandte meinen Blick den Hügeln zu. Das Gras fing an, zu welken und zu vertrocknen. Schon wurden die Pfade staubig. Wenn es nicht bald regnete, würden die Bäche auszutrocknen beginnen. Dürre ist in Britannien weiß Gott nichts Unbekanntes, aber sie kommt selten und bedeutet stets Entbehrungen.

Während ich das langsam verdorrende Land betrachtete, kamen mir folgende Worte wieder in den Sinn: »Brennt es nieder ... Uns bleibt keine andere Wahl. Brennt es auf den Grund«, hatte die Stimme gesagt.

Worte der Verzweiflung, nicht der Wut. Sie kündeten von Hoffnungslosigkeit und Niedergeschlagenheit, einer äußersten, aussichtslosen Notlage. Brennt es nieder. Welches Unheil, fragte ich mich, ließ sich durch Niederbrennen beheben? Welche Bedrängnis fand ihren Ausweg im Feuer?

Uns bleibt keine Wahl ... Brennt es auf den Grund. Ich blickte auf den Caer hinab, wo die vielen Krieger dabei waren, sich für den Kampf zu rüsten. Doch während ich hinsah, veränderte sich das Gewühl vor mir: Die Männer waren keine Krieger mehr, und das Durcheinander hatte einen ganz anderen Grund. Ich hörte Weinen und Schreien. Männer mit Fackeln flitzten zwischen den Behausungen umher, hielten an, um die Rietdächer in Brand zu stecken, und eilten weiter. Über den Hof zog Rauch. Und dort in seiner Mitte: Leichen, die wie das Brennholz eines Scheiterhaufens gestapelt waren. Diesem greulichen Stoß näherte sich ein Mann mit einer Fackel und hielt den Brand unten an den Zunder. Als die Flammen an den Leichnamen emporzüngelten, kam eine Frau herbeigerannt, als wollte sie sich auf den Scheiterhaufen stürzen. Der Mann mit der Fackel packte sie am Arm und zerrte sie weg, dann warf er die Fackel ins Feuer. Er führte die Frau fort, rief den Umstehenden über die Schulter hinweg etwas zu und ging aus dem Caer, die Toten und die leere Festung der Lohe überlassend.

Vor meine Augen schob sich Rauch, und ich hörte jemanden meinen Namen rufen. Als ich wieder hinblickte, sah ich Rhys zu seinem Roß am Tor hasten. Kei und Bedwyr saßen bereits im Sattel, und die Drachenschar stand neben ihren Pferden. Von der Gewalt meines Traumbildes zitternd, schüttelte ich die beunruhigende Szene ab und ging zu meinem Pferd. Unterhalb der Burg wurde die Nachricht vom bevorstehenden Aufbruch von Mund zu Mund weitergereicht. Gleich würden wir allesamt aus Caer Melyn wegreiten, einige, um Nachschub aufzutreiben, die meisten, um den Eindringling zu bekämpfen. Viele, die jetzt blinzelnd im Sonnenlicht des jungen Tages standen, würden nicht wiederkehren.

Großes Licht, heute reiten wir auf unbekannten Pfaden. Sei eine helle Flamme vor uns. Sei ein Leitstern über uns. Sei ein Leuchtfeuer hinter uns. Wir sind allesamt verloren, wenn du uns nicht leuchtest. Ich hob meine Hände zum Bardensegen und sprach:

Kraft des Raben sei mit uns,
Kraft des Adlers sei unser,
Kraft der himmlischen Heerscharen!
Kraft des Sturmwinds sei mit uns,
Kraft des Gewitters sei unser,
Kraft von Gottes heiligem Zorn!
Kraft der Sonne sei mit uns,
Kraft des Mondes sei unser,
Kraft des ewigen Lichtes!
Kraft der Erde sei mit uns,
Kraft des Meeres sei unser,
Kraft der Himmelsreiche!
Alle Kraft der Himmelsreiche,
uns zu segnen, zu erhalten und bewahren.

Und ein freundliches Licht, das uns leuchte
und auf den unausweichlichen Pfaden geleite.

Mit diesem Segen zufrieden, begab ich mich eilends an meinen Platz, ergriff die Zügel und schwang mich aufs Pferd.

Wie unzählige Eindringlinge vor ihnen folgten die Wandalen dem Tal des Hafren und drangen so tief in unser Land vor. Nur wenige Siedlungen lagen unmittelbar am Weg des Schwarzen Ebers – das Hochwasser im Frühling bannte die Talbewohner größtenteils in höhere Lagen –, bis er das weite Landesinnere erreichte, wo das Tal sich auf die Wiesen und Felder rund um Caer Gloiu öffnete, der ehemaligen Römerstadt Glevum.

Wenn Amilcar bereits so weit gekommen sein sollte, so lag der ganze verwundbare Mittelteil von Lloegres schutzlos vor ihm. Die Barbarenhorde würde sich über die niederen, fruchtbaren Auen ergießen und wäre nicht mehr zu halten.

So ritten wir mit drängender Eile, verweilten nur, um die Pferde zu tränken, und hasteten dann durch den heißen Tag voran. Das lange Warten in Ierne hatte Amilcar einen beträchtlichen Vorteil über uns verschafft, und Artus war entschlossen, den Feind unverzüglich aufzustöbern und zu stellen. Der Abend sank unten im Tal auf uns herab, aber außer der zertrampelten Erde hatten wir von den Barbaren keine Spur.

»Sie marschieren rascher, als ich gedacht hatte«, bemerkte Artus. »Die Angst treibt sie zu erbarmungsloser Eile, aber morgen holen wir sie ein.«

Indessen fanden wir sie auch am nächsten Tag nicht. Erst zwei Tage später, als die Sonne hinter dem Hügelkamm untergetaucht war, kam der Feind endlich in Sicht. Obwohl wir die Staubwolken bereits beobachtet hatten, bevor wir der Barbaren ansichtig wurden, verschlug ihr Anblick uns doch den Atem: Sie bildeten einen großen, rastlosen Schwarm, der sich wie eine wütende Flut über das breite Tal des Hafren ergoß. Das war kein neues Gezücht von Seewölfen, die nach Raub und leichter Beute suchten, sondern es waren ganze Stämme auf Wanderschaft, ein Volk, das nach einer Heimat suchte.

Ein Blick auf die Wandalenhorde, die sich wie ein ungeheurer dunkler Fleck über das Land ausbreitete, und Artus befahl den Reihen zu halten. Er und seine Hauptleute ritten zum nächstgelegenen Hügel, um sich die Lage anzusehen. »Gott steh' uns bei«, murmelte Bedwyr, der die riesige Menschenmenge vor uns kaum fassen konnte. »Ich hatte keine Ahnung, daß es so viele sein könnten.«

»Wir sahen zwar die Schiffe«, sagte Kei, »aber dies hier...« Ihm fehlten die Worte.

Artus betrachtete die Menge mit zusammengekniffenen Augen. »Wenn wir jetzt angriffen, würden wir sie nur noch weiter landein treiben«, schloß er endlich. »Wir müssen von der anderen Seite aus zuschlagen.«

Sobald wir wieder bei unseren Truppen waren, berief Artus die Fürsten ein und teilte ihnen seine Entscheidung mit. Da die Edlen den Feind fast drei Tage lang gejagt hatten, waren sie begierig auf den Kampf und alles andere als erfreut, daß ihnen dieser nun vorenthalten wurde.

»Sie umgehen?« fragte Gerontius? »Aber sie stehen doch vor uns! Sie haben keine günstige Schlachtstellung. Wir brauchen sie bloß anzugreifen, und sie sind besiegt!« Diese Ansicht stieß auch bei anderen auf Zustimmung und wurde unterstützt.

»Wenn die Sache so sicher wäre«, erwiderte Artus müde, »dann hätte ich den Befehl schon erteilt, ehe du dich hättest beklagen können. Aber der Sieg ist alles andere als gewiß. Außerdem würde ich Trwch Trwyth lieber auf dem Weg zurücktreiben, den er schon zertrampelt hat, als ihm die Gelegenheit geben, noch weiter vorzustoßen.«

»Ist das Klugheit?« erkundigte sich Brastias mit leicht höhnischem Unterton. »Oder schlicht Wahnsinn? Wenn wir auf unsere Schwerter vertrauen und schonungslos angreifen, ist diese Sache vor Einbruch der Dunkelheit vorüber, daran besteht kein Zweifel.«

Ganz langsam wandte Artus sein Gesicht dem frechen Fürsten zu. »Ich wünschte, ich könnte mich so rasch überzeugen lassen«, erwiderte er. »Aber zum Wohle aller, die ihr Schwert an meiner Seite schwingen werden, muß ich meinen Zweifeln freien Lauf lassen. Und da ich der Hochkönig bin, ist die Sache entschieden.« Er drehte sich im Sattel um. »Wir umgehen sie.«

»Und vergeuden mindestens noch einen Tag!« schimpfte Brastias. Er und Gerontius hatten es offenbar auf sich genommen, jeden Schritt des Königs in Frage zu stellen. Darob konnte man sie nur bedauern, denn für diese Art von Blindheit gibt es weder Heilung noch Trost, und den Männern, die ihr zum Opfer fallen, wird sie oft zum Verhängnis.

Den Feind zu umgehen bedeutete, daß wir uns mühsam einen Tag lang durch die rauhen, bewaldeten Hügel nördlich des Hafren-Tales schlagen mußten – es ist anstrengend, so viele Truppen rasch und ruhig zu bewegen. Die ersten Sterne blinkten bereits am Himmel, als wir endlich wieder ins Tal hinabstiegen, unweit unseres langsamer marschierenden Gegners. Nachdem wir die Hügel zu beiden Seiten des Tales mit Kriegern besetzt hatten, schlugen wir am Fluß ein Lager auf und saßen vor Tagesanbruch wieder auf, um unsere Angriffsstellungen zu beziehen.

Kampfbereit standen wir in einer Talbeuge versammelt, als die Wandalenhorde endlich auftauchte. Sie kam als große, schwarze Woge, gleich einer Flutwelle, die durch das Tal strömte, hier und da das Land überschwemmte, innehielt, wieder anschwoll und weiterfloß. Wir warteten und lauschten: Der Lärm ihres Vormarschs dröhnte wie dumpfes Donnergrollen auf der Erde. Der Staub, den ihre Füße aufwirbelten, zog wie Rauchschwaden durch die Luft.

Als sie näher kamen, konnten wir einzelne Geräusche unterscheiden: Kindergeschrei und manchmal Gelächter, Hundegebell, das Gebrüll von Rindern und Schafen, das scharfe Gequieke von Schweinen.

Artus sah mich an, die blauen Augen dunkel vor Sorge und Schlaflosigkeit. »Sie schicken Frauen und Kinder voraus.«

Er rief seine Feldherrn zusammen und erklärte ihnen die Lage.

»Kinder auf dem Schlachtfeld!« rief Kei. »Welcher Feldherr würde seinem Volk solche Gewalt antun?«

»Amilcar muß wissen, daß wir nicht gern Frauen und Kinder abschlachten«, meinte Bedwyr. »Er benutzt sie als Schutzschild.«

»Mich kümmert's nicht«, knurrte Brastias. »Wenn sie so töricht sind, auf dem Schlachtfeld herumzuspazieren, dann verdienen sie alles, was ihnen zustößt.« Andere stimmten dieser Meinung zu und machten dies auch klar.

»Aber Frauen und Kinder«, wandte Gwenhwyvar ein. »Sie können doch nichts dafür.« Sie schaute ihren Gemahl an. »Was wirst du tun, Artos?«

Er dachte einen Augenblick nach. »Wir können Amilcar nicht nachgeben. Der Angriff beginnt wie geplant, aber warnen wir alle unsere Truppen, daß dem Feindesheer Unschuldige vorangehen und diese nicht getötet werden sollen, wenn es sich vermeiden läßt.«

»Dennoch werde viele zu Tode kommen«, beharrte Gwenhwyvar.

»Das mag so sein«, räumte Artus ein. »Ich kenne keinen anderen Weg.« Da ihm der Befehl aber widerstrebte, fragte er: »Weiß jemand einen besseren Plan?« Der Hochkönig schaute der Reihe nach jeden seiner Führer an, aber alle blieben stumm. »Dann sei es«, schloß er. »Kehrt auf eure Plätze zurück und bereitet eure Krieger vor. Ich gebe das Zeichen.«

Die Befehle des Königs wurden rasch durch die Ränge gegeben, und das britische Heer bezog seine Stellungen und wappnete sich für die Attacke. Da wurde die Vorhut auf uns aufmerksam, denn ein schrilles, schnarrendes Horn ertönte, und der Stoßtrupp der dunklen Flut erstarrte. Der plötzliche Halt setzte sich in Wellen durch die nachfolgenden Reihen fort.

»Möge Gott uns heute unsere Sünden vergeben«, sagte Artus grimmig. Und ohne ein weiteres Wort gab er Rhys ein Zeichen. Der setzte das Horn an die Lippen und blies zum Angriff.

IV

Artus wollte den Vormarsch des Feindes aufhalten, und das gelang durch unseren Angriff außerordentlich gut. Ein Blick auf die fliegenden Hufe und unsere Speere genügte, daß die Wandalen flohen.

Zwischen den steilen Hängen eingezwängt, schreckte das Räuberheer vor dem Zusammenprall zurück. Die Menge erschauderte, machte kehrt und trat den Rückzug an; dadurch blockierte sie den Hauptteil der Krieger und hinderte sie daran, in die Schlacht einzugreifen. Wir brauchten unsere Schwerter nicht einmal zu entblößen.

Da Artus sein Ziel so mühelos erreicht hatte, befahl er Rhys, den Fürsten das Signal zum Abbruch zu geben. Das rief die Erbitterung der britischen Könige hervor.

»Warum hast du uns zurückgerufen?« verlangte Gerontius zu wissen, als er sich aus dem Sattel schwang. Brastias und Ogryvan galoppierten zu Artus, Gwenhwyvar, Bedwyr und mir her, die wir beieinander standen. »Wir hätten sie ein für allemal besiegen können!«

»Seht!« rief Brastias und fuchtelte mit den Armen in Richtung der rasch zurückweichenden Barbaren. »Wir können sie immer noch erwischen. Es ist noch Zeit. Nehmen wir den Angriff wieder auf.«

Meurig gesellte sich zu uns, und auch Ulfias und Owein trafen bald ein. Llenlleawg und Kei saßen auf ihren Pferden und sahen uns zu.

»Was ist geschehen?« fragte Owein. »Warum wurde der Angriff abgebrochen?«

»Das kannst du laut fragen!« schrie Brastias. »Das soll dir Artus einmal erklären, wenn er kann. Für mich gibt es keinen Sinn.«

Owein und Meurig blickten Artus an. Dieser erwiderte: »Der Kampf ist für heute vorbei.«

»Wahnsinn«, fauchte Gerontius.

»Wahnsinn?« wiederholte Bedwyr, sofort aufbrausend.

»Wir hatten den Sieg schon in der Hand und haben ihn verschenkt«, versetzte Gerontius hitzig. »Das nenne ich bei Gott Wahnsinn!«

»Es waren Frauen und Kinder!« entgegnete Bedwyr, puterrot anlaufend. »Ach, ein großartiger Sieg, Schafe und Säuglinge hinzumetzeln! Ja, trampelt die Wehrlosen nieder und rechnet es euch als Triumph an!«

»Pah!« knurrte Gerontius voll erbitterter Wut. Er wollte abermals etwas einwenden, aber Kei kam ihm zuvor.

»Genug, Gerontius. Schweig still«, riet er. »So braucht es dir nachher nicht leid zu tun.«

Brastias legte seinem Freund eine Hand auf den Arm und wollte ihn wegziehen, aber Gerontius schüttelte die Hand ab und zeigte mit dem Finger auf Artus. »Wir hätten die Sache heute erledigen können, wäre nicht deine verurteilenswerte Vorsicht gewesen. Ich frage mich allmählich, ob es nicht eigentlich Feigheit ist.«

»Wenn dir deine Zunge lieb ist, dann höre auf zu lästern«, warnte Bedwyr, auf ihn zugehend.

Gerontius starrte Bedwyr an, dann Artus und stürmte davon. Brastias ging ihm nach, rief ihm zu, er solle zurückkommen und seine Einwände vor allen darlegen. Obwohl die anderen nichts sagten, wußte ich, daß auch sie Artus' Entscheidung für falsch hielten. Sie hatten sich einen leichten Sieg eingebildet und sahen sich getrogen. Nach einer peinlichen Stille stapften sie langsam davon, enttäuscht, daß ihre erste Schlacht auf britischem Boden zu Ende sein sollte, ohne daß sie den Eindringling ob seiner Unverschämtheit gezüchtigt hatten.

»Es war richtig so, Bär«, hoffte Bedwyr Artus zu trösten. Statt dessen erzielte er genau das Gegenteil.

»Du kennst mich schlecht, Bruder, wenn du glaubst, mich

kümmert, was Toren wie Gerontius denken«, erwiderte Artus hitzig. »Oder daß seine Worte mich schwanken machen.« Er machte auf dem Absatz kehrt und befahl Llenlleawg, die Drachenschar anzuführen, um sicherzustellen, daß der Feind sich auch wirklich zurückzog.

Als sie weg waren, setzten Gwenhwyvar und ich uns mit Artus hin. »Glauben sie wirklich, dieser Krieg ist an einem Tag zu gewinnen? Oder eine einzige Schlacht könne ihn entscheiden?« fragte er kopfschüttelnd. »Haben sie noch nicht lange genug an meiner Seite gefochten, daß sie überhaupt von Feigheit reden können?«

»Es gilt nichts«, sagte Gwenhwyvar. »Ganz und gar nichts. Achte nicht darauf, mein Lieber.«

»Sie unterstützen mich in dieser Sache noch nicht«, entgegnete Artus. »Genügt es nicht, daß ich gegen Amilcar kämpfen muß? Muß ich auch noch diese ungläubigen Fürsten auf meinem Rükken tragen?«

»War es jemals anders?« fragte ich.

Artus warf mir einen Blick zu und gestattete sich ein mildes Lächeln. »Nein«, gab er zu. »Wahrhaftig, es hat sich nichts geändert. Aber ich dachte, mit der Hochkönigswürde hätte ich auch ein Gran Ansehen gewonnen.«

»Sie ist für sie nur ein Grund, dich um so mehr zu fürchten«, sagte Gwenhwyvar.

»Warum sollten sie mich fürchten? Überfällt Artus etwa ihre Länder? Plündert Artus ihre Schätze und macht ihre Frauen zu Witwen?«

»Laß mich zu Fergus und Conaire gehen«, drängte Gwenhwyvar. »Sie werden ihre Treue unter Beweis stellen und die Briten beschämen.«

Das lehnte Artus sanft ab. Er stand auf und sagte: »Kommt, wir müssen dafür sorgen, daß die Wandalen ihren Schrecken nicht überwinden und umkehren.«

Wir saßen wieder auf und setzten mit dem gesamten Heer unseren Weg durch das Tal entlang fort. Die Drachenschar war bereits weit voraus, der Staub unter ihren Hufen wirbelte hoch und mischte sich mit dem des fliehenden Feindes. Ich sah den weißen Flor über dem Tal hängen, und mir wurde schwindlig.

Ich geriet in einen Wachtraum.

Es schien, als würde ich aus mir gehoben, als würden meinem Geist Flügel wachsen und er über mir schweben. Denn ich spürte eine rasche Bewegung und blickte nach unten: Dort sah ich mich selbst links neben Artus' reiten, Gwenhwyvar und Cador zu seiner Rechten und hinter uns das Heer in drei langen Reihen: eine römische *Ala*, obwohl keiner außer mir jemals eine gesehen hatte.

Und ich entsann mich des Tages, als ich von der Hügelfeste meines Großvaters Elphin aus ins Tal geschaut und dort Magnus Maximus erblickt hatte, den *Dux Britanniarum*, der die Legion Augusta gen Süden führte. Damals wußte ich es noch nicht, aber der große Feldherr sollte sein Heer über die Meerenge nach Gallien bringen und nie wiederkehren. Er lebt in unserer Erinnerung jetzt als Macsen Wledig und ist zu einer Sagengestalt geworden: ein hochberühmter britischer Kaiser. Aber er war durch und durch Römer. Er kämpfte zwar, um uns vor den Barbaren zu bewahren, aber Brite war er nicht.

Wie lange war das her? Wie viele Jahre sind seitdem vergangen? Großes Licht, wie lange muß ich noch ausharren?

Ich hob den Kopf und flog noch höher empor. Als ich wieder nach unten sah, erblickte ich den schwarzen Fleck auf dem Land, das Krebsgeschwür, das die durchs Tal strömende Rotte des Schwarzen Ebers bildete. Es waren so viele. Gar so viele! Es war eine Wanderung, ein ganzes Volk unterwegs.

Über mir sah ich am blauen Firmament die hellen Strahlen der erstarrten Sterne. Sie schienen herab und verströmten bei Tag und Nacht ihr Licht über uns, von den Taten der Menschen ungerührt und unbeeinflußt. Was sind die Menschen schließlich? Zerbrechliche Wesen, vergänglich wie das Gras, das am einen Tag grün ersteht und am nächsten verwelkt, von geringstem Lufthauch verweht.

Gott helfe uns, wir sind eine Mischung aus Sternenlicht und Staub und wissen nicht, wer wir sind. Wir sind verloren, wenn wir uns nicht in dir finden, Großes Licht.

Jenseits der windumtosten Wellen sah ich Gallien und Armorica und dahinter die Große Mutter aller Völker, Rom, einst ein Leuchtfeuer der ganzen Welt. Das Licht war im Osten bereits verloschen; die gefräßige Düsternis streckte ihre Krallen nach dem winzigen Britannien aus. Aber ich sah Ynys Prydein, die Insel der Mächtigen, wie einen vom Meer umbrandeten Felsen, standfest inmitten sturmgepeitschter Wellen – ein begünstigtes Land, das in der wilden Nacht strahlte wie ein Beltane-Feuer, einsam zwischen den Geschwistervölkern und doch die allesverschlingende Finsternis abwehrend. Und dies allein kraft eines Stammes, der den feurigen Mut der Kelten und die kühle Leidenschaftslosigkeit römischer Disziplin in sich vereinigt und im Herzen eines einzigen Mannes zu höchster Blüte geführt hatte: Artus.

Vor Artus gab es Aurelius und vor Aurelius Merlin; und vor Merlin Taliesin. Jede Zeit brachte ihren Helden hervor, und in jedwedem Zeitalter mühte sich die geschwinde sichere Hand, die Schöpfung zu erretten. Siehe da! Wir sind nicht verlassen, noch kämpfen wir allein aus eigener Kraft. Rufe deinen Schöpfer an, o Mensch, klammere dich an ihn, und er wird dich tragen. Ehre ihn, und er wird seine Schutzengel um dich aufstellen. Schreitest du auch durch Flut und Feuer, es wird dir nichts widerfahren; dein Erlöser wird dich schützen. Helle Heerscharen von Engeln gehen uns voran, umgeben uns auf allen Seiten, wenn wir es nur wüßten!

Ach, indes waren hochmütige Fürsten unter uns, stolze Männer, die ihr Knie vor niemandem gern beugten. Artus, der sich sämtlicher sterblichen Macht rühmen durfte, fand es schon mühselig, sie schlicht und einfach zu einen – und ihn kannten sie. Was sie keinem irdischen König gewähren wollten, das würden sie kaum einem unsichtbaren Geist überlassen. Keine Macht auf Erden und keine hoch droben kann ein Menschenherz dazu zwingen, zu lieben, wen oder was es nicht lieben will, noch zu ehren, wen oder was es nicht ehren mag.

Wie lange ich so merkwürdig dahinschwebte, vermag ich nicht zu sagen. Aber als ich endlich wieder zu mir kam, war die Dämmerung hereingebrochen, und um mich lag ein stilles, regloses Lager. Ich erwachte und saß auf einem Kalbfell am Feuer, eine Schüssel Eintopf unangetastet in Händen.

»Heil, Myrddin. Wir begrüßen deine Wiederkehr«, sagte Artus, als ich mich regte. Ich blickte über das Feuer, er beobachtete mich, von meinem benommenen Gesichtsausdruck verstört. »Du warst in deinen Gedanken verloren, Barde.«

»Wir wollten dich nicht stören«, sagte Gwenhwyvar, meine Schüssel leicht anstoßend. »Du hast keinen Bissen angerührt.«

Ich blickte in die Schale in meinen Händen. Die dunkle Flüssigkeit darin wurde zu einer wimmelnden, drängenden Masse schwarzer Maden. Ich sah Menschenknochen, die von einem unerklärlichen Feuer verzehrt wurden. Und wieder hörte ich den Nachhall jener geheimnisvollen Worte: *Uns bleibt keine Wahl... Brennt es nieder.*

Wieder sah ich den Leichenberg, aufgedunsen und voller häßlicher schwarzblauer Flecken, hochgetürmt und brennend, daß schmieriger Qualm zum trockenen, weißen Himmel emporloderte. Es schnürte mir die Kehle zusammen. Ich würgte und schleuderte die Schale fort.

Gwenhwyvar legte mir die Hand auf den Arm. »Myrddin!«

Plötzlich brach sich das Wissen in mir Bahn. Das verhaßte Wort bildete sich auf meiner Zunge: »Die Pest«, sagte ich, an dem Laut fast erstickend. »Schon jetzt zieht der Tod wie Nebelschwaden durchs Land.«

Artus reckte entschlossen das Kinn. »Ich werde Britannien verteidigen. Ich werde alles tun, um die Wandalen zu schlagen.«

Er mißverstand, was ich meinte, darum sprach ich: »Es gibt einen Feind, der viel mächtiger ist als der Eber und seine Ferkel, viel gefährlicher für uns alle als jeder Eindringling, der unsere Gestade je schändete.«

Artus blickte mich scharf an. »Du sprichst in Rätseln, Barde. Wie heißt dieser Tod?«

»Er heißt der Schwarze Tod«, erwiderte ich.

»Die Pest!« entfuhr es Gwenhwyvar.

»Keiner der Fürsten hat etwas von der Pest verlauten lassen«, sagte Artus. »Ich möchte nicht, daß sich solche Gerüchte unter Männern ausbreiten, die sich zum Kampf rüsten.«

»Mir liegt nicht an Gerüchten, o großer König. Dennoch hege ich keinen Zweifel mehr, daß der Schwarze Tod schon jetzt in Britannien wütet. Und du solltest es auch glauben.«

Artus nahm den Vorwurf in meiner Stimme hin. Er blickte mir in die Augen und fragte: »Welches Heilmittel gibt es dagegen?«

»Ich kenne keines«, erwiderte ich. »Aber«, fügte ich, einer plötzlichen Eingebung folgend, hinzu, »wenn es ein Heilmittel gibt, dann kennen die Priester von Ynys Avallach es womöglich. Ihre Kenntnisse sind groß, und sie verfügen über lange Erfahrung.« Ich erinnerte mich daran, daß meine Mutter mir erzählt hatte, das Kloster entwickle sich zu einer Heilstätte. Das war vor Jahren gewesen. Ob es noch immer zutraf?

»Dann mußt du unverzüglich zu ihnen«, sagte Gwenhwyvar. »Sofort.«

Ich erhob mich vom Feuer.

»Setze dich, Myrddin«, sagte Artus. »Du kannst jetzt nicht gehen. Es ist dunkel, und zwischen dir und Ynys Avallach stehen fünfzigtausend Barbaren.« Er schwieg und betrachtete mich im Feuerschein. »Außerdem halte ich heute abend Rat und brauche dich hier.«

»Ich darf nicht bleiben, Artus«, sagte ich. »Wenn etwas getan werden kann, muß ich eilen. Ich muß gehen. Das weißt du.«

Noch immer zauderte Artus. »Jeder Feind der Reihe nach«, sagte er. »Wir verzetteln unsere Kräfte nur, wenn wir in sämtliche Richtungen davonstieben. Gegen die Pest können wir ohnehin nichts ausrichten – es gibt kein Heilmittel. Das hast du selbst gerade eben gesagt.«

»Ich möchte dir nicht trotzen«, entgegnete ich steif. »Aber du kannst dir von den Kymbrogen helfen lassen, und ich kann mich vielleicht andernorts nützlich machen. Diese Gefahr wurde mir in einem Traumgesicht gezeigt, ich darf sie nicht außer acht lassen. Ich kehre, so rasch ich kann, wieder, aber ich muß gehen. Sofort. Heute nacht.«

»Bär«, flehte Gwenhwyvar. »Er hat recht. Laß ihn gehen. Das könnte viele Menschenleben retten.« Artus ließ seinen Blick zwischen uns beiden wandern. Sofort nutzte sie sein Zögern. »Ja, suche sie auf, weiser Emrys«, drängte Gwenhwyvar, als sei dies von Anfang an auch Artus' Wunsch gewesen. »Bringe soviel wie möglich bei ihnen in Erfahrung und komme mit guter Nachricht zurück.«

»Ich kann nichts versprechen«, warnte ich, »außer einem: Was getan werden kann, werde ich tun. Und was die Gerüchte angeht, so erzählt bis zu meiner Rückkehr niemandem etwas.«

»Also, es ist beschlossene Sache«, verkündete Artus. Ich sah, daß die Entscheidung ihm nicht behagte. Er stand unvermittelt auf und rief nach Llenlleawg. »Myrddin muß uns eine Zeitlang verlassen«, teilte er ihm mit. »Da es im Tal vor Wandalen nur so wimmelt, möchte ich dich bitten, ihn zu begleiten.«

Llenlleawg nickte, ohne eine Miene zu verziehen.

»Ich danke euch«, erwiderte ich. »Aber allein komme ich geschwinder voran.«

»Lasse dich wenigstens bis zum Boot begleiten«, beharrte Artus. »Dann werde ich wissen, daß die Barbaren dich nicht abgefangen haben.«

Da Artus entschlossen war, seinen Willen wenigstens jetzt durchzusetzen, gab ich nach. Ich verabschiedete mich vom Hochkönig und seiner Gemahlin und begab mich mit Llenlleawg flugs zu unseren Rössern. Wir ritten genau in dem Moment aus dem Lager, als Artus die Ratsversammlung einläutete.

Ich weiß nicht, wer von uns beiden mir mehr leid tat: Artus, der mit seinen Königen streiten mußte, oder ich, der ich eine schlaflose Nacht im Sattel verbrachte. Vermutlich hatte ich es besser.

V

Llenlleawg und ich hielten uns an den Hügelkamm, bis wir ganz außer Sichtweite des Barbarenlagers waren, und wandten unsere Pferde ins Tal hinab, als die Sonne gerade rot und feurig im Osten aufging. Llenlleawg ritt ein kleines Stück voraus, den Pfad und die Felsbrocken zu beiden Seiten stets im Auge, falls wir auf irgendwelche nachzockelnden Wandalen treffen sollten. Aber der Weg blieb leer und sicher, bis der irische Kämpe kurz nach Mittag hinter einer uneinsehbaren Biegung jäh stehen blieb. »Da kommt jemand. Drei Reiter, vielleicht auch mehr.«

Ich ließ meinen Blick den Uferpfad entlangschweifen, sah aber nichts. »Dort.« Der Ire deutete auf die felsübersäte Flußböschung rechts vor uns. Die weiße Sonne, die hoch am Himmel stand, ließ die Schatten zusammenschrumpfen und alles flach und farblos erscheinen. Ich schaute in die Richtung, die Llenlleawg angegeben hatte, und sah, daß dort tatsächlich Reiter langsam den Fluß entlangkamen. Ich hatte sie für Gesteinsblöcke gehalten.

»Haben sie uns gesehen?«

Er schüttelte leise den Kopf. »Ich glaube nicht.«

Eine Weile saßen wir reglos da und warteten, daß die Fremden näher kamen. Da die Barbaren keine Pferde hatten, konnten es eigentlich keine Wandalen sein, aber vorsichtshalber ritten wir nicht weiter. Auch die Fremden waren wachsam. Sie bewegten sich langsam fort, hielten oft an, um den Pfad vor ihnen zu beobachten, und sobald sie uns gewahrten, machte einer von ihnen kehrt und raste auf dem Weg zurück, den sie gekommen waren, so daß nur noch zwei Reiter auf uns zustrebten.

»Reiten wir ihnen entgegen«, sagte Llenlleawg, einen Speer hinter seinem Sattel hervorholend. Wir trotteten gemächlich los, und als uns nur noch ein Speerwurf trennte, stieß Llenlleawg einen Schrei aus und spornte sein Roß an. »Es ist Niul!« rief er mir zu. »Ein Krieger Lots!«

Er raste voran und grüßte die Reiter lautstark. Ich galoppierte ihm nach, da umarmten Niul und Llenlleawg einander bereits. »Was suchst du hier, Vetter?« rief der Niul genannte. »Ich glaubte schon, ein *Cruagh* steige aus dem Fluß, um uns fortzuschleppen.« Lachend warf er den Kopf zurück. Mit einem Blick auf die Narben an seinem Schildarm und auf die Kerben in der Schneide an seinem Oberschenkel wußte ich, daß der kampferprobte Veteran auf dieser Welt fast nichts und niemanden fürchtete.

Er wartete erst gar nicht, daß Llenlleawg mich ihm vorstellte, sondern rief mir zu: »Heil, Myrddin Emrys!« Auf mein Erstaunen lachte er wieder. »Du erinnerst dich nicht an mich, und das nehme ich dir nicht übel.«

Als er so redete, dämmerte mir die Erinnerung. Ich entsann mich an ein Zimmer in einem Haus – im Haus des Weinhändlers Gradlon, als ich Lot in Londinium zum ersten Mal begegnete. Dieser Mann, einer von Lots Hauptleuten, war dabeigewesen. »Ich erinnere mich tatsächlich nicht an deinen Namen, falls ich ihn jemals gekannt haben sollte«, gestand ich. »Wir tranken wohl gemeinsam einen Becher Bier, fällt mir ein, weil Lot keinen Wein mochte.«

»Beim Gott, der dich erschuf, Myrddin«, Niul lachte wieder, froh über unser Treffen, »du bist ein Wunder. Du hast es getroffen. Meiner Treu, ich war damals noch ein Knabe. Ja, wir tranken gemeinsam einen Becher Bier. Lot mochte nichts anderes haben. Aber wo ist Pelleas? Wie kommt es, daß du in Gesellschaft des wilden Tieres aus Irland bist?«

»Pelleas ist tot«, teilte ich ihm mit. »Schon seit einigen Jahren.«

Die Trauer vertrieb die Freude aus seinem Gesicht. »Ach, ein herber Verlust, fürwahr.« Er schüttelte den Kopf. »Verzeih mir, das wußte ich nicht.«

Llenlleawg meldete sich zu Wort. »Niuls Mutter war mit meiner verwandt. Niul wurde bei Fergus erzogen. Wir wuchsen gemeinsam auf.«

Mein dringendes Anliegen trieb mich zur Eile, und ich fragte auf die Gefahr hin, grob zu erscheinen: »Ist Lot hier?«

»Er folgt uns geradewegs«, erwiderte Niul. »Er kommt mit dem Heer gleich hinter uns. Komm, ich bringe dich zu ihm.«

Das Tal machte eine Biegung um den Fuß eines großen Berges herum und erweiterte sich dann. Sobald wir die Kurve hinter uns hatten, sah ich über den Talgrund verteilt ein Heer von etwa fünfhundert Kriegern – dreihundert Fußsoldaten und die übrigen Berittene: ein höchst herzerfrischender Anblick.

Aus der vordersten Reihe der Krieger lösten sich zwei Reiter und sprengten uns entgegen. Lot hätte ich überall erkannt: an seinem kräftig schwarzrot karierten Umhang, seinen geflochtenen Locken, seinem großen goldenen Torques und den blauen Klanmalen auf seinen Wangen. Er erkannte mich auch und rief mir mit offenkundiger Freude zu: »Heil, Emrys! Ich grüße dich herzlich. Es ist schon lange, viel zu lange her, daß wir uns sahen.«

Ich erwiderte seinen Gruß, und bald umarmten wir einander in wahrer Freundschaft. »Nun, jetzt heißt es wohl wieder aufgesessen und das Schwert gereckt, nicht wahr, Myrddin Emrys?«

»Ich wünschte, es wäre anders«, entgegnete ich. »Trotzdem bin ich froh, dich zu sehen. Ich heiße dich im Namen des Hochkönigs willkommen, Lot.«

»Wir trafen Llenlleawg und den Emrys unterwegs hinter der Biegung«, warf Niul ein. »Sie reiten allein.«

»Und wir erwarteten diese wilden Wandalen, von denen Gwalchavad uns berichtete«, erklärte Lot.

»Reitet nur auf diesem Weg weiter, und ihr werdet bald mehr davon finden, als euch lieb ist«, antwortete Llenlleawg. »Fünfzigtausend mindestens.«

»Wahrhaftig?« staunte Lot. »Gwalchavad sagte nichts von einer so großen Zahl.«

»Er wußte es nicht«, erwiderte ich, »und wir ebensowenig.«

Dann erläuterte Llenlleawg kurz, wo Artus zu finden war und wie man den Barbaren am besten aus dem Weg ging.

»Wirst du mit uns reiten, Emrys?« wollte Niul wissen.

»Leider kann ich das nicht«, antwortete ich. »Llenlleawg und ich haben andere Dinge zu erledigen, die ebenso dringend sind.«

»Dann wollen wir euch nicht länger aufhalten«, sagte Lot. »Lebe wohl, bis wir uns wiedersehen, Myrddin, und sichere Heimkehr.«

Wir setzten unseren Weg fort und sie den ihren, und bald konnten wir einander nicht mehr sehen. Das Tal wurde immer breiter, und als der Tag sich der Dämmerung neigte, konnte ich die breite Flanke des Mor Hafren in der Ferne schimmern sehen. Wir lagerten uns am Weg und saßen noch vor Tagesanbruch wieder zu Pferde.

Die Sonne war hinter den umliegenden Hügeln noch nicht aufgegangen, als ich am hohen, klaren und wolkenlosen Himmel die dunklen Schatten von Aasvögeln erblickte, die ein Stück weiter nördlich über einer Stelle kreisten. »Dort liegt Caer Uisc«, stellte ich fest.

Ohne ein Wort bog Llenlleawg ab und hielt auf die Siedlung zu. Kurze Zeit später kamen wir dort an: Das Dorf war bis auf die Pfostenlöcher niedergebrannt. Ich betrachtete das verrußte Gelände innerhalb der versengten Palisaden. Hier und dort konnte ich unter den eingestürzten Dächern noch einzelne Gegenstände erkennen: den gekrümmten Boden eines umgekippten Kessels, einen zu Eisenstäben verschmorten Dreifuß, unzählige von der Hitze zersprungene Krüge und – Gott sei ihnen gnädig! – halb zugeschüttet von Haufen kalter Asche die verkohlten Leichen der Pestopfer, alte und junge zugleich. Die Vögel hatten sich an den Leichen gütlich getan und die Knochen blank gepickt.

»Das ist das Werk des Schwarzen Ebers«, klagte Llenlleawg bitter.

»Nein«, entgegnete ich, denn ich sah das Weinen und die Flammen meines Traumgesichtes wieder. Hier fand es seine

Bestätigung, falls es noch einer bedurft hätte. »Trwch Trwyth trägt daran keine Schuld. Die Menschen von Caer Uisc haben ihre Siedlung selbst niedergebrannt.«

Llenlleawg machte ein verdutztes Gesicht. »Das kann nicht sein!« wandte er ein und wollte absitzen, um sich den Schauplatz näher zu besehen.

»Bleib, wo du bist!« befahl ich. »Sieh zu, daß nicht einmal die Asche deine Stiefel berührt.« Er schwang sich wieder in den Sattel und wollte widersprechen. Ich brachte ihn rasch zum Schweigen: »Du wirst dieses Todesgesicht noch früh genug kennenlernen. Wenn du nach Caer Melyn zurückkommst, berichte Artus – aber wohlgemerkt: nur Artus! –, was du sahst. Sage ihm außerdem, Myrddins Traumgesicht habe sich bewahrheitet. Verstehst du? Erzähle den anderen nichts von Caer Uisc. Wir sind niemals hier gewesen, Llenlleawg.«

Als ein Mann, der es gewohnt war, Befehle zu befolgen, nahm er meine Anweisungen schweigend auf. Ich wandte mich ab. »Verweilen wir lieber nicht. Der Tag läuft uns davon.«

In aller Eile ritten wir zum Hafen von Caer Legionis, wo Artus' Flotte, inzwischen von Lots Schiffen verstärkt, vor Anker lag. Als wir näher kamen, rief Barinthus uns schon von weitem zu. Der zähe Steuermann war mit einer Handvoll Leuten zurückgeblieben, um die Schiffe zu bewachen und instand zu halten. »Was gibt es Neues?« rief er. »Wie steht die Schlacht?«

»Wir haben nur einmal gekämpft«, antwortete Llenlleawg. »Ein abgebrochenes Scharmützel. Eine Entscheidung fiel nicht.«

Wir saßen ab und begrüßten den Steuermann. Gleich kamen noch ein paar Männer angerannt, um zu erfahren, was sich ereignet hatte. Ich berichtete ihnen über den Stand der Lage zwischen Artus und Amilcar und fragte: »Habt ihr etwas gesehen?«

»Gestern mittag traf Lot ein«, erwiderte Barinthus.

»Nichts weiter?«

»Hier kommt keiner vorbei, ohne daß wir es merken«, antwortete ein stiernackiger Seemann. »Wir halten Tag und Nacht

Wache, und hier haben sich weder Freund noch Feind blicken lassen – außer Lot, wie gesagt, und euch beiden.« Er hielt inne und griff meinem Befehl vor: »Ich stehe dir zu Diensten, Emrys. Wo willst du hin?«

»Nach Ynys Avallach«, entgegnete ich und zeigte auf die weite Fläche des Mor Hafren, die im schwindenden Tageslicht wie getriebenes Gold schimmerte. »Ich sehe, die Flut weicht gerade zurück. Die Not gebietet uns, nicht länger zu säumen.«

»Wir sind bereits soweit«, sagte der Steuermann. »Ich bringe dich selbst hinüber.«

»Es wäre auch klug«, fügte ich hinzu, »die Schiffe ein Stück vom Strand wegzubewegen. Wir werden sie so rasch nicht benötigen.«

»Daran hatte ich auch schon gedacht«, erwiderte Barinthus in einem Tonfall, durch den er mir zu verstehen gab, daß ich mir um die Sicherheit der Schiffe keine weiteren Sorgen zu machen brauchte.

Er drehte sich um und rief Befehle. Die Männer um ihn machten sich eilends an die Arbeit. Da bat ich Llenlleawg, zu Artus zurückzukehren, und bis mein Roß und ich an Bord waren, hatte man Artus' Flotte bereits in tiefere Gewässer geschafft – ganz außer Reichweite marodierender Barbaren.

Auf der Ebbe lenkte Barinthus unser Gefährt geschickt um Schlammbänke und brachte uns geschwind zur gegenüberliegenden Küste, wo das Flüßchen Briw in den größeren Padrud mündete; die Stelle bildete bei Ebbe ein breites Watt. »Es scheint hier recht morastig zu sein«, warnte er. »Weiter wage ich mich nicht heran.«

So mußte ich also durch hüfthohes Wasser waten und mühte mich, mein Pferd am Halfter führend, durch den Matsch aufs Trockene. Dort saß ich hurtig auf und sprengte eilends landein. Unterwegs brach die Nacht über mir herein, aber ich hielt nicht an. Ich wollte das Schloß meines Großvaters so schnell wie möglich erreichen. Mit erbarmungsloser Hetze kam ich in Sichtweite des Tors, als die Sonne wieder aufging.

Es kann nicht viel Schöneres auf der Welt geben als den Anblick von des Fischerkönigs Palast im goldenen Morgenlicht. Die schlanken Türme und anmutigen Mauern aus weißem Stein, vom zarten Sonnenlicht honiggelb und rosig gefärbt, spiegelten sich leuchtend im See um den Burgberg, auf dem sich Ynys Avallach über der flachen Marsch erhob wie eine Insel aus einem blaugrünen Meer.

Seit ich das Schloß zum letzten Mal gesehen hatte, war ein Jahrzehnt vergangen – mehrere Lebensspannen, schien es. Dennoch war es, wie ich es von frühester Kindheit an kannte, und mein Herz ging über vor plötzlicher Sehnsucht. Avallachs Palast war mir immer ein ruhiger Hafen gewesen, und ich spürte seine alte Stille nach mir rufen, wie eine kühle Brise über den schattigen Tiefen des Sees, welche die fiebrige Stirn des Reisenden erfrischt.

O gesegneter Jesus, bewahre diesem Ort einen liebenden Platz in deinem Herzen und halte deine schützende Hand über ihn. Falls die Güte an irgendeinem Ort von dieser Welt überdauert, lasse sie hier herrschen, jetzt und solange dein Name unter den Menschen Verehrung findet.

Ich ritt um den See herum, hielt unterhalb des Hügels, wo das Kloster stand, kurz an und erreichte den Damm, der über das Wasser bis zum Tor führte. Grün wie ein Smaragd am flammenden Himmel wirkte Ynys Avallach wie aus der Anderswelt. Dieser Eindruck wurde noch verstärkt, wenn man den Bewohnern dieses begünstigten Bezirks begegnete. Oh, das Feenvolk ist wahrhaftig wunderbar, anmutig am ganzen Körper und ein bezaubernder Anblick. Noch der niederste Stallbursche bewegt sich, als wäre er von höchstem Adel. Zwei junge Knechte sprangen herbei, um mein Pferd in Empfang zu nehmen. Avallach, der letzte Herrscher dieses aussterbenden Volkes, tauchte auf und rief mir einen Gruß zu, als ich gerade unter dem hohen Torbogen durchkam.

»Merlin!« Seine Stimme dröhnte wie fröhlicher Donner. Noch ehe ich richtig absitzen konnte, hatte er mich aus dem Sattel gerissen und umarmte mich, daß mir die Rippen krachten. »Merlin, mein Sohn, mein Sohn. Laß dich ansehen.« Er hielt mich auf Armeslänge von sich, packte mich dann wieder und drückte mich abermals an seine Brust.

Artus ist ein kräftiger Mann, aber neben dem Fischerkönig wirkt er wie ein Knabe. Ich selbst kam mir wieder wie ein Grünschnabel vor.

»Der Friede Jesu Christi sei mit dir, Merlin, mein Sohn«, sprach Avallach und breitete die Arme weit aus: »Willkommen!« Er lächelte, daß die Zähne weiß zwischen seinem dunklen Bart hervorblitzten. »Komm in meinen Saal – wir wollen gemeinsam den Becher heben.«

Wir verließen den gepflasterten Hof, gingen durch eine überdachte Säulenhalle und gelangten durch eine große Flügeltür in den Palast. »Charis ist gerade nicht hier«, teilte mir der Fischerkönig mit, als der Willkommenstrunk gereicht wurde. »Einer der Priester bat sie heute morgen zu sich. Sie holen sie, wann immer sie am Heiligtum benötigt wird.«

»Sagten sie, aus welchem Grund?« fragte ich. Schon sank mir der Mut, und ich betete, daß es etwas anderes sein mochte, als ich fürchtete. Konnte die Pest sich so rasend schnell ausbreiten? Ich wußte es nicht.

»Eine Krankheit«, erwiderte Avallach, mir den Becher hinhaltend. Als der Becher voll war, drückte er ihn mir in die Hand. »Trinke, Merlin. Du bist weit geritten, und das Wetter war heiß. Die Dörfler sagen, es gibt eine Dürre.«

Ich lächelte. Avallach nannte alle, die im Schatten des Tors wohnten, Dörfler, als wäre er ein Fürst mit blühenden Siedlungen voll ergebener Untertanen. In Wahrheit lebten zwar ein paar Menschen in den Weilern um das Marschland herum, aber die meisten, die durch die Sommerlande kamen, waren Pilger auf der Suche nach dem Segen des Heiligtums.

»Dann werde ich Charis also im Kloster finden«, sagte ich und schlürfte noch etwas von dem guten, kräftigen Bier, ehe ich den Becher Avallach reichte.

»Das nehme ich an«, sagte er, hob den Becher und betrachtete mich über den Rand. Als er den Becher schon fast an den Lippen hatte, hielt er inne, legte den Kopf schräg und musterte mich genau. »Christus sei mir gnädig!« rief er plötzlich. »Myrddin, du kannst ja sehen!«

»Richtig, Großvater.«

Er starrte mich an wie ein Wunder. »Aber wie ist das geschehen? Dein Augenlicht ist wieder da! Das mußt du mir sofort erzählen. Die ganze Geschichte.«

»Da gibt es nicht viel zu erzählen«, entgegnete ich. »Ich war blind, wie du weißt. Aber ein Priester namens Ciaran legte mir die Hände auf, und Gott gefiel es, mich zu heilen.«

»Ein Wunder«, flüsterte Avallach ehrerbietig. Er sagte das, als wäre es die natürlichste Erklärung der Welt – als wären Wunder etwas ganz Gewöhnliches, so vertraut wie die täglich im Osten aufgehende Sonne und ebenso häufig, aber deshalb nicht weniger herrlich und willkommen. In seiner Welt traf das vielleicht auch zu.

Unser Gespräch wandte sich den unbedeutenden Ereignissen des Sumpflandes zu: dem Fischen, der Arbeit am Heiligtum und der Abtei, dem Bemühen der Mönche und ihrem immer größer werdenden Kreis von Gläubigen. Ich staunte nicht zum ersten Mal, wie wenig hier die Wirren und Schrecknisse der großen Welt zählten. Deren Geschehnisse blieben entweder unbekannt oder wurden als unbedeutend angenommen. Der Palast des Fischerkönigs stand wie der Burgberg selbst über den Verheerungen und Umwälzungen unseres Zeitalters, ein sicherer Hafen, ein Zufluchtsort voller Frieden in einer geplagten Welt. Großes Licht, möge es immer so bleiben!

Gerne hätte ich verweilt und ihm den ganzen Tag lang gelauscht, aber schon bald fühlte ich mich wieder vorangetrieben. Ich versprach Avallach, baldmöglichst zurückzukommen und ging zu Fuß zum Kloster hinauf, froh, nicht mehr im Sattel zu sitzen. Als ich auf dem Pfad vom See her kam, sahen mich einige der Brüder und rannten los, um meine Ankunft zu melden. Ich wurde abgeholt und zu Abt Elfodds Gemach geführt.

»Warte bitte hier«, sagte der Mönch. »Der Abt wird zu dir kommen, sobald er frei ist.«

»Danke, aber –«

Der Mönch war fort, ehe ich ihn aufhalten konnte. Ich gedachte, ihn zurückzurufen, aber die Müdigkeit überwältigte mich. So setzte ich mich statt dessen auf den Stuhl des Abtes und wartete. Kaum hatte ich die Augen geschlossen, als ich draußen vor der Tür Schritte hörte.

»Merlin!«

Ich schlug die Augen auf, erhob mich und wurde sofort fest, ja fast heftig umarmt.

VI

»Deine Augen ... deine schönen Augen«, flüsterte Charis, und die Tränen rannen ihr üppig über die Wangen. »Es ist also wahr! Gelobt sei Jesus Christus, du kannst sehen!« rief sie freudig. »Wie ist das nur geschehen? Nimm sofort Platz und erzähle es mir. Ich muß es wissen. Ach, Merlin, wie froh ich bin, daß du hier bist. Was für eine schöne Überraschung. Kannst du bleiben? Nein, sage es mir nicht; ob du kurz oder lang hier bist, das ist gleich. Du bist jetzt da, und alles andere zählt nicht.«

»Du hast mir gefehlt, Mutter«, murmelte ich. »Ich wußte bis gerade eben nicht, wie sehr du mir fehltest.«

»Wie ich mich nach dir gesehnt habe, mein Falke«, sagte Charis. »Und jetzt bist du da – eine Antwort auf meine Gebete.«

Charis hatte sich, von einigen Kleinigkeiten abgesehen, nicht verändert: Sie trug ihr Haar jetzt nach Art hochgestellter Britinnen in dicken Zöpfen, in die Goldfäden geflochten waren; ihr Gewand war jedoch noch schlichter geworden – taubengrau, lang und ohne jeglichen Zierat. Schlank und königlich, wirkte sie sowohl anmutig wie auch geheimnisvoll, die ausgesprochene Kargheit ihrer Aufmachung unterstrich ihr hoheitliches Antlitz eher noch. Ihre Augen waren, als sie über mein Gesicht wanderten, noch immer so scharf wie die eines neugierigen Kindes und hatten etwas Gebieterisches, das mir zuvor nie aufgefallen war.

Sie bemerkte, daß mir ihre veränderte Kleidung und Haartracht nicht entgangen waren, und sagte: »Deine Augen sind mehr als scharf, Falke, da du siehst, was nicht mehr da ist.« Sie strich mit den Händen ihr Gewand glatt und lächelte. »Ja, ich kleide mich jetzt schlichter. Viele Menschen, die zum Heiligtum kommen, besitzen so wenig. Ihnen gehört nichts, manchen rein gar nichts, und ich will sie nicht an ihre Armut gemahnen. Ich könnte es nicht ertragen, wenn meine Kleidung sie kränken würde.«

»Wer deinen Anblick als Kränkung empfände, wäre wahrhaftig ein elender Mensch«, erwiderte ich galant.

Sie lächelte wieder. »Und warum der härene Umhang, mein Sohn? Ich meine, es ziemt deinem Range nicht, daß du in solch nichtigen Lumpen gehst.«

Ich breitete die Hände aus. »Gleich dir finde ich es einfacher, durch die Welt zu kommen, ohne daß ich meine Abstammung kundtue. Komm, du bist müde –«

»Ich war es«, erwiderte sie rasch. »Aber dein Anblick hat mich vollkommen wiederbelebt. Bleibe bei mir sitzen. Ich möchte alles hören, was sich an Artus' Hof zugetragen hat, seit wir uns das letzte Mal sahen.«

»Und ich würde nichts lieber tun, als mit dir den ganzen Tag zu verbringen«, erwiderte ich, »denn es gibt vieles zu erzählen. Doch mein Auftrag ist eilig, und ich darf keinen Augenblick länger als erforderlich bleiben. Ich muß zurück, sobald –«

»Du willst gehen, bevor du so recht angekommen bist!« Charis und ich drehten uns beide um, als der Abt ins Zimmer gestürzt kam. Elfodd, der ein weißes Gewand und ein grünes Überhemd trug, begrüßte mich herzlich. »Willkommen, Merlinus! Willkommen, lieber Freund. Man hat mir gerade gemeldet, daß du hier seist. Setze dich, mein Sohn, du wirkst erschöpft.«

»Es freut mich, dich wiederzusehen, guter Abt. Du gedeihst prächtig, wie ich sehe.« Er hatte sich kaum verändert – ein bißchen dicker vielleicht, das Haar ein wenig grauer, war er doch der nämliche Elfodd, den ich im Gedächtnis bewahrte. »Charis hat mir erzählt, daß du so emsig wie eh und je bist.«

»Wir sind von der Frühmesse bis zum Abendgebet auf den Beinen, fürwahr«, erwiderte er glücklich. »Aber es geht uns gut. Gott meint es gut mit uns. Wir gedeihen.«

»Das höre ich gern.«

»Dennoch«, sagte er mit etwas größerem Ernst, »das gilt nicht für alle, die hierherkommen. Gestern nacht starb einer, den wir in Pflege hatten, und man fand zwei weitere Menschen mit derselben Krankheit – sie war fortgeschritten, die beiden konnten sich nicht einmal mehr den Hügel heraufschleppen.«

Er betrachtete mich genau und erwog sorgfältig seine folgenden Worte. Ich wußte bereits, was er sagen würde. »Merlinus, es ist hier vielleicht nicht sicher für dich. Ich bete darum, daß ich mich irre, aber es sieht ganz nach der Pest aus. Wenn das wahr ist, dann ist der Verstorbene der vergangenen Nacht nur das erste Opfer von vielen.«

»Sei gewiß, daß es mehr geben wird«, versetzte ich und erläuterte den Grund meines Besuches. »Ich hoffte, ihr würdet ein Heilmittel kennen. Denn genau darum bin ich gekommen.«

»Dann sei Jesus Christus uns allen gnädig, denn es gibt kein Heilmittel«, erwiderte er und schüttelte traurig sein ergrautes Haupt. »Die Pest läßt sich nicht eindämmen: Sie zieht mit dem Wind weiter. Wie verdorbenes Wasser vergiftet sie alles. Keiner ist vor ihr gefeit.« Er verstummte und sann über die Ungeheuerlichkeit der Lage nach.

»Ich sprach mit Paulinus«, hub Charis an und redete vor Aufregung ganz schnell. »Er hat Erfahrung mit der –«

»Paulinus?« sagte Elfodd erstaunt. Da erhellte die Erinnerung strahlend wie die Sonne sein Gesicht. »Ach, gottlob, ja! Paulinus! Gesegnet sei Jesus Christus, natürlich. Bei all dem Durcheinander hatte ich ihn fast vergessen.«

»Paulinus kam vor kurzem hierher«, fing Charis wieder an.

»Aus Armorica«, unterbrach der Abt sie. »Er verbrachte eine Zeitlang in Südgallien und, glaube ich, in Alexandria. Dort lernte er vieles über hier unbekannte Heilkräuter.«

»Sie haben dort mit der Pest Erfahrung«, sagte Charis. »Wir sprachen gerade darüber, ehe du kamst, Merlin. Du mußt sofort mit ihm reden.«

»Was für ein Dummkopf ich bin«, rief Elfodd, »wo habe ich nur meine Gedanken!« Er machte auf dem Absatz kehrt und rief laut: »Paulinus! Hole sogleich jemand Paulinus herbei!«

Hinter dem Abt tauchte ein Mönch in der Tür auf, nickte auf seinen Ruf und rannte davon. Es war zwar noch früh am Morgen, in Elfodds Zelle aber bereits heiß. »Warten wir im Kreuzgang auf ihn. Dort ist es kühler.«

Wir traten aus der schmalen Zelle des Abtes in den säulenumstandenen Hof. In seiner Mitte wuchs ein einzelner Baum und spendete Schatten. Das Laub des Baumes war vom Wassermangel trocken und schlaff. »Ich sehe, wir müssen aus dem See ein wenig Wasser für Josephs Baum holen«, sagte Elfodd zerstreut.

Das Land ist durstig, dachte ich, und meine Gedanken fanden ihr Echo in einer ruhigen, tiefen Stimme, die sprach: »Der Hammer der Sonne schlägt auf den Amboß der Erde. Alles, was grünt, wird braun werden; alles, was brennt, wird verzehrt werden.«

Wir drehten uns um und erblickten einen alten, dürren, kahlköpfigen Mann, der ins Licht trat. Sein Gesicht war hager und gebräunt, weil er viele Tage oder sogar Jahre unter der Sonne des Südens verbracht hatte. Mir fiel die Fortsetzung seiner halben Prophezeiung ein. Darum setzte ich, ihm in die Augen starrend, hinzu: »Und alles, was durchs Feuer geht, wird gereinigt werden.«

»Amen!« sagte der Mönch und neigte sein Haupt ehrfürchtig vor Abt Elfodd, der nach ihm gerufen hatte. »Weiser Ambrosius, ich heiße Paulinus und stehe dir zu Diensten.«

Er stellte sich zu uns und begrüßte Elfodd und Charis höflich. Zu meiner Überraschung erkannte ich, daß er viel jünger war, als ich zuerst gedacht hatte. Sein kahler Kopf und seine ledrige Haut ließen ihn viel älter wirken. Doch die jugendliche Kraft seiner tiefbraunen Augen erlaubten keinen Zweifel. Er trug die demütige, ungefärbte, selbstgesponnene Tunika der Mönche, hatte aber die Haltung eines Fürsten.

»Ich entsinne mich deiner, Bruder«, sagte ich, »und bedarf keiner neuen Vorstellung.«

»Beim heiligen Lamm Gottes!« rief er erstaunt. »Das kann

nicht sein! Ich war doch erst ein Knabe, als ich dich das einzige Mal sah, und wir wechselten kein einziges Wort.«

Ich betrachtete ihn und erinnerte mich an einen ältlichen Mann mit einem Knaben, der ihm den Stock trug. Der Mann war der greise Dafyd, der aus dem Kloster Llandaff trat; der apfelwangige Knabe hatte zerzaustes Haar und helle, kühne Augen – dieselben Augen, die mich jetzt so belustigt ansahen.

»Du warst bei Dafyd in Llandaff«, sagte ich. »Wurdest du dort geboren?« Ich weiß nicht, warum ich danach fragte. Es gibt in jedem Kloster viele Kinder; der Umstand allein bedeutete nicht viel.

»Und ob du es weißt!« Er lachte. »Alle Engel und Heiligen, ich dachte, ich würde nie von dort wegkommen. Ach, fürwahr, zu Zeiten wünsche ich jetzt, ich wäre immer dort geblieben.«

Er lachte wieder, und mir wurde klar, daß ich das Lachen schon einmal gehört hatte, und auch die Art zu sprechen. O ja, er war durch und durch ein Kymre. »Bist du Gwythelyns Sohn?«

»Einer von sechsen, und alle sind sie tüchtige Männer«, antwortete er. »Meine Verwandten in Dyfed heißen mich Pol ap Gwythelyn. Wie kann ich dir dienen, Emrys?«

Da Charis bereits mit ihm erörtert hatte, daß es sich um die Pest handeln könnte, brauchte ich keine Vorsicht mehr walten zu lassen. »Wie du weißt, ist in Britannien die Pest ausgebrochen«, sagte ich. »Ich komme vom Hochkönig, um in Erfahrung zu bringen, was sich dagegen tun läßt.«

Paulinus bekreuzigte sich, hob Hände und Gesicht der Sonne entgegen und sagte: »Gepriesen seien der Weltenschöpfer und sein ruhmreicher Sohn, der auf seltsamen Wegen Wunder vollbringt! Glücklich bin ich unter den Menschen, denn viele werden gerufen, aber nur wenige sind auserwählt, und am heutigen Tage wurde ich auserwählt. Ein Werkzeug in der Hand des Meisters, soll mein Schicksal sich erfüllen.«

Elfodd schaute zu, ein wenig beschämt ob dieses ungezügelten Ausbruchs. Charis musterte Paulinus neugierig.

»Soll das heißen, daß du uns helfen kannst?« fragte ich.

»Menschenmöglich ist es nicht«, antwortete Paulinus. »Aber Gott ist alles möglich.«

»Bitte, Bruder, deine Frömmigkeit ist ja löblich, aber dennoch wäre ich dir für eine Antwort in schlichten Worten dankbar.«

Paulinus nahm die Schelte höflich hin. »Ich fühle mich ermahnt«, sagte er mit einer leichten Verbeugung und einem Lächeln. Dann erklärte er, wie lange er die leitende Hand befragt hatte, die ihn weit in ferne Länder geführt hatte, auf der Suche nach fremdartigen Heilmitteln und Kuren zwar, aber zugleich doch fort von jenen, denen er mit seinem Wissen am meisten nutzen konnte. Kurzum, er hatte allmählich das Gefühl bekommen, seine Anstrengung sei vergebens gewesen und er habe seine Berufung verfehlt.

»Ich wollte zum Heiler werden«, fuhr Paulinus fort. »Ich fürchtete, statt dessen zum Gelehrten geworden zu sein. Darum kam ich nach Ynys Avallach – die guten Werke hier sind bekannt und geachtet, sogar in Gallien. Und jetzt hat Gott, in seiner unendlichen Weisheit, seinen Diener erhoben. Der Tag der Bewährung ist da, und ich bin bereit. Meine langen Lehrjahre werden ihre Berechtigung finden. Meine Gabe wird gebraucht.« Er wandte sein Gesicht wieder der Sonne zu und rief aus: »Gütig und weise ist der Spendergott, und hochgepriesen sei er! Möge seine Weisheit ewig dauern!«

»So sei es!« schrie ich. Charis und Elfodd setzten ein kräftiges Amen hinzu. An den Abt gewandt, sagte ich: »Elfodd, wir müssen sogleich Rat halten. Es gilt vieles zu besprechen.«

»Natürlich«, pflichtete der Abt mir bei. »Gehen wir in die Kapelle, wo wir ungestörter reden können.«

Der Kirchenmann wandte sich ab und ging los. Ich wollte ihm nachgehen, aber als ich mich umdrehte, verschwamm mir der Blick, und ich schwankte. Charis stützte mich. »Merlin!« rief sie, von Sorge gepeinigt. »Bist du krank?«

»Nein«, erwiderte ich rasch, damit sie nicht das Schlimmste glaubte. »Ich fühle mich wohl, bin aber übermüdet.«

»Du hast nichts gegessen, seit du von Artus gingst«, erklärte Charis, und ich mußte ihr recht geben. »Warum?« fragte sie und gab sich die Antwort selbst: »Britannien ist in Not, und nicht nur wegen der Pest.«

Wieder gestand ich ihr, daß sie die Lage zutreffend erkannt hatte. »Dann komm, mein Falke«, sagte Charis. »Ich bringe dich sofort zurück in den Palast.«

»Mir fehlt nichts«, beharrte ich.

»Elfodd und Paulinus werden uns dort aufsuchen«, sagte sie und führte mich fort.

Da ich weder die Kraft noch den Willen hatte, mich ihr zu widersetzen, überließ ich mich dankbar ihrer Fürsorge und ließ mich zur Glasinsel führen.

VII

Nachdem ich etwas gegessen und ein wenig geruht hatte, kamen die beiden Geistlichen, um mit Charis und Avallach unsere Notlage zu beraten. Wir trafen uns im Sonnenhof vor Avallachs Gemach, wo man einen Baldachin aus rotem Tuch errichtet hatte, um uns Schatten zu spenden. Wir bekamen Stühle gebracht und setzten uns unter dem Sonnendach zum Rat, wie in ein römisches Kriegszelt. Und das war auch angemessen, denn unser Gespräch war so bedeutsam wie jeder Feldzug und nicht weniger dringend.

»Aus deinem Bericht zu schließen«, fing Paulinus an, »können wir wohl mit Sicherheit sagen, daß die Seuche der Wandalenflotte folgt. Wo ihre Kiele anlanden, flammt die Pest auf.«

»Wenn es so ist«, sagte ich, »dann frage ich mich, warum die Kymbrogen bis jetzt davon verschont wurden. Sie haben von Anfang an gegen die Barbaren gekämpft, doch bisher wurde keiner krank. Außerdem stürmten die Wandalen Ierne, ehe sie nach Britannien kamen, und von dort drang keine Kunde von der Pest zu uns.«

Darüber dachte der Mönch sorgfältig nach. »Dann«, schloß er endlich, »muß sie einer anderen Quelle entspringen.« An Elfodd gewandt, fragte er plötzlich: »Wo war der Mann, der vergangene Nacht starb, zu Hause?«

»Nun, ganz in der Nähe«, erwiderte der Abt. »In Ban Curnig; ein Stück weiter westlich. Aber er war Bauer. Ich glaube nicht, daß er jemals auf einem Schiff oder auch nur in der Nähe eines solchen war.«

»Ich verstehe.« Paulinus runzelte die Stirn. »Dann weiß ich nicht, was ich sagen soll. Ich habe noch nie gehört, daß die Pest an einem anderen Ort als einem Hafen aufgekommen wäre, und wir sind ein ganzes Stück vom Meer entfernt.«

Wir verstummten alle und überlegten, wie dieses Rätsel zu lösen sei. »Was ist mit den anderen?« fragte ich nach einer Weile. »Es sind noch zwei Menschen gestorben. Waren auch sie Bauern?«

»Das weiß ich nicht«, erwiderte Elfodd. »Und jetzt können sie uns keine Auskunft mehr geben.«

»Einer von ihnen war Händler«, sagte Charis. »Zumindest nahm ich das an. Einen Kaufmannsbeutel habe ich nun schon oft genug gesehen. Den erkenne ich.«

Avallach stand auf und rief einen seiner Diener. Nach ein paar raschen Worten eilte der Diener davon. »Wir werden bald erfahren, was sich aus dem Geldsack eines Kaufmannes lernen läßt.«

»Währenddessen kannst du uns doch erzählen«, meinte Elfodd zu seinem Mönch, »was du über die Pest weißt.« Daraufhin begann Paulinus alles zu berichten, was er über die Seuche wußte und welche verschiedenen Heilmethoden er zur Behandlung der Opfer erlernt hatte. Es gab Trünke aus Kräutern und Pflanzen, um den Kranken ein wenig Linderung zu verschaffen; frisches Wasser, das heißt, Wasser aus schnell fließenden Bächen, war unabdingbar, das Korn mußte geröstet werden, ehe man es aß, ansonsten mußte man es wegwerfen, vor allem solches, das von Ratten beschmutzt worden war. Reisen galt es zu verbieten, denn anscheinend breitete sich die Seuche rascher aus, wenn die Menschen ungehindert durchs Land zogen. Die Toten mußten verbrannt werden und mit ihnen ihre Kleidung und Habe und sehr oft auch ihre Häuser und Kornspeicher. Das Feuer half ein wenig ab; war die Pest einmal ausgeräuchert, kam sie nur selten wieder.

»Ich will keine falschen Hoffnungen bei euch wecken«, warnte Paulinus. »Es gibt verschiedene Pestarten – und alle sind tödlich. Gegen die Pest heißt es: Krieg. Und wenn der Krieg ein Kampf auf Leben und Tod ist, so gilt dies auch für den Gelben Verheerer. Viele werden sterben, die Alten und Schwachen zuerst. Ihnen kann man nicht helfen. Aber die Maßnahmen, die ich vorschlug, werden viele retten.«

Kurze Zeit später kam der Diener zurück und brachte einen Lederbeutel, den er Avallach reichte. »Also«, sagte der Fischerkönig, die Bändel aufschnürend. Er leerte den Inhalt des Beutels vor uns auf den Tisch. Es fielen Münzen heraus ... nichts weiter.

»Nun gut«, sagte Avallach zweifelnd, »ich hatte gehofft, einen Hinweis darauf zu finden, woher der Kaufmann kam.«

Ich betrachtete das Häufchen Münzen und sah im Sonnenschein Silber blinken. Ich schob die minderen Münzen beiseite und hob den Silberdenar hoch. Londinium! Ja freilich, diese offene Senkgrube konnte tausend Seuchen hervorbringen!

»Großvater«, sagte ich, die Münze hochhaltend, »der Beutel hat uns sehr viel verraten. Seht nur! Der Mann war vor kurzem in Londinium –«

»Woher weißt du das?« fragte Elfodd baß erstaunt.

»Außer Eboracum ist das der einzige Ort, an dem er seine Waren gegen Silber wie dieses einhandeln kann.«

»In der Tat«, sagte Paulinus, »und wenn er sich in Eboracum angesteckt hätte, wäre er wohl vor Überquerung des Ouse gestorben.«

»Und«, fügte Charis an, »Londinium ist auch ein Hafen.«

Elfodd nickte, unsere Beweisführung überzeugte ihn. »Also trieb unser Freund kürzlich Handel in Londinium und war auf dem Weg in die Heimat, als er erkrankte. Wie hilft uns das weiter?«

Paulinus erwiderte: »Die Stadt kann gewarnt und abgeriegelt werden. Damit ließe sich die Seuche weitgehend eindämmen. Denn allein durch eine Peststadt zu gehen genügt, das weiß man, um krank zu werden.«

»Nun denn«, schloß Elfodd. »Jetzt also zu den Arzneien –«

»Sprich nicht von Arzneien, denn es gibt keine«, warnte Paulinus.

»Wie du sagtest«, entgegnete ich. »Doch du erwähntest auch Elixire, die Linderung verschaffen können. Wie werden diese zubereitet?«

Angesichts der entmutigenden Aussichten erwiderte Paulinus

düster: »Hat man die Zutaten zur Hand, ist es ein Kinderspiel, die Trünke zu bereiten.« Er legte sich einen Finger auf die Unterlippe. »Ich glaube … ja, das beste Mittel, das ich kenne, hat ein wasserliebendes Kraut als Hauptbestandteil. Ich meine, in der Gegend hier wuchert die benötigte Pflanze nur so. Die anderen Kräuter lassen sich leicht sammeln.«

»Wir werden eine große Menge brauchen«, gemahnte uns Charis.

»Die Brüder werden alles Nötige besorgen«, versprach Abt Elfodd. »Wir haben Männer unter uns, die in solchen Dingen bereits große Erfahrung besitzen, sie können die anderen unterweisen. Jede Siedlung und Festung zu erreichen wird viel schwieriger sein.«

»Lasse dies meine Sorge sein«, entgegnete ich. In meinem Kopf nahm ein Plan Gestalt an. »Jetzt, Paulinus, mußt du uns alles sagen, was du über dieses Heilmittel und seine Anwendung weißt. Alles«, betonte ich, »bis in die winzigste Einzelheit. Deine Anweisungen werden in jedes Dorf und in jede Stadt des Landes gebracht werden, bedenke dies.«

Paulinus, der widerstrebende Gelehrte, erwies sich als befähigter Lehrer, als er begann, den Vorgang zu beschreiben, wie man das Elixir herstellte und wie man es am wirkungsvollsten einsetzte. Während er redete, merkte ich, daß ich die Klarheit seiner geordneten Gedanken bewunderte. Seine Lehrjahre waren nicht vergeudet, wie er fürchtete, nicht im geringsten. Vielmehr konnte ich seine Begeisterung jetzt gut verstehen, als er den Ruf hörte, auf den er so lange gewartet hatte.

»Es ist natürlich unermeßlich besser, erst gar nicht krank zu werden«, schloß der gelehrte Mönch. »Der geringe Nutzen, den die Arznei hat, kommt nicht zum Tragen, wenn der Trunk nicht beim Ausbruch des Fiebers gereicht wird. Mit dem Trunk gibt es eine winzige Aussicht auf Besserung. Ohne ihn«, warnte er, »kann nichts mehr helfen, außer zu beten.«

»Ich verstehe«, antwortete ich. Zu Avallach, der während unseres Gesprächs düsteres, aufmerksames Schweigen gewahrt hatte, sagte ich: »Du wirst hier in Gefahr sein. Ich möchte, daß du mit mir nach Caer Melyn kommst, denn die Abtei wird bald zum Zufluchtsort und Hospiz werden.«

»Mein Sohn«, erwiderte Avallach freundlich, »das ist sie bereits. Diese Seuche vermehrt die Arbeit nur noch. Und wie die Mühsal wächst, so auch der Ruhm. Was Gott uns gesandt hat, werden wir ertragen, unabhängig von unserer Stärke, mit der Hilfe dessen, der uns alle hält. Und«, sagte er, eine Hand mit der Innenfläche nach außen hochhebend wie ein Bittsteller, »wenn das Gebet nützen kann, dann werde ich mich ihm aus vollem und freudigem Herzen hingeben.«

Da er sich nicht davon hätte abbringen lassen, gab ich nach. »Mögen sich deine Gebete als stärker erweisen denn die Heiltränke«, sagte ich.

Als unser Gespräch kurz danach beendet war, ließen wir Avallach ruhen. Paulinus, Elfodd, Charis und ich gingen zum See hinab, wo der Mönch uns die Pflanze zeigte, die dem Trank seine Heilkraft verlieh. Er zog Tunika und Sandalen aus, rollte die Hosenbeine hoch und watete ins Wasser, gebeugten Rükkens, die Hände auf den Knien, mit den dunklen Augen die kühlen, grünen Untiefen absuchend.

Im Nu blieb er stehen, langte ins Wasser und zog eine Pflanze mit langen grünen Blättern heraus, an deren fleischigem Stamm Bündel kleiner blaßrosaroter Blüten wuchsen. Ich kannte die Pflanze unter dem Namen, den die Seeanwohner ihr gaben: *Ffar Gros*. »Das«, sagte er, auf die dicke, braune Wurzel deutend, »ergibt einen höchst wertvollen Trunk, wenn man es mit den Blättern und Stengeln des *Garlec* und des *Brillan Mawr* zu gleichen Teilen vermischt und zerstößt und dann so zubereitet, wie ich euch sagte.« Er leckte sich die Lippen, als würde er im Geist den Geschmack der Arznei probieren. »Ach ja, ich glaube, ein wenig Flüssigkeit der *Rhafnwydden* würde die Wirkung erhöhen.«

Er kehrte wieder ans Ufer zurück und pflückte rasch die übrigen Pflanzen, die er genannt hatte. Denn tatsächlich wachsen sie häufig in den Wäldern und entlang der meisten Wasserläufe von Ynys Prydein. Mit seinen Zutaten zufrieden, führte Paulinus uns ins Kloster, wo er sich, nachdem er die notwendigen Gerätschaften erhalten hatte, an die Zubereitung des Tranks machte. Er zeigte uns, wie man die Stiele und Wurzeln der Pflanzen säuberte, ehe man sie zerstieß und mit ein wenig Salzwasser in einem Tiegel kochte. Das Wasser wurde gelb und roch nach verfaulten Eiern.

Als Paulinus die trübe Brühe für gar hielt, schöpfte er ein wenig mit einer Kelle und blies sacht darüber. »Es gibt mehrere Möglichkeiten, zu überprüfen, ob der Trank gelungen ist«, sagte er, »aber dies ist die beste.« Damit setzte er die Kelle an seine Lippen und trank sie leer. »Ja. Er ist bereit.«

Er bot der Reihe nach jedem von uns die Kelle an und gab uns von dem Sud zu trinken. »Kostet«, drängte er uns. »Es schadet nicht.«

»Es schmeckt streng«, meinte Charis, leicht die Nase rümpfend, »und bitter – aber nicht unangenehm.« Sie reichte mir die Kelle und ich nippte daran. Die Flüssigkeit prickelte leicht auf der Zunge.

»Wenn man den Trank beim ersten Anzeichen von Fieber verabreicht«, unterwies Paulinus uns, »dann ist das Ergebnis am besten, wie ich schon sagte.«

Ich lobte die Klugheit des Mönches: »Diese Pest wird es mit dem Stärksten aufnehmen. Dein König könnte dich gebrauchen. Wirst du mit mir kommen?«

Paulinus überlegte nicht lange. »Ich werde mit dir kommen, Herr Emrys.« Ehrerbietig wandte er sich an seinen Oberen: »Vorausgesetzt, Abt Elfodd gestattet es.«

»Paulinus«, sagte Elfodd väterlich, »du hast einen Ruf vom Hochkönig erhalten. Du mußt gehen. Und da wir es hier irgendwie aushielten, ehe du kamst, werden wir wohl auch überleben, wenn du weg bist. Ja, geh nur. Ich gebe dir meinen Segen. Kehre wieder, wenn dein Dienst vollbracht ist.«

Paulinus neigte den Kopf. »Ich gehöre dir, Herr Emrys.«

»Gut.«

»Wir werden so viel von dem Trank bereiten, wie wir können, ehe ihr aufbrecht«, erbot sich Charis. »Wir werden euch eine Menge mitgeben.«

Elfodd hieß ihr Angebot gut. »Die Brüder stehen zu Diensten. Viele Hände – ein rasches Ende.«

»Ich danke euch beiden. Ich wußte, es war richtig, hierherzukommen.« Zu Paulinus sagte ich. »Rasch nun. Wir werden losreiten, sobald du bereit bist.«

Charis und ich überließen Elfodd und Paulinus ihrer Arbeit und kehrten ins Schloß zurück. Sie schwieg die ganze Zeit über, darum fragte ich: »Hast du Angst?«

»Vor der Pest?« fragte sie leicht erstaunt. »Nicht im geringsten. In meinen Jahren auf der Glasinsel habe ich erlebt, was Krankheiten und Seuchen alles anrichten können, Falke, und der Tod hat für mich keinen Stachel mehr. Warum fragst du?«

»Du hast kein Wort gesagt, seit wir die Abtei verließen.«

Sie lächelte wehmütig. »Das ist keine Angst vor der Pest, das versichere ich dir. Ich bin so traurig, weil du schon bald wieder gehen mußt und ich nicht weiß, wann wir uns wiedersehen.«

»Komm mit mir.«

»Ach, Merlin, das wage ich nicht. Ich wünschte, ich könnte es, aber –«

»Warum nicht?«

»Ich werde hier gebraucht.«

»Ja, dein Können wird überall willkommen sein«, erwiderte ich. »Artus würde dir einen Platz einräumen, der deinem Können und deinem Ruf angemessen wäre.« Ich hielt inne. »Ich weiß, daß ihm nichts lieber wäre, als dich wiederzusehen. Das gleiche gilt für Gwenhwyvar.«

»Und umgekehrt auch für mich, das versichere ich dir«, entgegnete sie. »Aber mein Platz ist hier. Ich habe so lange auf dem Tor gelebt, daß ich ihn jetzt unmöglich verlassen kann – jetzt in den Tagen der Not.«

»Ich wünschte, mehr Menschen hätten deinen Mut.«

»Sei gesegnet, mein Falke. Vielleicht werde ich nach Caer Melyn kommen, wenn die jetzigen Schwierigkeiten überstanden sind. Dann bleibe ich ein wenig bei dir. Ja«, sagte sie entschlossen. »Das werde ich tun.«

Während Paulinus seine Vorkehrungen traf, ritt ich zum Schreinhügel. Ich wollte einen Augenblick in der kleinen Kapelle aus Lehm und Stroh beim Gebet verbringen, ehe ich mich wieder ins Getümmel stürzte. Diesen Schrein auf einem niedrigen Hügel neben dem Tor halten die Mönche aus dem Kloster sauber und instand. Sie verehren diese Stelle, da hier die Frohe Botschaft durch Joseph, den reichen Kaufmann aus Arimathia, erstmals nach Britannien kam. Der Schrein ist ein schlichtes Bauwerk. Weiß gekalkt, hat er ein Dach aus Riet und besteht aus einem einzigen Raum mit einem kleinen Steinaltar.

Ich saß ab, betrat den kühlen, dunklen Raum und kniete auf dem bloßen Erdboden vor dem Altar nieder. Das Gefühl, der Erlösergott sei in diesem grob gebauten Tempel da, war so stark wie immer. Ja, es ist ein uralter, heiliger Ort. Hier hatte Artus sein Traumgesicht und seine Berufung empfangen – in der Nacht, ehe ihm die Dame vom See das Herrschaftsschwert überreichte. Und hier hatte ich auch den Gral erblickt, jenes höchst geheimnisvolle, flüchtige Zeichen für Gottes Segen und Macht.

Ich kniete an dem einfachen Ort nieder und sprach meine Gebete. Und als ich wieder aufstand, um meines Weges zu ziehen, waren mir Herz und Seele erfrischt.

Kurz danach brachen Paulinus und ich von Ynys Avallach auf. Artus wartete, und ich wollte meinen Plan eiligst in die Tat umsetzen. Er lautete folgendermaßen: Jeder Verkehr von und nach Londinium hatte aufzuhören, jede Straße und jeder Fluß mußten abgeriegelt werden; jede Siedlung und Feste mußte gewarnt und mit dem Elixir versorgt werden. Was letzteres anging, dachte ich, Paulinus sollte zehn Kymbrogen lehren, wie man den Trank braute; diese zehn sollten dann mit ihrem neuen Wissen kreuz und quer durch Ynys Prydein reiten, die Kunde von der Pest verbreiten und alle Menschen unterweisen, wie man sie bekämpfte. Alle Klöster und Abteien würden wie die Glasinsel zu Zufluchtsorten werden. Die Mönche und Kirchenleute würden den Heiltrunk brauen und ihn in den umliegenden Dörfern und Festen verteilen.

Es war, überlegte ich, eine dürftige Strategie gegen einen so mächtigen Feind wie den Gelben Verheerer. Dennoch blieb uns keine andere Waffe, und wir mußten sie einsetzen, so gut wir konnten, sämtliche Vorteile und Gelegenheiten zum Zuschlagen ergreifen und das schnell.

Also rasten Paulinus und ich am Briw entlang zurück bis zu der Landestelle, wo Barinthus mit dem Boot wartete. Es war schon gegen Ende des folgenden Tages und die Sonne fast untergegangen, als ich den Steuermann grüßte. Während er und Paulinus die Pferde an Bord brachten, stand ich da und beobachtete, wie die Dämmerung über der Bucht des Mor Hafren stärker wurde und sich wie ein Fleck auf dem Wasser ausbreitete.

Den Tod sah ich da vor Augen, die Auflösung des Sommerreiches, das Ersterben dieser allerschönsten Blume in ihrer ersten Blütenpracht. Mir sank das Herz, mir wurde kalt.

Großes Licht, was kann ein Mensch schon ausrichten?

Als wir das gegenüberliegende Ufer erreichten, war die Sonne bereits versunken, aber der Nachthimmel war noch hell. Also eilten wir davon und hielten nur einmal, um zu rasten und die Pferde zu tränken. Wir ritten den ganzen nächsten Tag und fast die ganze Nacht hindurch – immer auf der Hut vor den Wandalen, ohne aber welchen zu begegnen – und erreichten das britische Feldlager noch vor Morgengrauen. Bei unserer Ankunft weckte eine der Nachtwachen Artus, der uns entgegenkam.

Ich entschuldigte mich für die nächtliche Störung, aber er winkte nur ab. »Ich wäre ohnehin bald erwacht«, sagte er. »Jetzt haben wir einen Augenblick Ruhe, um miteinander zu reden.«

Er bat mich zu seinem Zelt, vor dem ein Feuerchen brannte.

»Gwenhwyvar schläft noch«, erklärte er, als wir uns ans Feuer setzten.

»Ich glaubte, am Mor Hafren noch mehr Schiffe zu sehen.«

»Lot ist hier, wie du ja weißt«, antwortete Artus. »Idris und Cunomor sind endlich eingetroffen, Cadwallo kam am Tag nach deinem Aufbruch. Sie sind bei Gwalchavad und Cador, die einen Überfall Richtung Süden leiten. Wenn alles gutgeht, sollten sie im Morgengrauen zurückkehren.«

Rhys kam mit einer Schale, ein wenig kaltem Fleisch und altbackenem Brot. Er reichte die Schale erst Artus, der sie mir hinschob. »Ich esse später etwas«, sagte er, »aber du bist scharf geritten. Iß und erzähle mir, wie es dir auf der Glasinsel ergangen ist.«

»Es war Gottes Hand, die mich dorthin führte, Artus«, berichtete ich, während ich das Brot brach. »Ich hatte recht mit der Pest.«

»Ich weiß«, erwiderte der Hochkönig. »Llenlleawg erzählte mir von Caer Uisc. Es war falsch von mir, daß ich mich dir widersetzte.«

Ich schob seine Entschuldigung beiseite. »Ich kann dir von einem Heiltrunk berichten – unter anderem.«

»Hieß es nicht, du seist mit einem Mönch gekommen?«

Da sagte ich zu Rhys: »Hole Paulinus. Artus wird ihn jetzt empfangen.«

Gähnend und vor Erschöpfung schwankend wurde der Mönche herbeigeführt. Artus warf einen zweifelnden Blick auf ihn. »Ich grüße dich herzlich, Bruder«, sagte er freundlich.

Paulinus neigte unsicher den Kopf. »Und ich dich«, antwortete er, setzte aber nichts hinzu. Er schien es zufrieden, neben Rhys zu stehen, und achtete nicht der Ehre, die ihm zuteil ward.

»Paulinus, paß auf!« sagte ich scharf. »Schüttle deine Kraftlosigkeit ab, Mann, der Hochkönig von Britannien fordert jetzt deine Aufmerksamkeit.«

Das zeitigte eine höchst erfreuliche Wirkung. Paulinus riß die Augen auf, richtete sich mit einem Ruck gerade auf und ließ die

Hand zu einem schlaffen Klerikersalut hochschnellen. »Herr Artus!« Er rang nach Worten und sank auf die Knie, als hätte ihm jemand einen Schlag auf den Kopf versetzt. »Vergib mir, mein König. Ich wußte nicht, daß du es bist. Ich dachte –«

Er stotterte und zeigte auf das Zelt, als erwartete er, daß dort ein anderer König heraustrete. »Ich dachte, du seist sehr viel älter.«

Das belustigte Artus. »Für wen hast du mich gehalten?«

»Für einen Diener«, platzte Paulinus höchst betrübt heraus. »Der Pendragon von Britannien«, hub er an, zögerte und ließ es sein. »Vergib mir, Herr. Jesus sei mir gnädig, ich wollte dich nicht kränken.«

»Ich verzeihe dir gern«, erwiderte Artus. »Ich sehe, daß du Schlaf brauchst und werde dich nicht von ihm fernhalten. Komme zu mir, wenn du ausgeruht hast, dann reden wir.« Zu Rhys sagte er: »Suche diesem Mönch einen Platz, wo er sein Haupt betten kann, ohne daß ihn dauernd jemand weckt. Und gib ihm etwas zu essen, wenn er Hunger hat.«

»Ich danke dir, Herr«, sagte Paulinus, froh, daß er sich nicht weiter bloßzustellen brauchte. Er verbeugte sich verlegen und hoppelte Rhys nach.

Mit leisem Kopfschütteln blickte der Hochkönig ihm nach. »Ich nehme an, du weißt, was du tust.«

»Er wird seine Sache schon machen«, versicherte ich Artus. »Wenn er schüchtern ist und keine Erfahrung mit Königen hat, dann liegt dies daran, daß er mehr Zeit mit Pflanzen und Heilkräutern zugebracht hat als mit Fürsten und Adligen.«

»Genau so einen brauchen wir jetzt«, sagte Artus und fügte säuerlich hinzu: »Und nicht noch einen machthungrigen Fürsten, der meint, er wisse besser als sein König, wie man den Eindringlingen gegenübertritt.«

»Es läuft also nicht gut.«

Artus hob einen Stock auf, zerbrach ihn und warf die Stücke nachdenklich eines nach dem anderen ins Feuer. »Es gibt Leute, die es so beschreiben würden.«

»Wie steht die Sache?«

Stirnrunzelnd blickte er ins Feuer. Hinter ihm wurde der Himmel hell: ein klarer Morgen. »Der Schwarze Eber und seine Ferkel sind in die Hügel geflohen«, sagte er mit enttäuschtem Tonfall, »und es ist eine teuflische Arbeit, an sie heranzukommen. Mit jedem Vorstoß treiben wir sie nur tiefer in die Täler hinein.« Er warf wieder ein Stück Holz in die Flammen. »Ich will dir die Wahrheit sagen, Myrddin: Sie sind schwerer auszurotten als Dachse.«

Er hielt inne, und seine Miene hellte sich ein wenig auf. »Nachdem nun Lot, Idris und die übrigen da sind, kommen wir vielleicht besser zum Einsatz. Jesus weiß, daß wir tun, was wir können.«

Gwenhwyvar, die von unserem Gespräch aufgewacht war, trat still aus dem Zelt. Sie trug ein dünnes weißes Gewand, ihr Haar war in einen Streifen des weichen weißen Stoffes gehüllt. Behende ließ sie sich neben Artus nieder. Dieser legte ihr seinen Arm um die Schultern und zog sie an sich. »Sei gegrüßt, Myrddin«, sagte sie. »Hast du frohe Kunde für uns?«

»Nein, meine Kunde ist nicht froh. Die Pest ist tatsächlich ausgebrochen, und es gibt kein Heilmittel.«

»Dann müssen wir uns rüsten, so gut wir können.«

»Meine Reise erbrachte wenigstens einen kleinen Trost«, fügte ich rasch hinzu. »Denn ich führe einen Mönch mit mir, der viel von der Krankheit versteht. Er wird uns beistehen. Auch folgendes erfuhr ich: Die Pest kam wahrscheinlich von Londinium her – der Hafen dort dient vielen fremden Schiffen. Paulinus hat mir gesagt, daß die Pest oft den Handelsflotten folgt.«

Gwenhwyvar begriff sofort die ganze Tragweite meiner Worte. »Londinium«, sagte sie schaudernd. »Aber dorthin ist Cador unterwegs.«

»Wir werden ihn aufhalten«, sagte Artus. »Vielleicht hat er die Stadt noch nicht erreicht.«

»Londinium muß abgeriegelt werden«, fuhr ich fort. »Alle

Straßen und Flüsse müssen überwacht werden. Keiner darf die Stadt betreten oder verlassen, bis die Pest sich ausgetobt hat.«

»Das heißt, daß wir auf keine Hilfe von den Märkten rechnen dürfen«, sagte Gwenhwyvar. »Heiliger Jesus ...« Sie lehnte sich trostsuchend an ihren Gemahl. »Was sollen wir tun, Artos?«

»Wir werden diesen Feind bekämpfen wie jeden anderen.«

»Aber er ist nicht wie alle anderen«, fauchte sie. »Er breitet sich mit dem Wind aus. Er mordet rücksichtslos, weder Schild noch Schwert feien vor ihm.«

»Alles, was wir tun können, werden wir tun.«

»Ich muß zu meinem Vater«, sagte sie, schon vorausdenkend. »Er muß es erfahren.«

»Nein«, erwiderte er schroff. »Du bleibst.«

»Aber ich muß mein Volk warnen. Vielleicht –«

»Es wird gewarnt werden«, sagte er fest. »Aber dich brauche ich hier.« Sein Tonfall duldete keinen Widerspruch.

»Erst einmal müssen wir die Adligen in Kenntnis setzen«, schlug ich vor. »Sie werden ihre Stämme benachrichtigen wollen. Die Seuche kann sich noch nicht weit ausgebreitet haben.«

Artus stand auf. »Rhys!« Im Nu stand sein Diener neben ihm. »Rufe sofort die Fürsten zusammen.« Als Rhys davonstob, sagte der König: »Was daraus wird, weiß Gott allein.«

Die Herren folgten Rhys' Ruf und versammelten sich um Artus' Feuer – ein Kreis aus Gesichtern, einige besorgt, andere bloß neugierig. Artus bat sie nicht, Platz zu nehmen, sondern blieb ernst und feierlich vor ihnen stehen. Er vergeudete keine Worte. »Die Pest ist über Britannien hereingebrochen«, sagte er schlicht. »Ihr müßt Boten ausschicken, um eure Völker zu warnen.«

Die Edlen starrten Artus erstaunt an und suchten dann beieinander nach einer Erklärung. »Tatsächlich?« fragten sie entsetzt. »Wie kann das sein?«

»Seid gewiß, daß es so ist«, versetzte der König. »Die Pest folgt der Handelsflotte. Fremde Kaufleute haben die Seuche in unser Land getragen.«

»Sage uns, wie diese Seuche aussieht! Wie kann man sie bekämpfen?«

Artus gab mir einen Wink, daß ich ihnen erzählen sollte, was ich wußte. »Diese Seuche ist vom Urbeginn der Zeiten an als Geißel des Ostens bekannt«, hub ich an. »Sie heißt auch der Schwarze Tod oder der Gelbe Verheerer, eine Krankheit, die sich so geschwind und gefräßig ausbreitet wie Feuer. An folgenden Merkmalen könnt ihr sie erkennen: Der Körper schwankt zwischen heftigem Fieber und betäubender Kälte. Die Glieder zittern und schlottern; giftige Flüssigkeiten blähen zwar den Körper auf, aber es kommt kein Wasser aus der Blase. Am Ende wird die Haut gelb, und das Opfer erbricht Blut. Der Tod schafft nach zwei Tagen Abhilfe – allerhöchstens nach dreien.«

»Dennoch bleibt uns ein wenig Hoffnung«, setzte Artus hinzu. »Wir haben hier einen Mönch, der weiß, wie man den Gelben Verheerer am besten bekämpft. Ruft jetzt also diejenigen als Boten herbei, die euch am besten geeignet dünken, um zu euren Klans und Stämmen zu reiten und sie vor der Gefahr zu warnen.«

»Boten!« schrie Ogryvan. »Ich reite selbst zu meinem Volk. Die Not ist so groß, daß sie von dieser Pest durch keinen anderen erfahren sollen. Ich werde mein Reich in dieser bedrohlichen Lage nicht alleine lassen.«

Andere brachten ähnliches vor, aber Artus hörte nicht auf sie. »Ich brauche euch hier«, erwiderte er. »Die Schlacht hat begonnen. Ihr dürft nicht fort.«

»Dürft nicht fort!« brüllte Brastias. »Dürft nicht! Ich helfe freiwillig oder gar nicht. Ich allein entscheide, wann ich komme oder gehe.«

»Ich bin dein König«, gemahnte ihn Artus mit einer Stimme, so schneidend wie Caldevwlch. »Da du mir Treue gelobt hast, gebiete ich über dich. Es ist mein Recht, dir zu befehlen, und ich zwinge dich, zu bleiben.«

»Auch ich bin ein König«, entgegnete Brastias hochfahrend. »Die Treue, die ich gelobte, ist nur ein Zeichen für meine

Königswürde. Dürfte ich nicht einmal über meine eigenen Schritte bestimmen, so hätte ich nicht mehr Gewalt als der niederste Diener in meinem Haushalt.«

Artus blickte ihn voll tödlicher Verachtung an. Aber er bändigte seinen Zorn, ehe er antwortete. »Du weißt am besten, was für ein König du bist«, erwiderte er leise. »Und ich will dir deinen Anspruch nicht streitig machen. Aber du tust denen, die du für unter deiner Würde hältst, Unrecht an, wenn du ihren Rang mit dem deinen vergleichst.«

Brastias schwollen die Adern vor Grimm. Artus ließ ihm keine Zeit, zu antworten. »Die Zeit ist kostbar für diejenigen, die wir warnen müssen, und wir vergeuden sie mit Geschwätz über Rechte und Herrschen. Nun denn, ruft eure Reiter herbei und schickt sie zu Myrddin. Er wird sie unterweisen.«

Nach diesem Befehl brach ein Durcheinander aus. Die Ruhe der Nacht wurde von Warnrufen erschüttert, als die schrecklichen Neuigkeiten sich von Lager zu Lager verbreiteten. Artus sammelte die Drachenschar und wählte aus ihr drei Freiwillige, die gen Norden reiten und die Fürsten warnen sollten, die auf dem Weg zu uns waren – allen voran Ector –, und auch die Dörfer, an denen sie vorbeikämen. Er stellte außerdem eine Streitmacht zusammen – zweihundert Mann, die unseren Reihen bitter fehlen sollten –, um einen Belagerungsring um Londinium zu ziehen. Diese schickte er in aller Eile los, weil er hoffte, sie könnten Cador auf dem Weg zu den Märkten abfangen.

Als diese Schutztruppe aufgebrochen war, setzten sich die Menschen, die Artus am nächsten standen, mit ihm zusammen: Gwenhwyvar, Bedwyr, Kei, Llenlleawg und ich. »Können wir irgend etwas tun?« sagte Kei und sprach damit eine Frage aus, die allen auf der Zunge lag.

»Betet«, erwiderte Artus feierlich. »Betet zu Gott, daß er diese Seuche von unserem Land nehme. Oder wenn dies nicht sein soll, daß er uns zeige, wie wir sie überstehen. Fürwahr, ich spüre es bis in die Knochen: Wenn der Herrgott uns nicht hält, wird diese Pein Britanniens Schicksalsschlag.«

Viertes Buch

Der heilsame Traum

I

Trocken … trocken … trocken. Und heiß. Die Erde reißt auf. Die Flüsse versiegen. Keine Wolke am brennenden Himmel, und das Land verdorrt unter der erbarmungslosen Sonne. Heilige Quellen vertrocknen, und heilige Brunnen hallen vom Klang leerer Eimer wider. Kein Lufthauch weht kühlend übers Land. Tiere dürsten; sie verlieren ihre Kraft, sie fallen und verenden.

Die ganze Zeit schleicht die Pest wie ein unsichtbarer Nebel über die Pfade des Tieflands. Der Reihe nach werden die Festungen, Siedlungen und Weiler vom Gelben Verheerer heimgesucht. Von der Dürre verstärkt, die viele Menschen auf der Suche nach Wasser aus ihrer Heimat treibt, stiehlt sich die Seuche übers Land. Kinder weinen, und Frauen zetern in ihrem von Furcht geschüttelten Schlaf. Männer beklagen sich bitter, daß Artus die Schuld trage.

Die Unterkönige machen ihm Vorwürfe und hegen im Herzen Verrat. »Es wäre anders, würde er nicht über das Land herrschen«, prahlen sie. »Ich würde diesem Eindringling Einhalt gebieten und die ganze Seuche von unseren Gestaden jagen.«

Das sagen sie, als wäre der Wandalenfürst nichts weiter als ein betrunkener Schäfer und die Pest sein tollwütiger Hund. Es verschlägt mir den Atem, wenn ich sehe, wie schnell die Männer denjenigen im Stich lassen, dem sie gelobten, ihm gegen alle Widrigkeiten bis in den Tod zu dienen. Doch wenn der Glaube versagt, dann geben die Menschen alles auf, was sie erhält. Sie fliehen die Quelle ihrer Ungewißheit, flüchten sich blind in Treulosigkeit und Unglauben.

Seht! Die Meerenge wird tausendfach durchpflügt, weil britische Schiffe nach Armorica segeln. Feigheit im Herzen, tauchen einst tapfere Männer die Ruder ins Wasser, damit das Land ihrer Geburt nicht auch zu dem ihres Todes werde.

Schön und gut, ihre Angst ist verzeihlich. Sie tun nur das, was ihr nachlassender Mut ihnen noch gestattet. Schlimmer und auf ewig unentschuldbar sind jene, die sich mühen, Leiden und Qualen der anderen in einen Vorteil für ihren aufgeblasenen Ehrgeiz umzumünzen.

Vier Fürsten stehen jetzt offen gegen Artus: Gerontius, Brastias, Ulfias und Urien. Bei den ersten beiden verstehe ich es. Ja, ich kenne sie nur zu gut. Ulfias ist schwach und trägt Sorge, seinem kriegslüsternen Nachbarn zu Gefallen zu sein. Er ist zu dem Schluß gekommen, daß der Friede mit Brastias mehr wert ist als Treue gegenüber Artus. Doch da erliegt er einem schweren Irrtum.

Wenn sie nur das Feldlager verlassen hätten – aber nein, sie stapften herum und vergifteten mit ihrem Gejammer die Luft, schürten bei jeder Gelegenheit Vorbehalte und brachten die nicht so Standfesten mit ihren hinterhältigen Gemeinheiten auf ihre Seite. Schwächere Brüder hörten auf sie und wurden fehlgeleitet – Männer wie Urien.

Über Urien kann ich mich nur wundern. Seine glühende Begeisterung ist ausgebrannt. Sein Eifer, der anfangs so hell und warm war, ist erkaltet. So geht es manchmal, weiß Gott: Je heißer das Feuer brennt, um so rascher verglüht es. Dennoch hatte ich mir von Urien Rheged mehr erhofft. Jung, ungeschliffen und schmerzlich bemüht zu gefallen, das wohl, wirkte er doch wie ein rechtschaffener Edelmann. Mit ein wenig mehr Reife und Erfahrung wäre er vielleicht zu einem fähigen und ehrenwerten Fürsten geworden. Er hätte in Artus einen zuverlässigen und großzügigen Freund gefunden.

Was, frage ich mich, bewog ihn, sich gegen Artus zu stellen? Welchen Fehler nahm er an ihm wahr oder, besser gesagt, bildete er sich ein? Welche funkelnde Verlockung bot ihm Brastias, welches unwiderstehliche Versprechen, damit Uriens lodernd helle Treue zu nasser Asche zerfiel?

Traurigerweise werden oft die heiligsten Eide vergessen, noch ehe ihre Worte verklungen sind. Ach, laß es sein, Mauschler! Ein Herz, das sich nicht binden lassen will, kann man nicht binden, noch weniger eines, das nichts höher einschätzt als sich selbst. Amen!

So stand es also an Lugnasadh um uns: Die Pest wütete im Volk, und der Schwarze Eber tobte durchs ganze Land.

Wie die Hunde der Wilden Jagd setzten wir dem Eindringling gen Norden und Osten nach, hetzten ihn immer tiefer in die verschlungenen Täler. Irgendwie blieben die Wandalen immer knapp außerhalb unserer Reichweite. Sie verweigerten sich der Schlacht, flohen lieber, meist bei Nacht. Entlang der Hügelkämme und Flußtäler folgten sie Albions alten Pfaden mitten ins reiche Kernland.

Artus schickte auf diesen Strecken flinke Boten voraus, um die Bewohner vor dem Nahen des Eindringlings zu warnen. Doch selbst diese schlichte Aufgabe wurde dadurch erschwert, daß der listige Amilcar seine Truppen mehrmals aufgeteilt hatte. Jetzt vagabundierten nicht weniger als sieben feindliche Kriegerscharen durchs Land, jede unter dem Befehl eines Wandalenhäuptlings, der es darauf anlegte, so weit wie möglich ins Landesinnere vorzudringen und auf Schritt und Tritt zu plündern.

Trwch Trwyth schien es gut zu gefallen, daß seine Ferkel sich zerstreuten, während er mit dem Hauptteil des Heeres nach Nordosten entschlüpfte. Sein wahnsinniger Plan mußte eine Absicht verbergen, aber ich vermochte sie nicht zu ergründen.

Dennoch verfolgten wir die Barbaren schonungslos, fingen sie, wo wir konnten, fochten, wo sich uns die Möglichkeit bot – kamen aber meistens erst einen Tag nach ihnen zu ihrem letzten Lagerplatz. Dieses Ausweichen zermürbte uns, und die andauernde Sonne brannte uns schwarz. Die Vorräte gingen zur Neige – ein unablässiges Problem, das ebenso an uns zehrte, wie unsere leeren Mägen schmerzten, denn da Londinium unter Quarantäne stand, mußten wir auf kleineren Märkten bis hinauf nach Eboracum Vieh und Korn kaufen, und allein das Notwendigste zu bekommen war mühsam und zeitraubend. Inzwischen fingen die Unterkönige an, untereinander zu zanken und über Artus' Befehlsgewalt zu nörgeln.

Das allein hätte einen geringeren Mann zum Stürzen gebracht. Aber Artus mußte auch noch gegen die Pest kämpfen. Und die erwies sich als nicht weniger hartnäckig denn der Schwarze Eber.

Ich sehe Paulinus, wie er bei seinem Kampf gegen die Geißel dürr und hager geworden ist. Wie sollte es auch anders sein? Er ruht nur wenig und schläft kaum. Er schuftet wie ein verrückt gewordener Sklave, unterweist die Menschen, wickelt die Versorgung ab, bereitet und verteilt seine Arznei. Der schüchterne Mönch ist zu einem beherzten Krieger geworden, auf seine Art so erbarmungslos wie ein jeder von Artus' Hauptleuten, bei einem Kampf, der nicht weniger schrecklich ist als derjenige gegen Amilcar.

Kaum ging das Gerücht, in einer Siedlung oder Festung sei die Pest ausgebrochen, wollte Paulinus hineilen. Ohne einen Gedanken an sich selbst gab er sich ganz dem Kampf hin und wurde im Krieg gegen den Schwarzen Tod ein Held von hohem Ruf. Andere sahen sein Beispiel und folgten ihm. So nahm er zusammen mit einer Handvoll Brüdern aus Llandaff, die sich seiner Arbeit freiwillig anschlossen, den Kampf gegen die Pest auf seine Schultern.

Aber die Seuche lief wie der Eindringling weit, weit voraus, ohne zu erlahmen. Es schien keine Möglichkeit zu geben, einem von beiden Einhalt zu gebieten. Daher traf es Artus schwer, als die Fürsten anfingen, von ihm abzufallen.

»Trage es mit Fassung, Bär«, sagte Bedwyr, der versuchte, den erregten König zu beruhigen. »Leute wie Brastias, die sich dauernd sträuben, brauchen wir nicht.«

Wir waren im großen Ratszelt versammelt, aber die abtrünnigen Könige hatte Artus nicht einberufen, denn er zürnte ihnen.

Er hatte die Ellbogen auf die Tafel gestützt und runzelte die Stirn, während die dem König am nächsten Stehenden ihn aufzumuntern versuchten.

»Wir verlieren an ihnen ja nicht viel«, meinte Kei unverblümt. »Da sie den ganzen Tag nur jammern und klagen, ist es besser, wir sehen sie von hinten, sage ich.«

»Er hat recht, Bär«, fiel Cador ein. »Sie haben alles in allem nur dreihundert Reiter mitgenommen.«

»Heiliger Jesus, der Verlust von ein paar Pferden tut mir nicht weh!« brüllte Artus. »Drei haben mir frei heraus getrotzt! Wie lange, glaubt ihr, wird es dauern, bis die Fäulnis die übrigen zu ergreifen beginnt?«

Gwenhwyvar, ein strahlender Seraph in einem kühlen, weißen Gewand, beugte sich zu ihm. »Erlaube mir, mein Volk aufzusuchen«, tröstete sie. »Die Könige von Eire sind willens, ja sogar begierig, die Schuld abzutragen, die sie den Briten zu entgelten haben. Du brauchst nur darum zu bitten.«

»Es würde nicht schaden, die Reiter und Krieger zu ersetzen, die wir eingebüßt haben«, meinte Bedwyr. »Vielleicht beschämt das Eintreffen der Irenfürsten die Unwilligen und ermutigt die Getreuen.«

»Das wäre nicht übel«, meldete sich Gwalchavad zu Wort. »Jeder Mann, der in diesem Kampf an meiner Seite steht, soll mir willkommen sein.«

Gwenhwyvar nahm Artus' Rechte in ihre beiden Hände. »Warum zauderst du, mein Gemahl? Es ist weder schändlich noch schädlich.« Sie umklammerte seine Hand und drückte sie ernsthaft. »Je früher ich aufbreche, desto schneller bin ich wieder hier. Du wirst kaum merken, daß ich weg war.«

Darüber dachte Artus nach. Er war kurz davor, nachzugeben. »Was sagst du, Myrddin?«

»Deine weisen Helfer haben dir gut geraten«, erwiderte ich. »Warum fragst du mich?«

»Weil ich dich eben frage«, grollte er.

»Nun gut«, sagte ich. Aber ehe ich meine Antwort geben

konnte, ertönte draußen ein Jagdhorn – ein kurzer Stoß, darauf zwei weitere.

»Es ist jemand gekommen«, sagte Kei und sprang auf. Er hielt inne. »Soll ich die Leute hierherbringen, Bär?«

»Sieh erst einmal, wer es ist«, sagte Artus grämlich. »Wir sind hier mit gewichtigen Dingen beschäftigt. Vielleicht empfangen wir sie gar nicht.«

Rhys' Signal zeigte an, daß neue Leute ins Lager gekommen waren – niemand, der bereits dagewesen wäre, hätte eine solche Begrüßung bekommen. Kei ging hinaus, und wir bereiteten uns auf den Empfang unserer Gäste vor.

Im Nu ertönte draußen Keis Ruf: »Artus, ich glaube, du solltest herauskommen. Diese Gäste wirst du sehen wollen.«

Artus seufzte, schob seinen Stuhl zurück – Uthers großen Feldstuhl – und stand langsam auf. »Was jetzt noch?« Er schlug die Zeltklappe beiseite und trat hinaus. Ich folgte ihm. Kei stand ein Stück vor dem Zelt und blickte den Hügel hinab auf den Fluß.

Die leichte Anhöhe zum Zelt herauf kam eine Schar von Kirchenleuten: nicht weniger als drei Bischöfe mit etwa dreißig oder mehr Mönchen im Schlepptau. Die Bischöfe trugen prächtige Priestertracht: lange dunkle Gewänder und glitzernde Kleinodien aus Gold; an den Füßen hatten sie weiche Lederstiefel, und in den Händen hielten sie Eichenstäbe mit goldenen Köpfen. Ihre Begleiter jedoch waren schlicht in ungefärbte Wolle gehüllt.

»Der Himmel bewahre«, schimpfte Gwalchavad laut. »Was tun die hier?«

»Nur ruhig, Bruder«, riet Bedwyr. »Vielleicht wollen sie uns ihren Beistand gegen die Pest anbieten. Und jede Hilfe käme in diesem Augenblick recht.«

»Sie sehen nicht aus wie Männer, die Hilfe leisten wollen«, stellte Gwenhwyvar fest. »Weit gefehlt, denke ich.«

Ihr weiblicher Verstand war so scharf wie ihr Blick, denn das gesamte Gefolge kam mit grimmig entschlossener Miene daher.

Die gerunzelten Stirnen und verkniffenen Münder kündeten von feierlicher Bestimmtheit und unbeugsamem Sinn. Der sie anführende Bischof klopfte mit dem Krummstab auf den Boden, als wollte er Schlangen erstechen, und die ihn Umgebenden gingen steif aufgerichtet mit gerade erhobenen Schultern und gerecktem Kinn. Zu anderen Zeiten wäre der Anblick womöglich zum Lachen gewesen. Doch an jenem Tag nicht. Der Bär von Britannien war keiner fröhlichen Stimmung.

Rhys rannte hinter ihnen hervor und stellte sich neben Artus, als die Kleriker vor uns stehenblieben. Ich kannte keinen von den Bischöfen oder Mönchen. Ihre Ankunft hatte natürlich die Aufmerksamkeit der Krieger erregt, die ebenfalls herbeiliefen, um zu sehen, was diese hohen Besucher zu sagen hatten. Bald hatten sich gut hundert von ihnen versammelt, was den Bischöfen zu gefallen schien. Da sie dem Hochkönig wohl lieber nicht von Angesicht zu Angesicht gegenüberstehen mochten, machten sie zwölf Schritt vorher Halt – als wollten sie Artus zwingen, zu ihnen zu kommen. Das hielt ich für ein sehr schlechtes Zeichen.

»Heil, Brüder in Christo! Heil und willkommen«, rief Artus ihnen zu. »Im Namen unseres großen Herrn Jesus, ich grüße euch herzlich.«

»Heil dir«, erwiderte der vorderste Bischof. Er ließ sich nicht dazu herab, den Hochkönig bei seinem Titel anzusprechen, noch entbot er – oder einer der übrigen – dem König den üblichen Kuß und auch keinen freundlichen Segen.

Ein besserer Mensch als ich, achtete Artus der unerhörten Frechheit nicht. »Ihr beehrt unser rauhes Lager mit eurer Gegenwart, meine Freunde. Noch einmal begrüße ich euch im Namen unseres Herrn und Königs«, sagte er liebenswürdig und häufte sozusagen glühende Kohlen auf ihre Häupter.

Um nicht in Artus' Schatten zu stehen, meldete auch Gwenhwyvar sich zu Wort: »Wir hätten euch ein besseres Willkommen bereitet, hätten wir von eurem Nahen gewußt«, sagte sie süßlich. »Dennoch eignet uns die übliche Höflichkeit.« Ich lächelte über die Zurechtweisung der schlechten Manieren des Bischofs. Sie wandte sich an Rhys. »Hole den Willkommenstrunk«, befahl sie.

»Nein, Herrin«, sagte der Bischof und reckte gebieterisch den Arm. Er war ein wohlbeleibter Mann und steckte rund wie ein Bierfaß in seinen langen Gewändern. Sein Hauptschmuck war ein riesiges goldenes Kreuz, das ihm an einer schweren Goldkette um den Hals hing. »Wir werden den Becher nicht mit euch leeren, bis wir gesagt haben, was zu sagen wir hier sind.«

»Dann sprich«, erwiderte Bedwyr, der ob der Kränkung des Bischofs eine recht bedrohliche Haltung annahm. »Es ist dir, weiß Gott, gelungen, mit deinem Wagemut unsere Neugier zu reizen.«

»Wenn ihr uns für kühn haltet«, entgegnete der Bischof hochmütig, »dann seid ihr wahrhaftig furchtsamer, als wir annahmen.«

»Mir scheint«, versetzte Cador, den eisigen Tonfall des Geistlichen vollkommen treffend, »daß ihr euch zuviel herausnehmt.« Noch ehe der erzürnte Bischof etwas antworten konnte, schlug der Hauptmann einen anderen Kurs ein. »Aber vergib mir«, fuhr er freundlich fort, »vielleicht weißt du nicht, wer euch hier so ausgesucht höflich anspricht.« Der junge Fürst zeigte mit der Hand auf Artus und sagte: »Ich stelle vor: Artus ap Aurelius, König von Prydein, Celyddon und Lloegres, Oberdrache der Insel der Mächtigen und Hochkönig über ganz Britannien.«

Der anmaßende Geistliche platzte fast. Er starrte Cador an und schalt: »Wir wissen, wen zu sehen wir hier sind.«

Wieder hatte Cador eine gewitzte Antwort parat: »Dann muß ich doch einmal um Vergebung bitten, denn mir schien, du hattest Zweifel am Range des Mannes, zu dem du sprachst. Ich wollte dir nur die Last deiner Unkenntnis abnehmen – wenn es Unkenntnis war –, denn ich konnte eine so schwere Kränkung unmöglich für Absicht halten.«

Als der harsche Bischof merkte, daß er unterlegen war, senkte er langsam den Kopf. »Ich danke dir für deine Aufmerksamkeit«, hub er an. An Artus gewandt, meinte er: »Sollte ich den mächtigen Pendragon gekränkt haben, dann bitte ich ihn um Verzeihung.«

Artus verlor bei diesem dummen Hin und Her rasch die Geduld. »Wer seid ihr, und was führt euch hierher?« fragte er geradeheraus.

»Ich bin Seirol, der Bischof von Lindum«, verkündete er großartig. »Und dies sind meine Brüder: Daroc, der Bischof von Danum, und Abt Petronius von Eboracum.« Er zeigte mit seinem Mönchsstab auf die beiden anderen Bischöfe, die jeweils eine blasse Hand zum Friedensgruß hoben. »Wir kommen mit Vertretern unserer Kirchen, wie du siehst.« Damit meinte er die Schar Mönche. »Der Bischof von Londinium ermächtigt uns und schickt sein Zeichen.« Er holte eine Pergamentrolle heraus, die Siegel und Unterschrift des Bischofs trug.

»Ihr seid weit von zu Hause fort, Brüder«, stellte Artus fest. »Lindum liegt viele Tagesreisen weit im Norden, Eboracum ebenso. Und auch Londinium ist nicht nah. Die Angelegenheit muß von einiger Bedeutung sein, wenn ihr in so unruhigen Zeiten so weit durch die Lande zieht.«

»Nun, du weißt es ja, Herr«, bekräftigte Seirol gebieterisch. »Wir haben viele Entbehrungen erduldet – und das sollte dich nicht an unserer Entschlossenheit zweifeln lassen.«

»Ihr wirkt höchst entschlossen auf mich«, antwortete Artus.

Bedwyr, der die nahende Gefahr spürte, warnte leise: »Sei auf der Hut, Bär, das ist kein müßiger Spaß.«

Bischof Seirols Nasenflügel bebten vor Verachtung. »Ich hatte von den rauhen Sitten unseres großen Königs gehört.« Er schnob. »Ich war mir meines Teils an Beleidigungen gewiß.«

»Wenn ihr uns für zu rauh haltet«, meinte Kei, »dann seid ihr wirklich zartere Männer, als wir annahmen.« Viele der Umstehenden lachten geradeheraus, und die Geistlichen wackelten unruhig hin und her.

Der ernste Bischof blickte mürrisch in die Runde. Er hob langsam seinen Stab und schlug damit fest auf die Erde. »Ruhe!«

schrie er. »Du fragst, warum wir hierhergekommen seien. Nun denn, ich werde es dir sagen. Wir sind hier, um unsere rechtschaffene und heilige Pflicht zu erfüllen, indem wir von dir verlangen, Artus ap Aurelius, daß du deinem Königtum abschwörst und die Herrschaft über Britannien einem anderen überläßt.«

»Was!« Das war Bedwyrs ungläubige Stimme, aber jeder von uns dachte das gleiche. »Artus soll den Thron aufgeben?«

»Das ist eine gewichtige Angelegenheit«, stellte Artus klug fest. »Wenn ihr nicht größere Toren seid, als ihr scheint, dann müßt ihr einen triftigen Grund für dieses ernste Ansinnen haben. Den möchte ich sogleich hören.«

Bischof Seirol zog die Stirn kraus, da er aber nicht entscheiden konnte, ob Artus' Antwort ihn schmähte oder nicht, stürzte er sich in die Erklärung, die er vorbereitet hatte. Er richtete sich auf, schwenkte seinen Krummstab und verkündete laut: »Da wir vielen Gefahren getrotzt haben, darfst du nicht glauben, daß wir uns so leicht abschrecken lassen. Das Land steht in Aufruhr, und die Menschen leiden schwere Not. Den ganzen Tag wird uns heftig zugesetzt. Pest und Krieg haben das Schicksal vieler besiegelt, und das Land schreit nach Gerechtigkeit.«

»Wir sind uns dieser Mühsale durchaus gewahr«, versicherte Cador ihm. »Wenn ihr euch umseht, werdet ihr feststellen, daß ihr gerade jetzt in einem Feldlager an der Front steht. Oder glaubtet ihr, ihr wäret in Londinium oder Caer Uintan, und wir würden uns alle hinter sicheren Mauern verstecken?«

Das erregte Bischof Darocs Zorn. »Deine Frechheit ziemt sich nicht, Fürst Cador. O ja, wir kennen auch dich. Du solltest dich lieber vor unseren Bannsprüchen hüten, die über das Heil deiner ewigen Seele richten.«

»Ich hatte geglaubt«, erwiderte Cador kühl, »Gott allein bestimme über meine Seele. Und da ich mich ihm anvertraut habe, sage und tue ich, was mir beliebt. Ich fürchte keinen Sterblichen.«

Bischof Seirol führte seinen Angriff fort. »Höre mich, stolzer

König! Leugnest du, daß der Feind das Land ungestraft überrennt? Leugnest du, daß das Land von der Pest ausgezehrt wird?«

»Wie«, erwiderte Artus bedächtig, »vermöchte ich zu leugnen, was sogar das trübste Auge wahrnimmt? Ihr müßt wissen, daß ich kreuz und quer Boten mit Warnrufen durchs Land sandte.«

Da trat ein Ausdruck des Triumphes auf des Bischofs Gesicht. Er hob seine Arme breit, wandte sich nach allen Seiten und freute sich an seinem vermeintlichen Sieg: »Hört mich, Krieger von Britannien!« rief Seirol mit Donnerstimme. »Diese beiden Schicksalsschläge sind ob der Unmoral eines Mannes über uns gekommen!« Er deutete mit einer Hand auf Artus und schrie: »Artus ap Aurelius, du stehst verurteilt vor Gott. Fürwahr, die böse Verwüstung des Landes entspringt deiner Missetat allein und der Verderbtheit deiner Herrschaft.«

Die Anschuldigung lag einen langen, schrecklichen Augenblick in der Luft. Dann brach Keis Stimme die erstarrte Stille. »Missetat? Verderbtheit?« höhnte er scharf. »Bär, wir haben von dieser aufgeblasenen Kröte genug. Erlaube mir, daß ich sie alle mit der flachen Klinge meines Schwertes aus dem Lager jage.«

»Mit welchem Recht kommt ihr so hierher und schmäht den König von Britannien?« verlangte Gwenhwyvar rüde zu wissen.

»Ich bin der Bischof von Lindum!« schrie Seirol. »Ich spreche für die heilige Kirche Christi auf Erden. Da es nur einen Erlöser gibt, sind wir in seinem Leib vereint. Darum spreche ich, wenn ich spreche, für Gott.«

»Ich bin Caius ap Ectorius von Caer Edyn«, fauchte Kei und trat mit der Hand am Heft seines Schwertes auf den Geistlichen zu. »Ich sage, du bist ein dummer Windbeutel, und ich spreche für jedermann hier.«

Die Lächerlichkeit der Anklage forderte geradezu heraus, sie nicht ernst zu nehmen. Aber die Bischöfe meinten es todernst. Sie hatten sich in dieses anmaßende Urteil hineingesteigert und beabsichtigten, ihr Recht zu bekommen.

Bischof Petronius, dessen Züge zu einer Mörderfratze verzerrt waren, trat vor. »Töte uns, wenn du willst«, zischte er. »Wir haben von dir nichts anderes erwartet. Die ganze Welt soll erfahren, daß wir in Ausübung unserer Pflicht von verdorbenen und trotzigen Halsabschneidern gemartert wurden.»

»Beharre darauf, weiter so mit deinem König zu sprechen«, warnte Bedwyr, »und wir werden euch nicht enttäuschen, Pfaffe.«

»Blutvergießen und Morden, mehr kennt ihr nicht!« legte Bischof Daroc los. »Der Tod wird unsere Stimmen nicht zum Verstummen bringen. Die Wahrheit läßt sich nicht zum Schweigen bringen. Unser Blut wird noch aus dem Boden Verunglimpfung schreien!«

»Sollen wir die Probe aufs Exempel machen?« fragte Gwenhwyvar.

Artus hob die Hand. »Frieden, meine Gefährten«, sagte er ruhig. Er blickte Seirol an. »Du hast eine schwere Anschuldigung gegen mich vorgebracht, mein Freund. Jetzt möchte ich deinen Beweis hören.«

Ein Ausdruck wie von Sorge blitzte über Seirols errötetes Gesicht. Die Bischöfe tauschten Blicke aus. Sie hielten die Anklage für selbstverständlich und hatten mit einer offenen Herausforderung nicht gerechnet. So unwahrscheinlich dies klingen mag, so kann ich euch versichern, es geschieht immer wieder. Die Hochmütigen und Selbstgerechten sehen immer schnell den Splitter im Auge des Nächsten, während sie den Balken im eigenen vergessen. Jetzt zitterten sie und begannen zum ersten Mal an sich zu zweifeln.

»Nun, ich warte«, drängte Artus. »Wo ist euer Beweis?«

»Habt acht, ihr tadelnden Priester«, warnte ich und trat vor. »Ihr steht vor einem, dessen Ehre über jede Anklage erhaben ist, aber anstatt ihn zu preisen, wie es sich für euch gebührte, fechtet ihr ihn mit bösen Schmähungen an. Weh über euch und Schande! Wäret ihr ehrenwerte Männer, ihr würdet auf eure Gesichter fallen und um Vergebung eurer Sünden bitten. Wäret ihr wahre Diener Christi, ihr würdet auf die Knie sinken und um Verzeihung flehen!« rief ich, daß die Luft erschauderte. »Erbittet Gnade vom König der Könige auf Erden, der die Herrschaft über dieses Land aus den Händen des himmlischen Hochkönigs rechtmäßig empfangen hat. Kniet nieder vor ihm, denn wahrlich ich sage euch: Ihr verwirkt euer wertloses Leben.«

So hatte noch nie jemand mit ihnen gesprochen, und die treulosen Mönche sperrten vor Staunen Augen und Mund auf. Trotzdem waren sie von ihrer Verurteilung und ihrer Selbstgerechtigkeit so eingenommen, daß sie die von mir geäußerte Wahrheit nicht annehmen wollten.

Bischof Seirol, der über meinen Ausbruch ergrimmt war, sprang wütend und unbedacht nach vorn. »Du verlangst nach einem Beweis!« schrie er. »Du verlangst nach einem Beweis! Ich sage dir, der Beweis meiner Anschuldigung steht neben dir, o König.«

Damit reckte der Bischof seinen Hirtenstab und blickte um sich. Mit einem Anflug übertriebenen Pomps hob er den Stab an und deutete. Ich spürte, wie mir das Blut schwoll, als ich mich auf eine Erwiderung seiner Anklage wappnete. Ich wollte dem schmähenden Mönch begegnen, Streich um Streich. Aber er zeigte nicht auf mich.

Nein, diese zweifelhafte Ehre wurde Gwenhwyvar zuteil.

»Seht!« krähte der Bischof. »Schamlos und dreist steht sie vor aller Augen. Welch eines Beweises bedarf es da noch?«

Artus und Gwenhwyvar waren von der unvorhergesehenen Wendung der Dinge betroffen. Das Wesen der Anschuldigung war ihnen nicht klar. Mir jedoch ging es auf. Ich wußte genau, was der arglistige Geistliche anzudeuten versuchte.

»Um der Liebe Christi willen, Mann«, flüsterte ich rauh, »weiche und sprich nicht weiter.«

»Ich werde nicht weichen!« sagte Seirol triumphierend. Jetzt glaubte er, die Oberhand zu gewinnen und wollte seinen Sieg komplett machen. »Diese Frau ist Irin!« rief er vielsagend. »Sie ist eine Fremde und Heidin. Deine Ehe mit ihr, o König, verstößt gegen Gottes Gesetz. So gewiß, wie du neben ihr stehst, bist du verdammt.«

Petronius, den Seirols Beispiel ermutigte, mischte sich in den Zwist. »Von Anbeginn der Welt«, sagte er, »hat es in Britannien noch keine Pest gegeben – bis du König wurdest und diese heidnische Irin zur Königin nahmst.«

Es ließ sich kaum bestimmen, was er für schlimmer hielt: daß Gwenhwyvar Heidin oder daß sie Irin war; oder womöglich, daß sie eine Frau war.

Auch Bischof Daroc warf sich ins Gefecht. »Dies ist die Sühne Gottes für uns wegen der unmoralischen Verbrechen des Königs. Gott läßt seiner nicht spotten. Seine Gesetze gelten ewig, und seine Strafe erfolgt rasch.«

Ernst und ruhig antwortete Artus mit so beherrschter Stimme, daß denen, die ihn gut kannten, das Mark in den Knochen gefror: »Ich bin in der heiligen Schrift nicht sehr belesen, das gestehe ich freimütig ein. Mein Leben verbringe ich mit anderen Dingen.«

»Mit Blutvergießen und Kriegführen verbringst du es«, höhnte Petronius, schwieg aber schnell, als Artus die Brauen hochzog.

»Aber sagt mir nun«, fuhr der Hochkönig ein wenig lauter fort, »ist es nicht Sünde, gegen seinen Nächsten falsches Zeugnis abzulegen?«

»Nun, das weißt du«, erwiderte Seirol schlau. »Nach Gottes Gesetz fallen jene der Verdammnis anheim, die eine Lüge als Wahrheit ausgeben.«

»Und ist es nicht ein Zug des nämlichen Gesetzes, auf welches du dich berufst, daß derjenige, der einen anderen verurteilt, erst einmal selbst rein von Schuld sein soll?«

Der Bischof hätte Artus beinahe ins Gesicht gelacht. »Glaube nicht, daß du diese große Lehre zu deiner Verteidigung wenden kannst«, krähte er. »Ich habe heute morgen die Beichte abgelegt und trage nicht den winzigsten Sündenfleck an mir.«

»Nein?« staunte Artus mit einer Stimme, die leises Donnergrollen mitschwingen ließ. »Dann höre mich, du frecher Mönch. Seitdem du in dieses Lager kamst, hast du dreimal gesündigt. Und für diese Sünden verlange ich Rechenschaft von dir.«

»Du wagst es, einen Bischof Christi zu verleumden?« rief der empörte Geistliche. »Ich habe nicht eine Sünde begangen, und schon gar nicht drei.«

»Lügner!« brüllte Artus, der endgültig zum Angriff überging. Er reckte die Faust und hob langsam einen Finger. »Du bezichtigst mich der Ungerechtigkeit und Verderbtheit und rufst die Sühne Gottes auf mich herab: Doch wenn ich einen Beweis für deine Beschuldigungen verlange, lieferst du keinen. Statt dessen schmähst du die Frau, die Gott mir geschenkt hat.

Was Gwenhwyvar betrifft«, fuhr er fort und hob langsam den zweiten Finger, »so nennst du die eine Heidin, die wie du selbst durch die Taufe zur Christin wurde – ein Umstand, der von keiner geringeren Heiligen als Charis von Ynys Avallach und dem berühmten Abt Elfodd bestätigt werden kann. Und da es, wie du uns glücklicherweise ins Gedächtnis riefst, nur einen Erlösergott gibt und alle, die sich auf ihn berufen, in einem Leib vereint sind, legst du falsches Zeugnis gegen sie ab und nennst diejenige Heidin, die in Wahrheit deine Schwester in Christo ist. So verurteilst du zwiefach eine Frau, die unschuldig ist.«

Erst da spürte der Geistliche, wie ihm der Boden entzogen worden war. Er wurde aschfahl im Gesicht. Seine Begleiter gewahrten den entscheidenden Schlag noch nicht, obwohl er vor ihren Augen auf ihre begriffsstutzigen Häupter niedergegangen war.

Artus hob noch einen Finger. »Schließlich lügst du, wenn du behauptest, daß du nicht gesündigt habest, denn du hast im Beisein dieser vielen Zeugen gelogen, seitdem du zu sprechen anhubst. Ich habe keinen Zweifel, daß du Sünde auf Sünde häufen würdest, solltest ich dir gestatten, weiterzusprechen.«

Bischof Daroc richtete sich auf. »Wir stehen hier nicht vor deinem Gericht.«

»Tatsächlich nicht?« fragte Artus. »Wer falsches Zeugnis gegen seinen Nächsten ablegt, steht stets vor Gericht. Die Sonne steht noch nicht im Mittag, und schon habt ihr, wie ihr es nennt, eine Lüge als Wahrheit ausgegeben – und nicht nur einmal, sondern gleich dreimal. So habt ihr euch durch eure eigenen Worte verurteilt.«

Artus, der vor gerechtem Zorn loderte, ließ die Faust sinken und verschränkte die Arme über der Brust. »Was hast du zu sagen, Priester?« fragte er. Aber es kam keine Antwort. »Ich höre, aber vernehme keine Antwort. Mag es sein, daß du nichts zu sagen hast, sobald du keine Lüge im Munde führst?«

Der betrübte Bischof blickte Artus finster an, hatte aber endlich erkannt, wie töricht es gewesen wäre, ihm zu widersprechen. Darum hielt er den Mund fest geschlossen.

»Zu spät, jetzt Klugheit zu beweisen«, sagte Artus zu ihm. »Hättest du sie nur früher geübt. So aber hast du viel auf eine lange, gefahrvolle Reise verschwendet, um deine Torheit zur Schau zu stellen. Ich bin sicher, das hättest du auch tun können, ohne einen Schritt aus Lindum heraus zu tun. Oder hat dein Kommen einen weiteren Zweck? Noch eine Klage gegen deinen König?«

Bischof Daroc konnte nicht verhindern, daß seine Blicke kurz in Cadors Richtung blitzten und verriet so das wahre Wesen der Priester Klage. Seine Ohren und Wangen röteten sich.

»Aha!« Als Artus dahinterkam, erhellte sich seine Miene schlagartig. »Myrddin warnte mich vor frommen Männern und weltlichem Reichtum. Wie gut er euresgleichen kannte.«

»In der Tat, Herr«, sprach Cador. »Du hättest sie kreischen hören sollen, als ich meinte, wir bedürften der goldenen Kleinodien, die in ihren Schatztruhen Staub ansetzen.«

Mit Donnerstimme wandte Artus sich an die Bischöfe. »Ihr habt euren König belogen und falsches Zeugnis gegen eure Königin abgelegt – und dies alles nur, weil ich zum Unterhalt meiner Männer um Hilfe bei den Reichtümern der Kirche nachsuchte, die ich zu schützen schwor. Euer Eigennutz und Stolz – und nur diese – führten euch hierher, und alle, die dieses schändliche Schauspiel von Beschuldigungen erlebten, sehen eure nackte Gier und eure geistige Armut.« Er schüttelte bedächtig den Kopf. »Ihr seid keine Christen. Hört mich an, ihr Söhne von Vipern. Ob eurer Sünden werdet ihr ausgezogen, ausgepeitscht und aus dem Lager gejagt. Ihr werdet nach Llandaff gebracht, wo der fromme Illtyd, ein wahrer Priester Christi, über euere Sühne befinden wird. Betet, daß er mehr Mitleid habe als ich, denn ich sage euch frei heraus, ich werde ihm raten, euch aus der Kirche zu bannen, damit ihr mit eurem Hochmut und eurem gottlosen Stolz nicht den heiligen Jesus selbst in Verruf bringt.«

Mit diesen Worten stellte der Hochkönig sich vor Seirol, der sich wand. Artus streckte die Hand aus und nahm ihm das goldene Kreuz vom Hals. »Das wirst du nicht mehr brauchen, glaube ich; und wir können es hier verwenden, um Speise und Trank für hungrige Krieger zu kaufen.«

Er wandte sich von dem verdutzten Kleriker ab. »Gwalchavad! Cador! Schafft sie nach Llandaff und beauftragt Illtyd mit der Ausführung meiner Befehle.«

Kei sah den gemeinen Priestern nach, die abgeführt wurden. »Du hättest sie mir überlassen sollen, Bär«, sagte er mit bedauerndem Kopfschütteln. »Gott weiß, sie haben schon viele Menschen ins Verderben gestürzt.«

»Ihre Strafe wird sie von Illtyds Hand am härtesten treffen«, erwiderte Artus. »Denn er ist ein frommer Mann, und sie können sich danach nicht mehr mit dem geheimen Gedanken trösten, sie seien von einem Heiden mißverstanden oder gezwungen worden.«

Er wollte weggehen, aber Gwenhwyvar stellte sich vor ihn, die Hände in die Hüften gestemmt, die wohlgestalteten Augenbrauen zusammengezogen und die dunklen Augen voll Feuer. »Die Angelegenheit ist noch nicht erledigt, o König«, sagte sie. »Ich bin vor aller Augen ob meiner Abstammung geschmäht worden. Die Ehre verlangt Genugtuung.«

Da Artus eine versteckte Falle vermutete, legte er den Kopf schräg und fragte vorsichtig: »Was schlägst du vor?«

»Nur folgendes: daß ich sogleich nach Irland segle und Fürsten zusammenrufe, die durch die Stärke ihres Opferwillens die treulosen Briten überall vor Neid und Scham erblassen lassen, wenn sie zeigen, welche Ehre mein edles Volk dir erweist.«

Die letzten Gewitterwolken auf Artus' Stirn verflüchtigten sich. Er sah seine Gemahlin an. Deutliche Bewunderung mischte sich mit tief empfundener Wertschätzung und … Dankbarkeit? Ja, Anerkennung. Er erkannte in ihr eine Seele, die so zäh und unermüdlich war wie seine eigene, treu bis zum letzten und standfest in allen Fährnissen, gleich ihm einer Handvoll betrügerischer Mönche und schwankender Fürsten mehr als gewachsen.

Der Bär von Britannien lächelte und gab nach. »Tüchtige Männer sind an meiner Seite stets willkommen«, sagte er so laut, daß alle es vernehmen konnten. »Und wenn die Edlen von Ierne sich als treuere Diener Britanniens erweisen denn Britanniens eigene Söhne, so sei's drum. Mögen diejenigen, die Treuepflicht und Lehnseide aufgeben, ihre Schande tragen. Verderbtheit und Täuschung haben in meinem Reiche keinen Platz, und jeder Mann, der die Wahrheit liebt, ist mein Freund.«

Da küßte Gwenhwyvar ihn, und die Umarmung des Königspaares wurde von den kehligen Jubelrufen sämtlicher Zuschauer gutgeheißen. Mit dem Einsetzen der nächsten Tide segelte die Königin mit genug Schiffen los, um die Iren mitzubringen: zwölf Gefährte und ausreichend Besatzung. Auf Artus' Geheiß begleiteten Llenlleawg und ich sie.

11

Wir landeten in der Bucht unterhalb von Muirbolc und befahlen Barinthus und seinen Leuten, die Schiffe seeklar zu halten. Dann machten wir uns sogleich zu Fergus' Festung auf den Weg. Diese fanden wir völlig verlassen vor. Die Behausungen waren leer, der Saal lag still, obwohl das Vieh im Pferch und Pferde im Stall standen. Wir saßen ab und stellten uns in den Hof, staunend, wohin alle gegangen sein mochten und wann. Gwenhwyvar ging auf die Halle zu.

»Erlaube«, sagte Llenlleawg zu ihr und rannte voraus. Er verschwand drinnen und tauchte im Nu wieder auf. »Sie sind noch nicht lange weg! Das Aschebett im Herd ist noch warm.«

Gwenhwyvar schwang sich wieder aufs Pferd. »Wir reiten nach Rath Mor«, sagte sie. »Vielleicht weiß Conaire, was hier geschehen ist.«

Wir wendeten unsere Rösser und eilten in den Wald auf den Pfad, der zu Conaires Festung führte. Wir waren jedoch noch nicht weit geritten, als Llenlleawg vor uns Halt machte und die Hand hochhielt. »Horcht!«

Ich hielt an und stellte mich auf die Geräusche um mich herum ein. Über uns zwitscherten Vögel, die Pferde schmatzten und scharrten mit ihren Hufen im Boden. Außerdem brachte die leichte Brise das Laub in den oberen Ästen zum Rascheln, und noch weiter oben stimmte ein Bussard seinen einsamen Schrei an. Hatte dies Llenlleawg zum Halten gebracht?

Nein. Da war noch etwas. Jetzt hörte ich es, als würde es auf einem Luftzug daherkommen: Das schrille Kreischen erkannte ich sofort als das Gedudel der irischen Sackpfeifen.

»Das ist der *Piobairachd* für die Schlacht«, sagte der irische Kämpe. »Ein Kampf ist im Gange!«

»Dort lang!« rief Gwenhwyvar, an uns vorbeistürmend. Wir ritten ein kurzes Stück auf dem Pfad weiter, dann führte Gwenhwyvar uns von ihm ab an einen kleinen Bach, der im Unterholz zu einem bloßen Rinnsal wurde.

Unten in der kleinen Mulde war es kühler, und während wir weiterplatschten, merkte ich, daß der Klang der Pfeifen allmählich lauter wurde, bis wir, die Bachböschung erklimmend, aus dem Schatten der Bäume auf eine weite, vom Wald umgebene Wiese kamen, die im Sonnenlicht funkelte.

Und dort auf der Aue befanden sich zwei berittene Heere wie zur Schlacht aufgereiht. Zwischen beiden standen allein und zu Fuß einander gegenüber: Conaire und Fergus. Sie schwangen den riesigen beidhändigen *Cláimor*, ein Klanschwert aus Urzeiten. Beide Schneiden blitzten, als die Kämpfer sie über ihren Häuptern wirbelten.

Gwenhwyvar warf einen Blick auf die gleißenden Schwerter und spornte ihr Pferd an. »Hüja!« rief sie und galoppierte schreiend über die Wiese. »Hört auf! Hört sofort auf, ihr zwei!«

Die Königin raste genau in die Mitte zwischen den beiden Streithähnen. »Vater!« rief sie, aus dem Sattel gleitend, ehe ihr Pferd zum Stillstand gekommen war. »Bist du verrückt geworden? Was tust du da?«

»Halte dich heraus, Tochter!« erwiderte Fergus. Sein Oberkörper war nackt und glänzte vor Schweiß und Öl. Er war für den Kampf eingerieben worden, und der Sonnenschein brachte jeden Muskel zum Flimmern und Glitzern. Um die Handgelenke hatte er Lederbänder, und seine Unterschenkel waren ebenfalls umwickelt. Kurzum, er wirkte wie ein Kelte aus alten Zeiten, als er sich so auf seine mächtige Waffe lehnte, von der Anstrengung ganz außer Atem. »Das ist ein Zwist auf Leben und Tod.«

»Das ist lächerlich«, behauptete Gwenhwyvar. »Legt beide eure Schwerter weg!« Außer einem glatten Schnitt an Conaires Arm gab es kaum einen Beweis für tödliche Absichten.

»Tritt zur Seite, Frau«, wies König Conaire sie an. »Die Sache geht nur Fergus und mich etwas an.«

Die Pfeifen kreischten laut schrillend weiter. »Ruhe!« schrie Gwenhwyvar den Pfeifern zu, die quiekend zu Ende kamen. Die Fäuste in die Hüften gestemmt, wandte sie sich wieder an die beiden Könige und fragte in einem Tonfall, der keine Narreteien duldete: »Sagt mir jetzt, warum ihr hier steht und aufeinander einprügelt, wie Finn mac Cumhaill und Usnach Blauschild?«

»Glaube ja nicht, daß du dich hier einmischen kannst«, knurrte Conaire. »Wir wollen die Sache bereinigen, ehe die Sonne im Mittag steht.«

»Nur zu, Conaire Crobh Rua«, sagte Fergus und umklammerte sein großes Schwert wieder fester.

»Antwortet mir!« gebot Gwenhwyvar und blickte dabei Conaire an. »Warum streitet ihr?«

Fergus sprach als erster. »Er hat Unehre auf den Stamm Guillomars gehäuft. Als Fürst kann ich nicht zulassen, daß eine solche Schmach ungestraft bleibt.«

»Dann komm!« rief Conaire. »Wer werden sehen, wer hier bestraft wird. Tritt zur Seite, Frau!« Er wollte das Schwert über seinen Kopf recken.

Gwenhwyvar legte ihre Hand auf die bloße Schneide und hielt sie fest. Sie stellte sich ein Haarbreit vor sein Gesicht. »Conaire Rothand, du sagst mir, was geschehen ist, und zwar sofort!«

»Das werde ich nicht!«

»Conaire!«

»Ich – es ... es –« stotterte er. Die Waffe begann zu zittern wie der König unter ihr. »Es ist alles Fergus' Schuld. Frage ihn, denn meine Stimme ist das Schwert.«

»Du bist Herr über fünf Fürsten und durch starke Eide gebunden, sie zu schützen«, sagte Gwenhwyvar zu ihm, ohne die Schneide loszulassen, so daß seine Arme gereckt bleiben mußten. »Darum verlange ich zu wissen, warum du einen deiner Fürsten angreifst.«

»Ich werde dir nichts sagen. Frage Fergus!«

»Ich frage aber dich!«

Conaire war puterrot vor Zorn, seine Arme zitterten von der

Anstrengung, das schwere Schwert über dem Kopf zu halten. »Frau, du ergrimmst mich aufs höchste!« knurrte er. »Ich sagte dir schon, daß alles Fergus' Schuld ist.«

»Lügner!« rief Fergus näherrückend. »Tritt zur Seite, Tochter. Lasse mich ihm den Garaus machen.«

»Vater! Halte still.« Sie drehte sich wieder zu Conaire und fragte: »Wirst du jetzt reden, oder müssen wir den ganzen Tag hier herumstehen?«

Ich warf Llenlleawg einen Blick zu und sah, daß er lächelte und den Zwist offenbar genoß. Trotzdem hielt er den Speer wurfbereit in der Hand.

Das riesige Schwert zitterte über Conaires Haupt, er verdrehte die Augen und gab ihrem Verlangen nach. »Du bist noch schlimmer als dein Vater«, schnaubte er angewidert. »Lasse meine Hände los, und ich werde dir die Sache schildern.«

Gwenhwyvar, die mit seiner Antwort zufrieden war, ließ das Schwert los und trat einen Schritt zurück. »Nun?«

»Es liegt an dem verfluchten Priester!«

»Ciaran hat dir nichts getan!« entgegnete Fergus vorstoßend.

Gwenhwyvar schob ihn zurück und fragte Conaire: »Was hat es mit dem Priester auf sich?«

»Er hat mir sechs Stück Vieh gestohlen«, klagte der König schwach.

»Dein Vieh lief davon, als dein Hirte schlief«, sagte Fergus. »Der Priester fand es.«

»Und brachte es in seinen eigenen Pferch!«

»Er bot an, es dir zurückzugeben!«

»Ach, bot an, bot an! Wenn ich es holen würde, dann gäbe er es mir zurück.«

»Und?« fragte Gwenhwyvar weiter, die sich immer stärker empörte.

»Das will er nur, damit er mich verspotten kann mit seinem – seinem Glauben«, beharrte Conaire. »Er fordert mich auf, ihm zu lauschen, und sagt, daß er mich zum Christen bekehren wird. Aber davon will ich nichts wissen!«

»Wovor hast du Angst, Mann?« forderte Fergus ihn heraus. »Lasse ihn ausreden und entscheide dich dann. Niemand kann dich zu einem Glauben zwingen, zu dem du nicht stehen willst!«

»Und du, Fergus mac Guillomar, bist ein Narr!« legte Conaire wieder los. »Du läßt dich vom Geplapper dieses Priesters betören. Der arglistigste aller Menschen, hat er dir Verstand und Mutterwitz geraubt. Christen! Schau dich doch an, Fergus, du kannst ja nicht einmal mehr selbst kämpfen. Ich sehe, was es dir gebracht hat, auf Priester zu hören, und so tief will ich erst gar nicht sinken.«

Gwenhwyvar erwiderte kühl: »Auch ich bin Christin, Conaire. Hältst du mich für entschluß- und geistlos?«

Conaire hob warnend einen Finger. »Halte dich heraus. Das geht dich nichts an.«

»Wirklich nicht?« fragte sie. »Ich glaube, es geht alle an, die Christus als ihren Herrn anerkennen.«

»Dann ziehe dein Schwert und stelle dich hinter deinen Vater«, beschied Conaire ihr. »Und ich werde dir Streich um Streich geben, was ich Fergus gebe.«

»Dann los!« schrie Fergus. »Nur zu!«

»Ach, hört doch auf, ihr beiden«, fauchte Gwenhwyvar. »Conaire, wir haben keine Zeit für dergleichen. Wenn du kämpfen willst, dann höre mir jetzt zu. Das Wandalenheer verwüstet Ynys Prydein. Ich bin hier, um die Krieger Irlands zu Artus' Hilfe zu holen.«

Fergus war nur froh, von dem Gerangel abgelenkt zu werden. »Wolltest du das vor uns geheimhalten, Tochter? Nun, meine Männer und ich stehen bereit. Wir werden sofort in See stechen.« Er wandte sich an seine umstehenden Krieger. »Verabschiedet euch von euren Sippen, Männer. Artus bedarf unser.« Zu Gwenhwyvar sagte er: »Artus in Not? Sprich nicht weiter. Ich brauche keine genaue Erklärung.«

Conaire zog die Stirn kraus. »Nun, mir ist das gleich. Ich bleibe hier.«

Gwenhwyvar konnte die Sturheit dieses Mannes kaum fassen.

»Nach allem, was Artus für dich getan hat?« rief sie. »Ist das der Dank eines Edlen? Britannien leidet, weil Artus dir half.«

»Was ist das für ein König, der sein Reich ohne Schutz läßt?« fragte Conaire hochnäsig und zeigte sich höchst gleichgültig.

»Das tat er, um dich zu retten!« erklärte Gwenhwyvar.

»Um so törichter«, erwiderte der Irenkönig verschlagen. »Ich bat ihn nicht um seine Hilfe, noch brauchte ich sie.«

»Wäre Artus nicht gewesen, dann wärest du jetzt tot – du und dein ganzes Volk mit dir, Conaire Rothand!«

»Und wäre ich tot, bräuchte ich mir nicht dauernd etwas über Artus anzuhören!«

Glühend vor Zorn wandte Gwenhwyvar sich von ihm ab. »Geh, Vater, mache deine Schiffe und Krieger bereit. Llenlleawg und ich reiten los, um die Fürsten des Südens aufzubieten.«

»Dieser Fürst wird nicht gehen«, beharrte Conaire. »Noch sonst einer, der mir verpflichtet ist.«

»Zieh deines Weges, Conaire«, erwiderte Gwenhwyvar. »Du hast keine Bedeutung mehr.«

»Das werde ich nicht.«

»Schön und gut!«

»Und ich werde meinen Fürsten auch nicht gestatten, nach Britannien zu segeln«, fuhr er fort. »Die Sache geht die Uladh und ihre Verwandten nichts an.«

»Artus braucht Beistand, und ich habe mich verpflichtet, ihm welchen zu leisten«, sagte Fergus. »Alles, was ich besitze, verdanke ich ihm. Außerdem ist er durch die Ehe mit meiner Tochter mit mir versippt. Ich werde ihm helfen.«

»Und ich sage, du bleibst hier.«

»Und ich sage, ich segle.«

»Das wirst du nicht –«

»Ruhe!« brüllte Gwenhwyvar. Sie blickte dem Irenkönig geradewegs ins Gesicht. »Du kannst dich entscheiden, uns nicht zu helfen«, sagte sie vor Wut starrend. »Das ist dein gutes Recht. Aber du kannst Fergus nicht davon abhalten, daß er geht, wenn er dazu entschlossen ist.«

»Nein«, räumte Conaire listig ein, »ich kann ihn nicht davon abhalten, daß er geht. Aber«, sagte er und blickte Fergus trotzig an, »wenn du gehst, dann fällt dein Land an mich zurück.«

»Du Schlange! Du Schlange!« schrie Fergus. »Das darfst du nicht!«

»Tritt zurück und sieh, was ich tue!«

»Höre nicht auf ihn, Vater«, sagte Gwenhwyvar. »Geh und rüste dein Heer.«

»Da du gehst«, fuhr Conaire fort, »rate ich dir, deine Priester und dein Volk mitzunehmen, denn fürwahr ich sage dir: Wenn du zurückkommst, wirst du hier keine Heimat mehr haben.«

»Nimm das Land!« belferte Fergus und richtete sich zu ungeheurer Würde auf. »Und ich nehme meinen Lehnseid zurück, den ich dir geschworen habe. Ich habe nur einem wahren König Treue gelobt, doch der bist du nicht. Gehe deinen Weg, Conaire Crobh Rua. Ich bin mit dir fertig.«

»Was brauche ich einen treulosen Fürsten wie dich?« höhnte Conaire. »Ich werde dein Land Männern geben, die ihre Eide halten und nicht den Priestern fremder Glauben nacheifern.«

Fergus holte Luft zu einer Erwiderung. Aber Gwenhwyvar legte ihm ihre Hände auf die Brust und drehte ihn um. »Gehe jetzt. Sage nichts mehr.«

»Fürwahr«, entgegnete ihr Vater, »mehr gibt es nicht zu sagen.«

Er machte kehrt und eilte zu seiner wartenden Kriegerschar und der versammelten Menge seines Stammes. Im Nu brachen sie auf.

»Ich gehe ebenfalls, Conaire«, sagte Gwenhwyvar. »Es tut mir nur leid, daß ich dir nicht geben kann, was du verdient hast. Aber höre mir gut zu: Der Tag wird kommen, an dem dich dein schändliches Betragen reuen wird, und an diesem Tag mögen dich deine Götter aus Stein erretten.«

Die Königin wandte sich ab und ließ ihn mit offenem Mund stehen. Sie schwang sich in den Sattel, wandte ihr Pferd und galoppierte davon.

Conaire blickte mich an und streckte eine Hand aus, als wollte er sich erklären. »Du hast bereits gesprochen, o König«, sagte ich. »Mögen dir deine übereilten Worte ein Trost sein, wenn du in deinem freudlosen Saale sitzest.« Ich hielt inne, um ihn darüber nachdenken zu lassen. »Aber es muß nicht so sein. Stelle den Hochmut hintan. Stehe zu Artus und hilf ihm, wie er dir half.«

Sein stattliches Antlitz zog sich zusammen wie eine Faust: »Das werde ich nicht.«

»So sei es.« Ich wandte mein Roß und ritt den anderen hinterher.

Als Fergus kurz darauf Muirbolc erreichte, war er über seine Entscheidung schon nicht mehr so froh. Niedergeschlagen setzte er sich auf einen Hocker, während sich um ihn herum der Klan für immer auf das Verlassen der Heimat vorbereitete. Gwenhwyvar tat ihr Bestes, um ihn zu trösten, aber sie hatte es eilig, wieder fortzukommen.

»Es tut mir leid«, seufzte Fergus. »Ich habe das Land eingebüßt, das Land, das unsere Vorfahren schon hielten, als der Tau der Schöpfung frisch auf Erden lag.«

»Du hast recht getan«, versicherte Gwenhwyvar ihm. »Lieber eine leere Schüssel neben einem wahren Freund als ein Festmahl bei einem Feind.«

»Ich habe das Land eingebüßt.« Er seufzte wieder und schüttelte traurig den Kopf. »Ich gab es ihm.«

»Artus hat Land im Übermaß«, sagte sie zu ihm. »Ich bin sicher, daß er dir deine Treue höchst großzügig lohnen wird.« Mehr sagte sie nicht, aber ihre Worte beschäftigten mich eine Zeitlang.

Wir drei überließen Fergus die Aufsicht und ritten weiter, Llenlleawg voraus, da er erst vor kurzem mit demselben Anliegen unterwegs gewesen war. Erst begaben wir uns zu Aedd – vielleicht Artus' eifrigster Anhänger unter den Südiren, der auch noch am nächsten wohnte – und wurden zwei Tage später herzlich empfangen.

»Heil und willkommen!« rief Aedd, als wir vor seinem Saal absaßen. Die Sonne war fast untergegangen, so daß wir lange Schatten warfen. Wir waren müde von der Reise und froh, aus dem Sattel zu kommen. »Ich grüße euch aufrichtig, meine Freunde.« Der Irenkönig breitete die Arme weit aus. »Ich hatte gehofft, euch wiederzusehen, doch so bald hätte ich euch nicht erwartet.«

Wir grüßten und umarmten ihn. Gwenhwyvar sagte: »Es sind keine glücklichen Umstände, die uns zu dir führen.«

»Es gibt also Ärger«, sagte Aedd und ließ seinen Blick zwischen uns wandern. »Das sehe ich euch an.«

»Wir sind hier, um –«, hub Gwenhwyvar an.

Aber Aedd wollte nicht, daß sie sich dazu herabließ, ihn um Hilfe zu bitten. »Ihr seid hier, um den Willkommenstrunk mit einem zu teilen, der gerne zu euren zahlreichen Freunden gehören würde«, sagte er rasch. »Kommt, macht es euch bequem.«

Gwenhwyvar, die besorgt war, daß sie nicht verstanden wurde, versuchte es noch einmal: »Mit dir zu trinken wird uns sehr erfreuen«, sagte sie, »aber ich fürchte, wir müssen –«

»Ihr dürft euch um nichts sorgen, solange ihr hier seid«, unterbrach Aedd sie. Er nahm sie an der Hand und zog sie mit sich fort in den Saal.

»Vielleicht solltest du die Sache erklären, Herr Emrys«, meinte Llenlleawg, als er die Königin im Saal verschwinden sah.

»Vertrauen wir ganz auf Aedd«, erwiderte ich. »Es ist ohnehin so spät, daß wir heute nicht weiterreiten können.«

»Ich könnte allein nach Laigin reiten«, schlug der unentwegte Recke vor.

»Bleibe«, riet ich. »Essen und ruhen wir und sehen, was der morgige Tag bringt.«

Aedd konnte uns gar nicht genug Gutes tun. Er ordnete Diener ab, die uns während unseres Aufenthaltes bei ihm aufwarten sollten – je einen Mann für Llenlleawg und mich sowie eine Magd für Gwenhwyvar. Er ließ die besten Speisen und Tränke auftischen und befahl seinem Oberbarden und den Harfnern, tröstliche Musik zu spielen. Als wir das Mahl beendet hatten, verwickelte er uns in ein angenehmes Gespräch, wollte aber nichts von den Schwierigkeiten hören, die uns zu ihm geführt hatten. Also erhoben wir uns und gingen mit allem hochzufrieden zu Bett, außer damit, daß wir unser wichtigstes Anliegen nicht vorgebracht hatten.

»Ich werde morgen früh mit dem Mann sprechen«, gelobte Gwenhwyvar, »und mich nicht wieder abweisen lassen. Es ist ja recht für ihn, an seinem Herd zu sitzen und seine schönen Wortnetze zu spinnen, aber ich bin kein Lachs, der sich so leicht fangen läßt. Ich werde bei Tagesanbruch mit ihm reden, und er wird mir zuhören.«

»Dann lasse uns bis morgen ruhen«, sagte ich. »Er hat uns ein schönes Geschenk bereitet. Wir haben einen friedlichen Abend genossen, dazu die Freundschaft eines großmütigen Fürsten – fern des Schlachtgetümmels und des Genörgels kleinmütiger Menschen.«

Die Königin biß sich unsicher auf die Lippe. »Hoffentlich behältst du recht, Myrddin. Ich muß immer an Artus denken und daran, daß er Hilfe braucht, die wir ihm bringen müssen.«

»Diese Sorge verschiebe auf morgen, o du Strahlende.«

Sie lächelte über den Beinamen, und ihr Gesicht hellte sich tatsächlich auf. »Dann will ich es dabei belassen.« Sie beugte sich zu mir und drückte mir einen Kuß auf die Wange. »Gott sei dir gewogen, Myrddin. Schlafe gut.«

Da erschien Gwenhwyvars Zofe mit einem Binsenlicht, um die Königin zu ihrer Schlafstelle zu führen. Ich sah ihnen nach und dachte, was für ein Glück Artus hatte, eine so kluge und mutige Gemahlin zu besitzen. Und mit diesem Gedanken bat ich das Große Licht um Vergebung. »Ein Tor, wer sie gering schätzt«, flüsterte ich. »Dort schlägt das Herz einer Löwin im Busen einer Schönheit. Ja, ein eiserner Wille in anmutiger und reizender Gestalt.«

III

Am nächsten Morgen erwachte ich wegen eines schlecht verhohlenen Lärmens vor meiner Schlafhütte. Ich setzte mich auf. Die Sonne war eben erst aufgegangen. Das Licht war noch dünn, die Luft reglos und hallte noch von dem Geräusch wider, das mich geweckt hatte: das Klirren von Zaumzeug.

Nach kurzem erklang das Geräusch abermals, doch es rührte von mehr als nur einem Pferd. Inzwischen wich das Klatschen bloßer Füße dem Geflüster aufgeregter Stimmen. Ich schleuderte das Lammfell fort, das mir als Decke diente, erhob mich von meinem Lager und kleidete mich rasch an. Dann packte ich meinen Stab und trat hinaus.

Als ich aus der Hütte kam, sah ich die ersten Pferde eintreffen und wußte sofort, was Aedd getan hatte. Ohne uns etwas zu sagen oder anzudeuten, hatte der gewitzte König Boten zu jedem der Fürsten des Südens ausgesandt, und diese hatten sogleich ihre Kriegerscharen versammelt und waren die ganze Nacht durch geritten, um im Morgengrauen anzukommen. Das hatte Aedd zur Freude seiner Gäste unternommen.

»Gott liebe ihn«, sagte Llenlleawg, als er die Krieger im Hof stehen sah. »Hier atmet fürwahr ein edler Kelte.«

Wie ein Herrscher in alten Zeiten hatte Aedd sich voll Großmut um alles gekümmert. Dies war eine Tugend, die im Lied zwar noch gepriesen ward, in Wirklichkeit aber nur selten anzutreffen war. Es war verzeihlich, wenn man glaubte, sie sei aus dieser Welt ganz und gar verschwunden. Aber hier war ein Mann, der nicht nur dem Namen nach König war und die alten Bräuche hochhielt. Dieser Adel machte ihn in unseren Augen erhaben und trug ihm die Wertschätzung aller ein, die in den kommenden Tagen davon hören sollten.

Die drei Fürsten des Südens, Laigin, Diarmait und Illan, waren gekommen, und zwar mitsamt ihren versammelten Heeren, die über zweihundert Mann zählten. Alle waren sie beritten. Aedds Festung konnte sie nicht sämtlich aufnehmen, daher warteten die meisten an der Böschung jenseits des Grabens. Gwenhwyvar, die ebenfalls von dem Lärm aufgewacht war, kam heraus und eilte zu Llenlleawg und mir, die wir Aedd beobachteten, wie er seine Krieger aufstellte.

Als er merkte, daß wir seine Überraschung entdeckt hatten, kam er zu uns. »Hast du ihnen von Artus' Not erzählt?« fragte Gwenhwyvar.

»Um diesen großen König herabzuwürdigen?« erwiderte Aedd, sanft scheltend. »Dergleichen würde ich nie sagen.«

Gwenhwyvar betrachtete den wimmelnden Hof und sprach staunend: »Du mußt doch etwas von der Dringlichkeit unserer Pein berichtet haben, daß sie so rasch gekommen sind.«

»Herrin«, entgegnete Aedd breit lächelnd, »ich habe ihnen einfach gesagt, daß Artus seine Freude bei seinen mannigfaltigen Abenteuern durch das Vergnügen ihrer Gegenwart vergrößern wolle. Vielleicht habe ich die vage Möglichkeit einer Schlacht angedeutet. Sie stritten sich untereinander, wer der erste sein durfte, der meinem Ruf Folge leistete.«

»Mein Herr, ich danke dir«, sagte die Königin. »Ich bete, daß deine Freundlichkeit vielfach vergolten werden möge.«

Aedd neigte den Kopf, griff dann plötzlich nach ihrer Hand und küßte sie. Gwenhwyvar errötete liebreizend. »Das ist mein Lohn«, sagte er zu ihr. »Mehr verlange ich nicht. Und die Männer hier«, fuhr er fort, auf die Fürsten und Krieger deutend, »wollen nur die Gelegenheit bekommen, neben Artus zu fechten und ihn durch ihre irische Beherztheit zu ermutigen.«

Gerade in diesem Augenblick trat einer der Herren – es war, glaube ich, Illan – zu uns und hörte die Bemerkung mit. »Artus hat seine Tugend reichlich unter Beweis gestellt«, sagte er. »Jetzt müssen wir unsere zeigen oder uns für immer als kleinmütige Männer einschätzen.«

Abermals hörte ich aus seinen Worten den Widerhall einer älteren Empfindung. Llenlleawg hatte sie erkannt und beim Namen genannt, und er hatte recht. Hier auf der Smaragdinsel dauerten die alten Bräuche noch. Die Iren hielten bei all ihren Fehlern die Leitbilder ihrer Vorfahren in Ehren und klammerten sich an die Glaubenssätze eines früheren Zeitalters, als die Könige mehr als machtgierige Hunde waren, die einander unablässig anfielen und die schwächeren Mitglieder des Rudels beiseite schafften.

Ach, es gab natürlich auch eine Menge herrschsüchtige Irenkönige. Aber es wärmte mir das Herz, daß wenigstens diese paar hier nicht ihren Brüdern glichen.

»Ich muß euch warnen«, sagte Gwenhwyvar, »in Britannien grassiert eine Seuche. Die Pest ist ausgebrochen, und am Fieber sterben mehr Menschen als durch die Wut der Wandalen.«

»Ein Feind ist wie der andere«, erwiderte Aedd. »Jeder wird auf seine Weise bekämpft werden. Die Pest wird für uns nur ein weiterer Feind sein, mit dem wir es aufnehmen müssen. Wir werden vor der Auseinandersetzung nicht zurückschrecken.«

Laigin rief: »Sollen wir alt werden? Es gilt, Ehre zu erringen, und ich will meinen Teil davon haben!«

»Hört ihn euch an!« sagte Diarmait. »Warum verweilen wir auch nur einen Augenblick länger, wenn wir schon längst ewigen Ruhm gewinnen könnten?« Daraufhin veranstalteten die Iren ein großes Geschrei, daß sie fort wollten.

Von der eifrigen Zuneigung ihrer Landsleute hingerissen, stattete Gwenhwyvar dem König abermals Dank ab. Aber er wollte nichts davon hören. »Du siehst, wie es steht«, sagte er. »Sie wollen ihren Anteil am Ruhm haben. Schicke sie los, denn ich kann sie nicht länger zurückhalten.«

Gwenhwyvar trat ein paar Schritt auf die Fürsten zu. »Verwandte und Freunde«, sagte sie, »würde Artus hier vor euch stehen, er könnte euch keinesfalls dankbarer sein, als ich es jetzt bin. Geht zu ihm, ihr werdet willkommen sein. Doch glaubt nicht, daß ihr euren Ruhm noch mehren könnt. Denn wahrlich

ich sage euch«, mit glänzenden Tränen in den Augen hielt sie inne, »keine Ehre, die ihr in der Schlacht erringt, kann es mit derjenigen, die ihr euch heute verdient habt, aufnehmen.«

Die Irenfürsten und jene Krieger, die nahe genug standen, um die Königin hören zu können, waren über ihre Worte hocherfreut. Kaum hatte sie ausgeredet, als Diarmait rief: »Ein Segen! Gib uns einen Segen mit auf den Weg!«

Aedd wandte sich an mich: »Myrddin? Bitte.«

Ich stellte mich neben Gwenhwyvar und hob meinen Stab. Die andere Hand reckte ich mit der Handfläche nach außen empor und sprach:

> Die Kraft einer Festung sei euch zu eigen,
> Die Kraft des Königtums sei euer,
> Die Kraft der Liebe und des Heimatstolzes
> erhalte euch durch alle Fährnisse.
> Der Glorienschein Christi schütze euch,
> Der Engel Schild bewahre euch,
> Die Hilfe Gottes stütze euch
> in der heißen Wut der Schlacht
> und im wilden Kampfgetümmel.
> Möge Jesus Christus stehen zwischen euch
> und allem Schädlichen,
> Möge der Heilige des Himmels stehen zwischen euch
> und allem Bösen,
> Möge der heilige Jesus hinter euch
> jedes Übel in Gutes verkehren,
> Euch mit seiner sicheren Hand geleiten,
> Euch auf ewig mit seiner sicheren Hand geleiten.

Mit diesen Worten sandte ich sie auf den Weg nach Muirbolc, wo die Schiffe ihrer harrten. Aedd bat uns, mit ihm zu speisen, ehe wir Abschied nahmen. Gwenhwyvar lehnte ab. »Wir werden im Sattel frühstücken, denke ich, andernfalls bleiben wir zurück.«

Wir verließen die Festung, sobald die Pferde gesattelt waren. Aedd rief seinen Oberbarden und einen seiner Edlen herbei und wies sie an, während seiner Abwesenheit die Führung des Caers zu übernehmen: »Ich lasse euch völlige Freiheit, mir in jeder Beziehung zu dienen, solange ich weg bin. Sollte Unheil hereinbrechen, so fordere ich euch auf, nach dem Besten für das Volk zu suchen. Sollte euch das Los gewogen sein, dann dränge ich euch, den Vorteil des Volkes zu mehren und ihn allen, die euch anvertraut sind, zugute kommen zu lassen.«

Barde und Hauptmann gelobten, des Königs Willen in Ehren zu halten und seinen Ruhm zu vergrößern. Daraufhin sagte Aedd ihnen Lebwohl, und wir verließen die Festung in einer weißen Staubwolke.

Als wir wieder nach Muirbolc gelangten, saßen wir ab und stellten uns auf die Klippe oberhalb der Bucht, während die Krieger und die Besatzung sich um das Verladen der Pferde kümmerten, eine Aufgabe, die durch das Branden der Flut erschwert wurde. Sobald den Tieren jedoch die Augen verbunden waren, ging es mühelos an Bord. Bald stachen die ersten Schiffe in See.

Gwenhwyvar legte Aedd ihre Hand auf den Arm. »Ich danke dir, mein Freund«, sagte sie. »Du weißt nicht, wie sehr deine Aufmerksamkeit und Höflichkeit mich ermutigt haben.«

»Nichts davon«, erwiderte Aedd. »Was ich tat, ist nur ein geringer Gefallen, vergleicht man es mit allem, was Artus und du mir gegeben habt.«

»Herr«, erstaunte Gwenhwyvar, »was haben wir dir schon gegeben – außer der Gelegenheit, auf fremdem Boden im Kampf gegen einen Feind zu sterben, der dich nicht mehr bedroht?«

»Herrin«, antwortete der Irenkönig, »ihr habt mir die Gelegenheit gegeben, neben dem größten Helden dieses Zeitalters mein Schwert zu erheben. Wenn ich sterbe, dann sei es. Zumindest wird mein Blut sich dann unter jenes hervorragender Rekken mischen, und ich werde in der Gesellschaft von Männern ungeheuer großen Rufes in des Himmels Ruhmeshalle treten. Was darf ein Krieger mehr zu hoffen wagen?«

Daraufhin begaben wir uns die Klippe hinab an den Strand. Während Llenlleawg unsere Pferde an Bord führte, ruderten Aedd, Gwenhwyvar und ich eilends zu unserem Schiff, das ein Stück weit draußen in der Bucht wartete. Die Iren verwendeten kleine runde Fellboote – kaum größer als Lederschilde –, um uns hinzubringen, so daß wir nicht durch die Brandung zu waten brauchten.

Barinthus half uns hinauf, indem er sich tief über die Reling beugte, um das Bötchen vom Schaukeln abzuhalten. »Der Wind steht günstig, und die Flut zieht sich gerade zurück. Wir sollten möglichst rasch fort, Herr Emrys«, sagte er, als wir alle an Bord waren. »Wir werden geschwind vorankommen, wenn wir sogleich aufbrechen.«

»Dann los, Mann«, drängte ich. »Frisch voran, die übrigen werden folgen.«

Er eilte an seine Ruderpinne zurück und erteilte allen, die ihn hören konnten, Befehle. Das große viereckige Segel wurde an knirschenden Tauen hochgezogen, kräuselte sich im Wind, blähte sich, und das Schiff nahm seewärts Kurs. Im Nu segelten wir vor einer frischen Brise. Die tief stehende Sonne sandte gelbe Strahlen aus, die sich auf den grünen Wellen spiegelten, so daß jede Schaumkrone funkelte und die Wasserfurchen mit Gold gesät wurden.

Nach und nach verdunkelten sich das Grün und das Gold von Wasser und Licht zu den Blau- und Grautönen der Nacht, als die Abendzeit sich über das weite Feld des Meeres legte. Unter einem sternklaren Himmel tanzte und glitzerte die See, entzweigeschnitten vom scharfen Bug unseres Schiffes, und schäumte als Kielwasser im silbernen Mondlicht. Die Luft blieb warm, ab und zu wehte eine kühle Gegenströmung über mein Gesicht. Ich blieb wach und beobachtete den lebhaften Himmel und die langsame Wanderung des strahlenden Mondes an der gewölbten Kuppel des Firmaments.

Die alltäglichen Wunder erleben zu dürfen, dachte ich, das ist das wahre Geschenk eines unglaublich großzügigen Schöpfers, der seine Wesen stets auffordert, die Fülle seines hervorragenden Schaffens zu betrachten. Auf dieser Erde ist eine tiefe, unvergängliche Freude am Werk, und wir, die wir uns durch unser Leben mühen, vergessen dies leider oft oder übersehen es. Doch siehe: Es ist alles um uns! Unablässig, unaufhörlich, so sicher wie der Sonnenaufgang und so beständig wie der Herzschlag.

Ich stand, wie ich sagte, die ganze Nacht am Bug; die Sterne und der schweigsame, wachsame Barinthus waren meine einzigen Gefährten. Ich sah die kräftige Dunkelheit am östlichen Himmel verblassen. Ich beobachtete den Sonnenaufgang mit Augen, die von den verschleierten Geheimnissen der Nacht betört waren.

Das Morgengrauen streifte den Himmel mit blutroten Bannern, die sich im finsteren Wasser spiegelten. Das Spiel des flüssigen Lichtes und des schwappenden Schattens brachten mich in eine schwermütige Stimmung. Ich empfand das Nahen des Tages wie das Anpirschen eines Raubtieres. Meine Kopfhaut prickelte; mir zog sich der Magen zusammen. Mein Sehvermögen wurde schärfer.

Das Schiff schaukelte auf den Fluten, und die aufgehende Sonne funkelte wie geschmolzenes Metall in einer schäumenden, gischtenden Bewegung. Ich blickte zur gegenüberliegenden Küste auf, die sich jetzt als dunkler Umriß vor dem flammenden Himmel abhob. Mir kam es so vor, als würde das Schiff nicht länger durchs Wasser pflügen, sondern über endlos sich ringelnde Wolken gleiten – als würde ein Gespenst durch das Wesen dieser Welt an sich wandeln.

Hinter mir verblaßte die festgefügte Welt der Sinne und Dinge. Vor mir öffnete sich die schimmernde, nicht greifbare Anderswelt. Das Schiff, sein stiernackiger Steuermann und meine Gefährten entschwanden, als hätte ein alles verdunkelnder Nebel sie verschluckt. Ich fühlte das Emporschwingen meines Geistes, als er das träge, fühllose Fleisch abschüttelte und aufflog. Frischer Wind rauschte über meinen Leib. Ich schmeckte süße Luft auf meiner Zunge. Im Nu berührten meine Füße ein fernes, fremdes Gestade.

Dort wartete eine Frau in einem langen, meerblau leuchtenden Gewand. Schön an Antlitz und Gestalt, hob sie ihre schlanke Hand und winkte mir, ihr zu folgen. Ich setzte mich in Bewegung, als hätte ich weder Verstand noch Willen, und schirmte meine geblendeten Augen mit einer Hand. Ich schaute nach der Sonne, konnte sie aber nicht mehr sehen. Der Himmel selbst glühte kräftig wie strahlend weißes Gold, ein glänzendes Firmament, das eine große versteckte Lichtquelle spiegelte, die überall war und keine Schatten warf.

Die Frau geleitete mich an den Fuß eines hohen Hügels, der nicht weit von der Küste stand. Die Flußmündung war verschwunden, und am Horizont erstreckte sich ein funkelndes grünes Meer. Wir erklommen den Hügel, dessen breite Flanke so grün vor Gras war, daß sie im goldenen Schein wie ein von der Sonne getroffener Smaragd glomm.

Auf dem Hügel stand ein Stein, der wie ein langer Finger in den schillernden Himmel zeigte. Die Frau, deren langes Haar pechschwarz war und deren grüne Augen vom ungetrübten Licht der Weisheit strahlten, wies mit der Hand auf den Stein und sagte mit einer Stimme, so sanft wie die Brise, die das Gras auf dem Hügel kräuselte: »Kannst du diesen Stein lesen, Menschlein?«

Ich trat zu dem Stein und sah, daß seine rauhe Oberfläche mit uralten Spiralen, Knoten und Mustern wie ein Irrgarten eingeschnitten war. Ich starrte die alten Male an und ließ meine Augen der verwickelten Bahn der vertrackten Linien folgen. Obwohl ich sie schon tausendmal gesehen hatte, vermochte ich ihnen keinen Sinn abzugewinnen.

»Ich kann die Zeichen nicht lesen«, gestand ich und wandte mich von dem Stein ab. Da sah ich, wie das Antlitz der Frau sich betrübte und aus ihren lieblichen Augen Tränen zu rinnen begannen. Sie vergrub das Gesicht in den Händen, und ihre schlanken Schultern wurden von Seufzern geschüttelt. »Herrin«, sagte ich mit vor Erregung gespannter Stimme, »warum weinst du?«

»Wehe, daß dieses Eingeständnis von deinen Lippen kommt«, erwiderte sie. »Denn du vor allen Menschen solltest auf die Male achten, die in diesen Stein geschnitten sind.«

»Ich lese Worte«, versetzte ich. »Gib mir Worte, und ich werde ihre Bedeutung erkennen.«

Sie blickte mich mit ihren tränenerfüllten Augen an und betrachtete mich mit dem Ausdruck höchsten Kummers und Grams. »Ach und wehe«, sagte sie, »jetzt ist unser Schicksal besiegelt! Einst gab es eine Zeit, da hättest du die nämlichen Zeichen gesehen, und ihr Sinn wäre dir klar gewesen. Dies ist meine Klage: Du, o Sohn des Staubs, hättest sie lesen können, wie die Menschen nun ihre kostbaren Bücher lesen.«

Den Schluß sprach sie schon im Gehen. Ich wollte ihr nacheilen, sie aber hob die Hand und bat mich zu bleiben. »Nach mir wird ein anderer kommen, und dieser wird dich dorthin zurückführen, woher du kamst.«

Da dachte ich, daß ich in die Welt zurückkehren würde, die ich hinter mir gelassen hatte. Entweder täuschte ich mich, oder sie hatte etwas anderes gemeint, denn ich wartete, ohne daß jemand erschienen wäre. Dennoch hielt mich etwas einen Tag und eine Nacht lang auf dem hohen Hügel fest – die Zeit maß ich daran, daß der Himmel sich verdunkelte und nach angemessener Weile wieder entflammte.

Ich durchschlief die Dunkelheit, und als ich erwachte, sah ich eine Maid nahen. Sie stellte sich neben den hohen Stein. »Ich grüße dich«, sagte sie und lächelte. Ihre Zähne waren ebenmäßig und weiß, ihre Stirn hoch und glatt; ihre Augen leuchteten hell. Sie trug ein Gewand in Grün und Gold, ihre Füße waren nackt.

In den Händen hielt sie ein in Tuch gewickeltes Bündel, das sich, als sie es aufschlug, als Harfe entpuppte. Die Harfe war keine andere als meine eigene, denn ich erkannte sie.

»Was ist das?« fragte sie mit einer Stimme, mit der sie die Vögel am Himmel hätte bezaubern können. Und ehe ich antworten konnte, fügte sie warnend hinzu: »Obschon du glaubst, du wissest es, weißt du es gewißlich nicht.«

»Ich wäre wahrhaftig unwissend, erkennte ich nicht, was ich selbst tausendmal in Händen hielt und schlug«, schalt ich. »Das ist meine Harfe.«

Traurig schüttelte sie den Kopf. »Du sagst zwar, es sei eine Harfe, und hast damit recht, indes kennst du sie nicht. Denn hättest du die Wahrheit gesprochen, hätte dieses Instrument laut seinen Namen gesungen. Der Klang deiner Stimme allein hätte die Musik hervorgelockt.«

Die Maid wandte sich ab und lehnte die Harfe voll weltmüder Traurigkeit an den mit Runen verzierten Stein. »Nach mir wird einer kommen, und dieser wird dich dorthin zurückführen, woher du kamst«, sagte sie und verschwand, so daß ich wieder allein war.

Drei Tage und Nächte vergingen, und als ich am vierten Tag erwachte, sah ich einen hochgewachsenen Jüngling neben dem Stein stehen, so reglos, als wäre er ein Teil desselben. Wie die Frau hatte er dunkles Haar und grüne Augen. Sein Umhang war himmelblau und sein Hemd laubgrün, seine Hose goldgelb und sein Gürtel weiß wie ein Wolke. Er trug eine große Schale in seiner Hand.

Als ich ihn erblickte, erhob ich mich und stellte mich vor ihn. »Ich habe dich erwartet«, sagte ich zu ihm, plötzlich ergrimmt über die Verzögerung.

»Obwohl jeder Herzschlag eintausend Jahre bedeutete«, hub er an, »hast du nicht halb so lang gewartet wie ich auf dich.« Ärger flammte in seinen Augen auf wie ein von Gewitterwolken gesäumter Feuerblitz. »Ich habe mein Leben lang auf dich gewartet.«

»Wer bist du?« fragte ich.

»Ich bin der Sommerkönig«, erwiderte er.

Da kniete ich vor ihm nieder. »Ich bin dein Diener, Herr.«

»Erhebe dich, Menschlein. Du warst nie mein Diener«, höhnte er. »Denn wie kann es sein, daß ein Diener nicht seinen Herrn erkennt?«

»Ich habe dich doch nie gesehen«, beharrte ich. »Trotzdem stehe ich bereit, dir in allem zu dienen.«

»Weiche von mir, du falsches Herz. Denn wärest du mein Diener gewesen, so hättest du meinen Ruf vernommen und würdest wissen, was ich in Händen halte.«

»Wann riefst du nach mir, Herr?«

»Myrddin«, erwiderte er mit kummervoller Stimme, »stets rief ich nach dir. Schon vor Anbeginn der Welt sang ich deinen Namen.«

»Bitte, Herr«, schrie ich, »vergib mir. Ich hörte dich nicht... Ich wußte es nicht.«

Mit einem Blick voll einer Mischung aus Trauer und Abscheu stellte er die Schale, die er trug, neben die Harfe und den Stein. Dann ging er fort. »Bitte, Herr!« rief ich ihm nach.

Er blieb stehen und blickte zurück. »Nach mir wird ein anderer kommen, und dieser wird dich dorthin zurückführen, woher du kamst.«

Darauf verschwand der Fürst des Sommers, und ich war wieder allein. Ich betrachtete den Stein und die in ihn geschnitzten Male. Ich sah die Harfe an, spielte indes nicht auf ihr. Und ich sann über die Bedeutung der Schale nach.

Auf meiner einsamen Hügelkuppe vergingen drei Tage und drei dunkle Nächte. Während ich schlief, drang ein Laut an mein Ohr, und ich erwachte. Ich stand auf und horchte nach dem Geräusch, daß mich geweckt hatte. Fast sofort hörte ich jemanden mit klarer, kräftiger Stimme singen. Mein Herz schlug höher. Ich kannte die Stimme ... obzwar ich sie erst einmal zuvor gehört hatte – denn es gibt auf der Welt keine zweite, die ihr gleicht. Ich hörte sie, und o ja, ich wußte Bescheid.

Taliesin!

IV

Über den Hügelkamm sah ich einen Mann auf mich zuschreiten: einen edlen und schönen Mann. Sein Haar glänzte wie schimmernder Flachs, sein Umhang war so blau wie der Nachthimmel und voller Sterne; seine Tunika war weiß und seine Hose aus weichem Leder. Er trug einen knorrigen Ebereschenstab in der rechten Hand und hatte an einem Gurt eine Harfe über die Schulter geschlungen. Kurzum, er glich einem mächtigen Barden, ja Penderwydd, dem größten aller Barden. Mir schmerzte das Herz im Leibe, denn ich erkannte, daß es seinesgleichen auf der Welt nicht mehr gab.

Großes Licht, wo sind die Menschen voller Kraft und Zuversicht, deren Worte dem Tod das Leben abringen und in den kältesten Herzen Güte entflammen? Wo sind die Menschen, die Großes wagen und deren Taten zu Sagen wurden?

»Heil, Taliesin!« rief ich und rannte ihm, meinen Kummer abschüttelnd, entgegen.

Er schien mich nicht zu hören, denn er schritt weiter, als wollte er ohne weiteres vorübergehen. »Taliesin, warte!« schrie ich. Er blieb stehen und wandte sich um, grüßte mich aber nicht.

»Kenne ich dich, Menschlein?« fragte er, und seine Worte durchfuhren mich wie ein Schwertstreich.

»Mich kennen? Aber ich … Taliesin, ich bin doch dein Sohn.«

Er musterte mich von Kopf bis Fuß. »Bist du es, Myrddin?« fragte er schließlich, den Mund mißbilligend verzogen. »Was ist aus dir geworden, mein Sohn?«

»Warum?« fragte ich, und das Herz brach mir. »Habe ich mich so sehr verändert?«

»Ich will dir die Wahrheit sagen«, entgegnete er, »hättest du nicht gerade meinen Namen gerufen, ich hätte dich nicht erkannt.«

Er deutete auf das Instrument, das an dem aufrechten Stein lehnte. »Das ist Hafgans Harfe«, sagte er. »Warum steht sie hier?«

Verlegen darüber, daß ich die Harfe nicht beachtet hatte, nahm ich sie auf und drückte sie an meine Schulter. Und obwohl ich sie zupfte und stimmte, konnte ich ihr nichts als ein sinnloses Gewirr von Tönen entlocken.

»Halt!« rief er. »Wenn du nicht besser spielen kannst, dann wirf das Ding weg. In deinen Händen ist es so nutzlos wie ein verfaulter Stock.«

Dann führte er mich auf die Hügelspitze und zeigte auf das blaugrüne Meer, das sich vor uns wie eine riesige Fläche aus wogender Seide erstreckte. Er bat mich, genau hinzusehen und ihm zu sagen, was ich sähe.

»Ich sehe das Reich des mächtigen Manawyddan«, antwortete ich, »so tief, wie es weit ist, trennt es die Inselvölker voneinander.«

»Und was schaust du dort?« Er deutete auf den langen Uferstreifen entlang der Küste.

»Ich sehe die unablässig rollenden Wogen, die weißgekrönten Diener des Herren der von hohen Wellen tosenden See.«

Taliesin ließ seine Hand sinken. »Es sind keine Wellen«, sagte er. »Sieh noch einmal hin, du Unwissender, und diesmal genau. Sage mir, was du schaust.«

Noch immer sah ich Wellen und zwar nur Wellen, die an den Strand brandeten und wieder zurückflossen. Ob dieser Antwort war Taliesin nicht erfreut. »Wie ist es möglich, daß du schaust und nicht siehst? Hat das Licht der Unterscheidungskraft dich verlassen?«

Er hob die Hand waagrecht zum Horizont und spreizte die Finger. »Es sind keine Wellen«, wiederholte er. »Das sind die Boote der Menschen, die aus ihrer Heimat fliehen. Die Briten flüchten in solcher Hast, Myrddin, und in solcher Zahl, daß sie den Ozean in Aufruhr bringen.«

Als er dies sagte, verwandelten die Wellen sich in Boote: die weißen Kronen wurden zu Segeln und das Schäumen der Fluten wich vor den Kielen. Es waren Hunderte und Aberhunderte, Tausende und Abertausende, die sämtlich in ungeheuren Auswandererwellen die Gestade von Ynys Prydein flohen.

»Wo ziehen sie hin?« fragte ich im Bewußtsein, Zeuge einer Katastrophe zu werden.

»Sie fliehen in Reiche, die ihrer Heimat weit unterlegen sind«, antwortete Taliesin traurig. »Dort werden sie ein dumpfes Leben unter Herrschern führen, die ihrer unwürdig sind.«

»Warum?« fragte ich. »Warum verlassen sie ihre Heimat und ihren König?«

»Sie gehen fort, weil sie Angst haben«, erklärte Taliesin schlicht. »Sie haben Angst, weil ihre Hoffnungen scheiterten und das Licht, das sie aufrecht hielt, erlosch.«

»Artus ist doch ihre Hoffnung und sein Leben ihr Licht«, wandte ich ein. »Sie irren sich gewiß, wenn sie gehen, denn der Hochkönig lebt ja noch in Britannien.«

»Ja«, stimmte Taliesin zu, »Artus lebt zwar, aber woher sollen sie das wissen? Keiner besingt seine Taten, keiner preist ihn im Lied, keiner zollt ihm hochtönenden Lobgesang und befeuert so die Seelen der Menschen.« Er blickte mich vorwurfsvoll an. »Wo sind die Barden, die von Artus' Tapferkeit künden und den Männern Mut ins Herz pflanzen?«

»Ich bin hier, Vater«, erwiderte ich.

»Du? Du, Myrddin?«

»Da ich der Oberbarde von Britannien bin«, sagte ich stolz, »ist es meine Pflicht und mein Recht. Ich singe Artus' Lob.«

»Wie dies?« fragte er. »Du vermagst nicht zu lesen, was auf dem Stein geschrieben steht. Du kannst dem Herzen der Eiche keine Musik entlocken. Du kannst nicht aus der erhabenen Schale trinken. Du magst der Oberbarde von Ameisen und Käfern sein, aber der wahre Barde Britanniens bist du nicht.«

Seine Worte trafen mich schwer, ich ließ den Kopf hängen, meine Wangen brannten. Er sprach die Wahrheit, und ich hatte keine Erwiderung.

»Höre mich an, mein Sohn«, sagte Taliesin, und seine Stimme war wie der wilde Sturmwind, der den Hügel mit seiner rechtschaffenen Verachtung zum Zittern bringt. »Einst hättest du die Gestalt der Welt ersingen können, und die Elemente hätten dir gehorcht. Doch inzwischen ist deine Stimme schwach geworden durch Reden, die eines Barden unwürdig sind. Du hast alles, was dir geschenkt wurde, verschleudert, und gegeben wurde dir fürwahr vieles.«

Diesen strengen Verweis konnte ich nicht ertragen. Ich fiel auf die Knie und stammelte: »Bitte, Vater, hilf mir. Sage mir: Kann ich denn nichts tun, um die Wellen zur Umkehr zu bewegen?«

»Wer vermag die Flut zu wenden? Wer kann einen abgeschossenen Pfeil zurückrufen?« erwiderte Taliesin. »Kein Mensch kann den Apfel wieder an den Zweig hängen, sobald er herabgefallen ist. Doch obwohl die Auswanderung sich nicht aufhalten läßt, ist die Insel der Mächtigen vielleicht noch zu retten.«

Bei diesen Worten schöpfte ich Mut. »Ich bitte dich, Herr, sage mir, was ich tun soll, und es wird geschehen«, gelobte ich. »Und sollte es meinen letzten Atemzug und all meine Kraft kosten, werde ich es tun.«

»Myrddin, geliebter Sohn«, sagte Taliesin, »das ist der geringste Preis dafür. Wenn du indessen erfahren willst, was sich tun läßt, dann wisse folgendes: Du mußt dorthin zurück, woher du kamst.«

Ehe ich Taliesin fragen konnte, was dies bedeutete, entbot er den Druidengruß: Er hob eine Hand über seinen Kopf und zog die andere Schulter hoch, beide Handflächen nach außen gewandt. Er drehte sich zu dem aufrechten Stein, öffnete den Mund und hub zu singen an.

Ach, der Klang seiner Stimme erfüllte mich mit solchem Sehnen, daß ich fürchtete, in Ohnmacht zu fallen. Den Klang dieser kühnen, verzauberten Stimme zu hören hieß, die Kraft des wahren Wortes zu erfahren. Ich lauschte und zitterte innerlich vor dem Wissen, über das ich einst geboten hatte und das mir entflohen war.

Taliesin sang. Er hob den Kopf und ließ sein Lied erschallen; die Sehnen an seinem Hals traten hervor, und er ballte vor Anstrengung die Fäuste. Wunder über Wunder, begann der aufrechte Stein, das kalte, leblose Ding, sich zu verändern: Die schmale Säule rundete sich und schwoll, dehnte sich aus, wurde dicker, wuchs in die Höhe. Oben tauchten Stummel auf, die länger wurden und sich aufteilten und in Äste mit vielen Zweigen verwandelten, bis diese die stattliche Krone einer großen Waldeiche bildeten. Üppig schimmerndes Laub ersproß, dunkelgrün und an den Unterseiten silbern wie ein Birkenstamm.

Auf Taliesins Lied hin breitete dieser Baum seine belaubten Äste weit über die Hügelkuppe aus. Mein Herz barst fast, als ich diesen herrlichen Baum erblickte und das Lied, das ihn zum Leben erweckte, hörte, ein Lied mit unvergleichlicher Melodie: außergewöhnlich, frisch, hinreißend und so gewaltig, daß es einem den Atem verschlug. Während ich staunend dastand, fing der Baum Feuer und begann zu brennen. Rote Flammenzungen knospten wie Blüten an den Zweigen. Ich fürchtete, der prächtige Baum könne vernichtet werden und wollte einen Warnruf ausstoßen. Doch als ich meine Hand zur Lohe hin ausstreckte, sah ich, daß die glänzenden Flammen den Baum von oben nach unten entzweispalteten: Die eine Hälfte stand gleißend, flakkernd und rotgolden vor dem blauen Nachthimmel, während die andere vollbelaubt und grün im hellen Licht des Tages strahlte.

Seht! In der Zeit zwischen den Zeiten brannte der Baum, indes er wurde nicht verzehrt.

Taliesin hörte zu singen auf und drehte sich zu mir um. Er musterte mich wie ein Lehrer seinen widerspenstigen Schüler und fragte: »Jetzt sage mir: Was siehst du?«

»Ich sehe einen lebendigen Baum, wo zuvor ein Stein stand«, antwortete ich. »Ich sehe, daß dieser Baum zur Hälfte in Flammen steht und zur anderen Hälfte belaubt und lebendig ist. Die brennende Hälfte wird nicht verzehrt, und die Hälfte, die den Flammen widersteht, treibt silbernes Laub.«

Mein Vater lächelte; ich spürte seine Zufriedenheit, und mein Herz schlug höher. »Vielleicht bist du doch mein Sohn«, sagte er stolz.

Er deutete mit der Hand auf den Baum, spreizte die Finger, und die Flammen züngelten höher, Funken stoben zum Himmel empor und wurden zu Sternen. Auf der grünen Hälfte des Baumes sammelten sich Vögel und bargen sich in seinen Zweigen. Aus dem Laub tauchten goldene Äpfel auf. Die Vögel fraßen die Äpfel und nährten sich davon.

»Das ist der Weg, mein Sohn«, sagte Taliesin zu mir, »den du beschreiten mußt. Siehe hin und merke ihn dir.« Er faßte mich fest an der Schulter. »Jetzt mußt du gehen.«

»Laß mich noch eine Weile bleiben«, flehte ich. »Ich möchte dich so vieles fragen.«

»Ich bin immer bei dir, mein Sohn«, sagte er mild. »Lebe wohl, Myrddin, bis wir uns wiedersehen.«

Dann stand ich allein auf dem Hügel vor dem halb brennenden, halb grünenden Baum. Dort verharrte ich eine Zeitlang – ob lang oder kurz, vermag ich nicht zu sagen – und zerbrach mir den Kopf über den Sinn dieses Rätsels. Dabei wiederholte ich Taliesins Worte: Dies ist der Weg, den du beschreiten mußt. Aber ich kam einer Antwort nicht näher. Das Wetter schlug um. Ein scharfer, rauher und kalter Wind umtoste mich. Hagel setzte ein und brannte auf meiner Haut. Er vertrieb mich.

Ich wickelte mich in meinen Umhang und blickte ein letztes Mal über meine Schulter zurück. Die einsame Eiche war zu einem Hain geworden, und ich begriff, daß ich diesen betreten mußte. Ängstlich zauderte ich kurz. Der Weg führte durch den Hain zurück. Es gab keinen anderen. Ich begriff und zagte dennoch.

»Großes Licht«, sprach ich schließlich, »wandle vor mir an diesem düsteren Ort. Sei mein Erlöser und mein Führer durch alle Fährnisse, was immer mir zustoßen mag. Und wenn es dir gefällt, o Herr, dann wache über meiner sicheren Wiederkehr. Ich stelle mich unter den Schutz deiner sicheren Hand und flehe dich an, mich mit den himmlischen Heerscharen zu umgeben. Obzwar ich in den Graben gehe, lasse meine Seele dich finden. Wohin ich auch gehe, gehe ich im Glauben. Ich weiß, daß du bist, wo auch immer ich sein werde, ich in dir und du in mir. Großes Licht, erhalte mich: im Leben, im Tode und im Jenseits. Ich bin dein.«

Nach diesen Worten betrat ich den Hain.

Der Pfad lag still da, die Luft war schwer und roch nach Grab. Kein freundlicher Lichtstrahl erhellte meinen Weg. Es war, als würde ich durchs Schattenreich wandeln, selbst am Leben, doch vom Reich der Lebenden abgeschnitten. Die Bäume, deren dicke, knorrige Stämme altersschwarz und von den beißenden Verheerungen der Zeit vernarbt waren, glichen kräftigen Säulen, die einen Baldachin emporhielten, so grün und dunkel, daß er ein Grabtuch über mir bildete. Ich wanderte zügig voran, aber kein Auge sah mich vorübergehen, kein Echo antwortete auf meine Schritte.

Ich war in ein Sanktuarium getreten, einen heiligen, von der Welt abgeschiedenen Ort, ein *Nemeton.* Darüber hinaus fühlte ich mich zwischen den Bäumen auf sonderbare Weise zu Hause. Mit einem Schauder der Erkenntnis wurde mir klar, wo ich mich befand: im *Bryn Celli Ddu*, dem geweihten Hain der Heiligen Insel. Hafgan, der liebe, gesegnete Hafgan, hatte mir davon in meiner Knabenzeit erzählt.

An diesem entlegenen Ort spürte ich die Geister der Druiden in der dichten, düsteren Stille weilen. Unsagbar alt, waren die Bäume schon Greise gewesen, als Rom noch ein schlammiger Viehpferch war. Sie hatten den Aufstieg und Fall von Fürsten, Königen und Kaiserreichen erlebt. Sie hatten das langsame Auf und Ab der Jahre erlebt und das unablässige Drehen des Glücksrades geschaut. Diese Bäume hatten von Anbeginn der Zeiten über der Insel der Mächtigen gewacht, als der Tau der Schöpfung noch frisch am Boden lag. Unter ihrem steten, unerschütterlichen Blick hatten Achilles, Alexander, Kleopatra und der große Konstantin gelebt und waren gestorben. Die Gelehrte Bruderschaft hatte unter ihren verschlungenen Ästen Rat gehalten, und viele hatten auf der bloßen Erde unter ihnen geschlafen.

Hafgan hatte mir auch von jenem schrecklichen Tag vor langer Zeit berichtet, als die Legionen Roms den Hain der Heiligen Insel angriffen. Britanniens Barden wurden gefällt wie Bäume, ohne Schutzwehr oder Waffen von römischen Schwertern totgehackt. Doch der Verstand des römischen Militärs erfaßte nie das Offenkundige: Der Hain, nicht die Gelehrte Bruderschaft, war sein wahrer Feind. Hätten sie ihn niedergebrannt oder die Bäume entwurzelt, so hätten sie an jenem Tag triumphiert, denn sie hätten der Bardenzunft ins Herz gestoßen.

Da die Römer jedoch gnadenlos nüchtern waren, auf praktische Vernunft und logischen Verstand setzten, konnten sie sich nicht vorstellen, daß es die Bäume, das Sinnbild der Druiden, niederzuringen galt. Die listigen Druiden wußten, daß das Fleisch schwach ist, die ihm zugemessene Zeitspanne lebt, stirbt und vergeht. Sie opferten das Vergängliche dem Unvergänglichen. Die Sterbenden dienten den Ewiglebenden und erreichten so selbst die Ewigkeit. Die hartherzigen römischen Generäle, die das Gemetzel kalten Blickes beobachteten, hätten nie erraten, daß sie ihrem eigenen Niedergang zusahen. Denn jeder Tropfen Druidenblut sicherte einen künftigen Sieg, und jedes Druiden Tod einen Triumph.

Die Römer sind längst fort, aber die Gelehrte Bruderschaft lebt weiter. Viele, ja sogar sehr viele habe das Ende der Wahrheitssuche im Kreuz Jesu gefunden. Die Weisen der Eiche sind zur Bruderschaft Christi geworden. Die Macht des heiligen Hains kommt jetzt von der heiligen Kirche. Das Große Licht bewegt die Welt nach seinem Willen. Amen.

Nach einer Weile führten meine Schritte zu dem Hügel, den ich, das wußte ich, in der Mitte des Hains finden würde: ein runder Steinbuckel, von Erde und Gras bedeckt, der Eingang im

Dämmerlicht kaum zu sehen. Es war ein Grab – ein tatsächliches und ein sinnbildliches zugleich, denn jeder weiß ja, daß auf Tatsachen beruhende Sinnbilder stets die mächtigsten sind. Es war wirklich ein Grab, weil darin Tote begraben waren. Ein Sinnbild war es, weil der Suchende hier unter den Knochen edler Toter aus früheren Zeiten sich zu einem symbolischen Tod niederlegen konnte, damit seine lebendigen Knochen mit den vor Alter brüchigen Überresten seiner Ahnen Zwiesprache hielten.

Jetzt war die Reihe an mir: Ich war der Suchende.

Ich trat zum Eingang des Grabhügels, hob mein Gesicht zum Himmel, konnte durch das dichte Dach ineinander verschlungener Zweige jedoch nichts sehen außer einem trüben goldenen Schein. Die Stämme der mächtigen Eiben wirkten im unheimlichen Glanz wie schwarzes Eisen. Es war die Zeit zwischen den Zeiten, und ich konnte meine Füße bereits auf dem Pfad spüren. Ich hob die Hände zu beiden Seiten meines Hauptes empor und sprach.

Durch Täler und durch Wälder,
durch Gegenden, wild und weit,
Bewahre herzliebster Jesus mich,
Siegreicher Christus, sei mein Schild!
Großer Gnadenkönig, sei mein Friede:
Auf jedem Paß, auf jedem Berg
In jedem Bach, Moor, Sumpf oder Strom;
Bei jedem Rasten, bei jedem Erwachen,
Ob in dieser oder einer anderen Welt.

So gestärkt bückte ich mich und trat in den Hügel. Sobald ich drinnen war, konnte ich wieder aufrecht stehen. Zwischen Steinkammern hindurch ging ich ein Stück weiter hinein. Ich gelangte zu einer zweiten Schwelle, überquerte sie und setzte meinen Weg fort. Noch mehr Kammern, in manchen die Knochen von Toten aus Urzeiten. Ich erreichte eine dritte Schwelle, überquerte sie und betrat eine weitere Kammer: rund wie ein Mutterleib und fast so dunkel. Mein Schatten zuckte und tanzte an den Wänden um mich herum, angetrieben von dem sonderbaren, flackernden Licht hinter mir.

Die Wände dieser Kammer waren weiß gekalkt und mit blauen Mustern bemalt: Spirale und Sonnenscheibe, Mor Cylch und Cernunnos' Horn. Das Weiß war jedoch abgeblättert, und das Blau bildete kaum mehr als Flecken auf den Steinen. Ordentlich an die Wand gestapelt lagen Knochen. Schädel, so rund und weiß wie Flußkiesel, schmale, gebogene Rippen, Arme und Oberschenkel.

Ich sann über die Vergänglichkeit alles Fleischlichen nach sowie über den zeitlosen Augenblick, der die Ewigkeit ist. Ich überlegte, wie der Adler der Zeit seinen Schnabel am Granitfelsen der diesseitigen Welt wetzte: Wenn der Steinberg bis auf ein einziges Sandkorn abgetragen ist, wird der Adler zu seinem Horst zurückfliegen.

All diese Dinge erwog ich, während ich mich bückte und meine Hände nach einem schlanken Schienbeinknochen ausstreckte. Mit einemmal gab der Boden unter meinen Füßen nach, als hätte sich unter mir jählings eine Höhle geöffnet. Die Kammer, in der ich stand, befand sich über einer Höhlung, und der altersschwache Boden konnte mein Gewicht nicht halten. Ich purzelte geradewegs in die Schwärze des *Annwfn*; das Reich der Unterwelt hatte mich verschluckt und eingefordert.

Ich wirbelte in den Abgrund.

Dunkelheit, schwärzer als die kalte Umarmung des Todes, drang auf mich ein. Die Welt von Licht und Leben entschwand irgendwo weit über mir, erloschen wie eine Binsenfackel im Sturmwind. Ich gab jedwede Hoffnung auf und klammerte mich an meine schwindenden Sinne, wie ein Mann in den Klauen eines Orkans.

Ich fiel, purzelte, drehte mich, stürzte tiefer und immer tiefer, vorbei an Felsen und Wurzeln, vorbei an Quellen, Becken und unterirdischen Bächen. Weit, weit unten hörte ich das Rauschen und Tosen von Wasser, das sich als riesiger, verborgener Wasserfall auf Felsgestein brach. Nach meinem geschwinden und geraden Sturz traf ich auf das dunkle Wasser und versuchte zu schwimmen, aufzutauchen, aber meine Gewänder waren schwer und meine Glieder erschöpft. Ich ging unter und versank hoffnungslos in meinem kalten, tiefen Grab.

Stocksteif wurde mein Körper von raschen Strömungen erfaßt und davongetragen. Über nackte Felsspitzen und gähnende Schlünde in endloser Nacht, über eine öde, trostlose Landschaft trieb ich dahin. Tief unter den Wurzeln der Welt, tiefer als der tiefste Wal, ganz unten in *Afancs* Reich schwebte ich langsam auf und ab.

Durch Äonen von Erdaltern existierte ich auf meiner elementaren Wanderung: ohne Atem, ohne Augenlicht, ohne Sinne, ein reiner Geist, der vom langsam kreisenden Ozean des *Annwfn* fortgerissen wurde. Jedweden Willens beraubt, war ich ein Spielball der Strömungen. Ich wurde so leicht und fein wie ein einzelner Gedanke und besaß nichts als die unausweichliche Freiheit eines solchen.

Auf diese Weise schmolz Emrys Myrddin dahin: Ich wurde zu nichts und noch weniger als nichts. Meine Reise verlief ohne Spuren, keiner kannte sie oder achtete auf sie außer Gott allein. Innen und außen, zerschellte Bilder der Unterwelt und meiner eigenen verdorrten Seele, alles galt mir als einerlei. Die Dunkelheit der Höhle war meine innere Dunkelheit, ihre Leere die Leere in mir. Ich war der Schaum auf dem Kamm einer verborgenen Welle. Ich war ein flüchtiges Aufwirbeln in geheimer Tiefe.

Ich war nichts.

Die Grabesstille verschluckte mich – ein würgendes, erstikkendes Schweigen, so fest und schwer wie Granit. Zum Trotz rief ich laut meinen Namen, aber meine Stimme vermochte die drückende Dichte nicht zu durchdringen, und das Wort fiel mir zu Füßen wie ein toter Vogel vom Himmel. Ich spürte die Masse dieser Totenstille auf meiner Haut lasten, als wäre ich in ein Meer aus dickflüssigem Pech getaucht.

Ich wanderte und wußte nicht wohin, kroch mit äußerster Vorsicht über rauhen Steinboden, der vor mir abfiel, bei jedem Schritt tiefer führte, hinab, hinab in die ungeheure, gefräßige Dunkelheit.

Gelegentlich kam ich an einer Ritze vorüber, durch die ich einen Blick auf das trübe Flackern greller Flammen erhaschte, die von einer tief in den Stein gehauenen Kammer ganz unten emporzüngelten. An einer solchen Ritze verspürte ich einen heißen Gasstoß gleich dem Rülpsen eines feuerspeienden Drachens. Die Hitzewoge fuhr zischend über mich. Augen und Nase brannten mir von dem scharfen, schwefligen Gestank.

Tränen strömten aus meinen Augen; meine Nase lief, und mein Atem ging ruckweise. Würgend und schluckend stolperte ich weiter, von der Folter in meinen Lungen und dem Schmerz in meinen Augen gebeugt, jeder Schritt ein trotziger Schrei. Allmählich spürte ich, daß außer mir noch jemand in dem unterirdischen Gewölbe war und mir anscheinend nur ein kurzes Stück voranging. Ich sage, daß ich dies nach und nach bemerkte, weil ich glaube, daß das fremde Wesen im Grunde von Anfang an bei mir gewesen war; ich war jedoch zu sehr in meinem Elend versunken, um es wahrzunehmen.

Ja, ich spürte, daß das Wesen in dem Gewölbe eine Frau war. Ich wußte, wie man es in einem Traum weiß, daß ein weibliches Wesen vor mir herging, mich den todesschwarzen Gang entlang geleitete, seine Schritte den meinen anpaßte, stehenblieb, wenn ich stehenblieb, weiterlief, wenn ich weiterlief.

Einmal stolperte ich und fiel auf Hände und Knie. Ich hörte die Schritte ein Stück vor mir weiterwandern. »Warte!« rief ich, um nicht wieder allein gelassen zu werden.

Meine Stimme klatschte wie eine flache Hand auf den Felsen. Die Schritte vor mir blieben stehen und kamen zurück. Sie kamen auf mich zu, immer näher, bis die Frau unmittelbar vor mir stand. Ich konnte sie zwar nicht sehen, wußte aber, daß sie da war.

»Bitte«, sagte ich, »warte ein wenig. Lasse mich hier nicht allein.«

Ich erwartete von meiner gespenstischen Gefährtin keine Antwort. Trotzdem wurde meiner Bitte willfahren. »Dann steh auf, Merlin«, befahl die Frau streng. »Oder ich werde dich verlassen.«

Diese Stimme ... ich kannte sie!

»Ganieda! Bist du es?«

Die Schritte entfernten sich wieder. »Warte! Warte, bitte!« rief ich und rappelte mich wieder hoch. »Verlasse mich nicht, Ganieda!«

»Ich habe dich nie verlassen, mein Herz«, erwiderte sie. Ihre Stimme hallte von irgendwo weiter vorn zu mir. »Und ich werde dich niemals verlassen. Aber du mußt dich sputen!«

Ich erhob mich und schlurfte nun verzweifelt weiter. Ich mußte sie einholen! Ich schleppte mich dahin und stieß ab und zu mit den Händen, Armen und Ellbogen gegen die festen, hervorspringenden Steinmauern. So schnell ich auch lief, sie war mir stets ein paar Schritte voraus. Ich konnte meine geliebte Führerin nicht einen halben Schritt einholen.

Ich rannte und geriet dabei außer Atem. Meine Brust wogte vor Anstrengung auf und ab, aber ich ließ nicht locker. Gerade, als ich fürchtete, ohnmächtig zu werden, spürte ich kühle, frische Luft auf meinem Gesicht und merkte, daß die Dunkelheit vor mir heller wurde – ein wenig grauer als die alles verschlukkende Düsternis, in der ich mich bewegte.

Über dem Raum, in den ich stolperte, lag ein trüber, grauer Schleier wie falsche Morgendämmerung. Kein Dutzend Schritte vor mir stand meine geliebte Ganieda. Sie sah aus wie an unserem Hochzeitstag: in ein feines, weißes Leinengewand gekleidet, mit einem goldenen Glöckchen an jeder Troddel ihres Saumes, das schwarze Haar glänzend gebürstet und mit Silberfäden geflochten, auf ihrer schönen Stirn ein Kränzchen aus Frühlingsblumen: Über einer Schulter trug sie einen Umhang, der in kaiserlichem Purpur und im Himmelblau der nördlichen Stämme kariert war und dessen Falten von einer goldenen Fibel zusammengehalten wurden. Ihre schlanken Handgelenke und Arme schmückten goldene Bänder und Reifen, an den Füßen hatte sie weiße Ledersandalen.

All dies schaute ich mühelos, denn ein Schein ging von ihr aus, trüb und nebelhaft, aber deutlich, als würde ihre Kleidung von einem Irrlicht glühen. Sie blickte mich aufmerksam an, mit strenger und zugleich lieblicher Miene, die Hände vor dem Leib gefaltet.

»Ganieda, du –«, begann ich, auf sie zugehend.

Sie hob rasch eine Hand, um mir Einhalt zu gebieten. »Tritt nicht näher!« sagte sie harsch und fügte dann sanfter hinzu: »Das ist nicht gestattet, mein Herzallerliebster.«

»Warum bist du dann gekommen? Wenn wir nicht zusammen sein dürfen –«

»Quäle mich nicht, Geliebter«, sagte sie. Ach, ich dachte, das Herz würde mir im Leib zerspringen. »Wir werden zusammenkommen, das verspreche ich dir, aber noch nicht, meine Seele, noch nicht. Du mußt ein wenig länger ausharren. Bist du dazu bereit?«

»Das bin ich – wenn sich durch mein Ausharren das Versprechen erfüllt, das du mir gegeben hast.«

»Dann höre mich an, mein Gatte. Glaube mir, wenn ich dir sage, daß Britannien unter dem Schwert des Eindringlings fallen wird. Durch Raub und Mord wird das Land verlorengehen und das Volk vernichtet werden. Könige werden unbetrauert sterben, Prinzen werden vor des Lebens Reife ins Grab steigen und Krieger dem Tag ihrer Geburt fluchen. Die heiligen Altäre Prydeins werden im Blut der Heiligen der Insel getauft werden und Flammen alles zerstören.«

»Das ist für mich bitterer als mein eigener Tod«, erwiderte ich bedrückt. »Das sind keine Worte, um einem schwankenden Herzen Kraft zu verleihen.«

»Mein Liebling«, sagte sie voll tiefen Mitleids, »du mußt vor allen anderen Menschen wissen, daß dort, wo große Gefahr droht, auch große Hoffnung wohnt. Der Glauben errichtet sein Zelt stets im Schatten der Mühsal.« Ganieda lächelte und schüttelte langsam den Kopf. »Ist die Dunkelheit stärker als das Licht? Ist nicht das zerbrechlichste Gute viel mächtiger als das allerschlimmste Böse?«

Sie spreizte ihre Hände, und ich sah überall um sie herum die Gestalten von Kriegern, unzähligen Kriegern, Hunderten, jeder zur Schlacht gerüstet: den Schild über der Schulter, die starken Hände um Schwertheft und Speer. Sie lagen reglos und hielten die Augen geschlossen.

»Sage mir, Ganieda: Sind sie tot, oder schlafen sie?«

»Sie leben«, antwortete sie. »Solange Menschen Tapferkeit und Ehre schätzen, werden diese Männer am Leben bleiben.«

»Warum schlafen sie dann?«

»Sie warten darauf, daß das Horn sie ruft«, erklärte sie.

»Sage mir bloß, wo es ist, und ich werde es blasen«, entgegnete ich. »Britannien bedarf solcher Männer.«

»Ja«, sagte sie bereitwillig, »und es wird sie stets brauchen. Aber die Zeit dieser Männer hier«, fuhr sie mit einer ausholenden Handbewegung fort, »ist noch nicht reif. Sei versichert, du wirst es erfahren, wenn es soweit ist.«

»Werde ich diesen Kummer erleben?«

Ganieda blickte mich traurig an. »Ja, mein Herzallerliebster, du wirst ihn erleben. Denn du allein mußt diese Krieger zu ihrem großen Werk rufen. Und du mußt sie auch führen.« Sie hielt inne und ließ ihren Blick über die Krieger um sie herum schweifen. »Ich zeige dir dies, damit du über jeden Zweifel weißt, daß du an jenem schlimmen Tag nicht allein sein wirst. Deine Kampfgefährten werden dich begleiten, Merlin. Sie erwarten nur deinen Ruf.«

Ich blickte noch einmal auf die Krieger und sah unter ihnen Gesichter, die ich kannte: Kei war da, ja, und Bedwyr, Gwenhwyvar, Llenlleawg und Gwalcmai, Gwalchavad, Bors, Ban und Cador, Meurig und Aedd. Ich fand noch weitere, die tapferen Toten früherer Schlachten: Pelleas, Custennin, Gwendolau, Baram, Elphin und Gwyddno Garanhir, Maelwys, Pendaran Gleddyvrudd – Menschen voll Entschlossenheit, furchtlose, rechtschaffene Krieger, die vor nichts Angst hatten, kühne Recken allesamt.

»Es ist nicht an mir, solche Helden zu führen«, wandte ich ein. »Ich würde zwar mit Freuden neben den besten unter ihnen stehen, doch ihnen den Ruf zu erteilen, steht mir nicht zu. Gewiß läßt sich ein würdigerer König finden, um sie zu führen.«

»Wenn du dies wünschst«, sagte sie und trat beiseite. Da erblickte ich hinter ihr noch einen Krieger, eine fürstliche Gestalt, die ich nur zu gut kannte.

»Artus«, sagte ich voll Staunen. »Sage, daß er nicht tot ist.«

»Ich sagte es dir bereits«, erwiderte Ganieda.

»Solange Menschen die Tapferkeit schätzen, ich weiß.« Meine Stimme versagte fast vor Verzweiflung. »Bitte, sage es trotzdem.«

»Er lebt«, entgegnete sie fest. »Aber er wartet wie all die übrigen auf deinen Ruf. Und er wird Britanniens Heer in der kommenden Schlacht anführen. Nütze die Krieger wohl, meine Seele. Es sind die letzten, und wenn sie verschieden sind, wird die Welt ihresgleichen nicht mehr sehen.«

Sie wandte sich um und ging rasch davon. »Komm jetzt mit mir«, rief sie, »ich möchte dir noch mehr zeigen. Aber wir müssen eilen, denn meine Zeit mit dir ist fast abgelaufen.«

Nach einem letzten Blick auf die schlafenden Krieger hastete ich Ganieda hinterher und befand mich bald in einem anderen Gewölbe, diesmal aus unbehauenem Stein, ein natürlicher Tunnel. Nach ein paar hundert Schritten gelangten wir in eine grobe Höhle. In der Bodenmitte glänzte trüb Wasser; von Steinzacken troff es in die schwarze Pfütze, Tropfen um Tropfen.

Ganieda stellte sich an den Rand der Lache. »Komm, tritt neben mich, Merlin«, sagte sie, mir winkend. »Betrachte das Wasser.«

»Eine Seherschale«, stellte ich fest, denn ich glaubte, die Lache sei mit dem schwarzen Eichenwasser der Druiden gefüllt.

»Es ist die Seherschale von Annwfn«, bestätigte sie. Ihre

Stimme war schreckensvoll. Sie streckte ihre Hand aus. »Sieh hin und sage mir, was du schaust.«

Ich blickte hin und sah das trübe Glimmen der Wasseroberfläche, die vom steten Tropfen der Steinzacken an der Decke gekräuselt wurde. Unter den kleinen Wellen nahm ich jedoch eine junge Frau wahr. »Es ist eine Maid«, sagte ich.

Die Maid wandte sich um, als würde sie mich aus der Lache heraus anschauen. Aber nein, sie konnte mich doch nicht sehen, denn sie drehte sich wieder weg und fing zu gehen an. »Sie läuft durch einen Wald«, fuhr ich fort. »Es ist ein alter Wald und der Pfad schmal, aber sie kennt sich gut aus. Die Maid hat es eilig, aber nicht aus Furcht. Sie hat keine Angst, denn sie weiß, wohin sie geht. Ah, hier, sie ist auf eine Aue im Wald gekommen...«

Hingerissen beobachtete ich diese Waldjungfrau, wie sie die Wiese betrat, auf der sich ein von einem klar fließenden Quell gespeistes Becken befand. Sie näherte sich ihm und streckte die Hände aus. Zwischen den Bäumen erschienen zwei Männer, denen ich ansah, daß sie fast verdursteten. Die sterbenden Männer erblickten das Wasser und hasteten zur Quelle.

Der erste Mann fiel vor dem Becken auf die Knie, tauchte seine Hand ins Wasser und trank, aber das Naß wurde in seinem Mund zu Gift und er verschied, seine Kehle umklammernd. Der zweite Mann ging zur Waldjungfrau und fragte sie um Rat. Daraufhin holte diese einen Kelch hervor und gab ihn dem Mann.

Der nahm die Schale in beide Hände und füllte sie aus der Quelle. Er trank aus dem Kelch, und sein Leben ward wiederhergestellt. Froh über die Weisheit der Maid, ging er von dannen.

Das Bild veränderte sich, und ich sah die Jungfrau wieder, doch diesmal in größerer Gestalt: Sie stand mit einem Fuß auf dem hohen Yr Widdfa und mit dem anderen am Gestade des Mor Hafren. Ihr Kopf berührte das Firmament, und in ihren Flechten glitzerten Sterne. In der einen Hand hielt sie einen Wald und in der anderen den Kelch, den Wunderkelch. Und während sie über das Land schritt, erwachten die Geister der alten Briten. Und die Insel der Mächtigen erblühte aufs neue.

Ganieda führte mich von der Lache fort. Wir drangen tiefer in die Höhle ein, gingen die ganze Zeit bergab und begaben uns weiter ins Herz der Erde. Durch die Ritzen und Spalte zu beiden Seiten erblickte ich den rötlichen Glanz geschmolzenen Gesteins, der von unten emporleuchtete. Im grellen Schein nahm ich sonderbare, zu Stein erstarrte Gestalten wahr – muskulöse Ungeheuer mit beinernen Schilden und Klauen, so groß wie Sicheln, die merkwürdigen, schweren Körper in Posen des Zuschlagens oder der Verteidigung gefangen, bedrohliche Schlangen, deren häßliche flache Häupter vor Stacheln starrten. Ich betrachtete sie mit neugierigem Entsetzen und fragte mich nach dem fürchterlichem Zweck ihres Daseins.

Tiefer und immer tiefer stiegen wir hinab, an Goldadern vorbei, die die Wände des Unterweltpalastes zierten und in den Flammen unterirdischer Brände gleißten. Ich sah Hallen aus Kristall und Edelsteinen. Ohne einmal abzuzweigen, führte Ganieda mich durch die endlosen Säle Annwfns, bis wir schließlich zu einem Felsvorsprung kamen, an dem sie stehenblieb.

Der Palast erwies sich als steinernes Gestade, das an ein grenzenloses, unterirdisches Meer reichte, welches ich kraft lodernder Flecken brennenden Öles sehen konnte, die auf seiner Oberfläche schwammen. Gemeinsam standen wir da und blickten über die furchtbaren Tiefen, wo sich nie ein Lufthauch regte noch eine Meereswoge rauschte noch Ebbe und Flut herrschten. Es war ein weites, dunkles Gewässer unter einem steinernen Himmel, einem eisenfarbenen Firmament: fest, unveränderlich, unverletzlich.

»Ich muß dich nun verlassen, Merlin, mein Herz«, sagte sie zu mir, die Augen voller Tränen ob unseres Abschieds. »Wo du hingehst, darf ich meinen Fuß nicht setzen, und wo ich hingehe, hast du keinen Zutritt.«

»Nein, Ganieda, noch nicht.« Ich streckte die Hand nach ihr aus, aber sie machte einen Schritt zurück.

»Doch, doch«, fuhr meine Schöne fort, »wir müssen scheiden. Mehr kann ich nicht tun. Wenn du leben willst, mußt du dorthin zurück, woher du kamst.«

Sie tat wieder zwei Schritte zurück, legte ihre Fingerspitzen an die Lippen, küßte sie und hob mir zum Gruß ihre schlanke weiße Hand. »Lebwohl, mein Herzallerliebster«, sagte sie. »Vergiß nicht, eines Tages werde ich dich holen.«

»Bitte, Ganieda«, rief ich, während das Weh in mir aufwallte, »verlasse mich nicht! Bitte!«

»Gott sei allezeit mit dir, Merlin.«

Mit diesen Worten verschwand sie, so daß ich allein auf dem Felsvorsprung über dem unterirdischen Meer stand. Aber nicht lange, denn ich lief zu der Stelle, an der ich Ganieda zuletzt gesehen hatte. Ich rutschte auf einem Stück abgebröckeltem Gestein aus und fiel hin, so daß mein Knie mit einem ungeheuer lauten Krachen auf den Felsen schlug.

Ich drückte vor Schmerzen die Augen zu, und als ich sie wieder öffnete, war die Finsternis verschwunden. Der leuchtende Himmel war ebenfalls fort, und ich stand wieder am festen Bug des Schiffes.

V

Barinthus stieß einen Warnruf aus, und das Schiff kam zitternd im Schlick einer nahen Sandbank zum Halt. Aedd und Gwenhwyvar gingen sofort von Bord. Sie glitten mühelos über die Reling und wateten die paar Schritt zum Ufer, wo sie warteten, bis die anderen Schiffe gelandet waren und die Pferde gebracht wurden. Ich beobachtete sie, als würde ich noch träumen, und wollte mich dann zu ihnen begeben.

Als ich zur Reling trat, bückte Llenlleawg sich dort, wo ich gestanden hatte und hob einen in Tuch gewickelten Gegenstand auf. »Emrys«, rief er mir nach. »Willst du deine Harfe nicht mitnehmen?«

Meine Harfe? Ich starrte das Bündel in seinen Händen an. Wie war sie dorthin gelangt? Ich kehrte an die Stelle zurück, schlug das Tuch beiseite und erblickte die Harfe, von der ich genau wußte, daß ich sie in Artus' Feldlager gelassen hatte.

Du mußt dorthin zurück, woher du kamst.

Da traf mich die Erkenntnis wie ein Blitz und mit ihr die Gewißheit. Ja!

Ich hob den Kopf und stimmte laut ein Lied an:

Ich bin alt,
Ich bin ewig jung.
Ich bin der wahre Emrys, unsterblich,
Begabt vom schenkenden Spender
Mit lichtem Verstand.
Ich bin Barde,
Feldherr des Wissens,
Ich verrate nicht an Unerleuchtete
Die Geheimnisse meiner Kunst.

Ich bin ein weiser Führer,
Ich bin ein rechtschaffener Richter.
Ich bin König über ein unsichtbares Reich.
Ich bin der Knecht des Großen Lichtes,
Obzwar blind, werde ich Gott fürderhin sehen.
Alle Engel und Heiligen,
Alles auf Himmel und auf Erden rufe ich zu Zeugen:
Wortesänger, Weltensänger,
Myrddin ap Taliesin bin ich.

Llenlleawg glotzte mich an. »Das«, sagte ich zu ihm, meine Harfe schwingend, »ist das Herz der Eiche. In den Händen eines wahren Barden brennt es vor lebensspendendem Gesang, wird aber nicht verzehrt. Diesen Weg muß ich gehen.«

Damit schlug ich mit der flachen Hand auf die Harfe, und die Saiten gaben einen Klang wie ein vielstimmiger Ruf von sich. Süß war der Klang! Mein Herz pochte, als ich ihn vernahm.

Möge der schenkende Spender dir gewogen sein, Taliesin! Mögest du Frieden und Fülle im Saal des Großen Königs genießen und mögest du dem Herrn des Lebens ewig deinen Lobpreis singen!

»Komm!« rief ich. »Wir müssen uns beeilen. Artus wartet, und wir sind schon zu lange fort.«

»Aber wir sind doch erst vor einem Tag aufgebrochen«, erinnerte Llenlleawg mich.

»Nein, mein Freund«, erwiderte ich. »Ich war viel, viel länger fort. Doch nun bin ich wieder hier. Bete, Llenlleawg! Bete, daß ich nicht zu spät komme!«

Ungeduldig sprang ich auf mein Pferd, das am Ufer stand. »Warte auf die übrigen Schiffe und folge uns, wenn alle Kriegerscharen versammelt sind«, wies ich Aedd an. »Wir reiten voraus ins britische Feldlager, um Artus zu sagen, daß er euch ein Willkommen bereite.«

Wir drei – Llenlleawg, Gwenhwyvar und ich – ritten, so schnell wir konnten, Tag und Nacht, und hielten nur an, um unsere Pferde zu tränken. Doch als wir ankamen, fanden wir das Lager verlassen. Kaum eine Handvoll Krieger war zurückgeblieben, um Knechte, Frauen und Verwundete zu bewachen. »Sie brachen vor Tagesanbruch auf«, berichtete uns einer von ihnen. »Die Wandalen haben sich im Arwe-Tal gesammelt. Fünf Kriegerscharen – fast das gesamte Heer.« Er hob eine Hand, um die Richtung anzuzeigen. Vor Anstrengung und Schmerz verzerrte er dabei das Gesicht, und ich bemerkte, daß der Arm geschwollen und verfärbt war.

»Das Arwe-Tal?« fragte Llenlleawg.

»Jawohl, ein halber Tagesritt gen Norden«, bestätigte der verwundete Krieger. »Folgt einfach dem Lärm, dann könnt ihr nicht fehlgehen.«

»Aedd und die Irenfürsten reiten uns nach«, erwiderte Llenlleawg dem Krieger. »Schicke sie zu uns, sobald sie eintreffen.«

Mit einem Zügelschnalzen brausten wir wieder davon. So müde wir auch waren, ritten wir, so schnell wir konnten und trafen unterwegs niemanden. Doch wie der Krieger uns versprochen hatte, hörten wir das Schlachtgetöse, ehe wir auf das Getümmel selbst trafen. Der Lärm hallte entlang des Flußlaufs wider – heisere Stimmen, das Krachen und Klirren von Waffen, der grollende Donner der Hufe und Wandalentrommeln, als wären die geballten Heere der ganzen Welt unmittelbar vor uns. Llenlleawg hielt am Eingang zum Tal. Ein Schleier aus Rauch und Staub verdüsterte den Weg vor uns.

»Ich will sehen, wie die Schlacht steht«, sagte Gwenhwyvar.

»Von dort haben wir vielleicht eine bessere Sicht.« Llenlleawg deutete auf eine Stelle am Hügelkamm oberhalb des Tales.

Wir wandten unsere Pferde, nahmen die Furt durch den Fluß, der nur mehr ein Rinnsal in feuchter Erde war, und erklommen den Hügel bis zum Kamm. Als wir wieder Halt machten, lag das Tal weit unter uns in einer Staubwolke. Während wir uns zu sehen bemühten, frischte der trockene Wind auf, und die Schwaden teilten sich. Da lag das Schlachtfeld: ein böses, wirbelndes Durcheinander aus Männern und Pferden.

Die Britenfürsten hatten den Kampf mit dem Schwarzen Eber aufgenommen, und es war ihnen gelungen, die feindliche Streitmacht in drei Scharen zu spalten. Die übliche Taktik wäre gewesen, jeder einzelnen Abteilung zuzusetzen und sie in immer kleinere Trupps zu zerlegen. Die Wandalen hielten jedoch stand und ließen sich nicht weiter auseinandertreiben.

Llenlleawg warf einen Blick aufs Getümmel und gab eine entmutigende Einschätzung ab. »Es hat keinen Zweck«, sagte er mit leisem Kopfschütteln. »Wenn der Feind sich nicht bald von der Stelle rührt, kann Artus die Attacke gleich abblasen. So vermag er nichts auszurichten.«

Es hatte den Anschein, als sei der Angriff steckengeblieben und, wenn auch nicht in Gefahr zusammenzubrechen, so doch nicht mehr weit davon entfernt.

»Ich sehe ihn nicht«, sagte Gwenhwyvar, das Gewühl unter sich absuchend. »Ihr?«

Auch Llenlleawg schaute nach ihm und biß sich dabei auf die Unterlippe. »Merkwürdig«, meinte er schließlich. »Wo ist Artus?«

Ich blickte in das Chaos, suchte dort, wo die Schlacht am heißesten loderte, nach dem vertrauten Bild: der wirbelnde Fleck, den Caldevwlch darstellte, und das kühne Vorpreschen, das den ungestümen Kriegsherrn Britanniens auszeichnete. Aber ich konnte ihn nicht entdecken.

Da überkam mich Furcht. Ich stellte mir vor, wie Artus' Leib zerschlagen auf der blutdurchtränkten Erde lag und sein Leben aus einem Dutzend Wunden versickerte, während die Schlacht um ihn wogte. Ich stellte mir vor, wie ihm der Kopf von den Schultern geschlagen wurde, um einen Wandalenspeer zu zieren. Ich stellte ihn mir in Stücken gehauen vor…

»Dort!«

»Artus? Wo?«

»Nein, nicht Artus. Jemand anders.« Llenlleawg kniff die Augen zusammen und beugte sich im Sattel vor. Er deutete mit dem Finger auf das Mahlen unter uns. »Kei, glaube ich. Ja, er ist in Schwierigkeiten«! Der irische Recke zog seinen Speer aus der Halterung hinter seinem Sattel und bereitete sich aufs Eingreifen vor. Zu Gwenhwyvar sagte er: »Bleibe hier, wenn Artus dort unten ist, werde ich ihn finden.«

Sein Roß machte einen Satz nach vorn, und Llenlleawg verschwand über den Rand des Hügelkamms. Als ich ihn wiedersah, hatte er das Tal erreicht und jagte über den Talgrund auf eine Stelle zu, wo ein Gewirr aus Kymbrogen von Feinden eingekreist und vom Hauptheer getrennt worden war. Sie waren in unmittelbarer Gefahr, überwältigt zu werden.

Ich beobachtete, wie Llenlleawg in die Schlacht raste, die Feinde vor sich auseinandertreibend, sich kopfüber ins Gewühl stürzend. Es gibt wohl so manchen, vermute ich, der bezweifelt, daß ein einziger Krieger imstande ist, eine so ausweglose Lage zu retten. Aber ich weiß, daß es keinen anderen gibt, den ich lieber zu meiner Verteidigung eilen sehen möchte, gleich, wie die Dinge stehen. Und jeder, der bezweifeln möchte, daß ein Schwert mehr oder weniger eine große Rolle spielt, hat den Irenkämpen noch nicht im Zustand des Schlachtenfurors erlebt. Keiner, der ihn jemals so erblickte, behielt auch nur einen Rest von Zweifel. Ich sage euch die Wahrheit: Kein Feind, der den vom *Awen* der Schlacht gepackten Llenlleawg sah, brauchte lang, um sich eines Besseren belehren zu lassen.

Aber wo war Artus?

Ich saß ab und kroch an den Rand der Felsplatte, um die wogende Masse unten im Tal besser beobachten zu können. Das Schlachtgetöse stieg auf wie das Brüllen eines Meeressturms, die Männer rasten, warfen sich in das Brausen wie von Meereswellen, die sich aneinander brechen. Die meisten Briten waren beritten, aber die Übermacht der Wandalen und die Enge des Tals machten jeglichen Vorteil durch die Pferde wett. Daran lag es vielleicht, daß der Angriff abgeschlagen worden war und jetzt die Gefahr einer völligen Auflösung bestand.

Während ich ins Getümmel hinabblickte, fiel mir Kei auf, der sich an der Spitze seiner Kriegerschar mit wirbelndem Schwert einen Weg durch die Masse vor ihm zu hauen versuchte. Er bemühte sich, seinen Trupp mit dem am nächsten stehenden zu vereinigen, aber die Feinde verstopften die Lücke so fest, daß er es, anstatt sich einen Pfad zu bahnen, gerade schaffte, nicht noch weiter weggespült zu werden.

Bedwyr führte, glaube ich, den Trupp neben Kei, aber er hatte alle Hände voll zu tun, damit nicht auch seine Krieger umzingelt wurden. Cador – oder vielleicht war es auch Cadwallo, da war ich mir nicht sicher – wurde von den beiden anderen mühselig Schritt für Schritt abgedrängt. Auf diese Weise wandten die Wandalen langsam das Kampfglück, indem sie fließend zwischen und um die berittenen Kymbrogen strömten, in leere Stellen schwärmten, sie ausfüllten.

Wo war Artus?

»Schau!« rief Gwenhwyvar hinter mir. »Cador ist in Not!« Llenlleawgs Beispiel folgend, spornte sie ihr Roß an und setzte den Hügel hinab, um sich in die Schlacht zu werfen. Sie war nicht aufzuhalten. Daher versuchte ich es nicht einmal.

Die Wandalen machten das Beste aus ihrer Übermacht und der Enge des Tales, um der Attacke der Briten die Spitze zu nehmen, sie zum Stillstand zu bringen und ins Gegenteil zu verkehren. Jetzt hatte es den Anschein, als hätten die britischen Feldherrn eine Schlappe zu gewärtigen. Wahrhaftig, es mußte etwas geschehen, und zwar bald, wenn die Briten einer grausamen Niederlage entrinnen sollten.

Wo war Artus?

Ich blickte vom einen Ende der Ebene zum anderen, konnte aber keine Spur von ihm sehen. Wo mochte er sein? Was war, wenn er in der Schlacht gefallen war? Ich verwarf den Gedanken sofort – wäre er niedergerungen worden, hätte ich inzwischen etwas davon gemerkt. Ja, der britische Angriff wäre gewißlich um ihn herum zusammengebrochen. Nein, tröstete ich mich, ich sah ihn nicht, weil er nicht da war.

Llenlleawg hatte den umlagerten Kei erreicht und nahm seine Stelle an der Spitze des Kampfes ein. Sein plötzliches, fast wundersames Erscheinen flößte den erlahmenden Kymbrogen frischen Mut ein, und sie kämpften mit erneuerter Kraft, um sich aus ihrer mißlichen Lage zu befreien.

Llenlleawgs Vorbild folgend, gelang es ihnen, sich durch den feindlichen Wall zwischen ihnen und Bedwyrs Kriegerschar zu hauen. Sie verloren keine Zeit, die beiden Trupps wieder zu vereinen. Dies erwies sich indes als nur von begrenztem Wert, denn als die beiden Trupps sich zusammenschlossen, schwärmten die Barbaren in die Lücke und hielten sie nun insgesamt umzingelt. Statt zweier halb eingekreister Kriegerscharen gab es nun eine einzige vollständig abgeschnittene.

Artus! Wo bist du? Die Schlacht geht verloren, und der Bär von Britannien ist nirgends zu finden. Was ist mit ihm los?

Der Schwarze Eber, der zweifellos erstaunt war, daß er nur noch einen Speerwurf vom sicheren Sieg entfernt war, schob jede Zurückhaltung beiseite. Ich sah die Eberstandarte wild flattern, die Trommeln schlugen schneller, sie dröhnten wie wütender, beharrlicher Donner. Mit einem Schlag verdichtete sich die Masse der Wandalenkrieger, sie ballte sich zusammen und warf sich dann gegen das britische Heer.

Gwenhwyvar hatte den Zwist erreicht und scharte rasch Kräfte um sich. Obwohl sie ihr Bestes gab, konnten ihre Krieger nicht eingreifen. Sosehr sie es auch versuchten, sie fanden keine Möglichkeit zum Durchbruch und konnten nicht mehr tun als den hinteren Reihen zusetzen, was sie mit großem, allerdings wirkungslosem Eifer taten, während die Hauptauseinandersetzung andernorts stattfand.

Als die berittenen Briten ihre Notlage spürten, zogen sie sich zusammen und trotzten dem Druck der Umzingelung. Bedwyr schien zu begreifen, worauf die Wandalen hinauswollten, und versuchte es mit einem Gegenangriff. Er stürzte sich in die Mauer der Feinde, drosch um sich, haute sich mit der Stärke seiner Schneide allein heraus. Hinter ihm bildete sich ein Keil aus Reitern, die verzweifelt versuchten, sich einen Weg zu den eingeschlossenen Kymbrogen zu bahnen.

Ihren Blutzoll fordernd, drangen sie Schritt um Schritt vor. Wild war der Angriff, heftig der Widerstand. Die Feinde wichen nur langsam zurück. Ich sah Männer unter dem Gewicht ihrer Schilde stolpern, als sie sich bemühten, die Hiebe der Feinde mit zerbrochenen Waffen abzuwehren. Ich sah, wie Männer, noch während sie auf die Gegner einschlugen, von ihren Rössern gerissen wurden. Ich sah Männer unter Pferdehufe stürzen, hörte sie kreischen, als ihnen plötzlich Gliedmaßen fehlten.

Bedwyr war jetzt nur zwei Speerlängen davon entfernt, den umzingelten Kymbrogen Entsatz zu bringen. Sie waren so nah. Nur noch ein Vorstoß, ein letzter Hieb, und die feindliche Linie wäre durchbrochen. Das erkannte auch Bedwyr. Er richtete sich im Sattel auf, reckte sein Schwert und gemahnte seine Krieger an ihre Pflicht.

Und die Kymbrogen folgten ihm. Sie senkten die Köpfe und drangen über die Leichen der Gefallenen vor.

Ach weh! Auch die Feinde sahen, daß die Linie einknickte, als wollte sie brechen. Da erschien einer von Trwch Trwyths Hauptleuten und warf sich mit atemberaubender Kühnheit gegen die einsackende Linie. Er sprang nach vorn, wirbelte herum, begegnete Bedwyr Streich um Streich und brachte ihn zum Stehen. Die schwankenden Wandalen faßten wieder Mut und stürmten ihrem Führer nach. Sie erhoben sich mit einem Schrei und brandeten auf wie eine Meereswoge, um die Briten niederzuringen.

Bedwyr wurde zurückgeschlagen. Im Nu war sein mutiger Versuch gescheitert.

Ich blickte über das wogende Getümmel wie über einen brodelnden Kessel. Es war überall dasselbe. Die Briten wurden eingekesselt und zurückgedrängt, mußten schwer errungenen Boden preisgeben – und fielen und fielen.

Rauch und Staub trieben empor und warfen einen schmutzigen Schleier über die Sonne. Das Geschrei der Männer und das Gewieher der Pferde, das scharfe Splittern von Holz und Bein, das gellende Klirren von Metall auf Metall stiegen zum totenbleichen Himmel auf. Meine Hand ballte sich zusammen, als würde sie ein Schwert halten, und ich spürte den Ruf der Schlacht in meinem Blut.

Sogleich kehrte ich zu meinem Pferd zurück, saß auf und packte mein Schwert hinter meinem Sattel. Ich wollte es aus der Scheide ziehen, es gelang mir aber nicht. Obwohl ich mächtig daran rüttelte, bekam ich es nicht los: Erst da ging mir auf, daß ich es nach dem letzten Gefecht blutig weggesteckt hatte und die Klinge nun festklebte.

Verdutzt über meine eigene Nachlässigkeit, saß ich einen Augenblick lang da. Und dann fiel mein Blick auf meinen Ebereschenstab, der ebenfalls sicher an seinem Platz unter dem Sattel stak. Ich bin Britanniens Barde, dachte ich. Wozu brauche ich ein Schwert?

Ich zog den Stab heraus, hob ihn hoch empor und streckte ihn übers Schlachtfeld. Mit der uralten Bewegung des Barden, der sein Volk im Kampf ermuntert, hörte ich die Worte von Taliesins Traumgesicht: *Du mußt dorthin zurück, woher du kamst.*

Da kam mir die Erleuchtung wie ein Blitz aus heiterem Himmel. Ich umklammerte den Stab mit all meiner Kraft – als könnte mir die Bedeutung des Traumgesichtes entschwinden, ließe ich ihn los – und saß staunend ob meiner Erkenntnis auf meinem Rotschimmel. Meine Gedanken wirbelten. Ja! Ja! Dorthin, dorthin mußte ich zurück. Nicht mit dem Schwert, sondern mit der Eberesche mußte ich streiten!

Ich saß ab und trug den Stock zum Felsvorsprung. Dort kniete ich nieder und drückte den Ebereschenstab an meinen Leib, als wäre er die Erlösung selbst. Während ich auf die Schlacht hinabblickte, schauderte ich innerlich. Ich sah, wie der Tod sich als grauer Dunst über die Ebene stahl, und ein fauliger, ekelerregender Geruch brannte mir in der Nase. Die Schwaden vermischten sich mit dem Geruch und verteilten sich über der Ebene und darüber hinaus, um ganz Britannien zu vergiften. Es waren Krieg und Pest in Gemeinschaft mit der

Furcht und Unwissenheit verängstigter Menschen. Es war der Gestank der Verderbnis, der über Britannien schwebte.

Und dann erscholl hoch und kräftig, wie ein Schwerthieb durch das Getöse schneidend, der gellende, schrille Klang von Rhys' Schlachthorn. Sein hallender Ruf zerriß die Luft wie ein Speerkopf, der mitten ins Herz des Feindes traf. Das Horn ertönte ein zweites Mal: ein durchdringendes, anhaltendes Lärmen, scharf und wütend.

Auf den hallenden Ruf folgten Artus und die Drachenschar. Sie brausten den Hügel herab mitten ins Getümmel hinein. So plötzlich tauchten sie auf, daß der Schwarze Eber keine Zeit hatte, seine Kräfte zu ordnen, um diesem neuen Angriff zu begegnen. Bestürzt über den unerwarteten Ansturm schmolz das Wandalenheer angesichts von Artus' frischen Hieben.

Die Wucht der Attacke trug die Drachenschar tief ins feindliche Heer, so daß die Barbaren in sämtliche Richtungen stoben. Bis der Schwarze Eber seine Krieger wieder gesammelt hatte, war es Artus gelungen, die Linie an mehreren Stellen zu durchbrechen. Die Briten nutzten ihre Freiheit geschwind. Im Nu hatte sich das Blatt grundlegend gewendet, die feindliche Mauer begann, in wilder Unordnung zu zerbröckeln.

Als die Wandalen ihren Vorteil schwinden sahen, steigerten sie sich in eine wahnsinnige Wut. Sie kreischten, jaulten, schüttelten sich grimmig und warfen sich den berittenen Kymbrogen entgegen. Sie kämpften mit dem Mut der Verzweiflung, schwärmten in die Bresche, versuchten, die Briten mit ihren Leichnamen aufzuhalten.

Sogar Artus konnte sich gegen solch erbitterte Entschlossenheit nicht halten. Da er nicht Gefahr laufen wollte, erneut eingekreist und hoffnungslos in ein Gefecht verwickelt zu werden, das er nicht gewinnen konnte, entschied er sich zur Flucht; er ging vom Feld.

Daher fand das Wandalenheer, als es wieder zum Gegenangriff überging, den Bären von Britannien auf dem vollständigen Rückzug. Viele andere Feldherrn wären, vom flüchtigen Erfolg des unverhofften Auftauchens erkühnt, einem großen Fehler verfallen und hätten geglaubt, mit diesem Überraschungsmanöver die Schlacht gewonnen zu haben. Doch Artus wußte es besser. Bevor also der Feind eine Gelegenheit hatte, sich so recht zu sammeln, ritten die Kymbrogen bereits weg.

Der Hochkönig scheute einen ungewissen Sieg und entschied sich statt dessen dafür, seine Männer zu retten. Er benutzte den vorübergehenden Vorteil, um einen sicheren Fluchtweg zu schaffen. Dies war, wie ich sagte, ein Umstand, den die nackte Not gebot. Aber ach, es kostete einen fürchterlichen Preis.

Entsetzt starrte ich ins blutige Tal hinab. Dort, wo der Kampf am verbissensten getobt hatte, konnte ich vor Gefallenen den Boden nicht mehr sehen. Sie lagen alle übereinander, hingeworfen und gestapelt wie gefälltes Holz. Hier und da lagen Gliedmaßen herum; Eingeweide ringelten sich wie bunte Schlangen; auch abgeschlagene Köpfe rollten mit offenen Mündern und leeren Augenhöhlen zwischen den Leibern. Und die Erde, lieber Gott im Himmel, die Erde war dunkel – rotschwarz vor Blut.

Welche Vergeudung! Welche Vergeblichkeit!

Angeekelt vom widerlichen Übermaß des Todes, spürte ich, wie mir der Magen hochkam. Ich würgte, konnte mich aber nicht beherrschen. Ich erbrach Galle auf die Erde zu meinen Füßen und stürzte dann schluchzend nieder, gedemütigt, weil ich solches Unheil erlebt, nein sogar ermutigt, unterstützt, gefördert hatte! Ich weinte und verfluchte die Blindheit meiner Seele.

Großes Licht, wie lange müssen Haß und Blutvergießen auf dieser Erde herrschen?

Ich schloß die Augen und erhob die Stimme zum Klagelied für die Toten beider Seiten. Als ich geendet hatte, sah ich, daß die letzten Briten das Feld verlassen hatten. Die Wandalen hatten sich weiter ins Tal zurückgezogen: Die Walstatt lag reglos und entsetzlich still.

Das einzige, was sich bewegte, waren die Aaskrähen, die widerlich von Leiche zu Leiche hüpften. Der einzige Laut war ihr heiseres Krächzen, als sie sich zu ihrem grausigen Schmaus versammelten. Ich fühlte den Fleck des Todes in meiner Seele und in meinem Herzen. Von Scham und Gram gepeinigt, schwang ich mich mit zitternden Händen wieder auf mein Roß und ritt ins Lager zurück.

VI

Die Krieger lagen dort auf dem Boden, wo sie zusammengebrochen waren. Erschöpft, zu müde, um sich zu regen, lagen sie keuchend darnieder und waren nicht viel lebendiger als die Toten, die wir im Tal gelassen hatten. Manche Männer saßen über ihren Wunden zusammengesunken und untersuchten, wie weit ihre Verletzungen gingen, als könnten sie darin die Quelle des Kummers der Welt entdecken. Frauen und Knaben eilten zwischen den Kriegern mit Wasserkrügen hin und her, um das geschlagene Heer wieder zu erfrischen.

Müde Augen sahen mich vorübergehen, ohne mich zu erkennen. Ich machte bei keinem Halt, sondern steuerte geradewegs auf Artus' Zelt zu. Der Bär von Britannien hielt im Freien Rat mit seinen Hauptleuten.

»Es ist uns heute übel ergangen«, berichtete Artus. »Nur Gottes Gnade verdanken wir es, daß wir entkommen konnten.

»Das stimmt«, räumte Cador ein. »Die Wandalen waren heute auf uns vorbereitet –«

»Mehr als vorbereitet«, unterbrach Bedwyr ihn grimmig. »Es war, als hätten sie über jede unserer Bewegungen Bescheid gewußt, ehe wir sie ausführten.«

Das war die einhellige Meinung der versammelten Anführer. »Jawohl«, meldete Kei sich zu Wort, »der Eber erweist sich endlich als Kämpfernatur. Je weiter landein er läuft, desto kühner wird er.« Kopfschüttelnd und müde schloß er: »Das begreife ich nicht.«

»Wir haben diesen Krieg fast verloren«, verkündete ich, mich vor sie stellend. »Und wenn wir auf diesem Weg weitermachen, dann werden wir ihn mit Gewißheit verlieren, und alle Briten mit uns.«

Artus holte tief Luft. »Wir sind erschöpft«, sagte er, »und wir haben noch andere Pflichten. Wir sprechen weiter, wenn wir unsere Männer versorgt und ein wenig geruht haben.« Er entließ sie und sagte dann zu mir: »Komm in mein Zelt, Myrddin. Wir müssen uns unterhalten.«

Sobald wir allein warten, ging er auf mich los: »Ich kann es nicht fassen, daß du vor den Männern so mit mir sprachst, Myrddin! Willst du sie etwa entmutigen?«

»Ich sprach die Wahrheit.«

»Du sprachst von Verlust und Niederlage. Das finde ich keineswegs hilfreich – vor allem nach einer Schlacht, wie wir sie heute bestanden haben.«

»Es war keine Schlacht«, versetzte ich. »Sondern eine Katastrophe.«

»Es war ein Hinterhalt!« erklärte er. »Die hinterlistigen Barbaren hatten eine Kriegerschar auf der Lauer liegen. Es war eine Falle! Gott segne dich, Mann, es war eine Falle. Man hat meine Pläne durchschaut und mich überrascht. Es war ein Unglück – eine Katastrophe, ja. Aber ich verstehe nicht, wozu es gut sein soll, sich darin zu suhlen.«

»Ich sage dies nicht, um dir Kummer zu bereiten, o König, sondern um dir die Augen für die Wahrheit zu öffnen.«

»Es bereitet mir aber Kummer, Myrddin. Ich bin bekümmert! Du sprichst von Katastrophe und Niederlage, als wüßte ich nicht schon darum. Und ob ich Bescheid weiß! Ich bin der Feldherr, mir fällt die Schuld zu.«

»Nein«, entgegnete ich, »wenn Schuld zugewiesen werden soll, dann trifft sie größtenteils mich. Ich habe dir nicht gedient, wie ich es hätte sollen. Ich habe dich im Stich gelassen, Artus.«

»Du?« fragte er, verblüfft über dieses unerwartete Eingeständnis. »Du hast mir stets zur Seite gestanden. Du warst mein weiser Ratgeber, der mir die besten Anregungen gab.«

»Du brauchtest keinen Ratgeber«, erwiderte ich unverhohlen. »Du brauchtest einen Barden. Britannien brauchte einen wahren Barden – und mußte statt dessen einen blinden Mauschler ertragen. Darin liegt meine Schuld, und ich gestehe sie ein.«

Artus fuhr sich mit der Hand durch sein verschwitztes Haar. »Ich verstehe dich nicht, Myrddin. Ich habe tüchtige Männer in eine denkbar einfache Falle geführt. Ich habe den ganzen Sommer lang Trwch Trwyth nachgesetzt und hätte es besser wissen müssen. Ich hätte die Sache voraussehen sollen. Aber warum sitzen wir hier und jammern über Schuld? Was soll das nützen?«

»Es nützt viel, wenn es zur Rettung führt.«

»Unsere Rettung liegt so nah wie das nächste Gefecht«, behauptete Artus. »Der Hinterhalt des Schwarzen Ebers hielt mich dem Kampf zu lange fern, andernfalls hättest du die heutige Schlacht anders enden sehen. Denselben Fehler werde ich nicht noch einmal begehen, das darfst du glauben. Und da nun bald die Irenfürsten zu uns stoßen werden –«

»Du hast mir nicht im geringsten zugehört«, fauchte ich. »Es geht hier nicht um eine einzige Schlacht und auch um keinen Krieg. Es geht um das Scheitern eines Traums! Sind wir bessere Menschen, nur weil wir bessere Krieger oder bessere Waffen besitzen?«

»Sobald die Iren hier sind«, beharrte Artus, »werden wir die Barbaren schon aus dem Land jagen.«

»Höre mich an, o König: Dieses Reich liegt im Sterben. Pest und Krieg bluten uns aus. Wenn wir so weitermachen, werden wir untergehen.«

»So schlimm steht es doch nicht«, erwiderte Artus lahm.

»Es geht um das Verderben der Welt!«

Schmollend und gelangweilt starrte Artus mich an. »Und doch werden wir den Eindringling aus dem Land treiben. Das ist die Wahrheit, sage ich.«

»Und diejenigen, die tot auf dem Schlachtfeld liegen, was sagen die?«

»Ach! Mit dir läßt sich nicht reden!«

Artus wandte sich ab und ließ sich auf Uthers Feldstuhl fallen. Er schlug die Hände vor sein Gesicht und rieb es sich. Ich stellte mich neben ihn.

»Wir müssen uns ändern, oder wir werden gewißlich sterben. Wir müssen dorthin zurück, woher wir kamen«, erklärte ich. »Denke einmal nach, denke lange und ernsthaft nach, Artus. Denn solange du nicht zu begreifen beginnst, was ich dir sagen will, ist Britannien verloren.«

Im Zelt war es stickig. Ich bekam kaum Luft. Daher verließ ich den Hochkönig und suchte mir einen Platz, wo ich allein sein konnte. Ich ging durch ein Lager, das in der düsteren Stimmung der Niederlage versunken war: Still und reglos wartete es auf die Schatten der Nacht, die es verhüllen würden.

Ausgelaugte und einsame Krieger saßen oder lagen vor nicht entzündeten Feuerstellen und unterhielten sich gedämpft, wenn sie überhaupt redeten. Jungen führten die Pferde zu den Pflökken, und Frauen waren damit beschäftigt, Wunden zu verbinden. Über dem Lager hing ein Dunstschleier, eine Art Lähmung, die tiefer reichte als schlichte Erschöpfung, als hätten alle die Vergeblichkeit des reinen Bemühens um einen dauerhaften Sieg erkannt.

Ich sah Männer schlafen und wußte, daß einige von ihnen am nächsten Morgen nicht mehr aufstehen würden. Jesus, hab Erbarmen! Ich sah einige der Fürsten die Köpfe zusammenstecken und insgeheim Rat halten. Sie hörten zu reden auf, als ich näher kam, und betrachteten mich finster. Ich achtete ihrer nicht und ging weiter.

Meine Füße fanden den Pfad, der zum Bach führte. Vorsichtig ging ich zwischen den schlummernden Körpern derjenigen hindurch, die zum Trinken hierhergekommen waren und sich hatten fallen lassen, stieg die Böschung hinab, watete durchs Wasser und marschierte weiter. Der Pfad stieg allmählich an, den Hügel hinauf, und ich folgte ihm, wohin er auch führte: durch stark riechenden Farn und stachligen Ginster. Schließlich erreichte ich eine Grasmulde an der Hügelflanke. An ihrer Rückseite bildete ein glatter, mit Flechten überwachsener Fels eine Wand, die von

Holunder- und Schwarzdornhecken eingerahmt wurde. Rund um die Mulde standen Birken, nur vorne hatte man einen guten Blick auf das britische Lager.

Ich setzte mich mit gekreuzten Beinen auf den weichen Rasen zwischen zwei Bäume und beobachtete, wie das Zwielicht langsam einen tiefblauen Schatten auf das Tal warf. Am Himmel war noch lange ein blasses Licht zu sehen, das schließlich doch der hereinbrechenden Nacht wich. Von meiner hohen Warte aus schaute ich ins Tal und lauschte, des langsamen Versinkens des Tages in der Dunkelheit gewahr.

Mein Herz schlug laut, denn mir war so, als würde die Nacht ihre pechschwarze Hand über dem Tal ausstrecken, und das Gewicht des Kummers legte sich mir aufs Herz. Der Tod hatte an jenem Tage viele tüchtige Männer geholt, ihr Opfer war fast vergebens. Als Oberbarde hatte ich die Pflicht, das Volk in der Klage um die gefallenen Brüder anzuführen. Doch ich saß hier, ganz fern den Sorgen meiner Nächsten. Wieder einmal war ich, Myrddin, wie stets von den anderen abgesondert und trug alles, ob Triumph oder Gram, allein.

Du mußt dorthin zurück, woher du kamst! So lautete die Wahrheit meines Traumgesichtes, und ich glaubte sie. Aber wie sollte ich es bewerkstelligen? Wie?

Leider fiel mir nichts ein, wie ich es hätte erreichen noch wo ich hätte beginnen können.

Ich saß da und blickte über das Tal, während es der zunehmenden Finsternis anheimfiel. Gedankenverloren hörte ich die Schritte hinter mir erst nicht. Und als ich sie vernahm, drehte ich mich um und dachte, Artus habe Rhys nach mir ausgeschickt. Ich drehte mich um und ... sah fremde Gesichter aus der Dunkelheit auf mich zustürmen. Ehe ich eine Hand rühren konnte, war es schon zu spät.

Vier hünenhafte, mit kräftigen Speeren bewaffnete Wandalen umringten mich. Ich leistete keinen Widerstand. Das, so erkannte ich, wäre vergeblich gewesen. Also blieb ich einfach sitzen und zwang mich, ruhig und unerschrocken zu wirken.

Das war nichts Besonderes, aber große Ereignisse hängen oft von solch bescheidenen Dingen ab. Als die Barbaren sich einem unbewaffneten Feind gegenübersahen, der weder erschrocken noch verstört wirkte, zauderten sie. Das gab mir Mut. Ich betrachtete sie unaufgeregt und hob die Hände zum Willkommensgruß, als hätte ich sie erwartet.

»Ich erkenne euch«, sagte ich ganz im Bewußtsein, daß sie mich nicht verstehen konnten. Das war jedoch gar nicht wichtig. Ich wollte einfach der erste sein, der etwas sagte, um sie von ihrem Vorhaben abzubringen. »Legt eure Waffen weg, und unterhalten wir uns wie vernünftige Menschen.«

Meine List verfing nicht. Einer der Wandalen hob seine Lanze und wollte zustoßen. Die Klinge schwebte in der Luft, aber die Hand wurde von einem Ruf aus der Dunkelheit zurückgehalten. Die Stimme gab einen harten Befehl, und der Krieger erstarrte.

Ich wartete, während mir das Herz heftig in der Brust pochte. Der Speer zögerte noch immer über mir. Ich war nur um Haaresbreite vom Tod entfernt.

Dann sprach die Stimme wieder. Diesmal sagte sie zu meiner vollkommenen Überraschung: »Rühre dich nicht! Du bist in großer Gefahr.«

Nach diesen Worten tauchte aus der Düsternis eine Gestalt auf und stellte sich vor mich. Der Mann war zwar so breit und kräftig wie seine Begleiter, aber bei weitem jünger. Ich erkannte sofort eines der Ferkel des Schwarzen Ebers in ihm: Es war der junge Hauptmann namens Mercia.

»Ich bin mir der Gefahr durchaus bewußt«, erwiderte ich leichthin. »Du brauchst dich vor mir nicht zu fürchten, Mercia. Ich bin unbewaffnet.«

Als er seinen Namen aus meinem Mund hörte, zuckte er zusammen. »Woher kennst du mich?«

Ich erinnerte mich, daß er derjenige gewesen war, der bei unserer ersten Begegnung eine Bemerkung über Artus' jugendliches Alter gemacht hatte. »Du sprichst gut«, sagte ich. »Hergest hat dich wacker unterrichtet.«

Er staunte. »Das weißt du auch?«

Nun, es konnte ja gar nicht anders sein. Aber das sagte ich ihm nicht. Statt dessen faßte ich mir bedeutungsvoll an die Stirn und erklärte: »Ich bin Barde. Ich weiß sehr viele Dinge.«

Listig kniff er die Augen zusammen. »Dann sage mir, warum wir hierhergekommen sind.«

Ohne zu zögern, entgegnete ich: »Ihr seid hier, um das britische Lager auszukundschaften, wie schon viele Nächte zuvor. Amilcar verläßt sich auf eure Nachrichten, um den Kampf vorzubereiten. So konnte Amilcar heute Artus schlagen.«

Da sperrte er die Augen weit auf. »Hergest sagte, du seiest äußerst weise. Der Priester spricht stets die Wahrheit – selbst wenn es ihm schadet.« Diese Wahrheitsliebe beeindruckte ihn offenkundig tief.

»Willst du dich nicht zu mir setzen, Mercia?« fragte ich, auf den Boden neben mir zeigend. »Ich möchte dir etwas sagen.«

»Du hast auf mich gewartet?«

Ich ließ ihn in diesem Glauben. »Setze dich. Wir wollen uns unterhalten.« Ich hatte keine Ahnung, was ich ihm sagen würde. Meine Absicht bestand allein darin, sein Vertrauen zu gewinnen und ihn auf irgendeine Weise zu überreden, daß er mich laufen ließ. Doch noch während er so über mir stand und vor Unentschlossenheit schwankte, kam mir ein Gedanke.

»Bitte«, sagte ich, auf eine Art lächelnd, die ich für vertrauenerweckend hielt. »Wir haben nicht viel Zeit. Sie werden bald nach mir suchen.«

Er knurrte seinen Männern rasch einen Befehl zu. Sie stellten die Speere auf und zogen sich zurück. Mercia setzte sich mir gegenüber auf den Boden, die Beine über Kreuz, die Lanze im Schoß. Wir betrachteten einander im schwindenden Licht. »Was hast du zu sagen?« fragte er schließlich.

»Ich sehe im Geiste, daß Amilcar nicht das Vertrauen all seiner Hauptleute genießt«, sagte ich bedächtig und beobachtete ihn dabei, um sicherzugehen, daß er begriff, was ich meinte. Es war eine grobe, aber sichere Vermutung. Ich habe noch nie einen

Feldherrn erlebt, der das vollkommene Vertrauen aller seiner Anführer hatte. Weiß Gott, selbst Artus mußte, als er um Britanniens Überleben kämpfte, gegen seine Hauptleute angehen.

Er musterte mich lange, als würde er einen Entschluß fassen. Schließlich sagte er: »Das ist richtig. Seit wir hier sind, hat es oft Streit gegeben.« Er hielt inne. Ich nickte, weil ich die Situation nur zu gut kannte, und brachte den jungen Mann dazu, sein Geständnis fortzusetzen. Mit stillem Trotz sagte er: »Unser berühmter Feldherr steht nicht bei allen in Ansehen.«

»Ich glaube, euer Feldherr handelt oft entgegen dem Rat derer, die ihm klug zur Seite stehen ...« meinte ich und beobachtete Mercias Gesicht nach winzigen Veränderungen, die mich hätten leiten können. Ich fand, was ich erwartet hatte und traf nun vollends ins Schwarze: »Vor allem, wenn diese Hauptleute wegen ihrer Jugend geringgeschätzt werden.«

Die Augen des jungen Anführers blitzten rasch auf, und da wußte ich, daß ich an eine offene Wunde gerührt hatte. »Er ist höchst eigensinnig«, gestand Mercia vorsichtig ein. »Sobald er sich etwas vorgenommen hat, läßt er sich nicht mehr davon abbringen, auch wenn es bei weitem klüger wäre.«

Sein Ausdruck »bei weitem« beinhaltete für mich eine Vielzahl von Bedeutungen. Und ich nahm allmählich den ersten winzigen goldenen Hoffnungsschimmer wahr.

»Höre mir zu, Mercia«, sagte ich. »Du bist deinem Ziel näher, als du glaubst. Vertraue und glaube mir.«

Er sah mich argwöhnisch an, und ich fürchtete schon, zu weit gegangen zu sein. Dann warf er geschwind einen Seitenblick auf seine Männer, die uns genau beobachteten. Er knurrte leise einen Befehl, aber sie regten und rührten sich nicht.

Dann wandte er sich wieder an mich: »Kennst du wirklich meine Gedanken?«

»Es ist so, wie ich dir sagte«, entgegnete ich. »Ich weiß sehr viele Dinge.«

»Ich werde meinen Herrn nie verraten«, sagte er, und ich spürte, wovor er sich fürchtete.

»Ich strebe nach einer ehrenhaften Einigung«, versicherte ich ihm. »Verrat und Treubruch haben dabei keinen Platz.« Ich hielt ihn mit der unnachgiebigen Gewißheit meiner Stimme in Bann. »Doch ich verlange Ehre gegen Ehre. Treue muß mit Treue vergolten werden. Verstehst du?«

Er nickte. Seine Zustimmung hatte nichts Verschlagenes, aber ich wollte sichergehen.

»Höre mich an, Mercia, die Ehre, die ich verlange, ist wirklich kostspielig. Sie wird mit Blut bezahlt werden.«

»Ich verstehe«, murrte er ungeduldig. Er warf wieder einen Blick zur Seite und sagte: »Was muß ich tun?«

»Nur folgendes«, hub ich geheimnisvoll an, meine Hand zu einer gebieterischen Geste hebend: »Wenn die Zeit reif ist, für den Frieden einzutreten, darfst du nicht schweigen.«

Das hatte er nicht erwartet. Ich sah, wie er sich mühte, hinter meinen Worten einen verborgenen Sinn ausfindig zu machen. »Nichts weiter?«

»Das genügt. Fürwahr, es ist mehr, als viele tapfere Männer sich trauen werden.«

Er richtete sich auf. »Mein Mut stand noch nie in Frage.«

»Ich glaube dir.«

»Wann wird es dazu kommen?«

»Bald.«

Mit einemmal stand er auf und stellte sich drohend und argwöhnisch zugleich über mich. »Ich könnte dich jetzt töten, und niemand würde es erfahren.«

»Ja. Das ist richtig.«

»Du sagtest, ich müßte dir vertrauen, schenkst mir aber kein Zeichen des Vertrauens.« Seine Hand umklammerte den Speer fester.

»Dann nimm dies als Zeichen«, erwiderte ich und erhob mich langsam, um ihm von Angesicht zu Angesicht gegenüberzustehen. »Es wird morgen keinen Angriff gegen euch geben. Die Briten werden im Lager bleiben und ihre Wunden pflegen. Berichte dies Amilcar.«

Er machte auf dem Absatz kehrt, zischte seinen Männern rasch einen Befehl zu und verschwand im Dunkeln. Die Männer blieben stehen und beobachteten mich, so daß ich fürchtete, Mercia habe meinen Tod angeordnet. Ich regte mich nicht – Widerstand war unmöglich, und die Flucht hätte zu nichts geführt. Die Speere flogen mit einer entschiedenen Geste hoch. Mühsam hielt ich stand.

Im Nu waren die Krieger fort, rasch wieder mit der Dunkelheit verschmolzen.

Ich horchte nach ihnen, hörte aber nur das schwache Stimmengemurmel aus dem Lager herauf. Ich drehte mich um und sah, daß die Lagerfeuer hell wie irdische Sterne flackerten. Die herrliche Erleichterung wich jäher Furcht:

Großes Licht, was hatte ich getan?

VII

Ich hielt die ganze Nacht Wacht und klammerte mich mit Herz und Verstand an die schmale Hoffnung, die mir gewährt worden war: die Rettung Britanniens und des Sommerreiches. Da sich sogar die zwingendsten Träume in leere Luft auflösen können, sobald das harte Licht der Sonne sie trifft, wartete ich, was der Tag bringen würde: erneuerte Hoffnung oder bestätigte Verzweiflung.

Sicherheit erhielt ich mit Tagesanbruch. Ich erhob mich und dankte dem hohen König im Himmel und allen seinen Engeln und Heiligen für die Waffe, die sie mir in die Hand gegeben hatten. Als die Sonne über dem östlichen Hügelkamm blutrot aufstieg, kehrte ich ins Lager zurück. Dort regte das Heer sich bereits und rüstete sich zur Schlacht.

Ich ging geradewegs zu Artus' Zelt. Gähnend und sich kratzend, ließ er mich ein. Ich trat hinter ihm ins Zelt und merkte sofort, daß Gwenhwyvar nirgendwo zu sehen war. »Sie badet gern sehr früh«, sagte Artus.

»Ich möchte dich erst allein sprechen«, meinte ich und erzählte ihm von meiner zufälligen Begegnung mit Mercia und auch, was der junge Hauptmann mir von den Zwistigkeiten unter den Wandalen berichtet hatte. Der König saß vor mir auf seinem Stuhl und wiegte bedächtig den Kopf. »Begreifst du, was ich dir sage?«

Artus runzelte die Stirn und verneinte: Er begreife gar nichts. »Warum müssen wir im Lager bleiben?«

»Weil ich«, erklärte ich, »es Mercia versprach. Ich gab dies zum Pfand für mein Leben.«

Ehe Artus weitere Einwände vorbringen konnte, kam Bedwyr zum Zelt und fragte nach ihm. »Ich bin hier, Bruder«, antwortete der König. »Ich komme gleich zu euch.«

»Und?« fragte ich. »Was soll nun geschehen?«

Artus zauderte. Er sah mich stirnrunzelnd an und rieb sich mit den Händen übers Gesicht. »Nun gut«, sagte er schließlich. »Ich werde keinen Lügner aus dir machen. Es gibt ohnehin viele unter uns, die einen Tag Ruhe begrüßen würden.«

Wir traten aus dem Zelt und begrüßten Bedwyr. »Das Heer steht bereit«, meldete er. »Die Hauptleute erwarten deinen Befehl.«

»Es gibt heute keine Schlacht«, erwiderte Artus. »Wir haben gestern hart gekämpft.«

»Und ich dachte, wir seien zu dem Schluß gekommen, die Katastrophe ließe sich am besten vergessen, wenn wir so rasch wie möglich wieder angriffen.«

»Ja«, räumte Artus steif ein, »aber jetzt habe ich meine Meinung geändert und beschlossen, den Männern statt dessen einen Tag Ruhe zu gönnen.«

»Aber alle stehen bereit! Wir haben das größte Heer versammelt, seit –«

»Sag es ihnen, Bedwyr. Sag ihnen, daß wir nicht kämpfen.«

»Ich werde es ihnen sagen«, knurrte er. Er machte auf dem Absatz kehrt und eilte davon.

Kaum war Bedwyr gegangen, hörten wir Rufe vom Rand des Lagers, wo es offenbar Aufregung gab. »Was ist denn nun?« schimpfte Artus und starrte mich an, als wäre es meine Schuld. Bedwyr kam, als er den Tumult hörte, zum König zurückgerannt.

Auch Rhys raste herbei. »Wandalen!« rief er.

»Soviel zu deinem Tag Ruhe, Bär«, fauchte Bedwyr. »Wirst du den Befehl erteilen?«

»Warte!« fuhr ich dazwischen. »Noch nicht.«

Rhys kam zu uns gelaufen. »Wandalen«, sagte er außer Atem. »Fünf an der Zahl. Sie kommen mit Weidenzweigen. Der Sklave ist bei ihnen. Ich glaube, sie wollen verhandeln.«

Bedwyr und Rhys sahen Artus an und warteten, was er tun würde. Artus blickte mich an. »Ich weiß davon nichts«, teilte ich ihm mit.

»Nun gut«, meinte Artus, »laßt sie zu mir kommen. Wir wollen uns anhören, was sie zu melden haben.«

Wir warteten mit vielen anderen vor dem Zelt, während Rhys uns die Abordnung der Feinde zuführte. Es waren fünf: die vier Hauptleute, die wir schon früher getroffen hatten, unter ihnen Mercia, und der gefangene Priester Hergest. Sämtliche britischen Fürsten kamen angerannt, um zu sehen, was sich abspielte, so daß die Abordnung unter einer großen Menge Zuschauer eintraf. Gwenhwyvar, Kei und Cador schoben sich durch das Gedränge, um sich neben Artus und mich zu stellen.

»Sei gegrüßt, Herr Artus«, hub Hergest an. »Wir bitten dich, mit dir sprechen und heil in unser Lager zurückkehren zu dürfen.«

»Sprich frei heraus, Priester«, erwiderte Artus. »Ich gebe dir mein Wort, daß euch kein Schade widerfahren soll, solange ihr unter meinem Schutz steht. Warum seid ihr hier?«

Ehe der Priester antworten konnte, deutete einer der Wandalenführer, der namens Ida, glaube ich, auf die dicht herandrängende Menge und stimmte in seiner rauhen Sprache eine lange Klage an. »Er sagt, dein Wort sei wertlos«, teilte Hergest uns mit. »Merlin gelobte, ihr würdet heute nicht in die Schlacht reiten, und doch sehen wir, daß ihr gerüstet steht.«

Bedwyr warf mir einen fragenden Blick zu, dem ich jedoch keine Beachtung schenkte. Artus entgegnete: »Ich wurde erst vor einem Moment von Myrddins Versprechen unterrichtet und gab gerade den Befehl, wieder abzurüsten. Wir sind jedoch zum Kampf bereit, wenn man uns dazu drängt.«

Während der Sklave Artus' Worte wiederholte, suchte ich Mercias Blick. Er bemerkte es und gab mir mit einem leichten, aber entschiedenen Nicken seines Kinns zu verstehen, daß er diese Erklärung annahm.

»Auch wir sind zum Kampf bereit«, sagte Hergest, das Gespräch wiederaufnehmend. »Amilcar ist jedoch der Meinung, daß der Feldherr Artus sich lange genug hinter seinen Männern verschanzt habe. Der Schwarze Eber ist der Meinung, die beiden

Könige sollten aufeinander treffen und vor beiden Völkern unter Beweis stellen, wer von beiden der größere Feldherr sei.«

»Tatsächlich«, entgegnete Artus. »Und äußert Amilcar auch, wie er diesen Beweis zu erbringen gedenkt?«

Der Sklave überbrachte Artus' Erwiderung Ida, der mit einem höhnischen Grinsen und einer weiteren Tirade antwortete. »Ida sagt, Amilcar wolle Artus allein auf der Ebene am Fluß treffen, der zwischen unseren beiden Lagern liegt. Die Wahl der Waffen überlasse er dem britischen Krieger. Wenn die Sonne den Mittag erreiche, sollen die zwei kämpfen. Der Zwist solle dauern, bis einer von beiden tot sei.« Hergest hielt inne, und Ida sprach weiter. »Amilcar sende diese Herausforderung, auch wenn er nicht erwarte, daß Artus sie annehme«, fügte der Sklave hinzu.

»Sage Amilcar, ich werde mir seine Herausforderung überlegen«, erwiderte Artus ruhig. »Ich werde meine Antwort am Mittag auf der Ebene überbringen.«

Hergest wiederholte Artus' Worte, worauf die feindlichen Hauptleute sich, zufrieden, daß sie ihre Botschaft überbracht hatten, zum Gehen bereitmachten. »Owein! Vrandub!« rief Artus, zwei der versammelten Edlen auswählend. »Seht zu, daß sie das Lager verlassen, wie sie kamen, ohne behelligt zu werden.« Zu den übrigen sagte er: »Geht zu euren Männern zurück und erklärt ihnen die Herausforderung. Wir versammeln uns am Mittag und ziehen zur Ebene.«

Als die Fürsten davoneilten, bat Artus seine Ratgeber, zu ihm ins Zelt zu kommen. Gwenhwyvar, Kei, Bedwyr, Cador, Llenlleawg und ich trafen uns mit dem Hochkönig, um eine Entscheidung zu fällen.

»Es ist ein gutes Zeichen«, sagte Artus, als wir uns an die Tafel setzten. »Es heißt, der Schwarze Eber weiß, daß wir unsere Kräfte verstärkt haben, und hat Angst.«

»Was ist mit dem Versprechen, heute nicht zu kämpfen?« fragte Gwenhwyvar scharf. Ihre Frage galt mir.

Schnell erklärte ich, wie ich überrascht und von Mercia gefangengenommen worden war. Cador zeigte sich erstaunt darüber und sagte: »Er ließ dich gehen, weil du versprachst, daß wir heute nicht kämpfen?«

»Nein«, erwiderte ich, »ganz so war es nicht. Wir redeten erst. Er ließ mich wissen, daß es im Wandalenlager Meinungsverschiedenheiten gebe. Amilcar habe das Vertrauen seiner Fürsten verloren und –«

»Siehe da!« rief Bedwyr. »Ich habe recht! Der Schwarze Eber läuft erschrocken davon. Die Wandalen können der Übermacht der Briten nicht länger Widerstand leisten.«

»Ein Zweikampf ist der einzige Kampf, den er gewinnen kann«, warf Kei ein. »Greifen wir mit all unserer Kraft an, sage ich. Das ist die Gelegenheit, auf die wir so lange gewartet haben.«

»Vielleicht«, entgegnete Artus, »ist es eine Gelegenheit, den Krieg ohne weiteres Blutvergießen zu verhindern.«

»Vielleicht ist es eine Falle!« meinte Gwenhwyvar scharf.

»Den Barbaren ist nicht zu trauen«, fügte Cador rasch hinzu. »Selbst wenn Amilcar unterliegen sollte: Woher sollen wir wissen, daß sie ein Friedensgelübde einhalten?«

Das war eine gute Frage, die jedem britischen Krieger auf der Zunge lag. Ich hatte eine Antwort parat. »Es spielt keine Rolle«, erwiderte ich.

Ihr Schweigen widersprach mir. »Wirklich, es spielt keine Rolle«, beharrte ich, »denn ohne Amilcar wird der Krieg schlicht und einfach zusammenbrechen. Seht ihr das nicht?« Die ungläubigen Blicke Cadors und der übrigen verrieten mir, daß sie es nicht sahen.

»Paßt auf!« sagte ich. »Ob es eine Falle ist«, sagte ich, Gwenhwyvar zunickend, »oder ob Amilcar lügt oder dergleichen mehr, das spielt für uns alles keine Rolle. Denn genau in dem Augenblick, in dem er vor seinem versammelten Heer auf dem Schlachtfeld stirbt, hört der feindliche Vorstoß auf und ist der Krieg zu Ende.«

»Woher weißt du das?« fragte Cador.

»Das hat Mercia mir gesagt«, antwortete ich.

»Und du glaubst ihm?«

»In der Tat«, entgegnete ich. »Er hatte mein Leben in Händen. Daß daran kein Zweifel besteht: ein kurzes Wort von ihm, und mir wäre der Tod gewiß gewesen. Aber er ließ mich leben, damit ich erfahre, daß er die Wahrheit sprach.«

»Er ist ein Barbar!« griff Cador mich an. »Er würde dir alles erzählen, damit du ihm seine Lüge abkaufst. Ich lasse mich nicht so leicht überzeugen.«

»Es mag eine Lüge sein«, hielt ich dagegen, »oder auch nicht. Ich sage, machen wir die Probe darauf. Wenn ich recht behalte, wird der Krieg aufhören.«

»Und wenn du unrecht hast?« fragte Kei. »Was dann?«

»Dann wird der Krieg weitergehen«, versetzte ich feierlich, »und Britannien wird ein Heldengrab werden.«

Da wurden sie still und dachten nach. Ehe sie neue Einwände erheben konnten, steckte Rhys den Kopf ins Zelt und meldete, der Priester Paulinus sei ins Lager zurückgekehrt. »Er soll hereinkommen«, sagte Artus.

Hager und kantig wie ein bis auf den Knorpel abgenagter Knochen, trat der Mönch ein und wäre fast vor Artus' Füßen zusammengebrochen. Ohne lange zu überlegen, hob der König ihn auf und setzte ihn in seinen Stuhl. »Etwas zu trinken, Rhys«, rief Artus. »Rasch!«

»Vergib mir, Herr«, sagte Paulinus. Er merkte, daß die anderen zusahen und rappelte sich auf.

Artus drückte ihn mit der Hand wieder auf den Stuhl. »Bleibe sitzen, Mann. Du bist scharf geritten, das sehen wir. Nimm deine Kraft zusammen und berichte uns, wie die Dinge stehen.«

Rhys kam mit einem Becher und gab ihm dem Mönch in die Hand. Paulinus trank durstig und wischte sich mit dem Ärmel den Mund ab. »Ich wünschte, ich hätte bessere Neuigkeiten, Herr.«

»Wie schlimm steht es?« fragte Gwenhwyvar nähertretend.

»Es hat keinen Zweck«, erwiderte Paulinus. »Das Fieber

breitet sich trotz unserer größten Bemühungen aus. Die Straßen von und nach Londinium sind abgeriegelt, aber die Leute bewegen sich noch immer auf dem Fluß fort. Anscheinend können wir sie durch nichts aufhalten. So folgt die Pest den Wasserstraßen.« Er hielt inne, nahm noch einen Schluck Wasser und schloß: »Es ist uns gelungen, ein paar Dörfer zu retten, in denen die Seuche noch nicht Fuß gefaßt hat, aber der größte Teil des Landes südlich von Londinium ist ihr anheimgefallen.«

Paulinus trank wieder und gab dann Rhys den Becher zurück. »Drei von uns sind erkrankt, einer ist gestorben. Ich erwarte auch nicht, daß die anderen überleben.«

Die Hände in die Seite gestemmt, die Fäuste geballt, stellte Artus sich vor den Priester, aber er konnte auf nichts und niemanden einschlagen. Als Paulinus die Enttäuschung des Hochkönigs sah, stand er langsam auf. »Es tut mir leid, Herr. Ich wünschte, ich hätte bessere Zeitungen. Ich hatte gehofft – wir hatten alle gehofft …«

»Du tust, was du kannst, das wissen wir«, unterbrach Gwenhwyvar ihn. »Gehe jetzt. Wir sprechen weiter, wenn du ein wenig geruht hast.«

Artus winkte seinem Burschen: »Rhys, sieh zu, daß unser Freund etwas zu essen und einen Platz zum Schlafen bekommt.« Paulinus verabschiedete sich, und als er fort war, sagte Artus zu den übrigen: »Ich kann zwar die Pest nicht aufhalten«, sagte er ruhig, »aber wenn ich den Krieg gegen den Schwarzen Eber beenden kann, ist dies die Gefahr wohl wert. Ich werde gegen ihn antreten.«

Kurz vor Mittag wurden Britanniens Fürsten und ihre Hauptleute abermals vor das Zelt des Hochkönigs gerufen. Artus sprach jeden von ihnen an und lobte ihre Treue. Dann sagte er: »Kampfgefährten! Ihr habt alle die Herausforderung des Schwarzen Ebers vernommen. Ich habe die Angelegenheit sorgfältig erwogen und beschlossen: Wenn es eine Gelegenheit gibt, Amilcar im Zweikampf zu besiegen, muß ich diese Gelegenheit nutzen. Darum will ich die Herausforderung des Barbaren annehmen und mich ihm auf der Ebene stellen.«

Die Entscheidung rief natürlich allgemeinen Tumult hervor.

»Ist das klug, Artus?« fragte Ector laut. »Wir stehen doch alle bereit, mit dir in die Schlacht zu reiten.« Ein Chor von Stimmen pflichtete ihm bei.

»Daran habe ich keinen Zweifel«, erwiderte Artus, mit der Hand Schweigen gebietend. »Ja, viele tüchtige Männer standen bereits an meiner Seite, und leider sind zu viele schon gefallen. Fürwahr, wäre nicht die Treue aller britischen Edelleute, wir hätten den Feind nicht zu dieser Verzweiflungstat treiben können. Ich bin davon überzeugt, daß es allein Amilcars Wille ist, den Krieg fortzuführen. Darum wird der Krieg zu Ende sein, sobald der Wandale tot ist.«

»Und was geschieht, wenn du statt dessen getötet wirst?« rief Cunomor über den Lärm hinweg. »Was dann?«

»Wenn ich getötet werde«, erwiderte Artus, »dann wird es denen, die noch leben, obliegen, so weiterzumachen, wie sie es für richtig erachten. Der Tod eines Mannes wird nicht so schwer wiegen, vergleicht man ihn mit den Toten und der Zerstörung, die ihm vorausgingen und gewißlich folgen werden.«

»Wir sind hier, um für dich zu kämpfen!« rief Meurig, »nicht, um zuzusehen, wie du allein fichtst.«

Ogryvan fügte hinzu: »Wir kämpfen für Artus! Nicht er für uns!«

Das rief einen Radau hervor, der eine Zeitlang anhielt. Als er verebbte, rief ein anderer: »Herr Artus!«

Die Stimme klang in meinen Ohren fremd. Die britischen Fürsten drehten sich um – Aedd trat vor. »Der Mann, der diesen Kampf gewinnt, wird immerwährenden Ruhm erringen, und sein Name wird auf ewig in den Sälen der Könige besungen werden. Daher bitte ich dich, obzwar ich der geringste unter deinen Fürsten bin, um die Gunst, dir dienen zu dürfen. Lasse mich an deiner Statt dem Barbaren Amilcar gegenübertreten. Großer König, lasse mich in diesem Kampf dein Recke sein.«

Aedd, Gott segne ihn, meinte es ernst. Er hätte sein Leben gern für das des Hochkönigs gegeben, aber das wollte Artus nicht zulassen. »Ich danke dir, Herr Aedd«, erwiderte er, »und ich werde dein Angebot niemals vergessen. Aber anscheinend hält Amilcar mich für einen Tyrannen wie sich selbst und meint daher, wenn er mich besiegen sollte, werde Britanniens Wehr zusammenbrechen. Wir müssen ihn in diesem Glauben bestärken. Mein Leben muß der Preis dafür sein.«

Über diese Entscheidung waren die kleinmütigen Könige nicht alle froh. Und obwohl viele dagegen gesprochen hatten, konnte keiner einen besseren Vorschlag machen. So erreichte Artus kraft seiner eigenen Entschlossenheit sein Ziel, selbst wenn er nicht alle von seiner Meinung überzeugt hatte.

»Nun denn! Die Sache ist beschlossen«, sprach der Hochkönig. »Sammelt eure Krieger. Wir ziehen jetzt Amilcar entgegen.«

VIII

Ich habe oft überlegt, was ich in jenen schrecklichen Tagen hätte anders machen können, vielleicht hätte anders machen sollen. Doch die Ereignisse waren viel stärker als meine bescheidenen Fähigkeiten, auf sie Einfluß zu nehmen. So ist der Lauf der Welt: Die Umstände, die wir am liebsten gestalten würden, gehen stets über unser Vermögen hinaus. Statt dessen müssen wir unerwartete Lasten tragen oder unvermutete Schicksale erdulden. Alle stehen wir hilflos vor einer Macht, die zu groß ist, um sie zu bändigen, zu ungeheuer, um sie zu begreifen. So sei es!

Und ich, der ich die Tage gern nach meinem Entwurf geformt hätte, mußte mit dem übrigen britischen Heer in Reih und Glied auf der Ebene stehen und voller Angst zuschauen.

Noch immer sehe ich, ganz wie damals, das ewig gleiche Bild vor mir: Artus allein unter sengender Sonne, ohne Schild noch Helm, nur mit Caldevwlch an seiner Seite. Der Himmel ist von der glühenden Hitze weiß gebleicht, das Gras brüchig und braun.

Artus steht wartend da, sein Schatten vor ihm zusammengeschrumpft, als ob er nicht wagte, sich bei solcher Hitze zu voller Länge auszustrecken. Auf der anderen Seite der Ebene erscheint das Wandalenheer: Krieger, Frauen, Kinder. Alle ziehen sie langsam zum Platz des Treffens – zur weiten Ebene von Lyit Coed, wo die Flüsse Tamu und Ancer ineinandermünden. In der Nähe stand einst eine Festung, aber die Wandalen brannten sie nieder; die Siedlungen in der Umgebung sind zerstört, die Leute wurden getötet oder liefen weg.

Ich beobachte, wie das Feindesheer naht, eine klumpige, krakelige schwarze Linie. Der Staub, den die Barbaren mit ihren Füßen aufwirbeln, steigt in dicken weißen Säulen hinter ihnen auf. Sie kommen langsam voran, und wir warten. Wir könnten sie immer noch angreifen oder sie uns. Nichts kann dies verhindern – außer der Hochkönig von Britannien, der allein auf der ausgedörrten, verbrannten Ebene steht und guten Glaubens hofft, daß der Schwarze Eber der Wandalen sein Wort hält.

Jeder der Zuschauer hat nur eine Frage im Sinn: Werden wir kämpfen, oder wird Amilcar sein Schwert zurückhalten und mit Artus sprechen, wie er gelobte?

Der Vormarsch kommt jäh zum Stillstand, und dumpfes Schweigen legt sich über die drückende Hitze der Ebene. Dann beginnt der Donner. Die Ebene hallt vom dröhnenden Lärmen der feindlichen Kriegstrommeln wider, und einen schrecklichen Augenblick lang glaube ich, sie werden angreifen.

»Ruhig!« ruft Bedwyr, und sein Befehl wird der Reihe nach weitergegeben. »Bleibt, wo ihr seid.«

Ja, die Trommeln sollen uns erschrecken, uns den Mut rauben. Aber Artus hält stand, und darum halten auch wir stand – mit grimmer Miene, schwitzend. Unsere Mägen verkrampfen sich vor Spannung und Entsetzen, die Trommeln grollen unablässig in unseren Ohren. Hat man diesen Krach einmal gehört, vergißt man ihn so schnell nicht wieder. Ich vernehme ihn jetzt noch.

Nun, als die Eindringlinge in Kampfweite vor uns aufgezogen waren, verstummten die Trommeln jäh, und die lange Dreierreihe machte Halt. Das Schweigen, mit dem die Wandalen uns anstarrten, war so zermürbend wie das Dröhnen ihrer Trommeln. So blieben sie stehen, völlig reglos, mit matt glänzenden Waffen, Reihe um Reihe unter ihren grotesken Eberkopfstandarten, und boten uns das gräßliche Schauspiel ihrer Kriegsmacht.

Artus blieb ungerührt und geduldig stehen und betrachtete die grauenerregende Streitmacht, ohne mit der Wimper zu zucken. Nach einer Weile trat einer der Standartenträger aus der ersten Reihe vor, machte ein paar Schritte und hielt an. Bald stellte sich eine Schar von Wandalenhäuptlingen zu ihm, unter ihnen Mercia und der Sklave Hergest. Dann gingen sie alle gemeinsam zu

Britanniens Hochkönig in der Mitte der Ebene. Nach ein paar Worten, die zu leise waren, als daß ich sie hätte hören können, kehrte der Standartenträger wieder in die Reihe zurück.

»Ich halte das nicht aus«, schimpfte Gwenhwyvar erbost. »Ich will zu ihm.«

Bedwyr erkühnte sich, sie zurückzuhalten, sie aber schüttelte seine Hand ab, glitt vom Pferd und trat flink aus der Reihe an Artus' Seite, ehe jemand sie daran hindern konnte. Der König hieß sie mit einem knappen Nicken willkommen, so daß die beiden nebeneinander standen, als der schwarze Eberkopf auf dem Pfahl sich abermals näherte. Dieses Mal kündigte er die Ankunft Amilcars selbst an.

Die drei Fürsten betrachteten einander auf einen Abstand von nur drei Schritten. Ich sah Artus die Hand zum Friedensgruß erheben. Amilcar grüßte gar nicht. Artus sagte etwas, das der Schwarze Eber durch Hergest erwiderte. Als der Priester zu reden aufhörte, wandte Artus sich an Gwenhwyvar, die antwortete, während sie Amilcar geraden Auges anstarrte.

Als Hergest ihre Worte übersetzte, sah ich, wie der Schwarze Eber seine Lippen zu einer höhnischen Grimasse verzog. Er knurrte eine verächtliche Erwiderung, warf hochmütig den Kopf nach hinten und spuckte aus. Vielleicht hatte sie das beabsichtigt, denn im Nu hielt sie ihr schlankes Schwert in der Hand und stürzte sich auf den Wandalenkönig. Sie war schnell, schneller als Artus, der sie zurückzuhalten versuchte, und Amilcar wurde vor dem schweren, wenn nicht gar tödlichen Schlag nur durch die geschwinde Reaktion eines seiner Häuptlinge gerettet, der mit seinem Speerschaft das Schwert beiseite schlug, als die Klinge nur ein Haarbreit von Amilcars Kehle durch die Luft sauste.

Amilcar wich zurück und hob gleichzeitig den Speer. Artus schrie auf, packte Gwenhwyvar am Arm und riß sie von ihrem Angriff zurück. Der Schwarze Eber sprach, noch immer den Speer schwingend, ein paar erzürnte Worte, auf die Artus feierlich antwortete.

Alles in allem war der Wortwechsel kurz. Es fielen noch ein

paar Worte zwischen den beiden, Artus und Gwenhwyvar drehten sich abrupt um und kehrten zur britischen Schlachtreihe zurück.

»Wir treffen uns morgen bei Tagesanbruch«, sagte Artus. Keiner verlor ein Wort über das, was auf der Ebene gesprochen worden war.

So begann das lange Warten, und das britische Heer ertrug es nur schwer. Die Krieger ruhten in der Hitze des Tages, während die Sonne ganz, ganz langsam gen Westen segelte. Aber als die weißglühende Scheibe hinter den Hügeln verschwand, begannen die Krieger sich zu rühren, zu reden und sich Sorgen zu machen.

Es war, dachte ich, an der Zeit, sie an den Lohn zu erinnern, der unserer harrte, und an den Fürsten, der unser Vertrauen besaß. Nach einem kurzen Gespräch mit Artus wurden die Hauptleute zusammengerufen und angewiesen, ihre Männer an der Hügelflanke oberhalb des Ratszeltes zu versammeln.

Als das gesamte britische Heer vor mir stand und das fahle Dämmerlicht übers Tal kroch, trat ich auf meinen Platz. Die schwüle Hitze hatte angefangen, nachzulassen, und eine leichte Brise bewegte das welke Gras. Ich hatte ein großes Leuchtfeuer anzünden lassen, eine Beltane-Lohe, um die Erinnerung an die Vergangenheit in ihnen zu entfachen. Der aufgehende Mond warf harte Schatten auf den Boden, und der Himmel droben funkelte von einem Ende zum anderen vor Sternen.

Die Menge schwoll an. Ruhelos, besorgt, angespannt warteten die Krieger, selbst die Luft war mit ihrer Ungewißheit und Furcht geladen. Alle wußten um Artus' schweren Streit, und er beunruhigte sie. Was würde geschehen, falls Artus fiele? dachten sie. Wer würde sie dann gegen die Wandalen führen? Tausende verdankten dem Geschick des Feldherrn Artus ihr Leben. Wie würde es ihnen ohne ihn ergehen? Argwöhnisch betrachteten sie mich. Ich konnte ihr geflüstertes Schelten fast hören: Ein Lied? Besser, wir schärften heute nacht unsere Klingen.

Ich legte die Harfe an die Schulter, zupfte zufällige Töne und warf sie wie Kieselsteine hoch in eine brandende See. Erst hörte mich niemand, aber ich spielte weiter. Dann wollten sie mich nicht hören. Sie murrten weiter, aber ihre Blicke wanderten von Zeit zu Zeit dorthin, wo ich stand und die Harfe stimmte, als würde ich ihr Schimpfen nicht bemerken.

Es ist merkwürdig, aber als die Harfenweise sich in die furchtgeladene Luft aufschwang, entzündete sich die Vision in mir aufs neue und strahlte mit der Kraft der Sonne selbst. Wieder sah ich den halb brennenden, halb grünenden Baum, und meinem Geist ging der Sinn des Rätsels auf. Zum ersten Mal seit langem kam ich mir wieder wie ein Barde vor.

Ich verlieh der Harfe Stimme und spielte gegen Furcht und Unbehagen an, bis alle Augen auf mich gerichtet waren und ich jeden Gedanken einnahm. Allmählich schlug die Musik alle in Bann, und das Murren verstummte. Als es auf dem Hügel ganz ruhig war, rief ich mit lauter Stimme. »Horcht! Ich bin Barde und Sohn eines Barden. Meine wahre Heimat ist das Reich der Sommersterne.

Seit Anbeginn unseres Volkes lehrten die Wächter des Geistes die Weisheit, die im Herzen der Eiche wohnt.« Ich hob die Harfe über meinen Kopf und reckte sie so hoch, daß alle sie sehen konnten. »In meinen Händen halte ich das Herz der Eiche. Kraft seiner Kunst schickt der Barde die Seele der Weisheit aus, damit sie in der Menschenwelt ihre Wirkung entfalte.

Horcht also und achtet auf alles, was ich euch sage, damit ihr nicht vergeßt, was ihr seid und vielleicht sein werdet!«

Mit diesen Worten nahm ich die Harfe unter den Arm und spielte wieder. Gleich einem Weber, der goldene und silberne Fäden spinnt, brachten meine Finger das verwickelte Muster der Melodie hervor und schufen den leuchtenden Hintergrund für die Worte, die ich vortragen wollte. Ich spielte und betrachtete die Gesichter all jener Menschen – Männer aus allen Gegenden Britanniens: aus Prydein, Celyddon, Lloegres und sogar aus Ierne. Sie kamen mir vor wie hohl, mit tiefliegenden Augen und leer. Wie ihre Fürsten hungerten sie nach dem wahren Wort. Das wurde mir klar, und mein Herz suchte sie.

Großes Licht, demütig stehe ich vor deiner liebenden Macht. Rühre mich, Herr, damit ich die Herzen der Menschen zu rühren vermag.

Im selben Augenblick fühlte ich den *Awen* aufsteigen – gleich einem lange gefangenen und dann in den Himmel entlassenen Vogel. Erst kam die funkelnde Melodie und zog die Worte nach, die Gestalt annahmen, sobald sie meine Zunge berührten. Ich ging im Lied auf. Myrddin gab es nicht mehr, sondern nur noch den Gesang. Ich war nur mehr ein Gefäß, hohl, meiner selbst entleert, aber mit dem herrlichen Wein des *Oran Mor* gefüllt.

Ich sang, und die wunderbare Musik ergoß schrankenlos ihren Segen. In jener Nacht wurde ein neues Lied geboren, und die Männer staunten, als sie es hörten. Es ging so:

»In alten Zeiten, als der Tau der Schöpfung noch frisch auf der Erde lag, erstand ein mächtiger König, der hieß Manawyddan. Sein Reich umfaßte die ganze Welt, und jeder Stamm und Klan zollte ihm Tribut. Alles, was er anpackte, gedieh, und wo er auch hinsah, fiel sein Blick auf etwas Gutes und Wertvolles.

Eines Tages erreichten Herrn Manawyddan schlechte Zeitungen und verursachten ihm bitteren Gram. Die Anderswelt, hieß es, sei dem Schatten eines Thronräubers verfallen, der sein Volk höchst grausam mißhandele. Da beschloß der große König auf der Stelle, die Herrschaft über sein Reich dem besten Manne anzuvertrauen, den er finden konnte, damit er selbst hingehen und das Volk der Anderswelt vor dem tückischen Unterdrücker erretten könne. Und so geschah es.

Der große König berief seine Edlen zu sich und legte ihnen den Fall vor. ›Ich gehe eine Weile fort‹, sagte Manawyddan zu ihnen. ›Ob für kürzer oder länger, weiß ich nicht, aber ich werde erst zurückkehren, wenn ich den Thronräuber besiegt habe, der jetzt die Anderswelt plündert und das schönste aller Reiche in Schutt und Asche legt.‹

Seine Fürsten und Edlen erwiderten ihm: ›Wir sind höchst betrübt, deine Absicht zu vernehmen‹, gestanden sie. ›Für das

Volk der Anderswelt mag sie ja gut sein, aber uns bedeutet sie nicht weniger als Unheil.‹

Darauf entgegnete der König: ›Nichtsdestotrotz bin ich entschlossen. Ich werde die Königswürde in die Hände des Mannes legen, den ich erkiese, und er wird an meiner Stelle herrschen, bis ich wiederkehre.‹ Und er begann, die Männer zu prüfen, welcher würdig sei, die Herrschaft zu übernehmen. Das war keine leichte Entscheidung, denn jeder unter ihnen war so viel wert wie der andere, und keiner weniger als sein Bruder.

Am Ende jedoch ersann er ein Mittel, wie er die Probe aufs Exempel machen konnte. Er beauftragte seinen Oberbarden, ein Schmuckstück in Gestalt einer goldenen Kugel zu schaffen. Und dann nahm Manawyddan diese Kugel und hielt sie vor seinen Fürsten empor. ›Dies Ding wurde für mich hergestellt‹, sagte er. ›Was haltet ihr davon?‹

Und sie antworteten: ›Es ist sehr schön, Herr.‹

Der König pflichtete ihnen bei: ›In der Tat, es ist schön, und noch viel schöner, als ihr ahnt, denn es ist das Inbild meiner Herrschaft.‹ Er streckte den goldenen Ball vor ihnen in die Höhe und rief: ›Hier! Fangt die Kugel!‹

Damit warf der große König die goldene Kugel zwischen seine Fürsten. Der erste streckte die Hand aus, fing sie auf und drückte sie an seine Brust. Der König sagte: ›Ich danke dir, edler Freund. Du kannst gehen.‹

Der Fürst wollte gehen, aber der König hielt ihn auf, bis er das goldene Kleinod wiederhatte. Kaum hatte er den goldenen Ball jedoch in Händen, warf er ihn einem anderen zu. Der fing ihn mit der Faust. ›Ich danke dir, edler Freund. Du kannst gehen‹, sprach der große König.

Der Herr wollte gehen, aber der König hielt ihn auf, bis er die kostbare Kugel zurückgegeben hatte. Und so ging es der Reihe nach mit jedem Mann. Jedesmal, wenn der König den goldenen Ball schleuderte, fing ihn einer auf und gab ihn zurück – bis der König ihn Lludd zuwarf.

Die Kugel flog hoch und sauste wieder herab. Aber der Edle

konnte sich nicht überwinden, sie zu packen. Als Lludd das unschätzbare Stück aus seiner offenen Hand fallen sah, sank er auf die Knie. ›Vergib mir, mein König‹, weinte er. ›Ich bin nicht würdig, ein so wertvolles Ding zu berühren.‹

Der König aber hob ihn auf: ›Im Gegenteil, Lludd‹, erwiderte er. ›Du allein bist würdig, mein Königtum zu tragen, bis ich wiederkehre.‹ Mit diesen Worten las der große König die Kugel auf, drückte sie Lludd fest in die Hand und gab ihm folgenden Auftrag: ›Die Macht, die ich genieße, übertrage ich auf dich. Bewahre sie, bis ich wieder in mein Reich komme.‹

Danach sah niemand mehr König Manawyddan, obwohl man oft Zeitungen von seinen wunderbaren Taten in den Reichen der Anderswelt hörte. Unterdessen herrschte Lludd gut und weise. Und die Lande unter seiner Obhut erblühten und gediehen. Damit es niemandem am Nutzen seiner Weisheit mangele, setzte Lludd in jedem Unterreich Fürsten ein, die ihm die Nöte des Volkes dort vortragen sollten.

Einer dieser Fürsten war sein Bruder namens Mab Righ. Voller Hingabe und Eifer wachte er über sein Inselreich. Tag und Nacht galt all seine Sorge allein den Kümmernissen, die das Volk ihm vortrug.

Nun geschah es aber, daß Mab Righs Reich von fremden, fürchterlichen Feinden angegriffen wurde; diese hatten die Gestalt von drei Plagen, eine merkwürdiger als die andere.

Die erste Plage bestand in der Ankunft eines Heeres von Feinden namens Coranyid. Deren Überlegenheit rührte daher, daß sie jedes Wort hören konnten, das nur irgendwo gesprochen wurde. Gleich, wie leise man redete, trug der Wind ihnen die Worte zu. So konnte keiner etwas gegen sie sagen, und es war unmöglich, gegen sie ins Feld zu ziehen, da sie stets davon erfuhren und ausweichen konnten. Die Coranyid legten alles in Schutt und Asche; wo sie hinkamen, wuchs kein Gras mehr.

Die zweite Plage war ein schrecklich lauter Ruf, der sich am Beltane-Fest auf jedem Hügel, über jedem Herd und in jedem Heim des Reiches erhob. Dieser Schrei war von so elender Qual, daß er die Herzen aller, die ihn vernahmen, durchbohrte, und es gab keinen Lebenden, der ihn nicht vernommen hätte. Die Männer büßten ihre Kraft ein, die Frauen ihre Stärke. Kinder fielen in Ohnmacht, und Tiere wurden wahnsinnig. War ein Weib schwanger, folgte eine Fehlgeburt. Bäume und Felder wurden unfruchtbar. Das Wasser verdarb und wurde sauer.

Die dritte Plage war der unerklärliche Diebstahl von Nahrung aus den Häusern der Häuptlinge und Edlen. Wieviel Essen auch bereitet wurde, am nächsten Morgen war nichts mehr davon übrig: bei Fleisch blieb nicht ein fettiger Knochen, bei Brot nicht ein mehliger Krümel, bei Suppe nicht ein Tropfen Brühe. Auch wenn sie genug Essen bereiteten, daß es für ein ganzes Jahr gereicht hätte, war die Tafel am nächsten Morgen leer.

Diese Plagen bekümmerten das Volk so sehr, daß es großen Jammer erhob. Mab Righ brachte daraufhin alle Stämme zusammen, damit sie gemeinsam beschlössen, was zu tun sei. Jedermann waren die Plagen ein Rätsel. Keiner wußte, was sie verursacht hatte noch vermochte einer zu sagen, wie die Insel sie loswerden konnte. Drei Tage und Nächte berieten sie, was sie tun konnten, und am Ende berief Mab Righ seine Häuptlinge ein, übergab ihnen die Sorge für sein Volk und verließ sein Inselreich, um den weisen Rat seines Bruderfürsten einzuholen.

Er ließ heimlich ein Schiff takeln und in dunkler Nacht die Segel hissen, auf daß niemand von seiner Fahrt erfahre. Das Schiff flog wie eine Möwe über die Wellen, und Lludd sah, als er eines Tages aufs Meer hinausblickte, die Segel seines Bruders zu sich kommen. Er befahl, ein Boot bereitzumachen, und brach sofort auf, ihm entgegen. Lludd empfing Mab Righ voll Freude, umarmte ihn herzlich und machte ihm Willkommensgeschenke.

Doch trotz seiner freundlichen Begrüßung verblaßte Mab Righs Lächeln rasch. Er legte die Stirn sorgenvoll in Falten. ›Was ist geschehen, daß ich ein so gramgeprüftes Gesicht vor mir sehen muß?‹ fragte Lludd, als sie in seiner stattlichen Halle saßen.

Mab Righ erwiderte: ›Weh über Weh und Elend über Elend.‹

Traurig schüttelte er sein Haupt. ›Du weißt, daß ich von Natur aus nicht trübsinnig bin.‹

Das bejahte Lludd von ganzem Herzen. ›Wohl wahr. Aber erzähle mir alles, wenn du es ertragen kannst. Ich möchte erfahren, was dich so niederdrückt.‹

›Der leidvollste aller Menschen bin ich, Bruder‹, antwortete Mab Righ. ›Meine Insel suchen drei Plagen heim, eine schlimmer als die andere. Kurzum, wir werden unablässig bedrängt, gequält und gepeinigt. Ich komme zu dir, um Rat und Hilfe zu erflehen, denn ich weiß nicht mehr ein noch aus.‹

›Du tatest recht daran, dich an mich zu wenden‹, entgegnete Lludd ihm. ›Gemeinsam werden wir das Mittel gegen die Übel finden, die euch zugestoßen sind. Sprich, Bruder, damit die Heilung beginne.‹

Bei diesen freundlichen Worten faßte Mab Righ sich ein Herz und sagte tapfer: ›Ich werde sprechen, aber erst müssen wir ein Mittel finden, um unsere Worte zu hüten.‹ Und er erklärte, was es mit der Plage der Coranyid auf sich hatte und daß jedes ausgesprochene Wort sie mit dem Wind erreiche.

Lludd lächelte und antwortete: ›Das ist nicht schwierig.‹ Er befahl seinem Schmied, nach seinen Anweisungen ein silbernes Horn zu fertigen, und durch dieses sprachen sie miteinander. So konnte der Wind zwar die Worte nicht zu den bösen Coranyid tragen, doch zeitigte das silberne Horn ein mißliches Ergebnis: Jedes gute Wort, das an einem Ende hineingesprochen wurde, kam am anderen als böse und häßlich heraus.

Das verwirrte Lludd sehr, bis er bemerkte, daß sich im Horn ein Dämon eingenistet hatte, und dieser böse Teufel verdrehte jedes Wort von ihnen, um Zwietracht zwischen ihnen zu säen. ›Du siehst, wie es steht‹, erklärte Lludd. ›Das ist genau der Kummer, mit dem du kämpfst. Aber gräme dich nicht. Ich weiß genau, wie ich dir helfen kann.‹

Aus einem fernen Land waren Priester gekommen. Bei diesen ließ der König Wein holen. Und als er ihm gebracht worden war, goß er ihn in das silberne Horn. Die Macht des Weines trieb den

Dämon sofort aus. Danach konnten Lludd und Mab Righ ungehindert sprechen. Und Mab Righ erzählte seinem Bruder alles über die drei verheerenden Plagen. Lludd lauschte ihm mit ernster, feierlicher Miene.

Als Mab Righ geendet hatte, schloß Lludd sich drei Tage und Nächte ein, um nachzusinnen, was zu tun sei. Er rief seine Priester und weisen Barden zu sich und hielt Rat mit allen Gelehrten, die greifbar waren. Nach drei Tagen kehrte er in seinen Saal zurück und ließ seinen Bruder kommen.

Lludd begrüßte seinen Bruder mit den Worten: ›Freue dich, Bruder! Deine Mühen werden bald ein Ende finden.‹

Mab Righ fragte: ›Ist dir gelungen, woran andere gescheitert sind?‹

›In der Tat‹, antwortete Lludd. ›Hier ist das Heilmittel gegen all dein Weh.‹ Damit zog er einen Sack Korn hervor.

Mab Righ betrachtete den Sack, und die Fröhlichkeit in seiner Brust erstarb. ›Vergib mir meine Zweifel, Bruder‹, sagte er düster, ›aber mich dünkt, ich sehe einen Kornsack in deiner Hand. Wenn Korn allein hülfe, hätte ich dir keine Umstände zu machen brauchen.‹

Lludd lächelte noch mehr. ›Ach, das beweist nur, wie sehr du vom wahren Pfade abgewichen bist. Denn dies ist kein gewöhnliches Korn. Ganz und gar nicht! Es ist wundersam mächtiges Korn, dessen Eigenschaften gegen jedes Übel helfen. Nun lausche mir achtsam! Du mußt folgendes tun.‹ Und er begann, ihn zu unterweisen, wie er seine Insel am besten von den drei verheerenden Plagen befreien könne.

Lludd streckte einen Finger hoch und sprach: ›Die Plage der Coranyid ist zwar äußerst bekümmerlich, ja sogar gefährlich, aber sie läßt sich ganz leicht beheben. Nimm einfach ein Drittel des Korns und schütte es in Fässer mit sauberem Wasser aus einem reinen Springquell. Decke die Fässer zu und lasse sie drei Tage und Nächte stehen. Inzwischen lasse in deinem Reich verkünden, du habest einen Trunk entdeckt , der bekömmlicher als bestes Bier sei und belebender als Wasser. Lade dein Volk ein, zu dir zu kommen, um von diesem Wundertrunk zu kosten. Natürlich werden die Coranyid herbeischwärmen und die Reihen füllen. Du brauchst nur das Kornwasser zu nehmen und es über ihre Köpfe zu sprengen, schon ist die Heilung gesichert. Dein eigenes Volk wird überleben, aber die bösen Coranyid werden sterben.‹

Lludds Worte stellten Mab Righs Vertrauen wieder her. Sein Herz barst fast vor Freude, als er hörte, wie sein Volk befreit werden würde. Doch Lludds folgende Sätze stürzten ihn abermals in Verzweiflung. ›So leicht wie die Heilung der ersten Plage‹, sagte der König, ›so schwierig wird die der zweiten sein. Ich vermute, daß der schreckliche Ruf, welcher das Land in Trostlosigkeit stürzt, von einem garstigen Lindwurm rührt, der am Vorabend jedes Beltane-Festes aus seiner Höhle kriecht, um Nahrung zu suchen. Sein Hunger ist so groß, daß er laut brüllt, und diesen Ruf hört ihr.‹

Entsetzt schüttelte Mab Righ den Kopf. ›Wie können wir uns von solch einer Kreatur befreien?‹

Lludd entgegnete: ›Gewöhnlichen Menschen ist dies unmöglich, aber mit dem Wunderkorn geht es. Folgendes mußt du tun: Miß Länge und Breite der Insel und teile sie so ein, daß du die genaue Mitte findest. Dort grabe ein tiefes Loch und bedecke es mit einem festen Tuch aus jungfräulicher Wolle. Dann nimm ein Drittel des Korns, schütte es in ein Faß und fülle dieses mit dem Blut von neun Lämmern. Stelle das Faß in die Mitte des Tuchs. Wenn der Wurm etwas zu suchen kommt, das er verschlingen kann, wird er das Blut riechen und auf das Tuch kriechen, um an das Faß zu gelangen. Durch das Gewicht des Wurmes wird das Tuch tief in das Loch sinken. Dann mußt du rasch die Ecken des Tuchs packen und sie fest zusammenbinden. Ziehe das Tuch hoch und wirf es ins Meer – mitsamt dem Wurme.‹

Mab Righ war außer sich vor Freude. Er klatschte in die Hände und lobte laut Lludds Klugheit. Aber die folgenden Worte seines Herrn stürzten ihn in so pechschwarze Verzweiflung, daß es schien, er sei seiner Lebtag nicht einen Moment glücklich gewesen. ›Die dritte Plage ist die schwierigste von allen‹, sagte Llud. ›Und wäre nicht die Macht dieses Kornes, es gäbe keine Hoffnung für dich.‹

›Weh! Und abermals Weh!‹ jammerte Mab Righ. ›Dies fürchtete ich die ganze Zeit!‹

Lludd faßte seinen Bruder an den Schultern und sprach streng: ›Hörtest du denn nicht, was ich sagte? Das Korn, welches ich dir schenke, ist ein Heilmittel gegen jedwedes Übel, das dir widerfahren kann. Doch lausche mir sorgsam. Die dritte Plage hat ihre Ursache in einem mächtigen Riesen, der in dein Reich gekommen ist, um Zuflucht zu suchen. Dieser Riese ist so verschlagen wie ein Hexer, und wenn ihr ein Gelage vorbereitet, bewirken seine Zaubersprüche und Beschwörungen, daß ihr alle einschlaft. Während das Reich schlummert, kommt der Riese und stiehlt das Festmahl. Darum mußt du für dein Volk auf der Wacht sein, wenn du hoffst, diesen Riesen zu fangen. Halte ein Faß kaltes Wasser bereit. Wenn du dich schläfrig fühlst, tritt in das Wasser und erfrische dich. Doch das ist erst der Anfang. Es folgt noch mehr.‹ Und er erzählte seinem Bruder, was er tun müsse, um die Insel von diesem tückischen Riesen zu befreien.

Als Lludd geendet hatte, verabschiedete sein Bruder sich von ihm, nahm den Kornsack und segelte so schnell, wie das Meer es gestattete, in sein Reich zurück. Als er nach Hause kam, sprang er an Land und begab sich geradewegs in seinen Saal, wo er den Trunk genauso zubereitete, wie man es ihn gelehrt hatte; er maß Korn und Wasser in saubere Gefäße ab. Dann rief er sein Volk zusammen, um den Wundertrank zu probieren, und natürlich hörten die bösen Coranyid davon und schwärmten herbei, um auf der Versammlung Unheil anzurichten.

Als Mab Righ alle versammelt sah, tauchte er eine Schale in das Wasser und spritzte es über die ahnungslose Menge. Die Leute starrten einander triefend an, und die Coranyid heulten auf vor Wut. Ohne ihres Geschreis zu achten, füllte Mab Righ rasch wieder seine Schale und schleuderte den Inhalt gegen die Versammelten. Das Volk lachte, aber die Dämonen kreischten und nahmen ihre wahre, schauderhafte Gestalt an. Sie flehten Mab Righ an, von seinem Vorhaben abzulassen, aber der Fürst stellte sich ihrem Jammern gegenüber taub, füllte die Schale aufs neue und sprengte sie über die Menge.

Die argen Coranyid verschrumpelten und starben; sofort war das Volk befreit. Und alle priesen den König und seine Klugheit und feierten die Kraft des Heilwassers. Ohne einen Augenblick zu verlieren, machte Mab Righ sich daran, die Insel der Länge und der Breite nach zu vermessen. Als er damit fertig war, unterteilte er das Land und fand so die Mitte. Er befahl, dort eine tiefe Grube auszuheben. Und dann ließ er aus der ersten Schur sämtlicher Lämmer auf der Insel ein großes Tuch anfertigen.

Das Tuch aus ungefärbter Lammwolle wurde an die Stelle getragen und über die riesige Grube gebreitet. Mab Righ schüttete ein Drittel des Korns in ein Faß mit dem Blut von neun Lämmern und stellte das Faß in die Mitte des Tuchs. Zufällig war am folgenden Tag der Vorabend von Beltane, und der Lindwurm kroch aus seiner unterirdischen Höhle und witterte das Lämmerblut. Von dem Faß angelockt, rutschte das böse Untier auf das Tuch, ringelte sich um das Faß und wollte sein Festmahl beginnen. Aber ehe es nur die Zunge hineintauchen konnte, versank das Tuch in der Grube.

Mab Righ, der sich in der Nähe verborgen hatte, rannte aus seinem Versteck, packte die losen Enden des Tuches, ehe sie in die Tiefe fielen, band sie zusammen und verschnürte sie mit festen Tauen. Dann zogen er und seine Leute das Bündel aus der Grube und schleppten es zu einem hohen Felsvorsprung, während der Lindwurm ununterbrochen brüllte. Sie hievten das Bündel auf die Klippen und warfen es ins Meer. Der Wurm schlug um sich, kreischte und wehrte sich, als er fiel. Damit endete das entsetzliche Gebrüll und ward im Lande nie wieder gehört.

Und das Volk, das oben auf den Klippen zusammengelaufen war, stimmte ein Befreiungslied an, als der Wurm versank. Die Leute hoben Mab Righ auf ihre Schultern und trugen ihn in seinen Saal, um den Sieg zu feiern. Sie bereiteten einen großen, herrlichen Festschmaus und nahmen das letzte Drittel Getreide, um daraus Teig zu machen, den sie buken. Der Teig ergab so viel Brot, daß das gesamte Reich davon dreiunddreißig Tage satt geworden wäre.

Als das Mahl aufgetragen wurde, setzten sich alle zum Schmausen nieder. Aber ehe sie noch den kleinsten Bissen anrühren konnten, wurden sie müde. Unter heftigem Gähnen legten sie alle den Kopf auf die Tafel und schliefen ein. Auch Mab Righ merkte, daß er gähnte und sich die Augen rieb. Er sehnte sich nach Schlaf, gedachte aber der Worte des Königs. Als ihm die Augen zufielen und das Haupt auf die Brust sank, trat er in das Faß mit kaltem Wasser neben sich. Davon wurde er schlagartig wieder wach.

Während er im kalten Wasser schauderte, erklangen auf den Herdsteinen schwere Schritte. Einen Augenblick später zog ein Schatten über den Saal, und ein Hüne von Mann erschien an der Festtafel. Dieser riesige Kerl war von Kopf bis Fuß in Leder gekleidet und trug einen mächtigen Hammer aus Stein. Über die Schulter hatte er einen langen Eichenschild geschlungen, der mit Eisenbändern festgehalten ward. Außerdem brachte er einen Weidenkorb mit, in den er das Essen schaufelte: Brot und Fleisch und Gemüse aller Art purzelten ohne Unterlaß in seinen Korb. Staunend sah Mab Righ ihm zu und fragte sich, wie ein Gefäß so viel aufnehmen konnte, ohne jemals voll zu werden.

Schließlich hatte der Riese die Tafel bis zum letzten Krümel abgeräumt. Erst da hörte er auf – und das nur, um zu sehen, ob er etwas vergessen habe. Als er feststellte, daß die Tafel völlig leer war, drehte er sich um und wollte wieder in der Dunkelheit verschwinden. Da sprang Mab Righ auf, hüpfte aus dem Wasser und rannte dem Riesen platschend nach: ›Halt! Im Namen dessen, der über uns Herr ist, ich befehle dir, stehenzubleiben!‹

Das zu sagen hatte Lludd ihm geraten, und der Riese blieb stehen, drehte sich um und reckte seinen Steinhammer. ›Wenn du deine Waffen nicht geschickter führst, als du deinen Festschmaus bewachst‹, erwiderte der Riese mit einer Stimme, daß rundherum die Berge bebten, ›werde ich dein jämmerliches Gerippe bald in meinen Weidenkorb stecken.‹

Mab Righ hatte seine Antwort bereit. ›Auch wenn du endlose Verbrechen begingst und die Freude vieler in Klagelieder verkehrtest‹, sagte er, ›behaupte ich, daß du keinen Schritt mehr gehen wirst.‹

Der Riese höhnte seiner: ›Willst du deinen Schmaus nicht verteidigen, kleiner Mann? Denn ich sage dir, so leicht lasse ich mich gegen meinen Willen nicht überzeugen.‹ Er wirbelte seinen Hammer hoch über seinem Kopf und ließ ihn heftig niedersausen.

Behende sprang Mab Righ zur Seite, und der Hammer richtete keinen Schaden an. Der Riese drehte sich um und wollte davongehen. Er machte einen Schritt, dann noch einen, doch beim dritten wurde er vom Gewicht des Weidenkorbs zurückgerissen. Er mühte sich noch einen Schritt voran, aber der Korb war mit einemmal so schwer geworden, daß er ihn nicht länger zu halten vermochte. ›Was für ein Brot ist das denn?‹ jammerte er. ›Es wird bei jedem Schritt schwerer!‹

Darauf rutschte ihm der Korb aus den Händen und zerschellte am Boden. Der Riese sah die Brotlaibe und Fleischstücke über die Erde rollen und ließ sich auf Hände und Knie fallen, um sein Mahl wieder einzusammeln. Er packte einen runden Laib und hob ihn hoch. Aber das Brot war zu schwer für ihn, und trotz all seiner ungeheuren Kraft war er dem unheimlichen Gewicht nicht gewachsen. Er stürzte unter dem Brot wie unter dem schwersten Mühlstein, der jemals Korn gemahlen hat.

Mab Righ schüttelte sein Erstaunen ab, schritt zum nächsten Brotlaib, las ihn mit einer Hand auf und hob ihn hoch über den Kopf des Riesen. ›Ich habe noch einen Laib für dich‹, sagte der Herr über die Insel. ›Da du ein so gefräßiger Riese bist, will ich ihn dir geben. Nimm dies zur Last auf deiner Brust dazu.‹

Der Riese sah den Laib über seinem Kopf schweben und rief: ›Bitte, Herr, ich ergebe mich. Tu mir nicht noch mehr weh, denn auch wenn du es vielleicht nicht weißt, so schwächt der Laib, den ich halte, mich schon zu Tode.‹

Da Mab Righ eine List argwöhnte, sagte er: ›Wie kann ich dir glauben, der du vom Mund meines Volkes das Leben gestohlen hast?‹

Der Riese weinte und greinte, daß das Brot ihn erdrücke. ›Herr, ich halte das Gewicht nicht länger aus‹, sagte er. ›Wenn du mich nicht befreist, sterbe ich. Wenn du mein Leben willst, dann hast du es, Herr, und mein Wort dazu. Befreie mich, und ich werde nie wieder jemandem Kummer bereiten, der von dem Brot kostete, mit dem du mich besiegt hast.‹

Mab Righ berührte den Laib und sprach: ›Dein Leben ist nur geringer Zoll für die Untaten, die du meinem Volke angetan hast, aber der Güte halber will ich dich befreien.‹ Darauf hob er den Brotlaib weg, der den Riesen überwunden hatte. ›Von uns wirst du nie wieder einen Krümel bekommen.‹

Der Riese stand auf und schüttelte sich. Dann hielt er den Eid, mit dem er sich gebunden hatte, verabschiedete sich von Mab Righ, wanderte gen Osten und ward auf der Insel nie wieder gesehen. Und so wurde das Land von den drei Plagen befreit und das Volk von seinem langen Leiden erlöst. So bitter sein Kummer gewesen war, so groß war seine Freude. Es jubelte ob seiner Errettung und frohlockte.

Dreiunddreißig Tage lang schmausten die Bewohner der Insel von dem Brot ihrer Befreiung, und soviel sie auch aßen, es war dreimal mehr übrig, wenn sie aufhörten. Ja, sie werden wohl auf immer feiern!

Hier endet das Lied von Mab Righ und dem rettenden Korn. Möge es hören, wer mag.«

IX

Als die letzten funkelnden Töne wie flammende Feuerfunken in die Nacht stoben, blickte ich den Hügel hinan. Die Leute saßen verzückt da und wollten den Zauber, der sie in Bann hielt, nicht brechen. Sie hatten vom Mahl des Lebens gekostet, ja darin geschwelgt, und wollten sich nicht von der Tafel erheben.

O nein, nicht meine Stimme rührte jene hungernden Seelen, sondern das Große Licht, das in ihrem Inneren aufging wie die Morgensonne und sie aufforderte, ihr Fasten aufzugeben.

Ich gewahrte eine Bewegung neben mir, und da stand Artus: groß und stark, das Gesicht vom goldenen Feuerschein beleuchtet, hinter ihm ein Sternenacker. Er reckte Caldevwlch und schwenkte die nackte Klinge, als wollte er jegliche Uneinigkeit vertreiben. Ich trat zur Seite, der Hochkönig nahm meinen Platz ein.

»Kymbrogen!« rief er, das Schwert emporstreckend, »ihr habt das Lied eines wahren Barden gehört, und wenn ihr mir gleicht, tun eure Herzen vor unnennbarer Schönheit weh. Und doch ... und doch sage ich euch: Die Schönheit hat einen Namen. Sie heißt das Sommerreich.«

Artus sprach mit schlichten Worten, aber mit dem Eifer eines Mannes, der die Erfüllung seiner am innigsten gehegten Hoffnung zum Greifen nah sieht. Er strahlte Lebenskraft aus, seine Miene glühte vor heiligem Feuer. Er war der Sommerkönig und hatte sein Königreich vor Augen, das zwar noch fern, aber immerhin schon näher lag als jemals zuvor.

»Das Sommerreich«, sagte er wieder mit vor Ehrfurcht fast demütiger Stimme. »Myrddin Emrys kündet, daß dieses herrliche Reich nahe sei. Es ist nicht mehr fern, meine Freunde, und harrt unserer, daß wir es mit Vergnügen bauen. Wer von euch würde vor einer so ruhmreichen Unternehmung zurückschrekken? Wenn es in unserer Macht steht, das Sommerreich zu begründen, wie könnten wir da zaudern?

Ich weiß nicht, ob es uns gelingen oder mißlingen wird«, fuhr er fort. »Die Aufgabe mag schwieriger werden, als irgendeiner von uns Lebenden zu erahnen vermag. Wir werden vielleicht alles geben, was wir haben, und dennoch scheitern. Indes wer würde uns in künftigen Zeiten verzeihen, wenn wir unser Glück nicht versuchten? Schwören wir also mit Herz und Hand bei etwas, das unserer höchsten Anstrengungen wert, ja mehr als wert ist! Wer will diesen Eid gemeinsam mit mir leisten?«

Auf diese Rede hin johlte das Kriegsheer, daß Himmel und Erde erbebten. Mein Lied hatte die Männer mit einer Sehnsucht nach dem Sommerreich erfüllt, und der Anblick des kühn und klar vor ihnen stehenden Hochkönigs hatte ihnen eine Ahnung vom Herrscher über dieses Reich gegeben. Sie verpflichteten sich freiwillig und aus vollem Herzen.

Artus hatte jedoch noch nicht geendet. Als die Rufe verstummt waren, betrachtete er Caldevwlch in seiner Hand. »Diese Schneide ist mächtig; mein Arm ist stark«, sagte er.

»Kymbrogen, ihr wißt, daß ich Britannien mehr liebe als mein Leben. Hätte ich zehn Leben, sie gälten mir nichts, könnte ich sie nicht auf der Insel der Mächtigen zubringen.«

Das trug Artus freudige Beifallsbekundungen ein, die er bescheiden entgegennahm. »Glaubt mir, wenn ich euch sage, daß ich niemals etwas tun würde, das dem Land zur Schande gereichen oder ihm gar schaden würde. Glaubt mir auch, wenn ich euch sage, daß dieser verheerende Krieg ein Ende finden muß.« Er hielt inne und wartete, bis aller Augen auf ihn gerichtet waren. »Darum werde ich mich morgen auf der Ebene dem Schwarzen Eber stellen und mit ihm kämpfen.« Noch immer das Schwert umklammernd, breitete der Hochkönig die Arme weit aus. »Kymbrogen!« rief er. »Ich bitte euch, mir am Tag der Prüfung beizustehen. Steht mir bei, meine Brüder! Morgen, wenn ich auf die Ebene ziehe, sollen eure Herzen und Gebete mit meinen im Kampf vereint sein. Schüttelt eure Zweifel ab, Brüder. Schüttelt die Angst ab. Betet, meine Freunde! Betet mit mir zu dem Gott, der uns alle erschaffen hat, daß er mir den Sieg schenke – nicht allein um meinetwillen, sondern dem Sommerreich zuliebe.«

Er schwieg und ließ seinen Blick über das stille Gesichtermeer schweifen. »Geht nun«, sagte er, »begebt euch zu euren Träumen und Gebeten. Stehen wir morgen alle mit der Kraft auf, die aus Herzen und Seelen erwächst, die in wahrer Eintracht vereint sind.«

So legten wir uns schlafen. Und als die Nacht im Osten zu weichen begann und König und Königin sich von ihrem Nachtlager erhoben hatten, stellte Gwenhwyvar sich entschlossen an Artus' Seite und erwartete mit gleichmütiger Miene den Tag.

Artus frühstückte und beriet sich mit seinen Hauptleuten. »Ihr habt gelobt, mir in allem beizustehen«, sagte er, sie an ihre Treueide gemahnend. »Ich preise eure Bereitschaft zum Krieg, doch jetzt verlange ich eure Bereitwilligkeit zum Frieden. Heute werde ich gegen Amilcar kämpfen und fordere eure Geduld. Hört mich an: Keiner soll den Wandalen Anlaß zum Zweifeln geben, ob ich die Bedingungen des Tjostes einhalte.

Wenn einer unter euch dem nicht zustimmen kann, so soll er auf der Stelle gehen, denn er ist nicht länger Artus' Freund. Doch wenn ihr bleibt, werdet ihr euch in alles fügen.«

Viele unter ihnen mißtrauten den Absichten der Barbaren. Ich mache ihnen keinen Vorwurf ob ihrer Unsicherheit. Ein Mann kann zweifeln, kann starke Einwände hegen und dennoch seinen Eid halten, auch wenn er mit dem Herzen nicht mehr ganz dazu steht.

Das ist, glaube ich, die höchste Vervollkommnung der Gesinnung: Kraft des Willens allein am Glauben festzuhalten, auch wenn das Feuer der Gewißheit erkaltet ist. Denn wenn die Sturmlohe des Eifers emporflackert, kann selbst die schwächste Seele fliegen. Aber wenn das Feuer erstirbt und der Wind fehlt, beginnt die wahre Prüfung des Wertes jeder Seele. Wer bei allem durchhält, gewinnt Kraft und Gottes große Gunst.

Artus täuschte die britischen Fürsten nicht, sondern ließ sie wissen, was er verlangte und was ihr Beistand kosten würde. Zu ihren Ehren sei gesagt, daß die Edlen standhielten. Trotz aller Bedenken fiel keiner vom Hochkönig ab oder murrte gegen ihn.

Dementsprechend rüstete Artus sich, sobald die Sonne am fernen Horizont aufzusteigen begann. Er legte sein gutes Kettenhemd und seinen Kriegshelm an und schlang sich den mit Eisen gesäumten Schild über die Schulter. Schneidestahl an seiner Hüfte, steckte er sich den Dolch in den Gürtel und suchte sich einen neuen Speer aus. Kei und Bedwyr taten das wenige, was möglich war: Sie überprüften seine Waffen, zogen Gurte und Schnüre fest, gaben ihm Ratschläge und ermutigten ihn. Als Artus bereit war, bestieg er sein Pferd und ritt zu dem ausgemachten Kampfplatz auf der Ebene, das versammelte britische Heer ihm nach.

Die Stelle lag nicht weit, und als wir kurz darauf Halt machten, befahl Artus den Feldherrn, ihre Plätze einzunehmen. Er bat Rhys, auf seine Zeichen zu achten, und seine Hauptleute, ein waches Auge und Ordnung in ihren Reihen zu bewahren, geschehe, was da wolle.

Er beugte sich vom Sattel aus zu Gwenhwyvar hinüber, die unerschütterlich und stahlhart neben ihm ritt, umfaßte mit der hohlen Hand ihren Kopf und zog ihr Gesicht zu sich. »Du bist in der Schlacht an meiner Seite geritten«, sagte er sanft. »Jedesmal, wenn ich zum Schwert griff, hätte ich fallen können. Fürwahr, ich könnte schon tausendfach erschlagen worden sein. Heute ist es nicht anders – warum fürchtest du dich also?«

»Eine Gattin teilt stets mit Freuden das Los ihres Gemahls«, erwiderte Gwenhwyvar, während ihr plötzlich die Tränen in die Augen stiegen. »Ich habe an deiner Seite gekämpft, ja, und den Tod gern gemeinsam mit dir herausgefordert. Aber an dem, was du nun vorhast, trage ich keinen Anteil, und das ist für mich bitterer als alles, was ich kenne.«

»Es geht mir nicht im geringsten um mich selbst«, versetzte Artus. »Was ich heute tue, tue ich für Britannien. In dieser Schlacht bin ich Britannien. Keiner kann meine Stelle einnehmen oder mein Los teilen, denn dieser Kampf gebührt dem König allein.«

Er stellte die Sache kurz und bündig dar. Wenn ganz Britannien Frieden finden sollte, mußte er durch denjenigen errungen werden, der ganz Britannien in Händen hielt. So hieß es: Artus und sonst keiner. Sein würde die Niederlage sein oder der Ruhm. Doch ob Ruhm oder Niederlage, die Tat geziemte dem Herrscher und mußte von ihm allein vollbracht werden.

Die edle Gwenhwyvar begriff dies wohl und nahm es ihm zuliebe hin, auch wenn es ihr nicht behagte. »Ich werde gehorchen«, flüsterte sie. »Ich wünschte nur, ich könnte glauben, daß der Barbar sein Wort hält.«

»Mein Herz«, sagte Artus, ihre Hand in die seine nehmend und fest drückend. »Wir sind nicht in Amilcars Hand, sondern in der Gottes. Und wenn der hohe König im Himmel uns beisteht, wer kann dann gegen uns bestehen?«

Gwenhwyvar schenkte ihm ein schwaches Lächeln. Sie hob den Kopf, drückte die Brust heraus und war wieder die Kriegerkönigin. Zwar klagten viele tapfere Männer, doch Gwenhwyvar äußerte kein Wort des Zweifels oder der Angst. Welche Bedenken sie in der Angelegenheit auch gehabt haben mochte, sie sprach kein Wort mehr. Ja, sie deutete nicht einmal an, sei es durch ihre Stimme oder durch Gesten, daß sie dem Unterfangen mißtraute. Als sie endlich begriffen hatte, daß Artus sich nicht abbringen ließ, stellte sie sich an seine Seite, so kantig und aufrecht wie jeder seiner Hauptleute. Und hätte es Artus gewünscht, so hätte sie ohne Murren seine Stelle auf der Ebene eingenommen. So edel war sie.

Artus küßte seine Frau, stieg aus dem Sattel, drückte die Brust heraus und ging allein aufs Schlachtfeld. Die Briten standen in Reih und Glied hinter ihren Anführern, glühende Gebete auf den Lippen.

Großes Licht, erhalte unseren König! Umgib Artus mit Schutzengeln! Schirme ihn mit deiner sicheren Hand!

Jenseits der Ebene rückte das Wandalenheer vor, und die Fremden machten erst Halt, als sie nah genug waren, daß wir ihre dunklen Augen im erbarmungslosen Licht funkeln sehen konnten. Ihre Mienen waren ernst und verrieten nichts. Sie kamen auf uns zu, immer näher und näher, und ich fürchtete, sie würden uns doch noch überrennen, während wir dastanden und ihnen zusahen. Aber als die beiden Heere nur noch zwei Speerwürfe voneinander entfernt waren, blieben die Wandalen stehen. Amilcar trat mit zwei Hauptleuten und Hergest vor.

Als ich sah, daß Amilcar mit Unterstützung kam, rief ich Kei und Bedwyr zu, mir zu folgen, und wir rannten Artus auf die Ebene nach. Er warf rasch einen Blick zurück. »Du mußt vielleicht allein gegen Amilcar kämpfen«, sagte ich, »aber du brauchst dem Ehrgefühl der Barbaren nicht blind zu vertrauen. Kei, Bedwyr und ich werden dich begleiten und darauf achten, daß der Schwarze Eber sein Wort hält.«

Artus betrachtete die entschlossenen Mienen seiner Freunde und willigte ein: »Nun gut. So soll es sein. Gehen wir gemeinsam.«

Wir drei marschierten neben Artus dem Schwarzen Eber entgegen, und ich beschloß zu tun, was ich konnte, um einen gerechten Kampf zu gewährleisten. In der Mitte der Ebene trafen wir auf den Wandalenführer und blieben ein paar Schritte vor ihm stehen.

Der Schwarze Eber war noch größer und kräftiger, als ich ihn in Erinnerung hatte. Für die Schlacht entblößt, bot er einen äußerst wilden Anblick. Er hatte Gesicht und Gliedmaßen mit Speck eingeschmiert und dann mit Ruß geschwärzt. Bis zur Hüfte nackt, war sein Oberkörper von alten Wunden völlig vernarbt. Unter seinem Lendenschurz wölbten sich stämmige Schenkel. Er war barfuß und trug den schweren Schild, das breite Kurzschwert und den dicken Speer, die seinesgleichen bevorzugten. Um seinen Stiernacken hatte er ein dreifaches Band aus menschlichen Zähnen und Fingerknöcheln. Auch sein Haar war eingefettet und hing ihm in breiten, schweren Flechten vom Haupt.

Er sah wirklich ein wenig nach einem wilden Eber aus. Locker stellte er sich hin und betrachtete Artus mit milder Verachtung, ohne jegliche Furcht in seinen unergründlichen dunklen Augen. Amilcar schien begierig darauf, Artus endlich von Angesicht zu Angesicht zu begegnen. Insgesamt wirkte er wie ein Krieger voll höchsten Selbstvertrauens, seiner Kühnheit äußerst gewiß.

Der Wandalenhäuptling knurrte einen Schwall von Worten in seiner kehligen Sprache, die uns der gefangene Priester verständlich machte: »Amilcar sagt, er freue sich, daß Artus nicht vor dem Kampf davongelaufen sei. Ihr sollt wissen, daß er es als höchste Ehre betrachte, den Britenkönig zu töten. Das Haupt eines so großen Fürsten werde ihm beträchtlichen Ruhm eintragen.«

Artus lachte. »Sage Amilcar, daß ich mich nicht so leicht von meinem Haupt trenne, wie er glaubt. Das haben viele schon versucht und sind daran gescheitert.«

Hergest bereitete es großes Vergnügen, Amilcar zu wiederholen, was Artus gesagt hatte. Der Barbar gab eine rasche Antwort und hob beim Sprechen sein Halsband, um mit den Knochen zu klappern. »Trwch Trwyth meint, das gelte auch für ihn. Dennoch werde es ihm höchste Freude bereiten, seinem Kampfgewand die Zähne und Zehenknochen des Britenkönigs hinzuzufügen.«

Amilcar sprach weiter. »Trwch ist bereit«, übersetzte Hergest. »Der Worte seien genug gewechselt. Es sei Zeit zu kämpfen.«

»Noch nicht«, sagte ich, die Hand erhebend. »Ehe der Kampf beginnt, möchte ich die Eide der Krieger hören.«

»Was sind das für Eide?« ließ der Schwarze Eber durch seinen gelehrten Sklaven fragen.

»Daß er das dreifache Gesetz befolgen werde.«

Hergest übertrug die Antwort, und der Wandalenführer fragte: »Wie lautet das Gesetz?«

»Es lautet so: Kein Mann, gleich aus welchem Lager, darf in den Kampf eingreifen oder ihn behindern. Ein Flehen um Gnade soll erhört werden. Der Kampf soll nur so lange weitergehen, wie einer von beiden Luft hat, die Waffe zu heben.«

Amilcar starrte mich an, während Hergest ihm meine Worte wiederholte, und gab eine höhnische Antwort: »Trwch sagt, eure Gesetze seien in seinen Ohren wie Schafsgeblök. Er will nichts von ihnen wissen.«

»Dann wird auch der Kampf nicht stattfinden«, entgegnete ich fest. Kei und Bedwyr hielten sich bereit, die Hände an den Schwertheften, unerschrocken. »Denn wenn er nicht in dieses Gesetz einwilligt«, fuhr ich fort, »wird der Krieg weitergehen, und die britischen Fürsten werden ihn von einem Ende der Insel zum anderen hetzen. Ihr werdet zur Strecke gebracht und in den Staub getreten werden.«

Amilcar hörte sich dies zähnefletschend an. Er spie eine Erwiderung aus. »Einverstanden«, teilte Hergest mir mit. »Amilcar gelobt seinen Schwur.«

Ich wandte mich an Artus. »Einverstanden«, sagte er, kräftig nickend. »Ich halte mich daran.«

»So sei es!« Ich trat von den beiden Kämpen zurück. »Der Tjost beginne!«

X

Stahlhart und energisch nahmen Kei und Bedwyr neben mir Aufstellung. »Nimm deine Hand nicht vom Schwert, Bruder, und achte auf jede seiner Bewegungen«, zischte Bedwyr Kei zu. »Amilcar ist ein Lügner. Man darf ihm nicht trauen.«

Wild grinsend hob Trwch Trwyth seine stämmige Lanze und fuhr sich mit der scharf gewetzten, kurzen Spitze über die nackte Brust. Aus der oberflächlichen Wunde tropfte ein dünnes Rinnsal Blut seine gerußte und geölte Brust hinab.

Dergleichen hatte ich schon erlebt. Die Barbaren glauben, wenn man eine Waffe zuerst in das eigene Blut tauche, werde einem dadurch der Sieg gewährt. Während der Wandale damit beschäftigt war, zog Artus Caldevwlch und sank auf ein Knie. Er umfaßte den Stahl mit beiden Händen, hob das Heft in Augenhöhe, um so das Zeichen des Kreuzes zu bilden, und betete zum Erlösergott.

Amilcar beobachtete ihn genau. Während Artus betend kniete, stellte der Barbarenkönig sich neben ihn und blickte mit äußerstem Abscheu auf ihn hinab. Er holte tief Luft und spuckte dem Hochkönig ins Gesicht.

»Das Tier!« knurrte Kei. »Ich –«

»Ruhig«, warnte Bedwyr und legte seine Hand auf Keis Rechte.

Artus öffnete die Augen und betrachtete Amilcar mit eiskaltem Gleichmut. Er zuckte mit keiner Wimper. Dann schloß er die Augen wieder, beendete sein Gebet und erhob sich langsam.

Von Angesicht zu Angesicht, so daß keine Handbreit Platz zwischen ihnen war, stellten sie sich einander. Ich konnte das Feuer des Zorns zwischen ihnen fast spüren.

»Sage Trwch Trwyth, ich vergebe ihm seine Kränkung«, wies

Artus den Priester milde an. »Und wenn er tot ist, werde ich beten, daß Jesus ihm die Kränkung Gottes vergebe und seiner Seele gnädig sei.«

Hergest wiederholte Artus' Worte, worauf der Barbar sich umdrehte, ausholte und den Priestersklaven mit dem Handrükken schlug. Der Kopf des Mönchs fiel nach hinten, er hatte ein helles Mal auf seiner Wange.

»Das soll der Barbar teuer büßen«, schalt Kei neben mir.

Während Amilcar zu seinem Platz stolzierte, machte Artus hinter seinem Rücken ein Zeichen. Rhys, der darauf gewartet hatte, blies einen langen, funkelnden Ton auf dem Horn. Der Klang ließ das Wandalenheer zusammenfahren. Trwch schaute zur Schlachtlinie der Briten hinüber.

Die Gelegenheit beim Schopfe packend, machte Artus einen Satz nach vorn: »Stirb, Trwch Trwyth!«

Bedwyr, Kei und ich traten ein paar Schritte zurück. Mercia, Hergest und die Barbarenführer nahmen eine Stellung unmittelbar gegenüber ein, so daß die Kämpfer zwischen uns waren. Artus und Amilcar fingen an, einander wachsam zu umkreisen. So tun es Männer, die am anderen Maß nehmen wollen. Beide benutzten sie ihren Speer; sie hielten die Waffe locker in der Mitte des Schaftes umklammert. Amilcar wog seinen Speer: Er schob ihn ruhelos vor und zurück, suchte nach einer Blöße, einer kurzen Unachtsamkeit, die er hätte ausnutzen können. Artus hingegen hielt die Waffe ruhig, zum Werfen oder Stoßen gleichermaßen bereit.

Ich beobachtete, wie sie umeinander herumgingen und verglich sie im Geiste: Keiner von beiden stand dem anderen an Körpergröße nach. Artus hatte breitere Schultern, aber Amilcar einen kräftigeren Oberkörper. War Artus standfest und trittsicher, so war der Schwarze Eber flink. Der grobknochige, wuchtige und stämmige Artus bezog seine Kraft aus den wilden Hügeln des Nordens; der Wandalenführer besaß die ansehnliche Statur und Härte seiner Rasse. Beide Männer, schloß ich, waren einander an Stärke und Ausdauer zwar in etwa ebenbürtig, doch mochte Amilcar, der den Kampf zu Fuß gewohnt war, einen winzigen Vorteil über Artus haben, der fast immer vom Rücken eines Pferdes focht.

Doch ein Krieger bemißt sich nicht allein an der Stärke seines Schwertarms, auch wenn die meisten nur darauf achten. Wäre rohe Kraft das einzige, was zählte, so wären Kriegerköniginnen wie Boudicca oder Gwenhwyvar stets unterlegen gewesen. Frauen haben nicht die Kraft in Arm und Schulter wie ein durchschnittlicher Mann; aber sie sind gewitzt und bei weitem geschickter. Sie denken schneller, beweglicher und listiger. In der Schlacht kann es Schläue leicht mit dem stärksten Arm aufnehmen. Fürwahr, bei einem Krieg ist der Verstand das wichtigste, und erst an zweiter Stelle steht der Mut.

Und in dieser Hinsicht konnte niemand an Artus heranreichen. Verfügte er vielleicht auch nicht – wie Llenlleawg – über die seltene Gabe des Kampf-*Awen*, so hatte er doch einen entscheidenden Vorteil: Er kannte keine Furcht. Nichts konnte Artus entmutigen. Ob er einem einzigen oder tausend Speeren gegenüberstand, war ihm gleich. Ob Amilcar alleine focht oder mit der ganzen Wandalenhorde an seiner Seite – auch das hätte den Bären von Britannien kaum beeindruckt. Er hätte das Treffen womöglich nicht überlebt, aber Angst hätte er im Tod nicht gekannt.

Wenn die Menschen an Artus denken, stellen sie ihn sich als sehnigen Muskelprotz vor, der allein seine Körperkraft vor sich hertrug. Doch in Wahrheit führte nie ein tapferer oder schlauerer Krieger Speer oder Schwert. Natürlich war er stark, aber er war auch klug – geradezu ein Druide in der Schlacht.

So umkreisten der Schwarze Eber der Wandalen und der Bär von Britannien einander scharfen Blickes, die Hand bereit, die geringste Gelegenheit auszunutzen. Die ergab sich fast sofort. Während die beiden vorsichtig einen Seitschritt neben den anderen setzten, strauchelte Amilcar, nur ein kurzes Stolpern über eine Unebenheit im Gelände, aber Artus stürzte sich sogleich darauf. Er sprang vor und stieß mit dem Speer unter die Innenseite von Amilcars Schild.

Alle sahen den Fehltritt und staunten ob Artus' geschwinder Reaktion darauf. Aber Amilcar wich dem raschen Speerstoß aus und entschlüpfte der Lanze. Die Jubelrufe der Briten erstarben, noch ehe sie laut geworden waren, denn hätte Artus seinem Vorstoß nachgesetzt – wie Krieger es oft tun –, so hätte der Wandale ihm die Kehle aufgeschlitzt.

Amilcar fing sich mit solcher Gelassenheit, daß ich mich fragte, ob der Fehltritt nicht eine List gewesen sei – eine kluge Finte, um einen übereifrigen Gegner zu überraschen. Wie wirksam der Trick in der Vergangenheit auch gewesen sein mochte, hatte er es jedoch nicht auf einen schleunigen Sieg abgesehen. Er war es zufrieden, seinen Speer ein wenig zu prüfen, ohne sich auf die erstbeste Gelegenheit richtig einzulassen.

Die weiße Sonne gleißte auf den scharf gewetzten Schneiden und in den zusammengekniffenen Augen der Kämpfer. Langsam, ganz langsam bewegten die beiden Krieger sich im Kreis und suchten nach einer Möglichkeit, zuschlagen zu können. Artus schien darauf gefaßt, diese Übung durchzuhalten, so lange sie gehen mochte. Er wollte sich zu keinem Irrtum verleiten lassen. Und auch der Schwarze Eber schien es nicht eilig zu haben, Artus noch eine Blöße zu geben, ob nun echt oder nur vorgetäuscht.

Wir standen also in der heißen Sonne: das Barbarenheer, schweigend, in Reih und Glied, gegenüber der britischen Streitmacht zu Pferde, kaum einen Speerwurf voneinander entfernt. Aller Augen beobachteten den fürchterlichen Tanz, den die Kämpen Schritt um Schritt wachsam vollführten. Im Kreis und rundherum gingen sie und taten keinen falschen Tritt. Stets aufmerkend, kaum einmal blinzelnd, bewegten sie sich im Reigen, so daß ihre Füße im Staub ein weites Rund abbildeten. Wer als erster die Geduld verlöre, würde zuschlagen, und der andere würde darauf warten. Aber beide Männer behielten die Nerven. Die Aufmerksamkeit von keinem ließ nach.

Aber ein anderer verlor die Geduld, denn auf der gegenüberliegenden Seite des Schlachtfeldes ertönte aus den Reihen der

Wandalen ein heiserer Ruf – ob damit Amilcar ermuntert oder Artus verspottet werden sollte, konnte ich nicht sagen. Der Schrei zerriß die Stille, und Amilcar wandte den Kopf um. Artus sah seinen Gegner wegschauen und sprang im selben Augenblick nach vorn, den Speer eingelegt, die Spitze schneidend.

Das Sonnenlicht gleißte auf der Schneide; ich blinzelte. Als ich wieder hinblickte, sah ich, daß Amilcar Artus' Speer abgeschmettert und zugleich mit dem eigenen zugestoßen hatte. Das Ganze war so schnell gegangen, daß ich dachte, Artus müsse die Speerspitze in den Rippen stecken haben. Er schleuderte Amilcar jedoch seinen Schild entgegen und trieb ihn einen Schritt zurück. Ich schaute nach Blut, entdeckte aber keines. Artus' Kettenhemd hatte ihm einen tiefen Schnitt erspart.

Der Schwarze Eber gestattete sich ein hinterhältiges, bösartiges Lächeln, so daß ich wußte: Der Schrei und sein scheinbarer Ausrutscher waren wieder ein Trick gewesen. Der Mann war eindeutig verschlagen und tückisch und hatte sich sorgsam mit einer Reihe solcher Finten gerüstet. Der ersten war Artus ausgewichen und der zweiten knapp entkommen. Ich fragte mich, was Amilcar als nächstes versuchen würde – und ob Artus das Manöver rechtzeitig durchschauen würde, um sich zu retten.

Das wachsame Imkreisgehen begann aufs neue und schien eine Weile dauern zu wollen. Ja, die beiden bewegten sich nun in einem eintönigen, gleichmäßigen Rhythmus – da stolperte Artus plötzlich. Er fiel auf ein Knie, sein Speer knallte flach auf den Boden.

Im nämlichen Augenblick sprang Amilcar auf den Hochkönig los. Artus streckte die Hand aus, packte den heransausenden Speer mit der freien Hand und zog ihn auf sich zu. Amilcar geriet durch das unvermutete Zerren am anderen Ende seiner Lanze aus dem Gleichgewicht und stürzte mit einem Knurren nach vorn.

Artus sprang auf und packte im gleichen Atemzug wieder seinen Speer. Amilcar fand sein Gleichgewicht wieder, drehte sich rasch weg und hielt seinen schweren Schild vor sich. Aber

Artus' Speerspitze hatte ihn an der Seite gestreift, und jetzt troff an der glänzenden Flanke des Schwarzen Ebers Blut herab. Die Kymbrogen erhoben ein ungeheuerliches Geschrei und bekundeten damit ihren Beifall für den waghalsigen Ausfall.

Britanniens König hatte als erster eine blutige Wunde geschlagen und – was womöglich noch wichtiger war – dem Feldherrn der Barbaren eine Warnung erteilt, daß der Bär auch ein paar Tricks zu bieten hatte. Diese Stolperfinte hatte ich bei Artus noch nie erlebt; daher nahm ich an, daß er sie ersonnen hatte, um sich an Amilcars Täuschungen zu rächen und ihm einen Dämpfer zu verpassen. Das feindliche Heer freute sich gar nicht über diese Tat und heulte mißbilligend auf.

Die erbarmungslose Sonne stieg höher. Der Kampf wurde zu einem wachsamen Wettbewerb um Ausdauer und Willenskraft. Ab und zu wagte einer der beiden einen Hieb, der seine entsprechende Antwort fand. Aber keiner der Männer war so übereilt oder unerfahren, daß er sich auf einen unbeherrschten Schlagabtausch eingelassen hätte.

Immer im Kreis drehten sie sich, keiner zeigte eine Schwäche oder entdeckte eine bei seinem Gegner. Sie maßen sich, die sengende Sonne erreichte ihren Gipfel, verharrte dort und begann dann ihren langen, langsamen Abstieg gen Westen. Die Briten schirmten ihre Augen mit den Händen ab und beobachteten den Wettstreit, von Hitze und Licht benommen. Unablässig weiter ging das endlose Umkreisen, und der Tag verstrich mählich.

Schließlich entschwand das Licht, ohne daß einer der beiden Männer der Müdigkeit oder einem Fehler erlegen wäre. Ich nahm es auf mich, dem Kampf ein Ende zu setzen, als die Sonne unterging und die Dunkelheit die Walstatt einzufordern begann. Hergest ein Zeichen gebend, zeigte ich meinen Wunsch zu einer Unterredung an, so daß er Mercia zu mir führte.

»Es ist bald dunkel«, sagte ich. »Wir können das die ganze Nacht so weitergehen lassen oder übereinkommen, daß wir uns morgen abermals treffen.«

Der gefangene Priester übersetzte Mercia, der alles verstanden haben mußte, meine Worte. Dieser zauderte und betrachtete die Kämpen nachdenklich. Ich spürte seinen Widerwillen einzugreifen und setzte daher hinzu: »Es wird keinem der beiden schaden, die Nacht über zu ruhen und morgen mittag wieder zusammenzutreffen.«

»Es soll geschehen«, erwiderte der Barbar durch den Mund des Priesters. Die beiden wandten sich an die Kämpfer und riefen ihnen zu, die Waffen zu strecken und sich die Nacht über zurückzuziehen. Das taten sie, wenn auch widerstrebend.

So endete der Tag ohne Entscheidung.

XI

Die Kymbrogen waren erleichtert, ihren König unversehrt bei sich begrüßen zu dürfen, jedoch auch enttäuscht, daß mit dem ganztägigen Kampf die Sache nicht geklärt war. Artus war freilich müde, hungrig und schrecklich durstig. Er wünschte sich nichts so dringend wie einen Moment Ruhe, um sich zu erholen. Die Kymbrogen jedoch verlangten, nachdem sie die endlose, gnadenlose Unsicherheit des Tages erduldet hatten, nach einem sichtbaren Beweis, daß ihr König noch Kraft hatte und kampfbegierig geblieben war.

Artus verstand ihr Bedürfnis. »Sage ihnen, ich werde zu ihnen sprechen, sobald ich etwas gegessen habe«, wies er mich an, nachdem wir in sein Zelt getreten waren. Seufzend nahm er seinen Helm ab und ließ sich erschöpft auf seinen Feldstuhl sinken. »Rhys! Wo bleibt der Becher?«

»Sage ihnen, sie sollen ihn in Ruhe lassen«, meinte Gwenhwyvar knapp. Sie kniete neben ihrem Gemahl nieder und zog an den Lederbändeln seines Kettenhemdes. »Er hat genug für heute.«

»Überlaßt die Sache mir«, erwiderte ich. »Ruht, solange ihr könnt.«

Ich trat aus dem Zelt und wandte mich an die versammelte Menge. »Euerem Herrn geht es gut, aber er ist müde und hungrig. Schenkt ihm eine Weile, damit er sich erholen kann. Sobald er gespeist und geruht hat, wird er Rat halten.« Ich hob meine Hände. »Geht jetzt. Kehrt zu euren Pflichten zurück und gönnt eurem König ein wenig Frieden.«

»Können wir etwas tun?« fragte Bedwyr, zu mir tretend. »Du brauchst es nur zu sagen.«

»Sorgt dafür, daß niemand ihn stört«, antwortete ich. »Das wird ihm ebenso guttun wie Essen und Ruhe.«

»Wird gemacht«, erwiderte Bedwyr, die Menge betrachtend. Einen Moment später führte er zusammen mit Cador, Fergus und Llenlleawg die Krieger zu ihren Lagern zurück und gemahnte sie an Wachsamkeit, denn die Wandalen waren noch nah.

Ich rief Rhys zu mir und beauftragte ihn, Speise und Trank zu bringen. »Dafür ist bereits gesorgt«, entgegnete er, leicht verärgert, daß ich ihm etwas so Offenkundiges befahl. »Das Essen steht bereit, und ich werde es bringen, Emrys, keine Sorge.«

Artus verbrachte eine ruhige Nacht. Er speiste gut und schlief fest. Mit frischer Kraft und erholtem Geist stand er auf, ebenso begierig, den Kampf aufzunehmen, wie am Vortag. Gutgelaunt begrüßte er seine Fürsten und Krieger und verbrachte den Vormittag damit, seine Waffen in Ordnung zu bringen und sich unter den vielen Speeren, die die eifrigen Kymbrogen ihm zeigten, einen neuen auszuwählen. Kurz vor Mittag frühstückte er, legte Kettenhemd und Helm an, nahm seine Waffen und zog wieder in den Streit.

Wie zuvor trafen sie sich auf der Ebene, die Heere in langen Reihen hinter sich. Der Schwarze Eber nahm seinen Platz ein, die Hauptleute an seiner Seite. Mit selbstgefälligem Gleichmut lugten seine zusammengekniffenen Augen aus seinem breiten Gesicht. Ja, als ich in Amilcars kaltschnäuzige Miene blickte, schien es mir, als sei er noch zuversichtlicher als zuvor. Vielleicht hatte ihm das vorige Treffen jedwede Sorge genommen, die er vor der Begegnung mit Artus gehabt haben mochte. Oder, und das war wahrscheinlicher, er hatte sich mit zusätzlichen Tricks und Finten bewaffnet, mit denen er den Streit zu seinen Gunsten zu entscheiden hoffte.

Artus wollte Amilcar nicht das erste Wort überlassen. »Heil, Trwch Trwyth!« rief er ihm von weitem zu. »Du scheinst ja ganz versessen aufs Sterben zu sein. Komm nur, ich will dir deinen Herzenswunsch erfüllen!«

Durch den Priester Hergest erfuhr Amilcar des Hochkönigs Spott. Zur Erwiderung spuckte er aus.

»So sei es«, erwiderte Artus gelassen. »Wie immer ist dein Witz bezaubernd.«

Der Kampf ging weiter wie zuvor. Beide Krieger umkreisten einander auf der Suche nach einer Gelegenheit, als erster zuzuschlagen, vielleicht den entscheidenden Hieb auszuteilen. Ich stellte mich zwischen Kei und Bedwyr, die Wandalenhäuptlinge nahmen ihre Plätze ein. Wir standen einander gegenüber und beobachteten die Bemühungen unserer Recken.

Wie erwartet hatte der Schwarze Eber sich weitere Listen zugelegt. Ein weniger wachsamer und erfahrener Krieger hätte sich davon vielleicht überrumpeln lassen, aber Artus wich ihm spielend aus. So verstrich der Tag unter dem Lärm von Speer auf Schild. Die beiden Kämpen gaben sich alle Mühe, hauten aufeinander ein, versuchten, den Widerstand des anderen zu brechen, aber keiner erzwang einen entscheidenden Vorteil. Ich sah, wie der Tag lang wurde, und während die Sonne heißer brannte, wuchs in mir das Gefühl von Verbitterung und Hilflosigkeit.

Einmal näherte sich Hergest in der Hitze des Tages den beiden Kriegern, um ihnen einen Schluck Wasser anzubieten. Ich sah ihn zwischen den beiden Kämpfern stehen und kam zusammenfahrend wieder zu mir. Ich war in Träumereien versunken und hatte den Tjost vor mir vergessen. Aber als ich sah, wie der Priester den beiden Recken den Wasserkrug hinhielt und ihnen einen heilenden Trunk anbot, gelangten mir die Worte wieder in den Sinn: *Du mußt dorthin zurück, woher du kamst!*

Das habe ich getan, dachte ich. Was kann ich noch tun?

Aber die Worte wurden zu einer Stimme – meiner eigenen Stimme und doch nicht meiner –, die immer stärker drängte. Streng, anklagend, ließ sie nicht locker und übertönte alle anderen Gedanken, bis ich nichts mehr hörte außer ihr: *Geh zurück! Dorthin zurück, woher du kamst! Wenn du siegen willst, mußt du dorthin zurück, woher du kamst*!

Blinzelnd stand ich in der Sonne und starrte Artus an, der auf seinem Speer lehnte und trank. Als er fertig war, hob er die Schale empor und goß sich Wasser über den Kopf. Ich sah

Britanniens Hochkönig mit zurückgelegtem Kopf, das harte Licht auf seinem verschwitzten Gesicht, die Schale über sich haltend, so daß das Wasser auf ihn niederplätscherte.

Es war ein Bild, so alt wie Britannien selbst: Ein müder Krieger erfrischte sich, ehe er den Kampf wiederaufnahm.

Die Stimme in meinem Kopf ließ ab von ihrem beharrlichen Drängen, als hätte der Anblick sie zum Verstummen gebracht. Aber lange war sie nicht still. Denn während ich Artus vor mir sah, wie er sich mit Wasser begoß, regte sich eine zweite Stimme: *Heute bin ich Britannien.*

Das waren Artus' Worte gewesen, die Worte des Königs an seine Gemahlin, um sie an seinen Rang und seine Verantwortung zu erinnern. Wahre Worte, gewiß, aber als das kühlende Wasser sein Gesicht badete, hörte ich in ihnen den Nachhall einer Wahrheit – einer Wahrheit, die wir schon zu lange vergessen oder bei unserem überstürzten Drängen auf einen Sieg verdrängt hatten.

Großes Licht, vergib mir! Ich bin so begriffsstutzig und dumm. Töte mich, Herr. Es wäre eine Gnade.

Der Kampf begann aufs neue und ging weiter, bis sich das fahle Dämmerlicht aufs Schlachtfeld senkte. Der Tag war vorüber, und keiner der Krieger hatte einen Vorteil über den anderen errungen. Wie zuvor machte ich Mercia ein Zeichen, und wir traten zu den Recken und boten ihnen an, die Schlacht abzubrechen und am folgenden Tag fortzusetzen. Beide Männer waren unerträglich müde und willigten gern ein. Sie ließen ihre Waffen sinken und traten auseinander.

Ich drehte mich weg, um Kei und Bleddyn herzuwinken, damit sie Artus hülfen, und Amilcars Hauptleute traten vor, um ihrem König beizustehen. Als ich den Kopf abgewandt hatte, blitzte die Lanze des Schwarzen Ebers auf. Ich sah die rasche Bewegung seines Armes und rief: »Artus!«

Die Speerspitze traf den Bären von Britannien oben an der Schulter. Er stürzte auf die Wucht des Stoßes hin nach vorn, sein Schild knallte auf den Boden. Der Speer gleißte und fiel in den Staub. Kei sprang vor, hob rasch den Schild auf und stellte sich zwischen Artus und Amilcar.

Wild schreiend kam Mercia angerannt und packte Amilcar. Er zog ihn weg, ehe der Barbarenführer wieder zuschlagen konnte. Bedwyr und ich erreichten Artus und beugten uns über seine Wunde. »Es ist nichts«, sagte Artus mit zusammengebissenen Zähnen. »Helft mir stehenzubleiben. Es ist nichts. Die Kymbrogen dürfen mich so nicht sehen.«

»Ja, ja, gleich. Ich will die Wunde sehen.« Ich langte mit der Hand danach, aber Artus schüttelte sie ab.

»Myrddin! Hilf mir stehen. Ich will nicht, daß man mich fallen sieht.«

Vor Wut und Entsetzen weiß im Gesicht, faßte Bedwyr Artus am unverletzten Arm und half ihm auf. »Das Tier«, knurrte er. »Gib mir dein Schwert, Artos. Ich werde ihn ausweiden wie ein Schwein.«

»Halt, Bruder«, sagte Artus mit ruhiger, gelassener Stimme. »Es ist nichts. Ich möchte nicht, daß er glaubt, er habe dadurch einen Vorteil errungen. Er soll glauben, ich sei gestolpert.«

Ich blickte zu den wartenden Kymbrogen hinüber. Aller Augen waren auf den König gerichtet. Eine ganze Reihe Krieger hatte die Waffen gezogen und war zum Angriff bereit. Mit einer Miene zwischen Zorn und Besorgnis rannte Gwenhwyvar zu uns. Artus gebot ihr mit erhobener Hand Einhalt und winkte sie zurück.

»Kei, Bedwyr, blickt nicht zurück«, befahl er. »Entfernt euch.«

»Möge diese Barbarenseele auf ewig in der Hölle brennen«, schalt Kei. »Nimm meinen Arm, Bär. Gehen wir weg von hier.«

Mit übertriebener Würde verließen wir die Walstatt. Gwenhwyvar, Llenlleawg und Cador brachten die Pferde und halfen Artus beim Aufsitzen. »Kymbrogen!« rief er laut. »Habt keine Angst um mich. Ich bin ermüdet vom Kampf, und Trwchs Speer hat mich überrascht. Mein gutes Kettenhemd hat mir jedoch seine Dienste geleistet. Ich bin unversehrt.«

Damit hob er die Hand, um zu zeigen, daß sein Arm unverletzt war, zog an den Zügeln und ritt mit Gwenhwyvar an seiner Seite ins Lager zurück. Kei, Bedwyr und ich folgten, während das britische Heer die Barbaren im Auge behielt und wartete, bis sie abzogen.

Es war, wie Artus sagte: Sein Kettenhemd hatte ihm hervorragende Dienste geleistet; die Wunde war nichts Ernstes. »Und?« fragte er, nachdem ich sie eingehend untersucht hatte.

»Es ist nicht, wie du sagst, nichts«, antwortete ich. »Die Lanze war gut geworfen, allerdings schlecht gezielt. Die Schneide ist durch deinen Panzer gedrungen. Du hast eine häßliche Schnittverletzung.«

»Aber es hätte schlimmer sein können«, fügte Gwenhwyvar hinzu. »Viel schlimmer.«

»Trotzdem gefällt mir nicht, wie die Wunde aussieht«, teilte ich beiden frank und frei mit. »Ich halte es für das beste, die Wunde so lange bluten zu lassen, wie sie mag, und sie dann mit warmem Wasser auszuspülen. Wir geben ein wenig Salz ins Wasser, um sie besser zu reinigen, und verbinden sie dann. Halte deine Schulter über Nacht warm, und ich sehe mir die Wunde morgen früh wieder an.«

Beide begriffen sofort, was hinter meinen Worten steckte. »Was ist, Myrddin? Wirst du nicht bei uns sein?«

»Nein. Ich muß etwas erledigen«, erwiderte ich. »Gwenhwyvar, sorge für alles. Ich werde vor Tagesanbruch wieder hier sein.«

Entrüstet verdrehte Gwenhwyvar die Augen, stellte aber keine weiteren Fragen. »Dann geh«, sagte sie und widmete ihre Aufmerksamkeit ihrem Gemahl.

Ich überließ Artus Gwenhwyvars kundiger Fürsorge und trat aus dem Zelt. Schon eilte mein Geist mir zu all dem voraus, was ich zu erledigen hatte, ehe die Sonne wieder aufging. Draußen warteten Kei und Bedwyr, besorgt und fassungslos wirkend.

»Die Wunde ist nicht schwer«, ließ ich sie wissen. »Ich will, daß ihr Gwenhwyvar beisteht und den Schlaf des Königs bewacht. Ich gehe weg, werde aber vor Tagesanbruch wieder hier sein. Gwalchavad und Llenlleawg werden mich begleiten.«

Da ich sehen konnte, daß die Fragen schon auf ihre Lippen traten, wischte ich sie beiseite: »Keine Sorge. Vertraut mir.«

»Und was sollen wir den Fürsten sagen, wenn sie sich nach dem König erkundigen?« rief Bedwyr mir nach.

»Sagt ihnen, sie sollen den König in Frieden lassen, und alles wird gut!« Ich drehte mich um und hastete davon. »Cador! Fergus!« rief ich die beiden aus der Menge hilflos vor dem Zelt versammelter Krieger. Sie folgten mir sofort, und ich wies sie an, das Werkzeug zusammenzupacken, das ich für mein Nachtwerk benötigte. Die beiden eilten davon und geboten weiteren Kriegern, ihnen zu helfen. »Gwalchavad!« rief ich. »Llenlleawg, kommt her!«

Sogleich standen die beiden neben mir. »Macht eure Pferde bereit und holt euch etwas zu essen, wenn ihr Hunger habt. Wir verlassen das Lager und kehren erst im Morgengrauen zurück.«

»Wo reiten wir hin?« fragte Gwalchavad.

»Dorthin, wo wir herkamen, zum Anfang«, erwiderte ich.

Das hielt er für einen Scherz. »So weit?« sagte er leichthin. »Und das in einer einzigen Nacht?«

»Mit Gottes Wille«, entgegnete ich, »ist es vielleicht nicht so weit, wie wir meinen.«

XII

Der Himmel war fast dunkel, als wir das Lager verließen. Wir ritten nicht weit – nur ein Stück über die Hügel –, aber auf jeden Fall außer Sichtweite neugieriger Zuschauer. Ich machte mit meinen Begleitern an einem vertrockneten Bachbett Halt, und während Gwalchavad die Pferde anpflockte, half Llenlleawg mir, den Wagen abzuladen, den Cador aufgetrieben hatte.

»Warum hast du das alles mitgeschleppt?« fragte Llenlleawg, einen Hammer hochhebend. »Schaufeln, Pickel, Bohrer, Sägen. Wozu brauchst du das ganze Werkzeug?«

»Das wirst du schon sehen«, antwortete ich. »Gwalchavad, rasch. Paß auf«, sagte ich, als er wieder zu uns kam, »wir haben nicht viel Zeit. Bevor der morgige Tag anbricht, müssen wir zwei Dinge vollbringen: Wir müssen eine Menge Kalk gewinnen –«

»Das ist nicht schwer«, entgegnete Gwalchavad. »Am Ufer gibt es genug Kalkstein, dazu trockenes Holz zum Feuermachen.«

»Ja«, erwiderte ich. »Ich hoffte, einer von euch würde das merken. Das wird also deine Aufgabe sein.«

»Und das zweite?« fragte Llenlleawg.

»Wir bauen einen Streitwagen.«

»Einen Streitwagen!« rief der Ire ungläubig aus. »In einer Nacht?«

»Ja, in einer Nacht.«

Gwenhwyvar lachte, aber Llenlleawg nickte nachdenklich – als wäre es etwas ganz Gewöhnliches, mitten in der Nacht einen Streitwagen zu bauen. »Als du sagtest, wir würden zum Anfang zurückkehren, dachte ich nicht, daß es so weit sein würde«, sagte er. »Doch du kannst dich auf mich verlassen, Myrddin Emrys. Ich werde dir helfen, so gut ich nur irgend kann.«

»Darum habe ich dich mitgenommen«, erklärte ich. »Und aus noch einem Grund: Ihr beide seid unter den Kymbrogen einzigartig, und heute nacht bedarf ich eurer besonderen Eigenschaften.«

Sie blickten einander neugierig an und versuchten, herauszufinden, inwiefern ich sie für außergewöhnlich hielt. »In euren Gesichtern werdet ihr die Antwort nicht finden«, sagte ich. »Der Unterschied besteht darin, daß ihr von Inseln kommt.«

»Weiser Emrys«, sagte Gwalchavad, abermals lachend. »Bist du überreizt? Vielleicht hat das lange Stehen in der Sonne das Gehirn in deinem Kopf weichgekocht?«

»Vielleicht«, räumte ich ein, »aber ihr scheint mir näher an den Sitten der Ahnen gelebt zu haben als die meisten Menschen im Süden.«

»Das stimmt«, meinte der Sohn der Orkaden stolz. »Die Adler vermochten die wilden Eilande nicht zu unterwerfen. Die Fürsten des Nordens mußten den Schandfleck Rom nie ertragen.«

»Irland auch nicht«, warf Llenlleawg rasch ein.

»Ganz recht, ich wußte, ihr würdet mich verstehen. Und jetzt ans Werk!« Ich klatschte in die Hände.

Willig machten sie sich an die Arbeit, ohne auch nur einmal nach dem Grund zu fragen. Wie die Kelten in alten Zeiten mühten sie sich schlicht auf Geheiß ihres Barden. Wenn der Oberbarde einen Streitwagen wollte, dann sollte er einen bekommen. Mein Herz schwoll vor Stolz über ihr einfaches Vertrauen. Scheint euch dies von der erhabenen Höhe eures aufgeklärten Zeitalters etwas Belangloses zu sein?

Ich sage euch: Das ist es nicht. Der Glaube ist *alles*.

Diese vertrauensvollen Männer hätten freudig Tag und Nacht Frondienste geleistet, weil sie glaubten – an mich, an die alten Bräuche, an die Treue, die sie ihrem König schuldeten. Sie lebten für ihren Glauben und wären, hätte man sie darum gebeten, gerne für ihn gestorben. Sagt mir nun: Wer in eurem großartigen Zeitalter besitzt einen so starken Glauben?

Wie gesagt, wir machten uns an die Arbeit. Das Mondlicht reichte Gwalchavad bei weitem aus. Er machte sich sofort daran, im Bachufer eine flache Mulde auszuheben. Diese sollte als Ofen dienen, in den er das Feuerholz und die aus dem Gestein gebrochenen Kalkbrocken legen würde. Ich entzündete ein Feuer für mich und Llenlleawg, während er anfing, die Vorderräder des Wagens samt der Achse abzunehmen.

Während die anderen ihren Aufgaben nachgingen, suchte ich nach Waid. Die Pflanzen waren ob der langen Dürre verkümmert und verwelkt, aber da ich nur einen einzigen Oberkörper einfärben mußte und nicht eine ganze Kriegerschar, hatte ich bald so viele zusammen, wie ich brauchte. Ich hackte die Blätter und oberen Stengelteile in einen kleinen Kessel, füllte ihn mit Wasser und stellte ihn neben das Feuer zum Kochen. Dann half ich Llenlleawg.

Es war gar nicht so schwer, aus einem Fuhrwagen einen Streitwagen zu machen – zumindest etwas, das einem Streitwagen ähnelte. Sobald die kleineren Vorderräder, die Achse und Seitenteile entfernt waren, nahmen wir die Deichsel ab und befestigten sie hinten. Ebenso versetzten wir die hohe Vorderwand nach hinten, um dem Fahrer einen Halt zu geben. Danach brachten wir ein zweites Zaumzeug an der Deichsel an, damit sich noch ein Pferd anschirren ließ. Man kann einen Streitwagen mit nur einem Pferd ziehen, aber mit zweien geht es viel leichter.

Wir arbeiteten gutgelaunt und unterhielten uns leise, während der Rauch von Gwalchavads Feuer über uns hinweg wehte. Ein paarmal warf ich einen Blick auf den jungen Krieger, als er mit vom Flammenschein rotem Gesicht auf dem Stock lehnte, mit dem er das Feuer schürte. Und ich beobachtete auch Llenlleawg, der nackt bis zur Hüfte mit den Eisen- und Holzteilen hantierte, während das Feuer ihm auf den Rükken schien.

Wäre in jenem Augenblick zufällig ein Kelte aus früheren Zeiten auf uns gestoßen, der Anblick wäre ihm vertraut gewesen und er hätte uns für Seinesgleichen gehalten. Falls die gemeinsame schwere Anstrengung tüchtiger Männer etwas Zauberisches hat, gelang uns in jener Nacht eine mächtige Beschwörung.

Der Mond glitt allmählich dem Horizont entgegen und verschwand schließlich in weißem Dunst. Nachdem er untergegangen war, schichtete ich das Feuer höher und schürte es häufiger, damit wir mehr Licht hatten. Die Nacht verstrich beim kalten Klappern des Hammers und dem heißen Knistern des Feuers. Ehe wir fertig waren, graute am Osthimmel schon der Morgen.

Gwalchavad öffnete seinen Ofen und schöpfte das weiche, weiße Kalkpulver zum Abkühlen auf flache Steine. Dann kam er zu uns, um sich unser nächtliches Werk anzusehen. »Sollen die Wandalen scharenweise kommen!« rief er, auf den Wagen springend. »Von hier aus werde ich sie alle besiegen. Eine schöne Arbeit.«

»Findest du?« fragte Llenlleawg, der das Gefährt zweifelnd betrachtete. »Es gleicht mir noch immer eher einem Fuhrwerk als einem Streitwagen. «

Ein echter Streitwagen wäre viel leichter gewesen, die Räder größer und das Vorderstück aus festem Weidengeflecht. Außerdem wäre die Deichsel länger gewesen, damit die Hufe der Pferde nicht gegen den Wagen krachten, wenn sie in vollem Galopp über das Schlachtfeld donnerten. Dennoch würde meine ungeschlachte Nachbildung ihren Zweck zur Genüge erfüllen.

»Hätte ich einen solchen Streitwagen«, sagte Gwalchavad froh, »würde der Feind rasch das Getöse meiner Räder fürchten lernen.«

»Zum Glück«, versetzte ich, »brauchen wir nicht mehr als ein wenig Getöse. Ich glaube nicht, daß Artus auf einem Streitwagen zu kämpfen versteht. Ich hoffe nur, er kommt mit dem Lenken zurecht.«

»Keine Sorge, weiser Emrys«, entgegnete Llenlleawg. »Ich

werde den Wagen für ihn führen. So zogen die Könige von einst in die Schlacht. Und Artus sollte sich nicht mit weniger begnügen.«

»Ihr habt eure Arbeit gut gemacht«, lobte ich sie und schielte zur aufgehenden Sonne. »Und jetzt müssen wir rasch wieder zurück ins Lager. Die Krieger werden sich bald regen, und ich möchte dort sein, wenn Artus erwacht.«

Während Llenlleawg und Gwalchavad das Pferd an den Wagen schirrten, sammelte ich den Kalk in einem Sack und schöpfte das Waid aus dem Kessel. »Laßt das Werkzeug hier«, sagte ich zu ihnen im Aufsitzen. Llenlleawg gemahnte ich: »Vergiß nicht, was ich dir gesagt habe.«

»Ich folge dir aufs Wort, Emrys«, erwiderte der irische Kämpe.

»So sei es.« Ich schnalzte mit den Zügeln, wendete mein Roß und raste zurück ins Lager.

Wie erwartet waren die Krieger gerade dabei aufzustehen. Von ein paar Kochstellen stiegen bereits dünne Rauchfahnen zum klaren, wolkenlosen Himmel auf. Die ersten Sonnenstrahlen kamen über den Hügelkamm gekrochen, und ich spürte bereits die Hitze auf meinem Rücken, als ich mit Gwalchavad im Lager einritt. Da ich niemanden sehen und mit keinem sprechen wollte, begab ich mich schnurstracks zu Artus.

»Hole Bedwyr, Kei und Cador«, befahl ich Gwalchavad, als wir absaßen. »Gib meine Anweisungen an sie weiter.«

Der junge Mann reichte mir den Kalksack und eilte davon. Ich blickte mich rasch um, schob dann die Zeltklappe beiseite und ging hinein. Der Anblick, der sich mir bot, rührte mein Herz: Da saß Gwenhwyvar und hielt Artus in den Armen, während sein Kopf an ihren Schultern ruhte und er fest schlief. Außer seinem Kettenhemd trug er noch immer die Kleidung vom Vortag.

Als ich vor ihr stehen blieb, sah sie auf. »Er war zum Auskleiden zu müde«, flüsterte sie und strich ihm mit ihren Lippen über die Stirn.

»Hast du ihn die ganze Nacht so gehalten?« fragte ich, vor ihr niederkniend.

»Er schlief in meinen Armen ein«, antwortete sie. »Ich mochte ihn nicht stören.«

»Dann hast du selbst gar nicht geschlafen.«

»Artus muß heute wieder kämpfen«, erwiderte sie und streichelte ihm übers Haar. »Ich wollte die Nacht über einfach bei ihm bleiben.« Sie sagte nicht, daß sie fürchtete, es könnte ihre letzte gemeinsame Nacht gewesen sein, aber sie dachte es.

Wir flüsterten zwar nur, doch weckte der Klang unserer Stimmen Artus auf. Sie ließ ihn los, behielt aber einen Arm auf seiner Schulter.

»Ach, Herrin...«, hub er an. »Ich schlief wohl ein. Es tut mir leid...«

»Still«, sagte sie und legte ihm einen Finger auf die Lippen. »Ich bin es zufrieden. Du warst erschöpft. Du brauchtest Schlaf.« Sie küßte ihn auf den Mund. Er zog sie in einer festen Umarmung an sich, so daß er sie fast erdrückte. Dann gewahrte er mich.

»Myrddin«, sagte er, »ist das ganze Lager so früh auf den Beinen?«

»Vielleicht nicht das ganze«, entgegnete ich. »Aber ich wollte dich vor allen übrigen sehen. Laß deine Schulter anschauen.«

Gwenhwyvar schälte vorsichtig den Verband ab: Der rote häßliche Schnitt war geschwollen und heiß. Er war zwar nur kurz – nicht länger als ein Daumen –, aber als ich auf die Ränder der Verletzung drückte, kam eine klare Flüssigkeit heraus.

»Tut es weh?« fragte ich.

»Nein«, log Artus. »Ein Bienenstich ist viel schlimmer.«

»Bewege deinen Arm.«

Widerwillig bewegte Artus seinen Arm und rollte seine Schulter. »Zufrieden?« fragte er ungeduldig. »Ich sagte dir doch, es ist nichts. Eine Nacht Schlaf hat mir sehr gutgetan.«

»Vielleicht«, meinte ich. »Aber ich glaube, es wäre besser, deiner Schulter noch einen Tag Ruhe zu gönnen.«

»Was? Damit der Barbar glaubt, er habe einen Vorteil über mich errungen? Niemals!«

»Soll Amilcar denken, was er mag. Du mußt deine Schulter schonen. Was soll aus Britannien werden, wenn du deines Stolzes wegen ums Leben kommst?«

»Trwch Trwyth und die Wandalen werden sich bald auf der Ebene einfinden. Was werden sie tun, wenn ich nicht dort bin?«

»Amilcar hat das Gesetz verletzt, das zu beachten er gelobte«, stellte ich fest. »Ich glaube nicht, daß er die Sache noch weiter treiben wird. Er soll warten, sage ich – notfalls bis morgen.«

»Machst du mir Vorschriften, Barde?« fragte er erzürnend.

Ich zauderte, schüttelte den Kopf und sagte: »Ich sage nicht, daß du nicht dürftest, sondern nicht solltest. Die Entscheidung liegt bei dir. Tu, was du willst.«

»Dann werde ich heute gegen ihn antreten«, erklärte Artus. »Und mit Gottes Hilfe werde ich ihn besiegen.«

»Vielleicht hat Gott bereits Beistand gesandt«, meinte ich.

»Was soll das heißen?« fragte Artus und ließ seinen Blick zwischen mir und Gwenhwyvar wandern. »Was habt ihr ausgeheckt?«

»Eine List«, schalt Gwenhwyvar zum Schein. »Und dergleichen von dir, Myrddin Emrys. Ich bin entsetzt.«

»Keine List«, erwiderte ich und erzählte rasch, wie Llenlleawg, Gwalchavad und ich die Nacht zugebracht hatten.

»Was?« sagte Artus anschließend, »schlief heute nacht denn keiner außer mir?«

»Ein Streitwagen?« fragte Gwenhwyvar staunend. »Das ist ja herrlich.«

»Dieses Wunderding muß ich sofort sehen«, sagte Artus.

»Bald, aber nicht gleich«, erwiderte ich. »Ich möchte, daß ihn vor dem Kampf niemand sieht.«

»Werde ich in meinem eigenen Zelt gefangengehalten?«

»Nur bis die anderen aufs Schlachtfeld gezogen sind.« Ich erläuterte den beiden, was ich vorhatte. Sie hörten sich alles an und machten belustigte, leicht verdutzte Gesichter dazu.

»Kein König besaß jemals einen besseren Barden«, sagte Gwenhwyvar, als ich geendet hatte. Sie stand auf, lächelte mich an und setzte mir einen Kuß auf die Wange. »Dein Plan ist prächtig, weiser Emrys. Ich lobe ihn und werde beten, daß er gelinge.«

Artus streckte sich und gähnte. Dann setzte er sich wieder auf sein Nachtlager und rieb sich nachdenklich das stoppelige Kinn. »Nun, eine Rasur wäre jetzt nicht schlecht.«

»Ich werde ein Becken und eine Klinge holen«, sagte Gwenhwyvar und trat aus dem Zelt. Es freute mich, daß ihr mein Plan so gut gefiel.

»Und etwas zu essen«, fügte Artus gähnend hinzu. »Ich bin am Verhungern.« Er legte sich hin und war bald wieder fest eingeschlafen.

XIII

Die gegnerischen Heere hatten wie zuvor Aufstellung genommen, in Reih und Glied hinter ihren Anführern starrten sie einander quer über die Walstatt böse an. Es ging gen Mittag, und sie warteten auf Artus, doch der war nirgends zu sehen.

Ein verfrühtes Geschrei brach aus, als ich erschien, erstarb aber sofort wieder, als sie sahen, daß ich allein kam. Verwirrt blickten sie einander an und warteten unruhig weiter.

Die Briten waren nicht die einzigen, die sich um Artus' Eintreffen sorgten. Auch die Wandalen reckten die Hälse, um nach ihm Ausschau zu halten, ja, sie waren sogar noch gespannter. Denn sollte der britische König sich nicht einfinden, würde Amilcar zum Sieger erklärt werden. Mit jedem Augenblick, den Artus zauderte, wuchs das Triumphgefühl.

Ich wußte nicht, wie lange der Wandalenfürst sich damit begnügen würde, nur dazustehen, während Artus sich Zeit ließ. Ich hoffte, er würde die Gelegenheit nutzen, um seinen Gegner zu schmähen, aber er war es zufrieden, abzuwarten, und je länger dies dauerte, desto mehr sank meine Hoffnung, so daß ich zu fürchten begann, meine ganze Arbeit werde nutzlos sein. Hatte der fintenreiche Schwarze Eber erraten, was Artus im Schilde führte?

Nein. Unmöglich.

Warum stand Amilcar dann so freundlich da? Warum klagte er Artus nicht an und forderte die Briten nicht auf, ihren König herbeizuschaffen oder ihn selbst zum Sieger zu erklären?

Die Sonne stieg am weiten Himmel immer höher, loderte heiß und warf tintenfarbene Schatten auf den trockenen Boden. Ich blickte an den Reihen der Krieger entlang, die unbehaglich und schwitzend dastanden und vor dem harschen Licht die Augen zusammenkniffen. Auf der gegenüberliegenden Seite der Ebene traten die Barbaren rastlos von einem Bein aufs andere. Die Spannung wurde zu groß, sie ließ sich nicht länger zügeln. Doch Amilcar wartete.

Als schließlich die Wandalentrommeln erklangen, dachte ich: *Endlich! Das ist der Augenblick, auf den wir gewartet haben, Artus! Ergreife ihn!*

Amilcar trat mit seiner Leibwache und dem Priester an seinen gewohnten Platz. Eine Zeitlang ließ er seinen Blick über die Reihen schweifen, dann rief er mit lauter Stimme, und Hergest wiederholte: »Wo ist euer Held? Wo ist euer großer König? Versteckt er sich? Hat er Angst vor mir?«

Die Worte trafen auf starres Schweigen. »Warum antwortet mir keiner? Habt ihr vor Angst eure Zungen verschluckt? Kommt her und kämpft! Zeigt mir, daß ihr euch nicht fürchtet!«

Als er keine Antwort erhielt, wurden seine Rufe zu Verhöhnungen. »Hunde! Feiglinge! Jetzt zeigt ihr euer wahres Gesicht! Könige der Feiglinge, wo ist euer feiger König?«

So ging es eine Weile fort. Die Briten wurden angesichts dieser Beschimpfungen mürrisch und unruhig. Ich sah, wie die Saat des Zweifels und der Sorge unter ihnen Wurzeln schlug. Das war alles bestens: Mein Plan würde um so eher gelingen, wenn sogar Artus' Kymbrogen überrascht würden. Und Amilcars Spott begann unsere eigenen Leute umzutreiben.

Bedwyr eilte an meine Seite, die Stirn vor tiefster Besorgnis in Falten gelegt. »Ich dachte, du wolltest ihn bringen.«

»Das habe ich.«

»Wo ist er dann? Amilcar wird nicht ewig warten. Was du auch vorhast –«

»Still, Bedwyr«, beruhigte ich ihn. »Kehre an deinen Platz zurück. Alles läuft, wie es sollte.«

»Bei dir, Myrddin, ist nie etwas, wie es sein sollte.« Er zog sich ein paar Schritte zurück und sagte zu Kei: »Es hat keinen Zweck, Bruder. Er will uns nichts verraten.«

»Wo ist Artus?« wollte Kei wissen.

»Still«, entgegnete ich. »Er ist nicht mehr weit.«

»Also, wenn Artus nicht bald auftaucht«, rief Kei mir zu, »dann kannst du Trwch Trwyth sagen, daß ich gegen ihn kämpfe. Das stopft ihm vielleicht das Maul.«

Da die Briten sich weigerten, auf seine Beschimpfungen einzugehen, schöpfte Amilcar weiteren Mut. Er stolzierte hin und her, stellte sich zur Schau, rief den eingeschüchterten und immer unsicherer werdenden Briten Beleidigungen zu. Ich sah ihn mit der Zuversicht eines Mannes protzen, der sich für den Sieger und den Gegner für bereits geschlagen hält.

Ja, dachte ich, *er ist soweit. Komm, Artus, es ist Zeit.*

Aber Artus kam nicht. Und jetzt war es an mir, unruhig zu werden. Wo blieb er? Worauf wartete er? Und wenn ihm etwas zugestoßen war?

Ich ertrug diese Ungewißheit eine Zeitlang und überlegte, was ich tun sollte. Schon wollte ich Kei und Bedwyr aussenden, um ihn zu suchen, als ich es hörte: Ein leises Poltern wie fernes Donnergrollen. Das Geräusch wurde rasch lauter und brauste immer vernehmlicher wie ein nahender Gewittersturm.

Die Briten hörten es und blickten gen Westen. Die Wandalen hörten es ebenfalls und schauten in die nämliche Richtung. Da der Schwarze Eber so herumbrüllte, nahm er als letzter das merkwürdige Donnern wahr. Seine Stimme versiegte, und er blickte Richtung Westen, wo eine Staubsäule aufgetaucht war.

Das Geräusch wurde zu einem steten Poltern: Artus erschien wie aus einem Sturm heraus. Aber so hatte noch niemand ihn je gesehen. Er stand aufrecht auf einem rasend schnellen Streitwagen und schwang einen Speer. Llenlleawg, der ebenfalls mit Waid blau bemalt war, spielte den Lenker und trieb zwei von Fergus' geschwinden Hengsten an. Der Wagen, der einem Streitwagen deutlich glich, war mit einem Bärenfell abgedeckt, und an den Seiten steckten lotrecht Speere, um ihm ein noch bedrohlicheres Aussehen zu verleihen. Das hatte Llenlleawg aus eigenen Stücken so eingerichtet. Vor lauter Eile, fertigzuwerden, hatte ich selbst nicht daran gedacht.

So bemerkenswert das plötzliche, unerwartete Auftauchen des Streitwagens auch sein mochte, wurde es, glaube ich, indes kaum wahrgenommen. Denn aller Augen waren allein auf Artus gerichtet, und er hielt sie in Bann. Sein Haar war eine wilde, stachelige Masse, weiß und steif vor Kalk. Am allererschrekkendsten war jedoch, daß er weder Leder noch Kettenhemd trug. Ja, er hatte gar nichts an außer seinem goldenen Königstorques. Die Recken alter Zeiten fochten häufig nackt; sie verschmähten Rüstzeug und vertrauten ganz allein auf ihren Wagemut zum Schutz. Artus' Gesicht und Körper waren frisch rasiert und seine Haut an Brust, Armen und Beinen mit blauem Waid betupft: Spiralen, Hände, Streifen, gezackte Blitze – Sinnbilder und Zeichen, die heute in Vergessenheit geraten sind, einst aber große Kraft besaßen.

Die Wirkung seines überraschenden Auftretens hätte nicht größer ausfallen können. Es war, als wäre ein Held von einst neu geboren worden – Morvan Eisenfaust selbst hätte die Krieger, wäre er in leiblicher Gestalt aus dem Staub zu ihren Füßen erstanden, nicht in heftigeres Erstaunen versetzt. Einige erkannten Artus erst gar nicht, und alle übrigen glotzten vor Verblüffung.

»Seht!« rief ich. »Der Pendragon von Ynys Prydein. Er fährt zur Verteidigung seines Reiches.«

»Wie lange ist es her, daß ein britischer König sich so vor seinem Volke zeigte?« Ich spürte eine leichte Berührung an meinem Arm. Gwenhwyvar hatte sich neben mich gestellt. Ihr Gesicht strahlte vor Freude über den Überraschungserfolg. »Ach, ein stattlicher Mann.«

»Wahrhaftig.«

»Und glaube ja nicht, du kannst mich wieder nach hinten schicken«, sagte sie. »Nach allem, was gestern geschah, weiche ich nicht von der Stelle.«

»Nun gut«, erwiderte ich. »Bleibe.« Die Königin und ich standen beide da und ergötzten uns an dem Anblick, wie er seit zehn oder mehr Generationen nicht mehr auf der Insel der

Mächtigen gesehen worden war. Welch ein Schauspiel! So kühn und stolz stand er auf seinem Wagen, der Torques blitzte in der Sonne, Artus funkelte im Blau alter Zeiten, ein wahrer Held.

Artus und Llenlleawg brausten an der britischen Linie entlang und entlockten den versammelten Kymbrogen wilde Jubelschreie – ein Lärm, mit dem man den Himmel hätte stürmen können! Als sie die Briten in unbändige Begeisterung getrieben hatten, wandte Llenlleawg die Pferde und fuhr den Wagen in die Mitte des Schlachtfeldes. Dort hielt er an. Artus reckte seinen Speer, schleuderte ihn ein paar Schritt weit in den Boden und trat vom Wagen. Llenlleawg machte kehrt und lenkte den Wagen fort.

Britanniens Hochkönig nahm Schild und Schwert auf, die beide weiß gekalkt worden waren, und rief dem Wandalenfeldherrn zu: »Trwch Trwyth! Ich habe dein leeres Prahlen gehört! Greife zu den Waffen, auf daß wir den Kampf zu Ende führen. Wahrlich, ich sage dir: Die Welt ist deines Daseins müde, und auch ich bekomme allmählich genug von dir. Komm, der Tod erwartet dich.«

Amilcar, den Artus' Erscheinung tief beeindruckte, fand nur langsam zu einer Erwiderung. »Fürwahr, einer von uns wird die Walstatt verlassen, der andere bleiben.« Der Barbarenkönig hatte jetzt viel weniger Zuversicht in der Stimme.

»So sei es. Sollen die Götter, zu denen du betest, deine Seele in Empfang nehmen.«

So begann der tödliche Tanz aufs neue: Die Krieger bewegten sich in der Runde, umkreisten einander, tasteten sich nach einer Blöße ab. Gwenhwyvar kaute auf ihrer Unterlippe und ließ keinen Blick von dem Wettstreit. Ich bemerkte, daß eine ihrer Hände auf dem Schwertgriff lag, die andere an ihrem Dolch. Sie stand bereit und feuerte Artus leise an. »Faß ihn, Bär«, murmelte sie. »Du schaffst es. Schlag zu!«

Als hätte Artus ihr Flüstern gehört, machte er einen raschen Schritt zurück, und Amilcar, der einen Trick argwöhnte, zögerte. Dieses kurze Versehen reichte Artus. Ja, ich sah jetzt, daß er gelernt hatte, die betrügerische Art des Wandalen gegen diesen einzusetzen. Wer mit Lug und Trug vorgeht, sucht danach stets bei anderen. Und Amilcar glaubte nun, Artus dabei ertappt zu haben.

Aber Artus verwendete keinen Trick. Sein rascher Schritt zurück diente lediglich der Vorbereitung auf eine offene und ehrliche Attacke, und wie Artus' verändertes Aussehen überraschte sie den Barbaren.

Artus trat einen Schritt zurück und ließ sein Schwert auf den Boden fallen. Er streckte den Arm aus und schloß die Hand um den Speer, den er gerade eingelegt hatte. Er ließ seinen Arm vorschnellen. Auf dem falschen Fuß erwischt, wollte der Schwarze Eber ausweichen. Doch zu spät. Der Speer traf Amilcars Schild genau in der Mitte.

Es war ein glänzender Wurf, aber ich fragte mich, ob er klug war: Er hatte dem Schwarzen Eber nicht geschadet, und Artus fehlte nun der Speer. »Nein, nein, nein«, stöhnte Gwenhwyvar.

Aber wir irrten. Artus' Plan war schlichtweg genial: Der Speerkopf steckte tief in der Mitte von Amilcars Schild, so daß dieser nicht hinreichen konnte. Um die Last loszuwerden, mußte Trwch den Schild entweder senken oder irgendwie mit dem eigenen Speer auf denjenigen des Hochkönigs hauen und ihn so abschütteln. Auf keinen Fall konnte er den Speer lassen, wo er war. Ein ungleichgewichtiger Schild ist sehr hinderlich, und sein Arm wäre bald müde geworden, wenn er nur versucht hätte, das sperrige Ding gerade zu halten.

Der Schwarze Eber steckte in Schwierigkeiten, und die Miene ungläubiger Wut, die sein Gesicht entstellte, zeigte, daß er dies wußte. Wirkungslos rüttelte er mit dem Ende seiner eigenen Waffe an dem lästigen Speer. Artus war bereit. Er hob Caldevwlch auf und schoß nach vorn, während er die riesige Schneide im Bogen durch die Luft führte, als wollte er Amilcars Speerhand abhacken.

Das entlockte dem Obereber ein empörtes Geheul, die Briten brüllten beifällig, und Gwenhwyvar juchzte entzückt. »Schön!« rief sie. »Gut gemacht, Bär!«

Amilcar wich dem Hieb mit einem raschen Schritt zur Seite aus, aber Artus nutzte seinen leichten Vorteil. Er ging näher heran, zerschnitt mit dem Schwert die Luft oberhalb von Amilcars Schildrand und legte sein ganzes Gewicht gegen den Schwarzen Eber. So drängte er ihn zurück.

Verzweifelt, das Gesicht zu einer Wutgrimasse erstarrt, gedachte Amilcar, den unbequemen Speer gegen Artus einzusetzen. Er warf seinen Schild vor sich hoch, so daß der hervorstehende Speerschaft Artus ins Gesicht ragte.

Der Hochkönig, der an jenem Tag nicht das Gewicht von Leder und Kettenhemd zu tragen hatte, duckte sich mühelos unter dem Schaft weg und ging kopfüber auf Amilcar los, als dessen Schild hochflog. Brust und Bauch des Schwarzen Ebers lagen für einen Moment ungedeckt, und Artus' Schwertspitze fand ihr Ziel.

Amilcar teilte im Fallen einen schwachen Hieb mit seinem Speer aus und rollte sich auf den Rücken. Artus sprang auf ihn los, um ihm den Todesstoß zu versetzen.

Aber Amilcar ließ seinen nutzlosen Schild fahren und schleuderte ihn Artus ins Gesicht. Der feststeckende Speer lenkte Artus' Hieb ab, so daß Amilcar sich wegdrehen konnte, als die Schneide in seine Hüfte schlagen wollte. Im Nu rappelte er sich wieder auf und wich zurück. Er hatte sich zwar eine schreckliche Wunde erspart, stand Artus nun aber ohne Schild und aus zwei Verletzungen blutend gegenüber. Keine von beiden war tödlich, aber der stete Blutverlust würde ihn ermüden und schwächen.

Das Kampfglück hatte sich Artus zugeneigt. Er hatte seinen Gegner in eine schwierige, wenn nicht gar ausweglose Lage gebracht. Was würde Amilcar tun? Sein nächster Zug würde vermutlich das Ende einläuten.

Auch Gwenhwyvar bemerkte dies. Ich spürte plötzlich ihre Hand auf meinem Arm. Ihre Fingernägel gruben sich mir ins Fleisch. »Pack ihn, Artus«, drängte sie mit funkelnden, vor der Sonne zusammengekniffenen Augen. »Ach, pack ihn rasch!«

Da Amilcar selbst am besten wußte, daß er in einer bösen Klemme steckte, reagierte er sofort. Er griff an.

Wie der von Jagdhunden in die Enge getriebene Eber stieß er einen ohrenzerreißenden Schrei aus, senkte den Kopf und stürmte los. Ich konnte seinen Wagemut nur bestaunen. »Fürwahr«, murmelte ich, »er ist ein echter Kampfeber. Ich sehe, daß er seinen Namen zu Recht trägt.«

Gwenhwyvar schätzte mein Lob nicht. Sie verzog den Mund nach unten, lachte höhnisch und nahm die Hand von meinem Arm.

Der Angriff des Schwarzen Ebers auf Artus war mustergültig: eine Tat geballten Grimmes von atemberaubender Wildheit. Ein Stein, der mit einer Schleuder abgeschossen wird, ist nicht erbarmungsloser oder zielsicherer. Und auch nicht schneller.

Amilcar duckte sich hinter seiner Lanze, den breiten Rücken und die Schultern für einen mächtigen Stoß gespannt. Gerade und aufrichtig griff er an und setzte alles auf einen Schlag.

Artus empfing den Hieb mitten auf seinem Schild. Ich hörte ein lautes Krachen, als die Lanze des Wandalen zersplitterte. Artus schwankte und wäre fast zu Boden gegangen. Amilcar warf Artus den gebrochenen Schaft ins Gesicht, zog sein Kurzschwert und attackierte, noch ehe Artus sich rühren konnte, aufs neue. Mit markerschütterndem Wut- und Verzweiflungsgebrüll warf er sich nach vorn.

Doch Artus wehrte den Angriff nicht ab. Im letzten Moment trat er beiseite und ließ den Schwarzen Eber ungestraft an sich vorbeirennen. Darüber wunderte ich mich. Es sah Artus gar nicht ähnlich, auch nur die geringste Gelegenheit entwischen zu lassen ... aber halt ...

Er schien Schwierigkeiten mit seinem Schild zu haben ... sein Arm baumelte herab ...

»Nein!« stöhnte Gwenhwyvar plötzlich. »Bitte, Gott, nein!« Da sah auch ich es. Und das Herz verkrampfte sich mir im Leibe.

XIV

Amilcars Lanze hatte sich tief in das feste Eichenholz von Artus' Schild gebohrt und war in den Arm des Hochkönigs gedrungen. An der Innenseite des Schildes strömte reichlich Blut herab. Derart an seinem Unterarm aufgespießt, konnte Artus sich nicht befreien.

Begierig, soviel wie möglich aus seinem unerwarteten Vorteil zu machen, packte der Wandale sein Schwert am Heft und sprang auf Artus los. Wütend ließ er einen Regen aus beidhändigen Schlägen auf den Schild über dem verwundeten Arm prasseln. Unablässig ging die Schneide auf und nieder, jeder Hieb hämmerte auf die abgebrochene Speerspitze und trieb sie tiefer in die Wunde.

Artus taumelte, sein Körper verkrampfte sich jedesmal, wenn Amilcar die Speerspitze traf. Er versuchte die Streiche abzuwehren und schwang Caldevwlch mit kraftlosen, vergeblichen Schlägen. Der Schwarze Eber holte fest aus und schlug Artus das Schwert aus der Hand. Die Schneide wirbelte davon und landete im blutverspritzten Staub zu des Hochkönigs Füßen.

Gwenhwyvar stöhnte, wandte den Blick aber nicht ab.

Rückwärts stolpernd, nicht länger imstande, den Angriff des Wandalen zu parieren, schwankte Artus unter den Hieben. Da Amilcar Hoffnung auf einen Sieg faßte, erhob er seine Stimme zu einem Grunzschrei.

Er machte einen Satz, trieb Artus vor sich her, schlug zu … wieder und immer wieder – wild, heftig, gnadenlos ging einem jeder Hieb durch Mark und Bein.

Liebster Gott im Himmel, wodurch hält Artus sich auf den Beinen?

Holzsplitter von Artus' Schild flogen in die Luft. Vom zerhackten Schildrand platschte stetig Blut und troff in den Staub.

Mir schnürte es die Kehle zu. Ich konnte nicht schlucken. Ich konnte weder zu- noch wegsehen.

Der große Schild fing an, unter der erbarmungslosen Attacke zu zerbrechen. Abgesplitterte Eichenbrocken fielen zu Boden.

Ich sah die Spitze von Amilcars Speer aus Artus' Arm ragen. Die stumpfe Klinge war zwischen den beiden Knochen durchgefahren und verhinderte so jedwede Bewegung des Armes. Artus war an den Schild genagelt.

Der in seinem Zorn schreckliche Amilcar reckte sein schweres Schwert über dem Kopf und ließ es auf den Rand des beschädigten Schildes niedersausen. Dieser barst: Das Eichenholz war von oben nach unten gespalten.

Noch so ein Streich, und der Schild würde vollkommen auseinanderbrechen!

»Artus!« kreischte Gwenhwyvar. »Artus!«

Trwch Trwyth schlug erbarmungslos zu. Die Wandalen erfüllten die Luft mit Anfeuerungsrufen für ihren König – ein Lärm, der den entsetzten Briten Schrecken einflößte.

Wieder hob und senkte die kurze Schneide sich.

Artus brach zusammen.

Seine Beine trugen ihn nicht mehr, und er stürzte schwerfällig nieder. Er rollte durch den Staub, als wollte er wegkriechen. Aber Amilcar war bei ihm und drosch heftig auf ihn ein. Von Artus' Schild brach ein weiteres großes Stück ab.

Amilcar heulte auf. Mit wilder, wahnsinniger Freude hieb er auf Artus ein. Artus, der sich aufzustehen bemühte, hielt den zerborstenen Schild über sich. Jeder Krieger, der ihn so sah, wußte, daß er damit den fürchterlichen, unausweichlichen, endgültigen Hieb nur verzögerte.

Der Hochkönig stemmte sich empor. Der Schwarze Eber hob den Fuß und trat Artus wieder um. Abermals wälzte sich Artus auf der Erde.

»Gott steh ihm bei!« schrie Gwenhwyvar. »Heiliger Jesus, rette ihn!« sprach ich in einem eigenen Gebet, das zwar dürftig war, aber aus vollem Herzen kam.

Noch immer schlug der Schwarze Eber zu. Laut krachte seine Eisenklinge auf die zerhauenen Überreste von Artus' Schild. Der Hochkönig wälzte sich und streckte dabei den guten Arm weit von sich. Er wirkte verwirrt, seine Hand tastete nutzlos im Staub herum.

Großes Licht, errette deinen Diener!

Artus wand sich auf dem Rücken, als das Schwert des Wandalen den kaputten Schild endgültig zertrümmerte. Das zerschmetterte Holz flog völlig auseinander. Des Hochkönigs letzte Wehr war dahin.

»Caldevwlch!« rief Gwenhwyvar. »Artus! Caldevwlch!«

Im selben Augenblick hatte Artus' Hand das am Boden liegende Schwert gefunden. Ich sah, wie seine Finger sich um die Schneide schlossen und das Schwert heranzogen.

»Er hat es!« schrie ich.

»Steh auf, Bär!« brüllte Gwenhwyvar. »Steh auf!«

Artus riß sich zusammen und hievte sich auf ein Knie empor. Trwch stieß mit dem Fuß zu und traf Artus an der verletzten Schulter. Artus stürzte.

»Artus!« rief Gwenhwyvar. Sie hatte ihr Schwert in der Hand und wollte loslaufen.

Jubelnd hob Amilcar, seinen Sieg beschreiend, sein Schwert zum letzten Streich.

Der Hochkönig packte die nackte Klinge mit der bloßen Hand und stellte sich zur Entscheidung.

Und ich entsann mich eines Tages vor langer Zeit, als ein junger Knabe im Gebirge einem angreifenden Hirschen gegenüberstand. Genau wie damals machte Artus keinen Versuch, zuzuschlagen. Um Amilcars beidhändiger Attacke zu begegnen, reckte er einfach sein Schwert.

Während Artus' Schwert in die Höhe schoß, sauste das des Wandalen nieder. Metall klirrte, dann blitzte ein Funke, und die Klinge des Schwarzen Ebers brach in der Mitte entzwei.

Die Miene wilden Triumphes auf dem Gesicht des Barbarenhäuptlings verkehrte sich in Unglauben, als er die Schwertklinge anstarrte, die zerstört zu seinen Füßen lag. Schneidestahl hatte seinem Meister treu gedient.

Mit heldenhafter Anstrengung raffte Artus sich auf. Er stand, schwankte, sein verwundeter Arm baumelte nutzlos an seiner Seite, der Lanzenkopf steckte noch ganz fest. Das hellblaue Waid auf seinem Körper war jetzt mit Schweiß und tiefrotem Blut vermengt. Ohne mit der Wimper zu zucken, blickte er seinen Gegner von unten an. Er hatte nicht die Kraft, das Haupt zu heben.

Die Wandalen, die von der raschen Wendung ganz betroffen waren, verstummten, die Freudenschreie erstarben in ihren Kehlen. Stille bemächtigte sich der Ebene. Artus fand sein Gleichgewicht und drückte die Brust heraus.

Der Schwarze Eber, der sein nutzloses Heft mit dem Stück abgebrochener Klinge umklammerte, schaute den Hochkönig finster an. Mit einem trotzigen Schrei warf er sich auf Artus und fuchtelte wild mit der Klingenscherbe.

Da Artus die Schläge nicht abwehren konnte, trat er beiseite und senkte Caldevwlch. Doch sein Mut hatte ihn nicht verlassen. Noch im Ausweichen bereitete er seine letzte Verteidigung vor. Als Amilcar auf ihn zusprang, schnellte Artus' Schwert – ruhig, gelassen, ohne Übereilung – waagrecht nach vorn. Der Wandale kam mit solcher Wucht, daß er geradewegs auf die Klinge fiel. Amilcar warf den Kopf zurück und brüllte einen Schrei des Entsetzens und heftigen Trotzes. Dann schaute er nach unten, um das unter seinem Brustkasten eingedrungene Schwert zu betrachten. Er war auf Caldevwlch gepfählt.

Der Schwarze Eber hob den Kopf und lächelte – seine Augen waren glasig, seine Miene eisig. Er stolperte auf Artus zu und trieb so die Klinge noch tiefer in sich hinein. In einem jähen hellroten Schwall schoß Blut aus der Wunde. Er öffnete den Mund, um etwas zu sagen, seine Zunge mühte sich um die Worte, aber seine Beine gaben nach, und er stürzte zu Boden, wo er zuckend und zappelnd liegenblieb.

Artus trat neben den Leib seines Gegners und zog Caldevwlch

aus dessen Brust. Vor Schmerzen die Zähne zusammenbeißend, hob er die Schneide hoch empor und ließ sie rasch niedersausen. So trennte er mit einem Hieb das Haupt des Schwarzen Ebers vom Hals. Amilcars Kopf rollte davon, und das schreckliche Zittern hatte ein Ende.

Artus stand einen Augenblick da, dann drehte er sich um und taumelte zu uns. Im gleichen Atemzug zerriß ein Schrei die Stille des Schlachtfeldes. Einer der Wandalenfeldherrn – es war Ida – rannte auf die Walstatt und legte dabei seinen Speer ein.

»Artus!« rief Gwenhwyvar. »Hinter dir!«

Artus wandte den Kopf und gewahrte die Gefahr nicht gleich, die ihm von hinten drohte.

»Artus!« brüllte sie und raste schon an seine Seite. Llenlleawg folgte ihr auf dem Fuß.

Britanniens König wandte sich halb nach seinem neuen Gegner um, da knickten seine Beine unter ihm ein. Er fiel auf die Knie und wollte wieder aufstehen, aber sein Angreifer kam rasch näher. Ein flinker Speerstoß, und der Hochkönig wäre tot gewesen.

Gwenhwyvars Dolch funkelte wie eine Feuerscheibe in der Sonne, als er durch die Luft wirbelte. Er hielt den Barbaren nicht auf. Dieser rannte noch ein paar Schritte, bevor seine Hand keine Kraft mehr hatte und ihm die Lanze aus den Fingern rutschte. Er blickte an sich hinab und sah, daß der Dolch der Königin sich tief in seinen Oberarm gegraben hatte.

Er bückte sich, um die Lanze wieder aufzuheben, da sirrte Gwenhwyvars Schwert in engem Bogen durch die Luft und erfaßte den Barbaren unten am Genick. Er fiel auf sein Gesicht: tot.

»Hier bin ich!« rief Gwenhwyvar mit vor Trotz mächtiger Stimme. »Wer kommt als nächster?« Das Schwert rot vom Blut ihres Opfers, stand sie neben der Leiche und forderte die Wandalen zum Angriff heraus. Llenlleawg, der vor Bedrohlichkeit starrte, nahm den Platz neben der Königin ein.

Da schien noch ein Barbar begierig darauf, Gwenhwyvar beim

Wort zu nehmen. Er zog sein Schwert und ging los. Mercia indes packte ihn und warf ihn zurück. Der Hauptmann rappelte sich empor und warf Mercia seinen Speer ins Gesicht. Mercia ergriff den Schaft der Lanze und versetzte dem kampflüsternen Gefährten einen heftigen Stoß gegen das Kinn. Der Anführer brach zusammen.

Kei und Bedwyr eilten an Gwenhwyvars Seite. Die vier stellten sich mit gezückten Waffen vor Artus und trotzten den Feinden. Inzwischen lief ich zu Artus.

Mercia trat kühn zwischen den anderen hervor. Mit lauter Stimme rief er Hergest zu sich. Beide marschierten sie zu der Stelle, an der die drei Briten standen.

»Hilf mir aufstehen!« stöhnte Artus mit zusammengebissenen Zähnen.

»Gleich«, erwiderte ich sanft. »Ich will mir erst deine Wunde ansehen.« Überall waren Blut, Schweiß, Staub und Waid.

»Hilf mir aufstehen, Myrddin.« Er schüttelte mich ab und richtete sich mit Hilfe Caldevwlchs auf die Knie auf. Sein verletzter Arm hing schlaff und leblos herab. Aus der Wunde sickerte ein steter Strom dunklen Blutes. Ich half ihm auf die Beine, und dann wandte er sich den nahenden Wandalen zu.

Mercia stellte sich mit Hergest an seiner Seite vor den Hochkönig. »Fürst Mercia sagt, daß er Artus als Sieger anerkennt«, erläuterte Hergest. »Er wird die Friedensbedingungen einhalten. Tu mit uns, was dir beliebt.«

Damit warf Mercia die Lanze des entwaffneten Hauptmanns Kei vor die Füße. Dann zog er das Kurzschwert aus seinem Gürtel, legte die Schneide quer über seine Handflächen und bot es, das Haupt demütig gesenkt, Artus dar. »Ich bin dein Sklave, Herr König.«

Der Bär von Britannien winkte Gwenhwyvar, die das Schwert ergriff.

»Ich nehme eure Kapitulation an«, sagte Artus mit hohler Stimme. Kei und Bedwyr murmelte er zu: »Kümmert euch darum.«

Er wollte sich umdrehen, stolperte und wäre gefallen, hätte Llenlleawg nicht geschwind eingegriffen. Der irische Recke legte dem König seinen Arm um die Schultern und stützte ihn. »Bei der Liebe Jesu Christi, Artus, setze dich, und lasse dich versorgen.«

Aber Artus wollte nichts davon wissen. »Geh mit mir zum Streitwagen«, sagte er zu Gwenhwyvar.

»Laß mich wenigstens deinen Arm verbinden«, wandte ich ein.

»Ich werde die Walstatt so verlassen, wie ich kam«, knurrte er. Seine Haut war aschfahl und wächsern. Er stand kurz vor einer Ohnmacht. »Komme zu mir, wenn die Sache hier erledigt ist.« Er packte meinen Arm. »Erst dann.«

Artus ging mit langsamer, schmerzender Würde zum bereitstehenden Streitwagen, auf der einen Seite Llenlleawg, auf der anderen Gwenhwyvar. Als die drei den Wagen erreichten, hob der Ire den verwundeten König fast hinauf, und die Königin stellte sich neben ihn, um ihn zu stützen und aufrecht zu halten. Unter dem stürmischen Jubel der Briten fuhren sie vom Schlachtfeld. Die Kymbrogen begrüßten Artus lauthals, als er vorbeirumpelte, doch der Hochkönig hielt den Blick starr zum Horizont gerichtet.

Ich bat Mercia, die übrigen Wandalenführer herbeizurufen. Dort, neben dem Leichnam ihres Führers, nahm ich ihre Kapitulation entgegen.

Mercia, die Befehlsgewalt an sich reißend, erkühnte sich, für alle zu sprechen. Durch den gefangenen Priester ließ er mitteilen: »Der Kampf wurde gerecht ausgetragen. Unser König ist tot. Wir nehmen eure Bedingungen an und stehen bereit, euch an Beute zu überlassen, was ihr verlangt, ob Geiseln oder Menschen zum Opfer für die Götter.«

Kei gefiel das nicht. »Traue ihnen nicht, Myrddin. Die Barbaren lügen alle.«

»Ihr werdet entwaffnet werden«, entgegnete ich Mercia. »Eure Leute werden von hier weg und zurück in euer Lager gebracht. Dort werdet ihr auf die Entscheidung des Pendragon warten.«

Hergest wiederholte meine Worte in ihrer Sprache, worauf die Wandalenführer unter Mercias gebieterischem Blick die Waffen auf den Boden warfen. Als sie alle entwaffnet waren, sprach der junge Häuptling erneut, und Hergest sagte: »Du nanntest den König von Britannien bei einem merkwürdigen Namen: Pendragon. Stimmt das?«

»Ja, das stimmt«, erwiderte ich.

Jetzt redete Mercia mich unmittelbar an. »Bitte, was bedeutet dieses Wort?«

»Pendragon bedeutet Oberdrache«, erklärte ich. »Es ist der Titel, den die Kymren für ihren obersten Herrn und Beschützer der Insel der Mächtigen benützen.«

Hergest übersetzte meine Erläuterung. Dann legte Mercia seine Hand aufs Herz und berührte darauf seine Stirn. Es war ein Zeichen der Unterwerfung und Ehrerbietung. »Ich lege mein Leben in die Hände des Pendragon von Britannien.«

Ich überließ es Kei, Bedwyr, Cador und den übrigen Fürsten, sich um die Barbaren zu kümmern, ging zur Schlachtreihe zurück, schwang mich aufs erstbeste Pferd und raste so schnell ins Lager, wie das Tier nur konnte.

Ich drängte mich durch die Menge vor Artus' Zelt. Die wenigen Frauen und versehrten Krieger, die dem Kampf nicht beigewohnt, aber die Rückkehr ihres verwundeten Königs erlebt hatten, ballten sich besorgt und ängstlich am Zelteingang. Ich bahnte mir einen Weg und ging hinein. Dort fand ich Gwenhwyvar, die Artus an ihrem Busen wiegte: halb saß er, halb lag er auf seinem Lager. Ihre Kleidung war von blauem Waid und rotem Blut verschmiert. »Es ist ja vorbei, mein Herz«, tröstete sie und tupfte mit einem Tuch an seinem Arm. »Es ist vorüber.«

»Gwenhwyvar, ich – es –«, hub Artus an, dann stöhnte er mit schmerzverzerrtem Gesicht. Er verbiß sich die Worte, seine Lider zuckten und fielen zu.

»Nur ruhig, Bär«, sagte sie, ihm die Stirn küssend. Sie hob den Kopf und blickte sich wütend um. »Llenlleawg!« rief sie. Dann sah sie mich und sagte: »Myrddin, hilf mir. Er verliert immer wieder das Bewußtsein.«

»Ich bin zur Stelle«, erwiderte ich und kniete mich neben sie. Ich nahm das Tuch und hob sachte, ganz sachte und vorsichtig des Hochkönigs Arm. Er ächzte. Gwenhwyvar blieb die Luft weg, als sie die Wunde sah.

Die Lanzenspitze hatte sich zwischen den beiden Knochen durch den Arm gebohrt. Auf der einen Seite ragte der abgebrochene Schaft heraus, der völlig zersplittert war, wo Amilcar auf ihn eingedroschen hatte, und auf der anderen die dicke Eisenspitze. Doch das war noch nicht alles. Die Wucht des Stoßes hatte den Speerkopf durch den Arm und in die weiche Lendenbeuge oberhalb des Oberschenkels getrieben, wo kräftige Adern verlaufen. Eine von ihnen war verletzt worden.

»Wo ist Llenlleawg?« fragte ich Gwenhwyvar.

»Ich habe ihn zum Wasserholen geschickt, um die Wunde zu baden.«

»Halte ihn fest«, sagte ich zu ihr, auf Artus' Arm deutend.

»Was hast du vor?« wollte die Königin wissen.

Ich brachte den Arm in die Senkrechte und ergriff den zerbrochenen Speer des Ebers. Dann zog ich rasch ganz fest daran.

»Ahhh!« stöhnte Artus vor Schmerz.

»Hör auf!« schrie Gwenhwyvar. »Myrddin! Hör auf!«

»Es muß sein«, entgegnete ich. »Noch einmal.«

Ich packte den blutverschmierten Holzstummel fester. Mit gerade zusammengepreßten Lippen hielt Gwenhwyvar Artus' Arm mit beiden Händen fest und drückte ihn an ihre Brust. Aus der Wunde wallte Blut und ergoß sich über sie.

»Jetzt!« rief ich und zerrte mit aller Kraft.

Artus stieß einen erstickten Schrei aus, sein Kopf fiel auf seine Schulter. Der Schaft löste sich zwar von der Spitze, aber die Klinge blieb stecken. Ich hatte nur erreicht, daß die Wunde heftiger blutete.

Da kam Llenlleawg mit einem Becken voll Wasser ins Zelt. Er brachte es mir und kniete damit nieder. Ich nahm das Stück Tuch, das er mir hinhielt, tauchte es ins Wasser und begann, die Wunde zu baden, um Blut und Schmutz auszuwaschen.

»Ist der Arm gebrochen?« fragte Llenlleawg.

»Nein«, erwiderte ich, mit den Fingerspitzen auf die Verletzung drückend, »aber das ist nicht das Schlimmste.« Dann berichtete ich ihnen von der Unterleibswunde. »Fürwahr, die macht mir viel größere Sorgen als der Arm.«

Als ich fertig war, stand ich auf und entschloß mich sogleich zum Handeln. An Llenlleawg gewandt, sagte ich: »Auf dem Wagen ist Platz für drei. Du lenkst ihn, Artus und Gwenhwyvar fahren mit dir. Ich reite voraus zu Barinthus, damit er das Schiff seeklar macht.« Ich drehte mich um und wollte los. »Macht es ihm so bequem wie möglich und kommt schnell.«

»Wo geht es hin?« fragte Gwenhwyvar.

»Nach Ynys Avallach«, rief ich über meine Schulter zurück.

XV

Mit ernster und besorgter Miene trat Charis aus dem Zimmer, in dem Artus lag. »Ich glaube, die Blutung ist endlich zum Stillstand gekommen«, sagte sie feierlich.

»Gott sei Dank«, seufzte Gwenhwyvar. Ihre Erleichterung war fast greifbar.

»Aber er ist sehr schwach«, fuhr Charis fort. Ihre Stimme hatte nichts Tröstliches. Sie hielt inne und blickte erst Gwenhwyvar, dann mich an. »Ehrlich gesagt, ich bange um ihn.«

Gwenhwyvar schüttelte den Kopf, um damit zu verneinen, was Charis andeutete. »So schlimm ist die Wunde nicht«, beharrte sie, doch ihre Stimme wurde unsicher. »Ich dachte, sobald die Schneide entfernt sei, werde er ...« Ihre Stimme versagte, sie war den Tränen nah.

»Artus hat viel Blut verloren«, sagte Charis, der Königin den Arm um die Schultern legend. »Oft ist der Blutverlust schwerwiegender als die Verletzung selbst. Wir müssen beten, daß er bald aufwacht.«

»Und wenn nicht?« fragte die Königin, entsetzt über den Gedanken.

»Es liegt in Gottes Hand, Gwenhwyvar «, erwiderte Charis. »Wir können nichts mehr tun.«

Nach einer atemlosen Hetze durch das Tal und einer raschen Fahrt über das Mor Hafren auf Barinthus' Schiff hatten wir den Palast des Fischerkönigs erreicht. Charis und Elfodd hatten Artus' Pflege übernommen. Ihrer durch die Erfahrung geschärften Kunstfertigkeit gelang es, die abgebrochene Lanzenspitze vorsichtig aus dem Arm des Hochkönigs zu entfernen. Dann hatten sie ihm Heiltränke zur Genesung verabreicht.

Anfangs hatte es den Anschein gehabt, als würde Artus wieder aufleben. Er setzte sich auf und unterhielt sich mit uns. Dann schlief er, und wir dachten, die Ruhe werde ihm wohltun. Die Oberschenkelwunde war in der Nacht jedoch wieder aufgeplatzt, und am Morgen war er in einen trüben, bewußtlosen Schlaf gefallen. Er schlummerte den ganzen Tag. Und jetzt, als der Abend über die stillen Hügel kroch, ließ Artus sich nicht wecken.

Charis war äußerst besorgt. Sie drückte Gwenhwyvar die Schulter. »Es liegt in Gottes Hand«, wisperte sie. »Hoffe und bete!«

Gwenhwyvar umklammerte meinen Arm so fest, daß ihre Finger sich mir ins Fleisch bohrten. »Tu etwas, Myrddin«, drängte sie. »Bitte! Rette ihn. Rette meinen Gemahl.«

Ich faßte ihre Hand und drückte sie fest. »Geh mit Charis und ruhe ein wenig. Ich bleibe jetzt bei ihm und schicke nach dir, wenn es etwas Neues gibt.«

Charis führte Gwenhwyvar weg, und ich trat in das Gemach, in dem Artus auf der Bahre lag, die der Fischerkönig benutzte, wenn sein Leiden ihn übermannte. Abt Elfodd hob den Kopf, als ich neben ihm stehenblieb. Er sah die Frage in meinen Augen und schüttelte den Kopf.

»Ich werde jetzt bei ihm wachen«, flüsterte ich.

Der gute Abt ließ sich nicht wegschicken: »Wir werden gemeinsam Wacht halten.«

Lange standen wir schweigend beisammen und lauschten auf Artus' langsamen, flachen Atem. »Gott wird ihn nicht sterben lassen«, sagte ich.

Elfodd blickte mich merkwürdig an. »Ich erinnere mich an eine Zeit, als ich ebenso hier stand und ein anderer die nämlichen Worte sprach.« Er hielt inne und deutete auf den schlafenden Hochkönig. »Aber damals lagst du hier, Myrddin, im Todesschlaf, und Pelleas stand neben dir und wollte dich nicht ziehen lassen.«

Die Erinnerung überflutete mich: Wir, Pelleas und ich, waren in Armorica gewesen und Morgian begegnet, die mich mit ihrem bösen Zauber zu töten beabsichtigte. Pelleas hatte mich zur Genesung nach Ynys Avallach gebracht, so wie ich jetzt Artus.

»Ich entsinne mich«, sagte ich, jener seltsamen, unglücklichen Zeit gedenkend. »Dank deiner wurde ich gerettet.«

»Nicht dank meiner«, wandte der Abt ein. »Es war Avallach, der deine Genesung zuwege brachte, nicht ich.«

»Avallach?« Diesen Teil der Geschichte kannte ich noch nicht. »Was willst du damit sagen?«

Elfodd blickte mich argwöhnisch an und wandte sich dann ab. »Vielleicht habe ich zuviel gesagt.«

»Was hat es mit der Sache auf sich, Elfodd? Erzähle es mir, ich bitte dich. Hier liegt ein Geheimnis, und ich möchte es erfahren.« Er antwortete nicht. »Elfodd! Sage mir, was es damit auf sich hat.«

»Das darf ich nicht«, entgegnete er. »Es steht mir nicht zu.«

»Dann sage mir, an wen ich mich wenden kann.«

»Frage Avallach«, erwiderte der Abt. »Frage deinen Großvater. Er weiß Bescheid.«

Mir schlug das Herz schneller. Ich überließ Artus der Fürsorge des Mönches und verließ das Zimmer auf der Suche nach Avallach. Ich brauchte nicht lang und entdeckte ihn in der kleinen Kapelle, die er sich in einem der Räume im Westflügel des Palastes hatte bauen lassen. Ich betrat die Kapelle und kniete neben ihm nieder. Er beendete sein Gebet und hob den Kopf.

»Ach, Merlin, du bist es«, sagte er mit einer Stimme wie sanftes Donnergrollen. »Ich dachte mir schon, daß du hierherkommen würdest. Wie geht es Artus?«

»Er ist schwach und wird immer schwächer«, erwiderte ich, meine schlimmsten Befürchtungen äußernd. »Er wird die Nacht vielleicht nicht überstehen.«

Avallachs großmütiges Antlitz nahm eine Miene tiefempfundenen Grames an. »Das tut mir leid«, sagte er.

»Noch ist der Bär von Britannien nicht tot«, entgegnete ich und erzählte ihm, woran Elfodd erinnert hatte.

»Ich entsinne mich wohl«, sagte der Fischerkönig. »Ach, was

machten wir uns für Sorgen um dich, Merlin. Beinahe hätten wir dich verloren.«

»Elfodd sagte, wenn du nicht gewesen wärest, wäre ich gestorben. Ist das wahr?«

»Es war ein Wunder von Gottes Segen«, erwiderte Avallach.

»Und als ich Elfodd fragte, was er damit meine, wollte er nicht damit herausrücken und behauptete, von sich geredet zu haben. Er wollte mir nichts erzählen. Er sagte, ich müsse dich fragen.« Ich blickte ihn fest an. »Nun, Großvater, ich frage dich: Was meinte er?«

Avallach betrachtete mich lange schweigend, dann senkte er das dunkel gelockte Haupt. »Es ist der Gral«, antwortete er schließlich leise und sanft. »Er redet vom Gral.«

Ich erinnerte mich: die heilige Schale Christi. Sie war mit dem Mann nach Britannien gekommen, der das letzte Abendmahl Christi gezahlt hatte, dem Zinnhändler Joseph von Arimathia.

»Ich dachte immer, er sei ein Traumbild«, sagte ich.

»Er ist mehr«, erwiderte Avallach. »Sehr viel mehr.«

Da hüpfte mein Herz vor jäher Freude. »Dann mußt du ihn beschaffen. Du mußt ihn einsetzen, um Artus zu heilen, wie du ihn zu meiner Heilung einsetztest.« Ich sprang auf und wollte forteilen.

»Nein!«

Avallachs strikte Weigerung brachte mich zum Stehen, ehe ich zwei Schritte getan hatte.

»Warum nicht? Was soll das heißen? Artus liegt im Sterben. Der Gral kann ihn retten. Wenn du ihn besitzt, mußt du ihn einsetzen, um den Hochkönig zu heilen.«

Der Fischerkönig erhob sich langsam. Ich sah, wie der Kummer schwer auf seinen Schultern lastete. »Es geht nicht«, sagte er mild. »Es gebührt mir nicht, über solche Dinge zu entscheiden. Die Sache liegt bei Gott. Er muß entscheiden.«

»Es steht stets in Gottes Belieben, die Kranken zu heilen« beharrte ich. »Wie kannst du die Heilung verweigern, wenn sie in deiner Macht steht?«

Er schüttelte bloß den Kopf. »Der Gral«, hub er sanft an. »Der Gral, Merlin, ist anders. Er läßt sich nicht so einfach benutzen. Das mußt du verstehen.«

»Ich verstehe es nicht«, erklärte ich knapp. »Ich weiß nur, daß Artus im Sterben liegt und daß das Sommerreich, wenn er stirbt, mit ihm vergeht. Sollte das geschehen, wird Britannien fallen und der Westen untergehen. Das Licht der Hoffnung wird erlöschen, und die Finsternis wird sich endlich unserer bemächtigen.«

»Es tut mir leid, Merlin«, wiederholte Avallach. »Ich wünschte, es wäre anders.« Er wollte sich wieder seinen Gebeten zuwenden.

Jetzt war die Reihe an mir, zu trotzen und nicht nachzugeben. »Nein!« rief ich. »Glaube nicht, du kannst um Artus beten, wenn du die Heilung, die in deiner Macht steht, zurückhältst.«

»Auch der Tod steht in Gottes Belieben«, sagte der Fischerkönig traurig. »Glaubst du, die Sache ist leicht für mich? Ich sitze hier jeden Tag und sehe Menschen sterben. Sie kommen zum Heiligtum, und wir tun für sie, was wir können. Diese Pest hat uns arg zugesetzt! Ein paar überleben, aber die meisten sterben. Wie gesagt, Gott trifft die Entscheidung. Er allein besitzt die Macht über Leben und Tod.«

»Er hat dir den Gral geschenkt!« brachte ich vor. »Warum sollte er das getan haben, wenn du ihn dann nicht benutzen darfst.«

»Seine Bürde ist schrecklicher, als du dir vorstellst«, klagte Avallach.

»Du benutztest ihn einst, um mich zu heilen«, beharrte ich. »Damals nahmst du die Entscheidung in deine Hand. Du rettetest mein Leben. Was ist jetzt so schlimm?«

»Das war etwas anderes.«

»Wieso?« verlangte ich zu wissen. »Ich sehe keinen Unterschied.«

Er blickte weg und seufzte schwer. »Du bist meiner Tochter

einziges Kind, der einzige Sohn deines Vaters. Du bist mein Fleisch und Blut, Merlin, und ich bin schwach. Ich konnte nicht anders. Ich tat es, um dich zu retten.«

»Fürwahr!« rief ich, daß meine Stimme in der Felsenkammer widerhallte. »Mein Leben wurde gerettet, damit das Sommerreich nicht starb. Vielleicht wurde ich gerettet, damit ich heute abend vor dir stehen und um Artus' Leben streiten kann.«

Avallach betrachtete mich nachdenklich. »Wer weiß?«

»Du erhieltst mich und mit mir das Traumbild vom Sommerreich. Höre mich, Avallach, das Sommerreich ist nah – näher denn je zuvor. Wie können wir den Sommerkönig da sterben lassen?«

Er sagte nichts, aber ich sah, daß er ins Schwanken geriet.

»Wenn du der Hüter des Grals bist«, sagte ich feierlich, »dann mußt du die Macht deiner Stellung zum Wohle aller ausüben. Wahrlich, ich sage dir, es gibt kein zweites Leben, das so viel wert ist wie das des Hochkönigs, und jetzt entgleitet es uns gerade. Jenes Leben zu retten wird zur Erlösung von Generationen noch Ungeborener führen.«

Avallach drückte müde eine Hand auf sein Herz. »Weißt du nicht, daß ich den Himmelsthron um seinetwillen anflehte? Seit er hier ist, habe ich keinen Augenblick gerastet.«

»Gott wird Artus im Himmel begrüßen, wenn die Zeit reif ist«, sagte ich. »Aber diese Zeit ist noch nicht da. Das weiß ich. Wenn ein Leben dafür gegeben werden muß, dann stehe ich mit meinem bereit.« Bittend streckte ich Avallach die Hände entgegen. »Rette ihn. Bitte, rette ihn.«

»Nun gut«, gab Avallach nach. »Ich werde tun, was ich kann. Ich kann dem Gral zwar nicht befehlen, wie du zu glauben scheinst. Ich kann ihn nur bitten. Der Gral entscheidet, wie es ihm beliebt.«

Ich wußte nicht, welcher Gestalt die Dienste des Fischerkönigs sein würden. Aber als wir über den Hof zurück zu Artus' Gemach eilten, erbot ich mich zu helfen, so gut ich vermochte. »Sage mir, was zu tun ist, Großvater, und es soll geschehen.«

Avallach beugte sich unter der Decke des Gangs. »Keiner kann mir helfen. Was ich zu tun habe, muß ich allein tun.«

»Wie du willst.«

»Jedes Lebewesen muß von hier weggeschafft werden«, fuhr Avallach fort. »Jedes männliche und weibliche Wesen, alles sterbliche Fleisch, ob Tier oder Mensch, muß aus den Mauern des Palastes geschafft werden. Allein Artus darf bleiben.«

Das erstaunte mich, aber ich nahm seine Anweisungen hin. »Es soll geschehen, wie du verlangst.«

Während Elfodd und ich durch den Palast des Fischerkönigs rannten und alle weckten, rüttelte Llenlleawg die Stallburschen wach und ließ das Vieh aus Ställen und Pferchen holen. Im Fackelschein begaben wir uns den schmalen, gewundenen Pfad hinab zum See. Einige führten Hunde an der Leine, andere Pferde. Mehrere Leute trieben das Vieh: Schafe, Kühe und Ziegen. Zwei oder drei trugen Vogelbauer und wenigstens ein Kind schleppte einen Armvoll Kätzchen. Nach kurzem war alles, was im Palast lebte, am Seeufer unterhalb der Abtei versammelt: Menschen, Feen, Geflügel und Getier. Die Pferde und das Vieh grasten ruhig auf den Wiesen am Hügel.

Charis und Gwenhwyvar verließen Artus als letzte. »Komm, Herrin, wir können nichts mehr für ihn tun«, sagte Charis und faßte Gwenhwyvar bei der Hand. »Es ist Zeit, ihn der Fürsorge eines anderen zu überlassen.«

»Es widerstrebt mir, ihn zu verlassen, Frau Charis«, erwiderte Gwenhwyvar, den Tränen nahe. Sie beugte sich zu Artus hinab und küßte ihn. Eine Träne klatschte dem König auf die Wange. Sie küßte sie weg.

»Komm«, sagte ich sanft, »denn wenn du bleibst, kann er nicht geheilt werden.«

Charis und ich führten Gwenhwyvar von Artus' Sterbebett. An der Tür blieb ich stehen und blickte auf den in den Kissen der Bahre versunkenen Leib, so reglos, so still, als würde er bereits in Auflösung und Verwesung übergehen. Gwenhwyvar zauderte und drehte sich um. Sie rannte zur Bahre zurück, nahm die Fibel von ihrer Schulter, legte ihren Umhang ab und breitete ihn über dem Hochkönig aus.

Wie Gwenhwyvar Artus in den Umhang hüllte, so hüllte ich ihn in ein Gebet: *Großes Licht, verbanne den Schatten des Todes aus dem Antlitz deines Dieners Artus. Schirme ihn in dieser Nacht vor Haß, Unbill und allem Übel, das ihm widerfahren könnte. Amen!*

Sie küßte ihn wieder und raunte ihm etwas ins Ohr. Dann kam sie trockenen Auges und entschlossen zu uns. Wir eilten durch den fast verlassenen Palast. Ich hielt Ausschau nach Avallach, sah aber keine Spur von ihm, als wir rasch durch den leeren Saal und den Gang liefen. Dann rannten wir über den ausgestorbenen Hof zu den offenen Toren hinaus.

Im Dunkeln suchten wir uns unseren Weg hinab zu den anderen, die am See warteten. Elfodd und Llenlleawg waren da und hielten Fackeln. Die übrigen Schloßbewohner waren am Ufer verstreut, sie saßen in Grüppchen zusammen oder standen am Abhang, manche auch am See. Wir wirkten wie eine Schar Verbannter, die mitten in der Nacht aus ihrem Heimatland verstoßen worden sind. Die Luft war warm und ruhig. Der Mond war zwar schon untergegangen, aber der Himmel loderte vor Sternen, die ein blaßsilbernes Licht auf alles hienieden warfen.

»Sind auch sicher alle Tiere entfernt worden?« fragte ich.

»Jeder Hund bis zum kleinsten aus dem frischen Wurf«, erwiderte Llenlleawg. »Jedes Pferd und Fohlen, jedes Schaf und Lamm, jede Kuh und jedes Kalb. Nichts auf vier oder zwei Beinen ist mehr dort.«

Elfodd ließ seinen Blick über die kleine Schar um uns schweifen und stach mit dem Finger in die Luft, als würde er Staubflusen zählen. »Ich glaube«, sagte er schließlich, »ja, alle sind da.«

»Gut«, sagte ich, und wir unterhielten uns eine Weile, aber unsere Blicke wanderten immer wieder verstohlen zum Schloß des Fischerkönigs hinauf. Bald versiegte unser Gespräch. Schweigend und erwartungsvoll standen wir da und fragten uns, was wir, wenn überhaupt, zu sehen bekommen würden. Eine Schar Mönche aus der Abtei kam herab, um zu erfahren, was los war. Sie stellten sich zu uns und starrten zu dem dunklen Bauwerk auf dem Tor empor.

Eine junge Frau – eine von Charis' Mägden, glaube ich – hub an, mit einer Stimme, so süß und sanft wie die einer Nachtigall, ein Preislied zu singen. Die Worte waren mir nicht vertraut, aber wohl kannte ich die Weise. Einer nach dem anderen fielen alle mit ein, und das Lied erfüllte die Nacht: im Herzen der Finsternis hörbar gewordene Hoffnung.

Als das Lied zu Ende war, setzte sofort ein neues ein, und danach wieder ein anderes. Derart verbrachten wir die Nacht: singend, aller Augen auf den Palast des Fischerkönigs geheftet, auf ein Wunder wartend. Ich spürte, wie Gwenhwyvar ihre Hand in meine legte. Sie drückte sie fest und ich ihre, worauf sie meine Hand an ihre Lippen führte und küßte.

Es gab keine Worte für das, was wir empfanden, darum standen wir einfach da, hielten uns an den Händen und lauschten den Stimmen in der Nacht. Die Lieder gingen weiter, die Sterne zogen ihre Bahn am Firmament. Mir schien es, als würden die Lieder zu einem Gebet werden, das zum Himmel emporwallte: *Möge es so sein*, dachte ich. *Möge der hohe König im Himmel dem Hochkönig auf Erden ob unseres Sangesopfers Gnade erweisen.*

Dieser Gedanke war kaum zu Ende, als eine Stimme rief: »Horcht!« Ein junger Mönch, der ein paar Schritte weiter am Hang gesessen hatte, sprang auf. Er fuchtelte mit dem Arm, deutete gen Osten und sagte: »Seht! Sie kommen!«

Ich schaute in die angegebene Richtung, sah aber nichts, als daß die hellen Sterne schienen. Stille lag über Hügel und See. Wir starrten alle zum funkelnden Himmel empor.

»Sie kommen!« rief ein anderer. Ich hörte einen Klang wie von einer Harfe, wenn sie von selbst im Wind ertönt: eine Musik, die rührend und geheimnisvoll zugleich war. Es hätte der Wind sein können, aber der Klang war tiefer und voller. Der Himmel selbst brachte diesen Gesang hervor.

Die Luft regte sich sanft, als würden gefiederte Flügel vorbeirauschen. Ich spürte eine seidige Berührung wie kühlen Atem auf meinem Gesicht und schmeckte Honig auf meiner Zunge. Ich atmete einen Wohlgeruch, der an Süße alles übertraf, was ich jemals erlebt habe: eine Mischung wie aus Apfelblüten, Honigklee und anderen Blumen.

Eine unsichtbare Erscheinung war durch unsere Mitte geglitten, duftende Musik hinter sich herziehend. Mein Geist lebte auf. Meine Haut prickelte überall, und mein Herz schlug schneller.

Aus dem Augenwinkel sah ich ein schwaches, gespenstisches Bild: fahle, halb verschleierte Schatten, die aus dem Himmel stürzten und um den Palast des Fischerkönigs schwebten. Sonderbare Lichter begannen auf den verdunkelten Fenstern oben zu spielen.

Ich drehte mich zu Gwenhwyvar um und sah, daß ihr Antlitz in goldenes Licht getaucht war. Sie hielt die Hände unter ihrem Kinn gefaltet und blickte zum Sternenlicht empor. Ihre Lippen bebten. »Gesegneter Jesus«, hörte ich sie sagen. »Gesegneter Jesus.«

Das goldene Licht gleißte aus jedem Fenster des Palastes. Die fromme Musik schwoll an und schallte durch die weiten Säle des Himmels. Die schwirrenden, sirrenden, flatternden, aber unsichtbaren Gestalten schienen sich vervielfacht zu haben, bis der Himmel sie nicht mehr fassen konnte. Sie waren überall!

»Engel ...« hauchte Abt Elfodd ehrfürchtig. »Die Heerscharen des Himmels kommen zu Artus.«

Ich blickte in den goldenen Schein, der jetzt kräftig aus dem Palast oben auf dem Hügel loderte und alles unterhalb scharf hervorhob; die Schatten von Tieren und Menschen lagen hart am Boden. Das Licht war etwas Lebendiges. Glänzend, funkelnd strahlte es von glühender Kraft, heller und mächtiger als ein Blitz.

Und dann war es, so schnell es begonnen hatte, vorbei.

Das Licht verblaßte, und die Musik verklang geschwind – alles entschwand so schnell, daß ich mich fragte, ob ich überhaupt etwas gehört oder gesehen hatte. Vielleicht hatte ich mir alles bloß eingebildet. Vielleicht war es ein Traum.

Aber die unsichtbare Erscheinung kam zurück und bewegte sich auf demselben Weg, auf dem sie gekommen war, durch die wartende Menge wieder von hinnen. Ich spürte, wie meine Seele in mir Aufschwung nahm und mein Herz sich im Gleichklang dazu bewegte. Meine Haut prickelte. Und dann war auch das vorbei, so daß nur ein Duft und ein süßer Geschmack in der Luft zurückblieben.

Wir waren abermals allein in der Nacht, und die Nacht war stockfinster.

Es gab keine Musik mehr, keine Lichter. Alles war reglos und still, als würde niemals etwas geschehen – nicht von einer Ewigkeit zur nächsten. Aber wir blickten weiter empor, hinauf zum Schloß und zu den Sternen darüber, auf der Suche nach den Wundern, die wir erlebt hatten.

Und so sahen wir ihn: Artus stand kühn vor dem Palasttor des Fischerkönigs, gesund und munter, in die feinsten Gewänder gehüllt, den golden gleißenden Königstorques um den Hals. Der Sommerkönig hob seine Hand zum Gruß – ein Zeichen, daß er genesen und wohlauf war. Dann kam er den Pfad herab.

Ich sah Gwenhwyvar rasch den Pfad hinaneilen. Ich sah Artus herabschreiten, um sie aufzufangen, zu umarmen und vom Boden zu heben. Ich sah ihre leidenschaftliche Umhalsung ... Doch dann sah ich nichts mehr, denn Tränen füllten meine Augen.

Epilog

Nun, Gerontius! Wie üppig das Leben eines Verbannten ist! Mundet es dir nicht? Und du, Brastias, der du den Blick immer der Heimat zuwendest, die du zurückließest, hält dich deine wohlverdiente Schande des Nachts warm?

Ulfias, du willensschwacher, leicht verführbarer Mensch, warum folgtest du nicht dem König, dem du Ehre gelobt hattest, wenn du schon einem folgen mußtest? Und Urien, du junger Ränkeschmied, ist dein fremdes Ruhelager prächtiger, weil du um deinen Verrat weißt?

Falsche Fürsten! Die Hunde, die unter eurer Tafel um Reste betteln, wissen mehr von Treue als ihr. Glaubtet ihr wirklich, die Kymbrogen würden euch folgen? Glaubtet ihr, Artus' Stelle einnehmen zu können? Oder war diese Hoffnung wie die Eide, die ihr so schnell vergaßt, auch nur hohle Luft?

Ihr Treulosen, hört mich an: Das Sommerreich war mehr als ein Traum! Mehr als ein Märchen, um Kinder zu betören! Tapfere Männer starben zu seiner Festigung – sie gaben ihr Leben für den Glauben hin. Ein Reich, das auf dem Felsen solchen Glaubens gebaut ist, kann nicht untergehen.

Ihr staunt, daß den Fürsten der Wandalen, Rögat und Hussa von Artus' Hand Gnade zuteil wurde? Ich sage: So war es. Denn erst im Sieg wurde Artus' Herrlichkeit richtig deutlich. Er hatte Mitleid mit seinen Feinden, nährte sie und bot ihnen Frieden. Der Pendragon von Britannien übte, nachdem er im Kampf Heldenmut gezeigt hatte, im Triumph christliches Erbarmen. Artus machte aus seinen Feinden Freunde und erreichte so, daß grausame Gegner – die nämlichen, die seinen Mut zu schätzen gelernt hatten – seinen Adel erkannten. Der Wandalenfürst Mercia ließ sich auf Artus' Anregung hin taufen und wurde von diesem als Bruder begrüßt.

Und wenn schon diese früheren Feinde dank Artus' Großmut einen Segen gewannen, wieviel größeren Nutzen hatten dann die Irenfürsten? Diejenigen, die ihre Heimat und ihre Ländereien verwirkten, weil sie Artus halfen, bekamen um so mehr zurück. Ihr Glaube wurde belohnt.

Sagt, was ihr wollt, damals war Britannien erhaben. Nein, wir entrannen den Qualen der Pest und der Dürre nicht. Der schwarze Tod wütete sehr, und trockene Winde trugen die Ernte mit dem Staub davon. Aber diejenigen, die sehen konnten, erkannten, daß das Sommerreich schon damals die ersten schwachen Strahlen aussandte.

Denn der Hochkönig im Himmel hatte uns mit dem heiligsten Ding auf dieser Erde gesegnet: dem Kelch Christi – jenem Gral, der die helle Sonne des Sommerreiches werden sollte. Artus erklärte diesen allerheiligsten Gegenstand zum Sinnbild seiner Herrschaft. Er sollte in der Kirche stehen, die er bauen wollte. Fürwahr, ganz Britannien erzitterte, als es von der Schale namens Gral erfuhr...

Aber ach, das ist eine andere Geschichte.

BRITANNIA
PIKTLAND
Caer Alelyd
Caer Edyn
Baedun Hill
Celyddon Forest
Camlann
Round
Table
Caer Lial
Vallum
Hadriani
Avallon
Eboracum